Pour l'édition poche :

76, boulevard Pasteur
75015 Paris – France
www.editionscharleston.fr

ISBN : 978-2-38529-214-0

Maquette : Patrick Leleux PAO

Charleston s'engage pour une fabrication écoresponsable ! Amoureux des livres, nous sommes soucieux de l'impact de notre passion et choisissons nos imprimeurs avec la plus grande attention pour que nos ouvrages soient imprimés sur du papier issu de forêts gérées durablement.

Juliette Morillot

LES ORCHIDÉES ROUGES DE SHANGHAI

Roman

PRESSES DE LA CITÉ

Préface de la présente édition

Séoul 1995.

« J'étais une *Chōsen bbi*. Tu sais ce que c'est qu'une *Chōsen bbi* ? »

Les yeux de la vieille dame pétillent. Ses pommettes hautes et lisses malgré l'âge brillent doucement. Mun *halmeoni*[1] est marchande dans le quartier de Hoehyeon, à Séoul, dans les ruelles en contrebas de la montagne, à quelques mètres des contreforts du tunnel n° 3. Elle vend des pommes dans la rue, assise à même le sol, derrière une bassine de plastique rouge foncé, si grosse que lorsqu'elle est pleine, on ne voit plus la minuscule silhouette cachée par les fruits. Cela fait quarante ans que Mun *halmeoni* vend des pommes, parfois aussi des chewing-gums, des gants de toilette pour les bains publics, chaque jour de l'aube à la brune, été comme hiver, accroupie à

1. Mun est un nom d'emprunt ; *halmeoni*, qui signifie grand-mère, est une forme d'adresse polie et affectueuse en coréen.

la hauteur des pots d'échappement sur un trottoir de la capitale sud-coréenne. Depuis plusieurs mois, chaque soir je lui achète quelques fruits.

« *Chōsen bbi* ? Tu sais ce que c'est ? »

Ce soir pour fêter mon retour en France, Mun *halmeoni* m'a invitée dans une *pojangmacha*[1], une de ces petites tentes illuminées qui surgissent la nuit dans la capitale coréenne. On y sert à la bonne franquette des fruits de mer bouillis, des pattes de pieuvre grillées, des bâtonnets de farine de riz dans de la sauce au piment. On y boit aussi. Beaucoup. Du *soju*, sorte de vodka populaire à base de céréales. De la bière aussi. Mun aligne les verres, elle a plus de soixante ans et donc, ayant accompli un cycle de vie complet, elle peut boire beaucoup. Comme un homme.

« *Chōsen bbi* ? Tu sais ce que c'est ? *Chōsen,* tu le sais, c'est le nom japonais pour désigner la Corée. *Land of morning calm,* qu'ils disent dans les brochures touristiques. *Bbi,* tu sais ? *Molla* ? Tu ne sais pas ? *Bbi.* »

Son doigt trace un caractère chinois sur la table : –. Etymologiquement, un « trou » – sous un « corps ». Plus précisément sous un « cadavre ».

« *Bbi,* c'est vagin. Tu m'appelles *halmeoni,* grand-mère, mais tu devrais m'appeler *Chōsen bbi halmeoni,* "grand-mère vagin coréen". C'est mon nom. C'est comme cela qu'ils m'appelaient, les soldats japonais. »

La vieille dame a bu. Beaucoup bu. La tente s'est vidée. Nous sommes seules. Mun *halmeoni* parle vite,

1. Les termes coréens ou étrangers, non explicites dans le texte ou nécessitant une explication culturelle ou historique, font l'objet d'une note dans le glossaire page 562.

se racle la gorge régulièrement et trempe vigoureusement sa patte de pieuvre dans la sauce de piment. S'irrite car j'ai du mal à comprendre le flot de paroles, entrecoupé de jurons en japonais.

« Tu ne me crois pas ? Tu ne comprends pas ? Ou peut-être que tu ne sais pas, tu es une étrangère ! »

Soudain, Mun se redresse, se lève et, d'un coup sec, ouvre les boutons-pression de sa blouse. Son buste de vieille femme, lisse et pâle comme une statuette d'ivoire, luit dans la pénombre. Sur sa peau blanche, je distingue trois ou quatre *kanji* (caractères chinois utilisés en japonais), de couleur violine, presque noirs, qui dégringolent le long de son torse, de haut en bas. Un poème ? Des insultes ? Je n'ai pas le temps de lire.

« Tailladés à la pointe du sabre », précise-t-elle.

Autour de l'aréole sombre de son sein gauche, des petits points, comme des rayons de soleil.

« Des cigarettes écrasées, précise-t-elle encore. Il y en a seize comme sur le drapeau japonais. »

Avant d'ajouter : « Nous avons été des milliers à subir cette infamie. A être violées quotidiennement. Maintenant, toi, tu vas écrire ma vie. »

De cette rencontre sont nées ces pages, adaptation libre et romancée du destin de Mun. La plupart des exemples, des histoires et des anecdotes qui les rythment sont puisés dans le souvenir de longues soirées d'entretien. Chaque fois un flot d'images, de bruits, de couleurs envahissait la pièce. « Note ! note ! Tu as bien noté ? Tu l'écriras, c'est sûr ? » Mun était insistante. Un barrage se rompait en elle. Cataclysmique. Monstrueux.

Pour mieux rendre justice à ces victimes trop longtemps oubliées par l'histoire, je suis ensuite partie à la recherche d'autres femmes de réconfort en Corée – au nord et au sud du 38e parallèle – mais aussi en Chine, en Malaisie, en Indonésie, et aux Pays-Bas. Et, parce qu'il faut comprendre l'envers du décor, je suis allée à la rencontre d'anciens soldats japonais, à Shimonoseki, au Cambodge, aux Etats-Unis aussi où certains s'étaient réfugiés pour fuir leur passé. Toutes et tous ont parlé. Avec réticence. Avec soulagement. Avec des larmes, des rires, beaucoup d'alcool et souvent, comme un curieux leitmotiv, des mots, des phrases presque enfantins. Comme si la violence des images qui remontaient devait être compensée par un langage, des intonations puisées aux sources de l'innocence. Comme si le temps s'était arrêté avec la fin brutale de leur enfance.

Ces témoignages ont été recueillis à la fin des années 1990. A cette époque, le sujet des femmes de réconfort restait confidentiel et tabou. Il était difficile d'avoir accès à l'abondante documentation aujourd'hui disponible. Le premier à se pencher sur le sujet fut un photographe japonais, Kakō Senda, qui, intrigué par une photo de femmes traversant une rivière avec un baluchon sur la tête, commença en 1962 à faire des recherches pour le quotidien japonais *Mainichi Shimbun*. Les réticences du passé, l'impossibilité pour les Japonais d'accepter leur responsabilité eurent raison de cette première tentative de faire connaître la vérité. Il fallut attendre le courageux témoignage en 1991 à Tōkyō d'une ancienne femme de réconfort, Kim Hak-sun, qui dans la foulée engagea un procès contre l'Etat japonais, pour que soit enfin brisé le mur du silence et de la honte.

Elles furent des centaines de milliers, coréennes, chinoises mais aussi malaises, javanaises, philippines et même hollandaises et australiennes, à être arrachées à leur enfance, à leur vie, pour être enrôlées de force comme femmes de réconfort (traduction littérale du mot japonais *ianfu*), au service de l'armée nippone. Un doux euphémisme pour « prostituées ». Piégées dans des *ianjo,* des bordels militaires implantés en territoire occupé par l'armée nippone à la suite du massacre de Nankin en 1937, rares sont celles qui ont pu recouvrer une vie normale à la fin de la guerre.

Aujourd'hui, à l'heure où ce roman est réédité, après des années de déni, d'affronts, de demi-excuses, d'accords avortés ou escamotés, cet esclavage sexuel organisé demeure un contentieux qui empoisonne les relations nippo-coréennes. Pour le Japon, le problème a été réglé « complètement et définitivement » avec le versement d'indemnités en 1965 à l'occasion de l'accord de reprise des relations diplomatiques entre les deux pays. Les années passent et, une à une, les anciennes femmes de réconfort disparaissent, happées par la mort et l'oubli. Entre controverses académiques, déclarations révisionnistes, discours hygiénistes, suspicions de nationalisme et instrumentalisation politique ou humanitaire, le problème des femmes de réconfort, soixante-seize ans après la fin de la guerre, reste une nébuleuse qui dérange.

Mun n'a jamais voulu se faire connaître. Ni des associations coréennes fondées pour venir en aide aux anciennes esclaves sexuelles. Ni de l'administration.

Mun n'aura pas vécu assez longtemps pour voir la statue de bronze érigée en 2011 à Séoul d'une petite fille en *hanbok* assise sur une chaise tournée vers l'ambassade du Japon, comme un éternel reproche et désormais devenue le symbole du combat des femmes de réconfort. Elle n'a jamais participé aux « manifestations du mercredi » qui depuis 1992 s'y tiennent chaque semaine à midi. Elle n'a demandé ni compassion, ni excuses, ni compensations. Juste l'oubli.

J'ai voulu comprendre pourquoi elle refusait les mains qu'on lui tendait, pourquoi elle refusait de témoigner. Elle m'a répondu : « Je me suis assez prostituée. Depuis la guerre, je ne suis jamais allée aux bains publics. Je ne veux plus me déshabiller. »

À *Mun* halmeoni, *ma* halmeoni *de Corée, qui me confia le récit de sa vie*

À celles qui jamais ne parlèrent

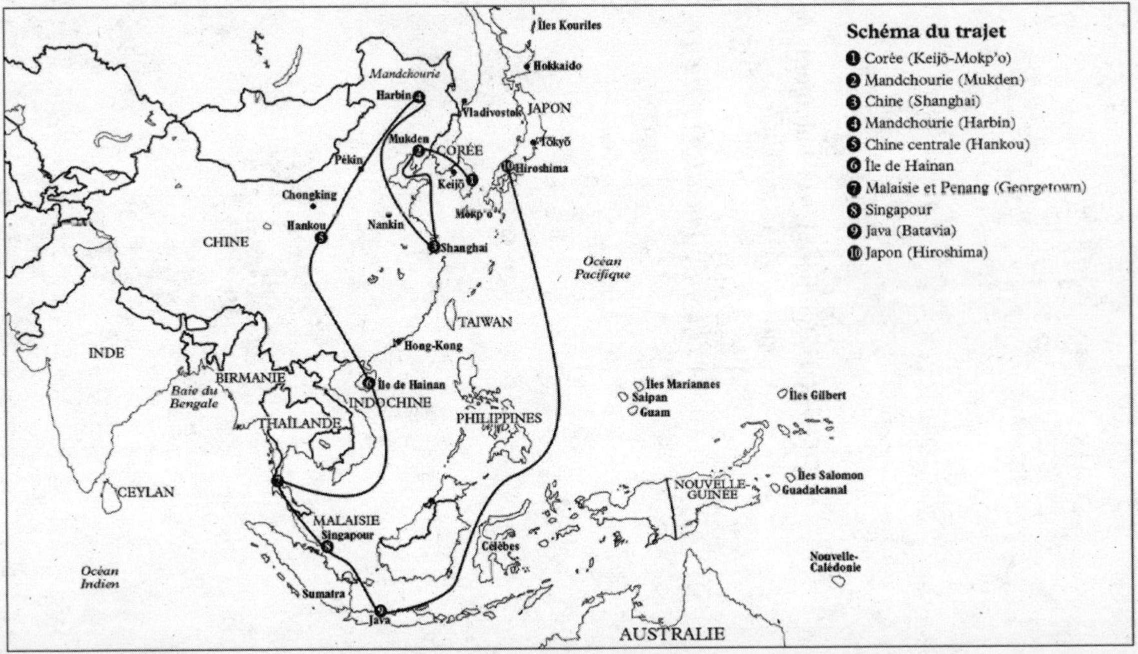
Schéma du trajet
1 Corée (Keijō-Mokp'o)
2 Mandchourie (Mukden)
3 Chine (Shanghai)
4 Mandchourie (Harbin)
5 Chine centrale (Hankou)
6 Île de Hainan
7 Malaisie et Penang (Georgetown)
8 Singapour
9 Java (Batavia)
10 Japon (Hiroshima)
Îles Kouriles
Hokkaido
Mandchourie
Harbin
Vladivostok
JAPON
Mukden
CORÉE
Tōkyō
Pékin
Hiroshima
Keijō
Chongking
Mokp'o
Hankou
Nankin
CHINE
Shanghai
Océan Pacifique
TAIWAN
Hong-Kong
INDE
BIRMANIE
Île de Hainan
Baie du Bengale
INDOCHINE
PHILIPPINES
THAÏLANDE
Îles Mariannes
Saipan
Guam
Îles Gilbert
CEYLAN
MALAISIE
Singapour
NOUVELLE-GUINÉE
Îles Salomon
Guadalcanal
Célèbes
Océan Indien
Nouvelle-Calédonie
Sumatra
Java
AUSTRALIE

PREMIÈRE ÉPOQUE

Le rapt

Grand-père

Je m'appelle Kim Sangmi. Je suis coréenne. Fille d'une période noire et troublée de l'histoire de mon pays. Je naquis pendant l'année Gyehae[1], placée sous le signe du cochon, dans une famille aisée qui jamais n'avait manqué de riz ou d'argent. Des intellectuels pauvres originaires de la province du Gyeongsang du côté de ma mère. Des lettrés à l'ancienne épris de livres, de littérature et de discussions philosophiques interminables.

La famille de mon père est issue des anciennes terres royales de la région de Buyeo. Elle possède un arbre généalogique savant, fait d'unions toujours calculées pour apporter richesse et renommée à ses membres. Un clan autrefois puissant et riche, aujourd'hui ruiné, vivant sur les rares arpents de terre non dilapidés par le vice du jeu inscrit dans leur sang.

1. 1923.

Ma famille était donc le fruit de l'union de ces deux clans, les Yu et les Kim, placée sous le signe des turbulences, alliant l'eau et le feu, la droiture et la mesquinerie, la sincérité et le mensonge. L'union improbable d'une fille de patriotes à un fils de collaborateurs.

A la maison, l'atmosphère fut dès ma plus tendre enfance chargée d'une pression dramatique dont j'ignorais l'origine. Des cieux gris qui, à chaque instant, pouvaient comme dans les averses tropicales se couvrir et exploser. L'état de servitude dans lequel ma patrie était tenue, pensais-je alors, portait la responsabilité de ce climat toujours tendu, de cette menace sans cesse suspendue au-dessus de nos têtes. Car depuis le 22 août 1910, la Corée avait cessé d'exister pour devenir, dans l'indifférence des nations occidentales, une province de l'Empire japonais.

Qui se serait soucié à Paris, Londres ou New York de la tragédie que vivait ce petit pays d'Asie aux confins de la Chine et du Japon ? Le peuple coréen, exsangue après des décennies de guerre, n'avait pas eu le choix de son destin et pendant trente-cinq ans encore, jusqu'à la fin de la Seconde Guerre mondiale en 1945, devait subir la cruelle domination du Japon et de son empereur, Hirohito, demi-dieu démoniaque qui ne reculerait devant aucune humiliation, aucune torture pour arriver à ses fins et créer un empire immense à la mesure de son utopie.

Mes souvenirs d'enfant ne sont qu'incertitude et questions informulées. Toute petite, je cherchais dans les yeux de ma mère une lueur qui me fît rire ou me réconfortât dans mon besoin d'amour. A force de scruter les minuscules prunelles noires à moitié cachées par l'arc tendu des paupières, je m'imaginais que j'observais un puits, immense et profond. Je m'y abîmais, écarquillant mes yeux dans l'obscurité. Mais ma mère ne me tendait jamais la main, et la lueur disparaissait toujours plus loin, vers les ténèbres, comme la bougie sur le front d'un mineur.

Je devinais parfois à son sourire qu'elle aurait pu m'aimer. D'ailleurs il fut un temps, bref comme une éclaircie, où elle adopta les gestes de l'amour, une panoplie qui seyait à la courbe de ses lèvres et qu'elle endossait avec une douceur indifférente.

« *Aga !* Le lièvre danse dans la montagne, il court, il court ! » Ses doigts galopaient sur ma cuisse, bondissaient et je riais. Elle savait chanter des comptines, souffler sur mes blessures, caresser ma nuque pour m'endormir, et me préparer en pleine époque de restriction ces gâteaux au miel et aux graines de sésame qui s'effondrent tout à coup dans la bouche avec un petit souffle sucré. Mais elle ne savait m'aimer. Elle ne m'aimait pas. Et aucun camouflage, si tendre fût-il, n'aurait su me leurrer.

Cette intuition de ma petite enfance se confirma à l'âge où naissent les premiers souvenirs. A l'image de ma mère se substitue le visage de ma grand-mère, ma *halmeoni*. Emmitouflée du matin au soir dans son *cheone* de soie matelassée, je ne connaissais d'autre horizon que la nuque ridée de la vieille femme, barrée d'une épingle d'argent. Par-dessus ses épaules, solidement calée sur ses reins et retenue par l'étoffe, je regardais le monde tourner autour de moi, à la manière d'un manège. A la différence qu'il me semblait que c'étaient les autres qui bougeaient et non pas moi.

J'éprouvai bientôt sur ce dos aimé un tel sentiment d'invincibilité que ma mère s'en irrita. Du jour au lendemain, elle interdit à ma pauvre *halmeoni* de me porter à califourchon. D'ailleurs, je tardais à parler. Les mots ne venaient pas. Je les entendais, je les comprenais, mais un mur invisible me séparait du monde. L'univers du silence a cela de bon qu'il n'offre pas d'appui à la colère des autres. Cette faculté à me taire et à éteindre les phrases avant qu'elles ne s'échappent est la qualité la plus précieuse que ma mère me légua.

Jusqu'à l'âge de quatre ans, je ne prononçai donc aucun son, attendant vainement que les yeux maternels ne s'ouvrent enfin et me livrent leur secret.

Ma mère ne me méprisait pas, ne me haïssait pas. Pis encore, elle s'adressait à moi poliment, sans montrer le moindre sentiment, maniant l'ordre et le compliment avec une froideur si parfaite qu'elle ne semblait mue d'aucune émotion. En elle, le froid faisait écho au feu : elle surprenait par des décisions violentes puis décourageait en refermant ses lèvres et ses yeux comme une forteresse dont on lève les ponts. Quand la rapidité de ses gestes annonçait un caractère vif et plein d'entrain, la lassitude du regard, la nuque toujours courbée dénonçaient un formidable renoncement à l'existence. Un splendide oiseau emprisonné dans une cage invisible qui, à chaque instant, aurait pu s'envoler, retrouver sa joie de vivre mais, toujours confronté aux mêmes barreaux, retombait inerte sur le sol.

Ma grand-mère, au contraire, était une femme douce et tendre qui n'avait de commun avec ma mère que l'exceptionnelle dextérité de ses mains.

Halmeoni, le soir, tissait des bijoux avec des cordelettes de soie. Elle n'était qu'une jeune fille quand ses dons avaient été repérés par l'intendant du palais royal où elle avait suivi un apprentissage, entre les murs du quartier des femmes. Sa façon de parler avait changé, pris une teinte précieuse. Ses phrases se terminaient dans un gazouillis de moineau pris au piège. Elle savait teindre, tisser le fil, le nouer, le tordre, et former dans sa paume ce fouillis de cordelettes multicolores qui, au dernier moment seulement, après des journées entières de travail, devient en tirant sur un fil papillon, tortue ou fleur…

A ma naissance, *halmeoni* était venue s'installer avec mes parents, laissant mon grand-père seul, à Heonni-dong, dans sa vieille demeure au toit de tuiles. L'arrangement avait surpris. Il est plus courant dans notre pays de voir les jeunes couples emménager dans la maison des anciens, plutôt que l'inverse. Je fus donc toute ma petite enfance entièrement confiée à ma *halmeoni*, une époque durant laquelle je ne la quittai jamais.

Quand mes deux frères virent le jour en 1925 et 1926, ma mère embaucha une fille de la campagne pour s'occuper d'eux. Malgré la faible différence d'âge, je ne partageais pas leurs jeux. Ils vivaient aux côtés de ma mère dans le bâtiment principal, occupant deux pièces chauffées par le sol. *Halmeoni* et moi logions dans une ancienne dépendance au fond de la cour. Un charmant petit pavillon au sol de bois ciré. Merveilleusement frais l'été, il se transformait durant les longs mois d'hiver en une véritable glacière. Je me blottissais contre ma *halmeoni*, cachant mes pieds froids entre ses jambes pour le plaisir d'entendre sa voix douce me sermonner…

Kyoko naquit tard, en 1930. Sa venue au monde fut fêtée plus que de coutume. A cette petite sœur arrivée inopinément un matin de neige, ma mémoire d'enfant a avec le temps associé mes premiers souvenirs de l'occupation japonaise. Qu'aurais-je pu comprendre, à sept ans, du sens réel de « colonisation » ? Un mot qui embrasait les adultes et provoquait de redoutables tempêtes. Pourtant, dans ma vie quotidienne, il ne se traduisait que par l'étude ardue de l'alphabet japonais.

A l'occasion du second anniversaire de Kyoko, vingt et un mois après sa conception[1], Satsuda-*san*, un photographe japonais ami de mon père, était venu à la maison avec un kimono à fleurs rouges enveloppé de papier de riz multicolore. Le costume miniature avait fait jaillir des cris émerveillés dans la maisonnée. Entièrement doublé de soie bleue à petits motifs géométriques, il provenait d'un des meilleurs tailleurs de Ginza à Tōkyō.

Nous avions tous posé pour deux photos : sur la première mon père, l'air rogue, bombait le torse, sanglé dans un costume occidental à rayures. Ma

---

1. L'âge en Corée est calculé traditionnellement en retour d'années lunaires, c'est-à-dire à partir de la conception, avec ajout d'une année supplémentaire au premier nouvel an. Ce système, selon la date de naissance, vieillit généralement de deux années par rapport à l'âge occidental. Exemple : un enfant né le 31 décembre 1991 a un an le jour de sa naissance. Deux mois plus tard, le 4 février 1992, le nouvel an lunaire, il fête l'anniversaire de ses deux ans. Kyoko, née au début de l'année 1930, a un an à sa naissance, et deux au nouvel an lunaire 1931.

mère, en robe coréenne, portait le bébé dans ses bras. Mes deux frères et moi, debout de chaque côté de nos parents, étions appuyés à une fausse colonne de plâtre fournie par le studio de photographie. Pour la seconde photo, Satsuda-*san,* sur les instances de mon père, s'était joint à nous. Il avait posé Kyoko vêtue de son kimono rouge dans une voiture miniature, un jouet de ses enfants prêté pour la journée. Un jouet de riche, comme jamais je n'en avais vu. Kyoko rayonnait. Et nous avions applaudi avec l'innocence de notre âge.

Vingt jours plus tard, un porteur avait déposé à la maison une épaisse enveloppe de papier marron. Les deux photos avaient été tirées en double exemplaire sur papier grené de haute qualité et encadrées à l'occidentale de baguettes torsadées or et noir. Cadeau personnel de Satsuda-*san.* L'excitation était à son comble. Il fut décidé que l'un des deux cadres serait offert à mon grand-père à l'occasion de la nouvelle année lunaire. Je comptai les jours jusqu'à la date prévue pour la visite.

Les après-midi à Heonni-dong avaient une saveur d'interdit. Derrière chaque parole, chaque geste de grand-père grondait la révolte. Nous habitions Séoul et non Keijō. Farouchement patriote, il nous parlait de la fondation du premier royaume de Corée par Tangun, du choix impossible de l'ourse et de la tigresse[1], et n'utilisait pour manger que

1. Référence au mythe de fondation de la Corée par Dangun, né de l'union d'un dieu et d'une ourse devenue femme après une épreuve à laquelle échoua le tigre.

des baguettes d'argent. Mais surtout, grand-père ne nous appelait que par nos prénoms coréens.

Car nous avions deux prénoms. Nos prénoms coréens d'origine et la version japonaise des caractères chinois[1] qui les composent. Pour mon plus grand plaisir d'enfant malgré l'irritation de mon père, nous redevenions pour quelques heures Sangmi, Jongsik, Yongsik et Gyeongja.

Les Japonais conseillaient aussi à notre peuple de changer ses patronymes, trop difficiles à différencier. Et quelques familles avaient fini par troquer le nom ancestral de leur clan, Park ou Li, contre Matsushita ou Fujimoto. A chacun de s'adapter aux lois ou de les circonvenir selon sa peur et ses convictions.

Mon père avait choisi de garder son nom coréen, Kim Ho-il, mais ses collègues de l'université l'appelaient Kawamoto-*san*, à la japonaise. Pour nous, ses enfants, il avait décidé une bonne fois pour toutes de ne plus employer que nos prénoms japonais : Naomi, Masaki, Hideki et Kyoko.

— Ainsi les enfants ne risquent-ils rien, répétait-il à ma mère. D'ailleurs, pour ne pas troubler les petits, mieux vaut utiliser les mêmes prénoms qu'à l'école.

---

1. La plupart des prénoms en Corée comme au Japon s'écrivent en caractères chinois. Seule la prononciation « à la japonaise » ou « à la coréenne » des idéogrammes diffère. Lors de l'annexion de la Corée en 1910, de nombreux Coréens avaient déjà adopté des noms japonais. La politique d'assimilation du *sōshi-kaimei* fut imposée par ordonnance en 1939.

Ma mère ne contredisait jamais mon père. Ne sachant hausser la voix, elle acquiesçait, les épaules rentrées et les mains jointes sur le haut de ses jambes. Pourtant je lisais dans ses yeux qu'elle n'aimait pas ces noms aux sonorités violentes qui n'étaient pas ceux de notre sang. Avec une ingéniosité toute féminine, elle trouvait des compromis, « fille aînée », « mon fils chéri ».

— *Yeobo,* nous parlerons désormais japonais à la maison, décréta un jour mon père. Réserve le coréen pour tes babillages avec Kyoko si tu ne peux t'en empêcher. Veille aussi à ce que Naomi ne prenne pas de mauvaises habitudes avec son grand-père.

Ma mère avait plissé les paupières. Le choix ne dépendait pas d'elle. Mon père avait poursuivi.

— Sans les Japonais, que serions-nous ? Un pays englué dans le passé ? N'avons-nous pas un réseau de voies de chemin de fer splendide ? Une capitale digne des villes européennes avec des tramways, des bus ? Comme à Londres ou à Paris ?

Une colère froide l'avait saisi à la gorge. Mon père claqua la porte. Cachée sous les planches du *maru,* j'avais entendu le fracas de ses pas au-dessus de ma tête et remarqué la brusque mélancolie des sanglots de ma mère.

Nous arrivâmes chez grand-père en début de soirée, habillés de neuf pour l'occasion. *Halmeoni* nous avait devancés et avait préparé pour notre venue des gâteaux de farine de riz cuits à la vapeur qu'elle avait décorés de motifs de fleurs avec des pignons de pin et des feuilles d'armoise comme nous les aimions. Elle avait disposé les friandises sur un plateau de bois de ginkgo. Aussi discrète qu'une ombre, elle l'avait recouvert de tulle pour éloigner les insectes, puis déposé à l'entrée du bureau de grand-père avant de regagner les cuisines.

Ainsi que l'exige la tradition, nous nous étions prosternés trois fois devant grand-père, front contre sol. Ma mère et mon père, à leur tour, s'étaient aplatis sur l'*ondol* jaune. La profonde révérence, chez les femmes, impose une grande souplesse. La tête doit toucher le sol tandis que les pieds sont fermement plaqués à terre et que les genoux encadrent le visage. Ainsi vue de dos, ma mère avait l'air d'une grosse fleur à peine éclose, un bouquet de voiles rose fuchsia épanouis. Elle avait prononcé les paroles d'usage.

— Mon honoré père et grand-père de mes enfants, acceptez ce modeste présent.

La tête toujours baissée, elle avait tendu la photographie, si lourde que ses poignets tremblaient sous le poids. Grand-père souriait. Un rayon de soleil caressait les ors du cadre.

Les yeux de grand-père, soudain livide, s'arrêtèrent sur notre petit groupe immobilisé pour l'éternité dans le décor du studio de photographie. Calmement, car son grand âge ne lui permettait que des gestes d'une lenteur excessive, grand-père saisit le couvercle sculpté de dragons de sa pierre à encre. Il me sembla qu'immobile comme les serres d'un vautour dans le ciel, sa main planait pendant une éternité. Des doigts décharnés, veinés de mauve, refermés sur le froid mat de la pierre.

Ma mère n'avait pas bougé. La pierre s'était abattue sur le verre. Kyoko, en kimono rouge dans sa poussette, avait volé en éclats. Seul son visage d'enfant souriant avait été épargné. L'explosion du cadre provoqua aussitôt chez ma petite sœur une crise de hurlements aigus, mêlés de larmes de peur. Grand-mère, affolée, apparut sur le seuil du bureau, croyant que l'enfant s'était blessée. Mais ses paupières, qui lentement se baissaient en direction des fragments éparpillés sur le sol, tirèrent de nouveau le voile du silence. Mon père s'était levé. Sans prendre congé, il avait sonné le signal du départ. Pas un mot ne fut échangé sur le chemin du retour.

La main de grand-père suspendue dans les airs, brandissant la formidable pierre à encre, m'apparut longtemps sans que je ne saisisse vraiment le sens de ce geste. Jamais je n'aurais soupçonné grand-père de ne pas éprouver d'amour pour Kyoko. Puis un matin, en me réveillant, je sus que j'avais compris. J'étais comme grand-père. Un même sang irriguait nos chairs, un même orgueil farouche nous unissait : nous appartenions au peuple coréen et n'accepterions pas la domination étrangère. Jamais, depuis ce jour, je ne portai l'habit japonais sans y avoir été contrainte.

Grand-mère mourut à la première nouvelle lune de l'année. Le jour de *jeongwol daeboreum.*

Je l'avais aidée à cuire le millet, les haricots rouges, le mil indien, les pois et le riz glutineux pour confectionner l'*ogokbap* traditionnel. Penchée au-dessus des fumées qui s'élevaient de l'énorme marmite de fonte, elle avait cherché un appui pour reprendre son souffle et finalement, s'était assise sur le pas de la porte, le visage aussi blanc et lisse que la pleine lune que nous fêtions. Trois fois, le couteau avec lequel elle épluchait les châtaignes d'eau et les noix de ginkgo était tombé de ses mains sans qu'elle semblât s'en apercevoir, continuant mécaniquement à saisir les fruits, les jetant non pelés dans la marmite bouillante. Au cours de la journée, j'avais vu son visage se creuser et ses yeux s'enfoncer. Elle chantonnait toujours. Quand, par mégarde, j'avais renversé les pignons de pin fraîchement décortiqués, elle avait trouvé la force de me sermonner. Gonflée par la colère, sa voix dégageait un timbre humide et salé inhabituel qui me fit frissonner.

Après avoir admiré la lune, immense dans le ciel au-dessus des saules, je l'avais rejointe sous la couette. Elle avait négligé de défaire son chignon et son épingle d'argent luisait dans l'obscurité. Craignant qu'elle ne se blessât, je la retirai doucement avant de m'assoupir contre son dos, le nez dans sa nuque.

Quand je me réveillai, la lune avait disparu, engloutie par un énorme nuage noir. Le vent soufflait sur les tuiles et j'avais froid. Grand-mère ne bougeait plus. Ses doigts dans ma main craquèrent comme des baguettes de givre. La peau de ses joues céda sous mes lèvres avec un léger crissement de papier froissé. Ma *halmeoni* était morte. Je ne bougeai pas jusqu'à l'aube, lovée contre son corps glacé, tentant d'imprimer pour toujours dans la mémoire de mes sens la courbe délicate de son nez, la finesse de son cou et cette odeur de pivoines et d'encens qui avait bercé chacune de mes nuits. Quand ma mère fit irruption sur le *maru* au petit matin, inquiète du silence qui régnait dans notre pavillon, je feignis de me réveiller en sursaut. Les hurlements maternels en quelques instants emplirent le silence doré de la chambre tout à coup profanée. J'en fus aussitôt chassée avec pour mission de prévenir la maisonnée du décès de la vieille femme. Il ne fut bientôt plus question de ma *halmeoni* mais uniquement de ses funérailles, des vêtements de deuil qu'il convenait de porter, des mets à confectionner et de l'argent qu'il en coûterait.

Toute la famille défila. Tantes. Cousins. Amis et inconnus. Des ombres confites d'un désespoir transi. Mon père s'inclina devant sa dépouille, rapide dans sa tristesse, sans conviction dans son rôle de gendre éploré.

Le pavillon demeura deux jours durant bruissant de pleurs. Le troisième matin, grand-père fit cadenasser la porte et exigea de rester seul auprès du corps. Personne n'entra plus jusqu'aux funérailles. Un soir cependant, entendant mes pas sur le *maru*, il entrebâilla légèrement l'un des vantaux. Je me glissai dans la chambre tendue de chanvre blanc. Le beau visage de grand-mère, figé par la mort, luisait dans l'obscurité, entouré du halo laiteux diffusé par une lanterne de papier posée à sa tête. Grand-père pleurait.

Les traits de ma *halmeoni* s'étaient durcis. Son nez privé d'air s'était pincé et sa bouche qu'une main invisible avait tirée pendait ouverte, exhalant une odeur de mort, de terre humide et de pluie. Sa peau avait pris le velouté poudreux des ailes d'un papillon, mais sous cette douceur trompeuse gisait un corps de pierre, rigide et froid. Au contact de mes lèvres, ses paupières se froissèrent et mon baiser imprima en creux une tache grise. Grand-père avait cessé de pleurer. Il parlait à ma *halmeoni*, répétant doucement tous ces mots que la vie ne leur avait pas permis de se dire, des mots tristes et tendres, parfois coléreux, parfois simplement futiles, qui faisaient trembler son menton…

Certes, depuis ma naissance, grand-père ne voyait plus guère la vieille femme qui demeurait chez nous. Mais leur amour n'avait pas besoin de la vie quotidienne pour continuer de prospérer. Privé de sa fidèle compagne, il se tassa en quelques semaines de plusieurs centimètres comme un arbuste assoiffé et s'enferma dans le monde de ses souvenirs, vivant dans un fouillis de dates et de lieux inconnus de nous, se contentant de la compagnie des livres. Il refusa les visites, plus encore celles de sa fille aînée. Il ne cacha plus son mépris pour son gendre, mon père. Malgré une famille honorablement connue, son titre de docteur et sa position convoitée de professeur de médecine à l'université nationale. Pourquoi avait-il donné sa fille aînée à ce pantin indigne et sans honneur ? Mon père fut, aussi loin que je me souvienne, absent de ma vie comme de mes sentiments. Je pressentais un drame familial, une déchirure enfouie dans le passé des deux clans. Ne trouvant aucune réponse satisfaisante, je me bornais avec la logique des temps de guerre à imputer cette discorde à leurs opinions politiques opposées.

Un monde séparait le vieil homme et son gendre. Mon père s'habillait presque toujours à l'occidentale, en costume trois pièces et chaussures noires importées d'Angleterre. Grand-père autrefois, comme tous les jeunes de son âge, avait suivi la mode étrangère. Mais aujourd'hui, il ne portait plus que les vêtements immaculés des lettrés de l'ancienne dynastie des Yi. Le large pantalon de ramie blanche bouffant et la veste à manches en demi-lune. Ceux-là mêmes que le gouvernement japonais avait interdits. Des patrouilles spéciales avaient été envoyées à travers la ville. Munies de pots de peinture, elles sillonnaient les rues à la recherche de resquilleurs. Combien de fois les habits blancs de mon grand-père qui séchaient dans la cour avaient-ils été déchirés ou retrouvés maculés de peinture noire ? Jamais grand-père n'avait cédé à la menace. Dût-il raccommoder toute la nuit, le lendemain il réapparaissait vêtu d'un blanc plus éclatant encore, de ce blanc symbole de l'indépendance du pays que jamais il n'abandonnerait.

— Va-t-on arrêter un vieillard comme moi pour de telles frivolités ? me disait-il quand je lui conseillais la prudence.

Sous la patine de l'âge, grand-père avait acquis une certaine douceur mais ses yeux restaient ceux d'un combattant.

Grand-père éprouvait une tendresse étonnante pour moi, toujours prêt à prendre ma défense quand ma mère me rudoyait. Quand elle décida de me faire arrêter l'école, il insista pour que je poursuive mes études et exigea qu'on m'envoie dans un collège chrétien dirigé par une Anglaise. On y apprenait aux filles le français, l'anglais et les mathématiques. Une des meilleures écoles de la ville.

— Sangmi doit apprendre les langues étrangères. Si nous les Coréens refusons de nous ouvrir au monde, jamais les pays étrangers ne nous viendront en aide !

Grand-père était allé aux Etats-Unis dans sa jeunesse.

Membre du parti de l'Indépendance, il avait entamé une fulgurante carrière politique. Mais après quelques années en Amérique, il avait soudain rejeté cette vie facile en exil et choisi de retourner dans son pays poursuivre le combat. Il avait épousé *halmeoni,* dont le corps ondoyant et le vocabulaire précieux l'avaient charmé. Il avait repéré la naissance de ses chevilles lors d'un concours de balançoire. Il était tombé amoureux d'elle, « à l'américaine ».

— *Geurae,* comme cela ! disait-il en faisant claquer ses doigts en l'air.

Je ne savais pas ce que signifiait ce « à l'américaine », mais comme mes grands-parents étaient les seuls êtres que j'aimais vraiment, je me disais que moi aussi, un jour, je tomberais amoureuse « à l'américaine ».

Le clan de grand-père avait froncé les sourcils devant ce comportement cavalier contraire à la tradition qui veut que la famille choisisse les prétendants de ses enfants. Mais comme les signes de naissance des jeunes gens s'accordaient, que les devins prédisaient une union heureuse, le mariage eut lieu. Ma mère était née neuf mois plus tard, puis mon oncle et trois autres fils encore.

Le premier mars 1919[1], grand-père avait marché en tête des manifestants dans Jongno, et hurlé avec les autres « *manse* longue vie à la Corée, *manse* » ! Ils avaient été des millions ce jour-là à relever la tête et à hurler au grand jour la volonté du peuple coréen d'être libre. Les Japonais avaient riposté avec

1. Le Mouvement du 1er mars 1919 (*Samil undong*) est l'une des premières manifestations populaires coréennes dirigées contre l'occupation japonaise.

une violence inouïe : seize mille morts et autant de blessés en quelques jours, des quartiers entiers incendiés et des centaines de personnes incarcérées. Les pavés du centre-ville portèrent pendant plus de quatre saisons des taches rouges du sang des manifestants. La Corée n'avait pas obtenu son indépendance, mais au moins ses hommes avaient-ils fait savoir au monde entier que la « pacifique colonisation » de la péninsule n'était qu'un leurre. Grand-père, après les incidents de mars, avait été emprisonné. A dix détenus dans une cellule. Puis dans un cachot isolé. Les Japonais avaient brisé ses lunettes. Il avait été relâché quelques mois plus tard. Sans explication. Une maladie étrange l'avait alors attaqué, qui rongeait peu à peu ses muscles et sa chair, et l'avait empêché de poursuivre ses ambitions. Il marchait avec des cannes, le dos soutenu par un curieux corset de bois, et attendait que la maladie atteigne son cœur pour s'éteindre.

Après la disparition de ma *halmeoni*, je pris l'habitude de m'arrêter le soir chez grand-père, à Heonni-dong. L'indifférence que ma mère me portait avait pour avantage de me laisser une liberté accrue. Elle éludait la question d'un revers de main. Ma mère ne vivait que pour Kyoko, lui donnant ce trop-plein d'amour que j'avais tant cherché. L'enfant dormait avec elle, blottie contre son ventre au risque d'étouffer sous la couette. Leurs rires et pleurs éclataient parfois au milieu de la nuit, comme ces orages de chaleur qui explosent sans pluie.

Mon père, pris par ses fonctions importantes au laboratoire de l'université, rentrait peu à la maison. Parfois quelques minutes le soir, le temps d'huiler ses cheveux, de passer une chemise fraîche avant de repartir pour le club des progressistes. Quand plusieurs nuits de suite il découchait, ma mère perdait patience et l'attendait la nuit dans la cour. Elle faisait les cent pas puis le martèlement de ses talons s'estompait, et je la retrouvais endormie sur le *maru*, recroquevillée dans le froid, comme une enfant.

Le tramway me déposait à quelques pas de la maison de grand-père, une demeure ancienne, avec un portail épais fermé par un cadenas en forme de tortue. Il me parlait de l'histoire de notre pays et m'expliquait les classiques anciens, trouvant que l'éducation au collège laissait à désirer. Il riait, découvrant sa bouche édentée, et essayait de se souvenir des bribes d'anglais qu'il avait retenues de son séjour en Amérique.

— Tu sais, Sangmi, j'ai rencontré le président des Etats-Unis, étudie bien l'anglais et toi aussi, tu voyageras.

Un jour, il sortit d'une malle un panama blanc garni de gros-grain bleu sombre et me demanda de lui nouer autour du cou une lavallière de soie grise. Intarissable, grand-père me racontait l'Amérique. Les ascenseurs, les lumières, les magasins… Mais quand nos conversations dérivaient et nous portaient sur les rivages d'un passé plus proche, il se fermait et, invariablement, me suggérait de lui préparer une tasse de thé au ginseng. Nous ne parlions jamais de ma mère, non plus que de mon père ni de mes frères. Kyoko, malgré l'innocence de l'âge, n'existait pas. Pour lui, le passé s'arrêtait à l'année de ma naissance.

Keijo[1] 1935

Les Japonais voulurent faire de 1935 une année symbolique dans le processus de colonisation de notre pays. Vingt-cinq années s'étaient écoulées depuis ce jour de canicule de 1910 qui avait vu notre ancienne dynastie Joseon s'incliner devant l'Empire du Soleil levant.

Dans la capitale, de grandes fêtes et des défilés furent organisés en l'honneur de la commémoration de l'annexion du pays, et sous le nom mensonger de *dōka*, « assimilation », plusieurs lois furent promulguées tendant à rayer de notre peuple tout sentiment d'identité nationale. Le système scolaire avait été refondu et des certificats de « comportement honorable » étaient attribués aux Coréens qui se soumettaient avec joie aux nouvelles lois. Mes frères alignaient déjà les diplômes et prenaient plaisir, lors de leurs permissions de fin de

1. Nom donné pendant la colonisation japonaise à l'actuelle capitale de la Corée du Sud, Séoul.

semaine, à calligraphier les syllabaires japonais sous le regard fier de mon père qui leur avait promis de les emmener en récompense aux nouveaux jardins zoologiques.

A l'école, nous n'étions que dix Coréennes sur une classe de trente-cinq élèves. Notre langue avait été bannie. J'apprenais l'histoire du Japon, la géographie de l'Archipel. La Corée, théoriquement partie de l'Empire, ne figurait qu'en annexe, avant la table des matières et l'index, et jamais nous n'atteignîmes les dernières pages du livre pour la fin de l'année scolaire. La « péninsule », ainsi que les Japonais appelaient notre pays afin de ne pas prononcer son nom, n'était en réalité que le marchepied sur le continent de la formidable ambition de son empereur-dieu. La religion shintoïste nous fut imposée. De grands travaux entrepris et de nouveaux temples *shintō* construits dans la ville.

Personne au collège, ni professeur ni élève, ne se fût risqué à enfreindre les nouvelles directives.

Un jour, par bravade, j'avais tracé au tableau noir les contours de la Corée, un tigre étirant ses griffes vers le Japon. Sous le dessin, j'avais inscrit en lettres coréennes « *uri nara* », notre pays. Madame So, notre professeur, avait blêmi en entrant dans la salle de classe et, frénétiquement, avait effacé le tableau en jetant des coups d'œil furtifs autour d'elle. Elle n'avait pas fait un commentaire sur le regrettable incident, mais, les yeux rivés sur les silhouettes studieuses de deux filles du premier rang, pendant toute la leçon ses mains avaient tremblé. Madame So n'était pas revenue faire sa classe la semaine suivante.

Le bruit courut qu'elle avait été dénoncée par des élèves à la police militaire et, quand je croisai les yeux en coin de mes deux camarades triomphantes, je sus que la résistance et le courage ne s'improvisaient pas. Jamais je n'oubliai le visage anxieux de madame So lorsqu'elle avait quitté la classe ce soir-là. Mon insouciance de gamine l'avait condamnée.

Au printemps, mon père, à grand coût, fit entièrement reconstruire l'aile gauche de la maison. A la manière japonaise. Les murs qui séparaient les chambres furent abattus et remplacés par des cloisons de papier coulissantes qui ne permettaient aucune intimité. Le revêtement de sol traditionnel en papier huilé lisse et doré fut recouvert dans plusieurs pièces de gros tatamis de paille tressée.

Les architectes coréens construisent nos maisons de façon à ce que la chaleur qui provient du sol ne s'échappe pas. C'est pourquoi les murs sont épais et les pièces souvent borgnes, munies de fenêtres minuscules placées en haut des parois. Le gaz chaud qui court dans des canalisations sous le sol de pièce en pièce réchauffe ainsi l'atmosphère même pendant les hivers rigoureux. Depuis sa rénovation, la maison était devenue glaciale. Dans la cuisine, le feu alimentant l'*ondol* consomma bientôt tant de combustible que les tickets de rationnement n'y suffirent plus. La chaleur emprisonnée par les tatamis ne se diffusait plus, retenue par les boucles de paille, et dans les rares chambres où le papier huilé avait été conservé, le chauffage rendait le sol brûlant puis s'enfuyait à travers les portes. On ne chauffa plus qu'une seule pièce. Le bureau de mon père. Nous étions transis mais n'avions-nous pas une maison moderne à la japonaise ?

Je n'avais que treize ans et j'ignorais tout de l'origine des subites rentrées d'argent de mon père. Sa famille, originaire de Buyeo, avait des biens que peu à peu il avait vendus mais leur revenu ne pouvait en aucun cas expliquer ses achats extraordinaires en ces temps de restrictions. Alors que la plupart des Coréens coupaient leur riz de grains d'orge, mon père faisait des travaux dans la maison, renouvelait ses costumes et s'offrait une voiture.

Ma mère ne profitait pas de cette manne inconnue, ne recevant que quelques billets, chaque mois, pour faire tourner le foyer. Corsetée par l'orgueil, jamais elle ne se serait abaissée à quémander auprès de cet époux qui buvait du champagne au club tous les soirs tandis que nous comptions les sacs de riz dans l'arrière-cuisine.

Mon père entretenait une seconde femme. Malgré ma jeunesse, je savais déjà reconnaître ces signes qui trahissent l'homme infidèle. Le regard fiévreux le soir, les attentions soudain trop marquées pour ma mère, les éclats subits et cette odeur sucrée de savon fin qui imprégnait ses vêtements. Ma mère, elle, feignait d'ignorer les frasques de son mari. D'ailleurs il me sembla bientôt qu'elle se satisfaisait de cette situation qui lui évitait probablement des devoirs conjugaux pour lesquels elle n'avait que peu de goût.

Je ne fus pas surprise quand un jour je croisai mon père sur Honmachi[1], la grande avenue de Séoul ainsi rebaptisée par les Japonais, aux bras d'une inconnue à la nuque poudrée et vêtue de rouge. Il riait et, en passant à ma hauteur, laissa glisser son

1. Actuelle Chungmu-ro.

regard sur moi sans me voir. Je ne me retournai pas mais m'arrêtai et écoutai leurs voix s'éloigner dans les ruelles. Ils étaient déjà loin et je les entendais toujours. Une fureur sombre montait en moi, tissée de la rancœur accumulée au long des ans contre ce père imbu de lui-même, qui ignorait les siens avec une arrogance froide. Pour la première fois ma mère, contre laquelle se dirigeaient habituellement mes humeurs, m'apparut comme une victime aux mains de cet homme sans âme ni dignité. Je me souviens avec précision de la ville, ce jour-là. La colère guidait mes pas. Il avait tant neigé que la circulation avait été interrompue dans le centre. Aucune automobile ne circulait. Même Honmachi était déserte. Presque morte avec ses tramways et ses bus échoués sur les bas-côtés. Je n'aimais pas Honmachi et ses banderoles, ses affiches en caractères japonais. L'occupant avait marqué de sa griffe infamante chaque maison, chaque boutique. Dans les ruelles débouchant sur l'avenue, l'agitation devenait plus intense car la neige avait été repoussée en gros tas informes au pied des maisons, permettant le passage des voiturettes des livreurs. Un curieux mélange mouvant de petites silhouettes enveloppées de kimonos bleu sombre. Des boutiquiers, des passants, des étudiants tenant leur vélo à la main, des jeunes gens en chapeau mou. Des étrangères, de grosses femmes à la peau rose qui avançaient en se dandinant, laissant derrière elles un sillon de parfum. Comme nous étions en période de fêtes, à une semaine de la nouvelle année, quelques femmes avaient revêtu le costume traditionnel coréen. On lisait la bravade dans leur regard, et à la façon dont elles faisaient tourner leur ample jupe, on sentait la colère. Mais la plupart, suivant les instructions du gouverneur général, avaient opté pour une tenue bâtarde et inélégante : pantalons bouffants et veste courte.

La semaine passée, un incident avait éclaté qui avait enflammé la colère des gens. Un de ces marchands ambulants de toques de loutre qui, une fois l'an, descendent de leurs montagnes vendre le produit de leur chasse, avait osé débiter son baratin de colporteur en coréen. Une voiture militaire, avertie par un citoyen zélé, avait fait halte à sa hauteur et sans ménagement l'avait embarqué, laissant les couvre-chefs de fourrure éparpillés dans la neige. Des passants avaient pris la défense du montagnard. Il y avait eu quatre morts et deux blessés. Mais qui donc aurait pu enseigner au vieil homme cette langue qu'il ne connaissait pas ? Que savait-il des nouvelles lois ? A l'endroit de son arrestation, un panneau avait été planté avec des coupures de journaux, incitant à méditer le sort du pauvre bougre qui, lisait-on, vivait depuis dans une maison pour vieillards, grâce à la bienveillance du gouvernement japonais.

L'image de mon père au bras de sa maîtresse et l'écriteau portant la sanction imposée au pauvre colporteur tournaient devant mes yeux. J'avais écouté les commentaires des passants devant les affiches : ceux qui parlaient et ne craignaient donc pas la milice japonaise, approuvant à voix forte le sort clément qui avait été réservé à l'homme. Ceux qui se taisaient mais dont le silence obstiné et les lèvres serrées trahissaient leur haine de l'occupant. Et puis les autres, les étrangers, qui prenaient des airs apitoyés et babillaient en se promenant, parlant en vrac de politique, d'expéditions dans les montagnes, du gouvernement chinois en Mandchoukouo, de chasse au léopard dans les monts du Diamant, de la tension politique en France.

Une rage amère m'avait envahie. Je détestais ces hommes, ces femmes qui nous avaient volé notre patrie. Mais je détestais aussi ces Occidentaux hypocrites qui observaient le calvaire de notre pays comme une leçon de biologie. Et tous ces Coréens qui, comme mon père, se courbaient devant cette armée de nains nippons et paradaient en pleine ville au bras de leur maîtresse ! Japonaise, Coréenne, quelle importance ? J'avais pitié de ma mère et honte de mon père. Pourquoi ne pouvais-je comme mes frères me réjouir aux visites de Satsuda-*san*, afficher des diplômes de bonne citoyenne aux murs de ma chambre ? Pourquoi ne pouvais-je comme ma mère fermer les rideaux de mon esprit et rayer le monde extérieur ?

Deux femmes lisaient à mi-voix le panneau, hochant la tête lentement comme pour mieux se convaincre de la bonne foi des Japonais. Mais quand les silhouettes capées de noir de trois soldats débouchèrent de la ruelle, elles s'éloignèrent en rasant l'ombre des boutiques comme des rats pourchassés. Lentement, je reculai de deux pas et, joignant les mains au niveau de ma poitrine dans le geste du salut bouddhiste, m'inclinai, les yeux mi-clos, tandis que passaient les soldats. Cette petite victoire étira mes pas et leur imprima une allure sautillante, presque gaie. Je me dis que grand-père serait fier de moi quand je lui raconterais.

En marchant dans les rues de Séoul, laissant les kilomètres se dérouler sous mes chaussures, indifférente à la neige qui avait pénétré mes semelles et m'engourdissait les pieds, je pris conscience d'une réalité que jamais je n'avais ressentie auparavant, peut-être parce que les filles ne sont guère encouragées chez nous à exprimer leurs peines ou leurs doutes. J'étais différente. Différente dans ma chair et dans mes pensées.

Les vitrines des magasins, les regards des autres me renvoyèrent soudain l'image d'une adolescente trop grande, trop élancée, à la peau trop pâle, aux yeux trop ouverts. « Des yeux de petite curieuse », grognait gentiment ma *halmeoni.* Des yeux dont j'étais fière depuis que j'avais lu qu'en Amérique, les riches Chinoises émigrées dépensaient des fortunes pour se les faire opérer, afin de supprimer cette paupière tendue qui, chez les Asiatiques, transforme l'œil en une amande effilée comme un trait de pinceau noir. Mes yeux étaient grands, légèrement retenus aux tempes par un fil invisible, mais leur iris sombre y brillait sans gêne, encadré de vraies paupières à la peau légèrement irisée, ourlées de cils immenses.

Cette impression soudaine de ne pas appartenir au même monde que mes parents, que mes frères ou que les passants que je croisais se doubla en un instant de la certitude plus intense encore d'être pourtant plus coréenne qu'eux, jusqu'au fond de mon âme.

Je marchai longtemps. Puis tout à coup, je ne me souvins plus de rien. Le ciel pâle rayé par les ailes des grues. Un froid intense qui me transperce les os. Je suffoque mais ne sais où je me trouve, qui me parle. Pourtant une voix résonne qui me répète :

— *Namae wa ?*

Pour la première fois de ma vie, mais j'ignore que ce n'est que la première fois, j'entends cette question. Ce style dur, tranchant comme de l'acier, me cinglant à la face.

— *Namae wa ?* Comment t'appelles-tu ?

J'articule péniblement, secouant ma tête si lourde, qui bourdonne de bruits étranges.

— Kim Sangmi.

La question reprend. Toujours en japonais.

— *Oi, namae dayo !*

— *Kim Sangmi.*

Mon corps brûle. La lumière est si vive, si intense. Elle me perce les yeux. Mon nom ? Je m'appelle Kim Sangmi. Que voulez-vous d'autre ? J'ai treize ans. Je fréquente l'école de filles de Hongsa-dong et mon père s'appelle Kim Ho-il. Je prononce le nom de mon père à la coréenne. D'ailleurs je ne réponds qu'en coréen. Je pense à grand-père et regagne courage. Il me semble que j'ai perdu conscience et que, lentement, des voix me tirent d'une torpeur glacée qui paralyse mes muscles et entrave mes paroles. Que fais-je ? Où suis-je ? M'a-t-on bâillonnée pour que mes lèvres refusent d'articuler correctement ? Mon Dieu, que j'ai froid ! Je gémis que je suis coréenne. Mes yeux ne voient rien. L'agitation est intense, comme si des dizaines d'hommes marchaient autour de moi. Leurs voix résonnent, se brisent contre les murs. Les bottes claquent sur les dalles. Des cris, des injures. Je ne crois pas qu'elles me soient destinées, même si une main me secoue, une autre me fait boire de l'eau chaude dans une timbale en fer-blanc.

J'ignore depuis combien de temps j'attends sur cette chaise. Je ne connais pas ce tissu râpeux qui couvre mes jambes. Je ne porte pas mes vêtements, ma jupe bleue d'écolière et mon col blanc, mais un pantalon fleuri de paysanne et une veste. Puis soudain, dans ce bruit sans forme, tissé d'ombres et de cris, une voix connue, douce et froide. Ma mère. Elle parle en japonais, calmement, les mains posées sur la poignée de son sac. Je vois sa silhouette maintenant. Distinctement. Avec son ample manteau, ma mère paraît plus grande, plus forte que le soldat nippon qui la questionne, l'observant pardessus ses lunettes. Je vois la pièce aussi : un bureau avec de petites fenêtres grillagées donnant sur un talus enneigé. Ma mère semble effondrée. Sa voix a perdu son timbre chantant. Les mots s'échappent de sa gorge mollement.

— Madame, votre fille… C'est bien votre fille, n'est-ce pas ? Votre fille a tout de même entraîné cette femme dans le fleuve ! Ne comprenez-vous pas ?

La voix du Japonais monte. Se gonfle de détails, d'explications que trois témoins apparus soudain fournissent avec des yeux de fouines. Parmi eux, une femme aux cheveux bouclés roussis par les permanentes. Plus virulente que les autres, elle pointe sur moi un doigt accusateur et pousse des cris d'orfraie. Je me souviens alors.

Je me souviens avoir quitté Honmachi et marché vers la rivière, au sud, puis m'être approchée du bac qui, malgré le froid, traverse le fleuve Han dans une courbe où la glace n'a pas emprisonné les eaux. Je voulais m'asseoir dans la neige, regarder la surface des flots gelés, immense et grise, et guetter la vie sous les crevasses noires le long du gué. Les remous brutaux des eaux quand le fleuve tente d'échapper aux monstrueuses plaques qui l'étouffent, un carcan de glace qu'à force de respirer, il brise dans des craquements effrayants.

Et soudain, parmi les passagers qui attendaient près de la bitte d'amarrage, je l'avais vue. La femme. La femme vêtue de rouge à la nuque poudrée qui, tout à l'heure, déambulait pendue au bras de mon père. J'avais reconnu son odeur sucrée, sa voix en cascade, sa façon de glousser dès que l'homme qui l'accompagnait se rapprochait d'elle. Un Coréen, un Japonais, peu importe. Un homme comme mon père, sans scrupules, ni honneur. J'avais attendu que le bac démarre, que tous les passagers montent, arriment leurs paquets : quelques soldats japonais, arme à l'épaule, et une dizaine de civils, des femmes surtout, un enfant et une vieille avec un âne couvert de cageots à poulets vides.

La femme avait pris congé de l'homme puis, d'une démarche que ses talons hauts rendaient instable sur les planches glissantes, avait rejoint une amie qui attendait près de la corde d'arrêt de l'embarcation. Le bac s'était ébranlé sous les grognements gutturaux du passeur qui, avec une énorme perche de bois, repoussait les blocs de glace du bord. Le départ fait craquer les planches sous les pieds. Les grincements des poulies enflent tellement que les passagers, chaque fois, respectent un moment de silence, mus soudain par une peur sans fondement puisque jamais le bac n'a chaviré au démarrage, même quand survient la débâcle au printemps. Le danger se cache plus loin, à mi-chemin entre les deux rives, là où le tirant d'eau est faible et le courant violent. A chaque traversée, les yeux du passeur prennent des lueurs violettes, brûlés par l'effort constant de fixer les congères de glace éblouissantes qui, à tout instant, peuvent refermer leurs mâchoires sur l'esquif surchargé.

Les deux femmes continuaient de rire, retenant leurs jupes et leur sac d'un geste nerveux chaque fois que la vieille femme et son âne, déséquilibrés par les cahots, les frôlaient. Qui se serait inquiété d'une gamine de treize ans ? Quand je m'approchai de la femme en rouge, elle posa un regard étonné sur moi, les doigts de nouveau crispés sur son sac. M'avait-elle reconnue ? Prise pour une petite voleuse ? J'étais sûre qu'elle ne savait pas nager. Moi j'avais appris, enfant, sur ces mêmes rives.

De nouveau, tout se brouille dans mes souvenirs. A-t-elle basculé par-dessus la balustrade ? Glissé sous les cordes ? Je sens le bois des planches m'entailler le bras alors que je la pousse dans le vide. Elle ne crie même pas et agite ses pieds comme un nourrisson. Dans son effort pour se raccrocher au bastingage, elle se retourne et m'entraîne avec elle dans le fleuve. Elle se débat mais déjà le froid intense engourdit ses gestes. Il me semble qu'une tenaille monstrueuse s'est refermée sur mes chevilles. Un piège d'eau. Je sens mon souffle m'abandonner, un poids immense et glacé presser sur ma poitrine. Mais les mains aux ongles vernis de rose s'agrippent à mon col. Cette bouche hurlant, suffoquant, m'insuffle à chaque soubresaut le courage suffisant à maintenir la tête hors de l'eau, jusqu'à ce qu'enfin la masse de cheveux noirs et la nuque poudrée disparaissent, englouties dans une respiration du fleuve. Morte. Je la voulais morte. Morte de mes mains d'enfant.

Le bac s'était arrêté. Les passagers, qui n'avaient pas vraiment compris la scène, pensant que la femme était tombée à l'eau et que vaillamment j'avais sauté à son secours, me réconfortaient dans une couverture. Un homme avait plongé dans le fleuve et m'avait tirée hors des flots. Ma langue sur mes lèvres enflées décelait un goût de vase mêlé à une saveur plus salée de sang. J'avais perdu connaissance.

Le visage de ma mère contre le mien. Son grain de peau. Son souffle. L'odeur de chien mouillé du col de fourrure de son manteau.

Je ne lis aucune tendresse sur ses lèvres, même si j'ai envie de lui hurler que je n'ai poussé la femme que pour elle, pour qu'elle m'aime, qu'elle comprenne que mon père n'est qu'un salaud, qu'elle mérite mieux… Mais elle me fixe sans parler de ses demi-prunelles de cendre cachées sous ses paupières.

Mon père est entré. J'ai reconnu son pas, la sacoche lancée sur une chaise.

Je tremble instinctivement. Cet homme m'effraie. Il agit comme à la maison et a frappé son manteau du revers de la main pour en secouer la neige. Il parle en japonais avec les miliciens qui, soudain, ont cessé de s'agiter.

— *Kawamoto san ? Sōdesune ?*[1]

1. Ah bon, monsieur Kawamoto ? (jap.)

Les exclamations des policiers ont perdu leur arrogance et se sont courbées à l'énoncé de son nom. Kawamoto. Ma mère, aussi médusée que moi, cache dans des gestes fébriles une gêne dans laquelle je veux lire un soupçon de honte. Mon père s'est assis, désinvolte. Oui, cette gamine blottie sur la chaise, il s'agit bien de sa fille mais à treize ans, cela ne peut être qu'un accident... Sans doute la femme aura-t-elle glissé ? Ces bacs sont si instables quand ils s'ébranlent !

Leurs voix s'estompent, ils ont quitté le petit bureau et poursuivent la discussion dans une pièce adjacente. Mon père fume maintenant avec un Japonais en uniforme. Ils s'exclament et il me semble qu'ils ne parlent plus de moi. Des bribes de conversation me parviennent. « Une simple pute ! Une fille du bordel de la gare... Qui la regrettera ? » Et soudain, les larmes me montent aux yeux, le remords m'envahit, puissant et tenace, interrompu de quelques bouffées d'espoir. La femme est-elle morte ? Seulement inanimée ? Je m'inquiète de son sort. « Une simple pute. » Comment mon père ose-t-il ainsi mépriser tous les êtres qu'il approche ? Je déteste cet homme et sa morgue raffinée. Son dédain affiché a tout à coup redonné valeur et humanité à l'inconnue à la nuque poudrée. « Une simple pute. » Sa voix haut perchée, ses ongles vernis de rose et sa démarche chancelante me bouleversaient maintenant. Je cherchai dans ma mémoire à reconstituer les traits de son visage que je n'avais aperçu qu'à travers la violence qu'il m'avait inspirée. Ce regard affolé par l'eau qui s'engouffrait dans sa bouche, ses narines, et emportait sa vie dans les remous du fleuve. Quand je l'avais vue frivole, vulgaire, je la comprenais fragile et simple. Une fille qui n'avait pas eu le choix de son destin. Je m'étais acharnée sur elle, les mains plaquées sur ses cheveux noirs, et l'avais entendue me supplier entre deux goulées d'air. Je n'éprouvais pas de regrets mais le sentiment plus terrible de m'être trompée, mortellement trompée. La pauvre n'y était pour rien, un simple jouet entre les mains des hommes. En quelques instants ma haine se tourna vers le seul objet qu'elle aurait dû avoir : mon père.

Il s'était rapproché, accompagné du Japonais, probablement interrompus dans leur conversation par mes larmes interprétées comme le signe tant espéré de mes remords.

— Tu aurais dû nous dire que tu étais la fille de Kawamoto *sensei* !

La voix du militaire, un homme de carrure moyenne, le nez monté de bésicles cerclées comme tous les Japonais, grondait tout à coup mi-bourrue, mi-affectueuse.

— Une jolie fille comme toi ! Tu as l'air d'un chien mouillé ! La prochaine fois, fais attention, accroche-toi bien quand le bac démarre !

Il me toisa avec ce regard en biais de ceux qui cherchent à démasquer leur ennemi puis, se tournant vers ma mère, susurra des hommages mielleux.

Nous quittâmes le poste de police calmement. Mon père marchant devant, enveloppé de son énorme manteau.

Sa voiture attendait dehors sous un plaqueminier aux branches glabres chargées de fruits trop mûrs. L'air était froid, sucré de la sève des kakis tombés à terre qui fermentaient. Le velours bordeaux sombre des coussins crissa quand je me glissai à l'arrière.

Ma mère avait pris place à ma gauche, l'air troublée, plus ébranlée par l'idée que j'aie côtoyé une fille de joie que par mon acte insensé. J'attendais une tempête qui ne venait pas. Cette femme était si peu mère qu'elle n'avait pas même l'envie ou la force de me gronder.

Je la vis soudain avec des yeux d'adulte : une simple esquisse de femme, faite d'ombres et de malaises, une poupée sans défense, impassible parce qu'atteinte d'une souffrance dont j'ignorais tout mais qui, de toute évidence, faisait l'affaire de mon père.

Mokpo

Trois jours. Il ne fallut pas plus de trois jours à mon père pour me trouver une place chez une famille de Mokpo, dans le sud du pays, lointainement affiliée au clan Kim par une branche ténue qui remontait à plusieurs générations.

L'accident du bac ne semblait pas avoir entaché sa réputation mais il convenait de faire preuve d'autorité afin de ne pas laisser cours aux ragots. En trois jours ma famille d'accueil fut contactée : elle venait de perdre une belle-fille et les enfants de la maison réclamaient de l'aide. Je m'insurgeai : mes études ? Mais mon père y avait pourvu, je les poursuivrais le matin à l'école communale. Avais-je espéré avec ce geste de démence conjurer le sort et contraindre mes parents à briser le silence qui régnait sur la famille ? Cette indifférence qu'ils affectaient toujours à mon égard ? La colère tant attendue n'était jamais venue et se retourna contre mes deux frères qu'une innocente curiosité enfantine avait poussés à poser trop de questions. Mon père, que la fureur avait vidé de son sang, contrairement à la plupart des hommes qu'elle empourpre, avait sans explication noué ses doigts livides sur la boucle de sa ceinture et ordonné d'une voix monocorde aux deux enfants de se tourner. Les coups réguliers, mats, entrecoupés des reniflements de mes frères, avaient empli notre maison japonaise sans murs de gémissements pendant une semaine entière. Les voisins se demandèrent quel crime les deux écoliers avaient pu commettre qui méritât un tel châtiment.

Privée momentanément d'école sous le prétexte de me rétablir du choc provoqué par ma chute dans le fleuve glacé, je restais dans ma chambre, les pieds enroulés de bandelettes de molleton pour les tenir au chaud. Le froid des eaux avait mordu ma chair et laissé mes orteils sans vie, bleuis, recroquevillés. Mon père m'avait ordonné d'appliquer une pommade rapportée de l'université. Une odeur de poisson et d'huile rance flottait dans ma chambre et même si je savais la pommade efficace, le pot la renfermant, marqué de quatre caractères japonais tracés à l'encre rouge, me répugnait à ouvrir. Mes frères retournèrent au collège peu après leur mémorable correction, et si je n'éprouvais guère d'amour pour leurs airs fanfarons, leur mine tout à coup défraîchie me fit pitié quand leurs petites silhouettes en uniforme noir quittèrent la cour.

L'injustice de la punition ouvrit brutalement les yeux de ma mère et la réveilla de sa torpeur. Le pavillon qu'autrefois je partageais avec ma *halmeoni* avait été coupé en deux après sa mort. J'avais craint de ne devoir réintégrer le bâtiment principal mais à mon plus grand bonheur une chambre m'y avait été laissée, petite, dans l'angle de la véranda, encombrée de malles contenant les affaires de ma grand-mère. Mon domaine. Aujourd'hui, cela n'a rien de surprenant qu'une adolescente jouisse d'une chambre individuelle mais dans la Corée d'alors, une telle attitude dénonçait le mépris ou l'abandon. Jamais des parents aimants n'auraient admis que leur fille dormît ainsi à l'écart de tous et à l'école, je me gardai bien de parler à mes camarades des curieuses dispositions familiales.

En voyant la silhouette de ma mère se dresser entre les panneaux de ma porte ce jour-là, j'eus envie de lui dire à quel point je la trouvais belle. Ma mère, une Yu comme mon grand-père, était une grande femme, pourvue d'un charme singulier fait de contrastes trompeurs. Mi-fleur, mi-roc, sa beauté aurait pu faire d'elle la muse d'un peintre. Depuis qu'elle avait coupé ses cheveux pour suivre la mode, son visage avait perdu sa grâce comme si les boucles qui remplaçaient les bandeaux noirs d'hier avaient, par leur asymétrie, détruit le bel équilibre de ses traits : une bouche brun sombre dessinée naturellement contre la pâleur de son teint, des pommettes effacées, lisses comme des galets, et un cou immense et flexible, découvrant à sa naissance une peau nacrée d'enfant.

Les mots que l'on ne dit pas sont ceux que l'on regrette le plus. Aujourd'hui encore, quand je croise une mère et sa fille tendrement enlacées dans la rue, un violent sentiment de jalousie m'envahit. Je me revois prête à tout pour attirer son attention et assouvir cette soif d'elle, une soif inextinguible d'amour, de m'entendre dire ces paroles au goût de lait et de miel dont les mères normalement abreuvent leurs enfants. Peu m'importait ce qui s'était passé, peu m'importaient toutes ces années à attendre qu'elle me tendît la main. Ce jour-là, ma mère était venue vers moi, enfin. Pour la première fois.

Vain espoir. La main blanche qui poussa ma porte, fine et translucide comme une main de Gwanyin, m'incita aussitôt par sa raideur, son éclat, à la prudence. Ma mère resta quelques minutes à m'observer, avec étonnement, comme si elle avait du mal à reconnaître en moi la fille qu'elle avait enfantée. Elle portait Kyoko sur son dos et ne dit rien, se contentant de me faire signe de dénouer les liens de son *cheone* pour elle et de récupérer le bébé sur ses reins. Privée du soutien du tissu matelassé, la tête de Kyoko lourde de lait et de sommeil roula dans ma main comme un melon trop mûr sur sa tige.

— Tu ne peux pas faire attention ? Non contente de faire punir tes frères à ta place, il faut en plus que tu te venges sur cette pauvre enfant ? Mais qu'es-tu donc au fond de toi ? Un monstre ?

La voix de ma mère sifflait d'une rage qu'elle s'efforçait de contenir afin de ne pas réveiller l'enfant. Kyoko, qu'elle m'avait arrachée des mains, s'était blottie dans le creux de son bras, indifférente. Ma mère continuait de siffler, d'une voix chuintante qui soulevait sa poitrine de hoquets et s'échappait par rafales entre ses lèvres serrées.

— Tu n'es rien, Sangmi. Rien !

Elle m'avait attrapé l'oreille et tirait, enfonçant ses ongles dans ma peau avec le geste des femmes qui troussent un lièvre ou dépiautent une sole de rizière.

— Tu vas partir, arrêter de nuire, de me nuire comme tu le fais depuis ce jour maudit où je t'ai mise au monde ! Tu vas arrêter de gâcher ma vie avec tes yeux exorbités et tes manières insolentes. Tu vas partir ! Ne comprends-tu pas ?

Sa poigne s'était relâchée, trompée par mon air calme. Ses mots pour une fois vivaient, me parlaient, s'adressaient à moi. Non pas des mots étrangers qui passent sans effleurer, mais des mots fleurant l'émotion, intenses, riches, bouillonnants... Des mots qui me rejetaient avec une violence qu'aucun enfant ne voudrait entendre de sa mère et pourtant qui me soulageaient : j'existais.

Cette révélation teinta mes yeux d'une reconnaissance si lumineuse que ma mère détourna la tête, soudain impuissante devant cette enfant qui prenait la haine pour de l'amour et s'obstinait à voir en elle tout ce qu'au long de ces années elle avait vainement tenté d'oublier.

Kyoko bougea, cherchant instinctivement le sein maternel, mais se contenta d'un morceau de tissu roulé que ma mère lui fourra dans la bouche après l'avoir imbibé de salive.

— Tu récupéreras tes affaires à l'école demain matin. Ne t'attarde pas, le train pour Mokpo partira mardi à l'aube. Avant ton départ, il faudra préparer tes bagages. Demain soir, ton père dînera à la maison. Remercie-le de sa clémence car tu ne peux imaginer à quel point elle est grande.

La voix avait déjà revêtu son habit d'indifférence. Un court silence s'installa, interrompu par les succions mouillées de Kyoko, puis, ramassant le *cheone* à ses pieds, elle l'enroula comme un châle sur ses épaules qui tremblaient et, sans ajouter un mot, quitta la chambre.

Je passai la main sur mon oreille douloureuse et, portant mes doigts aux lèvres, respirai longuement l'odeur douce et sucrée de ma mère. Une odeur de prunes écrasées qu'entre mille mon nez saurait reconnaître, celle de l'amour maternel qui m'avait été refusé.

Le lendemain, je défis les bandelettes de mes pieds afin d'enfiler une dernière fois l'uniforme de l'école. Mes ongles étaient tombés et ne repoussèrent jamais.

Mon départ de Séoul se fit rapidement, sans effusion.

Je savais au fond de moi qu'après mon acte insensé, mes parents ne pouvaient me garder auprès d'eux. Hors l'abandon forcé de mes études, l'idée de cette brusque émancipation ne me déplaisait pas. Un seul remords me tenaillait : je n'avais pu retourner voir grand-père. Je redoutais le compte rendu qui lui serait fait de l'accident et aurais voulu lui expliquer avec mes mots les raisons de cet exil brutal.

J'avais, sur les instances de ma mère, présenté mes excuses à mon père. Je l'avais aussi remercié du soin qu'il prenait de moi malgré mes fautes. Satisfait de cette attitude d'enfant sage, il s'était détendu et avait allumé un cigare. La flamme avait léché le bout du cylindre, enveloppant les feuilles brunes de sa chaleur, répandant une odeur de caramel dans la pièce.

— Mon père, savez-vous ce qu'est devenue la jeune femme ? J'ai entendu dire qu'elle avait récupéré du choc thermique.

Le ton décidé sur lequel j'avais parlé et la précision de mes termes firent sursauter mon père et tressaillir la flamme du briquet qu'il avait gardé allumé, hypnotisé par ses lueurs.

— La femme ?

Nos yeux se croisèrent un court instant. Des yeux lâches et cruels qui se posèrent de nouveau sur le briquet et le cigare qui continuait de rougeoyer.

Ma mère qui assistait à la scène s'interposa.

— Oui, notre fille s'enquiert de la santé de… de cette femme.

La gêne de mon père, indéchiffrable pour ma mère, s'étalait sous mes yeux. Craignait-il que je révèle la vérité ? Que je dévoile devant ma mère que cette femme, cette vulgaire putain, avait enlacé son corps et caressé sa peau ?

Une haine couarde fit trembloter sa bouche.

— Je crois qu'elle s'en est sortie mais, ajouta-t-il, retrouvant soudain son assurance, aurais-tu craint le pire ?

Ma mère, inconsciente de la joute qui se déroulait sous ses yeux, suivait la conversation d'un air distrait.

— Pas tant que vous, mon père, soufflai-je avant de poursuivre, comme il se doit pour une enfant qui va quitter ses parents, par les salutations habituelles dues aux aînés, trois profondes révérences, tête au sol, accompagnées de remerciements.

J'étais partie.

Il y avait eu le train jusqu'à Mokpo, coincée dans un compartiment bondé. Il y avait eu les retards dus aux congères accumulées sur les voies au sud de la capitale. Et l'arrivée dans la province du Jeolla avec, au fur et à mesure que le train approchait de l'estuaire de la rivière Yongsan, un paysage qui se liquéfiait. Des étendues inondées, sans plus de démarcation entre le ciel et la terre, et des chaumières noyées dans les champs transformés en lacs gigantesques. Au bord de la voie ferrée, malgré les rouleaux de fil de fer barbelé, se pressaient des vagabonds et des familles, traînant parfois une chèvre ou un bœuf, avec l'expression hagarde de ceux qui ont tout perdu et que frôler la mort sur les rails n'effraie plus. Et enfin, l'arrivée à Mokpo battue par la tempête, les pêcheurs bloqués au port noyant leur inactivité forcée dans les tavernes. Une ville grise où sourd la tristesse, perdue sur une côte inhospitalière hérissée de rochers et longée sur sa partie ouest de sable gris et d'étendues de vase et de roseaux qui ne s'animent qu'à la courte saison de la ponte des oiseaux migrateurs.

La famille Kim au complet m'attendait, l'air grave. Un homme et une femme, sans haine ni passion, fatigués de vivre, saignés par les taxes exigées par les Japonais et détruits par la disparition en mer de leur fils trois ans après son mariage. Des êtres simples, se laissant porter par la vie sans résister et qui voyaient dans l'arrivée inopinée de bras jeunes et vigoureux l'occasion de remplacer leur belle-fille morte l'année passée et dont l'absence se faisait sentir. La mère m'avait aussitôt souri et le père abordé les formalités de mon séjour, frais et pension. Jamais plus je ne me couchai tôt. Tant que mon corps restait en bonne santé apparente et continuait de fonctionner, il n'y avait pas lieu de s'inquiéter.

Mokpo signifie le « port des bois ». Les forêts qui autrefois protégeaient ses terres avaient disparu, déracinées par le vent qui soufflait sans cesse, soulevant des bourrasques de sable et de boue, entraînant avec les pluies torrentielles les eaux de la rivière dans de continuelles débâcles qui laissaient les hommes vidés, épuisés de cette nature toujours contrariée.

Les habitants avaient vu leur ville s'ouvrir de force au commerce quarante années[1] auparavant à peine. Ils en avaient gardé un caractère sombre et n'étaient guère enclins à la parole. Quand ils rentraient de la pêche, ils n'avaient que la boisson pour oublier, un infâme alcool de patate douce et de riz distillé en fraude dont ils emplissaient de larges bols de grès que l'on retrouvait le matin brisés dans les rues.

Les femmes travaillaient autant que les hommes. Elles avaient le visage buriné, noirci par la vie en plein air, et creusé de rides blanchies par le sel, comme si elles portaient un filet de pêche sur la peau. Engoncées dans de grandes chausses brunes, elles ne se réchauffaient jamais. Les mains sans cesse plongées dans les eaux glacées, elles ramassaient les algues, triaient les pieuvres ou réparaient les filets, le silence vissé au corps comme si parler allait aspirer leurs dernières forces.

La famille Kim habitait une maison au bord de l'eau. Une maison comme je n'en avais jamais vu, dans une ruelle bordée de petites façades toutes identiques. La pièce principale, rectangulaire, ressemblait à un couloir : d'un côté une porte ouvrant sur la rue, se rabattant à la manière d'un étal sur lequel séchaient les pieuvres et les poissons et, de l'autre, un mur donnant directement sur les eaux noires du port, lui aussi ouvert par un panneau maintenu au

1. 1897.

plafond par des cordes. En marchant dans la rue, on voyait la mer à travers ces demeures sans parois, une plongée intime dans la vie des foyers qui continuaient de vivre dans ce courant d'air permanent, de dormir, de manger sous les regards des pêcheurs, des passants et des mouettes.

Du côté de l'eau, descendait une petite échelle donnant sur une jetée. Une barque y était amarrée avec laquelle le père rejoignait les bateaux de pêche et les casiers au large le matin. Ma chambre, que je partageais avec les enfants et petits-enfants des Kim, donnait de ce côté de la maison, au-dessus des bouches d'égout, en vis-à-vis du mur mitoyen rongé par les algues. Une puanteur indescriptible régnait dans cet univers.

La digue formait un angle, jouxtant un autre ponton. Là, perché comme une proue, un homme veillait de l'aube au crépuscule, les yeux rivés sur l'horizon. On le tolérait, lui jetant des épluchures le soir comme à un chien. Les restes de soupe, la peau des poissons et parfois un peu de riz. Plus pauvre que les plus pauvres, il ne possédait rien, pas même l'air qui pénétrait ses narines. La lèpre lui avait pris le nez, les mains, l'odorat, le goût et le regard des autres. Il vivait sur le port, entre les rats et les déjections qui s'écoulaient directement à travers deux tuyaux de bois des murs des maisons, dans les eaux aux profondeurs épaisses et noires. Sans l'aide des habitants, les Japonais l'auraient sans doute déjà embarqué.

Je m'entendis aussitôt avec la mère Kim. Nos caractères s'accordaient. Non qu'ils fussent semblables, mais ma vigueur faisait écho à sa lassitude, ma gaieté à sa mélancolie, et très vite je trouvai ma place à ses côtés.

A plus de cinquante ans, la pauvre femme ne pouvait plus surveiller les enfants, trier les algues, dépiauter les poissons, moudre les carcasses pilées et préparer les *odaeng* fraîches pour la vente, son seul revenu. Malgré les restrictions de farine, elle était la seule du quartier à poursuivre leur fabrication et savait, avec trois têtes de harengs, quelques arêtes et peaux, fabriquer des quenelles rondes, odorantes et parfumées. Autrefois, elle avait travaillé dans un restaurant et appris à mêler à l'eau de cuisson des copeaux de gingembre et des rouelles de cives, mais aujourd'hui, le brouet dans lequel elle servait ses *odaeng* était fade, clairet, agrémenté pour qui pouvait se l'offrir d'un filet d'huile de sésame ou de pâte de piment.

En quelques jours à ses côtés, mes gestes quotidiens devinrent mécaniques : je remplissais mes tâches fidèlement, sans peur de la peine. Dans la cuisine j'aidais à piler les carapaces des crabes, je dégageais la chair et broyais le tout, avec les peaux hachées menu et les arêtes pilées. Les quenelles de crustacés nous étaient réservées. En temps normal, les pêcheurs rejettent homards et langoustes dans les eaux, dédaignant ce mets de pauvres invendable, dont seule la carapace peut être utilisée comme teinture bon marché. Mais en ces époques difficiles, les mains des femmes dépouillaient des filets et des cageots les moindres algues enroulées aux mailles, et même les alevins.

La mère Kim m'entourait d'une tendresse bourrue et simple qui contrastait avec le caractère froid des gens de la région. Elle venait d'une île au large de Mokpo, Jeju-do. De son enfance, elle avait gardé l'accent chantant et le dialecte des gens de là-bas, mais aussi les stigmates indélébiles de son travail d'hier comme plongeuse. Sur son île natale, dominée par le cône volcanique du mont Halla, les femmes plongent chaque jour demi-nues dans les profondeurs glacées. Eté comme hiver, on les voit à l'aube arpenter la plage avec les calebasses vides qui leur servent de flotteurs, puis elles s'enfoncent dans les vagues, dix, quinze, vingt fois, remontant des ormeaux et, pour les chanceuses, des huîtres perlières. En quelques années de ce travail ingrat, même une toute jeune fille perd sa fraîcheur, son teint se burine, sa peau s'épaissit et ses gestes se ralentissent sous l'effet de l'air qui fuit les poumons. La mère avait quitté l'île à temps, à seize ans, mais ses interminables quintes de toux trahissaient son ancienne occupation.

N'ayant rien d'autre à partager que ses souvenirs de l'île de sa jeunesse, elle ne se lassait pas de me conter son enfance.

— Nous irons ensemble, Sangmi. Tu prendras le bateau avec moi et je te montrerai comment recueillir les plus beaux coquillages.

Par ciel clair elle regardait vers le large, scrutant l'horizon, cherchant à percer la masse des nuages pour apercevoir la silhouette du volcan.

— Tu vois, soupirait-elle, je te comprends, c'est difficile de s'arracher à son pays natal. On a le cœur qui se fendille...

Mes yeux tristes n'avaient pourtant rien de mélancolique.

Ni la vie difficile, ni mes études interrompues ne me tracassaient. Je ne pensais qu'à grand-père, quitté si brutalement. Je me résolus à lui écrire une lettre.

Mon père avait convenu de verser une pension mensuelle et de régler directement mes frais de scolarité à l'école. Une école de province à cent lieues du collège élégant que j'avais fréquenté à Séoul. Deux classes simplement pour séparer les grandes et les petites, et un enseignement unique, sans fantaisie, consistant essentiellement en de longues heures de copie des caractères chinois et des leçons de morale et d'histoire interminables à apprendre par cœur. Bien sûr, hors les cours de perfectionnement de japonais, l'enseignement des langues, anglais et français, que jusqu'ici j'avais suivi avec attention, avait disparu de mes études.

Mon niveau, largement supérieur aux autres, irrita d'emblée la maîtresse, une femme solide d'origine paysanne qui aurait voulu régenter sa classe comme on le fait d'un bataillon d'armée. Horaires stricts, attitude irréprochable, bonne volonté studieuse et niveau médiocre, elle n'exigeait rien d'autre. Mes réponses, trop brillantes, ridiculisaient mes camarades, me reprocha-t-elle dès le premier jour après m'avoir fait venir à son bureau devant toute la classe. Les « autres », mes camarades de classe, une vingtaine de filles au visage sale, dont l'âge s'échelonnait de neuf à quatorze ans, des filles de pêcheurs qui portaient déjà dans les yeux tout le fatalisme de leurs parents et qui ne s'animaient qu'aux récréations quand arrivait le livreur de lait et de petits pains.

La distribution quotidienne de goûters avait été instituée par les Japonais afin de redonner vigueur aux enfants. De gigantesques panneaux de publicité couvraient les murs des villes montrant sur fond de montagnes suisses un écolier buvant fièrement une timbale de lait sous les yeux paternels d'un soldat japonais : « *L'Empire aime les enfants* ». A Mokpo, l'isolement de la ville et l'absence de vaches rendaient les livraisons hasardeuses et le lait avait été remplacé au bout de dix jours par un bol de thé d'orge. De l'eau teintée au goût de métal qui n'avait pour vertu que de s'écouler chaude de grosses bonbonnes de fer-blanc, dans les tasses que nous présentions sous le robinet, en file indienne, une main derrière le dos. « *Je remercie le gouvernement japonais de sa bonté, de l'abondance qu'il nous procure.* » Il fallait clamer bien fort la phrase, d'une voix claire sinon le petit livreur rapportait à la maîtresse notre manque de sens civique et nous risquions un blâme. Trois blâmes entraînaient le renvoi provisoire de l'école, cinq l'exclusion définitive.

A Mokpo, plus encore qu'à Séoul où les types variés des régions de Corée sont mélangés, je me sentais différente, presque étrangère. Mon accent châtié de la province du Gyeongsang faisait froncer les sourcils des gens d'ici et même si, par mimétisme tout autant que par envie de me fondre dans l'anonymat, j'avais adopté les syllabes traînantes et ces « o » si fatigués qu'ils devenaient « ou », mes manières me trahissaient, me distinguaient. Ma taille nettement au-dessus de la moyenne et l'architecture de mon visage attiraient les regards qui, aussitôt mes traits examinés, faisaient monter les exclamations aux lèvres et parfois un air embarrassé. Les hommes, surtout, me regardaient méchamment. Ma poitrine, qui s'était épanouie en dépit de la finesse de ma carrure, recueillait à elle seule tant de commentaires désobligeants et de plaisanteries grivoises que je ne sortais plus sans manteau. Une sensation inconnue m'avait envahie, me laissant désarmée, seule face à une foule de questions sans réponses.

La lettre que je rédigeai pour mon grand-père n'abordait certes pas ces problèmes, se limitant à l'expression de ma tristesse et de mes remords à la pensée de l'avoir quitté si furtivement. Pourtant, quand un mois plus tard le facteur m'eut porté l'enveloppe tant attendue de Séoul, dès les premières lignes, je sus qu'il avait saisi mon trouble. Comment avait-il à distance pénétré mon intimité et deviné ce qui me tracassait ? La lecture de la lettre, pleine de conseils, d'idées farfelues pour un vieil homme, – « *porte des vestes sombres et des jupes de couleur pâle, tu paraîtras moins grande !* » – se terminait par un énigmatique « *je te serrerai bientôt dans mes bras* » qui devait, pour les semaines suivantes, enchanter mes rêveries. Je rayonnais, partagée entre la crainte d'avoir pris une affectueuse figure de rhétorique pour une promesse et la certitude d'un jour voir apparaître la silhouette courbée et le panama blanc au coin de ma ruelle de Mokpo sentant le poisson et le limon.

Mon grand-père arriva le 5 mars 1936.

La pluie tombait sans discontinuer depuis quinze jours. Des pontons de bois avaient été installés sur les bas-côtés afin de permettre aux passants d'atteindre les maisons. Sans doute avait-il marché depuis la gare, car quand il frappa aux lattes de bois de l'étalage, sa voix ne portait plus et sa peau avait pris des reflets bleus accentués par la couleur sombre de son manteau et les oreillettes de fourrure de la chapka qui encadrait son visage émacié. Une fatigue si grande l'imprégnait qu'il ne put que m'étreindre à mon retour du port, avant de s'effondrer sur un matelas que les Kim avaient étalé derrière un paravent. Quand je me réveillai pour aller à l'école le lendemain, il dormait encore d'un sommeil d'enfant, la bouche ouverte et les mains croisées sur sa poitrine comme lorsqu'il s'était assoupi.

Les Kim, en son honneur, m'avaient dispensée d'aller au port aider à la vente, les enfants avaient été envoyés chez une voisine qui les garderait jusqu'au soir, et la mère avait déposé un bol d'*odaeng* fraîches près du feu. De la variété la plus chère, à base de chair de poisson, prises sur ses ventes de la journée.

Dans ce cadre misérable battu par le vent, la silhouette de grand-père immobile sur un coussin bruissait comme un papillon. Sans son corset de bois, il paraissait si vulnérable ! Il avait enfilé une épaisse veste matelassée mordorée dont les motifs de chauve-souris étincelaient à chaque tressaillement, mais sa chemise et son pantalon de lin blanc frémissaient sous le souffle du vent. Ses dents grinçaient spasmodiquement en un tic de vieillard qu'il tentait vainement de contrôler, l'air embarrassé.

— Vous allez prendre froid, grand-père, ainsi vêtu par ce temps ! Les courants d'air sont traîtres et l'humidité sourd du sol !

Tandis que je m'enquérais de sa santé, soucieuse du long trajet qu'il avait accompli pour me voir, je sentais la bonté de son regard m'envelopper, pénétrer ma chair d'une torpeur sucrée qui, en un instant, balaya mes inquiétudes. Je lui racontai avec un empressement enfantin ma nouvelle vie puis, timidement, ma version des faits, l'accident du bac. Devinant qu'il n'attendait qu'une chose, la raison de mon acte, je me perdis dans un dédale d'explications inutiles. Je lui parlai de la glace éblouissante, du ciel gris ardoise et des grues qui traversaient les nuages.

— Mais Sangmi, cette femme, pourquoi la détester à ce point ?

Je ne répondis pas mais il avait deviné. Il poursuivit l'histoire par bribes interrogatives, attendant chaque fois un signe de tête approbatif de ma part, pour continuer.

— Tu la connaissais ?... Non ?... Alors ton père ?... Tu les avais vus ensemble, n'est-ce pas ?... Je sais quel métier elle exerçait...

En quelques instants il avait tout compris et me contemplait l'air désolé. Une tristesse intense, irrépressible, agitait ses mains de tremblements.

— Tu n'aimes guère ton père, n'est-ce pas ?

Je gardai le silence.

— Parle sans crainte, moi-même je le méprise.

— Je ne veux pas devenir comme mon père, entendis-je mes lèvres avouer, je ne le comprends pas, son comportement m'est étranger, me répugne. Il est indigne de ma mère, même si...

— Même si ?

— Même si elle me montre peut-être moins d'attention encore que lui...

Les larmes coulaient de mes yeux. Les mots si difficiles à prononcer qui, depuis tant d'années, tournaient dans ma tête, obscurcissant mes moindres pensées, mes rêves, s'échappaient enfin librement.

Les mains de grand-père avaient attiré ma tête sur ses genoux.

Elles me caressaient et mes sanglots s'espacèrent. J'étais si proche du vieil homme qu'à chaque mouvement j'entendais ses jointures craquer, son sang bourdonner à mes oreilles. Il parlait et j'entendais les mots se former dans sa poitrine, vibrer contre le cœur, il répétait tendrement le prénom de ma mère, Minja, Minja. Minja…

Minja. Ma mère avait été une enfant facile, heureuse de vivre, puis une jeune fille jolie, gaie, avide d'apprendre des autres et du monde. Seule fille parmi quatre garçons, elle avait vite tiré parti de son charme. Sans jamais laisser ses frères abuser de leurs prérogatives masculines, elle avait su concilier son rôle de sœur aînée et de confidente toujours patiente. A une époque où donner une éducation aux filles tenait de la bravade, elle avait fréquenté l'une des meilleures écoles de la capitale, provoquant avec son uniforme noir et blanc les regards scandalisés des voisins et des passants. Les années avaient passé et au collège réputé de Ehwa, Minja avait tant impressionné ses professeurs par sa vivacité et son étonnante mémoire que la directrice avait conseillé à grand-père de l'envoyer étudier la médecine ou le droit aux Etats-Unis, avec une bourse du gouvernement américain.

Halmeoni avait pleuré à l'idée que Minja, sa fille adorée, pût ainsi partir un jour dans ce pays de barbares, et redouté que grand-père, qui y était allé lui aussi, ne résistât pas à offrir à sa fille un avenir si nouveau. Fort heureusement, grand-père avait été pris de court par la proposition. Jamais il n'avait envisagé qu'une fille pût quitter ses parents, surtout sa seule et unique fille pour qui il rêvait d'un beau mariage et d'un foyer dont il regarderait grandir les enfants. Il avait renvoyé une longue lettre au collège expliquant qu'il réservait sa réponse, la jeunesse de Minja ne permettant pas encore de prendre une décision. Pour calmer la collégienne impatiente de découvrir le monde, il lui avait promis en signe de bonne volonté de lui faire étudier les langues étrangères, le français et l'anglais. Ainsi pourraient-ils décider, le moment venu, du meilleur avenir pour elle, sans que son ignorance des langues ne la pénalisât. Dans cette Corée qui sortait à peine du Moyen Age, de siècles d'isolement total, l'attitude ouverte de grand-père choqua mais sa réputation était si respectable que personne ne se permit de le critiquer ouvertement. N'avait-il pas été emprisonné après les événements de 1919[1] ? Les vrais Coréens reconnaissant le résistant, le patriote, se contentèrent de le trouver trop indulgent. Quel père ne chérit pas sa fille ?

Ma mère prit donc l'habitude de suivre des cours de langues le soir. Douée, elle fit des progrès fulgurants malgré son jeune âge, et fut rapidement invitée dès qu'il fallait une interprète aux côtés des dames des légations et consulats. La fraîcheur de ses seize ans enchantait les visiteurs. Minja était si appréciée dans les milieux étrangers que tous ses après-midi furent bientôt consacrés à aider les missionnaires, traduire des discours pour les ambassades ou guider de nouveaux arrivants dans la capitale. Vêtue d'un *hanbok* rose vif, elle montrait les palais aux étrangers, leur narrant l'histoire de notre pays, de nos

1. Déclaration d'indépendance du peuple coréen réprimée dans un bain de sang par l'armée et la police japonaises.

rois, répondant sans fatigue à toutes les questions. Le soir, elle rentrait et s'asseyait dans le bureau de grand-père pour lui raconter les anecdotes qu'elle avait glanées : une Américaine avait un jour au marché avisé un joli pot de cuivre dans lequel elle avait servi le lendemain de la soupe à ses invités. Un pot de chambre ! Ces étrangères pouvaient se montrer tellement naïves ! Minja riait, contait, écoutait distraitement les réprimandes de grand-mère qui voyait avec un peu d'appréhension sa fille prendre trop de libertés. Mais son charme et son enthousiasme étaient si vifs qu'elle regagnait chaque jour la confiance de ses parents.

Et puis un soir de 1922, ce fut le drame. Sous les traits d'un homme qui, vers six heures, se présenta à la porte de grand-père. Un Occidental, un Français élégant, vêtu d'un costume croisé sombre, parlant un coréen haché mais intelligible.

Grand-père recevait souvent des étrangers, des Américains avec qui il s'enfermait dans son bureau pour discuter. *Halmeoni* fit donc entrer le Français sans arrière-pensée. Il était arrivé dans une voiture diplomatique et avait montré en la saluant une courtoisie sincère qu'elle avait appréciée. L'entretien n'avait pas duré vingt minutes. La voiture était repartie, escortée par des hordes de gosses tout excités de voir de si près l'une de ces énormes limousines noires qui, d'ordinaire, ne s'aventurent jamais dans les petites ruelles. *Halmeoni*, en allant porter une tasse de thé de gingembre à grand-père, n'avait pas osé pousser la porte de son bureau. Grand-père sanglotait. Sur la pointe des pieds elle avait regagné la cuisine, attisé le feu et attendu sa fille.

Minja était arrivée comme d'habitude de la mission, les cheveux de sa longue natte défaits, le visage rosi par le vent. Sans mot dire, elle s'était blottie contre sa mère, les yeux soudain noyés de larmes et d'angoisse. Les deux femmes avaient passé la nuit à se consoler de ce drame dont l'une seule connaissait la nature. Grand-père, vers quatre heures du matin, avait ouvert la porte de son bureau. Sans mot dire, il avait toisé sa fille puis s'était adressé à grand-mère. Le visiteur de l'après-midi s'appelait Henri Gresnier, il avait été nommé au consulat de France quelques mois auparavant. Il demandait la main de Minja.

Grand-mère, pétrifiée, avait répété : « La main de Minja ? Un long nez ? *Aiguuu !!!* », mais, ne pouvant se résoudre à une telle absurdité, elle avait tourné les yeux vers sa fille et ri pour tenter de faire fuir ce spectre monstrueux :

— Minja ! *Aigu !* Tu imagines ? Un long nez veut t'épouser ! C'est ridicule !

Puis, voyant que sa fille ne bronchait pas, elle avait supplié :

— Tu ne le connais pas, n'est-ce pas ?

Minja s'était levée.

— Mère, père, je veux épouser cet homme. Nous nous aimons.

La tempête avait éclaté. Les interrogations, les reproches, les larmes et les cris.

— Mais maman, papa et toi, vous vous êtes mariés comme cela, *geurae*, à l'américaine ! N'est-ce pas la même chose ?

Et puis, vers six heures du matin, alors que l'aube pointait et que les larmes avaient tari tant elles avaient coulé toute la nuit, Minja, recroquevillée contre le giron maternel, avait murmuré sous le regard glacé de grand-père :

— Je suis enceinte.

Le mariage fut décidé en quelques semaines. Depuis plusieurs années déjà, la famille Kim de Buyeo, un clan noble mais ruiné, faisait des approches auprès de grand-père afin d'unir leur fils aîné, Ho-il, à sa fille. Le jeune homme poursuivait des études de médecine et montrait des dispositions exceptionnelles pour tout ce qui avait trait aux sciences. Il aimait la nature, collectionnait les insectes et les araignées et avait sans nul doute un avenir brillant devant lui.

La ruine du clan Kim rendait l'union urgente. Grand-père avait une petite fortune personnelle et possédait des terres dans la région de Pyongyang. Un accord fut conclu entre les deux familles. En échange d'une dot conséquente, le secret de la grossesse de Minja serait gardé et le bébé élevé par le nouvel époux comme son propre enfant. De strictes dispositions testamentaires furent prises car grand-père ne laissait rien au hasard : une première moitié de la dot serait versée le jour du mariage, la seconde moitié attendrait le mariage de cet enfant illégitime. Ni le jeune Ho-il ni sa famille ne plaisaient à grand-père, mais qui aurait voulu d'une fille mère déshonorée, porteuse d'un enfant bâtard ? Les sympathies du clan Kim pour l'occupant, les airs vaniteux du jeune homme exaspéraient grand-père, profondément humilié de devoir abandonner sa fille chérie à un clan de collaborateurs.

Du jour au lendemain, ma mère cessa ses visites aux missions et aux ambassades. On prétexta une maladie, une langueur de jeune fille puis les préparatifs de son prochain mariage. Elle tenta tout ce qui était en son pouvoir pour faire fléchir son père : la douceur, les larmes, la colère. Elle refusa de s'alimenter puis, poussée malgré elle par l'instinct de vie de l'enfant que son ventre portait, elle céda.

De semaine en semaine, le caractère de Minja se transformait. Sa beauté d'adolescente hier radieuse se teinta d'amertume, ses lèvres prirent un pli dépité qui creusa une fossette chagrine sur sa joue. Son allant se mua en une assiduité consciencieuse qui la faisait frotter des heures le parquet de la véranda, les yeux dans le vague, ou broder le même motif dix fois sans qu'elle parût s'en apercevoir. Quand un jour on lui apprit que Gresnier avait quitté la Corée pour un poste en Chine, elle avait baissé les bras et accepté d'épouser Kim Ho-il. La vie avait pour elle définitivement perdu son attrait.

Elle épousa Ho-il le 8 août 1922. Je naquis le 23 mars de l'année suivante, après quinze heures de travail et de douleurs excruciatoires qui semblèrent un supplice à la nouvelle mère. Elle me refusa son sein, détourna ses yeux, et le lendemain de ma naissance me remit à *halmeoni* qui, dans son éternelle bonté, vint s'installer chez son gendre afin de s'occuper de moi.

— Voilà pourquoi, conclut grand-père, tes yeux sont si grands, si beaux… Ils connaissent déjà le monde entier, ma Sangmi. Avant même d'être née, tu avais vu l'Europe, la France… Tu n'es responsable de rien, mon enfant. Personne n'échappe à son karma, ton destin sera meilleur dans une autre vie…

Grand-père repartit pour Séoul le lendemain matin. Il mourut trois jours après son retour dans la capitale, le 10 mars 1936.

J'étais désormais seule.

Karma

Les révélations de grand-père m'avaient apporté la sérénité. Elles ordonnaient ma vie, lui redonnaient un sens. Je comprenais mes réactions, mes doutes, ces peurs nocturnes qui soudain me couvraient la peau d'une sueur glacée que les couettes ou les infusions chaudes de campanule ne pouvaient calmer. J'éprouvais maintenant de l'indulgence pour ma mère, pour son caractère morne et fantasque, et laissais sans le combattre mon mépris pour mon père prendre racine.

Le lendemain du retour de grand-père à Séoul, je m'étais arrangée pour rester seule à la maison. J'avais décroché le petit miroir pendu à un clou dans la grande pièce et m'étais déshabillée. Entièrement nue, j'avais observé mon corps, partie par partie, comme un puzzle immense à reconstituer. Le miroir minuscule me renvoyait des fragments de membres. Un œil noir coléreux frangé de cils recourbés, un carré de peau blanche sous le sein, le creux d'un bras meurtri par les cordes d'amarrage des bateaux, un pied long et des ongles absents. Je gardai longtemps le miroir devant mon ventre, observant l'ombilic, cette mystérieuse marque de mon enfance qui, autrefois, me reliait à ma mère, petit tourbillon de peau, puis plus bas mon pubis trop fourni pour une Coréenne. Mes fesses s'évasaient en double lune, retenues à la taille par la courbe de mes reins, trop arrondie pour notre pays où les femmes sont modelées comme des roseaux, fluides et infantiles. Mes épaules aussi semblaient anormalement épanouies en proportion de mes hanches.

Je caressai la fraîcheur de ma peau, laissant courir mes doigts sur mes cuisses, glisser le long de mon ventre jusqu'à la naissance des seins, remonter vers le visage, palpant, pinçant, guettant les moindres réactions de ce corps dont on venait de m'apprendre qu'il n'appartenait pas tout à fait à la même race que les autres. Et ce sang qui coulait dans mes veines ? Mon tempérament toujours vaillant venait-il de mes ancêtres français ? Ces lèvres pleines appartenaient-elles à notre peuple ? Laissais-je moi aussi comme les Occidentaux une odeur forte sur mon passage ? Mes narines frémirent, tentant de capter les parfums de mon corps. En vain. A peine quelques senteurs de talc tempérées par des notes chaudes, plus intimes. Mille questions se bousculaient. Impudiques. Comme si la révélation de ma naissance avait créé une distance entre mon esprit et ma chair. J'observais. Mais j'avais beau chercher sur ma peau des signes clairs, indiscutables de mon métissage, je n'en trouvais pas. Rien ne pouvait aux yeux des autres laisser penser que mon père appartenait à la race caucasienne et non asiatique. Ma différence était plus profonde, inscrite dans mon âme, dans mon passé…

Je dois paraître bien naïve de ne jamais avoir soupçonné mon métissage, mais un enfant se pose-t-il habituellement des questions sur son hérédité ? Les femmes et les hommes de notre pays n'ont pas la morphologie des autres peuples d'Asie, ce visage jaune et plat, ce corps malingre d'éternel adolescent. Nos ancêtres, venus des lointaines steppes de Sibérie, ont apporté sur les selles de leurs chevaux, outre un caractère orgueilleux et vindicatif, le physique rude des hommes habitués à combattre le froid, la taïga et les montagnes. Les gens de notre peuple sont grands, de stature solide et bien découpée. Leur visage encadré de cheveux brun foncé, pommettes hautes, mâchoire volontaire, exprime la force et le courage. La peau des femmes, renommées pour leur beauté, a la blancheur laiteuse de la neige.

Mon physique de fillette n'avait en ce temps rien de suffisamment étrange pour éveiller le soupçon, et ce n'est qu'avec les ans que l'hérédité de ce père français peu à peu vint adoucir, arrondir d'une sensualité nouvelle la violence de mes traits. Je traversai plusieurs phases : l'envie irrésistible d'abord de retrouver mon vrai père, de retourner à Séoul et de frapper aux portes des ambassades. Mais l'idée était saugrenue. Qui m'aurait prise au sérieux ? Je l'écartai. Vint alors le refus incrédule d'être la fille d'un « long nez », un de ces Occidentaux qui nous considèrent comme des inférieurs, tout juste bons à donner des frissons d'exotisme. Mais ce Gresnier n'avait-il pas voulu épouser ma mère ? Pourquoi n'avait-il jamais cherché à me retrouver ? Savait-il seulement que j'existais ? Le passé de ma mère, jeune, frivole, son mariage forcé avec le jeune Kim, la voix de grand-père répétant cent fois les mêmes mots se mêlaient dans ma tête. Un tumulte de pensées contradictoires couvert parfois par des images de tour Eiffel.

Dans les rues, j'interprétais les attitudes des passants, alternant l'impatience et l'amusement, provoquant les réactions par ma façon impertinente de renvoyer les regards que je jugeais trop appuyés ou trop curieux. Me faisait-on une réflexion qu'aussitôt j'y lisais un double sens. Mes réponses excédées frôlaient l'insolence.

Aux cuisines, je travaillais sans conviction. Sous mes paumes, j'avais beau rouler la pâte, les quenelles s'émiettaient et je devais m'y reprendre à trois fois avant d'obtenir les petits cylindres réguliers qui se coupent facilement. Ce comportement inhabituel intrigua la famille Kim. La mère tournait vers moi des yeux las et déçus par cette fille de la ville qui n'avait pas résisté plus de quelques mois... Fortuitement, la lettre annonçant le décès de grand-père arriva à temps pour qu'on me pardonne ces moments d'irritabilité. On mit mes humeurs orageuses sur le compte de ma peine. Un morceau de chanvre blanc fut épinglé à mon uniforme en signe de deuil et les enfants furent enjoints de me laisser en paix le soir.

Mokpo sortait de l'hiver.

Le printemps qui partout en Corée égaye la nature de fleurs, de bourgeons et de couleurs tendres ne différait guère ici de la saison froide. Seules les taches jaune d'or des forsythias et des ajoncs résistaient au vent, insufflant un peu de vie au paysage gris. Je retrouvai peu à peu mes habitudes, calmée, et surtout résignée à accepter ce nouveau moi sans rien faire qui pût bouleverser la vie de ma mère. J'attendrais ce jour où, peut-être, elle se déciderait à me confier son passé.

Le soir, je m'asseyais auprès du vieux mendiant sur la jetée. Nous regardions les vagues, les mouettes fondre dans l'écume et les petites lumières des bateaux de pêche au lointain. J'avais perdu grand-père, le seul être dont la simple évocation savait emballer mon cœur, et comme la mère Kim, je guettais maintenant les apparitions du mont Halla dans les nuages. Sa silhouette flottant dans les airs si loin au-dessus des eaux me rassurait et je rêvais. Je rêvais de mon enfance tissée de mensonges, de ce qu'elle aurait pu être si ma mère avait épousé ce Gresnier. Je rêvais de Paris, de ses quais mouillés de brume, de ses échoppes de livres anciens au bord du fleuve. Je me croyais française et récitais à l'oreille toujours indulgente de mon compagnon en loques les poèmes de mes livres scolaires que je n'avais pas oubliés.

L'occupation et le nouvel effort de guerre se faisaient durement sentir. Le Japon, estimant que depuis le décret de colonisation de 1910 la Corée était partie intégrante de l'Empire, les lois et décrets de l'archipel y avaient aussi vigueur. Les systèmes législatif, judiciaire et administratif suivaient la loi nippone et aux postes clés du pays, les Coréens avaient tous été remplacés par des Japonais, venus par bateaux entiers avec leurs familles.

Au début, poussée par la curiosité, je m'étais faufilée au port afin d'observer les nouveaux arrivants : des adultes, des enfants, des vieux suivis de porteurs chargés de malles et de valises. Mon intérêt avait vite cessé car même les enfants pour qui j'éprouvais une tendresse instinctive portaient déjà le dédain sur leurs lèvres.

L'attitude de l'occupant s'était faite arrogante après les succès militaires de 1931 en Mandchourie. Avec la création de l'Etat nouveau du Mandchoukouo et la mise au pouvoir de l'ancien empereur chinois Puyi, une marionnette amollie de plaisirs, le Japon était aux portes de la Chine. L'armée du Kwantung multipliait les incursions en zone démilitarisée chinoise, se montrant de plus en plus menaçante. La province du Hebei avait été envahie. Rien ne semblait calmer cette inextinguible soif d'engloutir l'Asie entière qui tenaillait l'orgueil des Japonais. Une seule utopie ordonnait leur vie : créer un immense empire panasiatique sous la coupe de l'empereur Hirohito. L'été 1937 assouvit cette volonté de guerre, ce désir de possession et soulagea la tension des soldats que l'inactivité rendait hargneux. La guerre sino-japonaise avait repris, violente, meurtrière, avec l'avancée de l'armée nippone en Chine du Nord, des combats à Pékin puis l'attaque de Shanghai au sud. L'écho de la mobilisation militaire affectait désormais notre vie quotidienne. Toutes nos provisions, notre riz, fuyaient vers le Japon afin d'alimenter l'armée. Nous mangions du millet importé de Mandchourie, les algues et les légumes non réquisitionnés.

A l'école, les nouvelles lois avaient pris effet. Le non-emploi des noms japonais rendus obligatoires en toute circonstance entraînait de graves sanctions et l'enseignement ne se tenait plus qu'en japonais. La délation allait bon train. A la maison, les Kim qui m'avaient toujours appelée Sangmi prirent peur et adoptèrent les nouveaux prénoms. Je redevins Naomi. Le matin, une fois nos cartables posés dans la classe, nous nous levions et le regard tourné vers le drapeau japonais, nous récitions en chœur le « serment du sujet » désormais obligatoire :

Nous sommes sujets de l'Empire japonais, nous le servirons avec loyauté.

Nous, sujets de l'Empire, nous coopérerons avec amour et dévotion afin de renforcer l'unité de la nation.

Nous, sujets de l'Empire, supporterons la douleur et l'adversité afin d'œuvrer à la gloire éternelle de l'Empire.

L'extension de la guerre en Chine avait rendu les forces militaires omniprésentes car le port de Mokpo, bien que moins important que Jemulpo sur la côte ouest ou Busan au sud-est de la péninsule, reprenait de l'activité : quotidiennement accostaient des navires en provenance de Shimonoseki, Nagasaki, Hiroshima et Kagoshima. D'autres partaient pour Shanghai ou même Formose.

Mokpo, au cœur des brumes, revêtait maintenant l'aspect d'une bourgade japonaise. Les rues sentaient la teinture à l'indigo et le saké.

De nouvelles échoppes avaient fleuri près des quais. Quelques boutiques de tissu et de denrées nippones, des ateliers de *miso* et de *tōfu* et des *shiroku-ya*, des comptoirs de nouilles et de brochettes grillées pour marins et soldats. Dans la partie la plus proche de la ville, un village japonais avait vu le jour : des familles y déambulaient, vêtues de kimonos bleus à petits motifs sombres, claquant leurs socques de bois sur les pierres. Tac, tac, tacatac. Au bruit des *getas* qui martelaient le sol, les commerçants devinaient la nature des clients, riches ou modestes et vers quelle boutique ils se dirigeaient. Avertis par ce message sonore, ils les attendaient sur le pas de la porte, affichant un sourire obséquieux « *dōzo !* ».

Les passants flânaient devant les vitrines, s'arrêtaient pour acheter des beignets et, quand le temps le permettait, parents et enfants s'asseyaient sur les bancs tendus de nattes disposés devant les salons de thé. Une servante habillée de bleu apportait une tasse de thé bien chaud et, pour les enfants, des cornets d'*aiseukeurimu*, une nouveauté que je n'avais jamais goûtée : de la crème glacée parfumée à la vanille…

La maison des *sumōtori* au carrefour de Hacheon attirait des foules entières, le dimanche, venues applaudir les lutteurs obèses. Bien que notre boxe traditionnelle ne diffère guère de l'art japonais, les combattants coréens étaient exclus. D'ailleurs tous nos sports nationaux avaient été interdits : les gymnases d'arts martiaux, d'assaut de bâton et de lutte avaient été saisis, le matériel brûlé et les locaux reconvertis en salles d'entraînement pour les Japonais.

Dans les petites rues qui mènent à la jetée, l'agitation régnait.

Des bannières et des lanternes rouge bengale avaient été accrochées aux portes. Les trottoirs retentissaient des appels sonores des tenancières de troquets et de bordels : « *Onīsan, yotteki nasai yō. Danna !* » A peine apercevaient-elles un groupe de soldats qu'elles se précipitaient, un sourire enjôleur sur leurs lèvres peintes. Puis venaient les filles, à pas menus, plus réservées, feignant la timidité et riant en cachant leur bouche derrière leur main. Par essaims, parfumées d'eaux de toilette étrangères, elles tournaient autour de leurs proies, caressantes ou moqueuses, et les abreuvaient si bien de mots mielleux qu'abandonnant toute résistance, les soldats se laissaient entraîner dans les entrailles des petites maisons. La nuit, leurs éclats de voix, leurs chants retentissaient tard, jusqu'à l'aube. La veille des départs de navires de guerre pour le front de Chine du Sud, les beuveries ne cessaient qu'avec le hurlement des sirènes et les claquements des bottes des patrouilles dans la rue, à la recherche des retardataires.

Je savais ce quartier désormais dangereux et la mère Kim et moi faisions un long détour pour aller vendre nos quenelles aux pêcheurs.

Depuis mon départ de Séoul, je n'avais guère reçu que quatre lettres de ma mère. Tracées en caractères soignés sur du papier fin, ses phrases relataient avec une indifférence concise les menus faits de la vie familiale. Les premiers mots de Kyoko. Les diplômes de mes frères qui progressaient brillamment de classe en classe et fréquentaient maintenant le même club de sport que les enfants de monsieur Shimokoriyama, le directeur des jardins zoologiques. Mue malgré tout par une prudence instinctive, elle ne me disait rien de mon père, l'associant simplement en fin de lettre à ses « tendres pensées ». Les quatre lettres se ressemblaient, comme copiées d'un même manuel, n'était la date à droite de la signature qui trahissait les mois écoulés.

Mon père continuait de payer régulièrement mes frais de scolarité, bien qu'ils aient augmenté depuis que l'école s'était agrandie afin d'accueillir des classes composées exclusivement d'élèves japonais. Un nouveau professeur, monsieur Nagata, avait rejoint le personnel enseignant. J'éprouvai d'emblée pour lui une haine farouche : ses lunettes d'écaille, la raie dans ses cheveux huilés et la finesse de ses lèvres me le rendirent aussitôt antipathique. Je revins bientôt sur mon jugement.

Nagata *sensei* enseignait l'anglais, une nouveauté pour Mokpo, et dans la langue de Shakespeare, sa voix prenait un timbre chaleureux, inattendu. Ma bonne connaissance de l'anglais, que je n'avais pas oublié depuis Séoul, le surprit, mais il eut la délicatesse d'attendre la fin de la première semaine de cours pour me convoquer dans son bureau. Sur la table encombrée de livres, je remarquai la photo d'une femme avenante encadrée de deux enfants.

— *My family. I miss every single minute spent away from them. They had to stay in Japan. Sangmi, would you care for some green tea*[1] ?

Il avait employé mon prénom coréen et face à mes yeux effarés, ajouté aussitôt :

— Tu préfères que je t'appelle Naomi ? Ne crains rien, ici, personne n'entend ce que nous disons.

Partagée entre un sentiment de honte et l'envie de converser avec ce Japonais différent des autres, j'acceptai la tasse de thé vert qu'il me tendait. Nous bavardâmes un bon moment, en anglais.

Il me parla avec mélancolie de sa femme et de ses enfants, de son village natal près de Kyōto, de la mobilisation au Japon. Il me montra des cartes postales illustrées représentant le mont Fuji et des bambins emmitouflés jouant dans la neige. Par la

1. Ma famille, elle me manque terriblement. Ils ont dû rester au Japon. Sangmi, voudrais-tu une tasse de thé vert ?

magie de l'anglais, les frontières avaient disparu. Pour la première fois il me sembla que les Japonais pouvaient avoir une âme et aimer.

— Tu vois, je donnerais tout pour retourner chez moi.

— Mais pourquoi avoir quitté votre pays ?

Monsieur Nagata retira ses lunettes.

— Tu sais, nous avons une conscription obligatoire mais d'anciennes blessures m'empêchent de rejoindre l'armée. Je n'ai pu avoir cet honneur et aurais jeté la honte sur notre famille en restant comme un poltron dans notre village. Je me suis enrôlé pour le service national, pour la gloire de l'Empire.

Le charme était brisé. Il avait remis ses lunettes et durci sa mâchoire.

Je le remerciai pour le thé vert et cet agréable moment et m'éclipsai, le laissant muet devant le cadre de sa femme.

Monsieur Nagata me convoqua plusieurs fois à son bureau. Chaque fois, nous parlions, chaque fois l'épuisement de la théière de fonte marquait le signal de fin de l'entretien, matérialisé par un sonore « *sodesuka*[1] ». Je m'inclinais et je quittais la pièce, furieuse et heureuse à la fois de cette complicité mêlée de haine que j'éprouvais pour le professeur Nagata.

Nous n'eûmes ni l'un ni l'autre le temps d'affiner cette curieuse amitié.

Un jour, le directeur de l'école nous annonça que Nagata *sensei* avait été muté en Mandchoukouo où il allait enseigner l'anglais aux soldats revenant

1. N'est-ce pas ? (jap.)

du front afin de les préparer à la conquête de l'Asie du Sud-Est que le Japon prévoyait de lancer dans les années à venir. Nagata *sensei* transmettait à la classe ses vœux de réussite.

Le départ de monsieur Nagata me soulagea.

La mutation de mon professeur d'anglais coïncida avec le départ de plusieurs élèves de ma classe. Kang Misun, une fille d'aristocrate à peine âgée de quatorze ans, que ses parents souhaitaient retirer de l'école afin de la marier, et trois autres filles qui toutes, du jour au lendemain, apprirent elles aussi leurs prochaines noces.

Misun était une fille taciturne que la richesse familiale n'avait pas gâtée. Restée simple, elle ne montrait jamais que chez elle on ne manquait pas de riz. Mais quand nous avions toutes un teint de coing séché, l'éclat de sa carnation d'enfant choyée, rose et fraîche, démentait sa discrétion. Nous avions engagé une amitié épisodique, tissée de chuchotements entre les cours et de confidences soufflées avec des airs de conspiratrices. Après la classe, une domestique l'attendait devant la grille de l'école et jamais elle ne repartait seule chez elle, rêvant de ce privilège des pauvres qu'est la liberté.

Son futur mariage, dont jamais elle ne m'avait touché mot, me laissa stupéfaite. Elle-même n'avait, il y a quelques semaines encore, jamais entendu ses parents mentionner un quelconque fiancé ou la recherche d'une intermédiaire pour lui trouver un parti, comme c'est la coutume dans notre pays. Des bruits couraient, me raconta-t-elle, un accent grave dans la voix, que les Japonais faisaient des rafles dans les écoles et embarquaient les filles à l'étranger, sur le front. Ses parents avaient pris peur et, plutôt que de lui faire courir le danger d'être repérée, avaient choisi de la marier au plus vite.

La rumeur enfla. On parla de déportations groupées, de camps d'internement et d'exécutions sommaires. Le directeur de l'école crut bon de nous sermonner. Encadré de deux professeurs japonais, il se lança dans un long discours reconnaissant à la gloire de l'Empire japonais qui « aidait la Corée à sortir du passé ».

— Les Japonais, conclut-il en gonflant ses poumons, nous considèrent comme leurs frères et les rumeurs qui courent nous font à tous insulte ! Les élèves prises à divulguer ces bruits ridicules seront sanctionnées et nous intimons à chacune d'entre vous de s'engager plus fermement et sincèrement dans la coopération amicale entre nos deux pays ! Gloire à l'empire du Japon !

L'automne naissant avait balayé le ciel de ses nuages d'humidité, si lourds et blancs, qui bloquent l'horizon en se refermant sur les hommes comme une chape de plomb monstrueuse. L'air avait pris une légèreté inhabituelle, traversée de bourrasques fraîches venues du large. Près du temple, les feuilles des érables commençaient à rougeoyer, attirant quelques rares promeneurs que la montée abrupte jusqu'à l'ermitage ne décourageait pas.

Les traditionnelles fêtes de la pleine lune de Chuseok approchaient, mais des consignes circulaient demandant de ne pas les célébrer avec le faste habituel. Les Kim avaient obtempéré sans broncher et si la mère avait préparé quelques offrandes pour l'autel des ancêtres, elle avait renoncé à se rendre sur la tombe de ses parents pour arracher les mauvaises herbes. En regardant ses yeux qui reflétaient l'automne et les brumes sur le mont Halla, je savais qu'elle taisait une souffrance que son mari ne pouvait partager.

Les navires militaires qui faisaient escale à Mokpo rendaient les rues de moins en moins sûres. Sur le chemin de la guerre comme au retour, les soldats recherchaient l'oubli dans les femmes et le saké. L'oubli des jours heureux de leur enfance, car la plupart d'entre eux n'avaient pas vingt ans, l'oubli des massacres, des corps déchiquetés. Pourtant, à chaque arrivée et départ de bateau, quand l'hymne national nippon retentissait, ils avaient le regard fixe et droit, et ne songeaient plus qu'à une chose : se battre pour leur Empereur, le dieu vivant.

Après l'attaque de Shanghai, les blessés commencèrent à affluer. La guerre, devenue partie de ma vie quotidienne, plongea alors ses racines dans mon existence.

Une aile de l'école avait été transformée en hôpital de fortune et les filles furent réquisitionnées par roulement pour les soins quotidiens et l'entretien des salles. Mon travail consistait à laver à grande eau les dalles tachées de sang du carrelage. Les matelas disposés en quinconce à même le sol couvraient presque entièrement la superficie de l'ancienne salle de classe. Il fallait déplacer les blessés suffisamment valides, soulever leurs corps meurtris et plonger les yeux dans leurs regards épuisés.

Au spectacle de la douleur des soldats, mes mains tremblaient et mon cœur battait la chamade, prêt à éclater. J'avais beau les haïr, ces Japonais redevenus hommes après l'apocalypse, pleurant des larmes d'enfant devant leurs membres mutilés et leur honneur perdu, me broyaient l'âme. Les récits des atrocités commises en Chine par l'armée commençaient à se répandre, mais on avait peine à croire que ces petites silhouettes gémissant sur des brancards pussent se transformer en démons sur le champ de bataille. Pourtant la guerre faisait rage, et pendant les cours limités à quelques heures le matin, nous entendions les hurlements spasmodiques des blessés de l'autre côté du mur mitoyen.

Peu après l'installation de l'infirmerie à l'école, se présentèrent quatre Japonais dont deux seulement portaient l'uniforme. Ils appartenaient au *kempeitai*, la police militaire japonaise. Trois Coréens en civil attendaient dehors dans la cour, avec d'épais registres sous les bras. L'armée japonaise avait besoin de volontaires, de jeunes filles capables de travailler dur dans les usines d'armement mais aussi comme infirmières sur le front. Chaque travail serait correctement rémunéré, d'ailleurs les salaires au Japon étaient plus élevés que sur la péninsule. Les frais de transport seraient pris totalement en charge et, en cas de besoin, une avance sur salaire pouvait être octroyée aux familles qui le demanderaient.

Dehors, dans la cour, un petit groupe attendait déjà, valise à la main. Pas des filles de l'école mais des gamines dont les habits simples trahissaient l'origine modeste. Je reconnus de loin une vendeuse du port à la peau rougie par le vent, et la serveuse du bar sur la jetée que je voyais tous les jours, accroupie devant une bassine d'eau savonneuse, lavant les bols et les baguettes sales. Pour mieux nous convaincre, les Japonais invitèrent une fillette de douze ans, au visage encore doux des rondeurs de l'enfance, à monter sur l'estrade. Intimidée de cet honneur soudain, la petite balbutia quelques paroles de remerciement et tenta d'expliquer que le poste de blanchisseuse que lui offrait l'armée, basé en Mandchourie, lui permettrait de gagner suffisamment d'argent pour donner une éducation à ses frères et sœurs qui, comme elle, avaient arrêté l'école tout petits. Elle clignait des yeux comme une taupe au soleil et tripotait le revers de ses manches. Rassurée enfin du sourire qui ornait les lèvres des quatre hommes, elle sortit de sa poche un long ruban blanc marqué des mots « service patriotique » et le brandit fièrement.

— Cela suffit maintenant ! interrompit l'un des Coréens, qui avait rejoint le groupe sur l'estrade.

Jeune et grand, il portait sur son visage la moue arrogante des nouveaux citadins. Son costume gris de belle coupe et ses chaussures bicolores avaient la raideur des vêtements neufs. S'exprimant en coréen, dans le style familier teinté d'affection qu'emploierait un oncle pour ses nièces, il nous harangua, ponctuant chaque phrase d'un claquement de langue amical.

— Vous, bien sûr, avec votre éducation et toutes ces années de collège, vous ne serez pas simples blanchisseuses !

Il rit, cherchant un regard complice dans l'assemblée des filles éberluées.

— L'armée japonaise a besoin de secrétaires, d'employées pour ses bureaux administratifs de Mandchoukouo ! Certaines même auront l'occasion d'étudier le mandarin afin de parfaire leurs études ! Quant aux salaires, ils suivront, rien de mirobolant en ces temps difficiles mais ne vous inquiétez pas ! Celles qui le voudront pourront ouvrir un compte d'épargne avec des intérêts. Et puis, des vêtements neufs vous seront payés.

Descendant de l'estrade en prenant soin de ne pas frotter son beau costume contre les pupitres tachés d'encre, il passa entre les rangs, relevant à droite, à gauche, du bout des doigts, le menton des filles qui baissaient toutes la tête.

— Vous ne voyez pas quelle belle occasion vous avez devant vous de servir la patrie ? et vos familles ? Réfléchissez, parlez-en chez vous si vous le souhaitez, mais au fond, la décision ne vous appartient-elle pas ?

Parvenu au fond de la classe, il croisa les bras sur sa poitrine et fit signe au Japonais de poursuivre.

— *Jya, setsumei ga owatta tokoro-de*[1]... Vous avez ici trois registres que nous laisserons jusqu'à la fin de la semaine, les intéressées pourront s'inscrire elles-mêmes. Le prochain départ aura lieu lundi. Une camionnette viendra chercher les vaillantes volontaires à dix heures, et de nouvelles tenues leur seront alors remises !

Le lundi suivant, quatre filles attendaient avec leurs valises devant la porte de l'école. Leurs cheveux lisses et noirs, coupés au carré, brillaient sous les rayons du soleil matinal. Leur souffle court trahissait l'angoisse de quitter leur famille mais elles ne bougeaient pas, prises de vertige devant cet avenir qu'on leur promettait.

L'estrade avait été montée et pavoisée de fleurs. Sur le bureau vide, quatre rubans soigneusement

1. Bien, maintenant passons à la suite... (jap.)

roulés étaient prêts à décorer les poitrines des volontaires. La camionnette arriva à dix heures précises. A notre étonnement, elle n'était pas vide et sur ses deux bancs étaient déjà assises une dizaine de filles entre douze et vingt ans, leurs baluchons sur les genoux. A peine la camionnette s'était-elle arrêtée qu'elles se levèrent, manifestement heureuses de se dégourdir les jambes. Leurs accents montraient qu'elles ne venaient pas toutes de la région et il me sembla même reconnaître les intonations pointues des provinces du centre.

— Vous ne bougez pas d'ici ! hurla un soldat japonais sauté à terre le premier.

D'un bloc, elles se rassirent, les unes contre les autres, comme pour se protéger du froid. La cérémonie de félicitations et de remise des rubans ne dura que quelques minutes. Le temps d'un petit discours reconnaissant, de donner à chacune un colis composé d'une jupe et d'un chemisier neufs et déjà des mains rapides baissaient le vantail arrière de la camionnette. La maîtresse et les autres professeurs coréens restaient silencieux, le regard posé sur les quatre élèves qui traversaient la cour ensoleillée. Elles avaient préparé quelques mots d'adieu mais le temps pressait et la cérémonie avait été écourtée. Personne n'avait touché aux petits pains et au thé chaud sur la table.

— Kawamoto Naomi !

Je me levai. Instinctivement. Comme je l'avais appris, les genoux soudain tremblants d'entendre mon nom hurlé en travers de la cour. Le Japonais qui dirigeait la cérémonie avait tourné vers moi son visage glabre, légèrement grêlé.

— Kawamoto Naomi ! Vos résultats scolaires nous ont été vantés par Nagata *sensei*, votre faculté d'apprendre est étonnante !

Je baissai la tête. Les quatre filles s'étaient arrêtées, à mi-chemin vers la camionnette.

— Kawamoto Naomi, le service patriotique ne vous intéresse pas ? Vos dons pourraient être mis à contribution !

Je cherchais dans ma tête les mots qui pourraient détourner son attention de moi. Puis je me surpris à répondre d'une traite :

— Votre attention me touche sincèrement et m'honore mais l'Empire a besoin de forces ici aussi, auprès de ses blessés. Je n'ai pas pour l'instant envisagé de rejoindre mes camarades dont j'admire le courage.

Je débitais mes mots les yeux rivés sur le pied de l'estrade. Malgré la politesse de sa demande, le regard du Japonais me transperçait, brûlant, haineux.

— Bien ! Nous respectons les vœux du peuple coréen.

Reprenant les registres sous le bras, le Japonais descendit les marches de l'estrade. Les timbales vides s'entrechoquèrent sur la table. Un cliquetis sinistre, suivi du claquement du vantail arrière de la camionnette qui s'éloigna dans la poussière, emportant les filles silencieuses. Elles agitèrent doucement les mains vers nous. Leurs doigts caressaient le vent et dans leurs yeux brillaient des larmes de peur.

Ne souhaitant pas discuter avec mes camarades de l'incident, je me proposai pour aider au rangement de l'école. Les professeurs suggérèrent de boire le thé malgré tout pour nous réchauffer, mais aucune n'osa s'approcher de l'estrade sur laquelle luisaient les bonbonnes de fer-blanc. Les filles gardaient le visage baissé pour cacher les larmes sur leurs joues. Un trouble pesant avait saisi la classe. Les mots du Japonais ruisselaient à mes oreilles. Insidieux. Distincts. Essayais-je de les repousser qu'ils revenaient, bourdonnant avec ténacité. Le doute plus encore que la peur me tourmentait. Je me débattais mais un vide immense m'avait envahie. Une question revenait sans cesse dans ma tête. M'étais-je fourvoyée dans cette étrange amitié avec le professeur Nagata ? Je ne voulais croire que cet homme, père de famille, pût ainsi donner mon nom au *kempeitai.* Sans doute avait-on consulté les bulletins scolaires et repéré les meilleures élèves. Les observations du professeur Nagata y figuraient certainement et à son départ, l'administration avait probablement exigé un compte rendu de son travail dans notre collège.

Le souvenir cuisant des tragiques conséquences de ce jour où, à Séoul, j'avais dessiné la carte de la Corée au tableau m'avait empêchée pendant la séance de recrutement de me rebeller ouvertement, mais les yeux couleur de pluie de mes camarades s'éloignant dans la camionnette ne me quittaient plus.

Les cours de la matinée ne reprirent que vers midi alors qu'un nouveau chargement de blessés arrivait à l'infirmerie. Des hommes tronc, sans bras ni jambes, qui suppliaient qu'on les achevât par pitié humaine. Des blessés à demi inconscients, rongés de douleur, qui tentaient de trouver le sommeil afin d'oublier leurs maux, maudissant ce présent qui refusait de passer. Leurs plaintes montaient de l'autre côté du mur, une complainte continue qui se noyait dans le chuchotement des pinceaux sur les feuilles. Nous retenions notre souffle, serrant les dents jusqu'au sang, sursautant aux claquements réguliers des réglettes de métal qui servent à tenir le papier de calligraphie à plat.

J'aimais ces cours d'écriture. Le contrôle parfait que l'art de tracer les caractères impose aux membres. L'impression si intense de ne faire qu'un avec le pinceau, mû d'une vie presque indépendante qui tire sa force au puits de l'âme. Son glissement sur la pierre à encre et cet instant où la pointe gorgée d'encre touche le papier vierge qui se crispe, se rétracte puis s'épanouit au contact du liquide noir, laissant ses veines nacrées s'ouvrir pour accueillir cette sève sombre. L'odeur âcre de l'encre sur les doigts, sa saveur légèrement sucrée sur les lèvres…

Mes calligraphies ce jour-là s'étiraient en boucles lentes, graves. L'encre avait traversé le papier et taché le sol. Le résultat ne manquait pas d'originalité, violent et triste à la fois, empreint d'une mélancolie douce et révoltée. Nous avions toutes été secouées par la cérémonie du matin et il fut décidé que les cours se termineraient exceptionnellement plus tôt.

La cour était baignée par un soleil éclatant qui découpait des ombres franches sur le sol. Les ginkgos resplendissaient. L'or mat de leurs feuilles, immaculé, sans une ombre de cuivre, réfléchissait les rayons, renvoyant sur les visages un halo lumineux. *Halmeoni* disait que les jeunes filles devraient toujours rencontrer leur futur époux sous un ginkgo en automne car jamais il ne pourrait oublier les traits sublimés de leur femme ce jour-là…

Pour la première fois, je regardais ma vie de l'extérieur, cherchant à comprendre. On ne combat pas son karma, avait dit grand-père avant de me quitter. Quelles avaient été mes vies antérieures ?

Je décidai d'aller calmer mon angoisse au temple.

De nombreux temples bouddhistes avaient été fermés au profit de la religion shintoïste que le Japon voulait implanter en Corée. Cependant l'occupant, pensant que la religion pourrait représenter un ferment d'unification, n'avait pas totalement condamné la pratique du bouddhisme. Je m'y rendais fréquemment, cherchant dans les immenses effigies dorées de bouddhas un réconfort que le monde ne m'apportait pas.

J'aimais, seule dans l'obscurité rassurante de l'ermitage dédié à Gwanseum Bosal, effectuer les génuflexions rituelles jusqu'à ce que mes mollets tremblent d'épuisement. Puis je brûlais de l'encens, répétant entre mes lèvres le sutrâ du Diamant, attendant l'instant où les moines entonnent l'office du soir. Quelques coups de calebasse et la voix profonde du chanteur, brisant le silence. Le murmure des cantiques psalmodiés mêlé aux grincements des cigales enveloppait les bâtiments du temple d'une paix que nulle part ailleurs je ne pouvais ressentir.

Le chemin qui sinue dans les bois pour atteindre le pavillon de Gwanseum Bosal monte abruptement le long d'une butte qui autrefois, dit-on, était une falaise abandonnée par la mer retirée au large. Parfois, dans la terre, on voyait luire d'anciens coquillages emprisonnés dans le granit. Les pins avaient fini par s'acclimater au vent incessant. De leurs branches tordues, courbées en longues griffes dressées vers le ciel, s'échappaient des bouquets de feuilles carmin provenant d'arbustes parasites, indifférents aux intempéries, qui rongeaient peu à peu de l'intérieur les troncs. De cette étrange végétation surgissaient soudain les toits recourbés du pavillon et les entrelacs multicolores de ses poutres. Comme peu de visiteurs montaient jusque-là, l'endroit demeurait tout au long de l'année extrêmement calme, fréquenté seulement par les moines de l'ermitage, niché plus haut encore sur une corniche.

Tout était paisible et la guerre ce soir-là me sembla lointaine, comme s'il fût impossible que des hommes pussent se battre. Des bâtiments principaux du temple montait la rumeur des mantras. Je m'arrêtai afin de jeter un coup d'œil au panorama qu'un étroit rocher en surplomb permettait d'apercevoir, juste avant d'arriver à la porte principale du temple. De ce côté-là, la ville de Mokpo disparaissait, cachée par les arbres. On ne voyait que la mer et la côte déchiquetée.

Il ne me restait plus qu'une centaine de mètres jusqu'au temple.

Le chemin sinuait encore un peu, retenu par des troncs posés en travers. J'avais tant de fois escaladé ces rondins que je ne regardais même plus où se posaient mes pieds, tout entière absorbée par la paix de l'endroit qui lentement me pénétrait, effaçant les scènes pénibles de la matinée. La porte du temple approchait, je voyais déjà les petites figurines qui ornent son faîte. Je rajustai ma jupe dont j'avais relevé les pans afin de ne pas les déchirer dans les ronces. Tout à coup la voix retentit :

— Petite sœur ! On se promène ?

Le Coréen recruteur aux chaussures bicolores se tenait en plein milieu du chemin en contre-jour devant les battants carmin de la porte du temple, avec le regard ironique et détaché d'un homme qui a tout son temps.

— Tu vas au temple ? C'est bien de prier ! Tu as faim ? demanda-t-il en me tendant un épi de maïs grillé.

Je restai immobile, pétrifiée par cette apparition inattendue.

— Tu as eu tort ce matin de refuser de t'inscrire parmi les volontaires ! L'avenir de celles qui partent est bien meilleur qu'ici ! N'as-tu jamais pensé à troquer ces frusques de collégienne pour des tenues plus élégantes ? Regarde ça, fit-il en retournant le col de sa veste, c'est de l'alpaga, moitié laine, moitié soie. De la qualité supérieure, importée d'Angleterre.

Il mordit dans l'épi de maïs.

— Ne me dis pas qu'une fille de la ville comme toi ne s'ennuie pas à Mokpo !

Me lançant un clin d'œil, il rit puis cracha une fibre de maïs sur le sol. Je reculai mais une main me saisit dans le dos tandis qu'une autre s'appliquait sur ma bouche. Sous l'effet de la surprise je me cambrai, tentant de repousser le bras qui me serrait la gorge. La crosse d'une arme s'était enfoncée dans mes côtes. Pliée en deux, je cherchai encore à ruer, mordre, mais un dernier coup dans le ventre m'arracha un cri de douleur et je vis les oiseaux tournoyer dans le ciel devenu rouge, rouge comme les lanternes des tavernes, rouge… La porte du temple, rouge… Les rondins du chemin et le toit du pavillon, ses dragons cornus, monstrueux… Le Coréen riait toujours, plaisantant avec les hommes qui me traînaient sur le sol. Ma tête roulait, rebondissait sur les branches.

Mes doigts ensanglantés arrachent la terre, s'agrippent aux racines, aux plantes. Le sang qui coule de mon front m'aveugle. Mais les hommes me tiennent si solidement que j'épuise mes forces en vain. Mes cris ne portent plus et s'étranglent sur mes lèvres. Leurs voix amorties par le frottement des feuilles, le bruit des pas me parviennent de très loin.

Nous redescendons la butte en sens inverse par un autre sentier. Le ronflement d'un moteur en bas et les éclats d'une conversation en japonais m'apprennent que nous avons atteint la route. La route pour Daegu. La grande route. Il n'y en a qu'une au départ de Mokpo. Je hurle, tentant encore d'arracher ces mains qui m'étouffent, mais elles ont été remplacées par des cordes et un morceau de tissu noué sur ma bouche. Arqué de toutes ses forces, mon corps tremble, tente d'arracher les liens. Mon cœur s'affole car une voix dans ma conscience embrumée me dit que je ne reverrai pas ma terre natale, que ma vie va s'arrêter. Non. Je n'ai pas peur de la mort mais déjà regrette la vie, la saveur de la liberté, mon enfance que l'on arrache de mon cœur comme une mauvaise herbe. Un glapissement rauque s'échappe de ma gorge. Je perds pied, vois des visages tournoyer devant mes yeux, appelle grand-père, ma *halmeoni*, suffisamment intelligiblement pour que mes ravisseurs ricanent.

— Ta grand-mère ? Là où tu vas, elle ne pourra rien pour toi !

Mon corps retombe sans force.

Quand je rouvris les yeux, mes mains étaient libres. Le bâillon avait été ôté et sans doute m'avait-on fait boire car mon chemisier mouillé collait à ma peau et ma bouche était fraîche comme si je venais de me désaltérer. Mon cartable avait disparu. J'étais allongée à l'arrière d'une camionnette, recouverte d'une banne de tissu rêche, du type de celles qui enveloppent les fruits au marché. Dehors défilait un paysage de montagnes douces boisées d'érables. Il devait être six ou sept heures du soir car le soleil rasait les toits, lançant des éclats cuivrés sur les rizières. Mokpo était loin.

Le Coréen somnolait dans une position inconfortable, le buste à moitié replié sur le vantail arrière. Dans le sommeil sa morgue avait disparu, laissant place à un visage sans apprêt d'homme qui ronfle. Sur le banc, deux soldats impassibles, les yeux mi-clos, veillaient. La main sur la crosse de leur fusil, ils se crispaient à chaque cahot. Je m'aperçus que j'étais la seule à ne pas être attachée : deux autres passagers étaient allongés à l'avant de la camionnette, contre la paroi du conducteur. Dont une femme qui aurait pu être la mère Kim. Même corpulence, même visage sombre creusé de sillons blancs. Une pêcheuse ou une manutentionnaire du port. Sévèrement blessée sous les côtes, elle râlait, essayant de se maintenir en place dans les tournants afin de ne pas attiser les élancements qui lui perçaient le flanc. Ses yeux ne me voyaient pas. Ses lèvres proféraient des injures silencieuses. A côté d'elle se tenait un homme accroupi. Pieds et mains liés par une même corde tordue, par un nœud coulant passé autour du cou. Il s'efforçait de ne pas remuer car chaque mouvement l'étranglait davantage. Le sang affluait à son visage et gonflait ses lèvres, énormes, violacées comme une gueule de monstre.

La peur n'avait pas eu le temps de s'installer en moi mais mes membres tremblaient et un filet de sang tiède coulait de mon oreille déchirée.

Nous traversions un petit bois de pins. La senteur des conifères se mêlait à un parfum sur, une odeur de pommes blettes. Je remarquai dans un coin, jeté sur un vieux pneu, un tas informe. Un manteau de feutre déchiré et des chaussures de paille. Une jambe couverte d'escarres, d'où s'écoulait par petites pulsions irrégulières un épais liquide noir. Un cahot plus violent que les autres fit rouler la tête comme une grenade écrasée. Le mendiant de la jetée. Les yeux ouverts en direction des nuages moirés du couchant. Lui aussi avait quitté Mokpo.

Mukden[1]

Nous arrivâmes à Daegu – Taekyō – le lendemain à l'aube. Avec la nuit s'était abattu un froid glacial et malgré la bâche qui me couvrait, mon corps entier était parcouru de frissons et mes doigts gourds n'arrivaient plus à retenir le tissu qui glissait à chaque cahot. Pas un mot ne fut échangé pendant la route. Seuls le frottement des pierres à briquet et les gémissements de l'homme et de la femme prisonniers rompaient le silence.

A la tombée de la nuit, j'avais vu entre mes paupières baissées le recruteur coréen s'approcher de moi, une pomme à la main.

— *Agassi ! Agassi !* Tiens, mange un peu !

Sa voix me révulsait. Je feignis le sommeil. La peur ne venait pas. Les yeux tournés vers le ciel, je voyais les étoiles. Les cimes des arbres hérissées par le givre. Des doigts pointés vers l'étendue blanche

1. Actuelle Shenyang dans le Liaoning.

des nuages éclairée par la lune, comme le drap de chanvre dont on avait recouvert le corps froid de ma *halmeoni.* Lentement, je reprenais possession de mon corps.

Les deux soldats n'avaient pas quitté leur posture mais fumaient cigarette sur cigarette pour se tenir éveillés. Ils s'esclaffaient parfois en m'observant avec des yeux gouailleurs mais parlaient bas dans un dialecte du Kantō que je ne comprenais pas. Par deux fois, ils me mirent en joue comme des enfants qui jouent à la guerre, puis partirent d'un grand éclat de rire ponctué de gestes obscènes. Allongée sur le plancher, les reins meurtris, j'attendais que la peur m'envahisse, une peur irrépressible que je ne puisse combattre. Au lieu de cela, une lente colère montait en moi, dépourvue de révolte car je savais comment les Japonais traitaient les captifs. Une rancœur sourde, qui enflait chaque minute davantage avec les kilomètres qui passaient, et pourtant me laissait désemparée, trahie par l'un des nôtres, un Coréen.

On raconte qu'à l'ultime seconde où il faut quitter le monde, les mourants voient leur vie entière se dérouler. Et dans la camionnette qui me conduisait vers mon destin, au fur et à mesure que défilaient les images de mon enfance, rapides, hachées, mêlées de l'impression curieuse de n'en être que le simple spectateur, vint enfin la peur. En sourdine. La peur d'arriver à Daegu, de subir un interrogatoire de police. La peur d'être prise dans la houle humaine de la guerre sans avoir eu le temps de vivre.

À Daegu, l'homme et la femme furent embarqués par un peloton de quatre hommes. Le

Coréen avait défroissé sa veste du revers de la main, roté, et, l'air important, m'avait fait signe de rejoindre un groupe de filles accroupies sur la place. Je cherchai des yeux mes camarades de classe et les repérai enfin. Elles avaient perdu leur superbe et baissaient la tête. Les rubans en travers de leur poitrine, froissés et salis, pendaient misérablement.

Nous fûmes regroupées dans un hangar attenant à la gare. Au milieu de carcasses de wagons rouillées, de sacs postaux en attente et de caisses de marchandises. J'ignore combien de temps nous attendîmes, dans la pénombre. De temps à autre la porte coulissait, laissant entrer d'autres filles encore. Belles, laides. Toutes semblaient lasses, épuisées de voyages qui, pour certaines, n'avaient pourtant duré que quelques heures. Je remarquai une nonne que son crâne rasé et ses habits gris d'encre distinguaient des autres. Assise en tailleur dans un coin, elle roulait dans ses doigts calmes les billes d'un chapelet. Son visage portait des sillons humides de larmes et ses lèvres saignaient.

Le hangar était gardé par deux sentinelles dont nous devinions les allées et venues aux rais de lumière sous la porte qui s'obscurcissaient à chacun de leur passage. Les peines refusaient de se mêler. Etanches. La chaleur de nos corps passait de l'une à l'autre mais les mots restaient bloqués dans les gorges. Trop intimes pour être prononcés. Trois filles arrivées les dernières, plus délurées que les autres, tentèrent d'amorcer la conversation, demandant à chacune d'où elle venait, impatientes de raconter leur histoire à leur tour. A Mukden, en Mandchoukouo, il y avait plusieurs quartiers de colons coréens[1] et le restaurant où elles avaient obtenu une place, le « Dragon Céleste » était l'un des plus réputés de la ville. Plusieurs centaines de couverts par soir et des hôtes aussi importants que les épouses de l'empereur Puyi ! Rien à voir avec les bouges où elles travaillaient à Daegu, à servir des rustres pour quelques yens[2] poisseux… Là-bas elles auraient un uniforme, une robe de soie chinoise avec des boutons de passementerie, et même des souliers à talon bobine !

— Avec un compte d'épargne, en quatre ans je pourrai racheter les dettes de ma famille ! et peut-être même m'offrir un petit commerce, qui sait !

Leurs yeux brillaient de convoitise.

— Tiens, petite sœur, tu ne veux pas un bonbon ?

La voix était gentille et le visage, caché sous un masque de poudre blanche, enfantin malgré deux fines rides de chaque côté du nez. Je repoussai doucement la main et le sac de papier glacé. La voix gaie proposa des bonbons à toutes les filles qui, l'une après l'autre, secouèrent la tête.

Les trois filles, déçues, maugréèrent quelques instants devant notre mauvaise volonté, mais la tristesse qui se dégageait du groupe était si forte qu'elles poursuivirent leurs bavardages plus doucement,

1. Les Japonais déportèrent en Mandchourie de nombreux Coréens après leur avoir fait miroiter acquisition de terres ou travail. D'autres, des patriotes, partirent s'exiler loin de leur patrie, dès le lendemain de l'annexion, afin d'organiser la résistance depuis l'étranger.

2. Pendant la colonisation japonaise, le *yen* divisé en cent *jeon* remplaça la monnaie coréenne, le *won*.

tandis que la nonne psalmodiait. Sa voix grave résonnait en un souffle chaud entre les murs du hangar, un flot continu qui vacillait aux claquements réguliers des bottes des sentinelles, comme la flamme d'une chandelle.

— *Om ! somani Hum, harahana, hum ! Harihana, hum ! banaya, hum !*

Mon Dieu, que sa voix était belle ! Pure, mélodieuse. Une de ces voix qui transpercent l'âme et font naître l'amour. La voix des *apsaras* qui porte l'esprit vers l'éternité, celle qui aide les hommes à se détacher de leur enveloppe terrestre.

En fin de journée, les soldats ouvrirent grand les portes. Une bouffée d'air frais nous fit lever les yeux, suivie de relents de nourriture. L'une des deux sentinelles qui avaient fait le voyage depuis Mokpo posa sur le sol une grosse marmite de soupe claire où surnageaient quelques morceaux de viande bouillie. Il y avait aussi du riz, du vrai riz dont nous, Coréens, étions privés, provenant des rations militaires, et du *kimchi*, rouge et sanglant, dont l'odeur aigrelette éveilla la faim des filles. La nonne n'avait pas cessé de chanter, et sa voix qui s'était noyée dans le grincement des portes et le vacarme des marmites posées sur le sol s'éleva de nouveau, pure et limpide.

— *Om ! somani Hum, harahana, hum ! Harihana, hum ! banaya, hum !*

Nous nous immobilisâmes. Gamelles en main, anxieuses de tant de beauté.

L'ordre éclata brusquement :

— *Damare !* Boucle-la !

La voix montait toujours, sereine, emplissant l'air de sons assourdis dont le rythme régulier battait en pulsations lentes. La silhouette de la nonne, assise en contre-jour devant l'entrée du hangar, semblait une statue de bronze, caressée par les rayons bas du soleil. Ses doigts égrenaient impassiblement le chapelet avec des claquements secs et rapides. Quatre soldats s'étaient approchés. De l'intérieur nous ne distinguions que les contours des képis et des uniformes ceinturés. Des ombres sans visage qui hurlèrent une fois encore :

— *Oï damare !!!*

La nonne chantait maintenant d'une voix ferme et précise.

— *Om ! somani Hum, harahana, hum ! Harihana, hum ! banaya, hum !*

Une buse sembla fondre du ciel. Un coup d'aile noire et argent qui claqua suivi d'un bruit doux de plumes mouillées. La voix avait cessé. Remplacée par le cliquetis des perles de bois qui glissaient sur le sol. Les doigts de la nonne, toujours immobile, avaient lâché le chapelet. La silhouette vacilla, prise d'un long tremblement. Puis bascula, d'un bloc, sur le côté, tandis que la tête rasée roulait sur le sol parmi les billes du chapelet, ouvrant des yeux immenses aux cils éclaboussés de sang.

Une instruction claire trancha le silence tombé sur notre groupe. La langue était polie, avec des intonations placées de chanteur d'opéra.

— Vous avez dix minutes pour nettoyer le sol ! Rassemblement prévu dehors, dans trente minutes.

L'ordre n'admettait pas de réplique. L'homme, un commandant, ainsi que les galons des brides d'épaules en drap rouge de sa veste l'indiquaient, prit le tissu blanc que lui tendait respectueusement à deux mains un soldat et, lentement, avec tendresse, essuya les marbrures rouges qui maculaient son sabre.

Le sang avait formé en s'écoulant une rigole de boue gluante mêlée de terre. Les plus jeunes qui les premières s'étaient précipitées à l'arrivée du repas, restées sur le devant, contemplaient incrédules leur robe tachée d'étoiles rouges. Elles serraient les bras sur la poitrine pour se réchauffer. Instinctivement, afin de leur éviter la pénible tâche d'approcher du corps inerte de la nonne, je me plaçai devant elles.

— Toi, là ! Viens m'aider à dégager ce tas d'ordures !

Répondant à l'injonction de la sentinelle, je saisis d'un geste mécanique les chevilles fines que la mort avait croisées. Le corps de la nonne était tendre, tiède, plus léger que je ne l'aurais pensé. Ses jambes, que la tunique de bure relevée ne couvrait plus, montraient des marques de coups bleuies. La sentinelle qui avait empoigné les mains marchait vite, d'un pas cadencé qui renversa le buste inerte vers l'arrière. Le sang continuait de couler et, sous mes doigts serrés, il me sembla que je sentais le frémissement d'un pouls. Rapide, haché. Le mien ? Celui de la nonne ? Des lambeaux de pensées incohérentes fusèrent entre mes tempes.

Nous transportâmes la nonne à l'arrière du hangar et la déposâmes sur un tas de membres sans vie parmi lesquels je reconnus l'homme et la femme aux rides de sel de la camionnette. Mon cœur tressaillait, mes mains moites glissaient. Une peur atroce me broyait le ventre.

Je vis tout à coup le visage froid de ma *halmeoni*, ses mains lourdes du poids de la mort. Prise de vertige, je retournai vers le hangar, exténuée, soulagée d'avoir achevé cette abominable besogne, quand le commandant japonais m'interpella avec une impatience ironique.

— C'est bien, petite *agassi*, d'aider nos soldats ! Mais n'oublies-tu pas l'essentiel ? Voyons, cette si jolie tête qui ne voulait que chanter ! Que deviendra son âme au paradis ? Jamais elle ne pourra renaître ! Veux-tu la condamner à errer sans tête ?

Le commandant avait un visage fin, presque naïf, qu'une peau imberbe d'enfant nimbait d'une douceur déroutante. Ses lèvres s'arquèrent.

— Tu n'entends pas ? Au lieu de rester plantée là, obéis !

Le souffle court, je retournai lentement vers le hangar que mes compagnes d'infortune avaient commencé à nettoyer. Le sol fuyait sous mes pieds. La tête, que la tonsure rendait minuscule, gisait sur le sol. Abandonnée au milieu des perles du chapelet. La peau, sur les joues, avait pris une couleur d'albâtre. La bouche ouverte paraissait chanter encore, gémissant des larmes de sang qui coulaient sur mes doigts.

J'ignore comment je traversai la cour munie de l'horrible fardeau pissant le sang et des humeurs violacées. Mes yeux ne voyaient plus. L'air que j'avalais brûlait mes poumons. Un haut-le-cœur me souleva la poitrine tandis qu'un liquide aigre envahissait ma bouche. Le canon béant du fusil de la sentinelle me suivait, moqueur, comme les yeux du commandant. Je m'effondrai, prise d'effroyables vomissements, anéantie, les éclats de rire des soldats résonnant à mes oreilles en un écho monstrueux.

À sept heures, le commandant nous réunit dans la cour. Personne n'avait touché au dîner. Marmites et gamelles avaient été remportées aux cuisines. Une odeur de choux, de sang et de savon noir flottait. Personne ne parlait. Pas un bruit, pas un son ne s'élevait de notre groupe anéanti. Les dernières illusions s'étaient éteintes avec le chant de la nonne. En dix minutes le commandant, visiblement pressé d'expédier la corvée, décida de nos destinations, une longue liste à la main. Trois groupes furent créés : six filles partiraient pour Shimonoseki et travailleraient dans une usine d'armement au sud du Japon, les autres iraient en Chine et en Mandchourie. Shanghai. Mukden et Dairen. J'appartenais à la seconde unité. Le départ aurait lieu le lendemain.

Nous étions désormais marquées du même sceau. Une foule d'impressions m'assaillait, odeurs, souvenirs, goûts, avec la certitude soudaine que là, à Daegu, sur ce quai de gare poussiéreux, venaient de prendre fin mon enfance et ma vie.

Je revois le train, un convoi de marchandises, pourvu en queue de trois wagons à bestiaux munis de bouches d'aération. Je revois cet interminable voyage pour l'enfer. Ce départ sans adieux de ma patrie. Une fuite lâche à ce moment de l'histoire où mon pays avait plus que tout besoin de sa jeunesse, de son inébranlable enthousiasme. Mon impuissance devant ce rapt n'apaisait nullement ma peine. Au contraire, plus les kilomètres passaient, m'arrachant à ma terre natale, plus l'humiliation de notre peuple face à l'ambition japonaise me torturait, rappelant soudain à ma pensée les paroles sages de grand-père. Je me souviens de la saveur amère, légèrement salée du bois. J'avais appliqué mes lèvres contre une petite fissure entre deux planches disjointes. Le vent filtrait, glissait dans ma gorge, frais comme de l'eau. La touffeur, l'obscurité poisseuse avaient engourdi mes jambes. Le jour allait se lever car à travers les interstices je devinais les lueurs roses du soleil. Nous avions mangé en silence les rations qui nous avaient été distribuées. Des boulettes de riz vinaigré vieux de plusieurs jours. L'intérieur était gluant et piqueté des taches rosâtres des grains qui se gâtent.

Puis le temps s'était étiré. Le train avait dépassé la gare de Pyongyang. L'air avait pris un goût de vase aux abords du fleuve Daedong dont les eaux charrient à l'automne des limons arrachés à la plaine. A moins qu'il n'approchât déjà de Shingishu, le poste frontière un peu plus au nord. Pliée en deux, les genoux sous le menton contre la porte, je ne sentais plus les cahots assourdis par le tumulte des rails et cette touffeur infernale qui paralysait mes membres. Le cœur frémissant de peur, je serrai les dents pour tenter de réprimer mon envie de hurler, d'appeler à l'aide. Mon instinct d'enfant me répétait de ne pas bouger, de m'effacer, de me fondre dans l'obscurité du wagon pour me faire oublier. J'aurais voulu dormir, comme les autres. Mais mes yeux refusaient de se fermer, collés aux fentes, entre les planches de bois, cherchant à happer dans les paysages qui défilaient un signe familier, rassurant. « *Om ! somani Hum, harahana, hum ! Harihana, hum ! banaya, hum !* » La litanie me poursuivait, résonnant sans cesse dans ma tête.

Peu après Séoul, j'avais aperçu une grue qui s'envolait au-dessus des rizières. Un éclat blanc qui avait suivi le train quelque temps et volé en direction du nord avant de disparaître. Combien étions-nous, blotties dans le wagon ? Trente ou quarante peut-être. Ecrasées les unes contre les autres, jambes mêlées, corps enchevêtrés par le sommeil, épuisées par l'interminable voyage.

Il y avait eu six points de contrôle depuis Daegu. Les panneaux ne donnaient que les noms japonais des gares. Taiden. Keijō. Kaijō. Shariin. Heijō. Shingishu. Chaque fois les wagons avaient été contrôlés et un soldat japonais, après avoir jeté un coup d'œil par la porte, avait biffé la case « *munitions et biens de consommation* » puis repoussé la targette de métal et bloqué le verrou. Direction Harbin, via Mukden. A Kaijō, le commandant était monté dans notre voiture, arborant un uniforme neuf et un lorgnon retenu par une chaînette d'or. Il était coiffé à l'européenne avec une raie sur le côté qui séparait sa chevelure en deux ailes lisses et noires. Il avait discuté avec chacune, prodiguant un geste affectueux à l'une, une tape sur l'épaule à l'autre. Terrée dans la pénombre, j'observais les reflets meurtriers du fourreau de son sabre contre sa jambe.

Puis les filles étaient descendues sur le quai, ouvrant de grands yeux éberlués. On aurait dit une classe d'écolières en randonnée. Certaines portaient encore l'uniforme de l'école, la longue jupe noire et le ruban blanc noué sur la veste ; d'autres, vêtues plus simplement de grosses jupes de toile resserrées à la taille par un lien, regardaient autour d'elles en écarquillant les yeux. Un petit groupe s'était assis au bord de la voie. Quatre gamines cramponnées à leur baluchon, l'air paniqué. Elles tremblaient, frottant sans cesse leurs joues marquées des plis imprimés par la paille sur laquelle elles avaient dormi.

Au bout de dix minutes, deux soldats étaient arrivés. L'autorisation fut donnée d'aller se soulager derrière le bâtiment principal de la gare. Les petites avaient couru avec impatience. Les plus âgées, inquiètes, gardaient les yeux rivés sur les soldats qui les encadraient. Mais sur ordre du commandant, ceux-ci s'étaient tenus à l'écart et avaient tourné le dos en direction des rails. Le besoin était trop pressant pour faire passer ma pudeur en premier, j'avais comme les autres relevé ma jupe et m'étais accroupie sur le sol.

Le commandant, toujours souriant, s'était excusé du manque de confort du wagon et, « pour se faire pardonner » avait-il ajouté, avait distribué des petits pains cuits à la vapeur et un bol de soupe. Soudain, les langues s'étaient déliées. Après tout, le service pour la nation ne serait peut-être pas si difficile... N'étions-nous pas toutes sujets de l'Empereur du Japon ? Des *kōmin* ? Au même titre que les soldats ?

Je n'avais rien mangé, même si je savais que nous n'aurions plus rien avant longtemps. J'avais regardé le paysage. La poussière jaune sous les bottes des soldats. J'avais quitté mon pays. Dans un fourgon militaire.

— *Agassi*, tu ne manges pas ?

La voix du commandant était sèche mais se voulait familière. Je l'avais reconnue d'instinct. Sans même m'être retournée. Un timbre mat, sans âme.

— *Agassi*, ce n'est pas bon ?

Il y avait une gouaille perverse dans ses questions. En cet homme s'étaient réincarnés les démons des livres de mon enfance, ces *dokkaebi*, créatures inhumaines venues des fins fonds du royaume de la mort qui ne vivent que par le sang des autres. Je tremblai soudain, prise de panique, prête, s'il s'approchait de moi, à me jeter sur lui et hurler mon désespoir. Mais le destin en avait jugé autrement. Je n'avais pas eu besoin de répondre car des coups de sifflet avaient retenti. Ses bottes avaient claqué, et avec cette drôle de façon qu'ont les Japonais de redresser le torse afin de compenser leur petite taille, le commandant avait fait demi-tour, me laissant seule face à ma colère.

Tout le monde était remonté dans le train. Les soldats qui riaient en se poussant du coude sur le quai et les filles soudain moins timides, égayées par la pause et la nourriture. La route avait repris. Les cahots. Le tumulte. La chaleur. Deux jours sans eau ou presque, juste un bol tendu à travers la porte le matin par une silhouette en contre-jour.

Les filles avaient entrelacé leurs corps, leurs souvenirs puis leurs querelles. Une odeur de suint et d'urine se dégageait des corps endormis. Des paysannes du Jeolla à la peau brune, noircie par le soleil. En route pour une usine de munitions à Nankin. Une dizaine de fillettes de douze, treize ans à peine, blotties les unes contre les autres, fauchées à la sortie de l'école, les yeux rougis d'avoir trop pleuré. Deux filles de la ville aussi, dont l'une clamait s'être inscrite dans les rangs du *Teishintai*, le Service volontaire pour l'Empire. Elle portait une cocarde rouge et en travers de la poitrine un ruban de satin blanc marqué de cinq caractères chinois : « *Je suis fière d'être sujet de l'Empereur, œuvrons pour le bien de la nation !* » Le dernier groupe, enfin, était composé d'ouvrières de la région de Masan. Silencieuses. Leurs regards fatigués trahissaient une peur immense et muette.

Les kilomètres et le vacarme du wagon avaient eu raison de la résistance de mes compagnes de voyage qui s'étaient endormies. A la stupeur terrifiée de la nuit succéda une phase d'oubli, comme si chacune d'entre nous voulait absolument rayer de son esprit la scène monstrueuse de la veille. Nous chantâmes en chœur, bavardâmes, et jouâmes à des petits jeux de récréation d'école qui nous firent monter les larmes aux yeux quand une fillette, qui n'avait pas onze ans, éclata soudain en sanglots mêlés de hoquets d'un rire compulsif.

Elle s'appelait Mirim, ou plutôt Mikiko selon son prénom japonais. Une peau de nouveau-né, translucide, sculptée dans une pierre de sel, douce et tiède, un paysage de rondeurs et de méplats purs, animés de tressaillements rapides qui faisaient battre ses cils comme les flancs d'un animal traqué. Enlevée la veille par la police japonaise, ses yeux portaient des traces d'horreur qui assombrissaient ses pupilles enfantines de lueurs d'effroi. Je la pris contre moi et l'odeur de lait de sa tête chaude me rappela Kyoko et sa frimousse de bébé. Ses cheveux trempés de larmes glissaient entre mes doigts, et à force d'embrasser ses joues humides, mes lèvres avaient pris le goût salé de ses pleurs. Quand enfin elle se fut assoupie, chaton confiant dans mon giron d'enfant, une fille me raconta son histoire.

Les Japonais avaient fait irruption en pleine nuit, tiré ses parents hors de la maison et menacé de massacrer leurs enfants s'ils ne révélaient pas les noms de résistants qui, la veille, avaient attaqué un fourgon de vivres. Mais les pauvres bougres, de simples paysans sans éducation, ignoraient tout de l'affaire. Une heure d'un jeu cruel s'était écoulée.

Le père, tout d'abord, avait été assassiné à coups de pioche et laissé demi-mort sur le sol afin qu'il pût contempler le supplice des siens. Puis le frère cadet de Mikiko, un poupon de trois ans surpris dans son sommeil, avait été brandi par un soldat au bout de son sabre comme une bannière sanglante. Chair et tripes battant au vent. La mère enfin avait été violée, puis décapitée au jeu du « dernier perdant » : chacun frappe à tour de rôle, et celui qui donne le coup final a perdu, le but étant bien sûr de faire durer le plaisir des participants. Mikiko, maintenue de force par l'un des tortionnaires, avait tout vu. Ils avaient ensuite tenté de la violer mais son corps trop menu de fillette avait résisté. Les soldats avaient renoncé.

Mikiko dormit jusqu'à Shingishu, à la frontière du Mandchoukouo. En se réveillant, sa main vint se blottir dans ma paume. Brûlante de fièvre. Elle avait faim, et soif. Nous n'avions rien mangé depuis Daegu et les boulettes de riz rance avaient rendu plusieurs filles malades. Elles se cramponnaient à leur ventre, le visage livide. Une odeur fétide, poisseuse, collait aux narines.

Nous fîmes une brève halte à Antung, le poste de douane. L'air frais des provinces du Nord redonna en quelques instants des couleurs aux joues de la petite à qui je tendis ma ration de petit pain dans l'espoir qu'elle puisse de nouveau sombrer dans le sommeil jusqu'au prochain arrêt. Je me contentai de la soupe brûlante qui me parut délicieuse. Le temps de la halte, le wagon fut lavé à grande eau. Nous appréciâmes l'attention et regagnâmes nos places au coup de sifflet, avec la curieuse impression de rejoindre une chambre d'auberge fraîchement refaite. Une des filles de Daegu lança même un « *arigato gozaimashita*[1] » reconnaissant au commandant et aux soldats qui répondirent par des éclats taquins dans les yeux.

La voie ferrée entre Antung et Mukden était sévèrement gardée. A travers les lattes de bois, je devinais des patrouilles dès que nous approchions d'une forêt ou d'une petite hauteur. Les trains, paraît-il, faisaient l'objet de fréquentes attaques de bandits, bien que ce tronçon d'itinéraire fût nettement moins dangereux que la partie Mukden-Harbin, plus au nord. Des gares que nous traversions, de véritables places fortes, je ne voyais que les quais bordés de rouleaux de fils barbelés et gardés par des postes de soldats japonais. Plus le train avançait en direction du nord, plus le temps se rafraîchissait. La plaine de Mukden apparut enfin. Une immense étendue cultivée avec, au loin, l'ombre bleutée des montagnes et, de temps à autre, des bosquets de pins sibériens au long fût élancé et à la ramure horizontale, bleu argent.

L'ancienne capitale tartare avait été l'une des plus belles cités de Chine, tracée de grandes avenues bordées d'arbres et de vastes demeures anciennes que le commerce avait enrichies. Aujourd'hui la ville, sous l'impulsion japonaise, avait été modernisée, quelques temples vétustes détruits, et de nouveaux bâtiments à deux étages construits sur les places principales du centre, rompant l'harmonie de l'architecture. Une mission catholique anglaise avait été fermée mais les étrangers demeuraient

1. Merci.

nombreux, établis dans l'ex-quartier russe. L'est de la ville était exclusivement réservé aux Japonais. Les baraquements de l'armée y avaient élu domicile dans des boutiques chinoises, débarrassées de leurs habitants. Conçues en longueur avec une façade minuscule donnant sur la rue, les maisons pourvues de fenêtres étroites étaient sombres mais, coincées les unes contre les autres, elles conservaient la chaleur, faisant mieux face aux rigueurs sibériennes de l'hiver qui, en plein centre-ville, pouvaient atteindre moins trente degrés. Une cité frileuse au cœur des steppes.

A notre arrivée, nous fûmes de nouveau séparées en trois groupes. Une unité partait par convoi routier le lendemain pour Pékin. Mes anciennes compagnes de classe faisaient partie de ce lot. Nous nous quittâmes les larmes aux yeux sans pouvoir articuler un seul mot.

Vingt filles aussi devaient rejoindre Port-Arthur au sud et d'autres encore poursuivraient par mer jusqu'à Shanghai. Le commandant, enfin, appela mon nom et annonça que je resterais momentanément à Mukden avec onze camarades dont trois travailleraient dans un restaurant. Les autres auraient le choix. Blanchisserie. Usine ou chantiers. Une grande confusion s'était emparée des filles qui jetaient des coups d'œil paniqués autour d'elles, cherchant mutuellement dans leurs visages inquiets un peu de réconfort. Des mains s'unirent, se repoussèrent. Cris étouffés, cœurs broyés, regards fanfarons soudain pitoyables. Une fille hurla puis s'effondra. Nous la vîmes disparaître dans la salle voisine, tirée sans ménagement par les pieds par un soldat. Un calme résigné s'abattit. Séparées puis réunies arbitrairement par tranche d'âge, nous attendîmes que les derniers groupes se forment.

Mikiko ainsi que deux des filles de Daegu me rejoignirent dans la salle d'attente de la gare où notre section, la section Mukden, avait été rassemblée. Un vieux samovar datant de l'époque de l'occupation russe trônait au centre de la pièce. Le visage de Mikiko s'illumina en m'apercevant.

— Sangmi *eonni* !! murmura-t-elle en se jetant dans mes bras.

Je lui expliquai tout bas que désormais elle ne devait plus m'appeler Sangmi, mais seulement Naomi et que même quand nous étions seules, elle devait faire l'effort de parler japonais. La petite ouvrit de grands yeux. A onze ans, ses notions de japonais se limitaient à quelques phrases de la conversation courante.

— Tu verras, tu apprendras vite ! C'est facile ! et puis, ajoutai-je devant son air incrédule, ici, tu n'auras aucun mal à retenir le vocabulaire ! Ce n'est pas comme à l'école, pas besoin d'apprendre la grammaire ni de caractères compliqués, tu ne parleras qu'en japonais alors cela viendra tout seul !

Pour Mikiko je retrouvai mes forces, mon courage. Plonger mes yeux dans les siens m'apaisait.

Le commandant ouvrit la porte sur laquelle les caractères cyrilliques « *zal ojidanija* » – salle d'attente – n'avaient pas été effacés.

Un vent glacé soufflait dehors et il avait remplacé sa casquette par une chapka aux oreillettes de fourrure et enfilé un manteau gris sombre par-dessus son uniforme.

— Tiens, dit-il en s'agenouillant près de Mikiko, tu as trouvé une amie. Tu as de la chance !

Il leva les yeux vers moi et, sans me quitter du regard, offrit un petit gâteau rond à la fillette, marqué du caractère « prospérité », comme les gâteaux du nouvel an fourrés aux châtaignes que me fabriquait *halmeoni* autrefois.

— Venez, ajouta-t-il en se redressant, maintenant que ce long voyage est terminé, nous allons aller nous laver un peu et vous acheter de nouveaux vêtements !

Il parlait d'un ton enjoué.

— Regarde-toi, fit-il à ma voisine dont les mèches de cheveux collaient au front. Demain tu pourras aller chez le coiffeur. Les coiffeurs de Mukden sont réputés, et tu retrouveras ton joli minois !

La fille rougit et, malgré elle, repoussa coquettement sa frange en arrière. Le Japonais lui renvoya un sourire qui creusa deux fossettes sur ses joues imberbes. Les filles, mises en confiance par cette prévenance à laquelle les jours passés ne les avaient pas habituées, osaient maintenant lever les yeux. Le commandant souriait toujours, satisfait de son effet.

— Ah, j'oubliais ! je m'appelle Fujiwara, Fujiwara *shu-i*, commandant Fujiwara. Si vous avez besoin de quoi que ce soit, demandez. Mais, comme je ne pourrai m'occuper de vous toutes à la fois, les sous-lieutenants Matsumoto et Hakauchi me seconderont. Faites-leur confiance. Mukden n'a pas de secrets pour eux et vous ne regretterez pas votre promenade. Quant à moi, je prendrai en charge Kawashima Kaneko, Kawamoto Naomi, et Tsukawa Kinu. Toi aussi, petite Mikiko, tu viendras avec moi, conclut-il en caressant la tête de l'enfant qui se recroquevilla, les yeux noyés de peur.

Une chambre de l'hôtel Daiwa, en plein cœur de Mukden, nous avait été réservée. Tout un étage semblait être alloué à Fujiwara et sa suite. Dans le couloir s'alignaient les paires de bottes des soldats. Quatre devant chaque porte. Parfaitement cirées. La surprise se lisait dans nos yeux. Mikiko, la bouche grande ouverte, regardait autour d'elle les lustres fanés de la réception encombrée de paquetages militaires. Le commandant Fujiwara annonça qu'il n'était pas question de nous séparer. Nous resterions pour la nuit toutes ensemble dans une seule pièce.

Le luxe passé de la chambre, grande et couverte d'un tapis rouge à arabesques, nous émerveilla. Un lit immense à l'occidentale occupait son centre et quatre matelas avaient été entassés dans un coin avec des couvertures. Une fenêtre à double battant donnait sur l'extérieur. En l'ouvrant, nous découvrîmes qu'elle avait été grillagée et que les volets de bois découpé étaient cadenassés. Entre les lattes, scintillaient les lumières de la rue et l'enseigne de l'hôtel. Rouge puis jaune. Rouge puis jaune. La salle de bains, plus encore que la chambre, suscita l'admiration de mes camarades. La plupart, des campagnardes, n'avaient jamais vu de baignoire ou de lavabo, un luxe que décrivaient les livres et qui soudain devenait réalité. Je remarquai les cafards qui couraient le long des canalisations et les traînées de rouille sur le carrelage ébréché et me tus en constatant que des robinets dorés ne s'écoulait qu'un filet d'eau trouble glacée.

Le contraste si soudain avec les conditions difficiles du voyage effaça d'un coup notre lassitude et, en quelques instants, une excitation de gamines nous submergea. Je ne m'étais pas lavée depuis plus de quatre jours. Dans ce cadre aisé, l'odeur acide de transpiration de nos corps avait un côté indécent qui nous fit monter le rose aux joues. Certaines, originaires de l'extrême sud du pays, n'avaient pas vu d'eau depuis près de dix jours. Atterrées, elles caressaient d'une main incrédule les croûtes de crasse qui recouvraient leurs chevilles. Nous passâmes près d'une heure à nous laver, à frotter chaque parcelle de notre corps de la sueur et de la peur des jours derniers, soudain rassérénées dans notre chair par le contact tout simple de l'eau sur la peau.

Je possédais encore cette extraordinaire faculté d'oubli, don de l'innocence qui caractérise les enfants. Un plaisir immense, doux et enveloppant nous engourdissait, le plaisir de sentir nos corps renaître sous nos doigts et la mousse des savonnettes rondes qui nous avaient été distribuées. Un luxe inouï inconnu de la majorité des Coréens. Les cheveux frais, brillants, vêtues pour celles qui avaient fait le choix de se porter volontaires des robes neuves offertes au départ. Il régnait dans la chambrée une joie de cour d'école. Je savais au fond de moi que cet intermède ne durerait pas, mais incapable de supporter plus longtemps la tension de ce voyage sans destination, j'avais besoin d'apaiser mes craintes et quand vers six heures le commandant Fujiwara frappa à la porte, il trouva une nuée de filles reconnaissantes et souriantes. Nous avions oublié notre fatigue, ne rêvant que des nouilles odorantes et des beignets qui cuisaient dans la rue et dont l'odeur montait jusqu'à notre chambre. Nous n'allions pas bien loin mais les quelques centaines de mètres que nous parcourûmes dans les rues de Mukden achevèrent de nous griser.

Le soir tombait et le ciel avait pris des teintes violettes irisées qu'enflammait le soleil au bas de sa course. Les petits dragons de protection des faîtes des toits se découpaient en ombres chinoises formant, quand on levait les yeux, un bestiaire à demi recouvert de feuilles mortes. Les rues malgré l'heure avancée bruissaient de monde. Seuls les *jinrikshas* tirés par des porteurs décharnés pouvaient s'engouffrer dans les rues étroites qui bordaient l'arrière de l'hôtel Daiwa. Sur les grandes avenues illuminées que l'on apercevait au carrefour, se déversait une circulation infernale de voitures, d'autobus et de bicyclettes.

Une foule élégante se mouvait, indifférente à l'agitation qui l'entourait. Des couples habillés à l'occidentale avec des femmes portant pantalon et veste d'homme, des Japonaises emmitouflées de volumineux manteaux matelassés trottinant de pierre en pierre, des coolies aux jambes nues maculées de boue et des soldats attablés au devant des tavernes. Une nuée de voiturettes garnies de marchandises de toutes sortes encombrait les bas-côtés. Pour atteindre les échoppes, il fallait se frayer un chemin entre les ballots empilés sur le sol et les marchands au visage mongoloïde, pommettes hautes et peau cuivrée tannée par les hivers successifs. On vendait des fourrures en prévision de la saison froide. Des peaux brutes de loutre, de zibeline, de renard, de chat sauvage qui chatoyaient sous les lumières, et aussi des chapkas fourrées, des capelines et des cols. Une dépouille de lynx ocellé était exposée, accrochée à quatre poteaux comme une tente. La tête avait conservé ses crocs étincelants et les pattes de longues griffes recourbées. Mikiko se serra contre mes jambes.

Notre hôtel, l'ancien hôtel Moscou, qui avait été l'un des plus luxueux de la ville avant sa réquisition à la fin de la guerre par l'armée nippone, et rebaptisé depuis Daiwa, se trouvait à la jonction du quartier japonais et du boulevard Kaishō, conduisant à la gare d'un côté, à la porte de l'Indépendance de l'autre. D'immenses néons clignotaient au croisement, annonçant le dancing le plus réputé de Mukden, une imposante bâtisse de plusieurs étages sur laquelle courait un dragon or et rouge. Un flot incessant de voitures prospères passait devant les lanternes rouges du porche, s'arrêtant quelques instants, le temps de déposer leurs passagers avant de disparaître dans les rues bondées. Chaque fois que le rideau d'entrée se soulevait, des rires, des bribes de musique et des vocalises nasillardes s'échappaient, portées par des bouffées chaudes de nourriture et de parfum.

De très jeunes femmes entraient et sortaient, seules ou accompagnées, vêtues de robes appuyées fendues sur le côté. Quand elles descendaient des voitures, on voyait leurs jambes fines s'échapper de la soie, battre l'air quelques instants puis une main se tendait et elles s'étiraient comme des chats pour gracieusement grimper les quelques marches du perron. Jamais je n'avais vu créatures aussi délicates et je me dis que les Chinoises montraient par rapport aux femmes de notre peuple un air de fragilité délicieux. N'avaient-elles pas autrefois eu les pieds bandés en boutons de lotus ? Le temps avait passé et l'exquise torture tombait peu à peu dans l'oubli, adoptée parfois avec des années de retard par les campagnardes. Il me sembla pourtant que ces femmes avaient gardé le pas sautillant et gracile de leurs grands-mères du temps des empereurs de Chine.

Nous nous dirigions vers l'ancienne salle de bal de l'hôtel, deux blocs plus bas, à l'angle de la rue, convertie en mess des officiers. Les soldats qui nous encadraient semblaient nous escorter plus que nous surveiller. Kinu et Kaneko, les filles de Daegu, totalement mises en confiance, avaient amorcé la conversation. Kaneko, une jolie fille de deux ans plus âgée que moi, minaudait avec coquetterie. Vêtue d'un kimono noir à motifs triangulaires jaunes, elle avait adopté la démarche chaloupée des Japonaises, bien qu'elle ne portât pas de socques mais ses chaussures habituelles. Elle tenait affectueusement Kinu par la taille. Kinu, plus timorée, jetait de temps à autre des regards craintifs à son amie, inquiète des plaisanteries que celle-ci échangeait avec les Japonais mais, d'une nature simple, quand Kaneko la pinça pour la dérider, elle se mit à glousser et se tortilla pour se dégager, à la grande joie des soldats.

La traversée de la ville dans le froid m'avait dégrisée. Contrairement à mes camarades, cette trêve inattendue dans le cortège de violences des jours précédents m'angoissait. Les mâchoires serrées, je restais sur le qui-vive, prête à tout instant à devoir affronter de nouveaux obstacles, de nouvelles douleurs. Mais la soirée s'écoulait gentiment, sans heurts, comme si cette promenade dans Mukden, encadrées de soldats japonais, était la chose la plus normale du monde.

Le commandant Fujiwara ne nous avait pas quittées. Il marchait un peu à l'écart, nous observant avec bonhomie sous la visière rabattue de sa chapka. Pas une seule fois depuis la salle d'attente de la gare, il ne s'était adressé à moi directement. Pas plus qu'à Mikiko. Il ne semblait plus prêter attention à ma présence et petit à petit je finis par me convaincre de la stupidité de mes craintes. Après tout, que pouvait-il nous arriver ? Le plus difficile était sans doute passé. « Vous travaillerez toutes », avait-il promis. Je ne redoutais pas la tâche, et même s'il fallait trimer jour et nuit pendant des mois, la guerre finirait bien un jour par cesser.

Le mess des officiers était une salle d'imposantes proportions dont les lambris et les miroirs avaient été en partie cachés par de gigantesques affiches à la gloire de l'empire du Soleil levant. Au fond, sur l'estrade où autrefois les orchestres avaient fait valser les dames russes, des caisses de munitions vides, des rouleaux de cartes d'état-major et des tenues de soldats étaient empilés. Trois longues tables de banquet occupaient le centre de la pièce. Vides. Une forte odeur de fumée collait aux narines et des tapis rongés par l'humidité montait un froid glacial. Quand, dans le mess désert, trois serveurs en livrée bleu et rouge de l'hôtel nous apportèrent les bols de riz fumant, mon anxiété se dissipait.

Je devais pourtant garder sur mon visage une expression contrariée car Mikiko, qui avait plongé sa cuillère dans le bol, suspendit son geste et me lança un regard inquiet, cherchant une approbation maternelle dans mes yeux.

Le riz était fondant, parfumé, cuit à l'étouffée avec des légumes, du poisson et des œufs. Les bols de porcelaine et les baguettes parfaitement propres, décorés de poissons arlequin et de pivoines. La faim eut raison des sentiments. Je mangeai de bon cœur et enfournai d'une bouchée des beignets de légumes que Kaneko avait déposés au centre de la table.

— Un cadeau de bienvenue à Mukden de la part du commandant Fujiwara ! clama-t-elle triomphante, la bouche à moitié pleine. T'imagines ? Des beignets frits ! Tu vois bien que ce n'est pas si terrible, la Mandchourie !

Kaneko essuya ses lèvres du revers de sa manche. Avec ses yeux largement fendus, son nez haut et sa façon de bouger sans contrainte, elle n'avait rien d'une grande beauté mais attirait les regards. Je lui chuchotai de se calmer.

— Ce que tu peux être rabat-joie, Naomi ! Arrête de réfléchir et mange !

Pour la première fois, nous n'avions parlé qu'en japonais entre nous.

Kaneko, embarrassée, rougit et plongea le visage dans son bol. Le repas se poursuivit en silence. Et quand enfin nous eûmes regagné notre chambre, les larmes mouillaient nos joues.

Sur le mur, au-dessus du lit, pendait une gravure du mont Fuji. Je pensai à la mère Kim à Mokpo, au cône du mont Halla et vis son visage inquiet. Le père Kim, lui, devait moins regretter mon absence que la pension que mes parents avaient probablement arrêté de verser.

Pas un instant je ne voulus imaginer que ni l'un ni l'autre pussent éprouver quoi que ce soit à l'annonce de ma disparition. Ignorant alors la nature de mes propres sentiments, je flottais, sans repères, perdue dans un univers inconnu.

Le Phénix d'Or

La nuit à l'hôtel Daiwa avait épuisé mes forces. J'avais dormi. La fatigue du voyage, s'estompant, avait enfanté une lassitude faite d'anxiété et de colère. Au fur et à mesure que montait la joie de Kaneko, Kinu et les autres, grisées par les cadeaux, grandissait ma peur. J'avais beau me raisonner, tenter de me détendre, les questions affluaient, demeurant sans réponse. Le commandant Fujiwara, sa manière de mener la conversation avec efficacité, sans heurts, ses gestes prévenants me glaçaient. Cette main longue, sans cals, trop soignée pour un soldat, qui nous promettait des soieries, avait tenu le sabre qui avait arraché la vie à la nonne. Mon Dieu, que je détestais cet homme ! A peine le voyais-je que s'allumaient des torches assassines dans mes yeux qui me laissaient agitée, la respiration sifflante et la gorge enflammée comme si j'avais bu de l'acide brûlant.

Vers dix heures, après nous avoir fait servir un petit déjeuner frugal, des biscuits secs de ration militaire et du bouillon, Fujiwara nous avait guidées dans les rues de Mukden. Le vent matinal lui faisait rentrer la tête dans les épaules et il marchait à grands pas, enjambant avec une précision toute féminine les débris qui jonchaient le sol. A la lumière du jour, les rues féeriques de la veille, illuminées et grouillantes de monde, avaient endossé la tristesse des lendemains de fête. De vieilles Mandchoues en pantalon gris et sandales balayaient les ordures qui s'accumulaient dans les rigoles des bas-côtés. Les promeneurs élégants du soir et les limousines avaient fait place à une foule de paysannes chargées de marchandises, de portefaix au dos courbé qui se frayaient un chemin dans l'atmosphère humide et nauséabonde. D'affreux petits cochons noirs fourrageaient dans les caniveaux. Odeurs de suint, de charbon et de décomposition. Au passage de Fujiwara et des soldats dans leurs tenues kaki jaunâtre, les regards se détournaient.

Fujiwara nous conduisit à une rangée de boutiques sous des arcades. Les maisons aveugles ne donnaient sur la rue que par un escalier raide coincé entre deux murs. Sans hésiter, il poussa la porte basse de la cinquième échoppe, annoncée par une enseigne au nom du propriétaire en lettres d'or sur fond noir : « *Tan Huat Seng* ».

Fujiwara nous invita à choisir chacune deux tenues complètes parmi une dizaine de modèles sélectionnés ainsi que, ajouta-t-il, « deux séries de sous-vêtements de ville ». Les robes, de coupe chinoise à petit col haut et fente au côté, avaient un je-ne-sais-quoi de chanteuse de cabaret qui me déplut. Mais Kinu et Mikiko ouvraient des yeux ébahis, tâtant les étoffes avec des gloussements excités. Kaneko riait sans raison d'une voix suraiguë. Ses doigts effleuraient le coupon de coton bleu orage qu'avait déplié, devant la Chinoise, une vieille à la face menue pourvue de pommettes à la mandchoue, hautes et proéminentes. Ses mains attrapèrent un rouleau de pongé imprimé de pivoines sur fond de rayures sombres, et l'étalèrent sur le bois lisse et brillant, doucement creusé par l'usure du temps, comme le fond d'un ciboire. Le tissu crissa. Un gémissement humain qui crispa les lèvres de la Chinoise. Les mains de Kaneko poursuivaient, envieuses, leur exploration, caressant, palpant, puis, soudain intimidées, elles reprirent sagement place sur le bord du comptoir. Kaneko leva des yeux inquiets vers le commandant Fujiwara. Mais il ne bronchait pas, le visage impénétrable, un masque blanc pourvu de fentes sombres qu'agitaient de petits tics aux commissures des lèvres, comme si ses mâchoires se serraient pour proférer un ordre au dernier moment censuré. Un bruit de braises qui crépitent le fit sursauter. Une très vieille femme, qu'une déformation du dos pliait en deux, retirait prudemment des charbons de bois du poêle avec une pincette. Ses gestes étaient lents et précis car elle prenait soin de ne pas soulever de tourbillons de poussière qui auraient pu souiller les tissus.

Une lueur de mécontentement traversa les yeux de la Chinoise du comptoir, qui pivota sur ses talons avec la raideur d'un automate.

— Shh ! Va-t'en ! siffla-t-elle comme à un chat que l'on chasse de la cuisine.

La vieille prit le temps de reposer les pincettes sur le rebord de la pierre, puis s'éclipsa derrière un rideau qui cachait l'entrée de l'arrière-boutique.

J'aperçus une petite pièce tout en longueur dont les murs disparaissaient sous des cabines de bois superposées jusqu'au toit. Une odeur douceâtre flottait dans l'air. Pêle-mêle, entassés dans les cubicules, assis, allongés sur le sol, des hommes maigres demi-nus, les yeux agrandis par la curiosité et la fatigue. La vieille repoussa prestement la tenture.

Fujiwara semblait ne rien avoir remarqué. Cherchant à cacher mon trouble, je me frottai les yeux, fis mine de retirer une particule de charbon de mes paupières puis rejoignis Kaneko et Kinu qui n'avaient cessé de contempler les étoffes. Sans prendre le temps de choisir comme mes camarades, j'indiquai une robe d'étoffe indigo bordée d'un biais torsadé de couleur bleu pâle. Arrivée aux sous-vêtements, je restai pantoise. J'ignorais qu'il existât des sous-vêtements « de ville ».

Les enfants en Corée ne portent rien sous l'habit traditionnel et les filles, vers douze ans, quand apparaît la poitrine, apprennent à bander leurs seins serrés afin de pouvoir fermer l'étroit caraco du *hanbok.* Avec la modernisation du pays et l'importation de produits étrangers, étaient apparues depuis une dizaine d'années des culottes hautes en coton de mauvaise qualité et des brassières de couleur chair dont la seule fantaisie était une coquille de dentelle sur le devant. Mais l'usage en demeurait restreint, boudé par les femmes, et je m'étais toujours contentée de camisoles de coton classiques resserrées sous la poitrine par un double lien et qui faisaient aussi usage de chemise de nuit.

La Chinoise savait sans doute à quoi le commandant faisait allusion car elle avait ouvert un tiroir derrière elle et étalé sur le comptoir une myriade de carrés de tissu minuscules, de toutes les couleurs, noirs, rouges, blancs ou bleus, agrémentés de fleurs, de papillons brodés dans les étoffes les plus fines, du pongé de soie, du coton d'Egypte, de la mousseline indienne. Des chemises, des soutiens-gorge, des gaines comme je n'en avais jamais vu ni même supposé qu'il pût s'en trouver.

Une odeur de colle et de bois de camphre, dont on se sert pour éloigner les insectes, emplissait l'air. A chaque nouveau tiroir, venaient s'ajouter de nouvelles senteurs comme si de chaque étoffe émanait un parfum différent : velours somptueux et fruités, mousselines fraîches, légèrement acides, soieries poudreuses gorgées de notes voluptueuses, mêlant encens et fleurs blanches… La Chinoise elle-même, en se mouvant derrière le comptoir, traçait un sillon parfumé qui me rappela l'odeur de ma *halmeoni* la nuit de sa mort. Humus fraîchement retourné et pivoines écrasées.

Fujiwara attendait près de la caisse, occupé à signer le registre de comptes. Sa patience prit tout à coup fin. Il plissa les yeux et j'entendis le claquement sec de l'articulation de ses phalanges que, l'une après l'autre, il plia avec le pouce.

— Nous rentrons. Cet après-midi a été organisée une fête en votre honneur. Y assisteront les officiers en garnison à Mukden, quelques membres du *kempeitai* ainsi que plusieurs notables. Le docteur Takashi de l'hôpital militaire et Nagase Tarō, en charge de l'organisation des unités spéciales. Faites-vous belles. Vous mettrez vos tenues japonaises et vous maquillerez. Vous avez ici tout ce qu'il vous faut, ajouta-t-il en indiquant un sac de papier gris sur le comptoir, de la poudre, du rouge à lèvres et de l'huile pour vos cheveux. C'est un grand honneur pour vous. Soyez à la hauteur et montrez-nous comme la Corée sait coopérer à notre dessein mutuel !

Fujiwara expliqua brièvement à la Chinoise ce qu'il prenait. Des chaussures, une robe chinoise et un kimono par fille, et deux séries de sous-vêtements, l'une de la meilleure qualité, d'importation, l'autre de fabrication locale. La Chinoise précisa la marque des cosmétiques, l'air soucieux comme si elle redoutait de ne pas être payée. De la poudre et du rouge à lèvres Hoi Tong et de l'huile capillaire parfumée à l'eau de Floride, porteuse de la célèbre étiquette jaune et bleu montrant les deux jeunes Chinoises sous une ombrelle, symboles du produit fabriqué à Hong Kong. Fujiwara confirma d'un signe de tête et ajouta au paquet une poignée de peignes de bois peint qu'il fit cliqueter sur le bois du comptoir.

Dans la rue montait la mélopée plaintive d'un rétameur, interrompue par le claquement des ciseaux qu'il brandissait au-dessus de sa tête. Accroupie devant un chaudron fumant, une femme étirait des écheveaux de nouilles dans la vapeur. Les pommettes roses de son visage encore jeune luisaient dans le brouillard d'eau et ses yeux noirs placés très haut brillaient d'un éclat intense, guettant consciencieusement les volutes créées par ses doigts. Ses mains, rougies par la vapeur et le froid, peignaient la pâte, la lançaient en l'air, formant des arcs multiples que d'un coup de poignet elle tordait avant de les ramasser en une boule blanche qu'elle torsadait et tout à coup transformait en un faisceau de rubans d'ivoire qu'enfin elle jetait dans l'eau. Ses gestes étaient mécaniques mais vifs, pleins de vie, empreints d'une grâce naturelle qui, l'espace d'un instant, me transporta dans mon enfance, quand sur le chemin de la maison de grand-père je m'arrêtais au marché observer les marchandes de nouilles. Un vieillard enroulé dans une couverture dormait sur le seuil de la boutique. Je vis le regard méprisant de Fujiwara et, l'instant d'un éclair, redoutai qu'il ne lui fît subir le sort du mendiant de la jetée de Mokpo. Mais il enjamba le corps endormi, tandis que nous le contournions précautionneusement.

Une camionnette militaire bâchée nous attendait dehors à dix mètres à peine de la boutique, près d'un porche. La sentinelle nous y poussa puis, ayant rabattu les manilles retenant le hayon, prit le volant afin de reculer jusqu'au mur, nous bloquant ainsi à l'intérieur.

Les bruits de la rue nous parvenaient. Des éclats de voix aussi, quelques ordres brefs en japonais. Puis tout à coup une explosion. Suivie de deux plus petites déflagrations. Des coups de feu. Un souffle brûlant nous secoua, projetant une avalanche de pierres et de gravats sur la camionnette. Le silence enfin. Et de nouveau des cris, des hurlements et des pleurs. Je soulevai un coin de la bâche nous séparant de l'habitacle du conducteur. La tête chaude de Mikiko enfouie sur mes genoux, je vis, effarée, la petite rue soudain dévastée.

Le chaudron de la marchande de nouilles gisait à terre, son contenu brûlant éparpillé sur le sol. La jeune femme avait été projetée à quelques mètres de là contre l'établi d'un barbier ambulant. Son fichu rose arraché par le choc de la détonation flottait comme une bannière, accroché à une aspérité du mur et sa chevelure, libérée, cachait son visage sous une nappe noire d'ébène aux reflets changeants des plumes de geai.

Des flammes bleutées s'échappaient de la boutique de tissus, embrasant l'air de l'odeur chaude du kérosène. Des hommes décharnés à moitié nus tentaient de fuir cet enfer, s'effondrant à peine à l'air libre dans le caniveau, le visage rongé par le feu puis soudain figés par la mort dans une pose de supplication. Carbonisés sur place. La main tendue vers le ciel, qui finissait par casser avec un bruit de sarment sec.

La Chinoise était apparue sur le pas de la porte. Indemne me sembla-t-il. Je remarquai alors le halo incandescent qui l'auréolait, dévorant sa veste bleue pour caresser la peau nacrée qui déjà se craquelait, se boursouflait sans que la femme ne parût souffrir. Terrassée par les flammes, elle s'affaissa dans un geste d'une lenteur infinie, brandissant un poing menaçant en direction de Fujiwara, qui, ironique, observait le spectacle de l'autre côté de la rue, les bras croisés sur la poitrine. Les lèvres de la Chinoise vomissaient des insultes, un fiel incandescent qui s'échappait, enfin libre, débarrassé de la peur. Fujiwara, irrité, souleva son arme et en dirigea le canon vers le corps noirci qui se tordait à ses pieds. Quelques secondes. Le temps de rencontrer les yeux qui vivaient encore. Puis le bras retomba. A quoi bon dilapider les munitions ? J'avais senti l'hésitation, le regret et la cruauté troubler son geste. Sa voix s'était élevée dans ce vacarme silencieux qui fait suite aux explosions.

— Eteignez le feu ! Immédiatement ! Commencez par la boutique, intima-t-il aux soldats qui formaient un cordon de sécurité autour du rang de boutiques, et sauvez-moi ces jolies marchandises qu'il serait dommage de gâcher. Emportez tout ce que vous pouvez.

Le commandant se détourna de la façade charbonneuse qui commençait à souffler une fumée noire à travers les ajours des volets de bois épargnés par les flammes et fit volte-face, se plaçant bien en vue de la camionnette, le visage illuminé par les rayons jaune pâle du soleil de midi. Il exultait.

Prudemment, je rabattis le coin de la bâche. Un bruit assourdissant étouffa le grincement de la manille que je fixais. L'enseigne de la boutique s'était effondrée dans une gerbe d'étincelles et de flammèches. Une foule, hébétée de tant de violence, se serrait au coin de la rue. La camionnette démarra enfin. Malgré les hoquets du moteur et le grondement des roues sur la chaussée inégale, nous parvenaient quelques bribes de conversation des soldats à l'avant. La boutique de la vieille Chinoise servait de repère à d'anciens coolies. Des conducteurs de *jinrikshas,* détruits par l'opium et l'impuissance de leur révolte. A l'instauration du gouvernement provisoire de Mandchoukouo, le syndicat des coolies, le plus âpre à la défense, avait été jugé responsable par les autorités japonaises de plusieurs attentats sur la voie ferrée reliant Mukden à Harbin. Quand survenait un incident, les policiers commençaient toujours par une descente dans les locaux de l'ancien syndicat.

Secouées de tremblements, les mains de Mikiko s'étaient agrippées à mon cou. Je suffoquais. La Chine qui avait longtemps protégé notre peuple du temps du glorieux empire de Qing, se trouvait, elle aussi, pieds et mains liés face à la barbarie japonaise. Je l'avais crue forte, mais je comprenais qu'après les Anglais qui avaient voulu l'asservir avec l'opium, elle devait maintenant affronter un ennemi plus monstrueux encore car dépourvu d'humanité, le Japon.

Nous fûmes conduites au Phénix d'Or en fin d'après-midi. Un ancien restaurant de luxe reconverti en club privé pour officiers. Mikiko trottait d'un pas vif, vêtue comme une poupée de porcelaine d'un kimono vert à fleurs rouges. Ses yeux avaient gardé leur expression terrifiée et à chaque bruit insolite, elle sursautait et levait le bras pour protéger son visage. Il y avait aussi Kaneko et Kinu, soudain intimidées à l'idée de ne pas être à la hauteur de leur tâche, et quatre nouvelles filles recrutées dans la région de Heijō que je n'avais jamais vues.

Une fine bruine emplissait l'air mais le coton raidi de nos kimonos neufs n'absorbait pas les gouttelettes d'eau qui restaient en surface puis glissaient sur nos poignets.

« Soyez vous-mêmes, avait susurré la voix de Fujiwara quand Kaneko inquiète de ne pas connaître son travail d'hôtesse, avait demandé en quoi exactement consisterait notre tâche. Nous ne vous demandons rien d'autre que d'être vous-mêmes ! Souriez, servez les hommes qui assisteront au dîner comme vous le feriez pour vos frères ou pour vos pères... C'est tout simple ! »

Au rez-de-chaussée du Phénix d'Or se trouvait le restaurant. Une vaste salle à la chinoise, avec des dizaines de grandes tables rondes portant un plateau tournant en leur centre afin que chacun des convives pût avoir aisément accès à tous les plats.

Des hôtesses moulées de satin rouge se faufilaient entre les hautes chaises de bois verni, parfaitement maquillées, le sourire aux lèvres, avec cette grâce pimpante et accrocheuse des filles de Shanghai. A peine avions-nous franchi le seuil que quatre d'entre elles, l'air déférent, se précipitaient vers notre groupe sous un concert de « *irrashiaishimase* », bienvenue !, et nous entraînaient à l'étage, à travers un dédale de couloirs clairs, illuminés de girandoles.

Je me souviens d'une multitude de petites portes s'ouvrant des deux côtés, chacune annoncée par une applique murale ajourée et une minuscule lucarne ronde. Je me souviens d'un silence feutré, mêlé de bruits étouffés et d'effluves alimentaires. Graisses recuites. Vapeurs poissonneuses. Eau de violette. Nous vîmes passer une grande femme à la peau sombre qui portait avec un soin presque religieux un plateau couvert de petits bols à couvercle d'argent ciselé. J'appris par la suite que les bols qu'elle transportait avec tant de précautions étaient remplis de nids d'hirondelles et d'ailerons de requin braisés, une spécialité extrêmement rare importée à grands frais du Siam. Poussant la porte coulissante d'un salon privé, les hôtesses du Phénix d'Or s'éclipsèrent comme une nuée d'oiseaux, en emportant sous le bras les manteaux du commandant et de ses aides.

Derrière la cloison, s'étendait une pièce d'agréables proportions, tapissée d'épaisses nattes de paille sur lesquelles avaient été disposées plusieurs tables basses couvertes de petits plats de porcelaine. Fujiwara nous fit signe de nous asseoir. Intimidées par ce cérémonial inattendu, nous obéîmes. Des bruits de voix montaient des pièces mitoyennes et une hôtesse du Phénix d'Or, probablement la patronne ainsi que l'indiquaient les broderies dorées qui couraient sur les manches de son kimono vermillon, fit coulisser le panneau central qui séparait notre salon du voisin.

— La salle des banquets spéciaux, nous chuchota-t-elle d'un air complice en rajustant le lien maintenant son *obi* qui avait glissé quand elle avait ouvert la porte. Que des réguliers du club ! Vous verrez, ils payent bien et ne rechignent pas au pourboire !

Que comprenions-nous alors de ses paroles ? Nous imaginions avec un candide espoir devoir toute la nuit servir les officiers, travailler aux cuisines ou peut-être danser ou chanter…

Baguettes en l'air, les dîneurs interrompus tournèrent vers nous leurs visages blancs qui aussitôt s'illuminèrent de grands sourires. Je me sentis soudain nue, une vulgaire marchandise.

— Commandant Fujiwara ! Voilà donc la surprise que vous nous réserviez de votre voyage en Corée !

L'officier qui avait parlé tendit un verre en direction de Fujiwara.

— Goûtez-moi plutôt ce délicieux cognac. Il arrive directement de Shanghai. Des caves d'un ressortissant français. Peut-on rêver meilleure provenance ? Allons, Fujiwara, venez, nous examinerons vos trouvailles après que vous vous serez un peu remis de vos peines.

La table disparaissait sous une foule de plats remplis de victuailles. Du gibier, du poisson, des brochettes de légumes et de fruits de mer. Du canard laqué et même un porcelet rôti dont la tête piquée de cocardes de papier rouge trônait sur un dôme de porcelaine, arborant une grimace obscène. Fujiwara s'exclama, tout sourire :

— La vue et le goût se marient avec délices. Ne voulez-vous pas, docteur Takashi, profiter de tant de beauté tout en trinquant à la pureté de cette jeunesse ?

La voix cingla.

— Levez-vous et tournez-vous !

Nous obéîmes sans réfléchir, paralysées par la peur. Une boule d'angoisse bloquée au fond de la gorge.

— De profil maintenant ! Toi, Kinu, marche jusqu'à la fenêtre, assieds-toi ! Fais demi-tour !

Kinu, la tête baissée, traversa la pièce à petits pas, s'efforçant même de sourire afin de ne pas fâcher Fujiwara. Puis ce fut le tour de Kaneko dont l'excitation avait été calmée par le ton glacial. La moue boudeuse, elle s'exécuta, gardant malgré tout suffisamment de coquetterie pour cacher modestement sa bouche quand elle se rassit. Suivait une des nouvelles filles. De très petite taille, elle marchait avec une légère claudication.

— Tu es malade ?

— Non, ce n'est rien, c'est de naissance, l'une de mes jambes est plus courte que l'autre, alors sans chaussures…

La fille balbutiait.

— Montre ! Montre je te dis !

La fille écarta de mauvaise grâce le pan de son kimono, révélant une jambe manifestement plus maigre et arquée que l'autre, et dont une paralysie enfantine avait sans doute entravé le développement.

Fujiwara, gêné, fit signe à l'hôtesse d'ouvrir la porte.

— Dehors ! Nous ne voulons pas de gnomes coréens ici !

— Cette espèce de laideron bossu va nous porter la poisse ! Et on n'en a pas besoin pour écraser Nankin. Il nous faut de la vie, Fujiwara, de la vie fraîche, pleine de sève.

Les lèvres du docteur Takashi brillaient. Arrachant des mains de l'hôtesse une bouteille de saké, il en remplit généreusement la coupe de Fujiwara qui, aussitôt, s'inclina et la porta à ses lèvres avant à son tour d'en verser une rasade en remerciement à celui qui venait de l'obliger. Les deux hommes riaient, complices, la gorge renversée. La fille rouge et confuse avait quitté la pièce à reculons, poussée brutalement par la patronne qui s'inclina fébrilement en guise d'excuse, tandis qu'un gros Japonais, qui s'était levé pour mieux voir la scène, se rapprochait en remontant son pantalon, une main sur la braguette. Mon tour était arrivé. Je respirai l'air épais. Mes genoux tremblaient. N'ayant pas l'habitude de l'étroitesse du kimono qui entrave la marche, je me sentais maladroite. Les hommes riaient toujours, d'un rire jovial renvoyé en écho d'un bout à l'autre de la table. Un rire énorme charrié par le froissement nerveux des bagues de cigares et le bruit des verres qui claquent sur la table de bois laqué.

— Tourne !

L'ordre fusa. Impatient. Je m'exécutai.

— Encore ! Tu as quel âge ?

Le docteur Takashi s'était levé. Je n'avais pas remarqué à quel point il était petit. Il ne doit pas m'arriver à l'épaule, me dis-je. La stupidité de ma réflexion en ce moment tragique amena un sourire involontaire sur mes lèvres.

— Tu aimes qu'on te regarde ? C'est cela ?

Fujiwara eut un regard dédaigneux. Bien qu'il fût de l'autre côté de la pièce, son haleine chargée d'alcool vint me frapper aux narines.

— Voyons, tu as quinze, seize ans ? poursuivit Takashi.

— Quatorze ans.

— Bien, mais tu fais plus que ton âge et tu t'appelles ?

— Kawamoto. Kawamoto Naomi.

— « Beauté éternelle » ! Ma foi, tu portes un nom à la signification prometteuse. Et la petite là-bas ?

Je rougis de soulagement en sentant l'intérêt du docteur Takashi se détourner de moi, mais Mikiko s'était levée et, sur mes pas, traversa le salon pour aller se poster devant la fenêtre. La fumée qui emplissait la pièce d'un brouillard blanc la fit tousser, ce qui eut pour effet de faire crouler une mèche du chignon pourtant si parfaitement serré que Kinu lui avait confectionné. Le docteur Takashi sourit. Indulgent. A la fleur de sa jeunesse, Mikiko avait un charme délicat rehaussé par les couleurs tendres de son kimono. Son joli visage, qu'elle avait dû cacher sous une couche de pâte blanche pour suivre la mode japonaise, rayonnait d'une douceur triste. Le docteur Takashi semblait ne plus pouvoir arracher son regard de la petite silhouette qui, maintenant, sur ordre du commandant Fujiwara, relevait le bas de son kimono, découvrant des jambes enfantines, frêles, à peine galbées. Les mains de Mikiko tremblaient. Ses doigts tripotaient l'étoffe et ses lèvres remuaient dans le vide, cherchant des mots qui ne venaient pas.

— Viens ! Viens ici, petite ! *Dōzo*... Assieds-toi et goûte un peu de ces bons plats comme tu n'en as jamais mangé.

Le docteur Takashi attira Mikiko d'une main paternelle et, saisissant une lichette de canard laqué, la trempa dans une soucoupe de miel au gingembre avant de la présenter aux lèvres tremblantes de Mikiko, qui s'ouvrirent et délicatement saisirent la viande. Le visage du docteur Takashi se plissa de contentement et, avec une mine de connaisseur, il adressa un regard ravi à Fujiwara.

Les voix des Japonais qui avaient repris le cours du repas résonnaient dans la pièce enfumée, mêlées de bruits de mastication, de nouilles aspirées et du claquement des cuillères dans les bols. Deux servantes du Phénix d'Or s'affairaient, remplissant sans cesse les verres de saké et de cognac. Kinu et Kaneko les avaient rejointes et comme si toute leur vie elles n'avaient fait que cela, versaient l'alcool dans les coupes, le sourire aux lèvres, la taille ployée pour paraître plus avenantes. Après tout, à Daegu, n'avaient-elles pas travaillé comme serveuses ? Afin d'éviter toute remarque, je pris le parti de copier les hôtesses du Phénix d'Or. Agenouillée en bout de table, je guettais les coupelles qui se vidaient, les remplissant aussitôt de légumes chauds ou de crevettes, tout en veillant à constamment m'affairer afin de ne jamais laisser au commandant Fujiwara la possibilité de m'approcher. En quelques minutes, j'avais appris les minauderies, les sourires sucrés et les gloussements qui cachent la peur. Mais l'œil de Fujiwara m'observait. Froid. Un œil de reptile. Aucun de mes gestes ne lui échappait.

La soirée avançait. L'air de plus en plus opaque piquait les yeux, formant un curieux mélange olfactif de cendres froides, de crachats et de gomme à cheveux. Les bouteilles de cognac vides s'accumulaient près de la table. Les hôtesses avaient distribué des fruits tout épluchés, découpés en forme de poissons ou de lanternes. Mais les hommes n'avaient plus faim et continuaient de discuter, la voix pâteuse, en se nettoyant la bouche avec les cure-dents. Une buée vineuse collait aux fenêtres, formant des mares de condensation le long des plinthes. Sans bien réaliser, je vis Kinu puis Kaneko disparaître, happées par une porte coulissante qui s'était ouverte dans notre dos.

Les servantes du Phénix d'Or s'activaient sans relâche, retirant les tables, nettoyant, poussant des paravents tandis que les Japonais, l'uniforme déboutonné, avaient dénoué leurs guêtres qui gisaient abandonnées sur le sol. A l'odeur de nourriture et de tabac se mêlait maintenant une odeur faisandée de transpiration. Mon kimono taché puait l'alcool et le cigare. Bientôt je m'aperçus qu'il ne restait plus que le gros Japonais gras assis en bout de table, un colonel aux tempes blanches, trois jeunes officiers totalement éméchés, le docteur Takashi et le commandant Fujiwara.

J'ignore comment tout bascula. Alors que la fatigue commençait à avoir raison de ma vigilance, engourdissant mes gestes et alourdissant mes paupières, je m'aperçus que l'agencement du salon avait été modifié, séparé maintenant en deux boudoirs indépendants par des doubles cloisons de papier de riz. Sans que j'aie eu le temps de comprendre, les portes se refermèrent, nous isolant, le commandant

Fujiwara et moi, dans un espace de quelques tatamis sur lesquels avaient été étendus un matelas et des coussins. Je réalisai que Mikiko était restée bloquée de l'autre côté de la cloison avec le docteur Takashi. Ma respiration s'emballa. Fujiwara souriait. Mais son sourire avait perdu son élégance habituelle, amolli par l'alcool. J'étais prise au piège.

Je le vis s'approcher de moi tandis que mes yeux scrutaient la pièce dans l'espoir dérisoire de me défendre ou de m'échapper. Chacun de ses gestes se déroulait sous mes yeux comme un film au ralenti sans que je fusse capable de réagir. L'araignée frottant ses mandibules devant sa proie. Terrorisée, il me semblait que je flottais au-dessus de la pièce qui tanguait comme dans un cauchemar.

Les mains fines et froides du commandant se glissèrent sous mon kimono et tandis que ses doigts relevaient mon jupon, il me plaqua d'un coup de reins au sol. Je sentis la boucle glacée de sa ceinture sur mon ventre. Son haleine m'écrasait le visage. Des relents de cognac et d'eau de toilette. J'ignorais alors tout des relations entre hommes et femmes. Si ce n'est les instructions que l'on donne aux filles en Corée : ne jamais faire irruption dans une pièce quand devant la porte de celle-ci sont placées en évidence deux paires de chaussures appartenant aux sexes opposés. Là se bornaient mes notions de sexualité.

Cette main qui me tâte, me fouille dans ces endroits que jamais je n'ai même osé regarder ou toucher, me terrifie. Je veux hurler, crier que ce corps est le mien, qu'il m'appartient, qu'il ne peut ainsi en user mais mes cordes vocales pincent mes cris de grincements qui les rendent inintelligibles. Ecrasée contre le sol, je ne sais qu'attendre mais les larmes mouillent mes joues. Le tissu rêche de l'uniforme me brûle la peau et les décorations dorées piquées à sa poitrine m'arrachent la joue. Du mieux que je peux, je me raidis, serrant les jambes avec l'énergie décuplée du désespoir. Je me rappelle que je tentai de mordre le poignet qui me maintenait le visage mais le résultat ne fut pas celui que j'escomptais car Fujiwara, plantant son regard dans mes yeux, parut tout à coup dessaoulé sous l'effet de la douleur. Paralysée par la terreur, je sentis ses doigts s'enfoncer en moi avec un petit clapotis mouillé tandis qu'il guettait les expressions de mon visage. Il grimpa sur moi et poussa. Un long mouvement de bassin accompagné d'un rugissement de triomphe.

A l'évocation de ce cri victorieux, une haine farouche se vrille en moi, si brûlante que l'instinct de tuer me saisit car j'ai pitié, pitié de l'enfant que j'étais aux mains de Fujiwara, pitié de mon corps violenté. Je ne sentais plus ma propre douleur. Ce poids énorme abattu sur mes hanches, ce goût de sel et de sang dans ma bouche, ces yeux noirs cruels, ce rictus crispé de désir, ce corps monstrueux qui fourrageait en moi, m'écrasait et me secouait avec une telle violence que je n'aurais pu dire exactement quelle partie de moi il déchirait.

Mon corps ne m'appartenait plus. Humilié. Souillé. Mais déjà je n'entendais plus que les hurlements de Mikiko de l'autre côté de la mince cloison, ses cris stridents, pointus. Ses larmes, ses supplications frénétiques et les grognements du Japonais qui s'acharnait sur elle, jurant, éructant.

Le bruit sourd du petit corps rejeté sur le sol et une fois de plus lancé sur le matelas. La respiration haletante de l'homme qui tentait maintenant d'amadouer l'enfant. Cette voix visqueuse et paternelle du docteur Takashi qui susurrait des mots mielleux, inquiets :

— Doucement, petite, tu as mal ? Vas-y ! Touche, tu vois que ce n'est rien d'effrayant !

Je sentais le corps de Mikiko inerte à travers la paroi, sa poitrine se soulever, son cœur battre. La voix lui promettant de jolies robes, le bruit insolite d'une coquille d'œuf que l'on brise et aussitôt les sanglots étranglés qui s'échappaient. Puis le silence. Et de nouveau ce bruit, ces ahanements monstrueux et soudain des voix, plusieurs voix et même des rires, des bruits de bouteille qui se brise, de verres entrechoqués. Fujiwara avait entendu lui aussi. Il avait interrompu ses ruades et plaqué sa main sur ma bouche.

— Ta petite amie est plus étroite que toi… Ils vont juste l'aider… Ne t'inquiète pas. Le docteur Takashi est un célèbre chirurgien et à Tōkyō, les petites geishas rêvent toutes de lui pour leur *mizu āge*[1] ! Il a l'habitude et beaucoup d'expérience, alors elle n'a rien à craindre…

Sa voix se voulait rassurante et, curieusement, j'eus l'impression qu'il était sincère et qu'il tenait

---

1. Mot à mot, « montée de l'eau ». Au Japon, cérémonie officielle de défloration des jeunes geishas qui font l'expérience de leur premier rapport sexuel avec un client, souvent un habitué, ayant payé fort cher ce privilège censé conférer la jeunesse. Afin de « faciliter » ce premier rapport, du blanc d'œuf était utilisé comme lubrifiant naturel.

vraiment par ces paroles monstrueuses à me réconforter. Il écarta mes jambes et du bout du pouce traça une croix sur mon sexe. Mais j'ignorais ce qu'il voulait dire.

— Tu vois, c'est tout simple, quand le blanc d'œuf n'a pas suffi, une simple incision fait l'affaire !

La voix de Mikiko déchira alors mes tympans, une voix inhumaine, un cri si long, si perçant qu'il me sembla que jamais il ne s'arrêterait.

Les larmes coulaient de mes yeux. Fujiwara, qu'un dernier assaut avait vidé de son énergie, s'écroula sur moi, les pupilles révulsées. Sans un mot, il se retourna sur le côté, tira la couette brodée de grues, posa la main sur la crosse de son arme et se mit à ronfler.

Mes membres tremblaient. Mon corps entier était secoué de frissons. Je remarquai le sang qui s'écoulait de mes jambes mêlé à un liquide visqueux et blanchâtre dont l'odeur animale me révulsa. D'affreuses douleurs me lacéraient le ventre. De l'autre côté du paravent, j'entendais la respiration de Mikiko. Je réalisai alors qu'en dehors de Fujiwara, qui avait sombré dans un lourd sommeil ponctué de petits sifflements, la chambre était vide.

— Mikiko, tu dors ?

La respiration qui s'accéléra me dit que non. Doucement je me levai, nue et sanglante. Je fis coulisser le panneau de séparation, et me glissai en silence de l'autre côté.

Je ne vis pas tout de suite Mikiko. La pièce était sombre. Un désordre indescriptible régnait, avec au milieu de vestes militaires, de guêtres, des verres de saké renversés, une tache de lumière, le kimono de Mikiko, déchiré, étoilé de rouge. Un tesson de verre ensanglanté brillait comme un bijou obscène sur l'or crème du tatami.

Recroquevillée dans une mare de sang, Mikiko ne gémissait plus. Un animal traqué, tapi dans un angle du salon. Ses yeux immenses me regardaient. Noirs. Morts. Privés du souffle de vie qui lui restait après le massacre de sa famille. Ses yeux étaient secs. En me voyant, ma valeureuse petite Mikiko se mit à sucer le bord de la couverture, comme Kyoko quand elle cherchait le sein de sa mère.

— Sangmi *eonni*, trouva-t-elle la force de murmurer en coréen, tu vas bien ?

DEUXIÈME ÉPOQUE

Le cauchemar

Fujiwara

Vingt-cinq jours et vingt-cinq nuits. Je passai vingt-cinq jours et vingt-cinq nuits au Phénix d'Or. Je ne vis bientôt plus de différence entre le jour et la nuit. Même l'éclat des néons qui clignotaient du matin au soir à travers la fenêtre condamnée ne me renseignait pas sur l'heure du jour.

Pendant vingt-cinq jours et vingt-cinq nuits, je fus violée. Quotidiennement. Violée, abusée, quinze, vingt, trente fois par jour par des hommes qui se contentaient de défaire la boucle de leur ceinturon et, sans un mot, sans un regard, me pénétraient. Rapidement, comme un besoin quotidien à évacuer.

Dès sept heures du matin, l'ardoise devant ma porte se remplissait et les premiers arrivants attendaient déjà, en ligne dans le couloir. A onze heures trente, une pause de dix minutes m'était accordée, mais le plus souvent je n'avais pas même le temps d'avaler le bol de riz et de soupe qu'une servante du

Phénix d'Or m'apportait. Les soldats s'impatientant, le riz refroidissait et quand, malgré mon dégoût, je parvenais à en ingurgiter quelques cuillerées, les violents coups de boutoir qui me secouaient me donnaient la nausée, repoussant les aliments à peine avalés dans ma gorge au risque de m'étouffer.

J'ignorais ce que je faisais là, dans cette sordide cellule du Phénix d'Or. Les premiers jours, je crois même que je perdis la tête, ne sachant vers qui me tourner pour étancher ma douleur. Partout, il n'y avait que visages fermés, tourmentés, miroirs désespérés de ma propre souffrance. Même les hôtesses du Phénix qui m'avaient semblé aguichantes le premier soir ne trompaient plus ma nouvelle lucidité. Sous leur maquillage, je lisais qu'elles aussi subissaient les mêmes affronts que moi. Depuis des mois, des années. Mais sans doute avaient-elles fini par oublier ce que vivre signifiait, pour trouver dans l'ardeur à la tâche un certain oubli de l'humiliation. Leur détachement m'impressionnait, mais encore trop attachée à la beauté de la vie, je redoutais de devenir comme elles. Indifférente.

Le commandant Fujiwara me rendait visite quotidiennement. Ponctuellement. A six heures. Il entrait, me saluait avec une courtoisie glacée, puis plantait son sabre en équilibre dans l'épaisseur de la paille près du matelas. Il se déshabillait alors, me forçant à garder les yeux sur lui, sur son petit sexe violacé qui frémissait à chacune de mes respirations. La plupart des soldats cherchaient à s'offrir du bon temps mais Fujiwara voulait m'avilir. Me faire abdiquer. Totalement. Il me parlait coréen de façon à attiser ma honte et ma rage, les mots de notre langue profanés par ses lèvres me brûlant plus sûrement que les humiliations physiques.

Le rituel ne variait pas. Je devais prendre son sexe dans ma bouche et obéir à ses ordres, puis à un moment connu de lui seul, il me retournait et me violait. Je restais immobile, les bras le long du corps, la tête vide, attendant la fin du supplice. Il aurait voulu que je l'étreigne. Car en plus de mon corps, il aurait voulu s'approprier une partie de mon âme. Mais la pire violence n'y aurait suffi. On ne pénètre pas l'âme comme on pénètre un vagin. Fujiwara le savait.

Enfin, après m'avoir contrainte à nettoyer avec ma langue son sexe recroquevillé et poisseux, il changeait de registre, devenant plus monstrueux encore, déclinant avec un machiavélisme parfait toutes les nuances de la cruauté. Le commandant Fujiwara me récitait de la poésie japonaise, sachant que la beauté inouïe de ses vers ne pouvait que frapper directement à mon cœur. Fallait-il que cet homme fût pervers pour inventer une aussi subtile torture ! Des haïkus, brefs, incisifs, que ses lèvres minces susurraient avec une diction parfaite. « *Le silence ! Vrillant le roc, le cri des cigales.* » Guidé par l'émotion, le venin touchait sa cible, sans jamais faillir. Ma déchéance, l'avilissement de ma position portait alors mon âme au blanc, diffusant une brûlure insoutenable dans mon corps et mes pensées. « *Sur une branche morte, les corbeaux sont perchés : soir d'automne.* »

Depuis ces séances quotidiennes avec Fujiwara, je ne peux plus lire les merveilleux haïkus de Bashō sans ressentir encore l'intense humiliation de ces instants. La simple vue d'un ouvrage de littérature japonaise sur les rayons d'un libraire et je me détourne, prise de palpitations, les mains moites. J'entends le bruit du sabre dans le tatami, le ceinturon qui cliquette. Rien n'a su effacer ce traumatisme. Ni la raison. Ni les années.

Une dernière touche de cruauté marquait la fin de ce rite odieux. Fujiwara se rhabillait posément puis partait, me laissant nue dans la chambre, nue et souillée, s'arrangeant pour faire aussitôt entrer le soldat suivant de façon à ce que je n'aie pas le temps d'effacer l'odeur de musc et de parfum de son corps qui avait pénétré mes pores.

Durant ces vingt-cinq jours de réclusion, je croisai trois fois Mikiko. Plus minuscule que jamais, elle disparaissait dans le somptueux kimono brodé d'iris que lui avait offert le docteur Takashi. Ce dernier avait souhaité la garder à son usage exclusif et, à peine arrivait-il au Phénix d'Or qu'il la faisait demander. Elle apparaissait, parée, poudrée et parfumée.

Chaque soir se répétait la scène inhumaine du premier jour. Il la violait. Jamais lassé de la fraîcheur enfantine de sa peau, de la saveur hespéridée de ses lèvres. Jamais lassé de contraindre le pauvre petit corps à s'ouvrir à son sexe qui, insatiable, la violentait méticuleusement, n'oubliant aucun orifice qui pût assouvir sa concupiscence. Mikiko avait pris une assurance lointaine de petite femme. La petite fille aux yeux de nuit était morte. Résignée, elle ne se battait plus et se pliait à tous les désirs du docteur, étrangère à ses gestes, à son corps.

Quand je la croisai, par hasard, dans la petite salle d'eau où nous avions le droit une fois par jour de faire nos ablutions, je la vis frotter sa peau avec une telle vigueur que le sang perlait en surface. Je l'aidai à nettoyer son dos et sous mes doigts, je sentis sa détresse, un abandon immense qui ne savait même plus s'exprimer.

— Sangmi *eonni*, m'avait-elle dit, prends soin de toi…

Car c'est elle qui du haut de son enfance détruite, me réconfortait, avec la fatalité d'une femme qui a tout vécu.

— Bientôt nous rentrerons chez nous en Corée, il ne faut pas cesser d'espérer !

Je ne répondais rien, désemparée de ce courage, déchirée par l'indéfinissable angoisse de ne savoir l'aider. Puis Mikiko baissait la nuque et sa main me tendait une boîte de poudre blanche avec une houppette.

— S'il te plaît, Sangmi *eonni* ! Tu m'aides ?

Je baissais le col empesé du kimono, le protégeais d'une serviette et effleurais la naissance de ses épaules avec le nuage nacré. Ses veines battaient sous la caresse de la houppette, une petite boule de duvet de cygne, retenue par une attache rose brodée du sigle de la marque Hoi Tong, une fleur de chrysanthème. Mikiko s'éloignait enfin, toute menue sur ses socques de bois qui claquaient dans les couloirs, la nuque baissée, les mains rentrées dans les vastes manches de son kimono.

De Kinu, nous n'avions pas de nouvelles. Depuis ce premier soir où je l'avais vue disparaître derrière la porte coulissante avec Kaneko et un groupe d'officiers, elle n'avait pas réapparu.

Kaneko semblait incapable de se rappeler avec précision les hommes avec qui elles étaient parties.

— Un policier du *kempeitai* peut-être, celui avec la petite moustache sous les narines.

Puis Kaneko se ravisait.

— Non, je sais, c'était le jeune à lunettes !

Kaneko, elle aussi, avait été violée. Dix hommes qui, les uns après les autres, s'étaient succédé en elle. Avec cette nuit s'étaient évanouis l'insouciance de Kaneko, ses regards aguicheurs et ses gestes coquets. Kaneko, la flamboyante, toujours prête à critiquer, s'était éteinte. Moins expansive qu'auparavant, elle parlait peu, se contentant d'échanger avec nous des regards tristes, tendres parfois. La disparition de Kinu l'affectait car elle s'en sentait responsable. A Daegu, c'est Kaneko qui avait réussi à convaincre Kinu de partir chercher fortune en Mandchourie et d'accepter les propositions du recruteur. C'est elle qui, la veille du départ, s'était rendue chez Kinu pour l'aider à faire son baluchon. A deux, le voyage, malgré ses épisodes tragiques, avait conservé le goût de l'aventure avec, toujours attisé par d'interminables bavardages, l'espoir de gagner suffisamment d'argent pour dire définitivement adieu à la pauvreté. Maintenant, Kinu absente, Kaneko avait oublié sa joie de vivre.

Après quelques jours, nous avions toutes été changées de chambre et conduites au dernier étage de la maison, sous les combles, dans des cellules exiguës comportant chacune une paillasse de bois haute et étroite, à la chinoise, et une couverture de satinette fleurie. Le plafond suintait d'humidité et le papier peint se décollait par endroits, cachant des colonies de cafards et de punaises. Celles-ci, écrasées, répandaient une puanteur insoutenable et si nous n'aérions pas immédiatement, les soldats ouvraient grand les fenêtres, nous exposant à un vent froid qu'enfouis sous leurs capotes kaki ils ne sentaient pas.

La patronne du Phénix d'Or nous avait donné des préservatifs, une boîte chacune. Mais le plus souvent, en l'absence de règles dans l'établissement, les Japonais, tirant avantage de notre inexpérience tout autant que de notre peur, oubliaient volontairement. Il est vrai que nos connaissances en matière de rapports sexuels étaient si réduites que nous ne pensions ni aux maladies ni à une éventuelle grossesse. D'ailleurs, la plupart d'entre nous n'étaient pas même formées. Certaines attendirent vainement toute leur vie ce flux de sang qui ferait d'elles des femmes mais qui jamais ne vint. Faut-il remercier le ciel de sa clémence ? Au moins échappèrent-elles à la terrible angoisse de tomber enceintes et de devoir avorter entre les mains des infirmiers de l'armée.

La première semaine de mon enfermement, je reçus plus de vingt soldats par jour. Je n'avais que quelques minutes après chacun pour me laver, et déjà le suivant poussait la porte. Puis le rythme s'accéléra, et avec le temps qui passait, je constatai que les officiers se faisaient plus rares, remplacés par de simples soldats. Plus rustres. Plus jeunes. Mais moins exigeants. Je les redoutais moins que les gradés car ils n'attendaient rien d'autre de moi que de rester passive et de les conduire à un plaisir qui ne prenait que quelques secondes à monter et s'évacuer. Les officiers, eux, voulaient de l'attention. Certains, peut-être nostalgiques des établissements de geishas de leur pays natal, auraient souhaité me voir danser ou chanter. Leur servir du vin. Ils repartaient, déçus de la pauvreté de mes talents et comme, avec la fatigue, l'éclat de ma jeunesse et l'attrait du neuf ne tardèrent pas à s'estomper, les officiers me délaissèrent bientôt tout à fait au profit d'arrivages « plus frais » de Corée. Le verdict tomba.

— Il est temps, m'annonça Fujiwara au bout de vingt jours, de te mettre réellement au travail ! La semaine prochaine, tu partiras pour Shanghai. Notre armée a attaqué Nankin et nos hommes ont besoin de réconfort.

Cette dernière fois où il me rendit visite, Fujiwara insista pour que je m'habille avec la robe chinoise choisie dans l'échoppe sous ses yeux. Détruite dans ma chair même, je n'aurais pu trouver la force de m'y opposer. Un voile noir s'était posé sur mon esprit, annihilant toute velléité de réaction.

Je sortis donc ce 13 décembre 1937 au bras du commandant Fujiwara, la première fois en un mois que je quittais le Phénix d'Or. La patronne m'avait maquillée et coiffée et je ne reconnus pas ma silhouette moulée dans l'étoffe bleu orage de la robe chinoise. En temps ordinaire, peut-être me serais-je trouvée jolie, peut-être aussi aurais-je remarqué les rides apparues sur mon front mais ce jour-là, l'image que me renvoyait la glace était celle d'une inconnue. Une inconnue que je n'aimais pas.

La patronne, madame No, connaissait son métier. Aidée de quatre gamines décharnées d'à peine douze ans, elle avait fait porter dans la salle de toilette une grande jarre de céramique, remplie d'eau chaude.

L'air était froid malgré le brasero qui rougeoyait sous une bouilloire dans un coin. Je frissonnais. Elle me dévêtit puis me donna une boîte remplie d'une poudre à base d'argile pour me frotter le corps.

— Du kaolin, la terre dont on fabrique les porcelaines ! C'est le secret de beauté des Japonaises à la peau si blanche.

Les grains, en fondant dans ma paume, avaient créé une mousse à l'odeur un peu âcre et il me sembla qu'au lieu d'éclaircir ma peau, celle-ci avait pris un reflet rougeâtre guère seyant.

— Ne t'inquiète pas, cela va partir, dans une heure ça n'y paraîtra plus !

Je n'osai lui dire que j'aurais voulu être laide et si repoussante qu'aucun homme ne voudrait plus jamais m'approcher. Devinant mes pensées, elle murmura :

— De toutes les façons, tu ne peux échapper à ton destin.

Après m'avoir copieusement enduit le corps d'un mélange d'alcool de riz et d'huile de sésame, elle se déclara enfin satisfaite de moi.

— Tu es jolie, Naomi, tu peux en tirer un grand avantage si tu sais utiliser tes charmes. Regarde tes bras, comme ils sont beaux, fuselés et si doux !

Mais je n'écoutais pas, les yeux noyés de larmes. Mes cheveux tirés en chignon luisaient intensément, épais, noirs, si denses que madame No dut épuiser tout son stock d'épingles pour les dompter et les maintenir roulés en colimaçon sur ma nuque.

La robe que je n'avais encore jamais mise m'allait parfaitement mais l'étroitesse de sa coupe, qui suivait mon corps comme une seconde peau, entravait mes gestes. Je n'avais pas la grâce fluette des Chinoises entrevues devant le dancing de Mukden, mais plutôt une vigueur épanouie qui, malgré mes contorsions et mes efforts pour retenir ma respiration, avait du mal à se contenir dans le fuseau bleu. J'étais incapable de retenir mes pleurs, mon maquillage avait viré, strié de raies pâles et luisantes. A chaque instant, l'impression de révéler mon corps embarrassait mes mouvements, je n'osais bouger, prisonnière du tissu. Le bruit d'une porte qui claque dans le hall en bas me fit sursauter. Suivi du sinistre cliquetis du sabre dont le quillon heurte le rebord métallique du fourreau. Mes larmes tarirent comme une averse chassée par l'orage.

L'hiver s'était abattu sur Mukden. Un hiver plus froid que ceux que j'avais connus à Séoul, cinglant et sec, balayé de bourrasques de vent qui s'engouffraient dans la plaine et courbaient les arbres avec des mugissements lugubres. La neige était tombée quelques jours auparavant mais n'avait pas tenu. Des blocs jaunâtres fondaient sur les bas-côtés. Ce léger redoux rendait les rues dangereuses car la pente des toits ne retenait pas les plaques de neige qui en glissaient, pouvant à tout moment s'abattre sur les passants. De temps à autre, de petits paquets s'effondraient avec une pluie de givre qui, au soleil, devenait poussière d'or.

Les roues projetaient de gros cailloux contre les portes de la voiture, dans un vacarme assourdissant. Assise à l'arrière d'une berline noire de l'armée japonaise, je regardais Mukden sombrer dans la nuit. Je n'aimais pas cette ville, ses ruelles raboteuses, creusées de nids-de-poule.

Le quartier de Mukden vers lequel nous nous dirigions paraissait plus pauvre, et l'éclairage se limitait aux lumières qui brûlaient sous les tentes des estaminets surgis çà et là dans le paysage de palissades et de bicoques branlantes. Les silhouettes des buveurs se découpaient sur la toile en ombres grotesques, déformées par les plis du tissu. Puis, sans transition aucune, les rues s'élargirent de nouveau aux approches d'un temple chinois dont je remarquai l'insolite forme ronde.

Fujiwara avait réservé un salon privé dans un restaurant de gibier, à quelques pas du quartier des missions étrangères. Il me sembla entendre un cantique comme en chantaient parfois les professeurs catholiques de mon collège à Séoul. Le restaurant, plus simple que le Phénix d'Or, avait sans doute acquis une certaine renommée, car la salle du rez-de-chaussée que nous traversâmes était pleine de monde. Un bataillon de serveurs en sillonnait les allées, portant des plateaux chargés de victuailles, indécents d'opulence en cette époque de guerre.

Sortie brutalement de ma petite chambre, puis de l'obscurité de la voiture, la lumière des éclairages électriques m'éblouissait. Je n'avais pas faim. La simple odeur des plats me donnait la nausée. Ces amas de viande rôtie à la saveur forte de marinade, la couleur brune de la sauce au sang qui enrobait les morceaux d'un reflet luisant et gras. Je repoussai mon bol, m'efforçant de cacher le dégoût qui m'avait prise de tant de victuailles. Même le riz semblait imprégné de l'odeur poivrée de la venaison.

— Naomi, tu veux que je te commande autre chose ? Tu peux manger ce que tu veux ici, tu es mon invitée.

Fujiwara, sans attendre, rappela la jeune serveuse qui réapparut avec une assiette couverte de fines lamelles oblongues d'une viande tendre dont je ne pus définir s'il s'agissait de volaille ou de bœuf.

— Des langues de canard ! Introuvables de nos jours, mais la patronne m'a dit qu'elle en avait reçu une jatte pleine en prévision d'un banquet de mariage… Symboles de bonheur conjugal et de longue vie, comme les longues nouilles jaunes avec lesquelles elles sont normalement servies, mais j'ai pensé que tu n'avais pas très faim.

Fujiwara, d'humeur enjouée, voulait discuter. Comme si de rien n'était. Satisfait de la bonne chère et vêtu avec une élégance recherchée, gilet de satin puce et boutons de manchette de bourdon de soie tressée, il croisa ses longs doigts et entama la conversation d'un ton badin. Ayant deviné mon amour pour la littérature, il m'entretenait avec une fougue toute professorale des écrivains de son pays quand, jugeant sans doute que mon silence venait de ce qu'il ne parlait que du Japon, il se lança tout à coup dans un grand discours sur les poètes français. Je demeurai muette, glacée par ce monstre qui savait réciter Du Bellay et Ronsard en français tout autant que torturer et tuer. Au bout de dix minutes de cet étrange monologue, il parut se lasser. Alors qu'on venait de nous apporter un somptueux plat de faisan grillé accompagné, à la mode des provinces nordiques de la Corée, de nouilles de sarrasin froides, il haussa le ton, à bout de patience.

— Tu n'aimes donc pas Ronsard ? Je te croyais plus sensible aux beautés du monde… Je connais parfaitement ton dossier et n'ignore pas que tu parles français, et anglais aussi. Pourquoi alors t'obstiner ? A quoi bon ? Je t'aime bien, tu sais... Ecoute ces rimes, ce rythme merveilleux et la pureté de ces vers ! Les Français ont un talent inouï.

— Vous connaissez la France ?

— Tiens, tu te dérides ?

Il eut un mouvement de lèvres satisfait.

— J'ai eu l'honneur de faire partie de la suite impériale du prince héritier Hirohito lors de son voyage en Europe en 1921. J'ai visité le monde entier... Tiens, bois un peu !

Je secouai la tête.

— Bois ! insista-t-il en taquinant le bord de son verre qu'il me tendait.

Ses yeux avaient repris leur éclat d'acier. Jamais je n'aurais pu me résoudre à boire dans ce verre qui avait touché ses lèvres. N'est-ce pas dérisoire quand on a tenu dans sa bouche le sexe d'un homme que de refuser de boire dans son verre ? Eût-il insisté que je me fusse battue sans craindre la mort. Mais Fujiwara n'avait pas bronché et repris son verre. Pourtant, au fur et à mesure que les serveuses apportaient les plats et que s'écoulait le dîner, je sentais sa colère froide monter. Calme, un raz-de-marée parfaitement contrôlé.

La serveuse déposa des serviettes chaudes parfumées à la citronnelle dans une corbeille de rotin tressé. Posément, Fujiwara s'essuya les lèvres qu'il avait luisantes du gras du faisan puis, du revers de la main, balaya les restes de carcasse, les cartilages de volaille, de sanglier qui jonchaient la table. L'assiette de langues de canard auxquelles j'avais à peine touché vola sur le sol.

Une fois de plus, il me viola. Là, sur la table où nous venions de dîner. Au milieu des os, des lambeaux de peau recrachés et des détritus du dîner. L'impuissance de ma situation m'avait donné de l'expérience. Au cours de ces semaines j'avais appris à m'évader chaque fois que reprenait l'infâme supplice. Me défendre m'eût exposée aux coups. J'observai le plafond, le lustre doré et ses pendeloques. Impassible.

Je n'avais pas bronché, plus molle et inerte qu'une poupée de chiffon. Un grincement me tira de cet ailleurs qui me servait de refuge. Un groupe d'hommes avait poussé la cloison intérieure et, confortablement installés dans des fauteuils de velours, ils nous observaient avec des mines lubriques. Leurs rires salaces me rappelèrent à l'affreuse réalité.

La violence de ma rage devant cette mise en scène décupla mes forces. Je griffai, mordis, heurtant dans mes mouvements effrénés une flasque de saké qui se fracassa sur le sol. Mais Fujiwara poursuivait ses mouvements de reins, les yeux exorbités de plaisir. Il puait l'ail et l'alcool. Maintenant fortement la main qu'il avait posée sur ma poitrine, je l'attirai à moi pour, d'un coup de hanche, le déséquilibrer sur le côté. Fujiwara bascula au milieu des verres et des bols sales. Pendant quelques secondes, il resta là, hébété, sans comprendre ce qui lui arrivait. Mais les rires des spectateurs égayés par ce retournement de situation le tirèrent de sa stupeur. Ses yeux lançaient des lueurs métalliques. Il soufflait, dégoulinant de sueur, le visage hagard.

Je ne détournai pas mon regard. Non, cette fois-ci, je n'accepterais plus. Peu m'importait qu'il me violât, je n'avais plus rien à perdre. Qu'il me blesse, me déchire avec un tesson de bouteille comme Mikiko. Ses lèvres fines grimaçaient. Je le trouvai lamentable dans son complet taché de sauce, le sexe à l'air. Pitoyable et méprisable, ce soldat de l'empire du Japon sous l'emprise conjuguée du désir et de la colère. Je reculai légèrement, cherchant de la main une tasse ou un bol qui pût me servir d'arme, les yeux toujours accrochés à ceux de mon tortionnaire, prête à ma mort comme à la sienne. Mais un homme surgi derrière la table m'avait saisi le poignet, m'immobilisant totalement sur la table. Fujiwara me bloqua les jambes.

J'entends encore son rire. Son rire immense qui résonne à mes tempes... Je reçus ce soir-là tant de coups que je perdis conscience. Je ne me réveillai que le lendemain, puant le vin, la graisse froide et le sang, le corps couvert d'ecchymoses. De larges plaies infectées s'ouvraient sur mes cuisses et mon sexe saignait abondamment. Un liquide jaspé de glaires noires. La patronne du Phénix d'Or, assise à mes côtés, essuyait mon front avec un linge mouillé, un sourire maternel plein de reproches sur les lèvres. Ses gestes doux comme des caresses m'apaisaient. Sa voix s'éleva, assourdie par le vacarme du sang dans mon crâne.

— Naomi, ne crains rien, tu pars à la fin de la semaine pour Shanghai... Tu ne les reverras plus. Kaneko partira avec toi.

— Mikiko ?

— Elle va suivre le docteur Takashi à Pékin.

Cette semaine marqua une trêve dans ma souffrance. Je fus conduite dès le lendemain à l'hôpital militaire de Mukden, où je fus examinée par le docteur Kano. L'état dans lequel il me trouva n'amena aucune question à ses lèvres. Il m'ordonna un traitement local et me fit une piqûre dont je ne me rappelle que le numéro, « 606 ». Pendant dix jours, je ne pus remuer le bras tant la douleur était forte à l'endroit de l'injection. J'appris par la suite que c'était le traitement classique administré pour tous les maux touchant à notre condition. Après m'avoir auscultée et fait nettoyer mes plaies par une infirmière chinoise, il signa un certificat d'arrêt de travail de dix jours, jusqu'à complète guérison.

Certificat d'arrêt de travail. Les mots résonnent encore dans ma tête. Malgré tout ce que je venais d'endurer, j'avais espéré que mes souffrances s'arrêteraient et qu'elles n'étaient que le fait du caractère vicieux du commandant Fujiwara. A Shanghai, pensais-je encore, on me donnerait un travail dans une usine ou peut-être à la cantine d'une garnison sur le front. Pas un instant je n'avais imaginé la nature réelle de ma nouvelle occupation.

Avec ces mots, « certificat d'arrêt de travail », mes dernières espérances s'étaient envolées. Assise dans le hall d'entrée de l'hôpital de Mukden, attendant la camionnette qui devait me reconduire au Phénix d'Or, je contemplais ma virginité perdue, le désastre de ma jeunesse. Un vide immense m'entourait. Kaneko se rattachait au souvenir de ses parents, à l'espoir d'un jour revenir à Daegu. Je n'avais rien. Un père français inconnu. Une mère à l'amour mort-né. Un beau-père collaborateur. Rien derrière moi hormis les visages de *halmeoni* et de grand-père que la mémoire avait fondus en un seul et unique portrait de tendresse. Rien devant moi. La guerre.

Une vie de simple prostituée au service de l'ennemi, en terre étrangère.

A mon retour au Phénix d'Or, la patronne – madame No – redoubla d'attentions. Elle avait vu passer des dizaines de jeunes filles comme moi, des fillettes aussi et des femmes mûres. Chaque fois, leur douloureux destin l'avait émue mais elle s'était interdit de s'attacher à elles. N'avait-elle pas une famille à nourrir ? Trois enfants dont une fillette de l'âge de Mikiko ? Elle avait fait l'expérience de la cruauté des Japonais. Au début elle s'était rebellée, refusant de prêter main à cet odieux trafic de prostituées. Un matin d'été, elle avait trouvé la tête de son mari sur le pas de sa porte, bourgeon violine aux lèvres entrouvertes, et avait compris que pour elle le choix n'existait plus.

Devenue la maîtresse d'un officier de l'armée du Guangdong, elle avait fini par s'enrichir. Maintenant, en tant patronne du Phénix d'Or, madame No avait acquis une certaine popularité et les officiers japonais lui faisaient confiance. Quand elle le pouvait, elle essayait d'adoucir les maux des petites passagères clandestines de son établissement. Une caresse du bout des doigts qui effleure le front, une oreille prête à recueillir leur désarroi, un plateau de sucreries récupéré dans les cuisines après un banquet faisaient parfois plus qu'une révolte ouverte. Les douceurs, surtout, amenaient presque infailliblement le sourire sur les lèvres des plus petites. Un souvenir de la tiédeur sucrée du sein maternel. Et la patronne du Phénix d'Or s'arrangeait toujours pour avoir dans les plis de son obi des bâtons de sucre d'orge ou ces petits gâteaux sablés multicolores aux teintes tendres, favoris des Japonais. Elle sécha ainsi souvent les larmes de Mikiko que je voyais du haut de ma fenêtre, assise dans la cour, les genoux sous le menton, une sucette à la main.

Je passai une semaine calme, isolée dans ma cellule sous le toit. Une pancarte avait été accrochée à ma porte. « Indisposée ». Détestant l'inactivité qui laissait le loisir à mon esprit de vagabonder sur des terrains douloureux, j'aidai les servantes du Phénix d'Or, lavant avec elles les couloirs et les salles de banquet à l'aube, ou cirant les bottes des officiers pendant leur sommeil.

J'essayai de revoir Mikiko. Mais le docteur Takashi l'avait emmenée chez lui et, dans la petite pièce où elle avait coutume de l'attendre, je ne trouvai qu'un kimono taché et une petite barrette de strass que je lui avais vue dans les cheveux à notre rencontre à Daegu. Je glissai discrètement la barrette dans ma poche et, sur ordre de madame No, nettoyai chaque recoin du minuscule réduit en prévision d'une prochaine « livraison ». Vingt-cinq filles étaient attendues. De Corée mais aussi quelques Japonaises volontaires, des *karayuki-san*, et une Chinoise.

Des bruits couraient depuis quelques semaines de massacres horribles à Nankin. L'armée japonaise tenait la ville entre ses mains et, méthodiquement, maison après maison, la débarrassait de ses habitants. Les débordements avaient mauvaise presse et madame No avait surpris des discussions enflammées entre officiers. La plupart d'entre eux défendaient la ligne dure du général Matsui, commandant en chef des forces militaires de la région. D'autres, plus modérés, déploraient le laisser-aller des troupes et les pillages qui avaient lieu dans la ville. Des rumeurs s'amplifiaient, racontant que les unités se déplaçaient de quartier en quartier, tuant, violant tout ce qui vivait, hommes, chiens, enfants et femmes. Même madame No, aguerrie aux horreurs perpétrées par l'armée d'occupation, avait du mal à croire à de telles atrocités à si grande échelle.

— D'ailleurs, ajoutait-elle pour se rassurer, les Japonais ont besoin des Chinois. Nous sommes une main-d'œuvre parfaite…

Pourtant le commandant Fujiwara, me rapporta-t-elle un soir, avait été renvoyé en recrutement exceptionnel en Corée car l'état-major débordé par les excès de ses troupes cherchait par n'importe quel moyen à arrêter cette orgie de violence. Une solution seule pouvait calmer les soldats devenus fous : leur fournir en abondance des femmes afin de calmer leur instinct sauvage, mais dans un cadre organisé, aisément contrôlable.

Madame No avait marqué quelques instants d'hésitation puis, voyant mon regard froid que la description de ces massacres ne parvenait même plus à émouvoir, elle me confia que des « stations de réconfort », destinées exclusivement aux soldats, allaient être créées sur tous les fronts et à l'arrière des lignes de bataille.

— Comme ici, des clubs avec des filles et des hôtesses, confirmai-je en hochant la tête, n'imaginant pas qu'il pût exister des lieux de débauche plus sordides que le nôtre.

— Non, pas exactement.

— Des bordels alors ?

— Oui, si tu veux, mais sous contrôle direct de l'armée. Certains fixes, d'autres itinérants qui suivront les déplacements avec les vivres et les munitions. Pour les soldats seulement, pour ceux qui vont combattre sans autre espoir que celui de mourir glorieusement pour leur Empereur.

La veille du départ, il fut décidé que nous suivrions un convoi logistique jusqu'à Port-Arthur. De là, nous embarquerions sur le *Himemaru* en direction de Shanghai.

Madame No s'était levée à l'aube pour nous réveiller, mais aucune parmi nous ne dormait. Nous avions passé la nuit regroupées dans une seule et même pièce, derrière les cuisines au rez-de-chaussée. Cinq filles. Trois plus âgées que Kaneko et moi. Sans échanger un mot, nous sûmes, rien qu'en nous regardant, par quelles épreuves nous étions toutes passées et aussitôt un lien indéfectible nous unit. Madame No nous servit un repas chaud. Du gruau de riz auquel elle avait mélangé un œuf et des châtaignes d'eau qui lui donnaient un goût noisetté. A chacune, avant que le convoi n'arrive, elle distribua des morceaux de viande séchée caramélisée, une friandise onéreuse que les Japonais ont l'habitude de grignoter avec l'alcool.

— Cela se mâche longtemps et calme la faim. Cachez-les dans vos sous-vêtements. Vous en avez pour plusieurs jours et même si vous ne mangez rien d'autre, vous tiendrez jusqu'à Shanghai.

Son kimono vermillon brodé de dragons avait disparu entre les battants de la porte. Je ne revis jamais madame No.

Une camionnette militaire vint nous chercher à six heures. Il n'y avait plus guère de place pour nous car une dizaine de soldats, le visage enfoui sous des chapkas kaki, occupaient déjà les bancs. Le froid était cinglant et nous nous blottîmes sur le sol à l'arrière du véhicule, tentant de nous réchauffer.

Les rues de Mukden s'animaient. A cette heure matinale, rien n'eût pu faire croire que nous étions en pleine guerre. Une activité normale régnait comme dans toutes les villes du monde à l'heure du réveil. Des volets qui s'ouvrent, des jurons engourdis qui fusent et déjà quelques livreurs et des balayeurs repoussant la neige sur le bord des rues.

La camionnette devait rejoindre le convoi à l'angle de l'hôtel Daiwa. Dès qu'elle fut arrêtée, une sentinelle souleva la bâche, fit descendre les soldats et lança un ordre rapide. Un ballot fut balancé par-dessus la porte arrière en notre direction. Des vêtements chauds, d'anciens manteaux militaires et des couvertures marron, rugueuses comme celles qui servent à envelopper les corps des blessés.

Nous allions repartir, quand j'aperçus devant l'hôtel Daiwa une silhouette étendue sur le sol à droite du portail d'entrée. On eût dit une énorme fleur multicolore, rouge, jaune et bleu, étalée dans la neige. Un froid glacial me saisit. J'avais reconnu le kimono de Kinu. Kaneko, elle aussi, avait vu l'insolite tache de couleur. Ses lèvres se mirent à trembler et je sentis ses ongles se planter dans mon bras. Kinu gisait sur le sol. Les paumes tournées vers le ciel, à demi couvertes de neige. Et ce que de loin nous avions pris pour son obi était en réalité ses entrailles qui s'échappaient de son ventre. Un flot moiré crème et carmin, une somptueuse écharpe taillée dans une étoffe chatoyante qui s'enroulait mollement contre sa taille. Entre ses jambes écartées était plantée une baïonnette à laquelle avait été accroché un panneau calligraphié avec soin : « *Je suis une pute coréenne. Voilà ce qui arrive aux vagins récalcitrants.* »

SHANGHAI, HIVER 1937

La traversée pour Shanghai dura presque deux jours. J'en garde des images brisées d'eau et de fièvre par un prisme imaginaire. Je n'avais jamais navigué et fus malade tout le temps du voyage. Les autres filles, aussi mal en point que moi, gémissaient constamment dans l'étroite cabine du pont inférieur qui nous avait été allouée. Un réduit minuscule, dépourvu d'aération et imprégné d'une forte odeur de mazout qui émanait de la salle des machines en contrebas. Nous grelottions de froid, de chaud, de transpiration, guettant chaque roulis avec autant d'anxiété qu'un arrêt de mort. Le navire tanguait, gîtait dans un vacarme effroyable de grincements et de craquements comme si d'une seconde à l'autre la coque tout entière allait se fendre et sombrer. Kaneko, le visage blême, chantonnait des airs de son enfance en patois de la province de Daegu, se balançant d'avant en arrière comme une possédée. Par deux fois, nous fûmes autorisées à sortir à l'air frais qui nous revigora.

Nous respirâmes à pleins poumons les embruns et découvrîmes une mer moins agitée qu'il nous avait semblé. Une étendue splendide d'un violet sombre intense aux vagues irisées de corail par le soleil.

En passant le bras d'eau qui contourne la presqu'île du Shandong, nous scrutâmes l'horizon dans l'espoir d'apercevoir les côtes de Corée au lointain. A chaque mile parcouru, nous nous disions que nous étions au large de Séoul, puis de Suwon, de Gunsan et de Mokpo. Nous nous racontions les paysages de notre patrie, inquiètes soudain de ne jamais les revoir.

Blotties contre l'escalier de la chaufferie, Kaneko et moi écoutions les bruits qui montaient des entrailles du navire. Le ronflement chaud des moteurs nous berçait, remplaçant les mots que nous ne savions plus dire. Nous étions au centre de la terre, dans un cloaque noir et bruyant, mais cette obscurité qui sentait le fuel nous rassurait comme un enfant recroquevillé dans le vacarme tiède du ventre de sa mère.

Aux abords de la Chine, sous l'effet des alluvions déversées par le fleuve Yangtse, le bleu sombre de la mer se moira de reflets ocre qui surgissaient des profondeurs et se mêlaient en vagues safran à l'indigo des flots. Des remugles de vase, d'excréments et de fumées d'usines envahirent l'air frais du large. Nous approchions de Shanghai.

Le bateau longea tout d'abord le port de Wusong où les Japonais avaient débarqué lors de leur attaque de la ville au début de l'automne. De la guerre je ne connaissais que les récits horrifiés des survivants et les informations diffusées sur les radios. Avec l'entrée du *Himemaru* dans Shanghai, je découvrais la réalité : un paysage de désolation, d'arbres calcinés et de maisons éventrées par les obus. Sans vie. Brûlé. Anéanti.

La ville de Shanghai ne tarda pas à apparaître, émergeant dans la brume. Ses cheminées d'usines, ses quais immenses, son incroyable mélange de toits à l'occidentale, à l'asiatique, ses clochers, ses hauts buildings sur le Bund face au fleuve… Une pulsation sourde émanait du port encombré de vaisseaux de toutes sortes : navires de guerre japonais surmontés du drapeau marqué du soleil levant triomphant, mais aussi bateaux étrangers battant pavillon français, allemand et britannique montant la garde pour protéger leurs ressortissants.

La guerre n'avait atteint que la partie chinoise de la ville. Les concessions étrangères avaient été épargnées. D'une rue détruite bordée d'immeubles éventrés par les bombes on passait soudain, sans transition aucune, à des avenues plantées de camphriers et de platanes éclatant d'une vie artificielle. D'un côté se pressait une foule hagarde, les yeux apeurés, se hâtant d'accomplir les tâches quotidiennes malgré les patrouilles japonaises qui arpentaient les rues, de l'autre, quelques centaines de mètres plus loin, on parlait du dernier film de Marlène Dietrich qui se donnait à l'Eden, du prochain bal à la concession française ou des meilleurs paris pour les courses de lévriers du canidrome de Kiasing Road.

Les Blancs de Shanghai ne se mêlaient pas à la Chine, l'immense Chine, cette inconnue dont ils ne convoitaient que l'argent et qu'ils ne savaient regarder qu'à travers les vases de porcelaine ornant leurs demeures. Des hommes, ils ne connaissaient rien si ce n'est les *boys* vêtus de blanc qui leur apportaient les cocktails du soir avec des « *here you are, Sir* », « *here is your tea Ma'am* » obséquieux. Peu importait à tous ces chercheurs de richesses que le père ou la mère du *boy* qui les servait fût, à l'instant même où ils sirotaient leur Singapore Sling, en train d'agoniser de l'autre côté de l'avenue. La Chine demeurait un monde distinct de celui des Blancs.

Quant à la guerre sino-japonaise, elle attisait les frissons dans les conversations mondaines et chacun connaissait un ami qui avait été menacé froidement par la baïonnette d'un soldat japonais lors de l'attaque de la ville. Mais que faire ? Le récit des horreurs perpétrées lors du sac de Nankin commençait à circuler. Les hommes en parlaient, le ton scandalisé, la mine grave dans les bars des hôtels. Mais au fond, tous ces Jaunes qui s'étripaient entre eux n'avaient guère d'intérêt…

La guerre avec toutes ses horreurs savait être cruellement précise et obéissait à des lois invisibles du commun des mortels. Comment expliquer à ces hordes de Chinois en haillons, poussés par la terreur, que bien que sises au cœur même de la ville où ils étaient nés, les ambassades n'ouvriraient jamais leurs hautes grilles de fer forgé pour les protéger du feu ennemi ? On dansait, buvait du champagne à Nanking Road, et à quelques blocs de maisons de là, les baïonnettes découpaient les ventres des femmes enceintes. Perçaient. Déchiraient. Arrachaient la vie à sa source même, avant qu'elle n'ait vu le jour. Pis encore, attirés par la guerre comme les mouches par le miel, une foule de journalistes occidentaux, en imperméable et chapeau mou, sillonnaient les rues, appareil photo au poing, guettant le vagissement désespéré du bébé dans les bras de sa mère morte, qui ferait la une des journaux en Amérique ou en Europe, assurant ainsi la pérennité de leur gloire de « grand reporter en Extrême-Orient ». Des chacals en maraude.

La conquête de Shanghai était maintenant achevée[1] et le front avait atteint Nankin qui, bien que défaite, subissait encore la folie meurtrière des troupes nippones. Dans Shanghai occupée éclataient des batailles sporadiques au hasard des rues que les partisans du gouvernement de Chiang Kaishek n'avaient pas abandonnées à l'envahisseur. Et si la haine des Chinois continuait de gronder, les raids aériens s'étaient totalement arrêtés et des laissez-passer permettaient depuis peu de traverser la ville d'un quartier à l'autre sans trop d'encombres.

Sur le Bund, gigantesque front de mer bâti de buildings à l'occidentale, abritant banques et compagnies maritimes entièrement vouées au commerce, l'activité avait repris. Une foule compacte se déplaçait d'un bloc, comme une seule et même personne, et emplissait les rues au point qu'aucun véhicule ne pouvait se frayer un chemin. Les *coolies*, demi-nus, allaient, venaient, portant des charges huit fois plus grosses qu'eux, descendant, montant infatigablement les passerelles des navires, les escaliers des docks, chargeant, déchargeant tout un éventail de marchandises, barils de farine, caisses

1. Shanghai a été conquise en octobre 1937. Le siège puis le sac de Nankin se sont prolongés pendant l'hiver 1937-1938.

de munitions, rouleaux de tissu… Odeurs de suif, de cordages trempés, de corps en décomposition. De quais poisseux d'ordures et d'embruns venus du large.

Shanghai, cet univers concentré de tous les vices et plaisirs du monde, cette ville hors des lois, permettant aux fortunes les plus folles de s'épanouir, mélange capiteux de luxe et de misère, soupirait comme un animal blessé, écrasé sous la botte nippone.

En traversant la ville en direction du quartier japonais qui s'étendait au bord du fleuve, nous passâmes par des quartiers entièrement calcinés. A première vue, certaines avenues avaient conservé leur grandeur : fières façades se dressant contre le ciel brumeux, immeubles néoclassiques aux étages ornés de colonnes corinthiennes. Et puis au détour de la rue, un regard par-dessus l'épaule faisait découvrir l'envers dévasté de ce tragique décor de théâtre : des gravats d'où s'échappaient des morceaux de murs, des ruines encore fumantes résonnant des aboiements des chiens qui fourrageaient dans les décombres entre les fusains noircis des arbres. Quelques maisons semblaient parfois avoir été épargnées par les incendies et les bombardements, mais leurs portes enfoncées et le désordre qui régnait sur les trottoirs indiquaient que leurs habitants avaient disparu et qu'elles avaient été pillées.

Dans les terrains vagues avaient été improvisés des cimetières de fortune : de simples boîtes empilées les unes sur les autres et enterrées. De la terre gelée dépassaient des membres humains, une main, un pied, un casque au soleil bleu de l'armée chinoise.

Des petits autels de fortune rouge et or brillaient çà et là, ornés des coupes de libation dépourvues des offrandes traditionnelles, mais témoins du respect des vivants pour les disparus et les dieux qui président à la mort.

La camionnette s'arrêta enfin en plein cœur du quartier japonais, dans une ruelle sombre et noire, bordée de maisons toutes semblables, étroites et hautes, surmontées de toits de tuiles rouges pentus, terminés par des dragons hérissés de flammes. Un panneau calligraphié en chinois de cinq caractères noirs sur fond cinabre marquait la maison où je devais passer les premiers temps de ma vie de prostituée. « Maison de réconfort Wulien. »

Notre vie à la maison Wulien commença le lendemain de notre arrivée. L'établissement se composait de deux étages desservis chacun par des couloirs dallés de noir et de blanc sur lesquels donnaient de petites portes qui avaient dû autrefois être peintes en vert anis. Quinze chambres par étage. Trente au total pour vingt-huit pensionnaires lors de mon arrivée le 25 décembre 1937, le jour de Noël.

Je me vois encore, vêtue d'une simple robe de molleton imprégnée de crasse et de cambouis, escortée de trois soldats japonais jusqu'aux dix mètres carrés qui allaient désormais constituer mon unique cadre de vie. Sur mon passage, les portes s'ouvrirent, timidement puis joyeusement, laissant apparaître les visages de mes « consœurs ». Des sourires chauds et désolés me saluèrent en silence. Je remarquai les cernes sous leurs yeux et l'état misérable de leurs frusques. Une odeur forte d'urine et d'ammoniaque piquait les narines bien que manifestement le sol ait été nettoyé à grande eau. Au bout du couloir, une serpillière, un balai bleu et des seaux rouges marqués de gros numéros écrits au pinceau constituaient la seule tache de couleur dans cet univers jaune et beige.

Ma chambre comportait un mobilier restreint. Un lit pourvu d'un matelas souillé, un oreiller de billes de seigle, deux couvertures bistre, une chaise de bois, un miroir cassé pendu au mur. Sur une petite table de chevet, était disposée une écuelle en fer émaillé blanc décorée d'un poisson rouge avec de longues nageoires flottantes comme les aiment les Chinois.

J'avais aperçu dans le hall d'entrée, en bas, un aquarium dans lequel nageaient une dizaine de ces étranges poissons aux yeux globuleux qui, bien qu'immobiles dans l'eau, semblent toujours balayés d'un souffle invisible qui fait onduler leurs nageoires de vibrations souples.

Pour nous laver et satisfaire nos besoins naturels, nous devions aller au rez-de-chaussée. Les toilettes n'étant accessibles que de l'extérieur, force était par tout temps de traverser une courette glacée bordée de hauts murs jusqu'à un petit baraquement malpropre pourvu d'un simple trou dans une planche de bois posée sur le sol. Le loquet ne fermant pas, le moindre coup de vent poussait la porte qui s'ouvrait en grand, si bien que tout en restant accroupie je devais étendre la main afin de retenir les lattes au bas de la porte. Les filles, au bout de quelques jours, m'expliquèrent le truc en riant et me montrèrent un morceau de bois pourri qui, passé dans la charnière, devait me sauver de mes périlleux efforts d'équilibriste. Les plus chanceuses recevaient un *matong*, un seau de bois à vider dans la fosse.

La salle d'eau ne recelait aucun mystère. Une pièce carrelée, nue, ouverte sur une arrière-cour par une fenêtre grillagée, pourvue d'un jarre d'eau aux reflets rouges, d'une dizaine de bassines de métal empilées dans un angle et de trois battoirs à linge. Des fils avaient été tendus entre les murs et des vêtements de femmes séchaient dans l'air glacé et humide. Les canalisations étaient alimentées en partie par l'eau de pluie que recueillaient les gouttières du toit. Pour la consommer, il fallait la faire bouillir afin de ne pas attraper la dysenterie.

J'étais à peine installée dans ma chambre, qui fort heureusement se trouvait contre celle de Kaneko, quand apparut une femme de cinquante ans environ, une Coréenne du nord du pays ainsi que me l'apprit son fort accent. Elle m'apportait mes « rations du mois » : une poignée de préservatifs, une boîte de cristaux de permanganate de potassium et un gros paquet de ouate destinée à mes indispositions mensuelles mais aussi, insista-t-elle en me regardant droit dans les yeux, à absorber « tout saignement » que mon travail entraînerait. Afin d'être sûre que je comprenais tout ce qu'elle me disait, elle avait parlé en coréen.

— Tu te laveras avant et après chaque client, et si tu n'as pas le temps, afin d'éviter les infections, tu laisseras en toi une boule de ouate imprégnée de permanganate. L'eau bouillie se trouve dans la cuisine, à gauche de la salle d'eau. Tu y trouveras aussi un thermos portant le numéro de ta chambre, 21. A toi de ne pas le perdre ou te le faire voler.

Les instructions étaient claires, débitées sur un ton monocorde.

— Tu as compris ? Si tu es docile et obéis, il ne t'arrivera rien mais n'essaie pas de nous jouer un mauvais tour car ici, les Japonais ne badinent pas avec les filles...

Ses yeux prirent une expression plus douce.

— Ah, n'oublie pas, tu reçois dix pour cent du prix de l'entrée. Ton salaire te sera remis à la fin de chaque mois. Ni crédit, ni avances.

Elle conclut en m'invitant à lire le panneau avec le règlement de l'établissement, en bas dans le hall.

— Tu commences demain à dix heures. Quand ta chambre est libre, tu retournes l'ardoise accrochée à ta porte. Le règlement, je te conseille de le connaître par cœur !

Aujourd'hui, je le livre de mémoire. Sa lecture ne requiert aucun commentaire :

• L'entrée n'est autorisée qu'au personnel militaire et paramilitaire.

• Les visiteurs doivent payer à la réception, au rez-de-chaussée, en échange de quoi ils reçoivent un ticket et un préservatif.

• Le prix du ticket est de 2 yens pour les soldats, 3 yens pour les officiers et les membres de la police.

• Le ticket n'est valable que pour une seule visite. Une fois le client entré dans la chambre, le ticket ne peut plus être remboursé.

• Une fois muni de son ticket, le visiteur se rend à la chambre dont le numéro figure sur le ticket.

• Le visiteur doit remettre son ticket à l'hôtesse. Il dispose alors de trente minutes exactement.

• La consommation d'alcool dans les chambres est strictement interdite.

• Les visiteurs, une fois le service rendu par l'hôtesse, sont priés de quitter l'établissement dans les plus brefs délais.

• Toute infraction au règlement ou à la discipline militaire sera immédiatement rapportée à la hiérarchie militaire et sévèrement punie.

• L'emploi du préservatif est obligatoire.

• Horaires d'ouverture : l'établissement est ouvert quotidiennement, veilles et jours de fêtes inclus.

— Soldats : de 10 h à 17 h.

— Officiers, membres de la police militaire ou du *kempeitai* : de 13 h à 21 h.

J'allais sortir de mon mutisme quand je vis que la patronne était déjà partie. Je demeurai pétrifiée, mon paquet de ouate et de préservatifs sur les genoux, accablée d'un indicible sentiment de solitude. Qui aurait pu m'aider ? Le gouffre était maintenant trop grand qui me séparait de ma vie d'écolière à Keijō. M'eût-on offert de m'échapper, de fuir la maison Wulien, que je n'en aurais pas eu la volonté.

Enfin seule dans ma chambre, je grimpai sur la chaise afin d'apercevoir la rue en contrebas. La fenêtre avait des barreaux et c'est à peine si je pus deviner, en tordant le cou, le bout de la rue qui serpentait entre les maisons. Devant moi s'étendait une marée de toits de tuiles rouges. A l'infini, comme un océan de sang. Rouge sombre, noirci de fumée. Des rats couraient sur les gouttières, de gros rats pourvus de longues moustaches. Ces rats pouvaient, en cas de famine, s'attaquer à un enfant ou un vieillard tant leur férocité se décuplait. Mais là, rassasiés par les cadavres qui jonchaient la ville, ils se montraient débonnaires, passant de chambre en chambre sans une ombre d'agressivité.

Un grattement le long de la paroi me fit dresser l'oreille. Un coup sourd suivi de cinq plus légers. Le rythme familier des calebasses dans les temples de mon pays. Deux minutes plus tard Kaneko apparaissait dans l'embrasure de ma porte. Elle rayonnait et se jeta dans mes bras secouée des sanglots qu'elle avait retenus depuis l'affreuse mort de Kinu, car sur le *Himemaru* nous n'avions pas abordé le sujet. Kaneko, sa bonne humeur nous avait constamment redonné courage, ses rires incongrus et la facilité avec laquelle elle semblait prendre ce qui lui arrivait. Je tentai de lui parler, de trouver des paroles qui adoucissent sa peine mais mes mots, aussi noirs que ses pensées, ne faisaient qu'alimenter sa douleur. Je n'avais pas le cœur à consoler. Et seuls les abîmes identiques de désespoir que nous avions traversés nous permirent, à l'une comme à l'autre, de calmer la terreur qui nous avait saisies.

Peu après, alors qu'enfin nous avions séché nos larmes, je reçus la visite de mes consœurs. Sur les vingt-huit filles de l'établissement, vingt-trois étaient coréennes, une seule chinoise, les quatre dernières étaient japonaises : deux anciennes prostituées du Kantō et deux filles d'Okinawa, une région de tout temps méprisée par les Japonais.

J'appris que les tarifs étaient légèrement dégressifs et que le ticket de trente minutes avec Keiko, qui avait autrefois travaillé dans une petite maison de geishas, coûtait 4 yens pour les officiers. Venaient ensuite Satoko et Kimiko, les filles d'Okinawa, à 3 yens, puis la Chinoise et enfin, nous les Coréennes. Les plus anciennes tentèrent de me réconforter et me vantèrent les avantages de la maison Wulien. L'une d'elles, Noriko, était arrivée en 1932 et avait inauguré le premier établissement pour soldats, à mi-chemin entre Shanghai et Nankin. Bien qu'elle fût ma compatriote, j'avais du mal à comprendre son accent. Elle m'expliqua qu'elle venait d'un pauvre village minier de Kyūshū au Japon où vivait une communauté coréenne. Elle ne devait pas avoir plus de vingt et un ans, mais sa voix était éraillée des intonations rauques de la vieillesse et ses mains fines ocellées de taches brunes.

— Tu sais, au début c'est toujours difficile. (Elle rit.) Et puis, les jours passent… et c'est de plus en plus difficile ! Tu as envie de te foutre en l'air, mais quelque chose finit toujours par te retenir au dernier moment ! Tiens, regarde, moi c'est ça…

Elle fouilla dans sa poche d'où elle tira un ruban bleu fané.

— Je devais me marier quand ils m'ont embarquée. Ça, c'est mon fiancé qui me l'avait donné. (Ses yeux se mouillèrent de larmes.) Tu as quelque chose, toi ? Un souvenir ?

Sa voix s'était faite suppliante. Je fis signe que non puis, voyant son air désolé, je lui montrai la barrette de strass de Mikiko.

— C'était à ta mère ?

— Non, à ma sœur.

— Elle est jolie.

Les mots étaient ordinaires. Dérisoires. Les phrases courtes comme si aucune d'entre nous n'eût pu articuler plus de deux ou trois syllabes sans qu'une effroyable envie de vomir la prît. Il était plus de dix heures et les clients étaient partis. Le vacarme des bottes dans le couloir s'était calmé.

— Tu sais, ici au moins on n'a pas trop froid. Là où je travaillais avant, les chambres étaient dans des baraques en plein air, sans isolation, et la porte donnait sur l'extérieur si bien qu'à chaque passe, quand on faisait entrer le client, on gelait sur place.

Noriko me montra ses doigts que des engelures avaient mordus de cicatrices rougeâtres.

— Avant, j'avais de jolies mains…

Je m'endormis d'un sommeil qui ne procure pas le repos. Un sommeil éveillé d'où me tira plusieurs fois le trottinement des rats sur les gouttières. Un sommeil lourd pourtant, lourd d'oubli et de tristesse pendant lequel, sous l'emprise de la peur, je m'oubliai et mouillai mon matelas comme une enfant de trois ans.

Je débutai mon travail forcé en tant que prostituée au service de l'armée impériale japonaise le 26 décembre 1937. Il neigeait des flocons fondus par le vent salé du large et je dus mettre un seau sous ma fenêtre car une rigole d'eau avait creusé un chemin à travers la pierre et s'écoulait dans ma chambre. Le bruit lancinant des gouttes tombant dans le seau accompagna ma première journée. Les yeux fixés sur le plafond, retenant les haut-le-cœur qui à chaque poussée du client me ravageaient, j'essayai ainsi que je l'avais appris dans les temples, de concentrer mon attention sur le bruit de l'eau. Floc. Floc. Floc. D'oublier le monde extérieur. Floc. Floc. Floc.

Quand j'ouvris ma porte, à dix heures, quatre hommes attendaient déjà. J'ai oublié leurs visages. Je crois que jamais je ne les vis. Ils étaient tous identiques, vêtus du même uniforme kaki couvert de neige, la casquette enfoncée sur les oreilles. En entrant, ils déposaient leurs armes contre la porte et me tendaient le ticket. Vers une heure, le corps endolori, l'esprit gourd, j'avalai à la hâte un bol de nouilles grasses agrémentées de boulettes de peau de porc. Les officiers de l'après-midi ne différaient guère. Seule une cruauté peut-être plus subtile les distinguait, liée à un besoin irrépressible de domination.

Ce 26 décembre 1937, quand vers dix heures du soir je m'effondrai sur mon matelas encore humide de la sueur et du sperme des clients, j'avais fait trente-sept passes dans ma journée. La nuit était tombée sur Shanghai. Au loin scintillaient les décorations de Noël de la concession anglaise. J'entendis trois petits coups frappés à la cloison. Kaneko probablement qui me souhaitait bonne nuit. Mon ventre me brûlait comme une torche, mes cuisses couvertes de bleus tremblaient.

J'étais devenue une *Chōsen bbi*, un vagin coréen.

FUHSIEN

Le matin, alors que le soleil se levait à peine sur Shanghai, rayant l'obscurité du ciel de sillons roses, un bruit sourd naissait au fin fond des ruelles, s'amplifiait, puis, passant juste sous mes fenêtres, se transformait en un vacarme régulier qui ébranlait les vitres. La basterne. La basterne des morts.

Chaque matin, Shanghai ramassait ses morts. Morts de froid, de faim, de blessures. Recroquevillés comme des fœtus au pied des maisons. Morts sous l'emprise de l'opium, les pupilles énormes et fixes, le ventre distendu. Morts de maladie, couverts d'eczéma et de pustules. Morts de désespoir, d'abandon, membres entrelacés, homme et femme, femme et enfant, si solidement embrassés que les fossoyeurs, dans l'impossibilité de dégager les corps étreints sous peine d'en briser les os, devaient enterrer ensemble ces curieux cadavres bicéphales. Morts. Tous morts dans la rue, pendant la nuit, sous le ciel étoilé.

Il y avait aussi les morts dont on se débarrasse. Les inopportuns. Ceux dont la simple présence met en danger les autres. Ceux qui deviennent indésirables. Morts sans famille dans un misérable taudis puis jetés à la rue par des voisins avides de s'agrandir. Morts assassinés par l'un des multiples gangs qui rançonnaient la ville et ses bars, balancés en hâte d'une voiture au coin d'un boulevard, une plaie béante dans le dos. Un tel sentiment d'impunité régnait dans Shanghai, cet hiver 1937, que les criminels ne prenaient même pas la peine d'effacer leurs traces, abandonnant le couteau dans la chair, la cordelette autour du cou.

Parfois, les malheureux bougres chargés de cet affreux travail qui consiste à ramasser les corps et à les jeter dans la basterne, trouvaient au côté des morts un cadavre de chien ou de chat, décomposé et immangeable. Et l'animal rejoignait le tas informe et fétide.

La basterne, pendant de longues années, avait été menée par un cheval de trait, puis la bête de somme avait été remplacée par un van de l'armée chinoise auquel était accrochée l'ancienne carriole aux larges roues de bois. Mais la modernité n'avait pas fourni d'alternative à la force des bras. Les fossoyeurs restaient des hommes, payés au cadavre ramassé, transporté et enterré dans un charnier à l'extérieur de la ville.

La basterne commençait son circuit vers quatre heures du matin et, munie d'un laissez-passer exceptionnel, avait l'autorisation de circuler à travers toute la ville. A l'entrée du quartier japonais, les sentinelles piquaient le chargement avec la pointe de leurs baïonnettes afin de décourager les passagers clandestins et les rebelles de se mêler aux corps immobiles. Et quand enfin le convoi funèbre arrivait à destination, la carriole de bois pissait le sang qui, dans le froid, coagulait en stalactites rouges. Jamais je ne m'habituai au grondement de la basterne qui, chaque jour, me rappelait que Shanghai, comme une énorme fleur vénéneuse, savait tout aussi bien exhaler les parfums les plus étourdissants que broyer les vies. La mort et la folie régnaient sur la ville, maîtresses absolues d'un monde déréglé.

Grâce à la bonhomie de sa patronne, la maison Wulien, à l'aube, bruissait d'une animation proche de l'atmosphère de n'importe quel pensionnat ou collège de jeunes filles. Rien n'eût permis au premier coup d'œil de deviner notre condition. La vie s'accrochait à tout, avec l'opiniâtreté d'une plante parasite, refusant d'abandonner les filles à leur désespoir.

Relativement bien nourries par les petits extras qu'apportaient les soldats sur leurs rations militaires ou provenant du pillage des maisons, nous nous portions plutôt bien, le manque d'exercice ayant même alourdi la silhouette des plus âgées qui, autrefois, avaient travaillé dur à la campagne. Tout à coup enfermées dans ce gynécée malsain, elles prospéraient d'une graisse blanche et molle.

Aux premières heures du matin, les couloirs étaient traversés d'éclats de rires de filles se poursuivant à demi-nues jusqu'à la salle d'eau, les cheveux retenus par une serviette enroulée sur la tête. La patronne, la Coréenne qui m'avait le premier jour expliqué mon travail, restait indulgente, ne haussant la voix que lorsque le vacarme risquait de réveiller Tchang, le Chinois avec lequel elle partageait sa couche, sa bourse et ses formes opulentes. Un homme de quarante ans environ, plus jeune qu'elle, l'air un peu niais, chargé des tâches de menuiserie et de plomberie dans la maison.

Madame Kim et son compagnon étaient en charge de l'établissement. A leur création, les maisons de réconfort alors peu nombreuses étaient placées sous le contrôle direct de l'armée. Mais depuis quelques mois, la plupart d'entre elles avaient été livrées à la gestion de patrons indépendants, plus aptes que les militaires à gérer des bandes de gamines à peine sorties de l'adolescence. Le système des nouveaux propriétaires civils, des Chinois le plus souvent, des Japonais venus faire fortune à la suite de l'armée impériale mais aussi des Coréens à la solde de l'ennemi, fonctionnait bien. Tellement bien que sous l'impulsion des autorités japonaises, le nombre d'établissements « indépendants » ne cessait de croître, approvisionnés par recrutement militaire ou privé.

Le berceau du clan de madame Kim était Busan, le grand port du sud de la péninsule. Poussée par la famine et la pauvreté, madame Kim avait émigré en Mandchourie dans un premier flot de colons, plus de dix ans auparavant, quand les Japonais avaient essayé d'attirer les bonnes volontés dans les nouveaux territoires contrôlés. Madame Kim, après quelques infructueuses tentatives de travail dans une usine, avait vendu ses charmes dans les rues de Harbin et Dairen. Mais plutôt que d'entrer dans une maison close, elle avait préféré s'installer à son compte afin de rester maîtresse de ses gains. Un jour, elle avait rencontré Tchang, qui tenait un bar pour marins à Dairen. Son caractère autoritaire et tendre avait subjugué le Chinois et ils s'étaient associés, cœur et affaires. La clientèle du bar, essentiellement japonaise, appréciait le couple, ses efforts de coopération. Et au moment de la privatisation des maisons de réconfort, un habitué des lieux, officier dans une garnison de Shanghai, avait chaleureusement recommandé ces tenanciers qui parlaient parfaitement japonais, chinois et coréen et n'ignoraient rien des ficelles nécessaires à la tenue efficace d'une maison close.

Mes premiers sentiments pour madame Kim furent empreints de haine, puis de mépris. Je n'arrivais pas à imaginer que de son plein gré une Coréenne pût se mettre au service de l'ennemi. Je l'associai en pensée à mon beau-père, un collaborateur qui trahissait sa patrie avec sérénité. Mais après quelques semaines dans la maison Wulien, je portai un regard nouveau sur sa patronne. Je reconnus que madame Kim n'était en fait ni méchante ni bonne. Simplement humaine, et donc faible. Une femme ordinaire, qui faisait son travail sans se poser de questions. Son rôle consistait à tenir un bordel pour soldats, elle s'y employait à merveille, avec fermeté et entrain, nullement apitoyée par le sort tragique des filles qui y travaillaient, mais sans hypocrisie ou bassesse pour autant. Il lui suffisait de savoir qu'une fois entre les murs de son établissement, ses pensionnaires ne manquaient de rien, et sa conscience restait en paix. Madame Kim faisait partie de ces gens dont l'horizon se cantonne au pas de leur porte. On eût pu mourir sous ses yeux qu'elle n'eût pas bronché, ne se sentant pas directement responsable.

Madame Kim ne voyait rien, n'entendait rien. Seul l'argent comptait pour elle, l'argent donc les clients, les Japonais.

Les sorties étaient interdites. Sauf pour les anciennes, accompagnées de madame Kim ou de Tchang, afin d'aller au marché, une fois par semaine. Etre choisie pour les courses ou la préparation des fêtes avait des allures de récompense, car c'était la seule occasion de quitter les murs de la maison Wulien. J'eus cette chance peu après mon arrivée.

Le marché qui, autrefois, couvrait toute une zone comprise entre la rue Zhediang et le quartier étranger ne s'étalait plus maintenant que dans un petit réseau de ruelles, protégées des intempéries par les bâches tendues entre les façades des maisons. La pénombre y était constante et seuls les commerçants les plus aisés avaient pu installer au-dessus de leur étal une ampoule ou un poêle à briquettes de charbon.

L'air se chargeait de ce parfum unique aux rues d'Asie : une saveur piquante mêlant la pestilence suave des nangkas et des durians à l'âcreté du charbon et de l'encens, adoucie de temps à autre par les effluves fleuris des cosmétiques, huile de chrysanthème ou d'œillet, laques bon marché des salons de coiffure. Un bouquet de senteurs plus ou moins plaisantes à l'odorat, porté tantôt par les bouffées de vapeur des stalles des vendeurs de nouilles ou les remugles des tas d'ordures derrière les restaurants. Pourtant, les stalles du marché n'avaient plus l'abondance d'avant la guerre et l'essentiel des denrées était livré directement aux quartiers généraux japonais qui se chargeaient de la distribution. Les prix prohibitifs opéraient la sélection. Dans les allées sombres, se pressaient les servantes chinoises des beaux quartiers ou des concessions occidentales, munies d'autorisations spéciales. Les adresses de livraison claquaient dans l'air, allumant comme une lanterne magique des images dans ma tête : « Number 3 Bubbling Well Road », « Appartements Blackstone, rue Lafayette ». Je rêvais, imaginant derrière les hauts murs des villas entrevues lors de ma traversée de la ville, des foyers heureux avec des myriades d'enfants blonds gardés par leurs *amahs*, en stricte tenue noir et blanc, cheveux tirés en chignon sur la nuque. Les Chinois fortunés ne manquaient pas dans Shanghai occupée, et nous croisions souvent des écolières sur le chemin du collège, conduites en limousine par un chauffeur. Quand elles se retournaient sur notre passage, une main fermait le rideau. Parfois une insulte claquait, étouffée par les bruits de la rue. *Chōsen bbi.* Trois syllabes qui venaient se ficher en moi comme autant de dards attisant ma souffrance. Je serrais les poings et poursuivais ma route.

Le confort de la maison Wulien demeurait spartiate. Pourtant, l'eau glacée et jaunâtre qui s'écoulait goutte à goutte du tuyau de la salle de bains, les cafards cachés sous les cuvettes, les crevasses des murs ne nous gênaient guère tant que nous étions ensemble. Nous essayions toujours de rester groupées, chacune redoutant plus que tout de se retrouver seule avec ses pensées. En nous lavant, en récurant les gamelles ou le sol, nous nous racontions les moments doux de notre vie.

Les descriptions de repas revenaient sans cesse, peut-être l'un des rares sujets à n'amener aucune dissension. Les aliments de notre pays nous manquaient. La nourriture chinoise, huileuse et épaisse, nous semblait fade et quand un jour un soldat apporta dans sa besace un gros sac de piments de chez nous, de l'île de Ganghwa, nous crûmes par la magie de leur odeur avoir recouvré la liberté. Les rizières cuivrées de l'automne, les champs piquetés de gouttelettes carmin et les jarres de terre luisant sous le soleil nous apparurent. Une semaine durant nous n'osâmes toucher au sac, venant religieusement chaque matin humer l'âcreté piquante de son contenu et contempler les gousses rouge sang encore lisses et craquantes. Grâce à ce providentiel approvisionnement, nous pûmes pendant trois semaines manger du *kimchi*, la préparation de choux fermentés qui accompagne et relève les plats de notre pays, présent sur toutes les tables, royale ou prolétaire. Nous avions le sourire aux lèvres et des chansons dans la tête. Pour un peu, nous aurions oublié notre condition.

Les heures matinales, de notre réveil vers cinq heures jusqu'à l'arrivée des premiers clients, étaient libres, consacrées au rangement de l'établissement, à notre toilette et à la préparation des repas aux cuisines. Aucun soldat n'entrait alors dans la maison Wulien, et madame Kim veillait à maintenir solidement cadenassée la grille donnant sur la rue. Nous pouvions vaquer à nos occupations à notre guise. Des instants légers, bénis de dieux dont le simple souvenir me permettait de jour en jour de tenir jusqu'au lendemain. Mais rires, bavardages n'étaient que façade et les larmes explosaient pour un rien. Un pot tombé sur le sol et qui, en se fracassant, évoque des souvenirs si atroces que les yeux se ferment, les poings se crispent et la bile monte au palais. Une porte claquée qui fait sursauter. Un couteau glissant à terre et cliquetant comme la pointe d'une baïonnette sur le canon du fusil.

Le travail le plus pénible était le lavage des préservatifs. Afin de ne pas affronter chaque jour ces mêmes images qui nous faisaient horreur, nous avions organisé un roulement. Deux filles seulement se chargeaient de la répugnante tâche, épargnant ainsi les autres.

Kaneko et moi passions de chambre en chambre, notre cuvette de fer-blanc à la main. Nous regardions les petits sacs en latex, blanchâtres et poisseux s'accumuler en spirales : un enchevêtrement de tuyaux beige, rose et ocre encore collants de sperme et de déjections, qu'il fallait nettoyer un par un, retourner, passer à l'eau, rincer au désinfectant puis mettre à sécher sur des clayettes dans la courette arrière avant, le lendemain matin, de les contrôler minutieusement en soufflant dedans, pour enfin les redistribuer dans les cellules.

Je fermais les yeux et accomplissais ma tâche le plus vite possible, les dents serrées, le souffle court. Le cœur chaviré de ce curieux goût de bougie carbonisée qui montait des cuvettes. Kaneko ne laissait rien paraître mais une fois le dernier préservatif rincé, elle se ruait à l'air frais, les joues empourprées et les lèvres tremblantes. Puis elle vomissait à s'en retourner l'estomac, les mains crispées sur le ventre.

La grisaille des jours nous avait rapprochées. Nous ne parlions pas beaucoup mais nos gestes, nos voix se complétaient. Je sentais sa fatigue avant la mienne et elle devinait mieux que quiconque ces moments où l'âme soudain s'abandonne et laisse la volonté se dévider à toute vitesse comme un écheveau qui tourne à blanc.

Quand le temps le permettait, nous profitions des quelques minutes gagnées pour nous asseoir sur les marches de la courette ou dans la cuisine, près du tas de charbon. Nous nous racontions les histoires de notre enfance, des bribes de notre passé, des images, des bruits, des sons. Tout ce qui, en quelques instants, aurait le pouvoir de transformer nos mines dégoûtées en sourires. Nous avons même un jour joué à la marelle. Comme des gamines. Un. Deux. Trois. Soleil. D'un pied sur l'autre. Nous parlions de Mikiko comme d'une petite sœur commune. Mikiko *dongsaeng*. Nous étions sans nouvelles. Kaneko avait interrogé des soldats mutés de Pékin mais personne ne connaissait le docteur Takashi et le nom de Mikiko n'évoquait rien.

Vers neuf heures et demie, trente minutes avant l'arrivée des premiers clients, nos visages se refermaient brutalement. La vie s'arrêtait, et sans que rien ne nous précisât l'heure, sans que personne ne regardât la pendule en bas au-dessus de l'aquarium, nous savions instinctivement que notre temps était écoulé.

Nous remontions dans nos chambres sous les ordres irrités de madame Kim et complétions notre maquillage. Un trait de rouge, beaucoup de poudre pour cacher la fatigue et les cernes réapparus tout à coup et nous attendions, immobiles sur le lit. J'aurais pu entendre la respiration de Kaneko de l'autre côté du mur tant le silence était grand avant les premiers grincements de la grille. Venaient ensuite le martèlement des bottes et des brodequins sur les marches, puis les jurons de madame Kim qui ne veut pas nettoyer ses escaliers et, enfin, la rumeur dans les couloirs. Les exclamations en japonais des soldats qui s'ébrouent et chassent le froid de leurs membres par de grands gestes. Les ardoises qui claquent, se retournent et la porte qui s'ouvre. *Irrasshiaishimase ! Danna, yotteki nasai yō !* Bienvenue, entrez vite !

Le premier jour de l'année lunaire de 1938 tomba le samedi 31 janvier. Nous entrions dans l'année du tigre, une année explosive selon les astrologues, une année qui verrait le mal et le bien s'opposer avec violence.

Kaneko, la veille, n'avait su résister pour quelques yens à l'envie de prendre un peu d'avance sur le destin et avait consulté une vieille femme aux dons de médium. La Chinoise avait libéré de sa cage une mésange verte qui, sans hésiter, avait piqué du bec un petit papier roulé, bagué de cinabre. L'année 1938 étant placée sous le signe de la terre[1], le mal se manifesterait sous ses aspects les plus calculateurs et les plus méthodiques. Après le tour de Kaneko,

1. D'après le calendrier lunaire chinois, un cycle zodiacal complet de soixante années est composé de cinq cycles de douze années, placées chacune sous le signe d'un animal (dragon, tigre...). A ces douze signes animaliers se combinent les cinq éléments, le bois, le feu, la terre, le métal et l'eau.

personne n'avait voulu en connaître davantage sur l'avenir et nous avions suivi la silhouette de la vieille qui s'éloignait entre les lanternes rouges en maugréant avec sa cage et sa mésange.

En dehors des grandes artères, de nombreux quartiers de Shanghai ne possédaient pas d'éclairage public, beaucoup de pylônes ayant été détruits par les bombardements. Mais notre rue, bordée de maisons de réconfort fréquentées par les Japonais, continuait d'être alimentée régulièrement en électricité jusque tard dans la nuit. En cette période de fêtes, la vie avait repris le dessus. Vêtues de vestes ouatinées, les familles chinoises qui n'avaient pas été évacuées traversaient notre réseau de ruelles afin de rejoindre les temples en contrebas ou d'aller porter leurs respects aux autres membres de leur clan. De nos fenêtres, nous regardions les passants défiler, comme des loges d'un théâtre, et sans doute éprouvaient-ils la curieuse impression d'être des animaux de parc zoologique car pendant les pauses, nos têtes se tournaient d'un seul mouvement pour suivre avec envie les petits groupes. Lentement, insidieusement, montait alors en nous la mélancolie des vacances dans notre pays.

Ces fêtes marquèrent une première et courte trêve dans notre calvaire. Les soldats, occupés par l'envoi de cartes et de vœux à leurs familles restées au Japon, ne pensaient guère à la bagatelle. Durant une semaine, on ne vit se succéder qu'une poignée de clients, des habitués esseulés qui avaient fini par tisser des liens avec les filles et voyaient en la maison Wulien une sorte de foyer secondaire.

Parmi les « fidèles », il y avait le capitaine Okamoto, un étrange homme peu disert qui, disait-on, était promis à une brillante carrière. Il demandait à madame Kim de réunir quatre filles dans le salon du bas, pour le seul plaisir de ses yeux. Adossé contre des coussins sur les nattes, ses doigts pianotaient pour ne s'interrompre que lorsque les larmes coulaient de ses yeux. Le rituel ne changeait pas. Il fallait l'écouter et lui servir à boire jusqu'à ce qu'il s'endorme paisiblement. Les jambes écartées comme un enfant. Cent fois il avait raconté ce jour où, pris sous les bombardements de l'aviation chinoise, il avait couru à l'aveuglette dans les flammes afin d'arracher une fillette au brasier. Quand enfin il avait pu regagner un abri où déposer l'enfant, il avait découvert un corps calciné dans ses bras. Okamoto nous tendait ses paumes plissées de brûlures comme un mendiant puis, invariablement, entonnait les premières phrases de l'hymne national japonais. Hors le récit de son cauchemar, il ne parlait pas.

Le capitaine Okamoto devait avoir à peine plus de trente-cinq ans mais sa calvitie et les rides qui barraient son front lui donnaient bien dix années de plus, contrastant avec l'air juvénile des autres soldats. Quand il venait avec un groupe, le capitaine Okamoto était un autre homme. Noriko avait été la première à découvrir la face cachée du capitaine qu'elle avait pourtant accueilli avec joie en ouvrant la porte de sa chambre. Okamoto l'avait frappée jusqu'à ce que sa tête ne sache plus la différence entre les coups et les instants de répit pendant lesquels il brutalisait son sexe avec des cris de dément. Il avait écrasé sur son corps une à une les cigarettes qu'il tenait serrées dans un boîtier en argent ciselé entre sa ceinture et son pantalon. Noriko avait hurlé mais personne n'avait osé intervenir.

Dans les chambres voisines, les soldats devenus demi-fous comme des bêtes à l'odeur du sang, avaient libéré la violence contenue qu'ils portaient en eux. Leur haine peureuse de la guerre avait animé leurs poings d'une fureur cruelle. Plusieurs filles avaient eu des os brisés.

Mon client de ce jour, une jeune recrue débarquée quelques semaines auparavant en Chine, mélange d'innocence et de froideur, avait pris l'air inquiet aux premiers cris qui montaient du couloir. Redoutant le pire, j'avais feint la tendresse, la passion, serré mes jambes sur ses hanches et même râlé avec conviction, tentant de lui murmurer ces mots qui transportent les hommes. Mais le jeune soldat ignorait autant de la guerre que de l'amour, et ne se sentant aucunement flatté par mon comportement, avait empoigné sa ceinture et pris soin de laisser la boucle libre. A chaque hurlement de Noriko, il avait abattu la sangle de cuir sur ma poitrine. J'avais roulé sous le choc en cherchant à me protéger de mes mains. Ses yeux déments, couleur de jais, ne me voyaient pas. Il frappait, riait tandis qu'indifférente aux coups, étourdie par la souffrance et le vacarme soudain qui se propageait de chambre en chambre, j'observais le visage d'adolescent de mon tortionnaire, si beau dans sa folie, si monstrueux dans sa pureté.

Depuis ce jour, chaque fois que la silhouette du capitaine Okamoto se découpait entre les dragons peints de la grille de la maison Wulien, une seule question courait sur les lèvres, dont dépendait pour quelques heures la vie de la maison : venait-il seul ou accompagné ?

Vers la fin des interminables festivités du Nouvel An, Okamoto arriva seul. Les épaules basses. Une nasse avec trois poulets blancs caquetant, sous le bras. Les rues étaient pavoisées de lanternes de toute sorte et la nuit, les explosions des pétards résonnaient, accompagnées des clameurs des fêtards. Ayant tendu la cage et ses volatiles à madame Kim, il lui avait indiqué qu'à son habitude, il souhaitait la compagnie de quatre filles pour la soirée. Noriko, Kaneko, Fuhsien la Chinoise et moi.

Le salon des « invités spéciaux » avait de curieuses allures de bric-à-brac. Madame Kim, dans son effort pour le rendre attrayant, l'avait tapissé de tatamis et même créé dans un angle, sur les conseils avisés d'un amiral, un petit *tokonoma* de fortune, une alcôve basse où était exposé un bouquet de fleurs en tissu. L'amiral y avait laissé pendant quelques mois un rouleau peint sur soie représentant un homme traversant un pont sous une averse, mais l'avait emporté avec lui quand son navire avait levé l'ancre. Madame Kim, ne disposant pas d'œuvre d'art digne d'y être présentée, avait piqué sur un morceau de mousse, à la manière d'une gerbe, les fleurs d'ornement de nos kimonos et coiffures. Le reste de la pièce avait été meublé juste après le bombardement de la ville. Les soldats avaient rapporté de leurs rapines dans les demeures éventrées un pianoforte dont personne ne savait jouer, une banquette large de bois de palissandre provenant sans doute d'une riche demeure chinoise, une paire de fauteuils recouverts d'une toile imprimée de petits personnages occidentaux avec leurs moutons, et toute une série de meubles dont nous ignorions l'utilité exacte.

Le plus mystérieux était une sorte de siège bas orné de volutes et de cornes d'abondance qu'utilisaient les Japonais pour aiguiser leur soif d'érotisme. Pas plus large qu'une chaise d'enfant, il était pourvu d'un coffre plat dont le dossier s'élevait bien trop haut pour que quiconque pût s'y asseoir confortablement. Forte de mon éducation au collège occidental de Keijō, j'expliquai à mes camarades éberluées qu'il s'agissait d'un prie-Dieu et que la cavité où madame Kim rangeait ses fards contenait ordinairement un missel. La révélation les avait laissées pantoises. J'en gagnai une grande estime et en moins d'un mois dans la maison Wulien, fus considérée avec le respect dû à une ancienne.

Nous nous préparâmes en fin d'après-midi. Une odeur aigrelette flottait dans la salle de bains. Une odeur de femmes. De prostituées et de permanganate de potassium. Une odeur qu'entre toutes je reconnaîtrais, une odeur de corps souillés et de désinfectant. Celle des femmes qui se vendent, celle de ma peau, comme si mes pores s'en étaient pour toujours imprégnés, un tatouage olfactif que les inconnus ne peuvent discerner mais que nous, anciennes *Chōsen bbi*, reconnaissons avec le flair précis de chiens de chasse.

Fuhsien, immobile sur le carrelage, observait ses jambes.

— Vous les Coréennes, vous avez la peau blanche, comme les Japonaises…

Le crépuscule tombait sur la courette et sa peau luisait d'un éclat ambré qui trahissait ses origines paysannes. Fuhsien venait de l'île méridionale de Hainan. A trente ans elle était la plus âgée d'entre nous. Une beauté irréelle, à la grâce apprêtée des actrices de théâtre ou de cinéma chinoises : lèvres pleines, rouges, yeux immenses et cheveux courts retenus par un voile sur les tempes, comme les starlettes des magazines. Vendue toute jeune à un souteneur chinois par ses parents qui n'arrivaient plus à nourrir les dix bouches de sa famille, elle n'avait pas oublié les paroles de son premier client, le patron du bordel de Hangzhou qui l'avait achetée. « On t'habillerait de soie que tu sentirais toujours le poisson et la vase. Dommage, jolie comme tu es, tes parents t'auraient lâchée plus tôt, tu aurais fait carrière. Pékin ! La belle vie ! » Il lui avait fait miroiter les feux de la vie de courtisane d'autrefois, celle aux pieds bandés, délicate comme une statuette d'ivoire. Elle y avait cru. Mais les temps avaient changé et après trois ans de travail dans le bordel de Hangzhou, elle avait été repérée par le recruteur japonais pour ses traits fins mais aussi pour son irréductible envie de « faire carrière » dans ce métier que la plupart des filles subissaient.

Malgré tous ses efforts pour essayer d'attirer le regard des clients qu'elle jugeait intéressants, elle n'avait jamais grimpé les échelons de la hiérarchie des filles de joie. Certes elle ne racolait pas dans la rue, mais aucun client ne l'avait remarquée et prise sous sa protection. Alors, quand elle ne se sentait pas observée, Fuhsien laissait l'amertume brider ses traits et son teint se grisait. Okamoto, d'après elle, était le candidat idéal à ses rêves déchus de grandeur : un homme simple qui, une fois entiché d'elle, la garderait auprès de lui et, pourquoi pas, l'épouserait. Au simple nom d'Okamoto, ses yeux luisaient d'impatience et rien, pas même la peau tavelée de cicatrices de Noriko, non plus que les souvenirs de cette soirée de violence, n'aurait pu lui faire changer d'avis.

— Ce soir, laissez-moi faire avec Okamoto-*san* ! Je resterai quand il se sera endormi ! C'est ma chance, vous comprenez, ma seule chance.

La voix presque extatique de Fuhsien m'avait troublée. Je décelai dans son attitude, le soin qu'elle prenait à se vêtir, nouer les liens de son jupon sous le kimono, une volonté désespérée que je ne lui connaissais pas, étrangère à elle. Un peu comme mon père autrefois, sous l'emprise de l'alcool. Son regard disait qu'elle avait décidé ce jour-là de saisir sa chance et de prendre sa vie en mains. Pourquoi Okamoto, si faible et si imprévisible ? Pourquoi cette nuit de Nouvel An ? Avait-il seulement l'envie et les moyens d'entretenir une maîtresse ?

Fuhsien avait réponse à tout.

— Il n'a pas de famille, n'écrit à personne dans son pays… Si ce n'est à une vieille tante à Ōsaka. Sa solitude le trahit : il est différent. Les filles comme nous, cela ne l'intéresse pas. Et puis, quand on possède une montre suisse comme la sienne, on a les moyens de s'offrir une femme. N'apporte-t-il pas toujours des présents à la patronne ?

Quand madame Kim entra dans le salon, elle trouva ce qu'elle attendait. Quatre filles maquillées, coiffées et vêtues comme pour une grande fête de leurs plus beaux *kimonos* et non des frusques quotidiennes. La longue préparation que nécessite l'habillement traditionnel japonais avait reposé nos traits et la perspective d'une soirée facile avec un client unique rasséréné nos corps usés par le manque de sommeil. Seule Noriko, qui avait passé au moins vingt minutes à camoufler ses cicatrices avec des emplâtres de kaolin et de thé vert, gardait le visage fermé.

Madame Kim avait étalé sur le sol un édredon de soie japonaise *yūzen* peint de chrysanthèmes et mis un disque de Daisy Chuang, une chanteuse à la mode dans les cabarets de Shanghai qui avait la faveur des Japonais depuis qu'elle avait ajouté à son répertoire quelques ballades nippones.

Par mesure d'économie tout autant que pour préparer une atmosphère intime, l'immense lustre de cristal qui provenait de la demeure d'un chef de district mort pendant les bombardements n'avait pas été allumé. La seule lumière provenait de cinq lampes à huile au papier orné de motifs de fleurs stylisées, dont les formes découpées se promenaient sur les murs, étirées et magnifiées à chaque souffle dans la pièce.

Les consignes étaient semblables à celles des autres soirées avec le capitaine Okamoto : demeurer assises devant le paravent, les mains jointes, immobiles, sauf s'il donnait un ordre. L'écouter sans broncher jusqu'à la fin de son histoire et obéir bien sûr à tous ses désirs. Si tout se passait bien, à onze heures nous aurions regagné nos chambres sans qu'il n'ait même posé la main sur nous. D'ailleurs, chacune d'entre nous ayant participé une fois au moins au caprice nocturne d'Okamoto, nous connaissions bien notre rôle.

Okamoto semblait de bonne humeur. Les joues rougies par le vent glacé qui soufflait dehors, à moins que ce ne fût par l'alcool que madame Kim lui avait versé pendant que nous nous apprêtions. J'avais remarqué en passant le pas de la porte qu'il ne portait pas ses bottes d'officier mais des guêtres et des brodequins ordinaires comme un simple soldat. Sans doute avait-il profité du répit des fêtes pour les donner à réparer. Plutôt que de s'asseoir comme à son habitude sur les nattes, Okamoto, se plaçant à califourchon sur le prie-Dieu, appuya son menton dans le creux formé par ses bras croisés sur le rebord rembourré de velours cramoisi du dossier. Ainsi confortablement installé, il nous faisait face, à la manière d'un professeur de danse devant ses élèves.

La voix fluette de Daisy Chuang entamait sa quatrième chanson. « Vent de printemps ». Une mélodie suave aux accents de désespoir. Sans saisir le sens des paroles en chinois, je le devinais, aidée par les soupirs de l'orchestre qui ahanait derrière elle. Un amant délaissé. Une peine de cœur et Daisy Chuang roucoulait, roulant dans sa gorge des vocalises au goût de baiser sucré.

Okamoto, qui ne comprenait probablement pas plus les paroles que nous, souriait, l'air béat. Ses doigts ronds et légèrement velus pianotaient en rythme sur le velours que tant de coudes fervents avaient usé jusqu'à la trame pendant la prière. Ses yeux mi-clos étaient animés de frémissements rapides qui soulevaient ses paupières, laissant paraître la partie bleutée du globe oculaire révulsé. Il me sembla que, d'un instant à l'autre, il allait sortir de sa torpeur et bondir sur nos quatre silhouettes immobiles, mais la mollesse avec laquelle ses doigts tapotaient les clous de tapisserie du prie-Dieu démentait mes craintes.

Daisy Chuang chantait. Okamoto avait sombré dans son cauchemar et, d'une voix hachée, féminine, récitait les événements de cette nuit de bombardements qui l'obsédait. Je connaissais l'histoire par cœur mais tremblai une fois de plus au tragique épilogue. Quand la fillette du cauchemar hurla, le cou de Noriko ploya, découvrant des étoiles bleutées à sa base. Kaneko n'avait pas bronché. Mais elle écoutait, en proie comme moi à une double peur née du récit et de l'étrangeté de la situation.

Quand j'aurais dû me réjouir du calme de la soirée, la passivité dans laquelle nous étions tenues me glaçait. Une terreur sourde engourdissait mes membres. Que pleurait Okamoto ? L'enfant ? Son impuissance face à la mort ? J'aurais préféré ignorer que cet homme capable de torturer une femme sans défense pour son simple plaisir pût éprouver des sentiments humains. Je détestais ce trouble qui pointait insidieusement en moi et grignotait mon courage.

La trop longue position assise, genoux repliés, devenait inconfortable. Je ne sentais plus mes pieds complètement engourdis, et les douleurs de mes membres se réveillaient, avivées par l'humidité qui sourdait des tatamis mal joints. Des élancements lancinants, en cascades, fusaient de mon ventre meurtri par trop de viols, empruntant les os, la chair et ma peau pour se disperser dans mon corps. Les effluves du baume au camphre que j'avais appliqué pour calmer mes plaies me montaient à la tête. Quand enfin la voix d'Okamoto s'éteignit, mon corps entier brûlait, souffrait le martyre, plus violenté encore par ses paroles plaintives que par les brutalités des soldats.

L'aiguille du phonographe buta sur la fin du disque.

C'est alors que Fuhsien se leva et, ondulant des hanches, se faufila comme une ombre jusqu'au pick-up qui tournait à vide en grésillant. L'entrée en scène d'une diva. En passant le long d'Okamoto, les pans de son *obi* effleurèrent sa joue qui tressauta comme sous l'effet d'une chaleur subite. La silhouette de Fuhsien, splendide, se découpa en contre-jour devant les lanternes et, par un effet de perspective, créa une éclipse qui engloutit d'obscurité la moitié du plafond. Mon dieu, que cette femme était belle, trop belle pour un bordel militaire.

La voix de Daisy Chuang reprit. Une cadence plus rapide. Et Fuhsien, sans qu'Okamoto n'eût bronché, ou émis un ordre ainsi qu'il était convenu, vint se placer derrière le prie-Dieu pour délicatement enserrer le cou immobile. Ses longs doigts bagués glissèrent, pétrissant la nuque couverte de transpiration du capitaine. Les manches violettes de son kimono recouvraient presque entièrement la tête assoupie. On eût dit un insecte gigantesque enveloppant sa proie. Ondoyant comme un serpent pour l'endormir. Les yeux de Fuhsien ne nous quittaient pas, passant de l'une à l'autre, caressant nos visages terrifiés d'un regard absent, perdu dans ses rêves. Ses doigts fins massaient le visage alangui, soudain calmé par la douceur de ces mains qui le caressaient si doucement.

Kaneko cherchait mon regard. Nous avions appris à communiquer sans que quiconque ne le remarquât. Un battement de cils, une inspiration rapide, un mouvement de jambe. Mais qu'aurais-je pu dire qu'elle ne devinât ? Oh, Kaneko, aurions-nous dû nous lever à notre tour, interrompre cet étrange cérémonial et oublier notre promesse à Fuhsien ?

Okamoto respirait doucement, régulièrement. Fuhsien, tout en nous faisant signe de ne pas broncher, glissa sa main le long de la veste militaire. Lentement, elle défit les boutons, un à un. Ses doigts rapides ne faisaient pas bouger l'étoffe sombre et tandis qu'elle dégrafait le ceinturon de cuir, elle appuya son menton dans le creux de l'épaule d'Okamoto qui ouvrit imperceptiblement les yeux pour aussitôt les refermer, ses sens tout entiers captivés par les effleurements parfumés qui l'envahissaient. Sans que nous n'ayons vu comment elle avait pu aussi rapidement dénouer son obi, Fuhsien fit tomber son kimono qui glissa sur le sol, formant un îlot de reflets moirés autour du couple, toujours à califourchon sur le prie-Dieu. Sous son kimono, Fuhsien ne portait pas la traditionnelle robe croisée de coton blanc mais une tunique chinoise de soie beige, damassée de motifs ronds dans lesquels brillaient les caractères « longévité » et « bonheur ». Le contact frais de la soie tira Okamoto de sa torpeur. Reprenant une position plus confortable, il saisit un coussin qu'il plaça sous ses bras et leva un regard surpris sur nos trois silhouettes assises devant le paravent. Il allait se redresser quand la main ferme de Fuhsien glissa sur ses lèvres, tandis que son corps venait se plaquer contre son dos. Ce corps qu'elle avait parfumé, frotté d'écorces de citron et d'essence de bergamote, le secret des courtisanes de l'ancienne Chine pour envoûter leurs amants. Figé dans une extase qu'il n'avait pas vu venir, Okamoto s'abandonnait. Fuhsien ondulait, serpentine et femme, jouant des sens engourdis d'Okamoto avec une dextérité si maîtrisée que Noriko, jusqu'ici plus anxieuse encore que nous de la tournure que prenaient les événements, quitta son attitude hostile et s'autorisa un soupir de soulagement.

Une odeur musquée de transpiration et de parfum avait envahi la pièce, palpable dans l'air par des gouttelettes invisibles. Fuhsien, à demi nue, s'enroulait autour d'Okamoto. Un corps d'ivoire noué comme un ruban autour de la silhouette ramassée du Japonais dont le corps pâle et mat demeurait parfaitement immobile, traversé de temps à autre d'ondes de frissons qui renvoyaient dans sa chair des vibrations rapides et fugitives, comme le vent à la surface des blocs de soja frais.

A mesure que les caresses de Fuhsien se firent plus précises, plus osées, la respiration d'Okamoto s'accéléra. Son menton trembla. Il avait beau fouiller sa mémoire, jamais une femme n'avait osé ainsi le dominer avec tant d'assurance. Sa mère, peut-être, quand il était enfant. Fuhsien n'avait pas quitté sa position dans le dos de l'homme qu'elle avait entièrement dévêtu. Ses jambes maintenant serrées autour du bassin d'Okamoto, légère comme une plume, elle continuait de bouger et respirer avec la rapidité vacillante d'une flamme, ne faisant plus qu'un seul corps avec cette proie dont elle caressait la virilité.

Fuhsien dégrafa les brandebourgs de satin qui fermaient sa tunique, découvrant sous l'étoffe des seins pâles veinés de bleu. La séduction déterminée de son sourire avait fait place à une expression plus douce, empreinte d'une volupté victorieuse. La chanson de Daisy Chuang s'éternisait et, d'un long mouvement tournant, Fuhsien croisa ses bras autour du cou d'Okamoto et appliqua ses lèvres sur la peau ruisselante.

Hypnotisées par l'étrange scène, nous n'avions pas vu le lien de soie torsadée qu'elle tenait entre ses doigts. Un coup sec le resserra autour du cou d'Okamoto. Nous vîmes les doigts velus s'agiter sur le rebord du prie-Dieu, se crisper sur le biais torsadé du coussin, les yeux tenter de s'ouvrir, de sortir de ce rêve devenu cauchemar, et son sexe mouiller misérablement le sol d'une tache blanche qui, en glissant, répandit une odeur d'algues et de feuilles froissées.

Noriko, plus vive que moi, s'était levée. Mais Fuhsien, plus rapide encore, s'était saisie du poignard d'Okamoto qu'elle avait retiré tout à l'heure avec le ceinturon de cuir. La lame s'enfonça facilement dans la lune blanche parfaite de son ventre.

Quand je réalisai le drame auquel nous venions d'assister, Fuhsien râlait inerte sur le sol au milieu d'une mare de sang qui, lentement, progressait comme une gigantesque toile d'araignée rouge dans les fibres de paille du tatami.

Chōsen Pi

Après le drame, à peine sorties de notre torpeur, nous avions frappé à la porte de madame Kim, incapables de lui expliquer comment les choses s'étaient passées. La patronne de la maison Wulien était apparue, vêtue d'un déshabillé couleur d'abricot qui conférait à sa peau la teinte jaune d'un poulet gras nourri au maïs. Kaneko avait balbutié puis fondu en larmes, Noriko gardé le silence. Dans le crépitement des pétards, j'avais raconté la soirée, laissant mes mots filer avec une ivresse irrésistible.

A plus de minuit, madame Kim avait penché son visage sans fard au-dessus de la face grimaçante du Japonais et plaqué ses lèvres molles sur la bouche pâteuse d'alcool. Sans un regard pour la silhouette diaphane de Fuhsien renversée sur l'édredon ensanglanté, elle avait pompé, soufflé comme une sangsue, frappé les joues d'Okamoto avec rage et, tout à coup, le pouls avait repris. Un écho, faible et lointain, puis les doigts avaient frémi.

Avec une présence d'esprit et un calme que nous ne soupçonnions pas, madame Kim avait pris l'affaire en mains et nous avait renvoyées froidement dans nos chambres afin de ne charger que la pauvre Fuhsien de l'incident.

A quatre heures, ayant laissé Okamoto sous une couverture aux soins de Tchang qui tremblait comme une feuille, elle s'était enveloppée d'un épais manteau d'homme et, un petit sac en résille de velours grenat sous le bras, avait quitté la maison Wulien pour les baraquements japonais. Avec un peu de chance, les Japonais croiraient à sa version de jeux érotiques ayant mal tourné. En partant, elle avait levé les yeux vers cet établissement dans lequel elle avait tant mis d'espoir. Nos fenêtres étaient restées fermées et un sourire de satisfaction avait illuminé ses lèvres. Une dernière fois, son autorité avait été respectée, nous étions bien dans nos chambres.

Dès l'aube, un cordon de militaires japonais encercla la maison. Je reconnus plusieurs de nos clients, et même quelques habitués qui, comme Okamoto, avaient profité de la trêve des fêtes pour nous rendre visite. Le lieutenant Hashio et Kawashi, l'ordonnance du colonel de la garnison.

Nous entendîmes ensuite les hurlements perçants de Tchang que l'on interrogeait dans le salon. Sans doute ignorait-il notre présence lors du drame car aucune de nous trois ne fut inquiétée. Tapies dans nos chambres, nous écoutâmes les bruits qui montaient du rez-de-chaussée, les coups de bottes, les meubles fracassés, les tentures qui se déchirent et la complainte de Daisy Chuang qui, soudain, s'éleva pour se muer en un grincement sordide, suivi d'un claquement et de rires. Tchang fut embarqué vers dix heures entre deux sentinelles qui le portaient sous les aisselles comme un pantin. Ses pieds nus traînaient par terre, traçant une écharpe de sang jusqu'à la rue. Après l'arrestation de Tchang, un silence de plomb s'abattit sur la maison.

La nouvelle des événements tragiques de la nuit s'était répandue de chambre en chambre. Sans un commentaire. Dans la lumière blanche et crue de nos cellules, nous nous préparâmes à subir la colère des soldats, les dents serrées et les poings refermés sur la bouche comme pour étouffer les cris que nous n'osions pousser. Mais rien ne vint. Juste un silence, lourd, moite, glacé, rompu par les ordres des sentinelles qui chaque heure se relayaient en bas.

De temps à autre Kaneko grattait la paroi. Mais ses signaux étaient troubles et je ne les comprenais pas, incapable de me concentrer, sensible seulement à l'insondable détresse qui émanait des bruits de plus en plus espacés. Aucune d'entre nous n'avait su à temps déchiffrer le malaise de Fuhsien. Nous avions laissé le désespoir s'enraciner en elle sans jamais lui tendre la main. En pensant à Fuhsien, je pris conscience tout à coup du cadre sordide dans lequel s'écoulaient les semaines depuis mon arrivée. Malgré les lavages quotidiens à grande eau, le sol et la paillasse grouillaient de vermine. Les murs de la maison s'effritaient sous le plâtre et d'énormes cloques soulevaient la peinture, suintant une eau sale et noire.

Quelqu'un avait rempli mon thermos de thé pendant la nuit. Une de ces petites attentions que nous nous prodiguions les soirs de corvée, sans que personne ne sût jamais qui avait osé descendre en dehors des heures autorisées, risquant la privation de boisson chaude pour plusieurs jours. Des éclats de rire et des jurons féroces, au bout du couloir, accompagnés de bruits de marteau réveillèrent en fin de matinée la peur qui nous broyait le ventre.

Le grattement long et persistant dans la paroi derrière mon lit reprit. Kaneko avait peur. Ma pauvre et tendre amie ! Comment aurais-je pu lui venir en aide ? Et soudain une voix claire, amplifiée par un mégaphone, avait annoncé en japonais la reprise des « activités ordinaires » de la maison. Bientôt suivie de l'habituelle rumeur des soldats traversant la cour. Ils avaient allumé les lampes de l'étage et frappaient aux portes. Le bruit des ardoises qui se retournent se propagea dans le couloir comme une vague, si rapide qu'on eût cru au claquement familier des pièces de mah-jong dans les maisons de jeu. Une onde de peur secoua mon corps en écho. Je me rappelle m'être levée mécaniquement, avoir ouvert la porte et jeté un coup d'œil à Kaneko dans l'espoir de croiser son regard. Mes yeux furent happés par une vision atroce. Deux longues mains blanches baguées d'or serrant un lien torsadé. Deux fruits exquis, ivoire et gorge-de-pigeon, figés par un clou de fer. Les mains de Fuhsien, fichées dans le mur à l'entrée du couloir. Fines et translucides, vidées de leur sang, brillantes comme de la porcelaine. Des fragments brisés de statue accrochés à hauteur d'homme, au centre du panneau, d'où s'écoulait lentement un filet rouge le long de la cordelette. Le soldat qui se tenait devant moi, au lieu de me pousser afin d'entrer, avait suivi mon regard attentivement. Une sorte de caresse perverse et brûlante qui cherchait à percer mes émotions. Il souriait.

Je revis Fuhsien, sa jeunesse, sa beauté et l'incroyable mise en scène de sa mort. Sa silhouette nacrée couverte de sang, tête renversée, poitrine offerte, dans l'abandon impudique et sacré d'une *pietà*. Où gisait-elle maintenant ? Dans la fosse provisoire au coin de la rue ? Sur un tas d'ordures ? Je vis son pauvre cadavre confondu à celui de Kinu dans la neige. Amas de chairs et de tissus multicolores charriés par la basterne des morts. Ce jour-là, pour la première fois de ma vie, je me montrai plus putain que la pire prostituée de Shanghai.

Sans laisser à mon jeune client le soin de défaire son ceinturon, je m'accroupis, genou à terre, et accomplis pour lui ces gestes qui jusqu'ici m'avaient secouée de honte. La violente colère qui m'habitait me fit hurler des soupirs que, naïvement, il prit pour des gémissements de plaisir, et l'application méthodique et rageuse avec laquelle je m'attachai à arracher chaque parcelle de plaisir de son corps le laissa épuisé, vaguement étonné.

Mon corps ne m'appartenait plus. Un outil, un outil splendide. J'avais compris. En regardant mes jambes contre le col sombre brodé d'or du Japonais, je compris ce que Fuhsien avait voulu nous dire. Nous n'avions rien. Plus rien si ce n'est ce corps haï et méprisé qu'était le nôtre. Bafoué, violé, humilié et pourtant le nôtre. Ma chair. La chair de mon grand-père. Notre sang. Aucune arme, aucun être ne me viendrait en aide si je ne savais puiser en moi. Fuhsien n'était pas morte pour rien. Lorsque j'entrebâillai ma porte pour accueillir le client suivant, mes yeux brillaient et j'avais rectifié mon maquillage. Les larmes inondaient le visage blême de Kaneko, ses mains tremblaient. Quand elle croisa mon regard empreint de victoire et de rage, elle ouvrit la bouche mais ne sut que dire, soudain impuissante devant cette métamorphose qu'elle n'avait pas vue venir. Je sentis le doute naître en elle, la rancœur, j'aurais voulu la prendre dans mes bras, la réconforter, lui donner un peu de ce courage qui m'avait envahie mais au lieu de cela, je regardai mes doigts s'emparer de la main de l'officier de la marine qui me tendait son ticket, et la placer avec provocation sur ma gorge. Je me détestai mais mes lèvres s'ouvrirent, gloussèrent avec les accents suaves de Daisy Chuang quelques mots de bienvenue et je me laissai entraîner sur le lit, tout entière à ce nouvel apprentissage.

Je servis plus de vingt-cinq hommes. Un défilé qui s'interrompit tard dans la nuit quand les soldats furent rappelés aux baraquements. Chaque client devant être expédié en moins de quinze minutes, je n'eus ni le temps de me laver ni même de boire quelques gorgées d'eau ou de thé chaud afin de me revigorer. D'ailleurs, aucune pause n'aurait calmé la rage méthodique avec laquelle je m'appliquai à la tâche. Les soldats s'étaient succédé, anonymes, froids et brutaux, décidés à venger Okamoto. Pas une seule fois ma détermination ne flancha. Instinctivement, pour chacun, laid, beau, jeune, vieux, repoussant ou fringant, je trouvai les mots, les attitudes des filles qui ont toujours fait commerce de leur corps, devançant leurs envies, tournant de la taille et des hanches à leur approche et lançant mes bras autour de leur cou avec des mines de chatte en été. Alors que Kaneko ne faisait même plus l'effort de sortir de sa cellule pour accueillir ses clients, je jouais mon jeu sordide, déroutant par mon attitude provocante les soldats venus pleins de haine. A chaque nouvelle passe revenaient en moi le regard de Fuhsien sur nos silhouettes immobiles, la précision diabolique de ses gestes et enfin son râle, interminable, lancinant…

Jusqu'ici, mes clients étaient restés des hommes sans nom, sans visage, des sexes qui s'exécutaient, auxquels je refusais d'associer un sourire ou une parole. A force de côtoyer des inconnus, j'étais moi-même devenue transparente. Un numéro dans un couloir. De ces ombres d'humains, je m'efforçai de faire des êtres vils ou lâches, mais des êtres de chair. Malgré mon dégoût, j'appris les noms, les grades, et tentai de retenir les habitudes de ceux qui, chaque jour, reprenaient place dans le monstrueux cortège.

L'insouciance des premiers temps à la maison Wulien avait brutalement fait place à une détresse à laquelle les filles, grâce à la poigne de madame Kim, avaient jusqu'alors échappé. Pendant plusieurs semaines, gardées par un cordon de militaires qui encerclaient la maison, nous ne quittâmes pas nos chambres, travaillant à l'abattage. Un jour, la nouvelle se répandit que Tchang était mort sous la torture. Madame Kim fut reconduite le soir même à la maison Wulien. Pitoyable retour. Couverte d'ecchymoses, les yeux tuméfiés, elle baissait le visage, ou plutôt sa tête pendait misérablement sur ses épaules, comme un épi de riz cassé par le vent. Elle se laissa faire quand les soldats la couchèrent sur un banc au centre de la cour, bien en vue des fenêtres. Mais lorsqu'ils enfoncèrent un entonnoir dans sa bouche, elle hurla. Elle tremblait et de ses yeux jaillissaient des larmes teintées de sang. Le corps arqué par la terreur, elle cracha au visage de ses tortionnaires que jamais elle ne parlerait.

Du haut de ma chambre, j'écoutai la litanie d'accusations que l'un des soldats répétait. Madame Kim aurait, sous couvert de collaboration avec les Japonais, aidé des réfugiés à se cacher dans les caves de la maison Wulien. A chaque question, le visage de madame Kim se tournait vers le ciel et les lèvres gonflées vomissaient des gargouillis incompréhensibles. Le soldat versait de l'eau avec une jarre immense dans la bouche béante, jusqu'à ce que l'estomac trop plein rejette le liquide mêlé d'humeurs. Fétides. Pâles. Le supplice de l'eau entraîne toujours une mort lente, par suffocation ou noyade, mais quand les prisonniers s'obstinent à nier ce qui leur est reproché, les bourreaux ajoutent à la souffrance horrible déjà endurée le raffinement de sauter sur le ventre distendu. Quand ses viscères éclatèrent, la pauvre femme était probablement déjà morte. Elle avait avoué entre deux séances. Nous entendîmes son corps se rompre et lâcher par tous les orifices une bouillie sombre et gluante que l'eau répandit dans la cour en ondes acides tandis que les uns après les autres les soldats se succédaient auprès du corps inerte, autorisés chacun à assouvir leur soif de violence. Insultes, coups de poing et de couteau achevèrent de disloquer ce qui restait de la dépouille martyrisée de madame Kim. Je n'avais pu détourner mon regard de l'horrible scène. Jamais je n'avais imaginé que la patronne de la maison Wulien, toujours si accommodante avec les Japonais, fût une résistante. Grand-père m'avait longuement parlé de ces Coréens partis au lendemain de l'annexion japonaise en Mandchourie voisine, en Chine, en Russie et en Amérique. De leur exil, ils avaient essayé de monter une résistance contre l'occupant, mais que faire à tant de kilomètres de leur patrie ? Ignorante des enjeux internationaux, je les avais confondus avec les vagues de colons leurrés par l'appât du gain qui avaient suivi l'armée du Soleil levant dans sa progression à l'intérieur de la Chine. Comme tous les Coréens, je savais que Shanghai était longtemps restée le quartier général du patriote Li Sung-man[1] qui, des Etats-Unis, coiffait un gouvernement provisoire d'opposition. Mais où étaient les nôtres, les patriotes ? Les seuls visages que je croisais portaient l'humiliation de la prostitution comme la lèpre. Parfois je regardais en direction de la concession française, refuge de nos nationalistes. Je rêvais de m'envoler par-dessus les toits afin de parcourir ces quelques centaines de mètres qui me séparaient de la liberté. Mais le martèlement des bottes dans le couloir me rappelait à l'ordre. Ma vie ne tenait qu'à un fil.

Nous apprîmes qu'Okamoto n'était pas mort, mais son cerveau privé de sang et d'oxygène pendant de longues minutes avait souffert et lui refusait l'usage des membres inférieurs. Sous le choc, il avait perdu la voix. Ses lèvres articulaient dans le vide des phrases muettes, sans cesse répétées. Les médecins n'excluaient pas une totale guérison mais pas avant des semaines, des mois peut-être. Si aucune amélioration de son état ne se faisait sentir rapidement, Okamoto serait renvoyé dans son pays.

---

1. Syngman Rhee (1875-1965), président de la Corée du Sud de 1948 à 1960.

Mars était déjà bien avancé quand un matin, quelques minutes après le roulement de la basterne des morts, trois camions bâchés se garèrent dans la cour. En moins d'une heure, tout le mobilier du rez-de-chaussée fut chargé. Le paravent, le piano, le prie-Dieu et la nasse de poulets rejoignirent des piles de vêtements féminins bariolés et d'uniformes sortis des armoires de madame Kim, encore pliés, embaumant le santal et réunis en baluchons de dix pièces. Puis, sans que rien ne parût motiver leur choix, trois hommes passèrent dans les couloirs, frappant au hasard sur les portes et vociférant des insultes assourdies par le vacarme de leurs bottes. Ordre fut intimé à celles qui avaient été choisies de préparer leurs affaires et de descendre dans le hall. Je faisais partie du lot.

En hâte, je réunis mes quelques possessions : la barrette de strass de Mikiko, un petit carnet sur lequel j'avais noté des mots, des phrases qui me réconfortaient, et les tenues achetées par Fujiwara à Mukden, à l'exception du kimono japonais que je portais lors de la fatale soirée avec Okamoto. Seules celles qui partaient avaient eu le temps de s'habiller. Les autres, traînées hagardes hors de leurs chambres jusque dans la cour, claquaient des dents, pieds nus sur les pierres, amaigries encore par la lumière crue du matin. Les yeux étaient éteints, les traits cireux. Les mains se tordaient nerveusement, cherchant à cacher les pauvres nudités que découvraient leurs chemises déchirées. Je remarquai les jambes décharnées et les chevilles tuméfiées de Noriko et Keiko qui frissonnaient, serrées l'une contre l'autre. Kaneko portait un cache-nez de laine bleue autour du cou. Sur mon passage elle roula des yeux injectés de sang et sa main, secouée de soubresauts, traça un curieux signe dans l'air. En proie à la fièvre, elle avait demandé à être conduite à l'infirmerie mais les soldats avaient refusé et, pour l'empêcher de se lamenter, avaient abusé d'elle avec une cruauté subtile. A l'humiliation physique, ils avaient ajouté la torture morale. Kaneko avait chanté l'hymne japonais et répété, nue dans sa cellule, le serment de citoyen qui clame l'appartenance de la Corée au Japon. Ma pauvre Kaneko avait insulté le nom de ses parents, traité ses ancêtres de chiens et bu l'urine de ses tortionnaires.

Les battants à la peinture rouge écaillée du portail avaient été ouverts. Le barbier, un vieux Chinois aux mollets arqués dont les boniments accompagnaient les premières heures du matin, vrilla un coup d'œil furtif dans la cour, avant de reprendre son chemin en tirant son établi, comme si de rien n'était. Puis ce fut le tour d'une vieille vêtue du large chapeau noir des femmes du Sud. Elle avait calé sur ses épaules la double palanche des porteurs d'eau de l'ancien temps et remontait la rue péniblement. Le spectacle de ces filles demi-nues grelottant dans la cour sous le regard des sentinelles japonaises en uniforme ocre la pétrifia. Sa nuque chancela. A la vue des fusils qui, lentement, tournaient leurs canons vers elle, la vieille se redressa d'un coup de reins et, rajustant le boudin de satin taché qui protégeait son dos de la perche de bois, hâta le pas.

Les Japonais ne semblaient pas pressés. Alors que l'eau gelait dans les gouttières, nous attendîmes des heures que parvienne enfin le signal du départ. Trois soldats accroupis dans l'angle de la porte avaient ouvert leurs rations militaires et, gamelle contre le menton, engloutissaient avec des bruits de mastication le mélange gras de riz et d'orge qui les remplissait. Transie dans ma robe de cotonnade, je ne sentais plus mes pieds. Plusieurs filles s'étaient évanouies dans le froid pour être aussitôt rouées de coups de godillots boueux par les sentinelles, les *bampei*.

Des myriades d'étourneaux des mers avaient envahi le ciel, attirées par les volutes de fumée qui formaient un dais au-dessus des temples voisins où les fidèles brûlaient des ex-voto. L'odeur âcre des cendres piquait à la gorge et, de temps à autre, des tourbillons de vent engouffrés entre les façades des ruelles apportaient des flammèches de papier incandescent qui grésillaient dans l'air avant de retomber sur le sol. Le cliquetis des bâtons à prières sans cesse agités résonnait de toit en toit et chassait les oiseaux par nuées entières qui s'envolaient quelques mètres pour aussitôt s'abattre de nouveau dans un fracas de tuiles cassées et de gouttières arrachées. Le temps s'étirait et ma tête s'était vidée.

Vers midi, le patron japonais de l'une des autres maisons de réconfort de la rue se présenta avec trois garde-manger de fer-blanc. Un doigt se pointa sur moi.

— Toi, va servir les officiers à l'intérieur !

J'avais les doigts gourds et ne pouvais même plus fermer les poings. En saisissant les anses de métal du garde-manger, la peau sur mes phalanges se fendilla et se mit à saigner. La sentinelle ne vit rien et je parvins sans attirer son attention à transporter mon fardeau jusqu'à la cuisine. Là, recouvrant lentement mes forces à la chaleur de l'intérieur, je remplis quatre bols des nouilles brûlantes qu'avait livrées le Japonais. Des *udon*, de grosses nouilles rondes et blanches à base de farine de blé, cuites dans un bouillon de poule odorant comme je n'en avais goûté depuis de longs mois. Je n'avais pas perdu le coup de main enseigné par la mère Kim à Mokpo. De l'écheveau emmêlé inextricable, je réussis aisément, d'une torsion de poignet, à former quatre tresses régulières au centre des bols. Ayant disposé avec soin quelques lamelles de poulet rissolées au gingembre sur chaque tas, je complétai le repas des officiers de provisions que madame Kim réservait à ses hôtes de marque. Des prunes salées et du saumon effiloché en saumure que je présentai en petits monticules soignés sur des coupelles plates.

Le plaisir que je pris à la préparation de ce repas m'étonna. Ces gestes simples, rapides m'avaient emplie d'une joie inattendue. Je sentis le sang circuler dans mes veines et me picoter de mille aiguilles sous la peau. Pendant quelques instants, le monde s'était effacé. Satisfaite de ce repas hétéroclite, je me dirigeai avec l'énorme plateau vers les appartements de madame Kim d'où venaient les conversations. Un homme seulement était attablé au bureau de madame Kim. Trois vestes à cheval sur les dossiers des chaises m'indiquèrent que les autres officiers se trouvaient dans la pièce contiguë, séparée par une insolite cloison de bois sculpté qui, autrefois, avait peut-être orné la bibliothèque d'un riche lettré de Shanghai.

Je vois encore la silhouette se découpant contre la fenêtre. Un civil et non un officier, de taille moyenne, vêtu élégamment d'une veste de soie sauvage bleu sombre et d'un kimono brun. Une sacoche de cuir fauve remplie de documents était ouverte sur la table. L'homme feuilletait distraitement un dossier et, de sa main libre, caressait les branches de ses lunettes d'écaille. Je sentis mes doigts glisser sur les poignées du plateau que je posai brutalement sur le sol. Cette nuque. Ces cheveux noirs, grisés sur les tempes. Cette odeur légère d'eau de toilette anglaise au vétiver. Nagata *sensei* ? La voix connue interrompit mon trouble.

— Alors, *Chōsen bbi*, tu sers ?

De sa place, le professeur Nagata ne pouvait me voir. Comment aurait-il reconnu dans cette pitoyable prostituée aux pieds chaussés de savates la petite collégienne de Mokpo ? *Chōsen bbi.* Les mots me giflèrent. Comment osait-il, lui, l'intellectuel qui me parlait longuement de sa femme et de ses enfants, prononcer ces mots infamants ? Comment réagirait-il si quelqu'un osait ainsi traiter le joli visage encadré de boucles noires qui souriait sur la photo de son bureau ? Le terme de *Chōsen bbi*, comme une brûlure, m'avait tétanisée. Les trois officiers reprirent leur place autour de la table et, d'un infime geste du menton, me signifièrent de les servir. J'avais appris à reconnaître aux galons des cols et aux plis sur les chemises le grade des officiers. Un pli pour un simple sous-lieutenant, deux plis pour les colonels, et trois plis pour un général. Leur âge, en outre, me venait en aide. Je me dirigeai sans hésiter vers celui qui devait être le plus ancien.

— *Shitsureï itashimasu !* Votre repas est avancé !

Tandis que je disposais les bols brûlants sur la table, je sentis le regard insistant de Nagata *sensei* suivre mes gestes mais quand je croisai son regard, il ne parut pas me reconnaître, augmentant ainsi mon trouble.

Les quatre hommes plongèrent le visage dans leurs bols et, d'un mouvement continu, commencèrent à aspirer les nouilles brûlantes avec de longs bruits de succion. N'ayant pas trouvé de couverts plats à la japonaise, j'avais servi les nouilles avec des cuillères chinoises, épaisses et creuses, en porcelaine vulgaire ornée de motifs de lotus rouge et or, et des baguettes de bambou à bout rond, comme celles qui servent à la cuisine. Je sentis la réticence des mains qui se portaient vers les manches trop courts, difficiles à saisir. Je me mis à trembler, mais heureusement les prunes salées et le saumon détournèrent l'attention des quatre hommes qui claquèrent la langue en signe d'appréciation.

— *Chōsen bbi* ! Tu peux partir maintenant !

En regagnant ma place dans la cour, je vis que trois filles s'étaient évanouies. Tombées à terre, elles avaient pris la position des fœtus, recroquevillées, les genoux contre la poitrine et les mains devant le visage. Leur raideur m'inquiéta mais la bouche froide du fusil de la sentinelle sur ma taille me ramena dans le rang sans que je puisse laisser plus longtemps mon regard s'attarder sur elles. Kaneko avait disparu. A sa place, près du prunier contre lequel elle avait appuyé son corps transi, une tache bleue. Son écharpe.

A trois heures enfin, une nouvelle camionnette arriva. Bâchée de toile de camouflage kaki et de grosses cordes nouées comme les filets qui protègent les toits de chaume contre le vent sur l'île de Jeju. Quatre filles sélectionnées à l'aube avec moi y furent poussées. Je restai seule avec le reste des pensionnaires de la maison Wulien, honteuse de ces vêtements qui me protégeaient du vent tandis qu'étourdies par le froid, celles-ci n'en sentaient même plus la morsure sur leur peau bleuie. Je crus comprendre que la camionnette conduisait mes infortunées camarades à Nankin, dans l'une des nouvelles maisons ouvertes là-bas, mais les soldats parlaient peu, échangeant leurs ordres à mi-voix. Nankin, Hangzhou ou Pékin ? Pourquoi n'avais-je pas été embarquée avec elles ?

— Kawamoto Naomi ! Chambre 21 !

Mon tour était arrivé. Une bise glacée s'était levée qui soulevait dans la cour des tourbillons de feuilles et de brindilles mortes. Dans l'arrière-cour, devant la cuisine, retentit un son métallique d'objet qui se fracasse et heurte un mur. L'autel de Fuhsien s'était renversé sous la force du vent. Combien de fois avions-nous sursauté à ce bruit, aussitôt suivi en pleine nuit du glissement étouffé des pieds nus de Fuhsien dans l'escalier, se précipitant dehors afin de ramasser les offrandes avant qu'elles ne soient emportées par une nouvelle bourrasque ! Avec une acuité décuplée, j'entendis la petite coupe de porcelaine aux dragons basculer. Les pommes de rhododendron sauvage roulèrent sur les pierres rondes. Une dernière rafale projeta l'autel en arrière. Il retomba en grinçant avec un gémissement humain de tôle froissée contre les marches de la cuisine, tandis que se répandait lentement entre les dalles disjointes la coupelle d'huile de camphre sacrée destinée à Tin Hau, la déesse de Hainan, l'île natale de Fuhsien.

— Kawamoto Naomi ! Chambre 21 !

L'épuisement dû à cette interminable station debout dans le froid avait effacé ma perception des événements. On me hissa avec mon baluchon à l'arrière d'une voiture qui ressemblait aux limousines pour collégiennes fortunées de Shanghai et je ne sus que coller mon visage contre les vitres, cherchant à happer une dernière fois l'image de mes camarades maintenant presque toutes tombées à terre dans la cour. Le vent qui soufflait toujours dévoilait impudiquement leurs cuisses décharnées, leurs hanches. Des épouvantails amaigris. Certaines, tirées hors du lit, n'avaient pas même eu le temps d'enfiler de sous-vêtements et chaque coup de vent exposait leur sexe pourpre aux regards des *bampeï*.

Le portail de la maison Wulien se referma et je regardai s'éloigner les dragons vermillon qui, de ce côté des vantaux, volaient dans le ciel, cherchant chacun à s'emparer de la perle de sagesse symbolisée par l'énorme serrure et ses ornements de fer. Avant que nous n'ayons atteint le bout de la rue, un soldat avait repris sa place au centre du passage, jambes écartées, les bras croisés sur son fusil en bandoulière.

TROISIÈME ÉPOQUE

La trêve

Cotton Mill Mansion

À peine le véhicule avait-il quitté les lumières du quartier des maisons de réconfort que nous pénétrâmes dans une partie de la ville obscure et déserte, au nord de Soochow Creek, à la lisière de Chapei.

En quelques minutes, les ruelles animées de la section japonaise se muèrent en un sombre univers d'une désolation extrême. Rues éventrées, maisons réduites en cendres par les incendies et avenues désertes aux abords de la gare du Nord, traversées de temps à autre par des véhicules militaires lancés à pleine vitesse dans la nuit. Parvenus à un bâtiment qui avait dû être une banque ou le siège d'une grande société avant le début de la guerre, nous nous arrêtâmes pour faire monter deux hommes en civil, vêtus d'imperméables noués à la taille et de chapeaux mous. Ils avaient les pommettes hautes et saillantes et discutaient en japonais. Je devinai à leur accent qu'ils étaient soit russes, soit originaires d'un pays d'Europe centrale. Ayant posé une valise dans le coffre, ils prirent place sur la vaste banquette à l'arrière du véhicule, face à moi, sans m'accorder un regard.

Nous obliquâmes ensuite vers le sud à travers une interminable succession d'artères noires, sans vie, bordées d'immeubles aux fenêtres et portes barricadées de planches clouées en x. Des groupes de soldats éméchés déboulaient sans crier gare des demeures abandonnées. Ils hurlaient et tiraient au jugé dans l'obscurité, visant un arbre, un fronton, un chien affamé qui roulait sur le sol puis repartait sous les coups de feu en hurlant à la mort à travers les ruines. Chaque fois le chauffeur accélérait, mais les clameurs des soldats ivres nous poursuivaient encore sur plusieurs centaines de mètres, accompagnées de rafales de mitraillette et de rires qui se faisaient écho dans la nuit vide.

Nous arrivâmes en vue d'une structure métallique tendue au-dessus d'un bras d'eau putride. Garden Bridge. La frontière entre la zone japonaise et le reste de la ville. Quelques encablures luisantes cachées sous d'épaisses vapeurs blanchâtres et âcres avec des barrières entortillées de fils de fer barbelé sur les rives.

D'un côté rôdait la mort. De l'autre vivait un monde différent. Insouciant. Frivole et facile, loin des restrictions. Le Shanghai des concessions internationales, gai, brillant, les yeux rivés sur sa propre opulence, aveuglé par ses feux. Un Shanghai qui ne voyait même pas les hordes faméliques de réfugiés qui affluaient de Nankin par centaines, fuyant les massacres.

La ville de Nankin, à peine à cent quarante miles de Shanghai, s'était en effet refermée comme un piège sur ses habitants livrés sans défense à la folie des troupes japonaises. Une grande partie de la population et de ses chefs avait été évacuée fin novembre avant l'attaque ennemie. Les hôpitaux s'étaient vidés, laissant leurs couloirs déserts sans infirmières ni médecins pour secourir ceux qui n'avaient pu partir. Même Chiang Kai-shek s'était enfui à Hangzhou. Hommes, femmes, vieillards et enfants quittaient chaque jour leur ville martyrisée pour se réfugier à Shanghai. Blessés dans le corps et dans l'âme, ils ne savaient plus s'ils tremblaient d'être encore vivants ou d'avoir frôlé la mort de si près. Par grappes pouilleuses et malodorantes, ils s'abritaient dans les bouches d'égout, sur les bords de la rivière dans des bateaux de fortune à moitié immergés, grouillant de vermine, de bandages souillés de sang et de pus. Mais la légende de Shanghai vivait, leur donnant foi en l'avenir : chacun connaissait quelqu'un de son village ou de son clan, monté à la « ville au-dessus de la mer[1] » et qui avait fait fortune, né dans la fange et aujourd'hui propriétaire de plusieurs immeubles, femmes et fabriques.

Pourtant, Shanghai la somptueuse se souciait bien trop de tenter d'arrêter au vol les plaisirs de la vie pour accorder à ses pauvres le moindre regard. Parfois, les bus et les voitures renversaient un miséreux dans l'indifférence des passagers que les yeux immenses, ourlés de faim et de cauchemars, n'ébranlaient pas plus que les gémissements des chiens galeux. La police ne se déplaçait même plus pour les accidents, et les témoins, après un coup

---

1. Shanghai, deux caractères qui littéralement signifient « au-dessus de la mer ».

d'œil aux corps disloqués dans la poussière, reprenaient leur chemin. L'indifférence avait atteint les malheureux de Shanghai tout autant que les riches. Dans les docks, les portes des dortoirs pour coolies où, la nuit, s'alignaient des centaines de corps éreintés, restaient obstinément fermées. Même quand, en se tassant un peu, on aurait pu accommoder une famille, un homme peut-être, ou un enfant, les surveillants repoussaient les cadenas avec un bruit sinistre qui retentissait de quai en quai, annonçant le début de la nuit et de la peur. On se battait pour quelques mètres de trottoir près d'une bouche d'aération, contre l'escalier d'un théâtre ou sous les roues des camions dans les entrepôts. La misère ne partage pas. Et dans le désespoir et la fatigue, l'injustice et l'impatience égoïste des hommes avaient recréé de nouvelles différences, formant une cour des miracles où mendiants et mourants obéissaient à une hiérarchie aussi cruelle et injuste que celle des nantis.

Le nez toujours plaqué contre la vitre, je regardai la pénombre dérober Garden Bridge et ses sentinelles à mes yeux. Les deux Russes dans la voiture demeuraient silencieux. Parfois, ils sursautaient aux cahots et échangeaient des bribes de plaisanteries incompréhensibles qui les faisaient rire grassement sans qu'ils n'eussent besoin de connaître toute l'histoire. Un mot déclenchait leur hilarité, puis ils s'assoupissaient de nouveau en ronflant, soufflant d'écœurants relents d'alcool et de *papirosi*, ces cigarettes cartonnées de leur pays. J'avais peur.

Tout à coup, il me sembla que le jour se levait, un jour artificiel et mauve dispensé par les milliers de néons multicolores de Nanking Road. Dans la grande artère commerçante du centre qui s'étire du front de mer aux champs de courses, où que se portât le regard, il n'y avait que lumières clignotantes et enseignes clinquantes superposées jusqu'au faîte des immeubles.

Les promeneurs, élégantes Chinoises aux cheveux coupés à la garçonne et à la silhouette juvénile, dandys en chapeau mou et lunettes rondes, Occidentaux de toutes les nationalités, marchaient vite, anxieux de s'engouffrer dans les restaurants, les dancings et les cinémas dont les rabatteurs, juchés sur des cageots retournés, hurlaient le programme, repris en écho par les innombrables colporteurs et marchands ambulants de pacotille qui envahissaient chaque coin libre de trottoir. Les étals hétéroclites, annoncés par des lanternes de papier rouge découpé, attiraient les badauds jusque sur la chaussée. Bientôt la circulation s'englua. Il me sembla que nous avancions poussés par la foule, tirés, ballottés, rejetés sur le bord de cette marée inextricable de véhicules et de passants.

N'ayant depuis des semaines rien connu d'autre que la solitude commune des filles de la maison Wulien, je sentis mon pouls s'accélérer, affolé par ce déluge d'hommes et de denrées. J'aurais voulu imprimer toutes ces images dans mon esprit, en faire provision comme on accumule le riz ou la farine pour les jours de pénurie. Je plaquai mes mains de chaque côté de mon visage sur la vitre couverte de buée, dans l'espoir de repousser cette barrière de verre entre le monde et moi. De l'intérieur de la voiture, je distinguais sans peine l'incroyable variété des marchandises vantées à tue-tête par les bonimenteurs emmitouflés : rouges à lèvres américains Kiss-kiss, parfums bon marché en bouteilles ornées de strass, barrettes fleuries, savons Mei Fa promettant jeunesse et beauté à tous les teints, jupons et culottes du Cygne Blanc, petites cuillères gravées aux initiales, livres d'occasion usés et ouverts au vent comme des éventails, longues mains de bambou gratte-dos, oreillers de billes de bois pour les nuques fragiles. Mes yeux fouillaient, scrutaient, contournaient, caressaient les marchandises. Je transpirais, épuisée par cette avalanche de couleurs et de formes, cherchant au-delà des colporteurs, un coin de mur ou de terre où reposer mon regard.

Derrière les colonnes des passages couverts étaient alignées d'autres boutiques, illuminées de guirlandes d'ampoules jaunes qui laissaient entrevoir avec impudeur un bric-à-brac plus insolite encore : phonographes chapeautant des piles de fruits, de légumes, de biscuits secs et de farine, disques, blouses de soie pendues aux murs avec des bouquets de balais, de pelles, de paniers remplis de nèfles et de grenades séchées, boîtes de métal bleu lilas de crackers Jacob's... La guerre semblait si loin.

La voiture progressait lentement, sans cesse arrêtée par les passants, les bus et les taxis. Puis, portée de nouveau par le flot de la circulation, elle parcourut une dizaine de mètres avant de faire de nouveau halte. Au fur et à mesure que nous avancions vers le sud de la ville, les chevelures blondes des Occidentaux se firent plus rares, remplacées par une foule asiatique moins colorée, engoncée dans d'épaisses vestes de molleton. Les néons avaient disparu. Mais les enseignes chinoises noires avec leurs immenses lettrines d'or luisaient dans la nuit d'une vigueur douce, éclairées par le simple halo jaune que diffusaient les lampes à pétrole des artisans alignés sous les colonnades : cordonniers, rétameurs, plieurs d'éventails, barbiers, écrivains publics calligraphiant la tête baissée, solitaires devant leur petite table et leurs écritoires couvertes de pinceaux et de bâtons d'encre.

Nous contournions le quartier chinois. A chaque carrefour, des grappes d'enfants en guenilles s'agglutinaient contre les portières, collant à la vitre des visages rougis par la bise. Les plus délurés s'enhardissaient à tendre des mains rongées de marques violacées avant de galoper au lointain et disparaître dans les venelles. Mais la plupart se contentaient de ce spectacle toujours renouvelé des voitures et de leurs passagers.

Des rues encore se succédèrent. Splendides et miséreuses. Sombres et claires. Riches et pauvres. Annoncées par des panneaux écrits tantôt en anglais, tantôt en français, en chinois ou en japonais. Parfois, comme des papillons échappés d'une cage, des nuées de *sing song girls* frissonnant dans leurs fourreaux de soie multicolores passaient en courant, sautillant de planche en planche au-dessus des sentiers de boue, avant de disparaître sous les arches de maisons noires couvertes de végétation. Il me sembla que nous obliquions en direction de l'ouest, à moins qu'on ne longeât de nouveau le quai de France, en prolongement du Bund. Ignorant tout de Shanghai et de son infernale circulation, saoulée de fatigue, je me sentis glisser dans un demi-sommeil contre lequel je tentai en vain de lutter.

Les rues s'élargissaient et la voiture prit de la vitesse dans les contre-allées d'une avenue bordée d'arbres parasol. Les troncs filaient de chaque côté, me privant brutalement de tout repère optique. Mes yeux trop longtemps écarquillés picotaient, pleuraient des larmes d'épuisement. La tête me tourna, vrombissant du bruit assommant du sang qui tambourinait aux tempes. Soudain, brûlante de fièvre, j'essayai d'aspirer un peu de vent frais entre la vitre et le joint de caoutchouc de la portière, mais l'air se raréfiait et je sombrai brutalement dans l'inconscience, avec l'insupportable impression d'étouffer sans pouvoir me défendre.

En ouvrant les yeux, je vis deux dragons rouges et menaçants, avec des gueules crachant le feu. Un poids énorme appuyait de chaque côté de mon crâne et comprimait ma poitrine. Les griffes des dragons me lacéraient la gorge, le ventre, tandis que je ne sentais même plus mes jambes. Concentrant mes efforts, j'ordonnai à mes pieds de bouger, mais mon corps ne répondait pas. Mes mains non plus, refusant de remuer malgré toute ma volonté. Des vapeurs blanches avaient pénétré mon nez, mes poumons, laissant un goût amer sur la langue qui me souleva le cœur. Je hurlai et entendis ma voix me revenir en écho. Des flammes m'enveloppaient d'une chaleur intense, insupportable, léchant mes cuisses immobiles. Aveuglée par la fournaise, je sentis que la vie me quittait. Tout à coup sereine, je me mis à chanter pour apaiser mon cœur et ceux qui m'accueilleraient après la mort. Le temps, l'espace avaient disparu.

Puis j'entendis la voix douce de grand-mère, ma *halmeoni*. Ses exclamations étouffées, tendres, si affectueuses.

— Grand-mère ? *Halmeoni* ?

Sa main s'était posée sur mon front, froide et ridée. Comme toutes les mains de vieilles femmes. Merveilleusement lisse et glacée, polie par les ans. Une sensation oubliée de douceur et de bonté m'enveloppa. Mon Dieu, si la mort était si aimable, pourquoi ne pas être allée à sa rencontre plus tôt, comme Fuhsien ?

— Grand-mère ? Ma *halmeoni*, réponds-moi !

— *Nannan, mei guanxi haizi, ba zhe ge he le ba !*[1]

— Pourquoi me parles-tu chinois, *halmeoni ?* Je ne te comprends pas !

Je me retourne, transpire.

— *Halmeoni*, pourquoi ne réponds-tu pas ?

— *Nannan. Shui ba, shui ba, haizi !* Calme-toi petite, rendors-toi !

A travers mes cils mi-clos, je vis un visage qui me souriait, un visage lumineux, encadré de bandeaux blancs. Lentement, des bribes de chinois me revinrent à l'esprit.

— Bien, je vais bien…

Il me sembla que je sortais d'un gouffre sans fond. Une vieille femme était assise à mon côté, vêtue d'un large pantalon de soie noire et d'une veste étroite, si fine qu'à chaque respiration le tissu frémissait, parcouru d'un vent invisible qui animait des reflets changeants vert sombre au fond de la trame. J'étais allongée dans un lit-cage chinois, comme ceux qui servent aux jeunes époux, le soir de leurs noces. Un lit haut de bois précieux, surmonté d'un baldaquin sculpté de dragons entrelacés. La vieille, d'un geste lent, remonta sur mes épaules l'édredon brodé de

1. Petite, ce n'est rien, tiens, bois cela !

pivoines orange et rouges qui me couvrait jusqu'aux pieds, et sourit une fois de plus.

Dans un japonais embarrassé, tressé de mots chinois, elle m'expliqua que je n'avais pas quitté le lit depuis plus de quinze jours, en proie à de violentes fièvres et délires. Elle m'avait veillée, nourrie, lavée. Elle me désigna une jarre de porcelaine blanche à côté d'un paravent tendu de tissu jaune, près de la fenêtre.

— Depuis les bombardements, l'eau courante est presque toujours coupée, alors j'ai descendu les jarres à bain du grenier. Avec la pluie et la neige, nous ne manquons jamais d'eau.

La chambre, carrée, élevée de plafond, avait des proportions de demeure occidentale malgré un décor chinois chargé de dorures, de bois exotiques et de tentures. Une bibliothèque haute de plusieurs mètres couvrait l'un des murs. Le reste de la pièce, en dépit de l'opulence de l'atmosphère et de la richesse du lit sur lequel je me trouvais, ne comportait qu'un mobilier restreint et fort simple. Un tapis usé, deux chaises et une table en rotin laqué de blanc ainsi qu'un curieux portique de temple, comme ceux auxquels sont accrochés les gongs, surmonté du swastika bouddhique mais qui faisait usage de penderie d'appoint.

La vieille avait suivi mon regard.

— La maison appartient à une famille de lettrés chinois, les Fang. Je travaille pour eux depuis mon enfance. Un jour, il y a quatre ans, on a retrouvé le docteur Fang assassiné, un poignard dans le dos, dans son bureau. Les Rouges… Ils n'aiment pas les médecins et les intellectuels et même à Shanghai, personne n'était en sécurité.

Sa voix chantonnait presque, rêveuse, perdue dans ces images du passé qui lui nouaient la gorge avec tristesse. Elle saisit un cadre sur la table, le tourna vers moi et poursuivit :

— Pendant quelque temps nous avons reçu des menaces et, sous la pression, la famille a fini par fuir. La mère, sa sœur âgée, et leurs six enfants. Même Mayling, la toute petite qui n'avait pas deux ans. Je suis restée. Pour garder la maison.

Comme c'était bon d'écouter le récit d'autres vies, de m'oublier au son de cette voix si douce que j'aimais déjà… Elle marqua un temps d'arrêt. Sur la photo, un groupe représentant une famille chinoise au complet au bord d'un lac souriait à l'objectif.

— Nous allions souvent à Hangzhou au printemps. Nous prenions le train. C'était si joli ! J'emmenais les enfants canoter dans le parc pendant que leurs parents bavardaient au bord de l'eau. Nous étions alors trois gouvernantes, moi et deux étrangères, une Française et une Américaine qui enseignaient la musique et l'anglais aux aînés.

Ses yeux se noyèrent de larmes à l'évocation de tant de souvenirs engloutis par le temps, mais sa voix reprit fermement :

— Le danger est revenu avec la guerre. Ici, nous ne sommes pas loin de l'avenue Foch dans le quartier français, et nous avons été épargnés par les combats. Mais la maison a été réquisitionnée. Des hommes sont venus un matin avec un camion. Ils ont tout emporté, même les jouets des enfants. Et saccagé le reste.

Ses mains se crispèrent.

— Depuis, les locataires se succèdent. Des Chinois, des Anglais, des Russes… des étrangers.

Ils restent quelques jours puis partent sans crier gare. Un matin, je trouve leur chambre vide. En ce moment, c'est un Japonais. Pas un militaire, un fonctionnaire je crois. Il part à l'aube en limousine avec son chauffeur et rentre le soir.

La vieille ouvrit un panier ovale muni d'une charnière en forme de poisson et en sortit une théière tenue au chaud par l'intérieur tapissé de coton fleuri rembourré. Avec la nuque courbée des serviteurs de l'ancien temps et des gestes d'une douceur infinie, elle remplit un bol d'un liquide noirâtre et sirupeux qui s'écoulait lentement de la verseuse.

— Ce n'est pas fameux, mais bois, cela te fera du bien. La décoction de saule a un goût amer mais il n'y a rien de meilleur pour ta fièvre. Je reviendrai tout à l'heure, pour l'instant repose-toi, ma fille.

Ayant soigneusement replacé la théière dans son enveloppe de tissu et d'osier, elle s'assura que la crémone de la fenêtre était bien fermée puis se dirigea vers la porte.

— Grand-mère ! Tu ne m'as pas dit ton nom ! Moi c'est…

— Je sais ! interrompit-elle. Toi c'est Naomi, Beauté Eternelle. Mais tu as raison, j'oublie tout ! A mon âge on devient sot, et je n'ai pas plus de cervelle qu'un loir ! Ici, nous sommes à Cotton Mill Mansion. Le locataire, il se nomme Nagata. Il passe tous les soirs te voir et prendre des livres dans la bibliothèque avant de dîner. Quant à moi, tu peux m'appeler Ah Meng…

Le sang me monta aux pommettes. Nagata. Ainsi il m'avait reconnue… Pendant quelques instants, je me pris à espérer que soudain le cours du destin s'inversât. Peut-être me renverrait-il à Keijō ? J'étais trop lucide pour me faire des illusions et mon euphorie retomba bientôt, mouchée comme une chandelle par la peur. Je ne recouvrai pas immédiatement la santé et mes membres, affaiblis par les mauvais traitements de la fin de mon séjour à la maison Wulien puis par ma longue immobilisation, mirent de longues semaines avant de totalement se rétablir.

Le soir même de ce jour où je m'étais réveillée entre les mains de la bonne Ah Meng, j'avais en vain attendu la visite de Nagata. Les heures avaient passé, des portes claqué à l'étage et des bruits de pas résonné dans l'escalier sans qu'il frappât à ma porte. Retombée dès le lendemain dans un état comateux, je perdis de nouveau la notion du temps et une partie de ma raison. Il me sembla pourtant maintes fois sentir la présence de Nagata *sensei* à mes côtés. A moins que je ne l'aie rêvée. Dans mes instants de conscience, j'avais le sentiment précis de l'avoir vu à mon chevet, les yeux cachés derrière ses lunettes d'écaille, un livre à la main. Parfois il me parlait coréen, me récitant les vers de notre grande poétesse Hwang Jini. Parfois il me lisait les lettres de sa femme puis s'excusait en toussotant d'une telle maladresse. Mais le matin Ah Meng, imperturbable, secouait la tête. Non, monsieur Nagata n'avait pas dîné à la maison la veille et ne pouvait être passé me voir. Elle se lamentait pour ses repas préparés avec soin que chaque jour elle retrouvait intouchés sur le guéridon de la chambre de son locataire dont le lit n'était pas même défait.

Je retombais dans le sommeil, me livrant entièrement aux mains douces d'Ah Meng qui, tous les jours après m'avoir lavée, m'enduisait le corps d'onguents de sa préparation afin de camoufler les cicatrices boursouflées laissées par les clients de la maison Wulien. Sous ses doigts ma peau s'épanouissait, comme une plante au contact de la pluie et, grisée par les parfums de ses baumes, je m'assoupissais, m'abandonnant aux bouffées de petit grain et d'écorce de citrus qui se dégageaient à la chaleur du massage.

Un jour enfin, Ah Meng ouvrit grand les fenêtres de ma chambre. Un courant d'air frais se déversa et je vis que les arbres parasol commençaient à fleurir. De lourdes grappes roses et blanches qui, à chaque coup de vent, répandaient des nuages de pollen jaune d'or.

Ah Meng déposa sur le bord du lit une robe chinoise, un *cheongsam* couleur de jade pâle et fermé au col par des branches de corail.

— Présent de monsieur Nagata. Tu trouveras tout ce dont tu as encore besoin dans l'armoire. J'y ai réuni pour toi ce que j'ai pu sauver des vêtements de Madame Fang et de ses filles. Pour les chaussures, celles-ci devraient t'aller, ajouta-t-elle en me tendant une paire de sandales de feutrine noire retenues par une boucle. Elles ne sont pas bien adaptées à la saison mais nous irons ensemble en acheter de nouvelles.

Je me sentais mieux. Enfin réconciliée avec mon corps, j'enfilai les vêtements qu'Ah Meng m'avait préparés, attentive, après tant de semaines en simple robe de nuit, au contact des différents tissus sur ma peau. L'idée de porter le cadeau d'un homme, fût-ce de Nagata *sensei*, m'importuna un court instant, mais à quatorze ans l'instinct de vie brûle encore trop fort. Ces moments de trêve ne devaient-ils durer que quelques heures, je voulais en profiter sans arrière-pensée, m'en saouler à en perdre la tête, car demain… demain…

Je fouillai dans les tiroirs de la commode et trouvai une jupe et un chemisier de shantung beige à ma taille. Grâce aux soins quotidiens d'Ah Meng, la plupart de mes cicatrices avaient disparu, et le volcan de douleur qui se consumait lentement dans mon ventre à la maison Wulien s'était apaisé. Seuls les efforts intenses réveillaient parfois ses élancements. Pour la première fois depuis mon départ de Corée, je portais des vêtements civils, ordinaires. Des vêtements de femme. La petite fille était si loin. Restée à Mokpo avec le mendiant de la jetée. L'image que me renvoya la psyché me prit de court. Je ne connaissais pas cette femme vêtue à l'européenne qui se reflétait dans le miroir. Grande, mince, plutôt large d'épaules, à la poitrine épanouie et gonflée de vie. Son visage me déroutait.

Tandis que mon corps, en dépit des sévices, semblait s'être épanoui, mes traits s'étaient durcis. Figée devant ce reflet étranger, je scrutai la glace, cherchant sous mes cils la flamme vindicative et familière de mes yeux, mais je ne rencontrai qu'une lueur résignée et froide qui me fit frissonner. Mes lèvres autrefois pleines et rouges avaient pris une teinte pâle de pétale lavé par l'orage et, à chaque nouvelle pensée, se tendaient légèrement, accentuant l'ossature haute de mon nez à l'occidentale. Pourtant l'ensemble ne manquait pas de charme. En souriant, je vis qu'une fossette se creusait sous mes pommettes, qui allumait un éclat inconnu dans mes pupilles. Je vis aussi que ma peau dans le rayon du soleil, diffusait une lumière pâle aux reflets de nacre et que mes cheveux fraîchement lavés par Ah Meng brillaient de vie, s'échappant comme autrefois par mèches épaisses des barrettes d'ivoire qui les emprisonnaient.

Quand Ah Meng m'apporta le plateau du petit déjeuner, l'expression gaie de son visage se mua aussitôt en une mine consternée. Je n'avais pas touché à la robe offerte par Nagata *sensei* mais, pis encore, je n'avais pas même ouvert les jarres de crème et de poudre qu'elle avait réunies à mon intention sur un carré de soie brodée. Elle s'était réjouie en exhumant des placards les fards des femmes Fang et, tout excitée, avait sélectionné les couleurs tendres qui, selon elle, convenaient à une jeune fille de mon âge. Avec une patience infinie, elle avait remodelé à la chaleur d'une flamme les raisins des bâtons de rouge afin de leur redonner l'aspect du neuf, et ajouté avec une pipette quelques gouttes de vaseline et d'eau de rose aux fards dans leurs petites boîtes rondes, avant de les faire sécher de nouveau au grand air. Ainsi avaient-ils retrouvé le moelleux et l'onctuosité parfumée de cosmétiques neufs.

Ne sachant comment réparer ma bévue, je courus embrasser la vieille femme. Retrouvant les minauderies d'adolescente que je réservais autrefois à ma *halmeoni*, je la suppliai de me maquiller. « Ah Meng, s'il te plaît ! » Rien ne pouvait faire plus plaisir à la vieille Chinoise qui se mit à bougonner en dialecte de Shanghai. Non, elle n'avait pas le temps d'obéir à mes caprices. Comment finirait-elle son travail ? les vitres à laver ? les chemises de monsieur Nagata à repasser ? Mais déjà ses mains ouvraient les boîtes et saisissaient pinceaux et houppettes, ignorant probablement que jamais depuis la disparition de grand-mère je n'avais éprouvé une telle douceur.

Quand Nagata *sensei* entra, je mangeais, assise près de la fenêtre. Ah Meng avait préparé du *congee* avec des coquillages de la baie et un œuf de poule pour me redonner des forces. Tout entière absorbée par le plaisir de déguster les merveilles à la vapeur que recelaient deux paniers de bambou tressé, je n'entendis pas la porte s'ouvrir. Chaque bouchée cachait un nouveau trésor qui fondait dans la bouche dans une symphonie de parfums délicats. Je fermai les yeux, respirant à pleins poumons l'air chargé d'embruns qui venait du large. Camphre, sésame, chrysanthème, jasmin. Les goûts se mêlaient tendrement, à peine esquissés contre le palais qu'une saveur nouvelle les effaçait, noyée dans la douceur blanche du *congee.*

Quand j'ouvris les paupières, la silhouette de Nagata se dressait devant moi. Vêtu exactement comme lors de notre rencontre imprévue à la maison Wulien, veste de soie sauvage bleu sombre, kimono de ville brun et *tabi* d'un blanc éclatant. Il paraissait intimidé mais cassa la nuque à la manière sèche des officiers.

— *Shall we speak English today ?*[1]

Je me crus sauvée.

1. Si nous parlions anglais ?

Nagata sensei

Les retrouvailles avec le professeur Nagata se firent sans effusion. Naturellement. Comme si, la veille encore, je l'avais rejoint pour boire le thé dans son bureau à l'école de Mokpo.

Pudeur ? Peur ? Nous n'échangeâmes pas un mot sur ma condition, profitant l'un comme l'autre de ces instants merveilleux durant lesquels l'usage privilégié de la langue anglaise nous maintenait hors du monde et du temps, suspendus à un rêve impossible. Son extrême discrétion m'avait touchée et l'irréelle délicatesse de son apparition après ces mois de souffrance fut le cadeau le plus précieux que jamais il me fit.

A un seul moment, une ombre avait obscurci son expression. Quand je lui avais demandé des nouvelles de sa femme et de ses enfants. Son visage s'était fermé et j'avais redouté que tout à coup, il mît fin au sortilège par un *hai sōdesune*[1] sonore signifiant

1. N'est-ce pas ? (jap.)

comme autrefois le retour à la réalité. Mais tout entier au bonheur de l'instant, il avait cligné des paupières et essuyé les verres de ses lunettes contre sa veste, avant de m'expliquer fièrement que son fils aîné, à huit ans, reconnaissait déjà plus de mille caractères chinois, tandis que sa cadette, encore aux portes de la prime enfance, montrait comme sa mère des dons exceptionnels pour le *shamisen* et le chant.

Nous avions parlé. Encore et encore. Des livres dans la bibliothèque sur le mur du fond. Mencius. Shakespeare. Victor Hugo et Heine. Yeats et Byron. De l'originale beauté de l'échelle chinoise qui permettait de les atteindre : une chaise de bois blond que d'un coup de poignet il suffisait de retourner afin de la transformer en un petit escabeau aux marches ajourées de rinceaux fleuris. Du dévouement d'Ah Meng et de ses dons de cuisinière. Et même de Shanghai et de ses meilleurs restaurants. Le Jardin des parfums, au 42 rue Laoye, ou le Pavillon du ciel, spécialisé dans la cuisine de la région d'Amoy. D'une merveilleuse galerie d'art tenue par un Coréen et qu'il fallait absolument que je visite tant les paysages qu'il peignait savaient atteindre les cordes de l'âme avec la précision d'une flèche d'archer. Des gorges du Yangtse Kiang, plus au nord, et de leurs étendues de brumes mauves…

Je me revois immobile sur ma chaise de rotin, retenant ma respiration de peur de n'interrompre ce miracle. Nagata *sensei* s'était assis sur le rebord de la fenêtre ouverte. Aveuglée par le flot de lumière blanche qui se déversait, je ne pouvais distinguer son visage alors que lui, tout à loisir, observait le mien baigné de clarté. Il m'avait priée de terminer mon repas sans me soucier de sa présence et, voyant que j'hésitais, s'était levé, avait saisi les baguettes et délicatement pincé une bouchée translucide pour la porter à mes lèvres. J'avais ri. Incrédule. Un rire inattendu, salvateur, qui nous avait pris de court l'un comme l'autre. Un rire que je n'avais entendu depuis des mois et qui soudain explosait, franc et gorgé de joie. Il n'avait pas résisté et, reprenant sa place sur le rebord de la fenêtre, avait ri lui aussi, sans retenue. Sans raison. Tout avait disparu d'un coup de baguette magique. La guerre. Les souffrances. L'odeur de moisi et de sang de la maison Wulien. Les traces violettes de permanganate de potassium sous mes ongles. Le claquement des ardoises dans le couloir.

En quittant la pièce, le professeur Nagata avait jeté un coup d'œil au papier de soie étalé sur le lit avec, encore pliée, la robe aux boutons de corail, puis pris congé en japonais. Un signe de tête et quelques mots auxquels je n'avais pas prêté attention, sifflés entre ses lèvres :

— Je repasserai pour te parler de ton travail.

Nagata *sensei* ne revint pas le lendemain. Il m'envoya une ordonnance, Shinozaki, gris, maigre et chauve qui remplissait son devoir de mauvaise grâce. Marchant de long en large, les mains derrière le dos, il m'apprit que Nagata était membre de la police militaire japonaise, le *kempeitai*, et chargé de missions d'infiltration en liaison avec les représentants des nations étrangères de Shanghai. La nature de ses fonctions exigeait qu'il fréquentât les milieux occidentaux plus que ses pairs japonais, une tâche qu'il remplissait à merveille, grâce à ses connaissances des langues étrangères. Nagata, outre l'anglais, le coréen et le chinois parlait fort bien le russe et comprenait un peu le français.

Le discours se fit officiel.

— Kawamoto-*san*, bien que Coréenne, vous avez été recommandée pour œuvrer à l'affermissement du grand Empire japonais en Chine. Votre statut dépend désormais du service de recrutement volontaire du *kempeitai*, bien qu'à tout moment les autorités militaires puissent exiger votre réintégration dans le Corps du Service patriotique…

Shinozaki toussota.

— Vous travaillerez auprès du lieutenant Nagata Seiji. Ecritures et traductions.

Shinozaki ne m'impressionnait pas. D'ailleurs, il me sembla tout à coup qu'aucun homme ne pourrait plus jamais m'impressionner. La simple idée de le voir gémir comme un mouton qu'on égorge, le visage congestionné par le plaisir, me donna une assurance que j'aurais pu payer de ma vie si mon interlocuteur n'avait été aussi insignifiant. Je le regardai droit dans les yeux et hurlai d'une traite ainsi qu'on me l'avait appris à l'école.

— *Haï. Shōchi itashite orimasu.* J'ai bien compris que momentanément j'étais relevée de mon travail comme putain au service des soldats du glorieux Empire japonais pour être chargée désormais de fonctions plus nobles. Dois-je rendre à l'armée les tenues de travail qu'elle m'a si gracieusement fournies ou en aurai-je encore l'usage à mon nouveau poste ?

J'avais parlé fermement sans cesser de regarder Shinozaki. Celui-ci, médusé, avait tourné la tête vers la poignée de sous-vêtements de dentelle que j'avais posée sur la table, prête à en faire l'inventaire. Sans mot dire Shinozaki avait réuni fébrilement les dossiers qu'il avait ouverts et, les ayant glissés sous son bras, avait quitté la pièce, les épaules rentrées.

Le miracle des premières journées se poursuivit. N'ayant plus rien à perdre et redoutant plus que tout de retourner à ma misérable condition, je me résolus peu à peu à accepter ce redoux de mon destin et à en tirer le meilleur parti possible. Qu'aurais-je gagné à me rebeller ? Je devins la maîtresse de Nagata *sensei* le 5 juin 1938. J'avais quinze ans. Dans le décor humide et brumeux des jardins de la vieille ville de Suzhou, à une heure de train à peine au sud de Shanghai.

Suzhou. La cité des six mille ponts de Marco Polo, favorite des empereurs. Un halo de paix tressé de myriades de canaux bordés de vieilles maisons penchées sur les eaux vertes qui, autrefois, abritaient artisans soyeux, acrobates et artistes. Un univers de tuiles grises, de murets blancs, d'arbres et d'eau, entrelacés en de merveilleux jardins à l'abri du temps, inextricables fouillis de saules argentés, de lacs couverts de lotus et de pavillons de bois noir.

Nous avions vagabondé dans les dédales de galeries, de petits ponts, grisés par les frémissements mouillés des bambous dans le vent, trompés par les mille et un détours des sentiers qui serpentaient entre ruisseaux artificiels et cascades miniatures, émus par l'éphémère beauté des feuillages au-dessus des eaux. Une infinité de reflets brisés et reconstitués par un vent tiède et parfumé. Ayant trouvé refuge dans un pavillon couvert de lichen, en surplomb au-dessus d'une falaise couverte de pins bleu sombre, nous avions écouté le vent s'engouffrer sous les feuilles de papier de riz déchirées qui battaient contre le lacis de bois des fenêtres. Nagata *sensei* n'avait rien dit. Pas un mot.

Nous avions flâné des heures sans fin qui avaient donné à la beauté des lieux le temps d'ensorceler nos sens. Arrivés au jardin de l'Humble Administrateur, le Zhuo-zheng-yuan, je ne savais plus ce qui guidait mes pas. Nagata *sensei* m'avait entraînée vers les forêts de roches, montré les formes cachées dans l'écume de la pierre, et sans qu'un instant sa main ne me parût audacieuse, caressé ma peau, entre le col du *cheongsam* et la naissance de mes cheveux. Ses doigts m'avaient découverte, à l'aveugle, tâtant, cherchant à saisir les courbes que les yeux ne voient pas, à retenir les frissons qui me parcouraient. Sa bouche avait frôlé mes paupières, glissé le long de mon cou, légère et constante, créant sous sa pression un ruban de velours imaginaire qui, suivant le tracé de mes veines, avait bientôt parcouru mon corps en une interminable caresse.

Dans ces jardins isolés du reste du monde par de hauts murs, microcosmes de l'univers, entre bambous bruissants et pins, chrysanthèmes et lotus, je m'étais abandonnée à l'étreinte de Nagata *sensei.* Sur un rocher, étrange bouillonnement pétrifié des énergies du sol, les yeux perdus dans le miroir en abyme du ciel et des eaux. Une union double de la chair et de l'esprit, abreuvée de la sereine et irréelle beauté du lieu.

La pluie s'était mise à tomber, une averse courte et tiède de début d'été. Une odeur d'humus et de feuilles froissées nous enveloppa, hâtant tout à coup notre soif d'oubli. J'aurais voulu me fondre dans cette terre, me laisser engloutir par ce déluge. Le vacarme des gouttes sur les tuiles des toits et les chuchotements humains des bambous secoués par le vent étouffèrent mes cris.

De retour à Shanghai, le miracle de Suzhou s'était prolongé dans les profondeurs de Cotton Mill Mansion.

La maison du docteur Fang, que je n'avais jusqu'alors pas eu l'occasion de visiter, s'étalait sur deux étages. Une succession de pièces à la splendeur fanée qui devinrent le décor de notre complicité. Dans la journée, je travaillais aux traductions que m'apportait Shinozaki : des contrats de marchandises sans intérêt, des recensements de la ville quartier par quartier, des dossiers plus complets aussi, sur des personnalités des milieux étrangers. Age, diplômes, enfance, famille, loisirs, tout était fiché, soigneusement répertorié et commenté.

Le soir, Nagata frappait à ma porte. Du haut de mes quinze ans, j'avais décidé de vivre. Avec l'arrivée de l'été, j'appréciais la fraîcheur d'une chambre à l'arrière de la maison, qui s'ouvrait par quatre doubles volets de bois sur une véranda envahie par les branches d'un magnolia. L'arbre, jamais taillé depuis le départ forcé des Fang, avait fini, dans des efforts désespérés pour quitter la jungle d'arbustes sauvages qu'était devenu le jardin non entretenu, par s'accrocher à la façade. Ses branches noires se tordaient vers le ciel, lançant des panaches de feuilles vert sombre et de fleurs parfumées de plus en plus haut vers la lumière. Il me suffisait de les couper pour créer de fantastiques bouquets qui ne tenaient que quelques heures, le temps de nos étreintes, avant de mourir en une nappe de pétales roses odorants.

La chambre, probablement la plus simple de la maison, était pourvue d'un ventilateur dont les larges pales brassaient agréablement l'air tiède. Ah Meng m'avait expliqué que la fille aînée des Fang aimait s'y réfugier pour peindre. Tout un coin de la pièce était encombré de cartons à dessin, de vieux tubes de gouache collés entre eux, de pinceaux déplumés et de palettes qu'avec un peu d'eau on eût fait revivre. Un attirail de peinture occidentale que je fouillai avec curiosité, m'étonnant au style assuré des croquis de la jeune fille, impressionnée surtout par un carnet d'esquisses représentant le port de Shanghai.

Nagata savait que j'aimais ce capharnaüm aux odeurs de térébenthine et de colle. Il souriait quand j'essayais, avec un peu de salive sur mes doigts, d'humidifier des godets de peinture séchée afin d'en deviner la couleur d'origine. Sur ma peau, un noir sombre craquelé par les ans se transformait en vert émeraude vibrant, un marron terne s'illuminait de rose garance ou de bleu de cobalt. Peu à peu, je retrouvais l'usage de mes sens oublié pendant mon séjour à la maison Wulien, coloriant de gaieté mes tristes souvenirs, à la manière de cartes postales retouchées.

Nous n'abordions jamais ce sujet douloureux. Mais les cicatrices qui meurtrissaient l'intimité de mon corps entretenaient la souffrance. Mon amant japonais me berçait, comme on caresse un chiot ou un chaton, jusqu'à ce qu'enfin mon pouls se calme et taise mon angoisse. Nagata m'avait fait savoir par l'entremise de Shinozaki que la maison Wulien avait été définitivement fermée et que ses anciennes pensionnaires avaient été replacées dans la région. J'avais voulu m'enquérir du sort de Kaneko mais, devançant ma question, les lèvres minces de Shinozaki m'avaient affirmé qu'il était impossible de connaître le destin d'une fille en particulier.

Je ne voyais Nagata qu'entre les murs de Cotton Mill Mansion. D'ailleurs, bien qu'Ah Meng tentât parfois de m'entraîner avec elle, je ne sortais guère, redoutant sans raison l'agitation des rues de la ville. Il me semblait qu'à tout moment, une femme tirerait précipitamment ses enfants par la manche afin de les éloigner de moi, murmurant les mots infamants « *Chōsen bbi !* ».

Nagata ne me parlait pas de ses fonctions. Tout au plus m'informait-il à l'avance de ses voyages. Nankin. Pékin. Hangzhou. Il s'absentait parfois une semaine et à ses retours, avait besoin de trois ou quatre jours pour effacer de son regard les étendues froides, dépourvues de vie, apparues entre-temps. Je l'entendais arpenter le couloir, hésiter devant ma porte, puis il repartait s'enfermer dans sa chambre. Et un jour, enfin calmé, il se présentait à moi, l'air confus, embarrassé comme un adolescent, inquiet d'avoir risqué de me perdre pour quelques jours d'absence. Chaque fois, il nous fallait nous réhabituer l'un à l'autre, réapprendre à accepter nos différences et enfin, épuisés de cette joute dont nous n'étions que les victimes, nous retombions dans les bras l'un de l'autre, troublés une fois encore de constater que le miracle se produisait toujours et toujours.

L'interminable été renouvela cent fois notre impossible abandon, assoupissant dans la chaleur notre raison et nos appréhensions. Cent fois nous nous laissâmes aller, sous le vrombissement régulier des pales des ventilateurs, à ce merveilleux oubli fait de moments partagés, de souffles bus à fleur de lèvres, de frissons irraisonnés. Plus les semaines passaient, plus nous nous installions dans ce refus de la réalité. Nous avions créé notre univers, un univers à l'écart du monde, de ses vicissitudes, obéissant à des lois connues de nous seuls et que chaque jour nous réécrivions avec le corps et l'esprit. Un univers où la guerre n'existait pas. Mais un univers où l'amour non plus n'avait pas sa place. Car le sentiment qui nous liait était de la même nature que le mot « silence ». Le prononcer suffisait à le détruire.

Deux événements vinrent hâter notre retour à la réalité et marquer la fin de cet éphémère mirage de bonheur. Vers le début du mois de septembre 1938, alors que s'éloignaient les terribles chaleurs de l'été, Nagata m'annonça que ses fonctions au *kempeitai* avaient changé. Il avait le regard grave et, après avoir hésité à me parler l'anglais, notre langue de complicité, avait opté pour le japonais. Funeste présage pour qui connaît la complexité des langues d'Asie. Le japonais comme le coréen sont des langues cruelles pour les femmes et les faibles, car inséparables d'une image figée du monde et de la société, hiérarchisée selon deux axes confondus : position sociale et personnelle, âge et sexe. A ces critères s'ajoute une nuance qu'apporte le choix des particules de politesse qui varient en fonction de l'atmosphère de la discussion, officielle ou décontractée. En quelques instants, par la magie noire des langues, je chutai au plus bas des relations stylistiques.

Je rougis sous l'insulte qui m'avait fauchée alors que je m'apprêtais à me jeter dans les bras de mon amant. Le regard de Nagata avait fléchi quelques instants mais j'ignore ce qu'il eût fallu faire ou dire à ce moment précis pour qu'il basculât en ma faveur. Nagata avait poursuivi en japonais, dans une langue correcte et pas le moins du monde insultante, mais répondant aux critères évidents de notre situation. Il ne me restait plus qu'à lui répondre dans le style réservé aux inférieurs, humble et respectueux.

Une fois cette mise au point linguistique effectuée, Nagata m'expliqua que ses nouvelles attributions l'amèneraient à sortir plus souvent et à fréquenter les milieux bourgeois de Shanghai. Parfois seul, ajouta-t-il en m'observant à la dérobée, parfois en compagnie d'autres Japonais. Il avait été promu à un poste d'« observateur » et serait contraint d'avoir une vie sociale fournie. Dîners, soirées, tout allait désormais être prétexte à mener une vie plus mondaine afin de glaner « des renseignements utiles à l'Empire », conclua-t-il. Debout contre la bibliothèque, il avait mécaniquement ouvert un livre qu'il reposa d'un geste théâtral. Comme je ne bronchais pas, ses mains toujours si calmes avaient glissé le long des reliures alignées. Il me promit soudain de m'acheter des robes, des bijoux « pour compenser ». Sa voix tremblait, pitoyable, et il me tournait le dos, ne pouvant affronter mon regard.

J'en avais assez. Ses atermoiements embarrassés m'irritaient. Je l'interrompis. En japonais.

— *Wakarimashita*[1] ! Le professeur Nagata a reçu une promotion mais sans doute a-t-il besoin d'une maîtresse officielle pour l'accompagner ? *Sōdesune*[2] ?

1. J'ai bien compris. (jap.)
2. N'est-ce pas. (jap.)

Mes paroles sifflaient. J'essayai de saisir son regard qui, une fois de plus, se déroba. Je me dirigeai vers lui. Le corps tendu comme un arc.

— Que dois-je faire encore ? Serai-je aussi interprète ? A moins que le *kempeitai* ne souhaite utiliser que mes charmes corporels ? « Biens de consommation » ? C'est ce qui était inscrit sur les bordereaux du train qui m'a embarquée à Mukden, n'est-ce pas ?

Nagata s'effondra dans une chaise. Vaincu. Je le méprisai de se laisser dominer par une gamine en colère. Il m'expliqua que je poursuivrais mon travail de traductrice comme si de rien n'était. Je recevrais des documents d'un autre ordre, moins administratifs.

— Shinozaki te fera savoir en temps voulu si tu dois sortir le soir. Ton rôle consistera à m'accompagner, être charmante avec les hôtes étrangers ou chinois, et tenter d'ouvrir tes oreilles afin de me rapporter tout ce qui peut intéresser l'Empire du Soleil levant. Les complots naissent souvent dans les salons, tu sais…

Que la lâcheté est triste ! J'insistai pour le plaisir de le voir se débattre devant mes yeux.

— Si j'ai bien compris, j'espionnerai… Les miens aussi ? Il y aura des Coréens ?

— Non.

— Et pour les Chinois, que dois-je faire ? Déceler les sympathies ? Rouges ou pro-Chiang Kai-shek ?

Ma colère s'enflait, gonflée de rancœur, de la vexation de m'être laissée piéger à ce jeu de l'amour.

— Comment m'y prendrai-je ? Devrai-je laisser supposer que le professeur Nagata n'hésiterait pas à brader sa maîtresse au plus offrant ? A moins que tout n'ait été organisé à l'avance ? Pourquoi alors m'avoir tirée de la maison Wulien ? Où est la différence ?

Nagata ne bougeait plus, les yeux fixes. Vidés de toute expression.

— Naomi-*san*, tu sais, reprit-il enfin d'une voix lasse, ils avaient déjà choisi ma maîtresse… J'ai eu du mal à leur faire accepter l'idée que tu remplirais parfaitement ce rôle. Ta connaissance des langues étrangères a joué en ta faveur mais la partie n'est pas encore gagnée. Le Corps du Service patriotique conserve toujours ton nom sur ses listes. Kawamoto Naomi. Née en 1923 à Keijō. Tu possèdes un matricule maintenant, le numéro 2444…

Je m'apprêtais à laisser cours à ma colère, mais les yeux défaits de Nagata, son air désarmé sapèrent mes résolutions.

— 444, trois fois la mort[1]… C'est mon karma, n'est-ce pas ?

Je m'approchai de Nagata, qui leva un visage d'enfant vers moi, surpris tout à coup d'entendre ma voix se faire plus douce. Comme j'aurais eu besoin du réconfort d'une épaule, des bras de ma *halmeoni*… J'attirai tendrement sa tête contre ma poitrine et, caressant du bout des lèvres les reflets d'ébène de ses cheveux, j'enlevai ses lunettes d'écaille. Le rêve venait de se déchirer. Cette nuit d'adieux, Nagata ferma autour de nos corps nus les tentures rouges du lit clos aux dragons. Restées inutilisées depuis des années, elles répandirent en se détendant un nuage de poussière de brocart qui retomba en une

1. Le chiffre 4 dans les superstitions extrême-orientales est maudit car homonyme du caractère de la mort.

pluie diffuse, créant un halo de paillettes dorées sur nos peaux pâles.

Le sortilège était brisé.

L'opiumerie

Nagata prit ses nouvelles fonctions aux premières pluies de l'automne. Dans la réalité quotidienne des jours qui naissent et s'évanouissent, rien n'avait changé. Nagata s'échappait tôt le matin, comme il l'avait toujours fait, se rendant à de multiples rendez-vous mais aussi aux quartiers généraux du *kempeitai*, au nord de la ville.

Nos relations avaient viré de cap. A la tendresse complice d'hier, tissée de silences, de non-dits, tout entière attentive à ne jamais risquer de nous faire choir de notre impossible mirage d'amour, avait fait place un attachement efficace qui affectionnait les mots, les explications et les menues querelles. Pour Ah Meng qui parfois surprenait nos éclats, nous entrions dans une phase plus normale, rassurante, comme elle en avait toujours connu dans la famille qu'elle servait. « Ma petite Naomi, tu sais, tous les couples sont comme vous. Les lunes de miel ne durent pas. » Comment lui expliquer, à ma chère Ah Meng, ce que jamais elle ne saurait comprendre ?

Pour Nagata et moi, le temps des illusions était révolu. Parfois, à des moments imprévisibles, il nous semblait à l'un comme à l'autre qu'en fermant les yeux nous aurions pu plonger de nouveau dans la splendide douceur de cet été 1938, mais le gouffre était immense et si je sentais que mon amant se fût facilement laissé aller à se leurrer, à rêver de nouveau, je prenais toujours l'initiative de briser ce dangereux charme tentateur.

Nous abordâmes les sujets tabous que jusqu'ici nous avions prudemment évités : sa femme et ses enfants. La guerre. Mon travail à la maison Wulien. Je lui posai enfin cette question qui m'avait taraudée depuis mon enlèvement à Mokpo. M'avait-il dénoncée au *kempeitai* ? La réponse ne m'avait pas surprise ni même réjouie. Comme je m'y attendais, Nagata n'avait fait que fournir un compte rendu détaillé du niveau de ses élèves. Sa bonne conscience professionnelle et sa fierté d'enseignant ne l'avaient pas mis en garde contre des remarques trop élogieuses à mon égard. Mon bulletin avait attiré l'attention des recruteurs. Nagata s'en disait désolé.

Ah Meng, qui trouvait que je m'étiolais entre les murs humides de Cotton Mill Mansion, fut ravie quand Nagata me demanda de sortir afin de me constituer une garde-robe décente pour la maîtresse d'un membre du *kempeitai*. Shinozaki me fut affecté comme garde du corps.

— Achète ce que tu veux, s'était-il contenté de dire, Shinozaki réglera tes factures.

Une limousine comme celle qui m'avait accompagnée le premier jour m'attendait dehors. Ma première sortie dans Shanghai. Contrairement à cet après-midi où, dans les venelles glacées de Mukden, le commandant Fujiwara nous avait traînées pour faire des achats, je n'éprouvais plus aucun sentiment de honte ni de rage. Nagata aurait la maîtresse qu'il voulait. Exactement. Des pieds à la tête. Vêtue de cashmere anglais et de tweed pour les déjeuners en ville, de soie pour les dîners.

Suivie par Shinozaki vexé d'être relégué au rang de porteur d'emplettes de la maîtresse de son supérieur, je m'engageai dans une véritable orgie d'achats et de commandes. J'y pris plaisir. N'avais-je pas l'âge d'être frivole ? Bas, porte-jarretelles, guimpes brodées, *cheongsam* de toutes les couleurs, de toutes les textures, feutrés et moelleux pour l'hiver, craquants pour l'été, brodés de lys, de dragons, de pivoines et d'oiseaux, foulards, vestes, manteaux, twin-sets de laine d'agneau d'Ecosse, tailleurs et jupes à la mode de Paris achetés sur l'avenue Foch, chaussures italiennes, chapeaux… Je commandai enfin plusieurs métrages de soie importée de Ginza à Tōkyō, et aussi du coton à rayures afin qu'Ah Meng me confectionne les kimonos que requiert le respect des traditions nippones.

Dans les boutiques chinoises et occidentales Shinozaki, silencieux, se contentait au moment de payer de brandir des liasses de billets reliés entre eux par une gommette estampillée de l'armée japonaise. Pour les magasins habituellement fournisseurs des Japonais, il présentait des patentes signées du *kempeitai*, qui faisaient usage de chèques payables au porteur. Parfois, la main sur la crosse de son arme, il se bornait à signer un registre sous les yeux apeurés et obséquieux des propriétaires. Sa présence insolite attirait le regard des étrangères qui me dévisageaient de la tête aux pieds, ne sachant si cette jeune femme élégante qui essayait des gants de pécari n'était qu'une de ces putains de luxe dont regorgeait la ville, ou l'épouse d'un diplomate suivie de son majordome.

Ma taille déroutait les Chinois. Me voyant de dos, ils m'interpellaient en anglais : « *Ma'am, I make good price for you. Number one quality Shanghai ! Good !*[1] »

Quand je me retournais, la stupeur déçue qui se lisait sur leur visage m'enchantait. Suivait invariablement une phase de doute.

Les Asiatiques se piquent de reconnaître les divers peuples de l'Orient au premier coup d'œil. Il y va de leur fierté. Mais comment me classer ? Chinoise ? Japonaise ? Coréenne ? Rien ne semblait convenir à mon allure décidée et à mes grands yeux en amande. A quinze ans, j'avais atteint ma taille d'adulte. Ma démarche ferme et mes manières assurées annonçaient plusieurs années de plus que ni mon regard, qui avait trop vécu et trop vu, ni ma voix sonore ne démentaient. J'étais devenue une femme malgré moi.

Ce jour-là, pour la première fois depuis les révélations de grand-père à propos de ma naissance, j'éprouvai le besoin de penser à ce père français inconnu. Jusqu'ici j'avais caché son portrait incertain au fond de mon esprit, satisfaite finalement de tout ignorer de lui. Au moins n'avais-je rien ni personne à regretter. Pourtant, cette nouvelle vie de

1. M'dame, moi faire bon prix. La meilleure qualité à Shanghai ! Toi achète !

demi-mondaine aux côtés d'un officier japonais me pesait plus que de faire la putain pour des soldats.

A la maison Wulien je n'avais ni le temps ni la possibilité de m'apitoyer sur mon sort. En plein Shanghai, couverte de bijoux, ma solitude et ma déchéance me faisaient horreur. Je dérivais. Il me fallait un passé, un espoir auquel me raccrocher comme aux branches d'un arbre. Et c'est rue Dunois, en plein cœur du quartier français, que je compris soudain que ce père français avait pris racine en ma mémoire et vivait dans ma chair. Et puisque je n'avais pas de souvenirs, je résolus de m'en créer et de les associer à ce père inconnu.

Je savourai ainsi le plaisir immense d'acheter un journal français sur le trottoir. L'*Echo de la Chine*. Mon « merci, petit ! » timidement chuchoté en français au gamin chinois qui empochait son argent me procura une telle sensation de volupté que le rouge me monta aux joues. Sa réponse, « au revoir », probablement les seuls mots de français qu'il connaissait, acheva de me combler. Il m'avait prise pour une Occidentale… Je pressai le pas, cachant ma confusion derrière le journal déplié. Il me sembla alors que dans ces rues au parfum de France, les regards des passants étrangers se montraient plus indulgents. Sentaient-ils que j'étais des leurs ? Que quelques gouttes de leur sang coulaient dans mes veines ? Je me promenai longtemps dans le quartier français, indifférente à la présence de Shinozaki sur mes talons. Les rues ne se distinguaient guère du reste de la zone étrangère, mais les panneaux écrits en français, « Résidence Lafayette », « Rue des Petites-Belles », « Galeries du Pont-Neuf », les bribes de conversation surprises au bas des immeubles m'emplissaient d'un bien-être infini. J'avais, le temps d'une balade, retrouvé une patrie.

Quand la limousine noire s'arrêta devant Cotton Mill Mansion et que Shinozaki commença à décharger les paquets, Ah Meng jubilait. Enfin sa petite protégée allait être vêtue décemment. Peu lui importait que je sois la maîtresse d'un de ces Japonais qui avaient envahi la ville. Coupée de sa famille depuis son embauche chez les Fang, elle n'avait pas de proches à pleurer. Ah Meng appartenait à cette race ancienne de serviteurs qui ne vivent que pour leurs maîtres. Quand elle parlait des siens, il fallait comprendre les Fang. Privée depuis de trop longues années d'employeurs dignes de ce nom, elle m'avait adoptée avec l'amour aveugle d'une nourrice. Et comme Nagata semblait plus correct que la plupart des précédents locataires, elle le respectait sans regrets.

— *Tai tai !* maîtresse ! vous allez être si jolie ! Votre professeur de chinois vous attend au salon. Dépêchez-vous !

Car Nagata avait décidé de me faire prendre des cours de chinois. Comme toutes les Coréennes éduquées, je le lisais et l'écrivais parfaitement mais ignorais tout de la langue orale. Oh bien sûr, je me débrouillais et savais, avec les bribes apprises avec mes cothurnes de la maison Wulien, entretenir une conversation simple. Mais un tel chinois de cuisine ne seyait guère au raffinement attendu chez la maîtresse d'un Japonais. Nostalgique de mes études interrompues, j'avais accueilli avec joie la suggestion de Nagata.

Seul le choix du professeur m'avait déplu : en pleine terre de Chine, je me serais attendue à étudier avec un Chinois, mais mon professeur se révéla être un soldat japonais, étudiant au début de la guerre à la célèbre université Waseda de Tōkyō. A peine avais-je croisé ses yeux que j'eus la certitude qu'il avait été client de la maison Wulien. Je n'aurais su dire quand il était venu, ni me souvenir du moindre instant passé avec lui dans ma cellule, mais la violente douleur qui me déchira le ventre à sa vue ne me laissa aucun doute. Un instant, il parut soutenir mon regard, légèrement troublé, mais quand, impassible, je me dirigeai vers la table de travail, je vis que la lueur interrogative qui l'avait fugitivement traversé s'était évanouie. Comment imaginer que cette femme élégante qui l'accueillait après une journée d'emplettes dans Shanghai ait pu être pensionnaire d'un bordel aussi mal famé ?

Mes traductions, ainsi que Nagata m'en avait avertie, avaient perdu leur caractère technique. Hormis d'interminables relevés de douanes et d'inventaires de marchandises, les dossiers que l'on me confiait portaient de plus en plus sur l'organisation sociale de la ville et ses ressortissants étrangers les plus renommés. Financiers, armateurs, journalistes, diplomates, simples professeurs et même religieux étaient fichés. J'appris ainsi à connaître toute la société de Shanghai. Pour certains, de maladroites copies manuscrites de lettres privées enrichissaient le dossier. Des lettres de créance, des testaments mais aussi des billets d'amour interceptés par des doigts habiles. Une foule de documents sans importance véritable mais qui, je le devinais, entre les mains du *kempeitai* pouvaient se transformer en armes de mort.

Je ne savais comment, de ma place, aider ces pauvres gens dont la vie privée s'étalait pitoyablement sous mes yeux. Quel crime pouvait-on imputer à cette Anglaise délaissée par un mari alcoolique qui, un jour de solitude, avait succombé aux charmes d'un ingénieur de Jardine et Matheson ? A moins qu'on ne fît chanter son époux, propriétaire d'une des plus grandes entreprises de transactions commerciales de la ville ? Et ce Français dont le fils en pleine rébellion adolescente fréquentait le quartier des Jardins de Yu, hanté par trafiquants et gangsters de toute sorte, jouant la fortune paternelle à la roulette et au poker dans les sous-sols obscurs des casinos de la rue Yanping ? Tout était précisé : l'heure d'arrivée et de départ du jeune homme, le montant de ses mises, ses créditeurs, et même les filles qu'à l'aube il entraînait dans les couloirs poisseux des étages. Quel forfait avait commis ce père, si ce n'est échouer dans l'éducation de son fils ? N'était-il pas assez puni par les frasques de ce dernier, le fiasco de son entreprise et le retour de sa femme en Europe ?

Je travaillais dans ma chambre de l'aube à la tombée de la nuit, à l'heure où les oiseaux s'abattent sur les toits. Une partie de la maison m'était réservée, dans laquelle je me promenais à ma guise. Le rez-de-chaussée et quelques pièces attenantes servaient de bureau à Nagata. Je n'y pénétrais jamais, mais n'ignorant rien du va-et-vient de voitures et camionnettes militaires qui stationnaient dans la cour, je savais que plusieurs soldats y demeuraient en permanence, dormant sur des matelas de fortune qui, chaque semaine, séchaient sur les murs du jardin. Parfois, des éclats de voix me réveillaient la nuit et les quantités de riz qu'Ah Meng tenait toujours au chaud dans les cuisines trahissaient la fréquence des visites.

Je fis mon entrée dans le Shanghai mondain un soir d'octobre. Au Lac chinois, la salle de jeu du Shanghai Club, l'un de ces cercles très fermés copiés sur le modèle anglo-saxon, où n'étaient admis que des membres triés avec soin dans les différentes communautés internationales. Les règlements avaient été assouplis, mais les pancartes d'hier, « Interdit aux Chinois et aux chiens », pendaient toujours près des vestiaires.

Je me souviens du *cheongsam* de soie grenat fermé à la dernière mode par une cascade de nœuds plats en velours noir que Nagata m'avait demandé de porter. Je vois l'immense porte de cuivre et d'acajou s'ouvrant sur notre passage. Des petits groupes bavardaient dans une immense salle enfumée, tandis qu'un Chinois à l'air compassé jouait des airs de valse qui s'envolaient sous les lambris dorés du plafond. Jamais je n'avais connu tant de luxe et je me dis que c'était probablement ce genre d'endroits que fréquentait autrefois mon beau-père à Keijō.

Le hall illuminé de lustres composait la partie la plus décente du casino dont les entrailles s'enfonçaient encore en une série de petites salles plus ou moins sombres, chacune consacrée à un jeu : poker, baccara, roulette, chemin de fer, blackjack… Répartis en grappe autour d'une pièce d'eau qui donnait son nom à l'endroit, les salons privés comportaient une porte-fenêtre s'ouvrant sur l'extérieur par des rideaux de bambou tressé. Parfois, les joueurs s'éclipsaient pour bavarder à l'air frais. A leur retour, une bouffée de vent balayait l'atmosphère lourde de fumée et d'alcool. Ils asseyaient alors leur mine défaite autour de la table peinte de caractères chinois à demi effacés et avec des gestes d'automates poussaient jetons et billets au milieu des verres et des cendriers emplis de mégots. Les instructions fusaient. « *Ting tian you ming*[1]. » Les galets multicolores valsaient, ramassés aussitôt avec une sorte de pelle à neige miniature par une croupière au regard faussement las. En réalité, à chaque donne, ses yeux de lynx glissaient sur le rebord brillant du coffret où elle rangeait les cartes, guettant leur reflet fugitif.

De temps à autre, un serviteur chinois dans une tunique flottante de soie noire frappait sur un gong, ahanant d'une voix nasillarde le nom d'un invité appelé à une table qui se libérait. Quelques secondes durant, le brouhaha de voix restait en suspens, un silence bourdonnant se propageait de pièce en pièce avant que ne reprennent les claquements des jetons et les tintements des verres sur les plateaux que les serveuses, vêtues elles aussi de noir, portaient haut par-dessus leur tête, se faufilant avec une démarche de vestale entre les joueurs.

Dans la salle, toutes les nationalités semblaient confondues : Caucasiens roses de peau, au cheveu rare et blond, Chinois gominés et Japonais en civil appartenant sans doute à la communauté nippone installée bien avant la guerre à Shanghai. Après notre arrivée, nous avions vogué de table en table et Nagata m'avait présenté tant de visages et de noms nouveaux que je ne cherchais même plus à les retenir. Une marée de personnages grotesques aux pupilles agrandies par l'avidité. Nagata s'était dirigé

1. Instructions des croupières chinoises.

vers un homme qui attendait au bar et écoutait l'air distrait le babillage de deux entraîneuses.

— Li Ruishu, le petit-fils de Li Hongzhang, le ministre, me glissa-t-il d'un air de connivence flattée.

Le nom de Li Hongzhang me sortit de ma torpeur ennuyée.

Aucun Coréen n'ignorait le nom de ce sage homme d'Etat, allié de notre peuple, qui en son temps avait tenté de contrer le pouvoir montant des Japonais dans la péninsule coréenne. Mais Li Ruishu n'avait hérité de son noble aïeul que l'acuité étonnante de son regard. Deux yeux noirs d'une intensité si déroutante dans ce visage mou et flasque que ses interlocuteurs évitaient instinctivement de lui parler face à face. Le laisser-aller négligent avec lequel il amorça une poignée de main à l'occidentale en ma direction me dénonça la nature couarde de sa personnalité et, prise de dégoût, je m'inclinai, ignorant son geste.

— Monsieur Li, commenta Nagata avec emphase, est un sincère défenseur de l'amitié nippo-chinoise. Il est l'heureux propriétaire du Club 626, l'un des plus extraordinaires établissements de jeu de la ville !

Le Chinois leva nonchalamment son verre de cognac en ma direction, balbutiant un compliment gras. Ses petits yeux me scrutèrent, cherchant dans mon expression une réaction qui pût trahir mon trouble, puis parcourut la salle du regard, la lippe luisante de mépris.

— Professeur Nagata, quand on expose à son bras un bijou comme cette charmante créature, on ne la mêle pas à la racaille de clubs comme le Lac chinois. Elle mérite mieux que les établissements douteux de ce vieux renard de Tu Yuesheng.

Les deux hommes avaient brutalement poursuivi la conversation en chinois. Un chinois bref, incisif, articulé avec une vivacité que mes connaissances encore faibles ne me permettaient pas de comprendre tout à fait. Mais leur ton ne faisait aucun doute. La discussion avait pris un tour agressif. Tout en feignant avec un sourire impassible de me laisser étourdir par la bille noire qui glissait sur l'œil énorme de la roulette, je n'eus pas de mal à saisir l'essentiel de ce trop vif échange.

Plusieurs gangs chinois avaient longtemps gardé la mainmise sur l'exploitation des casinos et clubs de Shanghai. Mais au début des années trente, trois jeunes loups aux dents longues menés par un certain Tu Yuesheng s'étaient fait une place dans ce milieu de gangsters. Leurs établissements, les plus splendides que Shanghai ait jamais comptés, avaient rapidement éclipsé les clubs et restaurants tenus par les anciens caïds de la pègre locale. Jusqu'à l'arrivée des Japonais l'année précédente, le gang bleu de Tu Yuesheng avait soumis les quartiers de plaisir à sa seule et unique loi, écrasant ceux qui se dressaient en travers de son chemin. Mais après les bombardements, les Japonais étaient passés maîtres de la ville. Ils avaient placé les leurs, choisis avec soin dans le milieu de la mafia cantonaise, des bandits sans scrupules appâtés par cette montagne d'argent facile. Un homme avait tiré son épingle du jeu, Li Ruishu. Au début de l'été, muni de l'autorisation extraordinaire des troupes d'occupation, Li avait ouvert son propre établissement au 626 de la rue Haige. Des millions et des millions de yens et de dollars d'investissement pour en faire l'unique temple du jeu de la ville sur le modèle des casinos de Macao. Mais l'aide et la clientèle que fournissaient les Japonais se monnayaient et Li, comme tous ceux qui voulaient poursuivre leurs activités, devait bon gré mal gré céder chaque mois aux exigences de ses protecteurs.

Tout à coup, je compris en quoi consistaient les nouvelles fonctions de Nagata. Sans doute était-il chargé de contrôler le bon fonctionnement de ce système de racket au profit du *kempeitai*. Rien d'étonnant alors, que l'argent coulât à flots à Cotton Mill Mansion et que rien ne freinât jamais ses envies. Le petit professeur Nagata, l'intellectuel, n'était qu'un vulgaire gangster au service de l'Empire du Japon. Cette découverte me soulagea. N'attendant plus rien de Nagata, je ne pouvais être déçue. Certaine de sa veulerie, je pouvais désormais le haïr.

Tandis qu'il discutait encore avec le Chinois affalé dans un fauteuil, je l'observai, me demandant ce qui avait pu convaincre cet honorable professeur, si attaché aux valeurs traditionnelles, de se lancer dans ce genre d'activités. Son ardente vénération pour l'Empereur, ce dieu vivant dont on ne pouvait pas même prononcer le nom sans risquer l'injure, pouvait-elle ainsi justifier ses choix ? Pour la première fois depuis des mois je regardai Nagata avec des yeux froids et lucides. Et il me revint d'un coup mon impression initiale dans la classe de Mokpo. Nagata m'était antipathique. Jour après jour, son charme et son intelligence m'avaient subjuguée, sa patience et sa courtoisie avaient annihilé tout sens critique.

Pouvais-je m'être fourvoyée à ce point ? L'homme qui parlait devant moi, cet homme que j'avais accepté pour amant, me fit l'effet d'une menace. Et quand il se leva, m'indiquant la sortie tandis que

Li Ruishu s'extirpait de son siège en soufflant, je fus envahie d'un sombre pressentiment.

Nous quittâmes le Lac chinois en contournant la pièce d'eau jusqu'à une petite porte cernée de bougainvillées que gardaient deux hommes et un molosse gris, gros comme un veau. L'air s'était rafraîchi et du sol mouillé s'élevait une odeur de terre et d'excréments provenant des tas de fumier des arrière-cours avoisinantes que les habitants utilisent en Chine comme latrines.

Li Ruishu s'était arrêté devant une façade étroite à moitié mangée de plantes grimpantes et si délabrée que les arbres avaient pris racine entre les pierres, crevant le crépi qui se détachait par plaques. Les volets de bois du premier étage étaient fermés. Tous, hormis ceux de la fenêtre principale, maintenus ouverts par les branches de l'arbre parasite qui avait tissé ses branches entre les lattes. Li Ruishu, sans hésiter, s'engouffra dans un étroit passage carrelé baigné d'une odeur sucrée. De la pénombre surgit alors un Chinois en longue tunique de soie qui poussa une double porte de bois découpé des caractères « longévité » et « fortune ». Son visage lisse sourit imperceptiblement à Nagata et, d'un large mouvement qui fit chatoyer l'étoffe de ses manches, il nous invita à entrer, avant de se fondre dans la pénombre bruissante de la salle.

Au fond luisait l'éternel capharnaüm de ciboires, cônes, brûle-parfums et coupes d'offrandes qu'imposent les divinités irascibles à leurs fidèles. Les dieux qui régnaient ici étaient ceux des rêveries nuageuses, les dieux de l'opium. Le vieux Chinois qui nous avait ouvert ne tarda pas à réapparaître, suivi d'un assistant qui portait un plateau ne laissant aucun doute sur la vocation de l'endroit. Li Ruishu, allongé sur une curieuse banquette surélevée pourvue d'un dossier de bois, avait posé sa tête sur un oreiller dur de forme cylindrique. Nagata l'imita et saisit la pipe qu'une main sortie de l'obscurité lui tendait.

— Naomi, viens ! souffla-t-il en tapotant les planches du siège devant lui, comme pour attirer un chat ou un chien.

Les paupières lourdes de l'écran de fumée qui se dressait entre mes yeux et le reste de la pièce, je m'assis sur le rebord de la banquette, cherchant à percer les voiles blancs qui obscurcissaient l'atmosphère. Des dizaines de corps allongés, d'yeux muets fixaient le vide. Un homme et une femme enlacés passèrent devant moi, effectuant des mouvements d'une lenteur incroyable, décomposés par les rayons pâles d'une lanterne de bronze ajouré qui se balançait au plafond.

Je crus avoir perdu la raison. La salle tournait.

— *Sangmiya, ireowa !*[1]

Nagata m'avait appelée en coréen, dans la langue intime des enfants et des amants. Sa main m'attira à lui, me déséquilibrant contre son flanc. La tête de plus en plus lourde, j'appuyai ma nuque contre son bras tandis que la main grasse de Li Ruishu me tendait l'extrémité d'ivoire de la pipe.

— De la qualité supérieure ! commenta-t-il tandis que le Chinois agitait une longue aiguille dans le mélange bouillonnant, voyez *towkay* Nagata, le tigre sortant des vagues !

1. Viens ici, ma chérie ! (cor.)

Des bulles minuscules crevaient en surface, poudrant la pâte d'écume blanche. Il s'agissait du meilleur opium, affiné plusieurs années, de l'opium délicat de Chaozhou qui se bonifie avec le temps, de l'opium doux et sucré à mille lieues des cendres dont se contentent les *coolies* et les pauvres. Une envie irrésistible de m'abandonner me submergea. Dehors, l'orage battait son plein. Je me détendis sous l'effet de la bienfaisante onde de chaleur qui coulait dans ma poitrine. Les mains de Nagata couraient lentement sur la soie de mon *cheongsam*, effleurant mes hanches. Mais les yeux d'aigle de Li Ruishu, tapis dans l'obscurité, me hantaient, m'empêchant de me laisser glisser au creux de la volupté. Je résistai à la vague de douceur qui envahissait mes membres.

— Tu entends, Naomi ? Ecoute l'orage qui frappe les toits.

La voix de Nagata me parvenait de loin, de si loin. A moins que ce ne fût celle de Li Ruishu. Je me retournai, tentant avec la paume de mes mains d'écarter ce masque d'air moite et tiède qui m'étouffait. La fumée coulait dans ma gorge, brûlante, douce comme la main d'un ange. Merveilleusement sucrée, suave. Un lait maternel trompeur, porteur de charmes dangereux. Il n'y a guère que les fumeurs d'opium et les amants qui apprécient l'orage. Car l'orage fait écho au désir, exaltant les sens jusqu'à la folie.

La voix avait repris, de plus en plus faible, assourdie par ma propre respiration, par le vacarme du sang contre mes tempes. Mon corps affranchi de la pesanteur bougea, et je regardai la main parée de bagues d'or qui remontait le long de mes jambes, entre les pans de soie écarlate de mon *cheongsam.* Cette main. Ronde. Grassouillette comme celle d'un bébé. Je me retournai encore. Non. Je ne céderais pas. La voix poursuivait, suave et mousseuse comme le liquide empoisonné d'illusions qui coulait dans mes veines et m'épuisait. Il me sembla qu'une volute blanche transportait mon âme lasse de combattre, provoquant soudain une jouissance violente et intense qui assouvit mon désir dans un envol doux traversé d'éclairs lumineux. Ma tête et mon corps voguaient dans un univers sans cloisons, transparent et simple. Peu m'importait la nature de ce corps venu à moi qui m'entraînait sous son étreinte, pénétrant mon esprit et ma chair. Tandis que la pluie fouettait les murs, que le tonnerre grondait sur le Bund, je fus en proie aux rêves stupéfiants, à la songerie éveillée des poètes, légère et violente.

Je n'oublierai pas cette funeste nuit. Le brouillard noir qui s'était collé à mes paupières, emprisonnant mes gestes plus sûrement qu'un filet. Cette impression diffuse de regarder une autre, comme si, du haut d'un invisible balcon, j'observais le jeu étonnant d'une femme vêtue de soie grenat, tout appliquée à satisfaire deux hommes allongés à ses côtés. Il paraît que cette impression de dédoublement est chose courante pour les amateurs de drogues et que c'est précisément cette schizophrénie passagère qui fait tout l'attrait de l'opium. Impression divine peut-être de flotter comme une âme au-dessus du monde quand le livret de ce curieux opéra inconscient est riche ou beau. Affres de dégoût lorsque l'héroïne joue le rôle de la putain. J'ai tout oublié de cette soirée si ce n'est que tout à coup, il me sembla qu'un rideau se levait et qu'un gong retentissait contre mes oreilles. Non, un cliquetis métallique. Le vieux Chinois en tunique, courbé au-dessus de ma poitrine, relevait ma tête et me tendait une tasse remplie d'une boisson au goût de pêche.

— Du thé de chrysanthèmes, il faut vous réveiller, *Ma'am.*

Je m'étais alors retournée afin de regarder ce corps allongé contre moi, dont je sentais la respiration brûlante sur ma nuque. Nagata. Mes gestes s'étaient accélérés, incontrôlés, comme si je ne pouvais en maîtriser la force et, avec une brusquerie qui tira Nagata de son sommeil, je saisis sa main. Blanche. Fine. Les bagues ? Où étaient les bagues ? Prise alors d'un doute monstrueux, les yeux toujours ouverts sur cette femme entrevue dans mon délire, enlacée à deux corps, je glissai mes doigts le long de mon *cheongsam.* Le col bâillait, découvrant la naissance de mon cou et de mes épaules et je remarquai qu'un nœud sur deux seulement était fixé.

Mon geste n'était pas passé inaperçu au Chinois.

— La chaleur vous aura fait perdre connaissance, *tai tai,* s'excusa-t-il en reprenant la tasse de mes doigts. La chambre de repos des dames se trouve au bout de ce couloir, dois-je vous y conduire ?

D'un pas chancelant, je suivis sa silhouette dans un labyrinthe de bancs, de tentures et de coussins. Tout à coup, les murs se mirent à tourner, le sol se déroba sous mes pieds. Des mains s'agrippaient à mon cou. Cherchant à me retenir, j'entraînai dans ma chute un crachoir de porcelaine bleu de cobalt qui se fracassa avec un bruit sourd sur le sol.

Quand j'ouvris les yeux, je retrouvai avec soulagement les gueules monstrueuses des dragons sculptés du baldaquin qui avaient alimenté les terreurs de mes premières nuits à Cotton Mill Mansion. Des voix me parvenaient, étouffées par l'épaisseur des rideaux du lit qui avaient été tirés. Non pas la voix douce d'Ah Meng, mais une voix d'homme inconnue qui parlait de moi en termes froids. Hypothermie et tension artérielle. Un médecin.

J'avais mal. Une souffrance intense, comme si un puisard de fiel se déversait sans discontinuer dans mes veines, charriant une douleur incandescente et capricieuse qui tantôt attaquait un organe, l'embrasant jusqu'à ce que la torture me fît hurler, et tantôt plus insidieuse, se glissant furtivement dans mes membres pour les laisser sans vie, insensibles au chaud comme au froid, aux élancements comme aux caresses. Je me sentais alors si mal, si confuse, que je n'identifiai pas le siège de ces douleurs imprévisibles qui me tenaillaient. Mais bientôt, alors que j'émergeais lentement du brouillard de la nuit, je sentis mon ventre s'enflammer, et mes intestins dont j'avais perdu le contrôle déverser un trop-plein inconnu, brûlant, sanglant, puant une odeur fauve d'abattoir. Je hurlai. Mais était-ce les restes des vapeurs d'opium, à moins que je ne fusse sous l'effet d'autres drogues dispensées par ce médecin dont je n'avais entendu que la voix, il me sembla que mes cris ne portaient pas. Qu'une main invisible les maintenait prisonniers dans ma gorge. Seule revenait cette douleur tenace qui me labourait les entrailles, me secouant de contractions violentes qui se propageaient à tout mon corps.

Ah Meng enfin apparut, le visage bouleversé, les yeux noyés de larmes. Avec cette patience que je connaissais si bien, elle épongea mon front, me lava et changea mes draps, s'affairant sans cesse avec des bassines d'eau bouillante et des linges qu'elle appliquait sur mon ventre. Et puis la douleur cessa. Aussi brutalement qu'elle était apparue. Je vis une main d'homme gantée de caoutchouc refermer les rideaux sur la silhouette menue d'Ah Meng, encombrée d'une bassine de fer-blanc, rougie de sang. Les bruits de la pièce derrière les rideaux s'étaient étouffés. Je grelottais.

Quand la maison fut redevenue tout à fait calme, je sentis Ah Meng qui se glissait auprès de moi, sur le bord du lit, et me caressait la main, légère comme une plume. Son visage, pauvre Ah Meng, avait pris une teinte jaune inhabituelle et exprimait une tristesse si violente que je frissonnai, certaine qu'elle ne pouvait m'annoncer qu'un drame immense dont j'ignorais tout mais dont j'étais le centre.

— Mon petit, soupira-t-elle, mon petit !

Les mots ne venaient pas, embarrassés de larmes et de sourires. Mon Dieu, chère Ah Meng, pourquoi sourire puisque tu veux m'annoncer une mauvaise nouvelle ? Et soudain, ces mots que je ne compris pas tout de suite, « ils t'ont pris ton enfant, ton bébé, » ces mots que jamais je n'oublierai puisque jamais après ce jour fatidique mon corps ne conçut d'autre vie. Ils t'ont volé ton enfant. Ils t'ont volé ton enfant. Cet enfant dont j'ignorais pourtant la présence dans mon ventre avait soudain créé un tel gouffre en moi que je me recroquevillai, vidée de mon sang. « Montre-le-moi, Ah Meng ! Si petit soit-il, montre-le-moi, je t'en prie ! » Je suppliai la pauvre femme qui secouait la tête, les yeux rougis. « Ah Meng, laisse-moi le toucher, poser mes lèvres sur son corps, qu'il dorme au moins bercé par le baiser de cette mère dont le ventre n'a su le protéger. Oh, Ah Meng, pourquoi ne pas me répondre ? Tu me dis que j'étais si malade en revenant du Lac chinois que tu as appelé le docteur. Bien sûr que je te pardonne mais maintenant parle-moi de lui. De mon enfant. Une fille ? un garçon ? Oui ? Tu ne veux pas, tu pleures. Il n'avait que quatre mois ? Oh, comment ai-je pu ignorer qu'il vivait en moi ? Mais pourquoi l'avoir assassiné ? Pourquoi ? Qui a osé ? Pas toi je le sais, Ah Meng, dis-moi ! Nagata ? »

La voix d'Ah Meng avait repris. Sa dernière phrase acheva de m'abattre.

— Pauvre enfant, j'ai supplié le professeur Nagata de te parler, au nom de votre amour d'épargner quelques heures encore cette vie qui bourgeonnait dans ton ventre. Tu délirais. Le professeur t'a maintenu les jambes et ils t'ont injecté un produit. Voilà…

La voix d'Ah Meng chavira. Elle joignit ses mains pour former une coupe imaginaire qu'elle porta à ses lèvres.

— L'enfant est parti. Tout petit, il était tout petit, une petite souris dans mes paumes.

Je pleurais. J'appelai Kyoko, Kyoko, ma sœur. Comme mon enfance était loin…

— Ne t'inquiète pas, je lui ai donné un nom, Xinghuo, Etincelle ! Je l'ai enterré avec le placenta et dans l'autre monde il revivra comme un dieu. J'ai aussi acheté de l'encens pour dix jours au moins. Sens, sens mes doigts ! C'est de l'encens au bois de santal qui guide les nouveau-nés jusqu'aux portes du ciel…

Ah Meng s'était assise.

Je la pris dans mes bras et berçai ma douleur contre sa poitrine.

— *Halmeoni, halmeoni…* Ma *halmeoni.*

Shanghai Butterfly

L'hiver revenait sur Shanghai. Un hiver précoce, gris et mauve, moins rude que les années précédentes. Un hiver au goût de cendre.

La mort de Xinghuo avait ruiné ma santé. Et anéanti le reste d'innocence ou de joie de vivre qui avait survécu en moi. Pourtant cet enfant arraché de mon ventre m'avait sauvée du sort malheureux de nombreuses de mes compagnes d'infortune. La nature, jugeant sans doute que je faisais mauvais usage de ses bienfaits ne devait plus, pendant de longues années, me gratifier du flux mensuel annonciateur des fécondités. J'en pris vite mon parti et ainsi échappai-je à la constante angoisse de tomber enceinte, un état qui condamnait à la violence d'un avortement bâclé aussi sûrement qu'à la mort.

Promenée comme une poupée de luxe de soirée en cocktail, la misérable société des collaborateurs de Shanghai n'avait plus de secrets pour moi. Nagata, fier de ma beauté et de mon sens de la repartie, m'exhibait. Au milieu de toutes ces femmes qui accompagnaient les Japonais, je surprenais, attirant les regards dès mon arrivée. Non que ma beauté fût si grande, car les jolies femmes étaient nombreuses, mais en dépit de traits parfaits et de vêtements somptueux, elles manquaient de vie. Un parterre de fleurs splendides à peine écloses surprises par le gel au printemps.

Pour s'excuser, avec la modestie des Orientaux, Nagata faussement confus murmurait : « Dommage qu'elle ne soit que coréenne », et les rires fusaient, ceux des femmes plus fort encore que les autres, animés d'une jalousie féroce.

Mon rôle consistait à éblouir, charmer, tantôt avec l'aisance d'une maîtresse de maison quand nous recevions à Cotton Mill Mansion, tantôt avec cette discrétion tapageuse qui séduit les hommes. Parfois, Nagata me glissait un petit papier couvert de trois ou quatre caractères chinois. Un nom. Un prénom. Un grade. Général Nakajima, 16e division, colonel Muto, général Yanagawa Heisuke. Je comprenais. Je comprenais qu'en échange d'une faveur, d'une promotion ou d'une information, Nagata me « libérait » le temps d'une soirée ou d'un après-midi. Je comprenais, moi, qu'il me privait de ma liberté, que je devais obéir, déployer tous mes charmes devant l'homme dont le nom figurait sur le papier puis accéder à ses désirs.

Chōsen bbi j'étais restée, mais ma clientèle avait changé, sélectionnée avec soin par Nagata afin d'assouvir ses ambitions personnelles. Les hommes que je devais servir ne laçaient plus sur leurs mollets fatigués les guêtres sales des soldats, mais arboraient des bottes de cuir verni et des uniformes de drap chamarrés de décorations. Personnalités de passage ou stationnées dans la région, ils n'étaient plus simples militaires tendant un ticket acheté quelques yens en échange de trente minutes d'oubli, mais colonels, généraux, princes, couverts de médailles et du sang de tous ceux qu'au nom de l'impitoyable Empereur du Japon ils sacrifiaient à travers la Chine.

De sa voix mate, Nagata me rappelait de temps à autre que je devais m'estimer contente de ne plus travailler à l'abattage mais avec des hommes de grande réputation. Parfois même, comble de l'humiliation, il ajoutait en coréen : « Sangmi-*ssi* ! *Yeobo*[1] ! considère cela comme un petit service que tu me rends ! »

Ce triste hiver 1938, les noms les plus grands défilèrent entre mes jambes, lapant le champagne et le whisky en riant dans le creux de mon ventre tandis que deux soldats et la limousine de Nagata attendaient au pied de l'immeuble. Le général Nakajima, commandant de la 16e division et longtemps à la tête du *kempeitai* qui avait, disait-on, orchestré les exécutions massives des prisonniers chinois à Nankin. A l'aube de la retraite, il comptait ses richesses accumulées lors du pillage de la ville. Le colonel Mutō et le général Yanagawa, ces lâches sans cœur qui avaient ordonné à leurs troupes d'arroser d'essence les femmes et les enfants de Nankin, d'y mettre le feu et d'enterrer vivants leurs maris avant de les décapiter… Le général Matsui, responsable de la mort de plus de soixante-quinze mille soldats chinois et d'autant de civils, qui m'enlaçait avec des

1. Sangmi chérie.

râles d'asthmatique jusqu'à ce qu'il s'écroule misérablement sur le flanc. Il me suppliait alors de lui tendre le crachoir en argent dans lequel il se raclait la gorge des glaires sanglantes de la tuberculose qui le rongeait. Et même le prince Asaka, l'intouchable oncle de l'empereur par alliance. Un monstre en habit de gentleman, le véritable responsable du sac de Nankin. Un homme cultivé qui, enchanté de découvrir que je parlais français, m'entretint une heure durant dans la langue de Molière des trois années qu'il avait passées à Paris en tant que conseiller à l'ambassade du Japon. Un homme dur et inflexible, s'exprimant dans un français châtié, et déterminé à suivre à la lettre les instructions de son neveu l'empereur et du *kempeitai* : « éliminer le surplus de population chinoise coûte que coûte ». Retourné au Japon après le massacre de Nankin, le prince Asaka interrompait de temps à autre ses parties de golf quotidiennes avec l'Empereur pour aller sur le terrain et attiser la vénération de la « Voie Impériale » auprès des troupes nippones en Chine.

Je le vis deux fois et haïs sa morgue, sa suffisance condescendante. Quand, par goût de l'affront, je mentionnai que je demeurais coréenne au fond de l'âme, il avait ri comme on rit d'une bonne plaisanterie et rétorqué que nos deux peuples étaient unis par d'indéfectibles liens du sang et que, parfois, s'il avait insulté mes compatriotes, il savait reconnaître ses erreurs. Ses mains fines avaient caressé ma gorge et ses ongles froids tracé une ligne imaginaire à la base de mon cou. A l'endroit où bat le sang, où s'abat le sabre des exécutions.

Quatre jours après son retour au Japon, Shinozaki m'avait porté un petit paquet contenant un collier de perles sauvages et un mot, calligraphié à l'ancienne dans le style de l'« herbe folle ». « *Owasure ni narimasenu yō,* n'oubliez jamais ! »

La plupart de mes clients étaient japonais bien qu'il arrivât que Nagata offrît un « petit cadeau » à des Chinois méritants. Li Ruishu avait été le premier d'une longue liste et je vis passer dans mes bras les hommes les plus vils de Shanghai, ceux qui s'enrichissaient sur le dos des autres, flottant au-dessus d'un océan de misère et de peur, exploitant les leurs avec cynisme.

C'était au cœur de l'hiver. Nagata m'avait fait conduire chez Tchang Yu-ching, un Chinois obèse et visqueux qui venait de créer la « Société de la Tranquillité et de la Pureté », une ligue nationaliste dont le *motto* s'étalait en lettres d'or sur d'immenses banderoles : « *Sauver la Chine grâce à une politique commune avec le Japon et réduire à néant l'armée de Chiang Kai-shek* ».

Pendant toute la cérémonie inaugurale de la ligue, j'avais observé cet homme affalé dans sa graisse qui applaudissait, sous les drapeaux entrelacés du Japon et de la Chine républicaine, aux discours pompeux d'une brochette de notables japonais, chinois et occidentaux, confits dans une bonne conscience apeurée. Trois pôles d'intérêt revenaient sans cesse dans leurs discussions : la guerre et la formidable avancée des troupes japonaises, le sexe et les meilleures maisons de jeu de Shanghai, et la drogue. Opium, morphine, héroïne. Les substances les plus dangereuses coulaient à flots, alimentées et contrôlées par ces sections de Services spéciaux du *kempeitai* auxquelles appartenait Nagata. Sans doute faisais-je partie du marché conclu avec Tchang car dès mon arrivée le Chinois obèse avait, dans un simulacre de baise-main, collé ses lèvres poisseuses sur mon poignet. Shinozaki, depuis que mes relations avec Nagata avaient changé de registre, ne cachait plus son mépris et, se sentant investi d'un pouvoir particulier, se faisait un plaisir manifeste de me transmettre les ordres de son supérieur. Avec une jubilation non contenue, il m'avait tendu l'enveloppe jaune dans laquelle Nagata habituellement me donnait ses instructions. Je n'avais pas daigné l'ouvrir et l'ayant glissée dans mon sac, avais lancé à Shinozaki, frustré du plaisir de lire l'humiliation sur mon visage :

— A quelle heure la limousine me prend-elle ?

Tchang Yu-ching habitait une villa encerclée d'arbres sur une hauteur dominant la baie de Shanghai. Un endroit auspicieux dont l'orientation avait été soigneusement étudiée par les géomanciens. Portes en chicane, miroirs, fontaines. L'aménagement intérieur dans ses moindres détails avait été conçu en fonction des lois anciennes du vent et de l'eau[1].

Alors que la plupart de mes clients s'efforçaient d'entretenir un semblant de relation mondaine en m'invitant tout d'abord à visiter leur appartement ou à partager une collation, Tchang Yu-ching me reçut dans sa chambre. Il m'attendait, avachi comme un poussah gras et blanc sur son lit, monstrueux piédestal copié des meubles occidentaux, coiffé d'angelots

1. *Pungsu* (cor.) ou *fengshui* (chin.) : géomancie, mot à mot « vent et eau ».

et de dragons enlacés dans des flots de dorures et de miroirs. Des boiseries de *huang hua-li* et d'ébène couvraient le plafond et les murs, sculptées d'épais reliefs de bonne fortune : cerfs, pêches, champignons de l'immortalité, sceptres, qui dégoulinaient encore en grappes vernies le long de colonnes soutenues par des dragons torsadés. Les céramiques blanches et noires du sol étaient couvertes d'épais tapis aux couleurs pastel, vert de jade, rose quartz, dans lesquels les pieds s'enfonçaient, happés par la profondeur laineuse des motifs découpés. *Swastikas*, papillons et flûtes.

Je cherchai rapidement les fenêtres de cet univers clos mais de lourdes tentures de brocart damassé bloquaient ce que je supposai être des chambranles. L'air ne circulait pas, emprisonné dans cette cage de bois exotique et de soie, un air vicié chargé d'odeurs corporelles et de fumée d'encens. Où que se portât mon regard, je ne voyais plus dans les miroirs sans cesse réfléchis que la silhouette blanche et molle du Chinois, répétée à l'infini comme un monstrueux cauchemar. Ses mains d'enfant, ridiculement petites par rapport à l'énorme corps, plongeaient avec régularité dans un pot rond décoré de fleurs de prunier pour mécaniquement fourrer entre ses lèvres trop rouges des morceaux de gingembre confit. Il suçait consciencieusement le sucre glacé sur ses doigts, ponctuant chacun de ses gestes par de petits claquements de langue appréciateurs.

Je m'aperçus au bout de quelques instants que les couvertures satinées de son lit bougeaient légèrement. Deux pieds pâles s'échappèrent des reflets moirés, suivis aussitôt de deux mains serrées autour des chevilles. Un visage émergea, à peine étonné de ma présence. Une jeune femme, une Chinoise aux pupilles dilatées par la morphine, qui me sourit furtivement avant de s'engouffrer de nouveau sous les coussins, indifférente à Tchang toujours absorbé par sa dégustation. Un deuxième visage tout aussi hébété mais occidental apparut alors, dont le corps nu se glissa contre le Chinois qui sourit enfin tandis que les deux femmes s'enroulaient comme des anguilles autour de lui, prétendant lécher à leur tour le sucre sur ses phalanges.

Je n'ignorais rien de ces plaisirs des « Rivières Mêlées » qu'avait mis à la mode dans les cercles privilégiés Wanrong, la ravissante et licencieuse impératrice, épouse de Puyi. Les lesbiennes ne se cachaient plus dans Shanghai, et ce qui était autrefois resté un plaisir de boudoir avait pris une ampleur inattendue. Quand mignons et travestis avaient toujours figuré au programme des distractions sexuelles des hommes, les spectacles de femmes, appelés « miroirs qui se frottent », étaient devenus un passe-temps raffiné à la mode, un intermède que les clubs de la rue Joffre ou de la rue Giraud proposaient à leurs clients pour des sommes exorbitantes. Sur le modèle de certaines soirées décadentes organisées par l'impératrice, hommes et femmes de la haute société se réunissaient dans un lieu tenu secret jusqu'au dernier moment, pour s'adonner ensemble à tous les accouplements que la nature n'avait pas prévus. Opium et morphine aidaient les yeux à demeurer ouverts, les virilités à rester vaillantes et les rêves obnubilés à se prolonger toute la nuit...

Le Chinois, sans même me saluer, chuchota un mot à l'une des filles, une Russe aux yeux en amande, coiffée d'une abondante chevelure blonde. Elle se leva et s'avança vers moi d'un pas chaloupé, suivie de sa compagne qui avait saisi une vasque de porcelaine remplie d'une foule d'objets aux formes étranges. Olisbos de pierre et de jade, liens de cuir et de tissu, clochettes tartares et bagues annelées frangées de petites dents. Je ne m'étais pas préparée à ce genre de soirée et sentis ma volonté m'abandonner. Mais Tchang ne me quittait pas des yeux et je savais la maison gardée par des sentinelles.

Les quatre mains féminines entreprirent de me déshabiller. Au fur et à mesure que tombaient mes vêtements, je crus revivre l'humiliation de mon premier viol. Je me raisonnai mais bientôt Tchang, toujours affalé dans ses coussins, s'irrita de ma mauvaise volonté et lança de nouveaux ordres, plus précis. Les deux femmes, la Russe et la Chinoise qui, jusqu'ici, peut-être par compassion instinctive pour l'une des leurs, m'avaient épargnée de leur mieux, sursautèrent, prises d'une peur que rien ne semblait justifier si ce n'est la voix pointue du gros homme flasque écrasé sur sa couche. Pendant un temps qui me parut une éternité, je subis entre leurs doigts les pires extravagances dictées par la luxure. Puis Tchang, enfin, soutenu par les bras fermes de la Russe et aidé par la Chinoise, m'attira à lui et guida sa pauvre virilité amollie de graisse et de débauche dans mes entrailles, avant de retomber avec des cris de pourceau. Il s'endormit en ronflant, les mains posées sur les corps épuisés des deux femmes.

Plusieurs fois, dans des accès de rage, je me pris à souhaiter retourner à la vie simple de la maison

Wulien. Là au moins, les outrages étaient précis. L'ennemi clairement défini. Mais je me contenais, de peur de ne provoquer chez Nagata une violence qui me rejetterait dans les bouges de Shanghai. Je ravalais ma colère, ulcérée de ma faiblesse qui prenait le pas sur l'orgueil. Et je finissais par admettre que mon sort entre les mains de Nagata à Cotton Mill Mansion valait encore mieux que la vie que subissaient probablement Kaneko ou ma pauvre Mikiko. Les larmes me montaient aux yeux. Des larmes d'impuissance devant ce destin que je ne maîtrisais pas, devant mes illusions piétinées.

Avant cette fatidique soirée au Lac chinois, j'avais cru que Nagata et moi resterions liés par le souvenir de ce merveilleux et impossible été. Mais en assassinant lâchement la vie qui germait en moi, il avait révélé sa nature. Inhumaine, comme celle de la plupart des Japonais. Pas un mot d'excuse, pas une justification. Il avait ignoré ma blessure. L'honnête professeur Nagata, émouvant dans ses contradictions enfantines, s'était fait une place dans la construction du glorieux Empire nippon. Il n'avait pu être soldat, m'avait-il confié à Mokpo, et pour ne pas briser de honte le cœur des siens, s'était engagé dans les forces volontaires en Corée où il avait pris le poste de professeur. Aujourd'hui enfin, officier du *kempeitai*, il avait retrouvé sa dignité et se serait dévoué corps et âme pour ce petit empereur à l'aura divine qui gouvernait de son palais mythique au cœur de Tōkyō.

Quand le soir il frappait encore à ma porte, je l'accueillais avec la même séduction dépourvue de sentiments que je déployais pour mes clients, et lui donnais sans états d'âme les instants d'oubli qu'il venait chercher. Avec une facilité que je ne soupçonnais pas, j'étais devenue la courtisane talentueuse des rêves déchus de Fuhsien, entretenue, adorée, celle dont la compagnie se recherche, se monnaye à prix d'or, celle qu'il faut conquérir dans un simulacre de bataille, celle qui danse, parle, chante et enchante tout aussi bien qu'elle « joue de la flûte[1] » ou livre son corps aux désirs des autres. Dans ce petit cercle mêlé de Japonais oisifs, Chinois crapuleux, collaborateurs zélés et admirateurs de la marionnette devenue empereur, Puyi, j'avais acquis en quelques mois une renommée éclatante dont s'enorgueillissait Nagata. J'étais devenue ce que les habitants de Shanghai désignaient autrefois sous le nom de « *ch'angsan* », d'après l'une des pièces les plus convoitées du jeu de mah-jong, et que les étrangers appellent « *Shanghai Butterfly* ». D'ailleurs Nagata, grisé par cette gloire passagère, ne tarda pas à essayer ses talents dans ce domaine où il réussissait si bien. Le proxénétisme.

Un soir, alors qu'assise devant la fenêtre je traduisais une liste d'effets saisis au port, mon attention fut attirée par des bribes de discussion en coréen, des éclats de voix jeunes et pointues, teintées d'anxiété. Je crus reconnaître, l'espace fugitif d'un instant, ma propre voix et celle de Kaneko à Mukden. Les mêmes intonations angoissées, les mêmes rires nerveux. Dix filles étaient descendues d'une camionnette de l'armée et attendaient sous les branches décharnées des camphriers, serrées les unes contre les autres, agrippées à leurs baluchons comme à des bouées de sauvetage. Dix silhouettes

1. Fellation (chinois de Shanghai).

menues vêtues de blanc, emmitouflées de couvertures kaki.

Toute cette nuit je demeurai éveillée, attentive au moindre bruit, revivant dans le silence de ma chambre interrompu de bruits sourds, d'exclamations étouffées, l'horrible soirée au Phénix d'Or à Mukden. Un grincement de porte, le fracas assourdi d'une table que l'on pousse, des volets qui claquent. Immobile au milieu de mon immense lit, je m'efforçai de calmer l'anxiété qui montait en moi. Les pas de la sentinelle en faction dans le couloir que j'avais appris à ignorer m'oppressaient, martelant les visions de cauchemar qui revenaient, resurgies de mon ventre avec un goût de bile. Je revis l'interrogatoire au Phénix d'Or. Le docteur Takashi pinçant les lèvres pour mieux jauger la jeunesse des gamines qui tremblaient devant lui. Mikiko effondrée au milieu de tessons de bouteille.

Nagata ne me rendit pas visite ce soir-là. Non plus que le lendemain. Quand je le revis près d'une semaine après l'arrivée des Coréennes, il arborait un regard fat, légèrement agressif.

J'avais recommandé à Ah Meng de veiller sur les filles, de leur porter du riz, du thé, de l'eau et du savon, mais la vieille Chinoise avait été refoulée par les soldats qui, avec des gestes obscènes, l'avaient menacée de lui faire retrouver sa jeunesse. Ah Meng avait peur et pour la première fois, je remarquai que son chignon toujours si parfaitement retenu par une épingle d'argent laissait fuir des mèches blanches.

Nagata avait changé. Adossé au mur d'étagères, il me regardait avec une arrogance que je ne lui connaissais pas.

— Ces filles sont sous ma protection. Grâce à moi, peut-être connaîtront-elles la chance dont tu jouis quotidiennement et que tu prétends dédaigner. Un protecteur, des amants, des robes et des chaussures par dizaines.

— Tu comptes les faire travailler ici, sous ton toit, à Cotton Mill Mansion ?

— Non, ici ce n'est que temporaire, le temps de les former.

Nagata avait alors modelé son expression en un sourire engageant.

— D'ailleurs, tu pourrais les aider toi-même. Leur apprendre ce qui fait ta renommée, ce talent que j'ai décelé en toi dès notre première rencontre. Cette façon unique de…

— Jamais, jamais !

Ma voix résonna si fort que Nagata tressaillit.

— Jamais, tu entends, je ne deviendrai complice de ce trafic ! Tu es pire que les autres, Nagata *sensei* ! Tu es pire que Fujiwara… Rien qu'un monstre. Ta femme connaît-elle seulement la véritable nature du père de ses enfants ?

La colère m'étranglait et les mots que d'ordinaire je censurais se déversaient avec une violence rare. J'avais ce jour-là revêtu un kimono gris dont l'échancrure soigneusement ajustée et les lignes sobres soulignaient mon corps à la façon d'un dessin au fusain. Mais au lieu de me lever quand Nagata était entré, j'étais restée assise, les jambes repliées sous mon corps, les mains cachées dans le revers immaculé de mes manches. Cette explosion de fureur qui traçait une ligne sur mon front et bridait mes yeux n'avait rien de commun avec nos querelles habituelles. Un écho glacé résonnait dans mes paroles et Nagata recula. Je me levai alors, consciente tout à coup de l'autorité que je lui inspirais, consciente du tremblement de ses doigts, des fossettes de nervosité qui se créaient sur ses mâchoires. Lâche, Nagata n'était qu'un lâche. Un vulgaire pantin entre les mains du *kempeitai*, grisé par l'argent, les honneurs, indigne même de cet empereur qu'il vénérait.

Nagata tremblait. D'un geste lent il referma ses doigts sur la poignée de la matraque longue et fine qu'il portait dès qu'il était en uniforme, comme tous les officiers du *kempeitai*. Mais je me détournai de lui et, mesurant chacun de mes gestes, repris ma place sur le coussin sans le quitter des yeux. Le silence est plus dur à supporter que les paroles. Mon regard trahissait un tel mépris que Nagata, dérouté, blessé dans son orgueil tout autant que dans la candeur de sa faiblesse, courba la nuque. Sa main, toujours crispée sur la poignée de la matraque, repoussa la porte de la chambre sur sa silhouette vaincue.

Oki

Je n'aurais pas dû provoquer Nagata. Pour un Asiatique, perdre la face est un affront insurmontable. Nagata, au fond, n'était pas un mauvais homme. Faible tout au plus. Dès le lendemain de mon éclat, il me fit savoir par Shinozaki que mes écritures étaient désormais inutiles et que je recevrais mes « ordres de missions » directement du *kempeitai.* Mais, précisait-il dans ses instructions, je pouvais continuer de résider à Cotton Mill Mansion, sous sa protection, à condition que je reste étrangère au trafic du rez-de-chaussée.

Mon nom, accompagné d'une photo et d'une courte description de mes talents, fut ajouté à un album déjà fort fourni de *Shanghai Butterflies* triées avec soin et destinées aux visiteurs japonais importants. Un tirage noir et blanc, retouché de lavis pastel. On m'y reconnaissait à peine, le photographe m'ayant fait sourire sottement en direction d'un point imaginaire. Deux négatifs du même cliché furent réalisés : l'un portant mon numéro de matricule écrit à l'encre directement sur la pellicule, l'autre, plus neutre, simplement tamponné du studio de photographie habituel du *kempeitai*. Amoy Studios.

La nouvelle se répandit vite dans le Shanghai japonais que le professeur Nagata avait « libéré » sa maîtresse. D'ailleurs, au début du mois d'avril, tandis que l'air se chargeait de pollen, Shinozaki, pourtant d'ordinaire peu disert, se fit le plaisir de m'annoncer que j'avais été « remplacée » aux côtés du professeur. Une Chinoise. J'en fus soulagée. Nagata avait déménagé et ne revenait à Cotton Mill Mansion que pour s'occuper de ses recrues du rez-de-chaussée. Les groupes arrivaient le soir dans des camionnettes de l'armée, et repartaient au bout de quelques jours. Un va-et-vient nocturne d'adolescentes apeurées dont je ne savais rien, si ce n'est leur nationalité que je devinais aux sous-vêtements pendus à un fil dans le jardin.

Les matins de départ, plusieurs camionnettes bloquaient la cour et la voix de Shinozaki, amplifiée par un mégaphone jaune, hurlait les destinations : Nankin, la Mongolie, Pékin… Parfois, des sanglots et des gémissements éclataient, mais presque toujours les déplacements se faisaient dans le calme le plus complet. Je finis par m'habituer à ces monstrueuses livraisons. L'horreur a cela d'inhumain qu'à force de la côtoyer, prenant les habits du quotidien, elle se fait oublier. Jamais cependant je ne m'accoutumai aux cris de la seconde nuit.

Deux jours après leur arrivée à Cotton Mill Mansion, Nagata organisait une soirée spéciale d'initiation des nouvelles recrues. Le rituel ne variait guère : vers six heures, de grosses berlines sombres se garaient sous les plaqueminiers. En descendaient des silhouettes d'hommes. Manteaux noirs des amiraux. Vestes de serge kaki des officiers de l'armée de terre. Pelisses fourrées des Chinois. Les pleurs commençaient vers minuit et se poursuivaient jusqu'à l'aube. Parfois stridents, frénétiques. Parfois las et fatigués. J'enfouissais ma tête dans l'oreiller jusqu'à ce qu'enfin ils cessent, engloutis par l'aube. Ah Meng, avec cette bonté un peu rude qui la caractérisait, se faufilait alors dans ma chambre, bravant les sentinelles, et me sermonnait, m'ordonnant de dormir. Nous finissions la nuit l'une contre l'autre, mon cou dans sa nuque, comme autrefois quand je dormais avec ma *halmeoni.*

J'étais une putain. Une putain vêtue de soie, trimballée dans une limousine noire, enfermée dans un palais, mais une putain.

Le destin voulut que celui qui avait abusé de mon hébétement à la fumerie d'opium se révélât un allié précieux. Li Ruishu. Dès qu'il apprit que mon nom circulait librement, il me fit demander et réserva toutes mes soirées pour plus d'un mois. Quelle somme versa-t-il au *kempeitai* pour ainsi avoir la faveur de monopoliser mon temps ? Je l'ignore, mais sans doute réussit-il à convaincre Nagata que je lui serais utile au 626 pour accueillir correctement les hôtes japonais qui le fréquentaient. Et c'est ainsi qu'à partir de l'été 1939, je travaillai comme hôtesse au 626, le club privé de Li Ruishu, au 626 de la rue Haige. Un établissement splendide conçu par un architecte russe, Andrionov, qui avait fait ses preuves à Macao et construit l'un des plus splendides casinos de l'ancienne possession portugaise, un monde féerique où chacun, une fois la grille ouverte, pénétrait dans un univers de fantasmes et de luxe. Grâce à mon protecteur inattendu, je ne prenais jamais de clients. Et même Li Ruishu, qui eût pu facilement réclamer son dû, ne chercha jamais à profiter de moi, prétendant avec un sourire mou se satisfaire de ma présence à ses côtés. C'est ainsi qu'avec les jours, j'en vins à apprécier ce Chinois ventripotent et rusé qui, à sa manière, n'était pas dépourvu d'humanité.

Le 626 n'avait rien à envier aux plus extravagants lieux de plaisir de Macao ou de Hong Kong. L'incroyable machinerie des coulisses qui permettait de modifier les décors, de transporter des scènes au cœur du public ou de transformer, le temps d'un lever de rideau, une piste de danse en pièce d'eau, faisait l'admiration de tous. Li Ruishu avait réussi en un temps record, non seulement à convaincre l'occupant japonais de fréquenter son établissement, mais à créer le plus fou de tous les temples de jeu de la ville. Un univers gardé comme une forteresse par une cinquantaine de sentinelles armées qui n'ouvraient les imposantes grilles du jardin qu'aux voitures connues des habitués. Avec quarante tables de roulette, le rez-de-chaussée, entièrement lambrissé d'or, bruissait sans cesse d'activité, traversé par les silhouettes des serveuses toutes moulées de *cheongsam* longs bleu nuit à attaches de jade, d'ambre ou de corail selon leur fonction.

Au 626, tout était possible : dîner en tête-à-tête dans une gondole au milieu d'un lac artificiel, à plus de trois cents couverts dans la salle des banquets ouvrant sur une serre tropicale qui, par un jeu de trompe-l'œil, laissait croire aux invités que des oiseaux de paradis volaient au-dessus de leurs têtes, danser sur une piste transparente lancée en travers d'un aquarium géant, dormir dans les suites les plus luxueuses de Shanghai meublées de palissandre, et consommer alcools étrangers, ailerons de requin, nids d'hirondelles, râble de macaque, soupe de serpent… En compagnie bien sûr de l'une des deux cents filles qui travaillaient pour le 626, des Chinoises raffinées, danseuses, actrices de cinéma, chanteuses, des Russes également, réputées moins compliquées, mais aussi des dames oisives de la haute société étrangère à choisir sur une liste secrète. Ainsi vit-on un jour la femme de l'attaché militaire britannique en compagnie d'un petit sergent-chef Kamata, un scandale en cette époque de bras de fer entre l'Angleterre et le Japon. Mais dans l'ensemble, ces liaisons demeuraient discrètes, cachées derrière l'honorabilité de maisons aux portes ornées de plaques prête-nom.

C'est dans ce monde nouveau que je travaillai pendant près de six mois. J'étais alors connue sous le nom de Naomi-*san*, ou la Coréenne, mais les Chinois m'appelaient souvent Petite Chow du nom d'une chanteuse de cabaret à la mode à qui, paraît-il, je ressemblais. La gamine en uniforme d'écolière de Mokpo avait fait place à une jeune femme au regard triste, vêtue de la tenue bleue des hôtesses professionnelles. J'arrivais vers cinq heures de l'après-midi et repartais le lendemain matin, reconduite à Cotton Mill Mansion par la limousine de Nagata. Un privilège encore puisque les employées du 626 ne dépassaient jamais les grilles de l'entrée sans autorisation spéciale. Je n'avais ni le temps de penser, ni le temps de vivre. Je dormais le jour et m'étourdissais de travail la nuit, attentive à ne pas perdre la si précieuse confiance du Chinois.

J'avais d'ailleurs, après quelques mois de travail, tellement bien su conquérir son estime que Li Ruishu m'autorisa à contrôler les salons privés des étages et vérifier que les filles qui travaillaient à l'encens ne trichaient pas. Au 626, les simples hôtesses pouvaient en effet monter avec leurs clients dans des chambres, les « ruches ». Dès le pas de porte franchi, la fille allumait un bâtonnet d'encens qui mettait exactement douze minutes à se consumer. Il suffisait alors, en ressortant, de compter le nombre de souches carbonisées dans la vasque pour calculer le prix de la location de la ruche. Seule Mi-Fei, une grosse Chinoise du Sichuan, grasse comme un coquelet de printemps, cassait parfois d'un geste prompt les brins d'encens afin d'en hâter la combustion, mais ma silhouette dans le couloir suffisait à la dissuader de resquiller. Je ne crois pas pourtant que je l'effrayais, même si mes liens avec les Japonais empêchaient la plupart des hôtesses de me parler librement. Celles qui depuis tout temps avaient vendu leur corps aux hommes voyaient en moi une de ces filles qui cassent le marché. Un jour Mi-Fei m'avait lancé au visage que je n'étais qu'une *Chōsen bbi*, une vendue. Je n'avais pas réagi et, à ma grande surprise, les compagnes de Mi-Fei avaient pris ma défense. Jamais plus on ne fit allusion à mon passé.

L'avortement et la trahison de Nagata m'avaient endurcie. J'avais enfoui mes rêves au plus profond de ma mémoire, sous la fatigue et l'oubli. Jamais je n'offrais à mon esprit le loisir de vagabonder. D'ailleurs, afin de couper définitivement avec l'espoir de recouvrer une vie normale, j'avais demandé à Ah Meng de vider ma chambre de ses livres. Aidées des soldats japonais, nous avions fait un gigantesque autodafé dans la cour. Ainsi périrent les milliers de volumes amassés par la famille Fang. J'ai honte d'avoir osé détruire cette merveilleuse bibliothèque mais il me sembla qu'à chaque page qui disparaissait, mangée par les flammes, un jour de mon passé s'enfuyait, emportant dans les cendres mes dernières illusions. Je restai toute la nuit devant le feu, hypnotisée par le brasier, les yeux piquants de larmes. Je ne conservai qu'un livret de textes courts en français, dans une édition originale, *Les Plaisirs et les Jours* de Proust. Quand je le perdis à la fin de la guerre, j'avais lu et relu chacune de ses pages si souvent que j'aurais pu les réciter sans hésiter. Les noms de Baldassare Silvande, Alériouvre Buivres, Jacques de Laléande, Heldémone et Adelgise qui me transportaient hier éveillent toujours en moi la même curiosité mêlée de fascination. Des amis inconnus, sans autres visages que ceux que mon imagination leur prêtait, peuplant ma solitude aux côtés de mon père que je rêvais paré de ces traits si délicieusement français des personnages de Proust.

Que dire encore sur cette année 1939 ? Rien qui ne se devine. Je n'étais pas malheureuse. Non. J'étais seulement absente. Absente de mon corps, absente de mon esprit. Je laissais les jours s'écouler avec la régularité d'un métronome, goûtant les compliments de Li Ruishu avec la même impatience qu'une écolière appliquée.

Li Ruishu avait l'éloge chaleureux. Il est vrai que les soirées dont j'avais la responsabilité lui rapportaient, outre d'épaisses liasses de billets qu'il s'empressait de remettre au caissier, la considération du *kempeitai*, un atout de survie non négligeable dans ce Shanghai où les patrons de club récalcitrants se faisaient assassiner sans que personne ne s'en alarmât. J'avais acquis une telle habitude des goûts nippons que je devinais dès le premier instant les vœux de mes clients. Devançant leurs envies, je les conduisais à la table, commandais les boissons ou le dîner, et sélectionnais pour eux des filles dont j'étais sûre qu'ils ne se lasseraient pas. En quelques mois, j'avais appris à ne plus redouter les officiers japonais, sachant comment calmer leur soif de sexe et de drogue dès le début de la soirée avant qu'échauffés par l'alcool ils ne commencent à s'impatienter. Et si, malgré tout le soin que j'apportais à prévenir leurs désirs, je sentais que l'atmosphère se gâtait, que le cognac leur faisait perdre l'esprit, j'appelais de nouvelles filles, plus habiles encore en l'art d'entretenir les hommes, des filles n'hésitant pas à préparer de leurs mains les seringues de morphine salvatrices qui effaceraient l'effroi de la guerre.

Et un jour d'automne, quand Li Ruishu me demanda de tenir compagnie à un groupe d'officiers japonais épuisés arrivant du front de Mongolie, j'ignorais que cette soirée de novembre allait marquer la fin de ce redoux de mon destin. Trois événements en l'espace de quelques jours allaient une fois de plus bouleverser le cours de ma vie.

Il était quatre heures quand je quittai Cotton Mill Mansion. Ah Meng m'avait accompagnée jusqu'à la grille, avec la tendre sollicitude d'une mère qui laisse ses enfants devant la porte de l'école. Elle m'avait souri et j'étais montée dans la limousine de Nagata. A peine la voiture avait-elle contourné les piliers de l'entrée que le chauffeur avait reculé afin de laisser le passage à un fourgon vert de l'armée rempli de soldats. Je n'y avais pas prêté attention – pourquoi l'aurais-je fait puisqu'il en passait des dizaines quotidiennement sous nos fenêtres ? Bloqués entre le portail et l'allée, nous attendions que le chemin se dégage quand des ordres éclatèrent de l'intérieur du fourgon. Cinq filles étaient descendues, la tête basse, les mains derrière le dos, traînant les pieds sur les graviers. Tout à coup, l'une d'elles, qui portait un bandage souillé autour du front, s'était effondrée, prise de vomissements si violents que son corps secoué de tremblements s'était arqué, interdisant à ses compagnes de la relever.

Surgie de nulle part, de la cuisine peut-être, était apparue Ah Meng qui, à la vue de la pauvre enfant agonisant dans la cour, se précipita les bras en avant afin de la secourir, de lui donner quelques instants de bonheur comme elle savait si bien le faire. C'était sans préjuger des réflexes de la sentinelle, un soldat qui, pourtant, connaissait la vieille servante. Je vis la silhouette d'Ah Meng se pencher, lentement, si lentement puis, soudain, plus légère qu'un pétale, glisser sur le corps de la fille. Je ne compris pas tout de suite ce qui s'était passé. Ce n'est que lorsque je remarquai la toute petite bouche rouge qui s'était imprimée sur la nuque de la vieille servante, là où je déposais mes lèvres avant de dormir, que je compris que ma chère Ah Meng était morte. Mais déjà le chauffeur avait démarré, m'emportant loin de cette femme qui m'avait accompagnée au long de ces mois à Cotton Mill Mansion. Avec une prévenance discrète, il avait jeté un coup d'œil dans le rétroviseur et, sans un mot, emprunté un chemin inhabituel, beaucoup plus long, pour aller au 626. Il nous fallut plus d'une heure pour atteindre la rue Haige, le temps de sécher mes larmes et de retenir la peine stupéfaite qui me terrassait. Li Ruishu avait senti le drame qui venait de se passer et me laissa lui aussi plus de temps qu'il n'en faut pour me changer. Même en temps de guerre, les hommes bons trouvent toujours un moyen de tendre la main.

Li Ruishu m'avait présentée au groupe. Des officiers comme j'en avais vu défiler des dizaines. Pour moi, ils étaient tous semblables. Laids, engoncés dans leurs petits uniformes kaki. Ceinturés de cuir et jappant des ordres avec une impatience toujours prête à exploser. L'œil cruel, la bouche mielleuse. Ce soir-là, m'avait soufflé Li l'air important, les Japonais avaient réservé la salle de spectacle dans le pavillon annexe au cœur du jardin. Le joyau du 626. Un endroit maléfique. Trois salles en enfilade conçues comme les antichambres d'une pyramide. De chaque côté de l'allée centrale, figées dans des poses aux effets à chaque instant modifiés par le jeu des lumières, des vestales porte-flambeaux peintes de poudre d'or et de bronze donnaient l'impression de pénétrer un sanctuaire dédié à une déesse antique. Quand la fatigue faisait trembler leurs bras et vaciller les flammes, une nouvelle rangée de statues vivantes se substituait à la première, sans qu'on ne se rendît compte immédiatement de la modification de leurs traits et de leurs attitudes. Au cœur de la pyramide, cernée de dragons sculptés dont les corps monstrueux isolaient les cubicules destinés au public, une estrade, tendue de velours rouge.

Pour assister au spectacle, on venait de la Chine entière. De Tianjin. De Pékin. De Yenan et Kaifeng. Vers minuit entrait le cercle de privilégiés. Ils s'installaient avec le sérieux guindé d'amateurs de grande musique. Bruits de voix étouffés, crissements soyeux des mains sur les robes, et cascades de rires féminins. Puis les regards se portaient vers le haut de la pyramide. Surgies de l'obscurité, des profondeurs des tentures, descendaient des cages grillagées d'or d'où glissaient les artistes le long de lianes de velours tendues en travers de la scène. Je les connaissais toutes même si, ne parlant pas la même langue, nous nous contentions du langage des yeux pour communiquer.

Il y avait Nina Nikolina, une Russe à la chevelure de cuivre, qui copulait avec son chien. Annetta, la Portugaise arrivée de Macao à la fin de l'été, qui fumait avec les lèvres de son sexe et soufflait des anneaux de fumée dans les airs. Miss Tai Tan, si souple qu'en se laissant tomber en arrière elle formait un anneau de son corps et, défiant les lois de la pesanteur, roulait autour de la piste pour enfin, devant les yeux brillants des clients du premier rang, s'adonner aux joies des plaisirs solitaires avec sa propre bouche. Le spectacle venait de commencer. J'attendais, un peu en retrait contre la scène, qu'un client me fît signe. La vision du corps inerte d'Ah Meng me hantait et je retenais mal mes larmes. Les quatre Japonais avaient applaudi à l'entrée du chien sur scène, paraissant s'amuser de ses cabrioles comme des enfants. Puis, captivés par les yeux verts de Nina, ils s'étaient immobilisés, tirant nerveusement de longues bouffées de leur cigare chaque fois que la Russe croisait leur regard. La première fois que j'avais vu le numéro de Nina, j'avais été horrifiée. Maintenant, quand je la regardais, je me demandais simplement si je réussirais comme les autres jours à subtiliser suffisamment de déchets dans les cuisines pour nourrir le pauvre animal.

Alors que Nina achevait son numéro, une main s'était posée sur mon épaule.

— Ma pensive amie coréenne, de quoi t'effraies-tu ? M'aurais-tu par hasard déjà oublié ?

Cette voix, comment aurais-je pu l'oublier ? Fujiwara. Fujiwara avait surgi de la foule des spectateurs. Son visage d'une blancheur mate me toisait. Sans un battement de cils pour animer son regard. La vague de terreur qui me traversa vida le sang de mes lèvres, me privant de toute repartie. Sanglé de cuir et de décorations, Fujiwara était monté en grade, devenu *sho-sa*, lieutenant-colonel. Je sentis se réveiller la douleur dans mon ventre. J'eus envie de pleurer. A seize ans on se croit forte ! La simple vue de cet homme m'emplissait d'une terreur ineffable. Je ne pouvais bouger, les pieds collés au sol. Fujiwara souriait. J'ai oublié les paroles qu'il prononça. De vagues compliments étonnés sur ma bonne mine et mon travail.

— Rends-moi visite ! Je t'invite à dîner.

Chacun de ses mots filait en moi avec la précision d'une lame de rasoir, remuant les images de cette nuit où il avait pris mon enfance. Tandis que Fujiwara parlait, je gardais la bouche ouverte comme une gamine prise en faute.

— Alors qu'en dis-tu, Naomi-*san* ?

Fujiwara caressa du doigt l'étoile jaune à cinq branches, insigne de l'armée de terre, qui brillait sur la bande carmin de sa casquette posée sur la table. Les larmes coulaient le long de mes joues, entraînant piteusement mon mascara dont je sentis la saveur amère sur mes lèvres.

C'est une seconde apparition qui me sauva de mon désarroi. Fujiwara était accompagné. Une jeune femme délicieusement jolie, fragile et forte à la fois, au cou long et fin, ployé comme s'il ne pouvait soutenir un volumineux chignon de courtisane, piqué de peignes et d'épingles. Une Japonaise vêtue d'un kimono de crêpe mauve qui, d'une voix légèrement zézayante, me salua avec un sourire désarmant de naïveté et de gentillesse. Oki. Elle s'appelait Oki.

Comment expliquer la vague de douceur qui m'envahit alors, balayant tout à coup ma peur ? Ce mélange de grâce et d'autorité, l'eau et le feu, incarnés dans un visage aux traits d'ange exprimant une bonté sans mièvrerie, simple et franche.

— *Ohatsu ni ome ni kakarimasu*[1] !

Sa voix chantait avec la douceur du parler de Wakayama. Nous n'avions pas échangé deux mots. L'une comme l'autre savions qu'un lien indéfectible était né entre nous, un lien que la guerre, les séparations et même la mort ne devaient plus altérer.

Le 8 novembre 1939, Shinozaki me porta le registre de sorties que je n'avais plus utilisé depuis que je travaillais au 626. J'avais signé d'une main tremblante en bas de la feuille. Aucune indication de durée ne figurait. Aucun tarif. Shinozaki me

1. Salutation exprimée dans un style précieux et vieillot.

demanda de m'habiller élégamment. Je sus dès cet instant que je ne reviendrais pas à Cotton Mill Mansion.

Je glissai dans mon sac quelques affaires peu encombrantes, le livret de Proust, la barrette de Mikiko, un mouchoir ayant appartenu à Ah Meng et des yuans reçus en pourboire. Je m'assis enfin pour rédiger un mot à l'adresse de Nagata, l'informant de ma mission de l'après-midi et lui demandant de prévenir Li Ruishu que je ne pourrais être au 626 comme d'habitude. Ah Meng était morte à temps. Au moins ne m'avait-elle pas vue partir.

Quand Shinozaki se présenta à la grille, j'étais prête, les paupières baissées afin de cacher la haine et le désespoir qui m'avaient envahie. Un dernier regard sur la façade de Cotton Mill Mansion et son fronton à colonnes à demi caché par le soleil levant du drapeau japonais. Ensuite tout s'était passé très vite. J'étais descendue à l'angle de Nanking Road et du Bund, au milieu de la foule, suivie de deux soldats en armes. Fujiwara m'attendait au premier étage où il avait loué une suite donnant sur la baie, meublée de canne et de citronnier. J'avais gardé le vague espoir de revoir Oki et à peine étais-je entrée que son parfum, une note florale intense tempérée de frissons d'eau et de pluie, me donna le courage de rester calme malgré la peur qui me tenaillait.

Fujiwara, que je n'avais pas revu depuis cette soirée au 626, me parut vieilli. Des sillons s'étaient creusés le long de ses lèvres et il me sembla qu'il avait peine à marcher. Il revenait de Nomonhan en Mongolie où l'armée japonaise avait subi une écrasante défaite devant les troupes du général Joukov.

Fujiwara m'avait observée, détaillée des pieds à la tête.

— Naomi-*san*, tu t'en es bien tirée ! Sais-tu que voilà quelques mois j'ai eu l'honneur de rencontrer le prince Asaka ? Il m'a parlé d'une jeune prostituée qui l'avait fort impressionné lors de son passage à Shanghai. Petite Chow. Intelligente, jolie mais coréenne et comme tous ceux de son sang, rebelle et vaniteuse. Vois-tu, j'ai tout de suite su que c'était toi ! Qui d'autre, avait-il ajouté en riant, aurait osé ainsi provoquer le propre oncle de l'Empereur ? J'ai néanmoins hésité quelques instants : n'avais-je pas laissé partir une petite pouilleuse pour Shanghai ? Kawamoto Naomi. Ton numéro de matricule m'a permis de te retrouver. J'avoue que tu as su tirer ton épingle du jeu. Au *kempeitai*, on ne parle que de tes talents et de ta bonne volonté. Qui ne connaît pas Naomi-*san* ? Même notre respectable professeur Nagata se serait laissé prendre à tes charmes !

Fujiwara, désinvolte, s'était allongé sur le lit et avait placé un oreiller de bois laqué sous sa nuque. Dormait-il ? Ses yeux s'étaient fermés. De la rue parvenaient les éclats de voix des porteurs sur le Bund, un long brouhaha fait de sifflements, de sirènes de bateaux, de klaxons. Une éternité s'écoula. Les idées les plus folles défilaient dans ma tête. Je me levais, ouvrais la porte et m'enfuyais. Non, il fallait passer par le balcon. Non, plutôt m'approcher de ce corps immobile et saisir ce sabre posé sur le rebord de la table. Mes yeux parcouraient la pièce. Cherchant dans les pataraphes du plafond, dans les plis des rideaux, un moyen d'échapper à cet homme endormi.

Fujiwara ne bougeait pas. Je soupirai, furieuse de mon impuissance, de ma peur. Sur un guéridon devant le rideau, j'aperçus une petite poche brodée d'amarantes en fil vermillon. Sans doute appartenait-elle à Oki. La main de Fujiwara frémit et j'eus le sentiment qu'il écoutait mes pensées.

— Vois-tu, Naomi-*san*, je t'ai réservée pour la soirée mais Oki va bientôt revenir. C'est une femme libre, elle. J'ai racheté sa dette et lui ai offert un splendide *hiki iwaï*[1] pour fêter son départ de la profession. Avec un peu de bonne volonté, toi aussi tu pourrais un jour retourner riche et libre chez toi ! Keijō n'est pas si loin et ton père, ce bon docteur Kawamoto, doit se languir de cette fille reçue en dot pour son mariage !

Comment savait-il ? Fujiwara avait plissé les paupières pour chercher à lire l'expression de mon visage. Je demeurai sereine.

— Il paraît que tu ne serais même pas coréenne ? Tout s'explique !

L'attaque m'avait prise au dépourvu. Je vacillai mais, pour rien au monde, je ne lui aurais donné le plaisir de déceler mon trouble. Je respirai donc, lentement, retenant l'air dans mes poumons, une technique de méditation que m'avaient enseignée les moines du temple autrefois. Pouvait-il savoir quelque chose de mon passé ? Mais comment ? Ni mon beau-père ni ma mère ne se seraient vantés d'une telle honte ! Quel tricheur oserait pareil coup de poker ? Mon dieu que je détestais cet homme,

1. Fête organisée quand un protecteur rachète la dette d'une geisha, symbolisant l'abandon des activités publiques de celle-ci.

cet art qu'il avait de choisir ses mots comme un orfèvre sertissant une pierre. Ne pas répondre. Non je ne lui laisserais pas la satisfaction d'une réponse embarrassée.

Un soleil froid d'hiver brillait, traçant deux lignes blanches sur le lit. Fujiwara m'observait, les yeux mi-clos. Que voulait-il donc ? me torturer avec des paroles ? abuser de moi puisqu'il en avait le droit ? Non, Fujiwara attendait Oki. Il attendait Oki pour mieux m'humilier.

La jeune femme avait enfin entrouvert la porte et montré son charmant visage, plus harmonieux encore que dans mon souvenir, empreint d'une douceur irréelle. A peine avait-elle pris place sur le divan que Fujiwara se levait, la saluait d'un éclat de regard et lui lançait sur un ton qui n'admettait pas de réplique d'attendre qu'il en ait fini de son rendez-vous avec la Coréenne. Oki, probablement habituée aux accès de violence de son compagnon, avait porté les doigts devant ses lèvres comme pour arrêter au vol une réponse inconséquente puis m'avait fixée avec un regard si intense, si plein de bonté que, sentant le danger, je fus tentée de me prendre en pitié. Fujiwara voulait jouer. Les êtres comme lui, sans âme, ne savent pas jouir de la vie. Car, au fond, n'avait-il pas en sa présence deux femmes qui, pour des motifs différents, n'oseraient s'opposer à son désir ? J'avais depuis bien longtemps fait taire mon orgueil. Poussée tant par la peur du sabre sur la table que par la fatalité, j'aurais malgré mon dégoût agi comme avec n'importe lequel de mes clients. Mais Fujiwara n'était pas homme à se satisfaire d'émois ordinaires. Sans les cartes de la mort, de l'humiliation et de la douleur en main, il ne savait abattre son jeu. D'ailleurs, il me considérait comme un prisonnier de guerre. C'est-à-dire un criminel. Pour les Japonais, se faire capturer alors que l'on peut encore se battre est un forfait passible de mort. Et ce pouvoir de tuer, Fujiwara le possédait.

Sous les yeux mouillés d'Oki, Fujiwara me força à me déshabiller. Il me plaça au milieu de la pièce, dans un rai de lumière, et entreprit de me sculpter avec son sabre. L'acier glacé de la lame courait sur mon corps, glissait sur mes seins, ma gorge, dessinant de sa pointe acérée avec la précision d'un croquis anatomique le tracé de mes os. Un par un. Ma peau fut égratignée en plusieurs endroits, et même coupée profondément à l'intérieur d'une jambe dont Fujiwara précisa qu'il voulait souligner le galbe.

— En japonais vois-tu, Petite Chow, un même terme désigne le fourreau du sabre et le sexe de la femme. *Saya.* Retiens ce mot ! *Saya...*

Oki priait, je le savais. Ses lèvres bougeaient imperceptiblement au rythme des battements de mon cœur. Ses doigts s'étaient refermés sur la colombe d'une croix protestante qui pendait à une chaînette glissée dans les plis de son obi. Nue, immobile face à Fujiwara, j'aurais voulu prier moi aussi, mais je ne connaissais pas les mots nécessaires, ni le dieu à qui les adresser. Le sang coulait le long de ma jambe. Fujiwara saisit son sabre par la garde, s'agenouilla derrière moi pour, de l'extrémité de la lame, tracer des caractères d'écriture avec cette encre rouge qui, déjà, formait à mes pieds une tache ronde et brillante, comme une coupelle de laque.

2444. Mon numéro de matricule, ciselé dans ma chair. Les larmes inondaient mes joues.

Tout à coup Fujiwara se redressa, le regard fou, les pupilles si larges dans l'iris que ses yeux paraissaient de verre noir.

— *Saya, saya*… répétait-il entre ses dents.

La sueur coulait sur son cou. D'un geste rageur il arracha le col de sa chemise et m'empoigna la tête de façon à me courber la nuque. Tombée à terre, le visage au sol, je me débattis mais la prise était ferme. Je sentis son poing se lever et la lame du sabre souffler dans l'air. Je crus mon dernier moment venu. Mais sa main se relâcha. La gorge renversée, je râlai, la lame m'effleura la nuque et glissa sur mes cheveux, un coup suffisamment violent néanmoins pour m'estourbir. Je m'effondrai sur le sol, vis la porte se refermer sur les bottes brunes, sentis encore la caresse du kimono d'Oki contre ma peau, puis perdis connaissance.

C'est entre les mains d'Oki que je me réveillai. J'avais perdu beaucoup de sang mais ma blessure était sans gravité. Oki avait fabriqué un pansement avec une serviette déchirée. Nous n'avions échangé que des salutations mais nous nous connaissions déjà.

Malgré les circonstances tragiques, nous nous lançâmes dans une folle course-poursuite d'interrogations et de réponses, mue par cette soif inextinguible de l'autre qui pousse les amants à demander, demander, plus et encore, cent questions renouvelées, futiles ou graves qui cherchent à cerner l'impalpable, l'invisible, la profondeur d'un être humain. Oh, cet amour total, irraisonné que j'éprouvai pour

Oki et qu'elle ressentit alors avec la même intensité, n'avait rien d'une attirance passagère née du désespoir. Non. Sa nature était autre, violente, charnelle. Une faim de passion, de douceur pour effacer le temps présent. Curieusement, en nous séquestrant Oki et moi dans cette chambre de l'hôtel Palace pour toute une nuit, Fujiwara m'avait offert le plus merveilleux des présents.

Dix heures de bonheur impossible, de bonheur interdit entre deux femmes qui ne savaient rien l'une de l'autre mais dépendaient d'un même homme, cynique et cruel. Ô, sublime douceur que les mains d'Oki parcourant mon corps, calmant les blessures que m'avait infligées son amant. Je ne pus m'empêcher de m'étonner qu'elle restât auprès d'un tel homme. Oki avait souri, énigmatique. Toutes les geishas rêvent de trouver un protecteur. Elle connaissait Fujiwara depuis longtemps, bien avant la guerre. Ils avaient fréquenté la même école de quartier. Dans la banlieue de Shimonoseki. Deux enfants en socques de bois qui s'étaient aimés sur le trajet de l'école. Des années plus tard, devenue pensionnaire de l'*okiya* Shiba, elle avait retrouvé Fujiwara qui l'avait fréquentée avant de partir au front de Corée. Il était revenu, avait racheté ses dettes et elle l'avait suivi. Mais plus la guerre avançait, plus le compagnon de son enfance s'éloignait. Fujiwara était devenu étranger à lui-même, sans cesse hanté par les atrocités qu'il perpétrait pourtant avec un plaisir qu'il ne cherchait même plus à cacher. Oki avait peur, et quand elle avait peur, une longue ride se creusait sur son front.

Cette nuit du 8 novembre 1939 demeura sans lendemain.

A cinq heures, les sentinelles qui avaient monté la garde devant notre porte toute la nuit furent relevées et Oki arrachée de mes bras. Un soldat m'avait tirée hors du lit, rouée de coups puis, sous le canon de son fusil, conduite échevelée au rez-de-chaussée de l'hôtel. En passant devant le miroir du hall de réception, je vis les visages ébahis et gênés des clients qui se détournaient, prétendant ne pas apercevoir ce petit fantassin poussant du bout de son arme une prisonnière demi-nue, à la tête bandée, serrant contre elle un sac à main élégant.

Ballottée de camion en camion, je sus enfin, à une forte odeur de kérosène et un grondement d'hélice, que nous étions sur un aéroport militaire. En bord de mer probablement. Le vent frais et salé me réveilla. Je ne me souviens pas du vol mais en descendant de l'avion, l'air glacial m'apprit que nous avions atterri dans une province du Nord. On m'avait donné des brodequins militaires et un manteau que j'enfilai sur mon *cheongsam* en lambeaux.

Peu à peu, d'autres prisonniers m'avaient rejointe. Une horde d'hommes dépenaillés de toutes nationalités qui traînaient leurs pieds nus dans la neige. Des Russes, des Chinois, quelques Coréens que je reconnus à leurs pommettes hautes et leur peau blanche. L'un d'entre eux, en m'apercevant, parvint à former sur ses lèvres gercées un faible sourire, reflet de mon propre tourment.

Je vis des vieillards, des adolescents, des infirmes. Tous maigres à faire peur, vêtus de frusques sales et déchirées, le visage immobile mangé de givre et creusé d'ombres noires. Ils marchaient depuis la ville de Kirin, m'apprit un homme épuisé qui traînait une jambe blessée, et n'avaient rien reçu à manger ni à boire depuis leur capture. Accablement et ténèbres. Une longue file noire se déroulant dans la neige entre des rangées de pins aux troncs lépreux, rongés par un mal inconnu. L'homme, un communiste, s'était retourné une fois de plus pour me souffler que nous allions à Harbin.

— Si tu le peux, fuis ! Personne ne revient de là-bas !

Ses yeux étaient gonflés et ses sourcils hérissés de neige et de sang séché.

La nuit tombait quand nous arrivâmes à une voie ferrée où attendaient deux trains remplis de prisonniers. Des civils surtout. Des femmes, des enfants et même une jeune mère dont le nouveau-né tétait âprement le sein vide alors que ses mains et ses jambes minuscules pendaient inanimées, bleuies de froid, le long de la poitrine maternelle dénudée.

Les soldats japonais poussèrent les plus lents à coups de baïonnette. Les plus faibles glissèrent entre le rebord du quai et les rails, hurlant « à l'aide » d'une voix muette de froid. Comme un dernier groupe ne parvenait pas à pénétrer dans les wagons déjà bondés, une altercation éclata entre deux officiers. Finalement, l'un des deux jappa quelques ordres. Deux sentinelles au visage caché par les oreillettes de fourrure de leur toque conduisirent les retardataires jusqu'au cabanon qui servait de gare. Sous la menace des fusils, ils les firent s'agenouiller devant un fossé fraîchement creusé, bordé de monticules de terre glacée. Un à un, ils furent exécutés à l'arme blanche. Percés. Transpercés. Décapités.

La rangée n'était pas achevée qu'un nouveau groupe était poussé contre le premier, subissant le même sort. Parfois, la lame ratait son but mais le corps basculait malgré tout sur les autres cadavres. Un second soldat passait derrière, abattant son bâton sur les corps qui n'avaient pas chaviré et demeuraient en équilibre sur le bord de la fosse comme des statues d'adorants. Bruit sourd des cadavres qui tombent. Claquement des gourdins et des sabres. Jurons. Plaintes. Quand toutes les silhouettes agenouillées eurent disparu dans la tranchée, un soldat renversa le contenu d'un bidon. Le train s'ébranla et nous vîmes une flamme immense embraser le monceau de cadavres d'où montèrent des gémissements étouffés par le vacarme des rails.

Dans le train, blottis les uns contre les autres, personne ne parlait. Tout à coup, la femme au nourrisson aperçue sur le quai et qui s'était assise contre la porte, éclata d'un rire fou entrecoupé de sanglots. La tête de l'enfant avait roulé en arrière, les yeux béants, les bras en croix. Sans vie. Et soudain, de cette masse humaine prostrée dans l'obscurité, s'éleva une berceuse, improvisation grave et tendre, fredonnée doucement, puis de plus en plus fort pour couvrir le grondement du train et accompagner la petite âme jusqu'aux cieux.

QUATRIÈME ÉPOQUE

Le feu

Maruta

Nous arrivâmes en vue du camp de Pingfan à Harbin vers dix heures du matin, le 14 décembre 1939. La moitié d'entre nous, qui avait voyagé en wagons à bestiaux plombés, fut orientée vers une aire désertique, hérissée de fils de fer barbelés et de carcasses de chars rouillées recouvertes de neige. L'autre moitié, dont je faisais partie et qui avait effectué le trajet dans des wagons à grain aérés de lucarnes grillagées, fut conduite vers un hangar au toit de tôle ondulée, précédé d'une grille marquée des caractères *ti* et *mi*, zone secrète.

Un tri rapide fut alors effectué par deux officiers appartenant à un corps dont je ne reconnus pas les insignes, bordés d'un filet rouge. Ils passèrent entre les rangs, distribuant tantôt un coup de cravache tantôt un sourire, sans que pour autant finalement les pauvres bougres, apaisés par cette marque de sympathie, ne fussent autrement traités que les autres.

Je fus dirigée avec une horde de femmes et d'hommes vers un bâtiment à l'intérieur du camp qui me parut être un hôpital. Une odeur de savon, de cire et d'éther flottait et les blessés se prirent à espérer que secours leur serait porté. C'est alors que je fis la connaissance de Petite Pivoine, une toute jeune fille de quinze ans originaire de la région de Mukden, raflée avec sa sœur, Joyau de Printemps, à la sortie de la filature où elles travaillaient. Après m'avoir témoigné une certaine froideur parce que les Chinois eux aussi méprisent notre peuple, elle m'avait à voix basse chuchoté affectueusement qu'elle espérait que nous partagerions la même cellule. Nous allions être incarcérées, nous n'en doutions pas, et probablement travailler dans quelque chantier de construction.

Nos noms et nos numéros de matricule furent enregistrés puis de nouveaux groupes furent créés selon des critères de sexe, d'âge et de santé. Ainsi me retrouvai-je dans un dortoir en compagnie de quinze femmes jeunes et vigoureuses, des filles de la campagne au visage plat, rougeaud et inexpressif, coiffées de fichus noirs noués sur la nuque. Petite Pivoine et sa sœur s'installèrent près de moi. Nous étions épuisées mais quand la fatigue aurait dû nous assoupir, la peur nous maintenait éveillées. En début d'après-midi, après un passage sous des douches à l'odeur d'antiseptique, nous subîmes la fouille, une fouille précise effectuée par un homme en blouse blanche qui, sous des projecteurs géants, examina chaque partie de notre corps et en sonda les orifices avec une méticulosité qui lui arracha des ricanements satisfaits.

Nos affaires furent étalées sur une table. Un maigre et éclectique butin de riz, de peignes, de savon, de miroirs, de chandails et de souvenirs personnels triés rapidement, les objets refusés allant rejoindre un tas informe sur le sol. J'ignore pourquoi on me redonna mon sac dont le contenu était resté intact, à l'exception d'un pain de savon et de mes quelques yuans d'économie. Plus précieux que tout, je récupérai le livret de Proust et, surtout, mon petit carnet sur lequel je notais le compte rendu de mes journées. Quelques minutes quotidiennes, volées à l'horreur, qui m'aidèrent à tenir bon pendant ma détention.

20 décembre 1939

Suis arrivée depuis six jours au camp de Harbin. J'ai vu, en traversant la cour, quatre bâtiments dont deux aux fenêtres grillagées ressemblent à des prisons. Au-delà, s'étend une zone protégée de herses et de miradors, avec ce qui me semble être des hangars. Peut-être des abris ? Ou des usines d'armement ? L'un d'eux, peint en vert sombre, est pourvu d'une haute cheminée. J'ai froid, si froid. Le dortoir n'est pas chauffé et la température extérieure est de – 20 degrés. La ration de thé tiède que nous porte le surveillant (il s'appelle Takahara) gèle si on ne la boit pas aussitôt. Mes doigts sont couverts d'engelures et les blessures de mes jambes se sont infectées. Personne, depuis la fouille de notre arrivée, ne nous a rendu visite, hormis Takahara qui, deux fois par jour, distribue la nourriture. Un bol de soupe immonde où flottent des morceaux d'herbes. Sur le chariot qui sert à apporter le repas, il empile les seaux d'excréments que lui remettent les détenues, si bien que parvenu à notre dortoir, le sixième d'un couloir comportant une dizaine de portes, le chaudron de soupe côtoie les baquets pleins de merde.

Hormis Petite Pivoine et Joyau de Printemps, je ne connais pas encore mes compagnes de détention. Nous sommes trop épuisées pour parler.

21 décembre 1939

Cette nuit, j'ai partagé mon matelas avec Petite Pivoine. Le froid est si mordant que c'est le seul moyen de se tenir chaud. Les autres filles parlent un dialecte du Nord que je comprends difficilement. Des paysannes accusées de communisme, m'a dit Petite Pivoine. Les pauvres, elles ne savent pas écrire leur nom et ignorent qui est Mao Zedong. Faut-il être obtus pour voir en elles de dangereuses résistantes ! Il y a aussi une jeune femme légèrement plus âgée. On lui a confisqué ses lunettes et son regard perdu dans le vague lui confère un air de mélancolie extrême. Elle s'appelle Epée de Jade et, avant son arrestation, enseignait dans une école primaire de Mukden. Nous avons longtemps bavardé. Son sens de l'observation, sa volonté hors du commun me plaisent. Nous avons même ri en parlant de son jeune frère qu'elle aime beaucoup. Dans un autre temps, une autre époque, sans doute serions-nous devenues de vraies amies car nos jugements s'accordent avec bonheur.

22 décembre 1939

J'ai froid et faim. Je suis à nouveau sale, couverte de poux. Nous vivons dans l'obscurité la plus totale en dehors de quelques heures au moment des repas. Sans ce journal que je m'efforce de tenir, je perds la notion du temps. Heureusement, Petite Pivoine a pu conserver sa montre. Dès que nous le pouvons, Epée de Jade et moi poursuivons nos discussions. Nous nous évadons de ce camp de l'enfer en évoquant nos familles. Deux filles se sont évanouies. Elles ont été embarquées ce matin à dix heures. Depuis, on ne les a pas revues mais Takahara est passé récupérer leurs affaires. Cela nous fait deux couvertures de plus. Les bruits les plus fous courent. Nous serions dans un camp de concentration destiné à éliminer les sous-races asiatiques. Les gardiens nous appellent « bûches de bois », maruta.

23 décembre 1939

A l'aube, Takahara est venu me chercher. Il m'a conduite dans la salle d'examen où avait eu lieu la fouille. J'ai dû me laver devant une infirmière qui portait des gants et un masque de chirurgien cachant totalement son visage, à l'exception de ses yeux vides et globuleux comme ceux d'un poisson-chat. Elle a pris mes mensurations et mon poids, ma tension et ma température. « Pour soigner tes blessures », a-t-elle précisé plutôt gentiment puis elle m'a installée, vêtue d'une blouse nouée dans le dos, dans une chambre d'hôpital remplie d'appareils de mesure. A travers une glace, j'ai aperçu Epée de Jade qu'un homme habillé de blanc comme un médecin interrogeait. On m'a laissé mon carnet et mon crayon.

6 janvier 1940

Je sors d'un monstrueux cauchemar. Je sais maintenant pourquoi l'homme sur la route de Harbin m'avait conseillé de fuir. Les rumeurs les plus cruelles qui couraient sur ce camp sont loin de la réalité. Ce camp renferme un hôpital servant de base d'expérimentation pour de futures armes de guerre. Nous sommes des grenouilles. Des grenouilles de laboratoire. Dire que les médecins qui travaillent ici sont des monstres est encore trop doux. Ils appartiennent à une branche de l'armée qui s'appelle la Tama. Une organisation secrète liée au kempeitai *comprenant des physiciens, des médecins et des soldats, organisés en commandos et chargés de l'étude de nouvelles technologies de combat.*

Je suis restée dix jours à l'hôpital. L'infirmière au masque m'a injecté un produit dont j'ignore la nature mais qui a provoqué une fièvre intense, des douleurs horribles sous les côtes et des tremblements qui agitent mes mains par saccades imprévisibles, comme si mes nerfs étaient atteints. Par trois fois, attachée à mon lit par des sangles, un médecin m'a introduit une sonde en plastique de plusieurs dizaines de centimètres dans la bouche et la gorge. J'ai eu la chance de m'évanouir à chacun de ces curieux examens. Comment ai-je survécu ? Les laborantins semblent étonnés de ma résistance. Il y a quelques jours, j'ai commencé à me sentir un peu mieux mais régulièrement des crises de vomissements terribles me couvrent d'une sueur glacée et me laissent au bord de la mort. On m'alimente de force avec un entonnoir. Je suis épuisée car je subis des radiations de rayons X dans le but d'observer l'évolution de mon foie. (Les médecins parlent librement devant moi de mon cas. Ils n'épargnent à ma sensibilité aucun détail et je ne me fais guère d'illusions sur leurs intentions.)

7 janvier 1940

J'ai déliré toute la nuit. Le dortoir est entièrement vide. Où sont Petite Pivoine, sa sœur et les autres ? Je suis seule. Je n'ai plus la force d'écrire.

8 janvier 1940

Ils ont chauffé le dortoir. Nous avons reçu la visite de plusieurs personnalités. Toutes des membres de la famille impériale. Les princes Takeda et Higashikuni et même le propre frère cadet de l'empereur, le prince Mikasa. J'ai serré les poings.

J'ai rêvé de grand-père et de grues blanches dans le ciel de Séoul.

9 janvier 1940

Mon état empire. Quatre filles sont revenues. Méconnaissables. Criblées de blessures minuscules, une poussière d'étoiles écarlates. J'ai reconnu Joyau de Printemps. Elle gît allongée sur un brancard mais ses yeux roulent dans ses orbites et ses lèvres s'agitent sans émettre de sons. Elle est devenue folle, je crois. Elle a vu Petite Pivoine dans un amphithéâtre de médecine, ligotée à une colonne, entièrement nue et donnée en exemple pour un cours d'anatomie. Le docteur Ishii, qui dirige ce sinistre endroit, a lui-même procédé à la leçon portant sur le muscle cardiaque. Ils lui ont incisé la poitrine au scalpel et arraché le cœur devant sa sœur. La pauvre a échappé à un sort similaire grâce à une panne d'électricité qui a tout à coup plongé la salle de cours dans l'obscurité. Se peut-il ? Petite Pivoine... Je remercie les dieux d'être vivante.

10 janvier 1940

Epée de Jade est morte. Cet endroit est maudit. Après avoir vidé ses veines, on lui a injecté du sang de jument dans le but de découvrir des substituts au sang humain pour les transfusions de blessés de guerre graves. Epée de Jade me manque tant ! Je n'ai pas essuyé une larme à l'annonce de la mort de mon amie chinoise. Je ne sais plus pleurer. J'ai peur... J'ai peur... J'ai peur... Pourquoi ne puis-je prier ?

11 janvier 1940

Takahara est venu m'annoncer que j'avais rendez-vous avec le docteur Ishii à onze heures. Si ce journal doit s'arrêter ici, je supplie celui qui le trouvera d'en faire bon usage afin d'arrêter ces atrocités. Que l'on prévienne mon beau-père le docteur Kawamoto à Keijō ? de ma mort afin qu'il en informe ma mère.

Mon Dieu, je vais mourir sans avoir connu mon père. Papa ! Papa ! Ecrire ton nom, ce nom que jamais je ne prononçai, me fait du bien. Où que tu sois, papa, sache que ta fille t'a aimé. Adieu.

13 janvier 1940

Je ne suis pas morte.

Dois-je remercier le ciel ? Je ne pèse plus que quarante kilos mais il paraît que ma résistance est exceptionnelle. Mon foie aurait supporté les fortes doses de radiations auxquelles j'ai été exposée. A partir de lundi, dans six jours, ils vont augmenter le rayonnement. D'ici là, je dois me reposer et reprendre des forces, m'a dit le docteur Ishii. Afin que les résultats soient significatifs.

Le docteur Ishii est petit. Un gnome. Il porte une curieuse cicatrice à l'oreille droite. Ses mains sont glacées et à force de côtoyer la mort, il en a pris la raideur.

14 janvier 1940

J'ai changé de cellule. La nouvelle est plutôt vaste, meublée d'un lit d'hôpital et d'une table. On m'a autorisée à me laver et on m'a porté des vêtements. Un pantalon bleu et une veste matelassée. On m'a servi un repas chaud et consistant, avec du fromage de soja que les médecins m'engagent à manger car je manque de protéines. Mais je n'ai rien pu avaler. Mon estomac refuse la nourriture.

J'ai oublié, ma coturne est russe. Que fait-elle ici ? Elle semble plus mal en point encore que moi. Elle me dit s'appeler Galina et venir de Kiev. Elle souffre de gelures. Elle a passé onze heures dans un caisson réfrigérant. Son bon moral m'étonne car elle a même essayé de plaisanter de sa surprenante résistance. « Sans doute les Japonais ignorent-ils que nous, les Russes, on sait ce qu'est le froid ! » *Ses yeux bleus comme l'eau pétillent de gentillesse. Elle chante d'une belle voix grave des airs de son pays. Mais son corps est inerte.*

15 janvier 1940

Galina me réjouit le cœur même si ce qu'elle me raconte me terrifie encore plus. Elle m'a demandé si je savais ce qu'était devenu l'autre groupe à l'arrivée. Comme je ne répondais rien, elle m'a fait remarquer une étrange odeur qui flottait dans l'air et m'a dit que les Japonais se débarrassaient des cadavres et des vivants inutiles en les brûlant dans d'énormes fours. « *La cheminée du hangar peint en vert, tu l'as vue aussi, n'est-ce pas ?* » *Je ne peux pas le croire. Je perds espoir.*

16 janvier 1940

Je sombre. Je m'enfonce dans un puits sans fond et quand je regarde le ciel, je vois le visage de mon père.

17 janvier 1940

Des douleurs lancinantes me forcent à demeurer allongée. Pourquoi ne puis-je pas mourir ?

Le 18 janvier 1940, le lendemain du jour où je rédigeai la dernière page de mon journal, je fus transférée à un nouveau bloc. Des soldats de la Tama et non des infirmiers m'y escortèrent. En traversant la cour couverte de neige, je vis que d'autres camions étaient arrivés qui déchargeaient des colonnes de prisonniers. Des lambeaux de nuages gris flottaient à l'horizon. Le ciel de Mandchourie est trompeur. Il a la même profondeur que notre ciel de Corée, la même couleur d'aigue-marine jaspée de brume.

Je respirai à pleins poumons l'air glacé. Ce trajet de quelques minutes me redonna soudain une envie de vivre que la vue des sentinelles sous le porche du Bloc C ne fit qu'attiser.

Je devais fuir. Fuir. M'échapper de cet enfer blanc de neige et de blouses d'hôpital. Ce nouvel espoir me dota tout à coup d'une acuité visuelle et sensitive décuplée. Cet oiseau qui volette à l'aveugle dans le brouillard. Ses battements d'ailes furtifs. La toux de la sentinelle sur le mirador. Mes yeux brillaient d'un éclat si vif quand on me fit asseoir devant le docteur Ishii pour l'examen qu'il s'en félicita et conclut qu'on pouvait procéder à la suite des expérimentations. Mais je ne l'écoutais pas, mes sens en alerte, tout attentive à chercher le moyen de quitter le camp.

L'occasion se présenta dans l'après-midi. Sous les traits inattendus de Takahara, le taciturne gardien du Bloc B où se trouvait mon premier dortoir. Cet homme est peut-être le seul parmi les dix mille Japonais qui travaillèrent au camp de Harbin qui mérite le nom d'être humain. J'ignore ce qu'il est devenu mais sans aucun doute paya-t-il de sa vie ce geste fou et irraisonné qui lui fit trahir son serment de dévotion à l'empereur Hirohito.

Devant subir de nouvelles expériences sur la résistance des cellules hépatiques aux rayons X, j'avais été enfermée dans une salle d'hôpital comportant deux rangées de lits vides et autant d'armoires de métal blanc, fermées à clé. Le cœur serré, j'attendais le sinistre bruit de pas de mes tortionnaires, annonciateur de la reprise de mon « traitement ». La porte s'était ouverte, laissant passer Takahara qui ignorait ma présence dans cette pièce où il ne venait que chercher des tenues protectrices pour des essais de bombes à fragmentation. L'étonnement qu'il éprouva à ma vue le tira de la torpeur qui engourdissait ses sentiments humains.

Takahara resta un long moment devant la porte refermée en hâte.

— Tu n'as pas dix-sept ans, n'est-ce pas ? me demanda-t-il tandis qu'il chargeait les combinaisons vertes dans un chariot.

Ses yeux n'exprimaient pas grand-chose mais sa bouche sinuait avec une douceur inhabituelle.

— Bientôt, au printemps… lui avais-je répondu, incertaine.

Et là se produisit l'impossible. D'une main preste, Takahara vida tout à coup le chariot des combinaisons et des casques qu'il venait d'y empiler et, me prenant par l'épaule d'une main bourrue, m'y hissa avant de le remplir de nouveau de son contenu. Le risque était énorme. Je demeurai enfouie sous les combinaisons pendant une éternité, ballottée d'étage en étage. Puis le grincement d'une plateforme, le froid et un grondement de moteur m'indiquèrent que le chariot avait été hissé sur un véhicule. J'entendis encore des claquements de grilles, une sirène au lointain et la voix de Takahara, amortie par les tissus qui me recouvraient, hurlant son numéro d'autorisation à la sentinelle. Des éclats de voix encore, la lueur d'une torche à travers la masse de vêtements. Et puis le silence. Rien que les cahots de la route et le crépitement des cailloux sous le plancher du camion. Enfin, après quelques kilomètres sur un chemin de terre, le fracas de la porte qui se rabat, une bouffée d'air frais et le visage du gardien penché au-dessus de moi.

— Tu as l'âge de ma fille Akiko. Elle est née en avril avec les premiers bourgeons.

Takahara avait arrêté le véhicule sur une route de campagne, à la lisière d'une forêt de pins gris et de bouleaux. L'obscurité était tombée mais dans le ciel luisait une lune calme et blanche qui, se réfléchissant sur la neige, donnait l'impression d'un curieux jour nocturne givré de rose. Takahara remonta dans le camion d'où il me jeta un manteau civil et des chaussures. Mon regard s'arrêta sur une large tache de sang contre le col et je sentis ses mâchoires se serrer.

— Fous le camp ! L'alerte aura été donnée. Ils doivent te rechercher. A une heure d'ici, en suivant la sente à travers bois, tu tomberas sur un village plutôt tranquille. On y va rarement…

Takahara avait démarré. Brusquement. Je regardai les phares s'éloigner dans la nuit. Deux points jaunes engloutis par la pénombre.

J'étais libre. Libre. Percluse de douleurs. Mais libre. Si heureuse que j'en oubliai le froid qui déjà m'assaillait, me mordant au visage et aux jambes. Je serrai les bras autour de mon sac qui ne m'avait pas quittée. Un sac. Voilà tout ce qui me reliait à mon passé. Ma première pensée sous cette lune d'hiver, je l'adressai à mon père. « Papa, tu m'entends ? » Je lui parlai à haute voix. « Papa, tu vois, j'ai réussi ! ta fille a réussi ! », mais des craquements de branches réveillèrent ma peur et je m'enfonçai dans le sous-bois.

La Mandchourie s'étend aux confins de ma patrie dont elle n'est séparée que par les eaux vertes du

Tumen. Autrefois couvertes de forêts, ses terres ont été déboisées à l'exception des massifs de l'Est, couverts de chênes, de noyers argentés et de bouleaux. L'hiver, qui est fort long, gèle la terre et les fleuves sur une profondeur de plusieurs mètres mais les Mandchous ont appris à apprivoiser le froid. Ils savent que les plaines, immenses et battues par le vent, sont plus redoutables que les forêts protégées par la végétation. C'est pourquoi de nombreux villages se sont installés dans des clairières, à l'écart des routes et des prairies, reliés à la civilisation par de simples tranchées à travers bois servant à la fois de coupe-feu, de voie de communication et de terrain de chasse.

Je n'avais pas marché dix minutes que déjà je ne sentais plus mes pieds. Butant sans cesse sur des racines, je m'effondrai. A chaque fois, les douleurs dans ma poitrine reprenaient et des étoiles dansaient devant mes yeux. Je me relevais, poursuivant mon chemin dans la direction indiquée par Takahara. « Papa, je réussirai, je vivrai pour toi, pour te retrouver… » Je ne tardai pas à apercevoir des lumières mais, en pleine nuit, comment savoir s'il s'agissait bien d'un village ? Aurais-je pu me tromper ? Tourner en rond et me rapprocher du camp ?

Le froid était trop intense pour que je passe la nuit dehors. Je ne survivrais pas. Je repérai une masse brune un peu à l'écart, dans une clairière à quelques centaines de mètres. Mes pieds n'obéissaient plus, rongés d'humidité et de glace. Je suis libre ! Je suis libre ! Marche ! J'avançais, posant un pied devant l'autre mécaniquement, le dos rompu, les mains totalement insensibles. La bâtisse n'était plus qu'à une dizaine de mètres quand un obstacle imprévu caché sous la neige me fit de nouveau perdre l'équilibre, me projetant sur le sol. Je savais que perdre conscience m'entraînerait inéluctablement vers la mort. Je vis que mes jambes, en l'espace de quelques instants, disparaissaient déjà sous la neige qui tombait dru. Un rideau opaque et continu de flocons. Prenant appui sur une branche d'arbre, j'essayai de me relever mais la branche céda sous mon poids, un claquement sec, et je retombai. La lune brillait plus haut encore, d'un extraordinaire éclat mauve. Soudain, je vis que ce que j'avais pris pour un branchage était un bras humain. Ces troncs, ces racines enfouis sous la neige étaient des cadavres congelés. Un charnier. J'étais sur un charnier. Partout, de la neige que le vent soulevait par petits tourbillons, surgissaient des corps figés dans l'agonie, les mains dressées vers le ciel. Un buisson de ronces humaines.

Vivre, je devais vivre.

Mes doigts gourds se mirent à creuser la croûte de neige et à gratter le sol comme un chien qui déterre un os. Je m'arc-boutai pour retirer de son cercueil de glace le corps qui m'avait fait trébucher et lui arrachai son manteau, son chandail en lambeaux, sourde aux craquements sinistres des os qui se brisaient. Enragée de froid et de douleur, je fourrageai encore dans les poches, dans le pantalon, la besace retournée. Fermant les yeux pour ne pas voir le rictus du cadavre et ses dents découvertes prêtes à mordre, je dénouai péniblement de son cou une écharpe cartonnée de glace. Des gants, il avait des gants. Un briquet aussi. Mon butin réuni, je m'approchai de la maison. Une grange de bois noir en partie détruite par le feu dont la porte céda facilement sous la pression de mon corps. Enveloppée des couvertures et des manteaux arrachés aux cadavres, emmitouflée de leurs gants et de leurs bonnets ensanglantés, j'allumai un petit feu à l'abri du vent. C'est ainsi que je passai ma première nuit de liberté. Sur un charnier de Mandchourie. Seule avec des morts qui eux, au moins, avaient rejoint le ciel et trouvé la paix.

Toute la nuit j'appelai mon père. Papa ! Papa ! Comme un interminable mantra.

Je finis par trouver le sommeil malgré la faim qui me tenaillait. Ayant recouvré l'usage de mes membres transis, je poursuivis ma route à l'aube. Le village que m'avait annoncé Takahara n'était pas loin. Un village calme, avait-il dit. La lumière du matin aplatissait les reliefs et la neige donnait une allure féerique à la vallée, une langue blanche glissée au cœur de la forêt. Je suivais le chemin qui descendait abrupt vers les habitations quand, à trois pas de moi, surgit une femme entortillée dans une cape de peau retournée, retenue aux chevilles et aux poignets par des lacets de cuir. Elle portait un panier à bois à anse double, comme les charbonniers ou les chercheurs de ginseng. Je vis la panique envahir son visage et, aussi surprise que moi, elle se mit à gesticuler en hurlant des phrases incompréhensibles en chinois. Sans doute appelait-elle son mari car un homme, surgi de la forêt, la rejoignit aussitôt. Hirsute, massif comme les arbres du bois. Ils se mirent à parler très vite en me regardant.

— Je suis chinoise, murmurai-je, chinoise. Je m'appelle Epée de Jade et suis originaire du village de Mu Hao près de Xinjing.

Au nom d'Epée de Jade, un sourire avait illuminé le visage de l'homme et sa femme avait levé les bras au ciel. J'étais sauvée. L'institutrice ? Oui, qui ne connaissait, au moins de nom, l'institutrice ? Arrêtée par les Japonais ! Ils savaient. Mais dans quel état me trouvais-je ? Il fallait me cacher. J'eus honte tout à coup de trahir la confiance de ces braves gens mais je me serais damnée pour approcher mes mains de la chaleur de la lampe dont j'apercevais le rougeoiement à travers les fenêtres de la ferme.

L'hospitalité que les Fong me donnèrent, un pain de soja fermenté et du thé d'écorce de bouleau brûlant, ne m'étaient pas destinés mais Epée de Jade m'aurait approuvée. N'ayant nul autre endroit où aller, je me résolus à rendre au moins hommage à son âme martyrisée et à porter la triste nouvelle de sa mort à sa famille.

Je passai quatre jours cachée dans la ferme des Fong, un bâtiment de torchis et de rondins enfoui dans la neige. Le couple, des Mandchous originaires de Tsitsikar, s'exprimait dans un chinois maladroit, émaillé de mots inconnus. Mais je réussis à comprendre que moi, Epée de Jade, j'étais maoïste, une résistante. Que j'avais fait sauter il y a un an un convoi d'armement sur la voie ferrée entre Mukden et Harbin. Je me souvins alors de mon départ de Corée et des rumeurs d'attentats de brigands sur les voies. Mes hôtes, manifestement impressionnés par la profonde tristesse qui émanait de moi, ne parlaient guère, respectueux de cette institutrice si patriote. Quand je les interrogeai sur le charnier de la colline, la femme affecta de s'étrangler.

— *Tian dao wan gua !* Malédiction !

L'homme poursuivit :

— Ce sont des prisonniers du camp des démons ! Un jour les Japonais les ont déchargés à la vieille grange et ils ont mis le feu. Tous morts ! Brûlés vifs, égorgés, éventrés. Ils attendaient dehors et tiraient à bout portant sur les malheureux qui essayaient de s'enfuir.

Ceux qui avaient survécu, protégés par les corps de leurs compagnons, avaient péri de froid ou dévorés par les léopards.

En quelques jours de bons traitements, je regagnai suffisamment de santé pour me rendre, comme je l'avais décidé, chez les parents d'Epée de Jade. Mes parents. J'étais maigre, décharnée, si squelettique que je ne pouvais dormir sur le ventre. Mes propres os me transperçaient la peau, aussi sèche et fine que du papier. Les Fong insistèrent pour organiser mon retour. Ils connaissaient un chauffeur livrant du bois à Xinjing qui accepterait de me prendre pour passagère. Rien à craindre des barrages, ils étaient rares sur les petites routes de Mandchourie.

Je quittai les Fong le 25 janvier pour Mu Hao.

J'arrivai une semaine plus tard, en pleine nuit, devant la demeure des parents d'Epée de Jade. Une maison propre, peinte en bleu, incongrue au cœur d'un village ordinaire de Mandchourie, sale, empuanti de boue, d'ordures, de détritus de légumes où fourrageaient les cochons et les chiens.

Lorsque la porte s'ouvrit, je vis qu'on m'attendait. Les parents de ma camarade avaient été prévenus par les voix anonymes de la résistance. Un homme et un adolescent de dix-sept ou dix-huit ans, portraits mutuels décalés dans le temps, le père et le frère d'Epée de Jade, vêtus de vestes ouatinées semblables, et une vieille femme drapée de la longue tunique des Mandchous, assise sur un sommier bas recouvert de coussins de soie aux couleurs fanées. La mère d'Epée de Jade.

Quand j'entrai, le jeune homme se précipita vers la femme afin de l'aider à se lever. Je remarquai ses étranges chaussures à talons énormes placés sous le cou-de-pied. Appuyée à l'épaule de son fils, elle jeta un regard anxieux par-dessus mon épaule sans me prêter la moindre attention. Epée de Jade ? Non madame, votre fille est morte. Je suis un imposteur. Pourrais-je prononcer ces mots ? Son visage s'était teinté d'une inquiétude muette. Epée de Jade ? Je vis ses lèvres s'ouvrir et prononcer le nom de sa fille dans un souffle.

Je n'eus pas besoin de dire quoi que ce soit. Le père avait lu dans mes yeux la mort de leur enfant. Un homme bon qui, sans hésiter, m'attira à lui fermement et m'écrasa contre sa poitrine avec une bourrade affectueuse.

— Elle est morte, n'est-ce pas ?

Je n'eus qu'à hocher la tête. La femme s'était recroquevillée sur son banc et avait tiré les pans d'une moustiquaire jaunie accrochée à un cadre de bambou afin de cacher son visage défiguré par la douleur.

— Ne me racontez pas comment elle est morte, s'il vous plaît, me supplia son père dont les yeux brillaient de larmes. Je ne veux rien savoir.

L'adolescent qui, jusqu'ici, n'avait pas ouvert la bouche s'était retourné vers moi.

— La mort ne l'a pas prise en traître. C'est ainsi que ma sœur voulait mourir. En héroïne.

Cette première nuit où nous avions fait connaissance, Epée de Jade m'avait évoqué ce frère cadet impétueux, Lao Bang. « Un jeune tigre qui, hier encore, jouait au *bollanggu* dans les champs. *Wanma benteng* ! Demain il sera impétueux comme dix mille chevaux ! »

Assis autour d'un samovar d'argent, vestige de l'occupation russe, nous parlâmes d'Epée de Jade, de son enfance, de ses rêves, de son métier puis de son engagement dans les troupes de résistance contre l'armée du Kwantung. Elle avait cru en Chiang Kai-shek mais, depuis qu'elle avait étudié pour devenir institutrice, elle s'était tournée vers Mao Zedong. Un pur, disait-elle. Epée de Jade ne croyait pas en l'alliance factice du Guomindang et du parti communiste contre l'ennemi. Un leurre qui faisait l'affaire des Japonais. Mais elle obéissait à sa cellule et passait des nuits entières dehors, ne rentrant qu'à l'aube, les yeux cernés d'avoir trop veillé. Elle s'était même fait couper les cheveux malgré la désapprobation de sa mère et, un matin comme les autres, avant de partir travailler, elle avait fait ses adieux.

« Je serai morte avant la fin de la guerre. J'ignore où et comment mais je sais que c'est mon destin. Je ne regretterai alors que de ne pas avoir vu ma patrie libérée de l'ennemi. »

Le père d'Epée de Jade n'avait pas tardé à s'assoupir et Lao Bang m'avait fait signe de le rejoindre dans l'arrière-cuisine, une pièce grise de poussière et de graisse, éclairée par une mèche trempant dans un pot de résine. Je me sentais bien avec ce garçon sérieux, apaisée. Lao Bang avait étalé une carte sur le sol et m'avait désigné de l'index une ligne qui traversait la Chine du nord au sud. Du Mandchoukouo à Canton. L'avancée des troupes japonaises. Avec un léger mépris, il avait ensuite pointé la province montagneuse du Sichuan, au sud. C'est là qu'était retranchée l'armée nationaliste de Chiang Kai-shek.

— L'armée nationaliste ? Un ramassis de corrompus ! La guérilla leur tend la main pour combattre l'ennemi mais malgré le danger, ils préfèrent voir en nous, les communistes, un péril plus grand encore que cette armée de nains nippons ! Il faut unir nos forces et bouter l'ennemi hors du pays, il sera toujours temps de discuter idéologie plus tard.

Lao Bang s'était enflammé. En parlant, ses mains volaient dans l'air, tranchant des têtes invisibles.

— Le peuple chinois doit oublier ses dissensions pour un temps.

Lao Bang avait saisi un coffret de bois, peint maladroitement d'une fleur.

— Ce coffret appartenait à ma sœur. C'est tout ce qui me reste d'elle.

Sa main avait lentement ouvert le couvercle. Un objet brillait entre ses doigts.

— Tu as fait tout ce chemin en souvenir d'Epée de Jade. Prends sa montre. Elle est à toi.

J'avais voulu refuser, lui expliquer que j'étais venue ici non pas pour Epée de Jade, mais pour moi. Pour moi seule. Mais le regard de Lao Bang m'avait arrêtée. Impérieux. Je l'avais écouté.

Epée de Jade devait partir pour le Hunan, au cœur du bastion nationaliste, afin de porter des instructions aux réseaux communistes du Sud et participer à une mission secrète, préparée de longue date. Son arrestation près de Harbin à la fin de l'hiver avait réduit à néant les efforts de la cellule secrète de Xinjing à laquelle elle appartenait. Lao Bang parlait vite, d'une voix sèche mais confiante. Ses yeux ne me quittaient pas, guettant mes réactions. Je sentais son regard sur moi, fin et pointu comme une aiguille, qui cherchait à deviner mes pensées, provocant, puis tout à coup plein d'indulgence. Au fur et à mesure que la nuit s'écoulait, il me semblait que la cause d'Epée de Jade était devenue mienne. J'irais dans le Hunan et accomplirais sa mission. Je rejoindrais les partisans de Mao. Lao Bang avait souri. Un éclat radieux.

— Nous partirons ensemble, avait-il simplement ajouté. A deux, nous passerons inaperçus. Ce sera moins dangereux pour toi, on te prendra pour une Chinoise.

Il avait saisi ma main et, avec une infinie tendresse, caressé mes ongles, puis le verre poli de la montre sur mon poignet.

Quand le père d'Epée de Jade poussa le rideau de la cuisine le lendemain matin, il nous trouva endormis l'un contre l'autre, les doigts refermés sur la carte.

J'avais trouvé un frère.

Lao Bang

En ce début d'année 1940, le conflit que les paysans appelaient la « Guerre des trois armées » s'enlisait : l'armée japonaise, harcelée sur tous les fronts par la guérilla rouge, ne progressait plus, incapable aussi d'anéantir les Blancs, les nationalistes de Chiang Kai-shek, invulnérables dans les contreforts montagneux de Chongqing. Les embuscades se multipliaient. Pas un jour ne passait sans que l'armée de fer invisible de Mao Zedong ne sabotât un train, une gare, un convoi militaire, ne laissant aucun répit aux forces ennemies, tapie dans les rizières, les forêts, les remous des fleuves. Une armée populaire peu entraînée mais désespérée et fantasque, défendant avec ardeur un impossible front de plus de trois mille kilomètres.

Persuadé que seule une action parfaitement coordonnée entre nationalistes et communistes permettrait d'écraser le Japon, Lao Bang avait décidé de s'enrôler dans les forces du Sud. Comme Epée de Jade, avait-il annoncé en prenant congé de ses parents, il combattrait pour la libération de son pays, à la force de ses poignets, une simple lame entre les dents. Et si lui non plus ne revenait pas, il suffirait d'ajouter sa tablette mortuaire dans l'oratoire familial aux côtés de celle de sa sœur.

Mon amitié avec Epée de Jade, si fugitive fût-elle, avait suffi à gagner la confiance de Lao Bang. Quant à mon passé, il n'avait rien demandé. Il m'avait écoutée et avait frémi au récit de mon rapt en Corée mais ne m'avait pas questionnée, une discrétion attentionnée qui me sauva de l'embarras de lui raconter la vie misérable que j'avais menée.

— D'ailleurs, avait-il conclu, je préfère ignorer ton vrai nom. Ainsi ne pourrai-je te trahir.

Ce même soir, il m'avait appelée Lan Po, Vague Parfumée, du nom d'une petite sœur morte quand il n'avait que huit ans.

— Elle riait comme toi, en montrant sa langue.

Je ne restai que quelques jours à Mu Hao. Ma présence aurait pu éveiller les soupçons. Déjà le bruit courait qu'Epée de Jade était revenue au village. La rumeur pouvait entraîner ses habitants à la mort.

Dans le cadre du *paochia*, le « système de surveillance mutuelle » instauré par l'armée du Kwantung, le Mandchoukouo avait été nettoyé de ses éléments indésirables. Systématiquement, préfecture après préfecture, les villages avaient été brûlés, les familles des résistants déportées ou exécutées. Mais Mu Hao, curieusement, avait échappé à rafles et pillages. Même après l'arrestation de son institutrice. Derrière ce miracle, le chef de la police locale, un certain Cheng qui, bien que portant l'uniforme japonais, se jouait habilement des lois et du respect dû à l'occupant. Chargé de préparer les « inspections du village », Cheng débordait de zèle, faisant tonner l'hymne national du Mandchoukouo sur les toits de Mu Hao. Mégaphone au poignet, il passait de rue en rue, hurlant avec ardeur les instructions :

— Conformément aux consignes, la population de Mu Hao sera contrôlée. Un inventaire avec éventuelle confiscation des biens interdits sera effectué.

Personne n'avait paru surpris quand, vers quatre heures, les policiers avaient installé le haut-parleur au centre de la place, près de l'autel aux dieux tutélaires du village. Puis ils avaient déblayé les rues, repoussé la neige le plus haut possible le long des portes des granges et enfin, le capitaine Cheng en personne était passé de demeure en demeure pour avertir les vieux et les grabataires qui ne l'auraient pas entendu. Il avait menacé de sanctions terribles ceux qui ne seraient pas prêts à temps, mais derrière ses paupières plissées comme celles d'un vieil éléphant, ses yeux pétillaient de malice.

Aux premières notes de l'hymne, le père d'Epée de Jade avait nettoyé à l'alcool le cadre de l'Empereur Puyi et son épouse Wan Jung, arrangé les plis du rideau de soie qui le protégeait puis, ayant vérifié que rien ne pouvait offenser les visiteurs japonais, avait glissé ses pieds dans des sandales de paille dont les semelles ne font pas de trace dans la neige, et disparu dans l'arrière-cour afin d'enterrer le dernier sac de riz. La vieille femme qui, depuis mon arrivée, n'avait plus quitté son matelas, s'était raidie. D'une main hésitante, elle avait posé en évidence à ses côtés la copie du dernier édit de l'Empereur Puyi décrivant son voyage au Japon et, pâle comme une morte, avait repris sa place derrière les voiles du lit clos.

— Lan Po, m'avait annoncé Lao Bang, cérémonieux, nous partons. Nous partons ce soir pour Xinjing. Des camarades nous remettront nos laissez-passer.

Lao Bang avait hésité et une ride inattendue barré son front lisse. Depuis cette longue discussion du premier soir, nous n'avions guère échangé plus de quelques mots.

— Lan Po, on peut se montrer courageux pour sauver sa propre vie et ne pas savoir lutter pour les autres… Es-tu bien sûre de lire objectivement en toi ? L'Armée rouge a besoin de soldats dévoués à sa cause mais les volontés individuelles guidées par la vengeance et la colère ne sont pas admises, tu sais…

— Lao Bang, avais-je rétorqué, piquée au vif, je combats pour une cause plus grande encore que la tienne. Je combats l'impérialisme nippon. Je me place aux côtés des miens, les Coréens, mais aussi des Chinois de Mandchourie et de tous ceux que, dans son ambition, le Japon va engloutir.

Lao Bang m'avait tendu des sandales à enfiler sur mes chaussures. Je me souviens du contact de ses doigts effleurant ma peau et de ses yeux cherchant les miens tandis qu'agenouillé devant moi, il répartissait la paille sous les semelles et nouait le lien autour de ma cheville. Pour la première fois de ma vie, je lisais dans le regard d'un homme que j'étais belle et désirable. Avec des déhanchements de patineur, il m'avait encore montré comment avancer dans la neige en brouillant sa piste, puis nous partîmes à travers champs, laissant Mu Hao trembler sous l'hymne du Mandchoukouo.

Pour rejoindre la province méridionale du Hunan, deux possibilités s'offraient à nous, passer par le Nord et la Mongolie afin de quitter le Mandchoukouo et laisser ainsi derrière nous la zone japonaise, ou prendre le train jusqu'au Sud, le plus loin possible en direction du fleuve Bleu. La première solution n'était guère plausible en hiver et Lao Bang décida que mieux valait gagner du temps et tenter malgré le danger de se fondre dans la masse de voyageurs en partance pour Hankou.

Une semaine ne s'était pas écoulée que Lao Bang m'apportait les faux papiers et le précieux laissez-passer. Frère et sœur. Nous étions frère et sœur. Mon bonheur à la lecture de la carte d'identification illumina mon visage car Lao Bang m'avait observée, l'air interrogateur. Pouvais-je lui dire cette félicité d'avoir tout à coup une identité, un frère, et donc une famille ? Une famille de papier mais une famille tout de même. Par la magie de ce morceau de carton jaune estampillé du sceau du Mandchoukouo, je renaissais, abandonnant définitivement Kawamoto Naomi avec les hardes de mon évasion de Harbin.

Il y avait aussi une enveloppe brune contenant des documents pour la cellule de Changtan. Lao Bang les avait étalés sur le sol et, immobile, la respiration contenue, les avait mémorisés, puis il m'avait demandé de faire la même chose. J'avais perdu l'habitude d'apprendre comme je le faisais si bien autrefois à l'école. Je fronçai les sourcils et tentai d'imprimer dans ma mémoire un croquis représentant un aéroport. Il y avait aussi une liste de trente noms, des dimensions, des chiffres sans apparente logique. « AF 2645, 25932, Shaoshan, 425, sud-est ».

Au bout d'une vingtaine de minutes, Lao Bang ayant replié les plans, les avait jetés dans le foyer où ils s'embrasèrent en crépitant avec des couinements d'oiseaux.

Nous partîmes le 15 mars et atteignîmes les environs de Hankou le mois suivant. J'ai de cette traversée de la Chine un souvenir au goût d'enfance. Lao Bang, si sérieux quand il parlait de politique, se révéla le plus délicieux des compagnons de voyage. Enjoué, plein de fantaisie, pas une minute ne passait sans qu'il ne me fît rire de quelque plaisanterie inopinée. D'une curiosité insatiable, il découvrait sa patrie en même temps que moi, s'émerveillant au bleu du ciel, à la légèreté du vent.

Lao Bang était un homme du Nord. Caractère fier, trempé et inflexible, un être généreux et droit guidé par le sens du devoir et l'amour de la patrie. Intimidée par notre brusque intimité, je n'avais osé les premiers jours briser la barrière de gêne qui subsistait entre nous. Quand en Mandchoukouo nous n'avions pas craint de confronter nos opinions et nos rêves, ce train roulant vers le sud avait éteint notre hardiesse. Nous étions demeurés silencieux pendant presque tout le trajet de Mukden à Pékin, laissant les étendues neigeuses de la plaine de Mandchourie glisser derrière les vitres du train. Des lieues et des lieues d'une blancheur immaculée, de brouillards givrés qui jamais ne se dissipent et engloutissent l'horizon jusqu'aux eaux vertes du golfe de Chine que la voie ferrée longe sur plusieurs centaines de kilomètres avant de plonger dans les terres. Je sus que nous avions passé la frontière du

Mandchoukouo quand apparurent à l'horizon les hauteurs crénelées de la Grande Muraille. Un long mur nu, rythmé de meurtrières et de tours de guet sur lesquelles flottait le soleil incarnat du drapeau japonais. De Pékin je ne vis rien. Tout au plus une marée de toits jaunes et des collines hérissées de sapins, traçant une ligne noire continue le long des fortifications. Une ville à l'image de Lao Bang, rigide et intellectuelle, un monde organisé, reflet d'un univers pensé, parfait jusque dans ses quartiers et ses plus étroites ruelles.

Nous effectuâmes le trajet de Pékin à Hankou, mille deux cents kilomètres, en quatre tronçons car les trains ne circulaient plus après sept heures en raison des attaques de guérilla. Trois nuits passées dans l'obscurité pénétrante des compartiments à attendre que se lève le jour, trois nuits protégée du monde par ce frère de papier qui, pour passer le temps, me racontait l'histoire de son pays.

Je me souviens qu'un soir, dans une gare quelque part entre Kaifeng et Sinyang, Lao Bang était descendu du train afin de remplir notre thermos de thé chaud auprès d'un marchand ambulant. Bien qu'il se fût agi d'une toute petite gare, le quai disparaissait sous la foule. Des mendiants déguenillés, des vieillards éclopés et des femmes, un enfant dans chaque bras, un autre sur le dos, tendaient leurs mains décharnées vers les fenêtres, prenant d'assaut chaque voyageur qui s'aventurait hors du wagon. Demeurée seule dans le couloir du train, au milieu de bagages amoncelés et de passagers endormis, j'avais pensé à mon père, essayant de dessiner son visage avec ceux de mes propres traits que je ne retrouvais pas chez ma mère. Ce casse-tête sans issue s'était achevé dans un accès de colère qui me fit mordre mon poignet de rage. Je pleurais silencieusement quand les mains de Lao Bang s'étaient plaquées sur mes yeux, comme quand autrefois j'essayais de faire rire Kyoko. Paumes douces, intensément vivantes, si chaudes sur mes lèvres. Mes mains avaient retenu ses poignets, avides d'emprisonner cette vague de bonheur. Les doigts de Lao Bang s'étaient crispés, légèrement rugueux. Sentant son souffle dans mon cou, j'avais renversé la tête, abandon spontané qu'avec une douceur extrême mon compagnon avait recueilli en relevant mon visage entre ses paumes.

— Lan Po, après la guerre tu rentreras dans ton pays, les amis du camarade Mao Zedong t'aideront et peut-être même pourras-tu convaincre les tiens que l'avenir de l'Extrême-Orient dépend du succès de la révolution communiste. Quand nous aurons triomphé des Japonais, il faudra reconstruire la Chine, et la Corée, notre petite sœur historique, ne sera pas oubliée…

Lao Bang. Merveilleux et pur Lao Bang. Cette nuit de mars 1940, nous la passâmes l'un contre l'autre. A parler. Dans sa bouche, l'histoire de Chine devint épopée et la vie corrompue de ses empereurs une légende aux accents cruels. Lao Bang me raconta une fois encore la Longue Marche, les douze mille kilomètres parcourus par l'armée des Rouges. Soldats, paysans aux pieds nus. Douze mille kilomètres de montagnes, de fleuves, douze mille kilomètres de sang, de sueur et de souffrances pour sauver la Chine et l'éveiller à son destin. Il me parla aussi de l'accord conclu in extremis entre Chiang Kai-shek et les communistes. Comment pour repousser les Japonais, les digues du fleuve Jaune avaient été abattues, engloutissant sous une marée de boue des hectares et des hectares de champs et de rizières, comment des milliers de paysans avaient péri noyés par les flots d'ocre de ce raz-de-marée artificiel. La suite, je la connaissais : la prise de Nankin et la fuite du gouvernement de Chiang Kai-shek au Sichuan, à Chongqing. Mao et les siens retranchés à Yanan.

— Lan Po, il est encore temps de reculer, je ne t'en voudrai pas, ce combat n'est pas le tien.

Je m'étais rebellée, vexée. Pouvait-il imaginer, Lao Bang, ce frère que je rêvais d'aimer, que cette lutte était aussi la mienne, celle de notre peuple ? J'avais eu envie de dénuder ma jambe et de lui montrer les chiffres d'infamie tailladés dans ma chair – 2444 –, mais une prudence instinctive m'en avait dissuadée. Que savait Lao Bang de la vie ? Avait-il seulement aimé ? serré une femme dans ses bras ? Connaissait-il cet abandon magnifique de soi que procure l'amour ?

Quand je repense à Lao Bang, je vois un visage ovale d'adolescent, un nez long et fin, des lèvres couleur de sable rose, légèrement trop épaisses selon les critères de beauté orientaux mais douces, veloutées, gonflées de sang, frémissantes de vie. Je vois une peau lisse, brillante comme un miroir, velours et soie, sans l'ombre d'un duvet, pâle et dense, une peau qui appelle les caresses, demande d'être touchée, malaxée, pincée et exhale une odeur de riz fraîchement cuit, cette vapeur blanche parfumée qui s'échappe en bouffées chaudes au-dessus des marmites. Une peau qui donne envie de manger, de dévorer, de saisir à pleines mains. Je vois aussi un large front cuivré, bombé comme un tambour caché sous une masse de cheveux noirs rebelles, peignés selon la mode, avec la raie au milieu. Lao Bang. Jamais je n'avais à la simple vue d'un homme tant désiré me donner, m'engloutir dans sa chair, disparaître pour couler dans ses veines. Comme j'aurais souhaité faire de ce frère de papier un amant de chair et de passion ! Je me sentais si vieille, si usée, honteuse de ces pensées nées à l'insu de mon compagnon. Mon visage s'était assombri.

— Tu voulais me dire quelque chose, Petite Vague ?

Les yeux de Lao Bang avaient plongé en moi, confiants, sincères. Ses bras m'avaient entourée et, plus légères qu'une caresse de papillon, ses lèvres s'étaient posées derrière mon oreille. Un souffle chaud, brûlant.

— Tu penses au camp de Harbin, n'est-ce pas ?

Secoués, dans un wagon bondé aux vitres cassées, nous ne fermâmes pas l'œil de tout le voyage. Le train filait vers le sud. Des champs, des rizières jusqu'à l'horizon, tous semblables, qui défilent et se brouillent en un paysage sans fin, des visages étonnés aussi sur les quais, burinés, sales, fatigués, coléreux ou résignés, confondus en un seul nouveau visage, superposition de mille regards, mille sourires inconnus. Plaines immenses du Hebei, d'or sombre et de neige, éblouissant jeu d'ombre et de lumière, maisonnettes au toit de chaume, bœufs roux aux hanches saillantes chargés de sacs, paysans en file indienne le long des digues portant sur la nuque un bambou fendu, double fléau chargé d'eau ou de fourrage, pointillés imperceptibles des femmes tanguant sur les chemins, un ou deux enfants entortillés sur les hanches, bouilles rondes, impassibles de froid ou de famine et soudain, alors que le train entre dans le bassin du Yangtze, cette impression étrange de changer de pays, de planète. Un picotement dans les narines, une odeur d'humus et de feuilles, une légère douceur dans l'air froid, dans la courbe des toits, sobre, élégante, dans les regards empreints de mélancolie.

Nous descendîmes du train peu avant Hankou, dans un hameau du nord de la région des lacs, au cœur d'une terre inondée, amphibie, sans limite entre le ciel et les eaux, grise et humide, sur laquelle tombait mollement une neige fine aussitôt absorbée par le sol. Marcher ne m'avait jamais effrayée et j'avais, sans un mot, emboîté le pas à Lao Bang en direction du cours principal du Yangtze où nous embarquerions sur une jonque afin de rejoindre le village de Haolu sur la rive opposée puis, au-delà, la route de Changtan.

Les gorges du fleuve à la passe de Yongtaishan sont majestueuses : à-pics gigantesques hérissés d'arbres noirs plongeant dans la brume et remous perpétuels des eaux, pitons rocheux émergeant des nuages, laissant apparaître entre deux écharpes de brouillard des lambeaux de ciel d'un vert intense, comme hâtivement peint par une main d'enfant. En contrebas, au-delà d'une petite forêt d'eucalyptus cachant partiellement les eaux du fleuve, chuintaient des bosquets de saules dénudés traversés d'une douce lumière d'où s'élevait le clapotis des eaux contre les jonques.

Nous abordions un raidillon sinuant dans une végétation basse au parfum de résine quand un bourdonnement sourd venu des gorges en aval du fleuve nous tira de notre contemplation. En une fraction de seconde, je sentis le sol trembler sous mes pieds et Lao Bang me pousser sous lui dans les herbes. Le bruit était tel que la terre me sembla exploser. Un tonnerre de crépitements nous encercla, répandant une odeur de métal chaud, suivi aussitôt d'un silence rompu par le ruissellement des eaux sur les roches, en bas du sentier. De nouveau, le bruissement infernal reprit, là, à quelques mètres seulement de nous, faisant jaillir du sol des mottes de terre enflammées.

Je n'ai pas le temps d'avoir peur, je me recroqueville. C'est alors que je sens une douleur traverser ma poitrine. Un choc puis une longue brûlure qui fuse à l'intérieur de mon corps. Une gerbe d'éclairs explose devant mes paupières. J'ignore alors si le vacarme qui gronde à mes oreilles est celui des bombes, ou le sang qui frappe mes tempes. Je devine la voix de Lao Bang qui me murmure que tout ira bien, que ce n'est rien. Son bras a enveloppé mes épaules. Je ne veux plus entendre ce fracas de moteurs et de bombes, et je ferme les yeux.

Quand je les rouvris, le ciel s'était embrasé, une étendue de vagues noires et rouges, de traînées sombres, larges virgules de feu et de cendres formant un dais lugubre au-dessus du fleuve. La brume dans les gorges s'était écartée de chaque côté des crêtes rocheuses, s'ouvrant sur un ciel indigo, magnifique et lumineux. Dans l'air humide, sans un soupçon de brise, le Yangtze resplendissait. Lao Bang, hagard, s'était levé. Son visage rayonnait d'une tristesse intense mêlée de haine. Des cris, des plaintes montaient de la rive en contrebas. A l'endroit où quelques instants auparavant nous avions admiré la beauté paisible de l'embarcadère et de ses jonques alignées le long de la jetée, mes yeux ne distinguaient plus qu'un désordre de pontons, de planches et de roseaux, de voiles déchirées et de coques renversées.

Sur la rive nous attendait un de ces spectacles affreux qui forment le quotidien des temps de guerre. Un enchevêtrement de corps déchiquetés d'où montait un murmure de gémissements inaudibles, couverts par le grondement des eaux. Je n'avais pas oublié les soins donnés aux blessés à Mokpo mais je renonçai bientôt : comment soulager les souffrances de ces bras, de ces jambes déchirées qui flottaient emportés par le courant, de ces faces tournées vers le ciel qui, parfois, trouvaient la force de murmurer un prénom, une prière ?

Mon attention fut attirée par des cris provenant d'une petite masse sombre caressée par les eaux rougies. Une enfant de trois ou quatre ans peut-être, au visage rongé de blessures écarlates, appelait sa mère.

Je m'approchai de la fillette. Ses yeux n'étaient qu'une plaie. Seules ses lèvres continuaient de hurler cet unique mot qui lui permettrait de quitter le monde en paix : « Maman, maman ! » De plus en plus faible.

La mère gisait à quelques mètres de là, une grande Chinoise que le souffle de la mort avait dénudée, exposant un corps pâle à la lumière crue du soleil. La tête renversée, gorge offerte. Je remarquai une chaînette qui pendait à son cou, avec une minuscule amulette de jade en forme de cigale. Mes doigts hésitèrent, la chaîne résistait, prisonnière des cheveux de la femme. Le fermoir céda enfin.

Les petits doigts palpèrent ma chair à tâtons, cherchant la chaleur d'une mère. Enfin, reconnaissant sur ma peau les contours cent fois caressés de l'insecte de jade, le pauvre visage déchiqueté, piqueté de pointes d'acier, s'apaisa.

Jusqu'au soir nous aidâmes les hommes du village voisin de l'embarcadère de Yongtaishan à porter les corps le long du raidillon qui menait aux habitations. Une lente procession de silhouettes abattues et silencieuses qui se poursuivit sous les derniers rayons du soleil.

Les nuits étaient encore froides et le chef du village de Haolu, après s'être entretenu avec Lao Bang, nous invita à nous reposer.

— Vous avez l'embarras du choix, avait-il dit l'air désabusé, la moitié des maisons ont été abandonnées ou pillées.

L'hospitalité en Chine est sincère et, même au cœur de la détresse, le voyageur demeure roi. Alors, avec toute l'emphase qu'exige la tradition, il avait poussé la porte et prononcé les paroles rituelles :

— Notre logis n'est qu'une masure et nos bols sont vides mais je vous en prie, honorés voyageurs, acceptez mon hospitalité.

Il nous tendit un thermos de thé et un gros bol en fer-blanc rempli de gruau, puis fit demi-tour. Sans attendre, nous nous ruâmes sur l'épaisse bouillie de céréales, grise mais consistante.

Jamais je n'eusse pensé qu'en Chine, en 1940, on pût vivre, même à la campagne, dans un tel dénuement. Une tanière, basse de plafond, aux murs suintant l'humidité, couverts de mousses et de lichens, puant l'urine et l'huile rance. Habitée par des hommes et des bêtes dans un même espace de terre battue, coupé en deux par quelques planches maladroitement assemblées et jetées le long d'un mur afin de former une estrade. Au-dessus de cinq couettes pliées avec soin pendaient un autel avec une bougie de cire rouge fichée dans une bouteille et la photo moisie d'une famille posant devant un décor de cascades et de rochers peints.

Un bruit furtif attira notre attention vers la pièce voisine. Une lueur pâle filtrait à travers les lattes de la porte, éclairant la silhouette ratatinée d'une vieille femme tassée sur une couverture souillée. Elle branlait de la tête, les yeux mi-clos, ponctuant de longs soupirs la chasse méthodique contre les insectes que ses doigts avaient entreprise dans ses guenilles, pinçant, grattant, pourchassant des colonies de bestioles noirâtres. Un cri perçant traversa l'obscurité, jailli de sa gorge à son insu. Pétrifiée, je regardai son visage blême et ses yeux vides qu'un vague étonnement agita de tressaillements. Sa bouche se tordit en une vilaine grimace. Tout à coup revigorée, elle se remit à hurler. Dans ses yeux, errait le même désarroi qui m'avait autrefois émue chez le mendiant de la jetée à Mokpo. M'agenouillant à son côté, je lui versai une tasse de thé que je poussai contre ses lèvres serrées. Elle s'accrocha alors à moi et, se cramponnant de toutes ses forces, essaya en vain de se hisser sur ses pieds. Une rage impuissante traversa ses yeux. Ses cris redoublèrent, tout à coup assourdis, comme un chant lointain venu du fin fond de son âme. Etendue sur le flanc, elle s'immobilisa, vaincue par la souffrance. Je vis alors ses pieds. Deux moignons sans vie, tordus comme des griffes de rosier. Des crosses de chair minuscules qui auraient tenu dans la paume d'un enfant de quatre ans.

— Qui vous a fait cela, grand-mère ?

Au nom de « grand-mère », le regard de la vieille s'apaisa.

— Mes petits-fils. Ils m'ont dit qu'ils me libéraient de l'esclavage. Ils ont arraché mes bandes et brûlé mes mules en bouton de lotus, puis ils ont emporté les poules et les cochons et sont partis avec les autres, les Rouges.

Le visage était inondé de larmes, des larmes limpides qui traçaient des lignes blanches sur sa peau.

— Avant, je souffrais pour marcher mais je me déplaçais. Maintenant il paraît que je suis une victime de la société féodale, qu'il faut me protéger de la barbarie bourgeoise. Mais je ne peux plus bouger…

Le silence remplit la pièce. Sous le regard réprobateur de Lao Bang, j'avais nettoyé les plaies puis enroulé autour de la chair gangrenée des lanières de tissu arrachées aux couvertures. Peut-être ce bandage improvisé maintiendrait-il les os brisés en place, calmant ainsi la douleur atroce des nerfs martyrisés. La vieille n'avait cessé de sangloter. Vers trois heures du matin, légère comme un épouvantail, elle s'endormit dans mes bras.

Le lendemain, épuisés, nous reprîmes notre route et traversâmes le Yangtze sur une chaloupe qui avait échappé au bombardement. Il n'y avait pas d'embarcadère et, pour l'atteindre, nous dûmes entrer dans le lit du fleuve à la suite du passeur. L'eau glacée atteignit rapidement ma taille puis engloutit ma poitrine tandis que je tenais mon baluchon haut par-dessus la tête afin de ne pas le mouiller. Lao Bang, passé le premier, m'empoigna enfin à bout de bras et me hissa à bord. Le bateau, une barque à fond plat, recouverte d'un tunnel de toile goudronnée, soudain déséquilibré gîta dangereusement mais se rétablit. Et, tandis que j'essayais de me réchauffer, il s'engagea sur le fleuve. L'instant d'après, le ciel s'assombrit et des trombes d'eau se déversèrent. Réfugiés sous l'auvent, nous attendîmes que l'averse se calmât. Après quoi le passeur, pas le moins du monde troublé par cette brusque colère des éléments, reprit sa place à l'avant et remit le moteur en route. Arrivés à bon port sur l'autre rive, nous le remerciâmes puis rejoignîmes la horde des réfugiés fuyant les combats. Un trait incertain se déroulant le long des berges, sur les rochers, à travers la campagne inondée, de familles cherchant à rejoindre un refuge utopique, au-delà des rizières, dans un Eden où les avions ne lâchent pas de bombes, où la vie reprendrait son cours.

Nous arrivâmes trois semaines plus tard à Changtan, le terme de notre voyage. C'était une petite bourgade sur le cours inférieur de la Xiang, protégée par plusieurs garnisons des troupes nationalistes du Guomindang. La cité, autrefois prospère, avait servi d'entrepôt aux denrées acheminées du Sichuan mais depuis le début de la guerre, les activités commerciales avaient chuté. Les Américains et les Anglais, qui faisaient tourner les principales fabriques, avaient fui vers Hong Kong et Singapour.

Légèrement blessée par des éclats de bombe lors de l'attaque, je fus conduite avec une dizaine de réfugiés à l'hôpital militaire Saint Mary, dans le quartier des anciennes concessions. Pendant tout le temps que dura mon hospitalisation, Lao Bang me rendit visite quotidiennement. Il arrivait tôt le matin de façon à m'apporter les repas de la journée, puis s'asseyait sur un banc dans le couloir et nous parlions. Presque toujours de politique, le seul sujet qui l'enflammât et pourtant nous dressait l'un contre l'autre. Lao Bang m'accusait de tenir des propos de capitaliste et il me sembla qu'il jalousait l'éducation que j'avais reçue à Keijō. Il avait honte pour son pays, honte du désordre qui y régnait.

Je me souviens d'une querelle qui nous laissa boudeurs pendant près d'une semaine. J'exècre les sujets interdits et leur cortège de silences qui masquent le désaccord. Troublée par son attitude hostile lorsque j'avais pansé les pieds de la vieille à la passe de Yongtaishan, je l'avais affronté. L'insolence aux lèvres, je m'étais érigée contre l'aveuglement de ses tortionnaires. Lao Bang avait baissé la tête. Sentant alors qu'au nom de l'ordre, de la révolution il allait fuir, esquiver, j'avais haussé le ton et exigé une réponse. Lao Bang semblait étourdi. Jamais on ne lui avait ainsi tenu tête. Il s'était emporté. En plein milieu du couloir de l'hôpital, sous les yeux hébétés des malades, il m'avait juré qu'un jour la Chine quitterait la féodalité et que ceux qui, comme moi, ne savaient que brandir le passé devraient se rendre à l'évidence et aider à la construction d'une nouvelle société, pure et égalitaire. Nous nous étions quittés au plus fort de la tempête. Prêts à l'amour comme au meurtre. Le lendemain et le surlendemain, Lao

Bang n'était pas venu, se contentant de déposer mes repas à la grille.

Comme je l'aimais, ce frère de papier, muré dans sa colère ! Je l'aimais furieux quand, porté par ses propres convictions, il se voyait révolutionner le monde, réorganiser le temps et l'espace.

— Il n'y aura plus de frontières, Lan Po ! Plus de frontières entre nos provinces, plus de frontières entre les classes, imagine un monde sans classes gouverné par le peuple !

Sa voix qui grondait et tonnait avait le pouvoir merveilleux d'aussitôt m'apaiser, d'étancher une soif étrangère à moi de lutte et de possession. Sous sa chemise, je devinais sa chair, ses muscles tendus, guettant les plages irisées de transpiration que le col ouvert livrait jalousement à mon regard. Fermais-je les yeux que sa respiration devenait mienne, son sang battait à mes tempes furieusement. Il me semblait alors que nous n'étions qu'un seul être, unis par nos différences autant que par nos joutes. Je soupirais, bouleversée, les larmes au bord des paupières, émue sans en comprendre la raison. Je ne me reconnaissais plus. Devant Lao Bang, mon pouvoir de repartie s'évanouissait. Quand j'aurais dû protester, me défendre, je fondais. Alors, vaincue, je l'écoutais, me laissant bercer par sa fougue, attentive à ne rien perdre de ces instants de bonheur.

A ma sortie de l'hôpital, je découvris Changtan. Une ville pleine de charme, sans doute l'une des plus belles du nord du Hunan car les maisons, sans être luxueuses, procurent à l'œil une incomparable impression d'harmonie et de chaleur. Est-ce la courbe des toits à double pente, les tuiles ornées de phénix, le bleu grisé de leurs reflets sous la pluie, ou les branches des saules qui caressent les murs ? l'odeur d'opium et de thé vert flottant dans l'air ? le balancement des hanches des coolies sous la charge ou cette femme ajustant le bambou qui retient ses seaux jumeaux remplis d'eau ? Ce soir de printemps où, corsetée de gaze, je quittai l'hôpital Saint Mary, le bonheur flottait dans l'air. Un bonheur simple qui se déclinait à chaque coin de rue.

La cellule communiste de la ville avait mis à notre disposition une chambre dans une annexe de l'école. Qui se serait étonné qu'un frère et une sœur partagent une même chambre ? Contraints soudain de vivre sous le même toit, la force de nos sentiments nous effraya. L'idée d'être frère et sœur aux yeux de tous avait pris chair en nous et quand hier encore, dans les couloirs de l'hôpital, Lao Bang et moi nous réchauffions sous une même couverture, le moindre frôlement dans cette chambre minuscule prenait la couleur de l'inceste. Frissons interdits. Chauds. Bouleversants. Qui nous laissèrent indécis, partagés entre le désir de céder, de s'abandonner l'un à l'autre et l'envie de danser éternellement cette étrange parade nuptiale. Et puis la nuit tomba, nous dérobant à la vue des autres. Nous nous donnâmes l'un à l'autre. Avec les gestes exquis de la timidité, Lao Bang m'avait dévêtue et étendue sur les nattes de bambou. Ses mains m'avaient découverte, avec une tendresse si pleine de précautions qu'on eût cru qu'il craignait de me briser. Mais rien n'aurait pu arrêter cette exploration silencieuse effectuée avec la méthode et l'application de sa jeunesse, du bord de mes lèvres à l'extrémité de mes orteils, sans qu'aucune parcelle de mon corps ne lui échappât. Les doigts de Lao

Bang lissaient, devinaient, se mouvant librement sur ma peau. Parvenus au rempart de mes cicatrices, ils avaient buté, glissé le long de mes hanches puis tenté de nouveau de franchir ce terrain inégal, obstinés, rageurs jusqu'à ce qu'ils eussent parcouru toute la longueur de la barrière de chiffres. 2444. A l'aveugle. Un instant déroutés, ils avaient tourné en rond, piétiné sur place. Puis ils avaient repris leur danse sur un rythme nouveau, plus rapide, qui me sembla suivre ma respiration. Avec une impudeur pleine de charme, Lao Bang s'était à son tour déshabillé. Comme il était beau à la lueur de la lampe à pétrole. Tendre, rageur. Si parfait... Nous avions alors feint ces étapes de l'amour qui, d'ordinaire, jalonnent la vie des couples. Jalousie. Bouderie. Passion et colère. Un jeu que nous prolongeâmes toute la nuit, retardant à l'infini le moment où nous glisserions l'un dans l'autre. Et puis quand dans la chambre immobile les ombres avaient sombré avec le départ de la lune, nous nous étions aimés.

Je m'étais levée tôt afin de balayer la cour de l'école, un long bâtiment bas surmonté en son centre d'un fronton ajouré avec une cloche. « *Changtan Ch'u teng hsiao hsueh hsiao* ». Ecole primaire de Changtan. J'avais admiré un vieux prunier dont les branches trompées par l'air doux du Hunan portaient déjà des fleurs, larges, blanches et molles, tachées des traînées magenta du pistil. Je m'apprêtais à aller chercher de l'eau à la pompe derrière la rampe d'accès aux classes, quand un ronronnement léger dans le ciel m'avait fait lever la tête. Un hydravion gris, sans marque particulière, volait au-dessus de la ville. Pas très haut, décrivant des cercles de plus en plus petits, comme s'il cherchait à se poser.

Arrivé presque à l'aplomb de l'école, je remarquai qu'il lâchait une foule de petits colis. Une pluie blanche voletant dans l'air lumineux. L'avion avait ensuite disparu dans les nuages en direction du nord. Aussi vite qu'il était apparu. On aurait dit de gros flocons immaculés qui se déposèrent sans bruit sur les toits des maisons, les arbres des jardins, et vinrent se mêler aux pétales du prunier sur le sol. En m'approchant, je vis qu'il s'agissait de simples paquets de gaze et de coton encore reliés entre eux par un film protecteur.

Les premiers écoliers arrivaient, vareuse militaire pour les garçons, jupe noire et chemisier blanc pour les filles, une foule piaillante et gaie qui se dispersa dans la cour tandis que le maître, un Chinois sévère portant la moustache fine des citadins, ouvrait les portes et les fenêtres. Le soir même, je parlai à Lao Bang de ces curieux paquets tombés du ciel. En riant, il m'expliqua qu'il s'agissait d'une erreur de pilotage. Les Japonais lâchaient souvent des tracts exhortant la population à appuyer le gouvernement de Wang Jingwei à Nankin. Et puis d'ailleurs, Changtan n'était-il pas protégé par l'aviation du Guomindang ?

Nous savions l'un comme l'autre que mon état de santé s'améliorant, je devrais bientôt m'engager activement dans la résistance. Une fois encore Lao Bang m'avait demandé de renoncer. Je n'avais pas le cœur à me lancer dans nos interminables discussions politiques et j'avais secoué la tête. Avec une douceur animale, Lao Bang m'avait saisi les poignets de façon à les emprisonner dans mon dos puis il avait posé ses lèvres sur mes paupières. Sans cesser de maintenir mes mains, il avait ployé ma taille et, du bout des dents, mordillé les boutons de ma chemise jusqu'à ce qu'ils cèdent. Mes seins avaient jailli, blancs, ronds, insolents. Le fou rire l'avait gagné, irrésistible et triomphant. Mon amant chinois était devenu mon seul horizon.

Une dizaine de jours plus tard, Lao Bang était revenu d'une de ses curieuses équipées, l'allure défaite et le regard fiévreux. Sans mot dire, il s'était allongé sur les planches de pin qui nous servaient de couche, les mains crispées sur sa gorge. Au bout de quelques minutes, alors que je lui avais servi du thé brûlant pour le réchauffer, il avait été pris d'une toux violente, rauque et sonore, qui lui porta une mousse rouge aux lèvres. Je n'aurais jamais pensé lire un jour la peur dans ses pupilles et quand ses yeux exorbités cherchèrent les miens, je me détournai afin qu'il ne vît pas que j'y avais reconnu l'effroi de la mort. Je lui épongeai le front et le déshabillai comme un enfant pour rafraîchir son corps glacé d'une transpiration acide. Mais déjà il ne pouvait plus parler, répétant simplement :

— Lan Po, aide-moi, Lan Po…

M'éloignais-je quelques instants que ses doigts me cherchaient, aveugles, et avec une force surprenante s'agrippaient à mes poignets pour me retenir, caressant mes mains, mes bras, mes épaules de longues touches appuyées. Les larmes coulaient sur ses joues brûlantes, formant sur sa peau cuivrée des coulées de vert-de-gris. L'attirant doucement par la nuque, je plaquai sa tête contre mon ventre. Sa bouche glissa alors sur ma peau, avide et inquiète, puis s'immobilisa sur la pointe de mes seins. Mon frère de papier, mon merveilleux amant, qui avait pu te mettre dans un tel état ? Quel poison avais-tu avalé qui te rongeait de l'intérieur, creusant tes joues, aspirant ton souffle et ton sang ?

J'avais couru à l'école où je savais que Li Heng, le maître, dormait souvent, allongé entre les pupitres. Les portes étaient verrouillées de l'intérieur et je dus me hisser par une fenêtre qui claquait au vent. Je trouvai l'instituteur mais dans un état qui me parut plus grave encore que celui de Lao Bang. Ses yeux s'étaient opacifiés et il gisait, traversé de convulsions, dans une mare sanguinolente, de ce même rouge piqueté de grains que la gorge de Lao Bang rejetait sans cesse. L'instituteur, en me voyant, avait agité les bras mais aucun mot n'avait passé la barrière de ses lèvres bleuies, et ses mains étaient retombées sur le sol dans un bruit sourd. Il me sembla alors que de l'extérieur montait une rumeur de cris et de larmes et je me ruai dehors, les joues en feu, pour trouver une rue désolée, écho de mon propre désarroi. Des femmes, des hommes, des enfants couraient, criant à l'aide, le regard affolé, la bave aux lèvres. Quand j'arrivai devant l'hôpital Saint Mary, une confusion de malades encombrait la rue, râlant, gisant à même le sol étoilé de crachats sanglants tandis que de l'autre côté des grilles, des infirmiers et des médecins appelaient au calme, hurlant à chacun de rentrer chez soi en attendant les secours. Les portes étaient cadenassées, bloquées par de lourdes chaînes enroulées en colimaçon autour des barreaux. Les soldats nationalistes, débordés par cette foule hébétée qui tentait d'escalader les murs, tirèrent en l'air plusieurs fois.

Une voix retentit, celle de l'administrateur de l'hôpital militaire. La ville allait être fermée, mise en quarantaine pour soixante jours. Des ambulances passeraient ramasser les malades, les moins atteints recevraient un traitement de sérologie et les personnes ne présentant encore aucun symptôme seraient vaccinées. Les autres, gravement touchés, seraient isolés. La voix s'était tue. Aucun nom n'avait été prononcé qui nous renseignât sur la nature de l'épidémie. Né des gémissements, un cri monta soudain dans la foule, se répétant de bouche en bouche, allumant des lueurs terrifiées dans les yeux de ceux qui avaient compris. La peste. La peste pulmonaire, une forme pernicieuse de la terrible maladie qui attaquait les bronches, la gorge et les voies respiratoires. Un long chuchotement. Et chacun se souvint de cet avion gris qui avait survolé la ville au début du mois. Les flocons de coton blanc qui avaient voleté dans les airs étaient imprégnés du bacille mortel de Giemsa.

Le mégaphone avait repris :

— Nous avons ici suffisamment de sérum pour traiter la population de Changtan. Considérez-vous comme des privilégiés. A Taidao, près de Changsha, les Japonais ont largué un poison autrement plus violent, des bombes contenant des spores d'anthrax, portées par des cerfs-volants. Il n'y a pas d'antidote. Alors priez le ciel, rentrez chez vous et attendez les secours !

Ainsi, après avoir testé l'efficacité de germes et bactéries sur les prisonniers de guerre, sans doute au camp de Harbin à l'unité 731, les Japonais avaient-ils entrepris d'appliquer leurs découvertes sur le terrain afin d'exterminer la population chinoise. J'en savais assez et repris le chemin de l'école à travers une ville méconnaissable, en proie au chaos. Des cadavres gisaient dans la rue, rejetés furtivement sur le côté tandis que claquaient les portes et les volets refermés par les bien portants dans une vaine tentative pour s'isoler de l'épidémie. Des bandes de rôdeurs, profitant de la panique, avaient déjà pillé les boutiques dont les propriétaires inconscients avaient oublié de verrouiller les grilles. Des paquets de nouilles éventrés, des emballages de savon flottaient dans les caniveaux, rougis de crachats. Sur la place brûlait un feu. Un bûcher de fortune dressé en hâte avec des planches arrachées aux maisons, des brindilles d'eucalyptus et de vieilles couvertures. Une dizaine de soldats, portant de curieux casques dont la visière se terminait par une sorte de tuyau comme une trompe d'éléphant, entretenaient le foyer tandis que d'autres déchargeaient une remorque de son sinistre contenu. Des cadavres déjà raidis tombaient dans les flammes avec des gerbes d'étincelles. Dans l'ombre qui avait submergé la ville se répandait une odeur âcre de chair brûlée et de sève. Un désordre de cendres, de lamentations, d'hommes rendus fous par la peur et de femmes hystériques. Je frissonnai, sentant les pulsations de la foule qui haletait en fixant hypnotisée les corps disparaître dans la fournaise, avalés par les bourrasques de feu. L'air sentait la cendre et la mort. Changtan était devenue un enfer. Je fermai les yeux et me mis à courir. Quand j'arrivai à l'école, Lao Bang avait roulé à terre et râlait, inconscient, dans une mare de souillures.

Vers trois heures du matin, une fourgonnette s'était garée dans la cour. Devant le prunier dont les fleurs maintenant épanouies arboraient un cœur grenat piqueté de jaune. Quatre soldats portant le casque bleu de l'armée nationaliste se présentèrent devant ma porte. Les questions fusèrent, rudes, glacées. Combien de personnes dans le foyer ? Nom, prénom, âge. Lien de parenté. La mort avait glissé un sifflet entre les lèvres de Lao Bang dont la toux avait cessé, remplacée par un chuintement strident. Un soldat portant le brassard blanc et bleu des infirmiers s'impatienta. Les râles, quand avaient-ils commencé ? Et moi, je me sentais bien ? Pas de toux ? De douleurs dans la poitrine ? De fièvre ? Voyant que je restais immobile, cramponnée à la main de Lao Bang, le soldat avait nerveusement replié le bloc de papier où il notait mes réponses et, d'un signe de la main en direction du corps inerte de mon compagnon, avait donné l'ordre de l'emporter. « Non ! Où ? » Je hurlai, les bras serrés autour de Lao Bang. « Que l'on m'embarque moi aussi ! » Deux hommes avaient saisi mon pauvre frère de papier dont la tête roula en arrière. « Laissez-moi au moins prendre congé, lui dire adieu ! » Un homme, semblant plus éduqué que les autres, était intervenu. Il parlait d'une voix ferme et pénétrante. Sur sa poitrine était épinglée la rosace rouge des médecins.

— Petite sœur, pour lui il n'y a plus rien à faire. Il va mourir. Il est trop tard pour le soigner mais on peut encore enrayer l'épidémie en isolant les cas les plus graves. Pense aux autres !

— Deux minutes ! Laissez-moi deux minutes pour lui dire adieu, c'est mon frère.

Je m'effondrai aux pieds de l'homme à la rosace.

— Je vous en prie !

Deux minutes pour dire adieu à la vie. Deux minutes pour quitter un être aimé. Sur un signe du médecin, les trois hommes reculèrent.

« Mon Dieu, Lao Bang, m'entends-tu ? Je t'aime, Lao Bang, je t'aime, je t'aime… Comme ta tête est lourde dans mes mains. Tes lèvres sont douces. Douces comme le ventre d'un nouveau-né. Je t'aime, Lao Bang… Dis-moi que tu m'entends ! Je te promets de ne jamais te quitter. Lao Bang ? Sens-tu mes lèvres sur les tiennes ? mon souffle sur ta peau ? Peu m'importe la contagion. L'amour ne donne pas la mort. Je ne crains rien. Je t'aime ! Lao Bang ? Entends-tu ces mots que je prononce pour la première et la dernière fois ? Ta bouche sourit et ton corps tremble. Ce corps aimé que je n'aurais eu assez de toute une vie à adorer, à caresser, à embrasser, ce corps dont les yeux fermés je connais toutes les courbes, tous les oublis. Lao Bang, dis-moi que tu vivras, que tu ne me laisseras pas seule. »

J'entends les sbires du médecin piétiner dehors. Ils s'impatientent. Ce sont eux qui portent la mort. Les doigts de Lao Bang s'étaient doucement refermés sur mes mains et il me sembla qu'il caressait mes ongles. Le temps était écoulé. L'homme au brassard me rejeta violemment contre la porte. Tout était fini. Lao Bang ! Je hurlai.

Lao Bang ! La fourgonnette referma ses portes, fit marche arrière devant le prunier, écrasant les pétales blancs qui jonchaient le sol. Sans doute le corps de Lao Bang fut-il jeté sur le brasier de la place car ce matin-là, les flammes brûlèrent plus vivement, éclairant le ciel et la terre d'éclats dorés.

Les orchidées rouges de Hainan

Dix jours exactement après la disparition de Lao Bang, je fus atteinte des premiers symptômes de la peste. Une langueur extrême, une sensation de poids sous les côtes puis les premiers signes du mal, fièvre et toux étoilée de sang. J'avais été vaccinée. Le médecin militaire, le docteur Peng, jugea que la maladie ne s'accrocherait pas à mon organisme déjà fortifié par le sérum.

Je m'étais confiée au médecin en chef de Saint Mary et ne lui avais rien caché de ma détention à Harbin.

« *Tian a, tai kepa !* Mon Dieu, quelle horreur ! » répéta-t-il plusieurs fois, comme s'il avait voulu se convaincre que tout ceci ne pouvait être vrai. Ebranlé par mon récit, le docteur Peng m'avait enfin montré la liste des responsables des différents services de l'hôpital de Harbin afin de voir si je reconnaîtrais l'un de mes bourreaux. Mais la douleur du souvenir avait effacé les noms de ma mémoire. Il allait refermer le classeur quand, en bas d'une page, deux caractères avaient attiré mon attention. Deux caractères familiers. Takashi. Le docteur Takashi, ce monstre qui avait violé Mikiko, exerçait maintenant les fonctions de chirurgien en chef du département de cardiologie. Je revis les joues fraîches de Petite Pivoine et les larmes incandescentes de sa sœur. Leur image se superposa à la moue enfantine de Mikiko.

La quarantaine fut levée le 25 mai 1940. Une journée radieuse, ensoleillée et fleurie, sans l'ombre d'un nuage dans le ciel.

Vivre à Changtan sans Lao Bang était devenu un supplice quotidien. Tous les jours je passais sur la place, devant le bûcher, et imaginais le corps de mon amant de papier dévoré par les flammes.

Un convoi placé sous la direction du docteur Peng devait se rendre à Chongqing, je me portai volontaire. Sans attache familiale dans le Hunan, je pouvais aussi bien trouver du travail à Chongqing. Nous partîmes le 30 mai à sept heures du matin. Trois ambulances, deux camions militaires et un groupe de paysans, encadré d'une vingtaine de jeunes gens en armes. Les premiers soldats de l'armée du peuple que je voyais, fusil à la main, baïonnette au canon, vêtus de pyjamas délavés et chaussés de sandales de coton. Sans cesse en alerte, ils pressaient les retardataires avec des gestes nerveux, scrutant le ciel mauve. Ils étaient tous très jeunes. Certains, me sembla-t-il, avaient à peine quinze ans, mais l'expression de leurs yeux trahissait une dureté blasée. Leur chef, un grand gamin aux cheveux pâles, décida qu'il était plus prudent de passer par les collines et les rizières pour rejoindre la route principale.

Nous n'avions pas roulé depuis trois heures qu'un vrombissement au lointain nous annonça une attaque aérienne imminente. J'avais acquis un peu d'expérience et appris à distinguer les avions au bruit de leur moteur. Ceux qui approchaient, des A5M, étaient de curieuses machines de guerre au cockpit ouvert, capables de voler si bas qu'on pouvait voir les traits du pilote si les rafales meurtrières ne vous avaient déjà terrassé. Avant que nous eussions compris, les quatre bombardiers piquaient dans notre direction. Dès que les taches scintillantes percèrent la brume, notre convoi, pris d'un vent de folie, s'égailla en tous sens, abandonnant sur place ballots, sacs, couvertures et nasses de poulets. Les femmes hurlèrent, entraînant leurs enfants par la main tandis que d'autres, avec le sentiment d'être prises au piège, paralysées par la peur et la fatigue, demeuraient immobiles au milieu des bagages éparpillés sur le chemin. Hypnotisées, elles regardaient la mort fondre sur elles, une pluie serrée de pointillés noirs qui embrasa les herbes et projeta dans l'air un bouquet de membres humains et de terre.

Le docteur Peng, qui voyageait dans le même véhicule que moi, n'avait pas eu un mouvement d'affolement. Juste un ordre, jeté en cantonais :

— A l'abri ! *Yinbi !*

Mais la panique avait saisi la foule. Malgré les ordres des soldats nous exhortant à demeurer à couvert, à peine les avions eurent-ils disparu sous les nuages qu'enfants, femmes et vieillards, comme attirés par un aimant maléfique, reprirent possession de la route dévastée, courant dans tous les sens, cherchant qui un frère, qui un chien ou un sac au milieu d'un épouvantable charnier de terre et de sang.

L'attaque n'avait duré que quelques minutes. Je me précipitai dans le fossé au bord du chemin. Etourdie par le choc, je réussis à atteindre une cavité contre le canal d'évacuation des eaux d'irrigation. Quand, une seconde fois, les moteurs des avions rugirent, la panique était à son comble. Un vent violent se leva, soufflant des bourrasques de poussière et de boue. Le ciel s'empourpra. Tout était rouge. Le soleil, son reflet dans l'eau des rizières, la terre gorgée de sang. Un tonnerre d'explosions et de crépitements secs laboura les champs de chaque côté de la route. Une voiture prit feu, roula sur le flanc, écrasant dans sa course folle une vieille et son fils blottis contre un tronc. La boule de flammes dessina de curieuses spirales dans l'air puis explosa alors qu'elle touchait les rizières.

Les pleurs et les cris redoublèrent et les yeux se figèrent vers les ombres meurtrières, mais personne ne bougea. Une à une, les silhouettes de mes compagnons prises au piège de la peur s'effondrèrent. Je compris alors que le danger ne venait pas que du ciel. Surgis de tranchées enterrées en lisière des digues, une vingtaine de soldats japonais étaient apparus, maculés de boue, qui tenaient en joue les derniers survivants de l'embuscade. Les tirs automatiques des fusils-mitrailleurs retentirent. Suivis chaque fois de quelques instants de silence avant que ne reprenne le bruit infernal. Par chance, je me trouvais en partie protégée par une charrette qui avait versé dans le bas-côté, entraînant sous son poids un bosquet de bambous. Quand, un instant plus tôt, j'avais redouté qu'elle ne glissât sur moi, sa masse énorme retenue en équilibre précaire par les tiges cannelées m'apportait une sécurité inattendue.

De partout faisaient irruption de nouveaux soldats. A demi courbés, ils avançaient en sautillant, balayant l'air du canon de leur fusil, s'immobilisant à chaque mètre parcouru. Une progression en zigzag, ponctuée d'instructions rapides, de jurons et de tirs sporadiques. Puis le silence retomba. Le nez dans la terre, étouffée par les cadavres de la charrette qui pesaient sur mon dos, me protégeant plus sûrement qu'une armure, je n'entendais plus les explosions des grenades et des bombes mais je les sentais dans tout mon corps, répercutées par la terre qui ne cessait de trembler.

Dans les fourrés derrière la digue, la fusillade avait repris. Par rafales courtes, suivies de gémissements. Une pluie de projectiles, de pierres et d'éclats enflammés s'abattit, si violente que je sentis la masse tantôt inerte des corps tressauter sous le choc. Le cœur battant, je reconnus la silhouette du docteur Peng. Dans un vaste mouvement, je le vis lâcher son arme et lever les bras vers le ciel, comme s'il voulait prendre Dieu à partie. Lentement, il pivota sur ses pieds sans quitter les nuages des yeux avant de disparaître, happé par les plants de riz.

Les Japonais nous encerclaient.

Pourquoi le convoi pour Chongqing avait-il emprunté cette route à découvert ? Pourquoi ne pas avoir mieux évalué le danger ? Revenue à moi, ballottée à l'arrière d'une de nos propres fourgonnettes remplies de médicaments, je me posai mille questions sans réponse. Nous nous rendions à Hankou. Sept prisonniers de guerre, cueillis un soir de mai. Les Japonais qui nous avaient arrêtés me prenaient encore pour une Chinoise, mais je savais qu'au premier interrogatoire ils découvriraient le matricule inscrit à l'arrière de ma jambe et retraceraient aisément mon périple. Kawamoto Naomi. Bien de consommation numéro 2444. Mon karma.

A la station de police de Hankou, les quatre Chinois capturés étaient passés devant moi, les yeux baissés, les mains enchaînées dans le dos. Il y avait aussi une femme, un visage maintes fois croisé dans les couloirs de l'hôpital de Changtan. Dès qu'un Japonais la regardait, elle hurlait, vociférant des insultes d'une voix rauque. Quand la porte de la salle d'interrogatoire se referma derrière elle, sans doute ne comprit-elle pas quel sort l'attendait, caché dans une petite boîte de métal qu'un soldat avait retirée d'un tiroir.

Ii harinezumi ni naruze, kono onna… Elle ferait un joli hérisson, tu ne trouves pas ?

Les soldats avaient ri, s'étaient disputé l'honneur de la questionner. Le hérisson. Quelle femme n'avait entendu parler de cette torture horrible qui consiste à piquer des aiguilles sur la poitrine ? Ses cris avaient résonné tout l'après-midi, entrecoupés d'ordres, de bruits étouffés et d'exclamations joviales.

Dès la seconde fouille, mon matricule avait été découvert. Un sourire avait aussitôt illuminé le visage du commandant du poste chargé de mon interrogatoire. Un frisson glacial parcourut mes membres quand ses doigts glissèrent le long des cicatrices rouges à l'arrière de ma jambe.

Puis l'homme, un petit personnage gras et mou qui se déplaçait en glissant sur les talons comme une danseuse, avait poussé le loquet de la porte.

Nous étions seuls.

Assise sur un tabouret de fer, les mains dans le dos et les jambes dénudées, je tentai de toutes mes forces de calmer ma respiration. Mon orgueil me disait de ne pas trembler mais mes genoux s'entrechoquaient et mes ongles s'étaient enfoncés dans mes paumes.

— *Karada no houwa, daijoubu ?* Tu vas bien ?

La gentillesse chez les Japonais est souvent prélude à la torture. Une salive acide inonda ma bouche.

Puis cette question insolite :

— *Sensō wa tsurainee,* c'est dur la guerre, non ?

Le Japonais m'observait. Deux petits yeux noirs vrillés dans des bajoues grasses.

— *Kowagaranakute iindayo.* N'aie pas peur !

Je levai les yeux. L'homme était sincère.

De la pièce mitoyenne montaient les hurlements de la Chinoise.

— Rhabille-toi !

Sa main avait détaché mes liens, sans brusquerie. Je frissonnai.

— Tu viens de Nankin ? de Shanghai ? Qu'espérais-tu donc ? Une fugitive… Tu sais ce que tu risques ?

La voix était étonnamment douce.

— Le mieux que je puisse faire pour toi, c'est t'envoyer à Hainan. Disons, ajouta-t-il en jetant un coup d'œil à la porte fermée, disons que j'aurai tardé à vérifier d'où tu t'étais échappée. En attendant ton départ, tu resteras en détention ici, à Hankou. Personne ne te touchera. Mais après…

Sa main avait volé dans l'air puis repoussé le loquet. Le commandant du poste de police de

Hankou s'appelait Nagase. J'appris des années plus tard qu'il avait mis fin à ses jours en se pendant dans ce même bureau où il m'avait interrogée et, en m'envoyant au camp de Hainan, épargné la mort par torture.

Je fus déportée sur l'île de Hainan en août 1940. *Hainantao.* Une île au large de la Chine du Sud, couverte de jungle et baignée d'eaux infestées de requins. L'île qui avait vu naître la beauté révoltée de Fuhsien. Envahie par les troupes japonaises en février 1939, *Hainantao* était devenue une puissante base militaire, aérienne et navale. Les Japonais, sous couvert de combattre les résistants communistes réfugiés dans les montagnes, avaient exterminé la population, des tribus anciennes, les Li et les Miao qui avaient fait des profondeurs de la jungle leur univers. Un enfer tropical, dont le cœur traversé par les monts Limuling recèle bois précieux, titane, fer, cristal de roche. Passés maîtres de Hainan, les Japonais exploitaient maintenant sa situation exceptionnelle en mer de Chine, face au golfe du Tonkin, un avant-poste d'importance stratégique pour contrôler les voies maritimes d'approvisionnement des nationalistes du Guangdong.

Je me souviens de la traversée de l'immense plage, de la démarche légèrement claudicante du soldat devant moi, de la morsure des insectes sur ma peau, de la douceur irréelle du vent, de la rumeur animale montant de la jungle, cris d'iguanes, aboiements rauques des oiseaux nocturnes, frôlements d'ailes. Plus j'avançais, traînant péniblement ma valise de carton, les pieds en sang, plus j'avais la certitude de pénétrer dans un monde dont jamais je ne m'échapperais. Un monde clos, fermé d'un côté par la mer, de l'autre par la végétation et, en levant les yeux, un ciel bas, si lourd et plein d'humidité qu'on eût cru le toucher en grimpant en haut des arbres.

Le jour de mon arrivée, je fus conduite sur la côte sud, dans la base de Sanya, le port le plus proche. Un camp militaire bâti sur une plage idyllique au lieu-dit de Tianya, « les Marches du ciel ». Aux limites du ciel donc je fus assignée ce soir d'août 1940, aux limites de l'enfer, dans une baie couverte de sable blanc, devant une mer émeraude, étincelante, brillant entre les feuilles des palmiers de feux sans cesse attisés par le soleil.

Le camp de Sanya était une base de l'armée destinée à entraîner les soldats japonais à la guérilla de jungle en vue de l'expansion du conflit vers l'Asie du Sud-Est. Là, couvertes de boue, affamées et épuisées, les jeunes recrues apprenaient la survie au cœur de la forêt tropicale. Comment reconnaître les plantes comestibles, se protéger des insectes et extirper le venin des piqûres de mygales, ramper sur les avant-bras sous les feuilles sans jamais les faire bruisser, traverser des rivières boueuses infestées de sangsues et de serpents, se diriger dans l'obscurité la plus complète, sans aucun moyen d'orientation si ce n'est le reflet du ciel sous la canopée ou les lichens sur les troncs.

Dix jours pour apprendre à tuer aussi, à distinguer la veine jugulaire de la carotide, à torturer pour provoquer la mort sans toutefois la laisser trop vite s'emparer du supplicié, en l'émasculant lentement, en piquant des lamelles de bambou enflammées sous ses ongles, pour enfin passer un fil de fer dans ses narines et lui arracher le cerveau. Tout un ensemble de techniques répétées quotidiennement sur des prisonniers de guerre, des communistes, des nationalistes de Chiang Kai-shek ou des paysans de Hainan qui arrivaient dans les mêmes fourgonnettes que les apprentis soldats.

A Hainan on apprenait le mépris de la vie.

Un grain de sable sans importance.

En quelques mois je vis passer au « camp de réconfort » des compagnies entières de jeunes appelés à peine sortis de l'adolescence. Arrogants et courageux le premier jour, ils fanfaronnaient en prenant leur tour devant nos cases. Ils repartaient trois semaines plus tard, vieillis, aigris, pleins de haine et de violence, capables d'exterminer sans ciller n'importe quel être humain.

L'expérience me l'avait enseigné, les bordels les plus redoutables étaient comme celui de Sanya, attenant à des camps de passage. L'extrême brièveté des stages de l'armée japonaise interdisait l'habitude. Jamais nous ne recevions plus de deux fois le même soldat. En découlait une indifférence mortelle, absente des établissements de ville comme la maison Wulien ou même des unités de guerre ambulantes qui, devant le danger partagé, finissent par créer des liens ténus mais réels.

Poussée par la terreur de périr dévorée par les fourmis ou traquée par des hommes demi-fous, je ne tardai pas à découvrir que parmi ces compagnies de machines à tuer sans âme se cachaient des « réguliers », des soldats voués à la mort, aussi fragiles que des pousses de bambou. Des élus dont la mission consistait à tromper l'ennemi avec des appareils-suicide. Les étranges parades mortelles contraignaient les avions chinois à voler à découvert, ciselant des tranchées grises dans les brumes. Une fois la proie ferrée, des escadres d'avions de chasse marqués du Soleil levant surgissaient du brouillard, insectes noirs maléfiques, glissant des pics rocheux, qui déchargeaient à loisir leurs armes sur les appareils ayant mordu au leurre. Alors, le ciel s'embrasait et une gerbe de fumerolles incandescentes entraînait vers une mort commune la proie et son appât.

Pour eux, commandos suicide et futurs kamikazes, je déployai tous mes talents. Inquiets, enfantins, aussi effrayés que nous par la guerre, ils faisaient peine à voir. Ils avaient le port haut de la jeunesse, l'orgueil flamboyant, mais quand approchait le terrible rendez-vous avec la mort, l'humanité qu'ils avaient enfouie au fond d'eux resurgissait et, avec elle, un terrible besoin d'affection, d'amour et de tendresse. Chez nous, en Corée, nous appelons cette humanité « *in* ».

Je revois aujourd'hui avec une étonnante acuité le visage d'un jeune homme, Yoshi, qui pendant les quinze jours de son séjour au camp de Sanya fit la queue avec les autres devant ma case, prenant chaque fois consciencieusement un numéro l'autorisant à passer trente minutes avec moi. Une face ronde, légèrement ambrée, sans aspérités, comme sculptée dans une pierre de sable, pourvue d'yeux minuscules, à peine ouverts, séparés du coussin pâle des joues par un pli imprimé dans la peau, repassé presque, avec la même précision maniaque que ceux de la chemise militaire.

La première fois, embarrassé, Yoshi avait posé ses armes sur le sol et m'avait fait signe de me taire. Les trente minutes s'étaient écoulées sans qu'il prononçât un mot. Sans même qu'il effleurât ma main. En sortant, sa voix avait retenti, de l'autre côté de la porte, méprisante comme celle de ses compagnons.

— *Aa, iitama dattaze !* un sacré coup, celle-là !

Une voix méprisante, étrangère à la sérénité du visage juvénile qui m'avait observée.

Le jour suivant, en entrant dans le bungalow, il allait comme la veille s'asseoir sur le sol quand il avait posé ses yeux sur moi. J'avais alors osé planter mon regard dans les prunelles sombres, profondes et veloutées, piquetées d'or comme le pistil de certaines fleurs. Timidement, le soldat m'avait demandé mon nom, mon âge, d'où je venais puis, devant mes réticences, il s'était livré à moi. Une foule de souvenirs, son enfance dans le village de Haburo, sa mère cousant les kimonos du trousseau de la sœur cadette, la poudre verte du *matcha* sur la spatule de laque plongeant dans la boîte à thé, la mousse de jade emprisonnant les branches du fouet[1], le martèlement des socques du père traversant la cour quand il rentrait du travail… Puis, sa sœur retenant des sanglots d'adieu sur le quai de la gare, la verrière envahie de pigeons et de banderoles, le grondement du train au départ sous les vivats des familles demeurées seules sur le quai. *Banzaï !* Les bras qui s'agitent et le silence dans son cœur…

Quinze fois, Yoshi m'avait rendu visite. Quinze fois nous avions poursuivi l'étrange dialogue. Un jour d'automne enfin, le 21 septembre 1940, j'avais compris qu'il venait pour la dernière fois. Son visage portait une gravité nouvelle mêlée d'une intense délivrance.

---

1. Servant à battre le thé lors de sa préparation.

— Je pars, m'avait-il dit fièrement, la date a été fixée. Demain à onze heures.

Yoshi avait posé sa tête sur mes genoux et laissé ses larmes couler.

— *Okā-san, okā-san !*[1]

La fumée de la chandelle à moustiques formait un rideau opaque autour de nous. J'avais caressé les paupières bleutées.

— *Okā-san, okā-san !*

Les yeux rouges, Yoshi m'avait demandé de me déshabiller. Mais aussitôt, il s'était excusé, confus. Un frémissement avait parcouru ses longs cils.

— Rien qu'une fois, avait-il supplié, avant de mourir je veux avoir senti le corps d'une femme contre moi.

Sa peau avait pris un reflet doré, comme illuminée de l'intérieur, et dans ses pupilles noires tanguait une tristesse nimbée de larmes.

— Tiens, pour toi, Naomi-*san*.

La lampe, une mèche trempée dans une boîte de conserve remplie d'huile, s'était éteinte. Yoshi m'avait tendu sa paume ouverte. Une orchidée rouge sombre s'y étalait, fastueux et terrifiant joyau végétal.

— Le sexe des femmes, Naomi-*san*, est comme ces fleurs, splendide et dangereux. Mais c'est l'unique beauté de cette île vouée à la mort. Prends soin de cette orchidée, quand elle se flétrira tu sauras que j'ai quitté ce monde.

Yoshi s'était assis à même le sol, du sable mêlé de terre rousse, recouvert de feuilles de palmier tressées. Nu, dans cette position favorite commune

1. Maman, maman ! (jap.)

aux hommes de Corée et du Japon, héritée des images du Bouddha, jambes croisées, buste droit, dos et nuque dans un alignement parfait. J'avais admiré son corps d'adolescent, de rondeurs sèches et nues, polies comme de l'ivoire, parfaitement glabre.

Yoshi partit à l'aube du 22 septembre. Avant de me quitter, il me fit promettre, une fois la guerre finie, de rendre visite à sa mère. A Orideki, dans l'ancienne principauté de Satsuma. Son avion s'écrasait quelques heures plus tard sur la garnison de Langson, à la frontière de l'Indochine et du Guangdong, démarrant une phase d'hostilité déclarée entre Japonais et Français.

La situation internationale avait changé. L'expansion de la guerre en Europe n'avait fait que renforcer les Japonais dans leur conviction qu'ils réaliseraient bientôt leurs ambitions et étendraient leur puissance sur tout le continent asiatique. La Hollande et la France n'avaient-elles pas été envahies par les troupes allemandes ? Deux empires coloniaux affaiblis, l'Indochine et Java, se trouvaient à la merci de l'avidité nippone. Première cible, l'Indochine française au sud de la province du Yunnan et du Guangdong. Car c'était par ses frontières et ses ports que transitait l'approvisionnement de l'armée nationaliste de Chiang Kai-shek.

Savoir que de l'autre côté des eaux s'étendait une terre d'Asie au parfum de France entretenait mes rêves. Peu à peu, de client en client, le bruit courut que l'une des *Chōsen bbi* de Sanya parlait français. Je devais prendre la destinée de court et tenter ma chance.

Servais-je un officier que je ne manquais jamais de répéter mon serment d'allégeance à l'Empereur, feignant reconnaissance et joie d'appartenir au glorieux Empire. Plusieurs fois, le regard exalté, j'exprimai le vœu de me rendre utile à la création du nouvel ordre nippon en Asie.

Etre l'objet de rumeurs pouvait me coûter la vie car les Japonais, imprévisibles, n'aiment guère qu'on se distingue. Un matin, alors que montait la chaleur de midi, un soldat se présenta à ma porte et, sans ménagement, me tira jusqu'au pavillon central où venait d'arriver un nouveau groupe de jeunes recrues. J'attendais depuis près de deux heures appuyée au bar quand je sentis un frôlement furtif contre mes mains. L'une des filles de Sanya, Tinny, une petite Miao aux yeux cernés d'étoupe bleue, s'était approchée de moi et avait glissé mon sac à mes pieds.

— Tu pars, avait-elle soufflé, pense à nous parfois…

Le premier et unique geste de sollicitude reçu pendant mon séjour à Sanya. Jamais, depuis mon arrivée, je n'avais échangé plus de trois phrases avec les autres pensionnaires du camp, murées dans une peur silencieuse. La petite Miao était bien informée. J'étais transférée au nord de l'île.

Le soldat venu me chercher ne me donna aucune explication, se contentant d'émettre des grognements pour m'indiquer de le suivre. La longue attente devant le bar avait ébranlé mon optimisme. Quand je vis qu'il me conduisait en direction de la forêt, je sentis une boule d'angoisse me presser à la gorge. Tournant le dos à la mer, nous pénétrâmes les sous-bois.

L'île de Hainan n'est pas grande, mais à peine s'enfonce-t-on dans la jungle que la forêt devient si sombre, si dense qu'on croit entrer dans les entrailles du monde. Un univers végétal, unique mélange d'espèces basses et trapues, qui se confond avec la terre couverte de mousse, formant un gigantesque matelas de buissons et de ronces, peuplé de créatures aveugles, termites, fourmis géantes, tarentules et vipères grises. Une fournaise humide et vénéneuse. Seule une incroyable variété d'orchidées sauvages illumine ces ténèbres diurnes. Une multitude de taches de couleur vive, aussi fragiles et somptueuses que dans les récits de Fuhsien, aussi terrifiantes que dans les fantasmes de Yoshi. Leur beauté se nourrit de la sève des arbres où elles plantent leurs griffes, appauvrissant si bien leurs malheureux supports qu'ils s'effondrent, sapés dans leur chair, pour être dévorés par les insectes et les vers. Pendant les périodes de canicule, après les moussons, les orchidées déploient une palette de nuances gorgées d'eau inconnues du peintre. Rouge-noir d'humus, velours froissé écarlate, tigrés ou jaspés, leurs pétales lancéolés s'échappent vers la lumière comme des langues de feu démoniaques. Parfois, sous l'effet de la putréfaction des mousses, m'avait raconté Fuhsien, les orchidées s'enflamment en brûlots portés par le vent.

Courbée sous le poids de deux énormes colis arrimés sur mes épaules par une corde croisée en travers de la poitrine, j'avais peine à marcher. Je pensais à Yoshi. Quel homme pouvait être cet empereur-dieu pour qui la jeunesse japonaise sacrifiait sa vie ? La colonne se composait d'une vingtaine d'hommes, tous extrêmement jeunes, seize, dix-sept ans peut-être, en treillis, chargés de volumineux paquetages bourrés de sable afin de les alourdir. Nous avancions lentement, comme dans un demi-sommeil. Les ordres jappés dans l'air chaud se perdaient dans la végétation, assourdis par les feuilles, les écorces et les lianes, repris parfois en écho par les criaillements d'animaux que nous ne voyions pas mais dont nous devinions la présence dans les arbres. J'ignore combien de jours nous marchâmes, privés de tout repère, suivant rigoureusement le chemin tracé par le chef de file, d'un pas mécanique sans cesse entravé par la végétation rebelle qui, bien que cent fois coupée, piétinée par les soldats, reprenait possession du terrain, repoussant les lames des machettes qui s'obstinaient à la taillader, griffant les mains et les visages, lacérant les mollets.

Enfin, il me sembla que la terre, tantôt collante et noire sous mes semelles, prenait la douceur du sable. Nous approchions de la côte. Le vent de la mer s'engouffrait dans la forêt, bousculant les lianes et froissant les feuilles, donnant une saveur salée à l'air qui enfin vivait, palpitait contre mes narines. Les hurlements des oiseaux marins se mêlaient aux cris des singes. La mer, tout à coup, apparut entre les branches. Une trouée de lumière à travers la jungle.

J'avais alors les paupières si gonflées que je ne parvins pas à les ouvrir. Je n'entendais plus rien. Rien que le bourdonnement de mon sang contre le tympan. Lorsque je repris mes esprits, j'étais étendue sur le sable au bord de l'eau. Mon corps était une plaie à vif, mes jambes meurtries, déchirées. Devant mes yeux s'étalait un ciel parfaitement blanc qui reflétait sur les eaux une lueur livide, gommant les reliefs et les ombres. La réverbération était si intense que je ne distinguais rien que des contours mouvants. Des bateaux, des pontons et des arbres transformés en une masse de bronze incandescent. Des silhouettes sur une rade, indifférentes aux brûlures de ce soleil liquide, bougeant dans un halo troublé de flaques brillantes.

J'allais glisser dans le confort de l'inconscience quand une voix cria mon numéro de matricule, 2444.

Suivi de ces mots salvateurs :

— Dépêchez-vous, vous êtes attendue aux quartiers généraux ce soir pour une traduction !

En un instant, je trouvai la force de me lever et de me traîner jusqu'à l'adjudant qui avait appelé mon numéro. Sans doute étais-je dans un bien piteux état car son regard parut troublé, comme s'il se fût attendu à trouver devant lui une traductrice, prête à travailler, carnet en main. Ma robe trempée de sable, de sang et de sel pendait en lambeaux, cachant à peine mes jambes tuméfiées. J'avais du mal à parler. L'adjudant, qui avait de nouveau plongé son visage dans le registre d'instructions, m'indiqua de la main un ponton où vaquaient deux Chinois, efficaces et silencieux.

J'avais perdu mes chaussures, et c'est pieds nus que je montai sur le bateau qui devait me conduire au nord de l'île.

« *Honyaku tantō yotei.* » Attendue pour une traduction.

J'étais sauvée.

Les quartiers généraux japonais du nord de l'île étaient sis dans une vallée à mi-chemin entre l'aérodrome militaire de la ville de Haikou et le cours inférieur du Nandu, une rivière molle et jaune dont l'estuaire commande l'étroite passe séparant Hainan du continent.

A mon arrivée, on m'annonça que je travaillerais au service du chiffre, en liaison directe avec le commandement du contingent japonais d'Indochine. Mon état de santé ne me permettant pas de prendre tout de suite mes fonctions, je restai trois mois complets à l'infirmerie de l'armée de l'air où je fus soignée et traitée par une équipe médicale composée de Japonais, sous le commandement d'un chirurgien allemand, le docteur Wackermann.

La vue d'un visage occidental émergeant de la blouse blanche me réjouit, mais mes illusions ne durèrent guère. L'homme, autoritaire et raffiné, avait été envoyé à Hainan sur la base d'un accord d'aide technique germano-nippon, afin de former les équipes chirurgicales japonaises aux dernières techniques européennes d'opération. Mon Dieu, comme j'étais encore naïve ! Comment moi, une vulgaire petite Jaune que rien ne distinguait, aux yeux d'un Occidental, de n'importe quelle Chinoise ou Annamite, avais-je pu croire que cet homme, un aryen, reconnaîtrait en moi une quelconque parenté ou ressemblance ?

Il fut convenu que je travaillerais à mi-temps de ma chambre d'hôpital. L'avancée japonaise en Indochine se poursuivant, l'abondance des documents à traduire explique sans doute le soin extrême que prirent les Japonais pour rétablir ma santé. Je ne tardai pas à m'apercevoir que la diversité des documents que l'on me présentait cachait une opération bien plus vaste que la simple conquête de l'Indochine. Ce projet, né un an auparavant de l'ambition de l'amiral Yamamoto, consistait en un plan d'attaque de Hawaï, destiné à anéantir la puissance américaine dans le Pacifique afin de permettre au Japon de s'emparer des richesses du Sud-Est asiatique. L'opération Z. L'amiral Yamamoto et les services secrets travaillaient à Tōkyō, mais Hainan était devenue la principale base d'entraînement des troupes destinées à participer à l'opération. Une tête de pont jetée dans le golfe du Tonkin, d'où partaient des soldats rompus à la guérilla mais aussi des espions déguisés en simples coolies, chargés de glaner toutes les informations possibles sur les pays destinés à appartenir à la « sphère de prospérité » du Japon – « *Dai-tō-a Kyōeiken* ».

En mars 1941, grâce aux soins du docteur Wackermann, ma santé s'était rétablie. Ne pouvant éternellement rester à l'infirmerie, l'Allemand me fit savoir que je travaillerais désormais à l'aérodrome de Haikou où était installé un complexe d'écoutes et de transcription des communications radio d'Indochine, appartenant au deuxième bureau. Je maîtrisais suffisamment de langues pour que mes qualités de traductrice fussent reconnues et jugées utiles. Coréen, chinois, japonais, anglais et français. Un monde de mots dans lequel je m'évadais avec bonheur, jonglant avec verbes et noms aussi facilement qu'un saltimbanque.

A l'Académie militaire japonaise, hors le russe, aucune langue étrangère n'était enseignée. Bien que quelques conscrits du contingent de Hainan eussent possédé des notions de français et d'anglais, la plupart des documents provenant d'Indochine française ou de Malaisie britannique devaient être acheminés à Tōkyō pour être traduits. Désormais, grâce à moi, tout se faisait sur place, câbles, messages radio, courrier et bélinos, un gain de temps appréciable qui me rendait tout à coup précieuse. Afin d'accroître mon rendement, on m'attribua une chambre au même étage que les bureaux. Une pièce simple mais propre, décorée d'un vieux calendrier de l'année 1939 représentant des instruments de musique traditionnels sur fond de beautés dévêtues. J'évitais de m'y reposer car cela signifiait qu'ayant terminé mon travail, j'étais libre pour le « service de l'oreiller ».

Il me semblait que jamais la guerre ne finirait. D'ailleurs, officiellement, elle n'avait pas encore commencé. Mais pour nous à Hainan, comme au Japon et dans tous les territoires sous contrôle nippon, la grande offensive de fin 1941 qui allait exploser aux yeux du monde avec l'attaque historique de Pearl Harbor avait déjà débuté. Chacun s'y préparait. A Tōkyō, en Mandchourie, à Shanghai et Nankin.

A Haikou, toutes les unités étaient en alerte et d'impressionnants transports de troupes avaient mouillé dans la baie de Samah. Bien qu'isolés dans la profondeur de nos bureaux du reste de l'île, l'effervescence des préparatifs du combat avait gagné les soldats. Ils inscrivaient leur nom sur mon ardoise. Pourtant, dans le salon de détente, ils ne venaient pas retrouver une femme mais une sœur, un moment d'affection. Devenue leur confidente, je leur massais la nuque et les écoutais. Au Japon, me racontaient-ils, les restrictions avaient commencé : depuis le début du printemps, des affiches fleurissaient les murs des villes et des villages incitant la population à l'économie. La consommation d'électricité était réduite. Restaurants, auberges et lieux publics avaient été enjoints de limiter leurs services.

Les mois que je passai à la base de Haikou ne se sont pas imprimés dans ma mémoire. Je sais seulement qu'un jour de novembre 1941, le commandant Hachimori, le visage solennel, appela le personnel militaire à une réunion exceptionnelle sur le tarmac de l'aéroport. A trois heures, devant une dizaine de bombardiers Mitsubishi déployés en demi-cercle, résonnaient les premières notes de l'hymne national nippon tandis que lentement, derrière l'estrade officielle, s'élevait le soleil rouge du Japon. L'heure tant attendue avait sonné. Cette offensive que nous préparions depuis de longs mois allait être déclenchée.

Le message, qui provenait du général Yamashita, commandant de la force d'attaque en Malaisie, parlait d'une attaque simultanée de Pearl Harbor, Hong Kong, des Etats malais et des Philippines. Les pourparlers avec Washington avaient échoué et le Premier ministre, le général Tōjō, avait transmis sur les ondes le signal météo crypté annonçant la guerre. De l'assemblée avait alors éclaté un farouche *banzaï*, hurlé d'une même voix par la centaine d'officiers et soldats au garde-à-vous. Trois fois de suite le terrible *banzaï* avait retenti, jaillissant de toutes les bases militaires de l'île, si violemment qu'il me sembla que le sol d'asphalte de la piste tremblait sous mes pieds.

Quand la guerre éclata, le 8 décembre[1] 1941, j'avais quitté Hainan depuis cinq jours. Sur une flotte d'invasion composée de quatorze bateaux de transport, et d'autant de croiseurs et destroyers partis aux premiers rayons de l'aube de la baie de Samah.

Le 2 décembre, le commandant Hachimori avait frappé à la porte de ma chambre. Entre ses mains, un ordre de route, marqué du sceau incarnat des forces armées du Sud. Je suivrais le 4e détachement de la 5e division lors de l'invasion de la péninsule malaise. Destination finale, Singapour dont l'attaque était fixée à la mi-janvier, selon la progression des troupes. L'ordre donnait mon nom, Kawamoto Naomi, suivi de mon patronyme coréen, Kim Sangmi, et de mon numéro de matricule, 2444. Affectation : Unité K. Puis venaient l'adresse de notre maison à Keijō, le nom des différents collèges que j'avais fréquentés et mes précédentes affectations notées avec soin, y compris mon séjour à l'unité 731 de Harbin. A mon regard étonné, Hachimori répondit que depuis le début de l'année les noms japonais, jusqu'ici fortement conseillés, avaient été rendus obligatoires dans la péninsule coréenne. La population ayant été recensée, les services de Nankin en charge des engagées volontaires avaient établi de nouveaux dossiers sur chacune d'entre elles. Ne dépendions-nous pas de l'armée au même titre que les soldats ? Mon dossier minutieusement complété, ajouta-t-il enfin, avait été transmis à Hainan par le lieutenant-colonel Fujiwara.

---

1. Début de la « guerre du Pacifique », sur les fuseaux horaires nippons.

Fujiwara. Non, lieutenant-colonel Fujiwara. Un flot de souvenirs m'assaillait. Daegu, le chant de la nonne dans le silence angoissé du hangar avant le départ, le train pour Mukden et Fujiwara, encore simple commandant, caressant la tête de Mikiko de ses longs doigts blancs. Pourquoi ne pas m'avoir tuée comme Kinu, à coups de sabre ou de baïonnette ?

Hachimori, avec une douceur respectueuse inhabituelle pour un militaire japonais, avait longuement serré ma main.

Le *Rujō maru* jeta l'ancre devant la plage de Singora vers une heure et demie du matin, le 8 décembre 1941. Malgré un vent de cent nœuds au large et des déferlantes hautes de plusieurs mètres, le débarquement s'effectua mieux encore que ne l'avait prévu le colonel Tsuji. Les premières heures tout du moins. Sans un coup de feu. Sans qu'un seul soldat thaïlandais ne montrât son visage. Notre présence, de toute évidence, n'avait pas été repérée. Et, en dépit d'un simulacre de résistance lorsque le colonel Tsuji se présenta au quartier de la police locale, trempé jusqu'aux os par la pluie battante, l'opération fut considérée comme un succès. Les premiers combats furent brefs. Un simple échange de coups de feu qui ne fit que renforcer la confiance des militaires.

Mes camarades, Hanae, Sawako, huit autres filles et moi, débarquâmes quelques heures après la première vague de soldats. La mer s'était calmée mais une pluie continue tombait, dressant un rideau opaque entre la plage et les eaux. Des voix étouffées surgissaient de l'obscurité, soufflant des ordres.

Au loin, tonnaient des déflagrations d'artillerie. Deux garnisons frontalières thaïlandaises, alertées par un câble de Kota Bahru, avaient enfin tenté de bloquer la route aux unités du colonel Tsuji.

Sous les instructions du sergent Takada, une chaîne humaine se constitua du rivage au sable sec. Les filles s'alignèrent en prolongement des soldats. Des heures durant, nous transportâmes des bicyclettes. Des bicyclettes par centaines, à passer au-dessus des vagues. Une dizaine de mètres plus loin, en direction de la plage, elles disparaissaient derrière le rideau de brume, happées par d'autres mains qui, aussitôt, les enfourchaient pour disparaître en file indienne vers le sud. Quand enfin le soleil perça les nuages, la plage tout entière avait été transformée en un gigantesque arsenal. Sans cesse, de la mer, accostaient de nouveaux transports de troupes dont les gueules noires béantes déversaient en un flot ininterrompu hommes, munitions, automitrailleuses, mortiers, blindés, bicyclettes encore, voitures et même deux chiens, des molosses dressés à mordre, cadeaux de l'Allemagne.

Sur un geste du sergent Tanaka, nous nous étions regroupées en retrait, attendant le signal du départ. Jusqu'ici, aucune d'entre nous, je crois, n'avait réalisé l'ampleur de l'attaque à laquelle le Japon se préparait. Hanae avait pris ma main et Sawako appuyé la tête contre mon épaule. Je passai les doigts dans ses cheveux humides. La première, elle brisa le silence.

— Avant de mourir, je voudrais retourner une fois au moins au temple de Haein.

Le temple de Haein. Le temple du Sceau de la mer. Depuis quand n'avais-je pensé à ma patrie ?

Dans le fracas des vagues, personne ne pouvait nous entendre et, jouissant d'un plaisir infini, nous poursuivîmes nos bavardages en coréen. Sublime transgression qui aurait pu nous vouer à une sentence immédiate si un soldat nous avait surprises. Hypnotisées par la douceur inattendue de cette langue que nous n'avions pas parlée depuis si longtemps, nous nous étions serrées l'une contre l'autre et, à mi-voix, avions entonné les premiers vers d'une chanson de notre enfance. « *Ari, arirang…* »

Devant nous, le soleil avait peint un halo rose audessus des silhouettes des navires, absurdes, monstrueuses falaises émergeant des eaux. L'air au sud de la Thaïlande a une saveur particulière, irréelle et veloutée comme la peau d'un enfant. Chaque instant du jour naissant déployait une nouvelle palette de parfums, associant au goût salé des embruns l'humidité boisée de la terre gorgée des pluies de mousson et la saveur sucrée des fruits chargeant les branches.

Mes paupières tombaient de fatigue, mêlant les formes des soldats aux monstrueuses racines des arbres au bord de l'eau, à moins que ce ne fussent mes propres cils collés par le sel. Sawako, épuisée, jouait tristement. Attendant que la dernière frange d'écume lui lèche la peau, elle saisissait le sable entre ses doigts, le laissant glisser dans sa paume puis, dans un geste de supplique, tournait ses mains vers le ciel.

Quelques minutes plus tard, le sergent Tanaka nous indiquait une bâche tendue entre deux arbres en lisière de plage. Un groupe de soldats attendait déjà. Des combattants de l'aube destinés à former un poste d'arrière-garde à Singora.

— *Kokoni ! Kokoni !* répéta-t-il sèchement, Ici, venez ici !

Quand l'unité K s'ébranla vers neuf heures, Sawako, en queue de convoi, pleurait. Ses boucles noires alourdies de sable pendaient tristement. Hanae marchait avec une raideur de paralytique, les yeux noircis de rage.

Ce soir du 8 décembre 1941, alors qu'un premier contingent de l'armée japonaise traversait la frontière en direction de Jitra, dans l'Etat de Kedah, l'euphorie gagna les soldats de l'unité K. Les nouvelles étaient bonnes. En quelques heures, plus de vingt-sept mille hommes avaient posé le pied sur la péninsule malaise, l'aviation avait commencé de pilonner la côte au sud de Kota Bahru et, malgré les canons antiaériens, les bombardiers avaient lâché plusieurs missiles sur la ville chinoise de Singapour. Dans la jungle, quelque part sur la route de Khlong Ngae, les soixante-cinq hommes de l'unité K avaient poussé un cri de joie :

« *Tai Nippon Banzaï !*[1] »

1. Cri de victoire : « Vive le Grand Japon ! »

Orang putih cabut[1]

Le 4e détachement de la 5e division devait s'assurer le contrôle de l'isthme de Khra, cet étranglement de terre entre la Thaïlande et la Malaisie d'où part la voie de chemin de fer de la côte ouest, puis longer le littoral à travers les Etats malais de Kedah, Perak, Selangor, Negeri Sembilan et Malacca. Soit près de mille kilomètres jusqu'au sultanat de Johore, porte de l'île de Singapour. Mille kilomètres dans une chaleur étouffante et humide, sur des chemins de campagne, de jungle et de montagnes, à travers une succession de villages poussiéreux bâtis le long de routes sans fin à travers d'interminables plantations d'hévéas, forêts immenses barrant l'horizon à perte de vue, infestées de tigres et de bêtes sauvages.

Pendant les deux premiers jours, portée par l'euphorie, notre unité avait poursuivi sa route au

1. L'homme blanc s'est enfui (malais).

pas cadencé. La colonne de petits soldats vêtus de shorts kaki et de chemisettes blanches sinuait entre les rizières, à pied mais aussi à bicyclette, quatre de front, qui jamais ne descendaient de selle si ce n'est pendant les heures de canicule de midi, quand le soleil est si ardent que les pneus risquent d'éclater.

Premières images de Malaisie. Je me souviens de villageois au bord des routes, applaudissant les libérateurs du joug colonial. Un bouquet de visages rayonnants, tous différents, comme venus de cent pays inconnus. Malais au regard jaloux, entortillés de longs pans de tissu quadrillé, Tamils noirs comme du basalte, Chinois gras et rusés, Sikhs racés, enturbannés de blanc et prêts à brandir le sabre qui défend leur honneur. L'enthousiasme ne dura que quelques heures. Il fallait se nourrir.

« Servez-vous sur place ! » avait ordonné le colonel Tsuji.

Dès le premier jour, alors même que des paysannes traversaient les rizières, hiératiques, portant sur la tête des cruches et des jarres pleines de victuailles destinées aux libérateurs du pays, le « service de la cantine » commençait sa sinistre besogne qui bientôt allait se transformer en un pillage systématique de toutes les demeures isolées et des villages du pays. Les femmes avaient été violées. Les cruches et les jarres fracassées, leur contenu éparpillé sur le sol et les maisons incendiées. Des flammèches avaient voleté jusqu'à l'école, puis atteint le bulbe d'or de la mosquée qui, gonflé comme un ballon géant, s'était effondré dans une gerbe d'étincelles.

Dans l'Etat du Kedah, la colonne s'était scindée en deux afin de prendre en tenaille la 11e division indienne protégeant l'aérodrome d'Alor Setar plus au sud. A Bukit Kayu Hitam, notre groupe s'enfonça dans les contreforts des montagnes, tandis que le reste des hommes prenait la route de Jitra.

Premier réel contact avec la forêt vierge. Je comprends tout à coup à quel point cet entraînement au combat de jungle au camp de Sanya a été judicieux. Quand les troupes britanniques, contingents indiens, australiens ou chinois traînent péniblement un harnachement complet, tenues de rechange, matelas, couvertures, cantines, bouteilles, masques à gaz, nos soldats, vifs comme des félins parcourent la jungle vêtus de coton léger, chargés de leurs simples armes. Fusil, baïonnette et cartouches, ainsi qu'un sac renfermant pains d'explosifs et grenades à main.

Les trois quarts de la péninsule malaise sont couverts de jungle et les montagnes que nous traversons ne sont rien en comparaison des monts Bintang au nord dans l'Etat de Perak qu'il faudra encore franchir pour approcher Taiping et Ipoh.

Je retiens mon souffle car les hommes avancent vite, silencieusement. Sawako me suit en claudiquant. J'ai perdu Hanae de vue. Une blessure à la jambe la retarde. Je pénètre un enfer perpétuellement plongé dans l'obscurité, monstrueuse superposition d'univers végétaux. Jamais, dans la forêt de mousson, l'homme n'est en sécurité. Quand ce ne sont pas les tigres des sous-bois qui le menacent, ce sont les serpents et les insectes qui prolifèrent, cachés dans les profondeurs d'un inextricable fouillis de lianes, de troncs, d'arbustes et de plantes sauvages à travers lequel il faut se frayer un chemin à coups de sabre ou de machette. J'ai peur, mais j'ai reconnu parmi les soldats de mon unité le capitaine Minoba, une recrue du camp de Sanya. Il a souri en me voyant. Je sais qu'à la première halte il demandera mes services. Mes mollets tétanisés par la marche brûlent car les chaussettes de coton ne forment qu'une piètre protection contre la végétation. Après le débarquement, le sergent Tanaka nous a fait changer de tenue. Nous portons maintenant des jupes afin d'être plus avenantes. Peu importent les piqûres des insectes, les griffures des branches.

Nous avançons dans une semi-pénombre en direction de la vallée de Kampung Jair. Le capitaine Minoba marche devant moi. D'une surprenante agilité, il glisse sans bruit entre les branches noueuses des arbres, écartant les feuilles et coupant les lianes. Les hommes ont entortillé de tissu les lames des baïonnettes et fourré du papier dans les boîtes de munitions afin d'en étouffer les tintements. Au fur et à mesure que nous nous enfonçons dans la forêt, les bruits changent. Le souffle du vent sur les rizières et l'irritant crissement des jantes des bicyclettes de notre unité se sont estompés, remplacés par les craquements de la forêt et le vacarme des singes. Hors le sifflement sec de la machette du capitaine Minoba, le son mat des chaussures sur le sol humide, nous n'entendons plus rien. Seulement nos respirations.

Une journée de marche. Les arbres prennent de la hauteur et une mousse noire a remplacé les herbes hautes, les *lalang*. L'air s'épaissit, englué d'odeurs de putréfaction, de plantes en décomposition. Pas un souffle de vent ne pénètre et, pourtant, à travers le dôme de la canopée, filtre le bleu du ciel. Nous progressons lentement.

Le capitaine Minoba s'est immobilisé. Alerte. Souffles retenus. J'aperçois une masse sombre jetée en travers d'un tronc. Je sens l'haleine de Sawako dans ma nuque. Les yeux de Minoba se sont posés sur une casquette couleur sable roulée à terre, envahie de fourmis. La colonne s'est arrêtée. L'homme, un Japonais, gémit la bouche ouverte. Seuls les aboiements des macaques rompent la touffeur silencieuse. Trente-cinq minutes de pause. Les soldats s'assoient et mastiquent des lanières de poisson séché. Minoba me tend une gourde. Mon devoir est de porter secours aux blessés. Je présente la flasque aux lèvres exsangues. L'homme a un visage d'enfant. Ses yeux couleur d'ardoise délavée me remercient d'un battement de cils. Cherchant une plaie sur son corps, je vois que sa jaquette est impeccable, percée en un seul point d'une fente de quelques centimètres, invisible dans les plis de la veste. Le sang jaillit par jets réguliers.

Le capitaine Minoba m'observe. Ses yeux passent du blessé à moi avec un mouvement de balancier. Je m'apprête à prendre le malheureux dans mes bras afin d'allumer l'espoir dans ses prunelles mourantes quand j'aperçois une autre plaie, béante cette fois-ci, qui s'épanouit entre ses jambes, une orchidée carmin ondulant sous le vent.

Les autres soldats ne prêtent aucune attention à leur compagnon agonisant. Ils semblent indifférents à sa détresse, même si cet homme est leur frère. L'effort sur la vie qu'a fait naître notre arrivée ravit au soldat son dernier souffle. Ses doigts, en tombant, s'ouvrent, laissant échapper un petit morceau recroquevillé de chair sanguinolente. Jusqu'ici impassible, le capitaine Minoba qui a suivi mon regard et vu le lambeau sectionné glisser à terre se lève. Il est blême, ses lèvres tremblent. Trente minutes se sont écoulées. Les soldats ont vu leur camarade émasculé. Dans leurs yeux brûle une vengeance muette. Nous reprenons la marche.

Les roulements de tambour accompagnant le chant d'un muezzin au lointain nous indiquent la proximité d'un village. Nous arrivons à un terre-plein donnant sur une vallée et ses gorges. Les hommes avancent prudemment, courbés comme des fauves. Nous marchons encore. Sawako a du mal à suivre, elle halète. Nous empruntons enfin une sente bien tracée et le pas de Minoba s'accélère. Le dernier regard du mourant me hante. Même un Japonais n'a pas le droit de mourir ainsi.

Nous avons atteint un redan formé de deux bandes de terre bordées de plants de patates douces et de pousses d'ail dont les racines retiennent l'eau et la terre, permettant ainsi la culture du riz en étages. Les paysans de Corée utilisent l'ail et le sésame à ces mêmes fins. La lumière jusqu'ici tamisée par les frondaisons se fait crue. En contrebas, une clairière que les arbres ne nous ont pas laissé soupçonner s'ouvre sous nos yeux. On aperçoit quelques maisons en lisière de forêt. Minoba a levé la main et la colonne s'arrête. Une puanteur tiède et sure nous prend aux narines.

— *Tomare !* Halte !

J'ai peur. J'ai appris à distinguer les différentes odeurs dont la mort se plaît à parer ceux qu'elle frappe. Vient-elle d'opérer qu'elle laisse pour signature une traînée fraîche, aigre comme du lait caillé qui soulève le cœur et porte la bile aux lèvres. Mais si les humeurs du corps se déversent de leur réceptacle, le cadavre exhale une sueur molle, fétide puis musquée, poivrée et âcre au fur et à mesure que s'écoulent les heures. Quand enfin les charognards, vers et insectes, ont attaqué leur œuvre de décomposition, l'air autour du corps se transforme en un cloaque acide et suffocant qui pique à la gorge et aux yeux, coupant le souffle.

Sawako a saisi ma main et Hanae, surgie derrière moi, s'est glissée contre mon dos. Nous ne bougeons plus. Cette pause imprévue achève de saper nos forces. Mes pieds brûlent et je veux pleurer. Le silence terrifiant de la jungle, la chaleur qui oppresse mes nerfs… Je vais devenir folle. Minoba est revenu. La voie est libre. A en juger par la saveur fade de l'air, peu de temps s'est écoulé depuis la fin des combats. J'entends les soldats à une vingtaine de mètres qui s'esclaffent. Tout danger est écarté.

Dans le village, une unité d'éclaireurs partie devant s'est déjà installée pour la nuit. La perspective d'un bon repas réjouit les soldats épuisés. Quelques mètres encore. Une odeur monstrueuse nous coupe le souffle. Sur le sol, pêle-mêle, gisent les villageois. En voyant ces hommes, ces femmes, ces enfants à terre, étripés, cuisses disloquées, ventres profanés, le visage brûlé, les yeux tuméfiés tournés vers le ciel, je vacille. Le massacre semble récent mais avec la chaleur des tropiques, la puanteur est déjà insupportable. Le capitaine Minoba me sourit et m'attire à lui. Sa main a saisi le voile rose bordé de sequins d'une femme étendue sur le sol. Il l'étale sur la mousse. Eclats de rire. Le capitaine Minoba m'a jetée à terre. Je ne reconnais plus le jeune soldat de Hainan. Ma tête roule sur le côté. A quelques centimètres des cadavres. J'entends les feuilles qui bruissent au milieu de nuées de moustiques. Des soufflements s'échappent des corps immobiles qui recrachent l'air fuyant de leurs entrailles. La tête me tourne. Je me lève et, conformément aux instructions, remercie le capitaine Minoba. Tandis qu'il boucle son ceinturon, je comprends la femme, car c'est une femme, j'en suis sûre, qui a émasculé le soldat dans la jungle.

Il faut marcher encore jusqu'au village en contrebas. Là-bas, nous pourrons nous laver. De l'eau. Je rêve d'eau fraîche coulant sur ma peau, dans ma gorge, sur mon sexe. Des maisons montent de nouveaux hurlements. Je suis fatiguée, fatiguée de tant d'horreur alors que nous n'avons essuyé aucune véritable bataille. Je crois que le grondement des avions, le vacarme des armes à feu ou la clameur des combats m'effraieraient moins que le danger caché dans cet empire végétal.

Au village, le capitaine Minoba décide de s'installer dans une grande demeure de bois sombre, perchée sur pilotis, bâtie dans une encoche verte en lisière de jungle. Minoba nous enferme. La clé grince dans la serrure. La pièce qui nous est réservée vient sans doute d'être abandonnée. La couverture sur le lit porte la marque d'un corps, un creux tiède légèrement humide. Une toupie arrêtée dans sa course vibre encore près d'un hamac d'enfant qui se balance doucement. Le soleil filtre à travers les planches disjointes. Nous entendons les hurlements des malheureux que les Japonais extirpent, à coups de sabre ou de grenades, des cachettes où ils se sont réfugiés.

Sawako ne me quitte pas. Nous avons discrètement poussé les volets de bois et à travers les lattes observons la cour baignée d'un soleil pâle de fin de journée. Des éclats de rire attirent mon attention, des jurons. Un homme apparaît dans notre champ de vision, un Malais demi-nu, vêtu d'un sarong usagé noué autour des reins. Il supplie. Et pleure. Non, il ne sait pas qui a massacré le soldat dans la jungle. Peut-être des rôdeurs ? Ou les troupes de la 11e division indienne qui défend Alor Setar ? J'entends le sifflement du sabre qui sort de son fourreau. Le visage du Malais se tord d'angoisse. Ses lèvres tremblent et supplient. Il est tombé à genoux.

— *Tuan, tidak tahu. Minta ma'af Tuan, kalau adalah kesalahan, minta ma'af*[1]…

Petit silence.

— Sers-nous à boire… ! *Drink, you understand, drink ?*

Je reconnais la voix de Minoba même si de là où nous nous trouvons je ne puis le voir. Le pauvre homme désespéré regarde autour de lui. Les Japonais adorent les noix de coco. Et puis l'eau potable fait cruellement défaut. Minoba, qui a déjà bu trop d'arak avec ses hommes, répète sa demande, de plus en plus poli, de plus en plus fort. Il désigne un arbre qui dresse au milieu de la cour un fût immense et légèrement courbe. Le tronc est lisse et haut, de plus en plus fin, fuselé jusqu'à un panache de petites feuilles vertes qui remuent contre le ciel, soulevées par un vent invisible. Le Malais, incrédule, sourit maladroitement. Il se lance dans une longue explication. La sueur perle sur son front. Il agite les bras comme une girouette.

---

1. Tuan, je ne sais pas, je te demande pardon, Tuan ! Si j'ai commis des fautes, je te demande pardon.

Minoba hurle en anglais :

— *You climb !* Grimpe !

Le fusil se pointe vers l'homme. Les jambes maigres s'entrechoquent.

Le Malais braille.

— *Not kelapa !*[1]

Puis, tout à coup, prenant conscience du canon du fusil qui le poursuit, il change de plainte.

— *Tidak bisah Tuan ! N'ga bisah !*[2]

Minoba raille. L'interprète vient d'arriver. Dix minutes s'écoulent. Interminables palabres. Je comprends que l'arbre n'est pas un cocotier et que le pauvre bougre ne sait pas grimper aux arbres. Mais Minoba s'obstine. Tous les Malais grimpent aux arbres. Comme les singes. Minoba s'esclaffe et répète :

— *You climb !*

L'homme, les yeux exorbités de frayeur, finit par s'agripper au tronc, ses pieds cherchent une prise sur l'écorce lisse. L'œil métallique de la baïonnette le regarde. Il glisse et saisit un nœud de bois auquel il s'accroche désespérément, en suppliant. Quelques centimètres encore. A la force des bras. Ses muscles tremblent. Un long frémissement parcourt ses épaules, son dos, ses reins, ses jambes. Et soudain le tronc fuit entre ses mains. Je vois le sarong quadrillé glisser comme une flèche avec un grand cri. Transpercé de part en part, par la lame de la baïonnette, le Malais gît dans la poussière. Le sang gicle. Sawako a depuis bien longtemps fermé les yeux. Je lui caresse les joues. « Dors, mon enfant. Dors.

---

1. Pas noix de coco ! (anglais et malais)
2. Je ne peux pas, Tuan, je ne peux pas !

Même si je ne peux rien pour toi. Tu trembles. Je t'aime tellement, ma pauvre enfant. Comme j'ai aimé Kyoko, Mikiko, Petite Pivoine. Le lièvre court dans la montagne… Tu aimes les berceuses ? Ma *halmeoni* m'en chantait autrefois. Dors… Dors… »

Nous arrivâmes aux abords de Jitra le lendemain. Le ciel charriait des nuages violets gonflés d'eau. La division indienne, censée défendre la route du Sud, courut à la première averse se réfugier dans une forêt d'hévéas. Rien ne pouvait autant réjouir le colonel Tsuji qui, hilare et condescendant, avait raillé ces combattants peureux comme des chats sous la pluie, indignes même de porter le nom de soldat. Tranquillement, une soixantaine de Japonais, sabre au poing, avaient pris possession du terrain tandis que les Indiens détalaient malgré les ordres furieux du général Heath. Dans la panique, ils avaient tout abandonné sur place, cartes de la région, canons, chars, automitrailleuses, bombes et munitions. Le colonel Tsuji n'en demandait pas tant.

Le lendemain, Jitra tombait. Puis Alors Setar, le 13 décembre, et son aérodrome.

Pendant les combats, nous étions restées cachées en retrait dans une tranchée. Un cloaque de terre recouvert de branchages. Serrées les unes contre les autres, nos paquetages sur la tête, nous ne vîmes rien de l'affrontement mais entendîmes distinctement le souffle rapide des hommes qui luttaient corps à corps, les cris des Indiens égorgés à l'arme blanche et les larmes des mourants. Nous avons prié.

Maintenant maître des lieux, avec moins de trente morts, le colonel Tsuji ne cachait plus sa joie et avait transmis ses félicitations à ses troupes. Notre unité aussi fut citée qui avait, sous le commandement du capitaine Minoba, grâce à une progression exceptionnellement rapide dans la jungle, parfaitement accompli sa mission et, ainsi que prévu, pris à revers les dernières troupes indiennes cachées le long de la route nationale.

Le capitaine Minoba, gonflé d'orgueil, avait lu le dernier discours du colonel Tsuji, l'agrémentant de remarques ironiques pour le plus grand plaisir des soldats.

— Confits dans le luxe et l'abondance de leurs demeures, les colons britanniques ignorent tout de ce pays ! Tout de ses hommes ! Ils ne savent qu'en piller les richesses et en exploiter les habitants ! British Malaya ? Qu'est-ce pour un Anglais ? De la jungle, encore de la jungle, « impénétrable » !

Le capitaine Minoba avait parcouru ses hommes du regard.

— *Nankō furaku*, impénétrable... C'est ce qu'ils croient ! Nous, nous traverserons la Malaisie ! Mais nous n'avons pas besoin de routes pavées pour nous frayer un chemin à travers la jungle ! Ce sont les Anglais eux-mêmes qui nous ont tracé la voie. Directe, toute droite jusqu'à Singapour ! Nous emprunterons les pistes et les tranchées destinées à convoyer le minerai, le caoutchouc et le bois. Et bientôt, bientôt (sa voix s'était enflée), les rizières et les fleuves, les mines d'or et d'étain, les riches plantations d'hévéas et les forêts plantées de bois précieux, tous les trésors de la péninsule malaise retourneront au peuple d'Asie grâce au glorieux empire japonais ! *Tai Nippon banzaï !*

La machine infernale était en route. Nous atteignîmes la province de Wellesley le 16 décembre au soir, puis l'île de Penang le lendemain matin. Pour rejoindre la ville de Georgetown, notre unité s'engagea dans un chemin sauvage sinuant au pied d'une colline couverte de forêts, le long d'une plage à peine incurvée, blanche comme un croissant de lune posé au pied d'à-pics couverts de jungle basse. Après quelques kilomètres, nous obliquâmes vers la gauche, en direction d'habitations perchées sur les falaises, à mi-chemin entre le ciel et les eaux. Le sentier grimpait le long de la roche, interrompu de volées d'escaliers qui rendaient l'ascension plus aisée malgré nos pieds épuisés et blessés par les journées de marche. Hanae, parvenue à mi-hauteur, s'était effondrée. Déjà, deux soldats s'étaient arrêtés dirigeant d'un air menaçant leurs armes vers sa silhouette recroquevillée sur le sol. Les doigts jouaient avec la gâchette. Hanae s'était relevée, livide. Chancelante, elle nous avait emboîté le pas, les yeux injectés de sang, les lèvres tremblantes.

La chaleur commençait à se faire sentir. Lourde, suffocante, mêlée d'une odeur nouvelle, piquante, violemment parfumée. Sans transition, le maquis qui couvrait la roche prit de la hauteur, faisant place à des rangées régulières et soignées d'arbres aux branches chargées de feuilles vernies brillant au soleil et de petits fruits ronds jaune pâle. Nous n'avions jamais vu de muscadiers et je me souviens que les soldats avaient mordu dans la chair acide pour aussitôt la recracher.

Personne dans la plantation. Le silence se faisait oppressant. Depuis la plage, nous n'avions rencontré personne, comme si tous les habitants de l'île s'étaient terrés à notre approche. Des claies couvertes de noyaux de muscade séchaient au soleil. Des vêtements pendaient aux branches, abandonnés dans la hâte. Le capitaine Minoba avait tourné vers nous un visage triomphant.

— Voici le plus splendide exemple de la mentalité des colons occidentaux ! Devant l'ennemi, il déserte.

Nous atteignîmes le centre de Georgetown en début d'après-midi. Une ville désabusée, amère. Dédale de ruelles chaudes bordées d'arcades, de boutiques multicolores, enchevêtrement de *gopuram* hindous croulant de statuettes, de temples chinois émergeant de nuages d'encens, de mosquées aux bulbes étincelants, et de dragons crachant le feu. Au fur et à mesure que se déroulaient les colonnes de soldats à travers les rues, les volets se fermaient, les cadenas des grilles claquaient.

Une tristesse infinie hantait Georgetown. Les Anglais avaient embarqué dans leur exode femmes, enfants et possessions, et laissé derrière eux la ville, les plantations et leurs somptueuses demeures aux mains de serviteurs abandonnés à leur destin. Restaient les Malais, les Chinois, les Indiens, les Sikhs et les Tamils. Des poussières sans importance, murmurant avec fatalisme et colère, comme une litanie, à qui voulait l'entendre : *orang putih cabut*, l'homme blanc s'est enfui.

Le colonel Tsuji décida d'installer son quartier général à l'hôtel Eastern and Oriental sur Farquahr Street, face à la mer. Le reste des troupes occuperait les maisons réquisitionnées. Le capitaine Minoba nous fit savoir que les filles de réconfort seraient réunies dans une maison de Perak Road.

La nuit tombe tôt sous cette latitude. Quand nous traversâmes la ville en sens inverse, l'obscurité s'était emparée des formes, rompue simplement par une multitude de flammèches allumées sur des autels dressés devant les portes. A Penang, chaque maison possède son autel, chaque dieu doit être adoré car il faut s'en attirer les bonnes grâces autant que dissuader les esprits malins de troubler la paix des foyers. Tout devient prétexte à la vénération : un arbre aux branches insolites, une pierre trop polie, des racines entrecroisées. Quelques grains de riz parfois, une banane, des papiers votifs froissés d'or et de cinabre, de l'encens, des bougies forment le minimum des offrandes qu'un esprit peut accepter.

A la vue de notre curieux cortège, les passants détournaient les yeux. Pourtant la vie, tantôt suspendue par la peur, avait repris son cours. Le bruit courait que les troupes d'invasion se comporteraient « correctement », sans massacres ni bain de sang, et que les populations asiatiques n'avaient rien à craindre. Georgetown étant le premier bastion de la forteresse sur le chemin de Singapour, les autorités japonaises avaient incité leurs hommes à une grande prudence envers la population locale.

Malgré l'épuisement, je ne me lassais pas d'observer les rues, les demeures, tentant d'imaginer quelle vie pouvait se dérouler derrière les volets multicolores. Je me souviens très bien du quartier musulman. D'Acheen Street. Des hommes se hâtant pour la prière du soir, les hanches ceintes d'une bande de tissu brodé. Des *hadji* qui avaient fait le pèlerinage à La Mecque, portant la tunique blanche et le calot noir en signe de sagesse. Nous ne devions pas être loin de la mosquée car la voix du muezzin fusait à intervalles réguliers dans les rues étroites. Sous les arcades, dans l'ombre des échoppes, bougeaient des silhouettes de femmes voilées de la tête aux pieds dont l'irréelle beauté après tant d'atrocités me transporta comme un verre d'alcool fort.

On croit que le voile cache la femme, la réduit à une ombre momifiée. Au contraire, en la protégeant des regards, le voile sublime sa beauté, la rend mystérieuse et diaphane, laissant à l'imagination le loisir de rêver ses traits à partir d'une pupille entraperçue sous une frange de cils noirs ou, devant une main fine dépassant d'une manche, de penser les caresses qui feraient ployer ce corps interdit. Protégée dans une châsse, la femme devient joyau. La laide se pare des vertus de la belle. La belle attise la passion en soufflant la modestie.

Les Malaises, contrairement aux Arabes qui ne laissaient voir que leurs yeux noircis de khôl et leurs mains brodées de dessins rouges, marchaient nu-tête, le buste enserré dans une veste longue qui mettait en valeur leurs hanches rondes. Les reflets chauds des lanternes à travers le tissu les rendaient aussi appétissantes que les fruits qu'elles portaient sur la tête. La vivacité de leur allure, la fraîcheur de leur mise ravissaient l'œil et même Hanae, fascinée, ne pouvait détacher ses yeux de leurs silhouettes multicolores.

Georgetown déroulait ses richesses sous nos pas.

Les couleurs, les bruits s'entrechoquaient, se mêlaient, s'éparpillaient sous les auvents de fruits, de légumes, laissant le regard se perdre dans les motifs sans fin des tapis de prière et les volutes des lettrines d'or. Et pour peu qu'on se laissât entraîner dans ce mouvement perpétuel, on ne voyait plus que des traînées lumineuses, un seul tourbillon d'étoffes et de couleurs dérobées par l'ombre, partagés entre rancœur et espoir.

La route qui menait à Perak road, traversa plusieurs *kampung*[1] et cocoteraies, avant de déboucher sur une esplanade de bonne taille, plantée d'*angsana* géants, d'hibiscus et de bougainvillées roses. La main de Sawako n'avait pas quitté la mienne. A chaque bruit insolite elle tressaillait puis, s'assurant de sa prise, serrait fortement les doigts autour de mon poignet. Pauvre enfant, j'étais moi-même si épuisée que je ne pouvais plus lui donner cet amour dont elle était tellement assoiffée. J'avançais comme un automate. Nous nous arrêtâmes enfin devant une grille ornée d'un marteau de métal gravé de trois caractères chinois. L'agitation avait cessé. Un léger clapotis avait remplacé le tumulte des ruelles sans que je m'en fusse aperçu. La demeure réquisitionnée par le capitaine Minoba pour le cercle des officiers appartenait à des Peranakan, riches immigrants chinois nés sur le sol malais et éduqués à l'anglaise.

Nous entrâmes dans une courette dont l'un des côtés donnait sur un jardin bordé de colonnes antiques à la manière d'un cloître. Le bruit de l'eau que j'avais entendu venait d'une fontaine au milieu du patio, une curieuse construction de marbre mi-orientale, mi-européenne, surmontée d'un angelot. Des torches immenses avaient été allumées de chaque côté d'une allée bordée d'arbres dont les palmes déployées en éventail projetaient des ombres mouvantes sur les murs blancs de la façade. Celle-ci avait le classicisme des maisons coloniales : un bloc

1. Quartier, village malais.

cubique de proportions élégantes surmonté d'un fronton triangulaire. Le rez-de-chaussée était agrémenté d'une avancée de trois colonnes doriques soutenant la véranda du premier étage. Plusieurs voitures étaient garées devant les marches.

Une très jeune femme, manifestement prévenue de notre visite, nous attendait sur le perron. Moulée dans un *cheongsam* brodé garni de nœuds à l'échelle, elle était coiffée à la dernière mode, les cheveux très courts ondulés au-dessus de ses oreilles ornées d'immenses pendants d'argent. Mrs Leong Chang Siew Kee. S'exprimant dans un anglais parfait, elle nous invita à la suivre, avec la courtoisie que l'on réserve aux invités de marque. A peine remarqua-t-elle que le capitaine Minoba avait du mal à la comprendre qu'elle poursuivit, plus gracieuse que jamais, dans la langue de son hôte. Minoba, probablement aussi dérouté que nous par la délicatesse de l'accueil, murmura, confus, quelques excuses sur le dérangement qu'occasionnait la transformation de la maison puis, reprenant sa superbe, il saisit brutalement le bras de la jeune femme et désigna deux larges bracelets de filigrane d'argent.

— Les bijoux et les objets de valeur sont réquisitionnés ! Vous ne garderez qu'une parure vous permettant de recevoir honorablement vos invités. Je reviendrai ce soir avec une dizaine d'officiers. J'espère que le salon et les filles seront prêts.

Madame Leong avait à peine bronché. Mais quand Minoba s'éloigna dans la nuit, elle caressa furtivement ses bracelets avec amour et colère puis, retrouvant son aplomb, ordonna au soldat demeuré sur le perron de fermer la grille. Perchée sur des mules à talon haut, elle nous entraîna à l'étage. Derrière les portes fermées retentissaient des pleurs.

— *Do you understand me ?*[1] souffla-t-elle prudemment en anglais. Ce sont des filles d'ici raflées dans la ville. C'est dur pour elles, alors elles pleurent.

Sans doute madame Leong nous prenait-elle pour des prostituées de métier. Elle nous conduisit vers une grande pièce qui devait être sa chambre, attenante à une salle de bains presque aussi spacieuse. Je remarquai les robinets en forme de dragon et les vasques de porcelaine. Jamais je n'avais vu un tel luxe. Non pas grossier et clinquant comme chez les riches Chinois de Shanghai mais raffiné, hétéroclite. Un désordre quotidien rendait la pièce merveilleusement humaine. Une chaleur dont nous avions toutes besoin. La chaleur de la vie. Une tasse à thé sur le rebord du piano, des épingles de corne sur une coiffeuse, une écharpe de dentelle jetée en travers d'un guéridon, un poudrier orné d'un cabochon grenat, des lunettes cerclées d'or sur un livre retourné.

Madame Leong jeta un coup d'œil vers nos trois silhouettes en guenilles puis, avec un rien de mélancolie, désigna une armoire laquée.

— Lavez-vous et choisissez ce que vous voulez. Il y a des *cheongsam*, mais aussi des tuniques malaises et des jupes occidentales. La taille devrait convenir. Ensuite je vous porterai à dîner.

Le luxe de la pièce avait réveillé Sawako et Hanae. A peine madame Leong avait-elle fermé la porte que, redevenues des enfants, elles s'étaient précipitées vers la coiffeuse, avaient ouvert les tiroirs,

1. Me comprenez-vous ?

caressé les pinceaux encore pleins de poudre, les produits de maquillage, et feuilleté les magazines sur la table de nuit. Assise sur le lit, je les avais observées. Deux gamines en loques, maigres et sales, les jambes violettes d'hématomes, couvertes de croûtes. Quand j'aurais dû me réjouir de la douceur inattendue de l'accueil, je me sentais dériver. Je m'étais armée pour la guerre, pour les viols, pour la mort. Ce retour dans le monde des vivants épuisait ma résistance.

La faim tout autant que l'angoisse nous tenaillait. Bientôt la frénésie de mes compagnes retomba. Hanae avait saisi un miroir. Sur son visage soudain sérieux, je lus qu'elle n'avait pas encore mesuré à quel point l'interminable marche à travers la forêt malaise l'avait éprouvée.

Le temps pressait car les officiers n'allaient pas tarder à arriver. Nous nous habillâmes sans plaisir. Le contact du satin froid sur ma peau me fit frissonner et réveilla ma peur. Je choisis un *cheongsam* long, un *quipao* que je décidai de porter sur un pantalon étroit afin de cacher les plaies sur mes mollets. Madame Leong réapparut comme promis, toujours aussi fragile et élégante, avec un plateau chargé de trois bols remplis d'une soupe épaisse couleur d'or.

— *Masak lemak,* des légumes cuits dans du lait de noix de coco avec des épices, annonça-t-elle fièrement, un rien cérémonieuse.

Après plusieurs années de nourriture chinoise fade et sucrée, nous avions la nostalgie des piments de notre Corée natale. La saveur crémeuse, délicatement piquante du velouté, fit naître sur nos lèvres des sourires ravis. La maîtresse des lieux, voyant notre appétit, s'enhardit à nous demander d'où nous venions. Je lui répondis que j'avais quitté la Corée plus de trois ans auparavant, embarquée de force par les Japonais à la sortie de l'école. Sans doute, persuadée que nous n'étions que de vulgaires putains, ne s'attendait-elle pas à une telle réponse. Soudain confuse, elle bondit sur ses pieds et enfila en hâte ses mules ornées de billes de verre. Tanguant délicieusement entre les guéridons, les consoles et les vases qui envahissaient la pièce, madame Leong disparut dans l'encadrement de la porte. Elle revint quelques minutes plus tard avec un nouveau plat couvert de petits gâteaux fondants et multicolores, formés de plusieurs couches d'une gelée verte et brune qu'elle posa devant nous avec le sourire satisfait d'une mère pour ses enfants.

Madame Leong nous regarda manger en silence puis, comme si enfin elle avait deviné quel destin l'attendait ce soir, elle s'approcha de moi, plongeant son regard dans mes yeux pour s'assurer que je ne lui mentirais pas.

— Ma fille est chez sa grand-mère sur les hauteurs de Ferringhi, murmura-t-elle, elle doit rentrer d'un moment à l'autre. Elle n'a que dix ans…

Elle avait le visage grave d'une femme qui, tout à coup, comprend qu'elle est au bord d'un précipice qu'elle ne voit pas.

— Vous croyez que je devrais lui téléphoner de ne pas rentrer ?

Je lui fis signe que oui, et madame Leong courut au téléphone tandis que dans la cour jaillissaient déjà des éclats de voix. Les lignes téléphoniques avaient été coupées et c'est les larmes aux yeux qu'elle nous rejoignit. En un instant, sa grâce et sa frivolité s'étaient évanouies.

Maquillées de frais, coiffées, nous descendions vers le salon rejoindre les autres filles quand un soldat appela mon nom. Je devais immédiatement me rendre à Northam Road où se trouvaient les services du télégraphe et les bureaux émetteurs de la radio de Penang. Une fois de plus j'échappais au destin de mes compagnes.

Chacun, dans l'unité K, savait quel poste j'avais occupé à Haikou. Mes dons de traductrice pouvaient encore être utiles au Japon. Le colonel Tsuji avait en urgence besoin d'interprètes pour lancer sur les ondes des appels à la population asiatique de Singapour afin de l'informer de l'inqualifiable conduite des Anglais à Georgetown et ainsi saper toute velléité de résistance. Trois jours durant, je ne quittai pas les locaux de Northam Road. Entourée de membres des autres communautés asiatiques, je diffusai des messages incitant les habitants de Singapour à rejoindre le camp des libérateurs. Je n'eus cette fois-ci aucun mal à obéir aux ordres du colonel Tsuji, tant l'abandon honteux de l'île par les Occidentaux me révoltait.

Le 21 décembre je m'apprêtais, le casque sur les oreilles, à lire les communiqués qui m'avaient été donnés quand je fus prise de frissons et de tremblements. Un froid glacial s'était emparé de mes membres. Afin que je pusse poursuivre mon travail, le lieutenant Akeda qui supervisait l'opération arrêta les ventilateurs et me fit porter des couvertures et du thé brûlant. Mais rien n'y fit, car au froid succéda une fièvre intense. Les mots se précipitaient dans ma bouche, je ne pouvais plus parler. J'entendis le lieutenant Akeda jurer, mais les règlements militaires étaient stricts, je devais être soignée. Je fus conduite à l'hôpital de Kekchuan Road, une maternité investie par l'armée japonaise. Dans un demi-brouillard, je vis un médecin indien enturbanné se pencher sur moi et prononcer le mot de paludisme. J'entendis une voix féminine répondre que tous les stocks de mépacrine avaient été embarqués par les Anglais. Les étagères de la pharmacie étaient vides. On me donnerait donc un traitement combiné de quinine et d'atébrine, les seuls médicaments anti-malaria connus des Japonais, utilisés surtout en prévention.

Mépacrine. Quinine. Atébrine. Les mots tournaient dans ma tête. Je sombrai dans un sommeil moite et inconfortable.

CINQUIÈME ÉPOQUE

Le crépuscule

Les jardins de Boh

L'unité K, sous le commandement du capitaine Minoba, repartit le 22 décembre en direction de Taiping. Mon état de santé nécessitait encore des soins et je ne repris la route que dix jours plus tard, dans un camion de ravitaillement censé rejoindre les troupes japonaises dans la ville d'Ipoh, tombée le 28 décembre.

J'étais dans un tel état de faiblesse que je ne pouvais m'alimenter seule. Secouée de tremblements, j'avais l'esprit brouillé, mélangeant les noms, les visages. Je me rappelle avoir demandé à un soldat où étaient mes compagnes Hanae et Sawako. Avec ce rictus ironique qu'ont les Japonais quand ils sont embarrassés, il avait répondu qu'il n'en savait rien.

Je n'étais pas guérie que reprenaient les passes quotidiennes. Avec des hommes qui ne me connaissaient pas, ignoraient mon nom et m'appelaient « la Jaune » parce que ma peau avait pris la couleur du sable. Ils avaient débarqué à Patani sur la côte Est. Les vingt jours de jungle et de guérilla avaient épuisé leurs réserves d'humanité. Leur unité n'ayant pas prévu de filles de réconfort, mon arrivée suscita des cris de joie. Bien que, semble-t-il, la garnison se fût abondamment servie sur place, dans le vivier sans cesse renouvelé de « *ginno ianfu*[1] », les « vagins d'argent », jeunes ou vieilles, violées sans distinction, sommées à la pointe des armes d'obtempérer au bon vouloir des soldats, par « gratitude pour l'Empire japonais libérateur ».

A Ipoh, une riche bourgade de province située dans la vallée de la Klang, en plein cœur du pays minier, je fus transférée avec un camion de munitions sous le commandement d'une nouvelle unité descendant vers Kuala Lumpur. « En seconde vague. » L'expression cachait une réalité plus horrible. Nous suivions les troupes de front, avec pour mission d'occuper les lignes conquises quelques heures auparavant, en éliminant la résistance d'arrière-garde. Des ordres qui, traduits dans le langage de l'horreur, signifiaient anéantir sans distinction toute créature ayant survécu au passage des troupes, homme, femme ou enfant.

Nous avions donc repris la marche à travers la forêt dense. Sous les ordres cette fois-ci du commandant Wataru, un militaire à côté duquel le capitaine Minoba faisait figure d'ange. Un être cruel, tant pour ses victimes que pour ses hommes, à qui jamais il n'épargnait injures et humiliations. Alors que les soldats n'auraient dû craindre que le feu

1. Terme employé par les soldats pour désigner les Malaises. Il s'agit de la traduction littérale en japonais de « filles de la province du Perak », Perak en malais signifiant « argent ».

de l'ennemi, ils tremblaient devant leur petit chef moustachu, arrogant comme un roquet, hargneux, forçant à coups de pied ou de matraque les blessés et retardataires à accélérer le pas, punissant les plus faibles par des quarts de garde supplémentaires, poussant ses hommes aux limites de l'épuisement sans jamais un mot d'encouragement. Les insultes pleuvaient et rendaient les soldats méfiants, pétris de vengeance et de haine. Plusieurs fois j'entendis parler de désertion, de mutinerie.

Les provisions que nous avions emportées – des boulettes de riz, du poisson séché – ne durèrent pas deux jours et la faim, la soif vinrent s'ajouter à l'accablement. Mais il fallait avancer. Avancer sans cesse. A une cadence infernale. Malgré la chaleur, malgré la dysenterie qui tord les boyaux, malgré les morsures des insectes. Au cœur d'une fournaise moite, noire, grouillant de serpents et de tarentules. Malgré les raids aériens. Car l'enfer venait aussi du ciel. La jungle est en effet comparable à une boîte étanche dont un verre à double tain formerait le plafond : opaque sous la canopée où rien ne perce, ni lumière, ni ciel. Mais sous les nuages, pour l'œil habitué des pilotes, mouvements et déplacements se repèrent en un instant car cet océan infini de frondaisons s'anime tout à coup, répétant par vagues le moindre mouvement inhabituel de ses sous-bois.

En deux semaines, j'avais perdu plusieurs kilos et flottais dans mes vêtements. Mes plaies s'étaient infectées et purulaient. Le soir, quand je parvenais à coordonner mes mouvements, je les nettoyais, ôtant avec des éclats de bambou les vers qui grouillaient sous les pansements. Les accès de fièvre reprenaient chaque nuit et c'est dans un état de demi-conscience que je recevais mes clients. Là où nous nous trouvions. A l'arrière d'un camion, dans une maison abandonnée, à même le sol derrière un arbre. Je ne luttais plus.

Moi aussi, finalement, j'étais devenue une *maruta*, une bûche de bois. Un corps rigide, sans volonté ni intelligence. Sans sensibilité ni espoir. Je ne vivais plus. Je ne rêvais plus. La maladie était mon refuge. Un rempart d'inconscience pour me protéger des hommes et de la guerre.

Mes souvenirs s'arrêtent dans un village, Kampung Kubu, à une vingtaine de kilomètres de la rivière Slim, dernier bastion ennemi sur la route de Kuala Lumpur, tenu par la 12e division indienne. Un village malais ordinaire. Une longue rue poussiéreuse bordée de maisons basses grillagées appartenant à des Chinois et, émergeant des touffes de cocotiers et de bananiers, des baraques de bois, surélevées par des pilotis. Un silence mortel régnait. Pas un bruit, hors le vent qui s'engouffre et fait claquer les portes sur leurs gonds. Ni poules, ni cochons, ni chiens dans les rues. Des chars seulement, stationnés en file, des bicyclettes aussi, couchées dans le sable.

En fin de matinée, les villageois avaient été regroupés dans la mosquée, sans boisson ni nourriture. Certains s'étaient révoltés quand les soldats, indépendamment du sexe et de la religion, avaient poussé femmes, enfants, Chinois, Tamils et musulmans sur les tapis de prière. Les hommes avaient tenté de s'interposer. Leurs cadavres gisaient maintenant contre les murs extérieurs, souillant de leur sang l'eau des bassinets de pierre où les fidèles se lavent de leurs impuretés avant la prière. Vers midi enfin, les soldats étaient passés de maison en maison afin de faire l'inventaire des lieux. Sous un soleil de plomb, ils avaient tiré sur le pas des portes les vieux et les grabataires qui n'avaient pu se déplacer jusqu'à la mosquée, et les avaient égorgés avec tout ce qui faisait trop de bruit : la volaille, les cochons, les chiens et les bébés. Ils avaient trouvé un garçon de dix ou onze ans caché dans un coffre. Le pauvre avait voulu s'enfuir mais il avait été fauché par le tir des soldats. Ils avaient visé les jambes. Tandis qu'il gémissait, se débattait, tentant centimètre par centimètre de ramper pour se mettre à l'abri, les soldats, accroupis au bord de la route, décortiquaient posément des *rambutan*. Ils avaient craché les noyaux par terre puis s'y étaient pris à plusieurs pour maintenir le gamin en place tandis que le sergent Kimura essayait de lui trancher la tête. De guerre lasse, ils l'avaient abandonné demi-mort au milieu des peaux et des noyaux. Une fois le village nettoyé, les soldats avaient pour quelques heures pris quartier dans les demeures désertées.

Je me déplaçais de plus en plus péniblement. A court de médicaments depuis deux jours, la fièvre avait repris, un souffle incandescent qui me consumait de l'intérieur et me couvrait de sueur. Je m'étais effondrée, le nez dans la poussière. De très loin, derrière l'assourdissant bourdonnement du sang dans mes oreilles, incapable même de me retourner, j'avais entendu la voix de Wataru régler mon sort.

— La fille reste au village. Inutile de s'encombrer d'une malade. Sans eau ni nourriture, elle ne tiendra pas deux jours !

Les soldats étaient partis. Un vacarme de jantes de vélos grinçants, de jurons, d'ordres, de bruits de chars, d'explosions au lointain. Puis le silence de nouveau. Rompu par le crépitement des flammes qui dévoraient les maisons. L'air sentait le kérosène. J'entendis des cris, mêlés de chants confus dans le lointain, *Allah el akbar*, Allah est grand !, de pleurs, des poutres qui s'effondraient. Soudain, la rumeur humaine cessa. Remplacée par un silence profond, immense. Et la pluie qui tombait. Quelques gouttes. Froides, lourdes sur ma nuque. Sur les feuilles des bananiers. Un martèlement régulier qui se mua en un tapage étourdissant. Le déluge acheva de faire craquer les maisons qui ne s'étaient pas encore effondrées. Chaque explosion était suivie d'un souffle chaud, un soupir de géant. La pluie ne cessait de tomber. Je ne pouvais pas bouger. Je sentais la terre dans ma bouche. Le sol était si mou, détrempé par le déluge, qu'au moindre mouvement j'avais l'impression de m'enfoncer dans un marécage. Je ne savais si j'avais froid ou chaud. Le temps passait.

J'avais tourné ma tête sur le côté afin de libérer mes narines. Je regardai le ciel indigo. De Kampung Kubu, il ne restait que des ruines fumantes. Un paysage noirci et des colonnes de fumée que la pluie plaquait au sol par rafales. Au milieu de la route gisait le corps du petit Malais. Calciné, recroquevillé comme un fœtus. Tout au loin, au-dessus des arbres, le ciel s'éclairait par secousses. Il me sembla que j'entendais des détonations.

Un poids immense pesait sur mon dos et mes épaules. Mais je ne ressentais aucune douleur. Je n'essayais plus de bouger. Mes membres ne répondaient plus. Je me vis flotter au-dessus de mon corps. Etait-ce cela la mort ? Cette sensation de voler sans contrainte, sans corps ? Non ! Je ne voulais pas mourir ici, loin de mon pays ! J'avais échappé à trop de dangers pour finir ici comme un déchet abandonné sur le sol. N'étais-je pas libre ? Les soldats étaient partis. Aucun lien ne me retenait.

Mes mains étaient froides et j'avais beau me concentrer, elles restaient fichées dans la terre et refusaient d'obéir. Je voulus ouvrir les yeux mais mes paupières étaient collées par la boue. Je sombrais doucement. Quand, une fois encore, je tentai de réunir mes souvenirs, je n'arrivai à rien. Je vis une voûte sombre qui tournait devant mes pupilles, comme un fragment de ciel éclaté en petites images. Un peu comme si je contemplais le monde à travers un kaléidoscope. Sans jamais pouvoir fixer ces images qui dansaient sans cesse. Puis tout à coup mes yeux se posèrent sur un extraordinaire paysage de montagnes vallonnées. Des collines vert tendre noyées dans un brouillard bleuté. La pluie s'était arrêtée. L'air portait une fraîcheur nouvelle. Je discernai une voix féminine qui répétait mon nom. A peine teintée d'inquiétude. Un parfum vif, intense et épicé pénétra mes narines. J'ignorais où j'étais, morte peut-être, mais quelle importance puisque je me sentais bien, en sécurité ? Je percevais une présence à mes côtés mais ne trouvais pas la force de remuer les lèvres, ni même de tourner la tête. Cette douceur mélodieuse du parler de Wakayama. Je connaissais cette voix, ses accents chantants. Je connaissais aussi cette peau si douce contre la mienne, si fraîche.

Une main fine s'enroula dans la mienne, jouant avec mes doigts.

Lorsque j'ouvris enfin les yeux, j'étais dans un lieu inconnu, allongée sur une chaise longue de rotin roux, les jambes protégées par une couverture. Devant moi se dressaient des montagnes aux crêtes mangées de brume, vert foncé au sommet puis, au fur et à mesure que les pentes perdaient de l'altitude, panachées de flaques tendres et vives. Une étendue éblouissante de gradins gansés d'arbustes fleuris envahissait le paysage, grimpant à l'assaut des versants, suivant la terre et ses reliefs avec des courbes amoureuses, épousant jusqu'à l'infini chaque colline de nouvelles étendues brillantes, de buissons sombres, réguliers, entre lesquels bougeaient des points de couleurs vives. Le mois d'avril était déjà bien avancé.

A quelques mètres devant moi était assise une femme. De ma place, je ne distinguais que la douceur de sa nuque sous la masse d'ébène de son chignon et une rangée de cils épais et noirs. A la vue de cette peau pâle, translucide, je sentis mon cœur battre avec force. Ces mains fines, rapides et douces, qui brassaient l'air comme un éventail, ce cou à peine ployé... Me retenant de respirer de peur d'interrompre le charme merveilleux, je demeurai de longues minutes suspendue à cette apparition irréelle. Tout me revint brusquement, la voix qui m'appelait dans mes songes, cet accent japonais suave, ce parfum entêtant. Oki.

Sans doute avait-elle soudain senti l'intensité nouvelle de mon regard sur sa nuque car elle sursauta et leva vers moi son visage incrédule. Est-il des mots pour exprimer le frisson qui nous parcourut ? Un frisson au goût d'éternité, plein encore de la saveur de nos étreintes à Shanghai. Oki avait bondi sur ses pieds et s'était précipitée vers moi.

— Naomi-*san*, tu vis ! Tu es réveillée ?

Les phrases se bousculaient dans sa gorge. Banales. Anodines.

— Tu veux du thé ? de l'eau ? Tu as faim ?

Mais Oki n'attendait pas de réponse.

Ses mains avaient saisi les miennes. Elles les pressaient jusqu'à les meurtrir, comme pour saisir mes plus intimes pensées et rattraper le temps perdu, ces longs mois qui nous avaient éloignées l'une de l'autre.

— Tu es encore faible, ne bouge pas.

La voix aimante poursuivit :

— Tu es guérie, tu sais, maintenant j'en suis sûre…

— Mais alors, je suis vivante ?

Ma question laissa un instant Oki interdite. Puis elle éclata de rire et sautilla devant moi.

— Regarde ! Ne vois-tu pas ? Bien sûr que tu es vivante, aussi vivante que les oiseaux dans le ciel !

Le sérieux de mon regard fit retomber sa joie. Une ombre planait entre nous. Ensemble, nous avions pensé à notre seul lien, celui dont nous taisions le nom et haïssions l'existence, mais sans lequel nous ne nous serions jamais rencontrées.

— Tu sais, il est devenu colonel… Fujiwara *taisa.*

Je hochai la tête.

— Il s'occupe de logistique et coordonne l'action des troupes d'invasion avec la police militaire. Mais, se hâta-t-elle d'ajouter, il n'est pas là, ne t'inquiète pas !

— Où sommes-nous ?

— Dans les monts Cameron, à mi-chemin entre Kuala Lumpur et Raub.

Oki, qui s'était assise sur le sol, avait posé la tête sur mes genoux. Elle me tendit une petite feuille ovale, lisse comme un miroir, d'un vert sombre jaspé de noir.

— C'est une feuille de thé. Tout ce que tu vois devant toi, ce sont des plantations de thé.

Elle froissa la feuille et la porta à mes narines. Le parfum épicé et sourd me fit tousser. Une douleur fulgurante embrasa ma poitrine.

— Dès que tu pourras marcher, nous visiterons la plantation. Je m'y promène tous les jours. Dans ces vallées, mieux que n'importe où, tu recouvreras tes forces. Nous sommes dans la villégiature des *ladies* de Singapour fuyant la canicule. Ici, les Anglaises ont recréé un morceau de leur patrie, loin de la touffeur tropicale. Elles y redécouvrent avec nostalgie leur enfance dans le Kent ou le Yorkshire, le brouillard, la fraîcheur, les galets humides et les édredons de plume !

Oki désigna une maison basse entre les arbres, comme celles qui illustraient mes livres scolaires. Je souris. Un cottage anglais au cœur des tropiques. Bas de toit, aux murs de pierre grise percés de fenêtres aux carreaux minuscules.

Les cheveux d'Oki crissaient sous ma main.

— Comment m'as-tu retrouvée ?

Oki attira la couverture contre sa poitrine.

— Oh, cela n'a pas été difficile. Fujiwara te suit avec la précision d'un chien de chasse. Quand il a su que tu t'étais enfuie de Harbin, il est entré dans une violente colère, mais ce n'est que lors du recensement du Corps du Service Volontaire qu'il a retrouvé ta trace à Hainan. Un colonel de l'armée impériale ne s'abaisse pas à demander l'exécution d'une vulgaire prostituée ! D'ailleurs, son esprit est bien trop tortueux pour s'en satisfaire. Tu es la seule à lui avoir résisté, à ne jamais avoir baissé les yeux, même lorsque tu n'étais qu'une enfant à Mukden, la seule à ne pas lui avoir cédé. Ni même tremblé. Que pouvait-il faire d'autre que t'envoyer sur le front ? En première ligne ?

J'insistai.

— Où est-il, Oki ?

Oki sourit.

— Quelque part entre Moulmein et Akyab, en Birmanie.

— Mais enfin raconte, dis-moi ! Pourquoi ces demi-mots ? Comment m'avez-vous repérée ?

Mon impatience sembla dérouter Oki qui leva vers moi un visage inquiet.

— Les unités qui suivaient la tienne, celle du commandant Wataru, t'ont retrouvée dans un village du côté de la rivière Slim. Tu avais tes papiers sur toi. Corps patriotique de l'Armée impériale. Ils t'ont embarquée avec les blessés jusqu'à Kuala Lumpur qui a été prise le 6 janvier. Ton numéro a été retransmis peu après avec l'immatriculation des blessés jusqu'au QG de Yamashita. Moi, je suis arrivée avec le reste des troupes de renfort pour l'attaque de Singapour. Fujiwara m'a laissée à Kuala Lumpur tandis qu'il poursuivait en direction de Johore Baru. C'est là qu'il s'est installé, avec le général Yamashita, dans le palais du sultan en vis-à-vis de l'île. Du haut des tours blanches du palais, la vue sur le détroit de Johore est parfaite. Par temps clair, toute l'île est visible, chaque déplacement, chaque soldat presque, comme sur une maquette géante, grandeur nature.

La voix d'Oki s'enfla. Ses yeux brillaient comme ceux d'un enfant.

— Tu sais, le palais du sultan est immense, des enfilades de salons, de boudoirs et d'appartements. Des salles de bains par dizaines, certaines plus grandes même que les chambres, avec des lits et des volières enchâssées dans le plafond pour admirer les oiseaux durant le bain…

Oki marqua un temps d'arrêt.

— J'ai rejoint Fujiwara au bout de dix jours. Impatient, il voulait que je m'occupe des filles choisies pour les officiers de l'état-major. Il m'a conduite dans une aile du palais où avaient été enfermées une centaine de femmes. Toutes des Malaises, brunes de peau et grasses comme des cochons de lait, qui se cachaient derrière leurs voiles. Des servantes du palais, mais aussi de jolies filles raflées dans la ville. Quand elles m'ont vue, elles se sont calmées, ont repris confiance pour s'accrocher à moi, me demander quand elles pourraient retourner chez elles… Mais même les plus âgées ignoraient ce qu'on attendait d'elles. Certaines n'avaient pas onze ans. Mais à quoi bon te raconter les outrages qu'elles subirent… Ils n'ont pas osé toucher aux femmes du sultan car ils espèrent gagner les bonnes grâces des Malais afin d'évincer les Chinois de la politique. Par contre, il y avait deux Anglaises et une Hollandaise qui, dans un vain espoir d'attendrir les officiers, parlaient sans cesse de leurs enfants, tentant même d'engager la conversation, demandant à chacun s'il avait une famille, une femme… *kodomoga arimasuka* ?

Oki imita l'accent nasillard et maladroit, puis reprit :

— Après la chute de l'île et plusieurs jours de bombardements incessants, les prisonniers ont commencé à affluer. Un groupe d'Australiens est arrivé pour les interrogatoires. De grands gaillards roux et blancs qui, puisque la reddition des troupes britanniques avait été officiellement prononcée, s'attendaient en se livrant aux autorités militaires impériales à être traités dignement.

Oki soupira.

— Tu sais, dans notre pays, il ne fait pas bon être prisonnier de guerre. Un prisonnier pour nous est un homme mort. Il n'existe plus. Rayé de l'armée, rayé de la vie, rayé de sa famille. Il est mort pour son pays mais aussi pour les siens. Pour les Occidentaux, un captif blessé a de l'honneur. Il s'y accroche comme à une bouée de sauvetage et s'attend à être traité selon son rang. La plupart des Australiens capturés auraient pu, s'ils l'avaient voulu, mourir honorablement en retournant leur arme contre eux. Mais au lieu de cela, ils se sont constitués prisonniers. Quelle sottise ! Pour les hommes de Yamashita, ils n'en étaient que plus méprisables. Toutes les nuits, bouclée dans ma salle de bains, je les ai entendus hurler, pleurer. Injurier. Implorer pitié. Chanter l'hymne de leur pays. Prier. Parfois Fujiwara me rejoignait entre deux séances. Les ongles rouges de sang. Il ne prenait pas toujours la peine de se laver les mains avant de me toucher. Je crois que cela l'amusait, que mon expression horrifiée l'excitait. Puis il repartait, changé de frais.

Sous mes doigts je sentis les muscles du cou d'Oki se raidir. Des larmes irrépressibles embuaient ses yeux. Honteuse d'ainsi se laisser aller, Oki reprit d'une voix trop forte :

— Je t'ai retrouvée grâce au registre des blessés. Tu y figurais en bas de page. Un post-scriptum. Entre la liste des munitions prises à l'ennemi et le décompte des bicyclettes abandonnées chargées sur le même camion que toi. Matricule 2444. Je savais que c'était toi, mais tant que Fujiwara était là je ne pouvais te venir en aide sans éveiller son attention. J'ai donc remis les dossiers en place en priant pour qu'il ne remarque rien. La providence m'a prise en pitié car, pour des raisons de stratégie que j'ignore, le général Yamashita a ordonné à Fujiwara de partir sur le front de Birmanie, rejoindre la 15e armée. La chaleur et la végétation y sont plus terribles encore qu'en Malaisie et il a pris cette nouvelle affectation comme une sanction. Je l'ai revu la veille de son départ. Il était d'une humeur massacrante. Quand je lui ai demandé ce qu'il adviendrait de moi, il a eu l'air perplexe. J'ai alors suggéré de me rendre à Kuala afin de m'occuper des blessés jusqu'à son retour de Birmanie. Il a accepté. J'ai eu du mal à ne pas cacher ma joie car je ne doutais pas que je te retrouverais. A Kuala, j'ai parcouru les hôpitaux réquisitionnés par l'armée, les dépôts et les morgues, mais personne ne t'avait vue. Pourtant je savais, moi, que tu étais là, une certitude qui me donnait chaque fois la force de mentir, d'inventer de nouveaux prétextes pour visiter les malades, les blessés. J'ai fini par apprendre qu'une partie de la gare avait été transformée en dispensaire et que de l'autre côté de la rue se trouvait l'hôtel Majestic investi par les bureaux du *kempeitai*. Avec mon laissez-passer je n'ai eu aucun mal à entrer.

Oki sourit tristement.

— Tu sais, les Japonais, quand ils voient une femme de leur pays, ils s'inclinent, ils redeviennent des enfants. J'ai parlé de recensement des blessés, d'aide morale aux mourants et obtenu le droit de circuler dans la gare. Me croiras-tu ? J'ai sans hésiter grimpé les deux cents degrés en colimaçon qui conduisent aux tours, des volées de marches de fer qui tremblaient sous mes pieds, car où pouvais-tu être si ce n'est là où sont les anges, contre le ciel ? C'est là-haut, au sommet d'un curieux clocheton blanc, que je t'ai aperçue. Abandonnée sur un matelas à côté de malades civils venus des hôpitaux de la ville. Tu ne m'as pas reconnue. Tu ne bougeais plus mais il y avait dans ta poche une enveloppe avec tes papiers et des médicaments dans un sachet. J'ai joué le tout pour le tout, rappelé au commandant en place les liens qui m'unissaient au colonel Fujiwara. J'ai expliqué que tu étais la maîtresse d'un officier et que nous devions nous mettre à l'abri dans les terres. J'ai pris des airs mystérieux quand il a voulu savoir qui était ton protecteur. Heureusement le nom de Fujiwara a suffi.

Oki éclata de rire, triomphante.

— Tu sais, il appartient à un puissant clan japonais, proche de la famille impériale. On m'a crue. J'ai de nouveau pris le train, avec toi dans mes bras. Aussi légère qu'une fillette. Puis j'ai loué une voiture. Nous sommes arrivées dans les monts Cameron il y a quinze jours. Les montagnes sont sous le contrôle de l'armée, mais là où nous nous trouvons maintenant, nous ne risquons rien car les soldats ne souhaitent pas se faire remarquer. Ils donneraient tout pour passer la fin de la guerre dans ces vallées perdues. Le climat est divin. L'endroit est merveilleux. Regarde, regarde autour de toi ! Ici nous sommes loin de tout. Oh, je sais qu'un jour il faudra redescendre, que Fujiwara me rappellera à ses côtés à

Singapour quand il sera rentré de Birmanie mais en attendant, nous ne risquons rien.

Ses doigts traversèrent l'air gracieusement pour se poser sur ma joue qu'elle caressa longuement en répétant, pensive, pour se persuader autant que pour me rassurer :

— Nous ne risquons rien…

Entre les mains d'Oki je recouvrai la santé. Le climat d'altitude des monts Cameron, qui culminent à 1 600 mètres, me revigora en quelques semaines. Un miracle. Les crises s'espaçaient. Le paludisme battait en retraite.

Cet îlot de Malaisie britannique, oasis intemporelle au cœur de la jungle, protégé du monde et des conflits, abrita les plus belles journées de mon existence. Au début, Oki et moi, anxieuses de ces retrouvailles inespérées, nous exerçâmes au jeu de l'amitié. Regards francs et rieurs, promenades à en perdre le souffle de village en village, interminables parties d'échecs au coin du feu. Comment croire, en nous voyant bavarder gaiement, qu'un mois auparavant je pesais moins de quarante kilos ?

Au fur et à mesure que je retrouvais mes couleurs, la vivacité de mon pas et l'éclat dans mes yeux, je sentis que s'épanouissait de nouveau en moi la folle passion de Shanghai. Cette femme m'ensorcelait, sa voix chaude qui coulait en moi, sa façon de bouger. On eût cru à chaque instant qu'elle posait pour un peintre, tête penchée, mains croisées, à genoux, immobile devant la fenêtre. Me regardait-elle que je chavirais, le souffle court comme si j'avais accompli un effort immense, les paumes moites impatientes de toucher, de palper, d'aimer. Et puis un matin nous oubliâmes la peur, les convenances. Ses mains s'emparèrent des miennes, fougueuses, passionnées, et les yeux fermés, nous nous retrouvâmes. Contours oubliés, interdits ou inconnus. Courbes frôlées, redécouvertes et explorées, rondeurs douces et chaudes au goût de lait, vallées profondes, humides et gorgées d'une sève bue à pleines lèvres, goulûment, tendrement. Loin de tout, de la guerre, de nos vies, nous avions décidé de nous aimer, de nous abandonner à cette volupté interdite, sans cesse attisée par l'ombre de Fujiwara.

Nous partagions un petit appartement dans une villa réquisitionnée par les Japonais. Un hôtel pour riches vacanciers que sa patronne, Mrs Linglater, une Anglaise à l'accent merveilleusement démodé, entretenait avec amour. La guerre n'avait rien changé au train de vie de l'établissement fréquenté par des habitués, des diplomates en quête d'anonymat et des femmes fuyant la touffeur de Singapour.

Mrs Linglater cultivait avec l'occupant nippon une relation particulière qui ne datait pas d'hier. On racontait qu'autrefois sa maison avait été fréquentée par le comte Inoichi. Aux premières rumeurs du débarquement des troupes du général Yamashita sur la péninsule, elle avait fait jouer ses anciennes relations. Ayant câblé à son noble client, elle l'avait fermement imploré d'épargner ce lieu magique dont il avait autrefois profité. Légende ? Vantardise ? Opportunisme ? Le cottage de Mrs Linglater avait manifestement l'habitude de recevoir depuis longtemps des hôtes nippons, et comportait même à leur intention plusieurs chambres tapissées de tatamis. La cage d'escalier donnait le ton : gravures de chasse à courre et portraits d'enfants rêveurs dans le style de Reynolds côtoyaient estampes japonaises et bannières calligraphiées. Un mélange insolite et suranné qui ne manquait pas d'originalité.

Aux cuisines, le chef indien préparait aussi bien rôtis ou *crumbles* à l'anglaise que *shabu-shabu* ou *udon* japonais. Il connaissait les goûts de chacun de ses clients et cultivait même légumes et fruits dans un potager particulier qu'il soignait avec tant d'amour qu'on eût dit une illustration de livre pour enfants.

Dans la cour de l'hôtel, un jardinet planté de roses trémières, nous vîmes plusieurs fois des officiers japonais s'entretenir, cartes d'état-major en mains. Quand Mrs Linglater passait entre les tables après le souper, ils se levaient pour la saluer avec une courtoisie digne des salons les plus élégants. Les autres clients, Mrs Mc Govern, une lady irlandaise et sa fille Lucie, surprises dans leur retraite d'hiver par l'explosion du conflit, un Allemand austère et Allan Skene, un naturaliste écossais des îles Orcades étudiant la flore tropicale, ne semblaient pas importunés par cette présence militaire. Chez Mrs Linglater, la guerre n'existait pas.

Nous passâmes cinq semaines au cottage. Oki avait payé d'avance. L'argent ne représentait pas un problème car Fujiwara l'entretenait largement, la couvrant de bijoux et ne rechignant jamais à lui confier de larges sommes pour ses besoins quotidiens. Avant de la quitter au palais de Johore, il lui avait remis une enveloppe contenant de quoi vivre plusieurs mois, et aussi une lettre cachetée avec ses dernières instructions au cas où il ne reviendrait pas de Birmanie.

Au cœur de la Malaisie des monts Cameron, tout était irréel : le climat frais et humide, les pelouses vertes, drues et éclatantes, les bacs de fleurs sur les balcons, les chaumières chauffées au bois, la confiture de fraises et les tonnelles fleuries. Les albums de Beatrix Potter sur les étagères, les bouquets de fleurs séchées pendus aux poutres, les statues africaines cachées derrière les moustiquaires. Le corps d'Oki, nu, fragile, avide de caresses dans les draps, nos fous rires quand frappait à la porte un grand serviteur indien en tunique blanche, son visage imperturbable tandis qu'il nous servait le thé, son flegme devant notre tendre complicité, les lèvres d'Oki cherchant les miennes, sa bouche croquant dans les *scones* du petit déjeuner, mes doigts plongeant dans la crème caillée et la confiture d'orange pour en badigeonner ce corps aimé, insouciant, timide et pourtant offert avec une hardiesse impudique et sensuelle qui me bouleversait.

Et puis, un jour de juin 1942, il fallut redescendre sur terre.

Mrs Linglater, pressentant une nouvelle importante, avait frappé en personne à la porte de notre chambre puis tendu à Oki une enveloppe que venait de lui remettre un officier. L'une comme l'autre, nous savions ce qu'elle contenait, nous nous y étions préparées et avions simplement espéré gagner du temps en prétendant ignorer que le moment viendrait où Fujiwara rappellerait Oki à lui.

Oki avait posé la lettre sans l'ouvrir sur le rebord de la fenêtre et, avec une grâce provocante, m'avait attirée à elle. Nos étreintes ce soir-là avaient été farouches, une lutte presque. Jamais je n'avais autant désiré Oki, mais à la tendresse avait fait place une rage amoureuse, attisée par l'éclat blanc de l'enveloppe dans l'obscurité. J'aurais voulu déchirer le corps de mon amie, le dévorer, le faire mien pour l'absorber dans ma chair, la posséder tout entière, ses cris, ses pleurs et ses rires. Mais les heures s'étaient écoulées et l'aube nous avait surprises dans le sommeil, enlacées sur le tapis. Le feu s'était éteint dans l'âtre et un vent glacé filtrait sous la porte. Oki avait ouvert l'enveloppe. La lettre était datée du 25 mai. Dans des termes attentionnés, Fujiwara se réjouissait de savoir que sa compagne avait pu se mettre à l'abri dans les terres et se reposer. Mais il était temps, écrivait-il, de rentrer à Syonan-tō[1] où il resterait en fonction jusqu'à nouvel ordre. Suivait une liste de personnes à contacter de sa part si, par hasard, elle rencontrait des problèmes pour gagner le détroit de Johore.

Plusieurs fois, Oki et moi avions essayé de parler de ce jour où nous devrions nous séparer, mais jamais nous n'avions réellement cherché à répondre à toutes les questions qui se posaient. Fuir ? Retourner en Corée ? Impossible. Nous le savions. Oki devait maintenant repartir au plus vite afin de ne pas éveiller les soupçons de son amant, même si le risque était déjà grand qu'il ne découvrît qu'elle n'était pas seule dans les monts Cameron.

Aux yeux de l'armée, j'étais morte ou portée disparue, un état de fait que nous devions exploiter. Le danger n'était cependant pas écarté car à la première fouille, les cicatrices infamantes au dos de ma jambe me trahiraient. Si je ne voulais pas retomber aux mains des militaires, je n'avais qu'une solution,

1. Singapour.

me cacher et demeurer dans ces montagnes le plus longtemps possible, jusqu'à la fin de la guerre peut-être. C'est en nous promenant dans les plantations de thé qu'Oki eut l'idée de me faire employer aux jardins de Boh, une manufacture perchée dans les montagnes à plus de 1 500 mètres d'altitude.

A cette saison de l'année, on embauchait pour la cueillette d'été. Des femmes surtout, parce qu'agiles et légères elles peuvent escalader les flancs abrupts des montagnes et se faufiler entre les arbustes sans les piétiner, parce que leurs doigts, minces et précis, détachent les feuilles sans blesser les branches. L'idée était judicieuse. La manufacture de Boh, toujours enfouie dans un halo de nuages à plus de six heures de marche du premier village, était un refuge idéal.

J'avais retrouvé assez de vigueur et de joie de vivre, et l'idée d'enfin échapper à mon destin de *Chōsen bbi* m'avait redonné espoir. Nous nous reverrions, nous étions-nous promis, après la guerre, ici, au cottage de Mrs Linglater. Nous avions ri. Après la guerre. Les mots n'avaient plus de sens. Absurdes.

Il ne passait guère plus d'une voiture par semaine dans les villages et nous convînmes qu'Oki repartirait à la première occasion. Nous prîmes donc congé de notre hôtesse, Mrs Linglater, le 9 juin. Oki, n'ignorant pas que l'Anglaise bavardait plus qu'il ne le fallait, prit le soin d'expliquer qu'elle rentrait à Singapour retrouver le colonel Fujiwara qui l'y avait rappelée et que moi, son amie japonaise, je retournais retrouver mon compagnon à Kuala Lumpur puisque j'étais guérie.

Oki m'avait accompagnée jusqu'à la croisée des chemins montant à la plantation. Devant le panneau

« Boh Gardens », elle s'était immobilisée. Quand vint le moment de la séparation, j'eus le terrible pressentiment que jamais je ne la reverrais. Sans doute les mêmes pensées sombres traversèrent-elles son esprit car ses yeux me renvoyèrent un regard d'une immense tristesse qu'elle tenta de cacher en détournant le visage. Elle était blanche. Si pâle que la lumière semblait la traverser. Une éternité nous demeurâmes sans bouger, sans parler, puis Oki avait profondément incliné la tête, les mains jointes devant le visage. Un geste ample et doux. Le soleil avait tracé un reflet argenté dans ses cheveux, un croissant de lune mouvant qui glissa jusqu'à cette nuque où mes lèvres aimaient à se reposer. Lentement, je m'étais à mon tour inclinée. Lentement, jusqu'à ce qu'enfin sa silhouette se fût fondue dans la brume en direction des habitations en contrebas.

Kampung Merah

J'avais été embauchée à la manufacture des jardins de Boh. Six heures de cueillette à l'aube, puis cinq heures de criblage et de roulage l'après-midi. L'hébergement était assuré sur place, au pied des jardins, dans une dizaine de maisonnettes de bois que les gens de la manufacture appelaient Kampung Merah, le « village rose », pour les saris des Indiennes séchant sur des fils qui formaient une tache fuchsia, repérable de loin dans l'étendue verte des théiers.

J'avais dix-neuf ans. Pour la première fois de mon existence, j'étais libre et gagnais ma vie honnêtement, avec d'autres femmes, libres elles aussi. La cueillette du thé est un art raffiné que seuls des doigts féminins peuvent accomplir sans meurtrir les arbustes. Mon adresse fut dès le premier jour appréciée par Murugan, le contremaître indien qui décida de me faire travailler dans l'équipe du matin, composée exclusivement d'adolescentes et de très jeunes filles.

La première cueillette après la nuit, dite « impériale », celle des thés les plus précieux, exige une grande délicatesse car, sans froisser les feuilles ni faire saigner l'écorce, il faut apprendre à casser les bourgeons couverts de rosée à la limite de la tige, puis couper avec l'ongle la feuille qui se trouve tout en haut du théier. Les bourgeons, tendres et pâles comme des pétales de jade, roulés en petits cigares, vont en séchant se charger d'un parfum approchant celui de la fleur d'oranger qui confère à l'infusion des reflets d'or et de miel recherchés par les amateurs de grands crus. Les autres feuilles, plus basses, ne demandent pas autant de légèreté dans la manipulation puisqu'elles sont simplement broyées pour fournir une boisson corsée et colorée, de moindre qualité.

Je m'étais facilement intégrée au groupe du matin car les femmes, des Indiennes, ne parlaient guère. La plupart ne connaissaient que les quelques mots de malais nécessaires à communiquer avec les contremaîtres de la manufacture. Et même entre elles, elles ne savaient pas toujours se comprendre car, originaires de différentes régions de l'Inde, elles s'exprimaient en dialecte. Alors peu importait que je ne pusse parler qu'anglais mâtiné de mots de malais glanés au hasard des jours : il avait suffi que j'accomplisse les mêmes gestes pour que leur visage sombre s'illumine. La cueillette n'est pas un travail propice au bavardage. C'est une tâche solitaire car les distances dans les jardins de thé sont immenses et sur certaines pentes, la déclivité est si abrupte que l'attention requise afin de ne pas tomber interdit même la rêverie.

Sur mon premier salaire fut prélevée la somme nécessaire à l'attirail des ouvrières agricoles : un panier de feuilles de *lontar* tressées, et une minuscule spatule de bambou fendue pour rogner les ceps à la saison de la taille. Réveillée à quatre heures par la cloche de Murugan, je disposais de quinze minutes pour me préparer avant de partir, la corbeille vide sur le dos, afin de rejoindre le sommet de la montagne où démarrait la journée de travail. Une file de silhouettes colorées sinuant le long des pentes comme une longue chenille qui, soudain parvenue au point le plus élevé de la plantation, s'égaillait en une poussière multicolore sur les collines vertes.

Le paysage, à l'aube, était d'une beauté à couper le souffle dont jamais je ne me lassai, même si le froid et l'humidité piquaient les yeux et engourdissaient les doigts, même si les branches des arbustes griffaient. Chaque instant écoulé entre les rangées de théiers m'emplissait d'un bonheur ineffable.

Quand, vers dix heures, les rayons du soleil commençaient à réchauffer l'atmosphère, nous redescendions à Kampung Merah. A mi-pente, nous croisions la colonne de la matinée, composée de femmes plus âgées, accompagnées parfois de leurs enfants. Nous disposions de deux heures de pose avant la reprise du travail à la manufacture. C'était le moment des travaux ménagers. Rangement des dortoirs, lessive et préparation des repas. Du riz, des galettes de pain levé, du thé et des légumes cuits dans une sauce à base de lait de noix de coco et d'épices jaunes. Accroupies sur le sol, les Indiennes râpaient la chair des noix puis la malaxaient sous l'eau fraîche à travers un tamis jusqu'à ce qu'entre leurs doigts coule le lait, épais et crémeux, le *santan.* Rien n'était perdu : la bourre alimentait le feu, les coques vides garnies d'une mèche servaient de lampe à huile et la pulpe emprisonnée dans le treillis des passoires était grillée avec de la poudre de curcuma et de galanga pour les enfants.

La saveur forte des plats indiens me rappelait les mets de mon enfance en Corée et je n'éprouvai aucune difficulté à m'adapter aux habitudes de Kampung Merah. Le premier jour, mes nouvelles compagnes, qui me prenaient pour une Chinoise en raison de la blancheur de ma peau et de mes yeux bridés, avaient bruyamment commenté mon appétit, claquements de langue et gloussements à l'appui. Par le miracle de la nourriture partagée, la glace s'était rompue, laissant place à une complicité muette faite de petits gestes et de regards. J'étais comme elles. Et pour mieux me montrer que j'appartenais désormais à leur groupe, elles avaient insisté pour que je porte le sari jaune et rouge de leur pays. Elles m'avaient appris à draper les métrages de tissu autour de ma taille, ri de ma maladresse quand je tentai à mon tour de saisir l'étoffe entre le pouce et l'index pour former les plis nécessaires à l'ampleur de la jupe, et applaudi le jour où j'avais pu m'habiller sans leur aide. Enfin, ne pouvant prononcer mon nom, Sangmi, elles m'appelèrent Sanhāra, un terme hindou désignant la fusion de l'univers.

Vers midi, notre groupe prenait le chemin de la manufacture où s'opéraient les diverses étapes de la fabrication du thé. Le fruit de la cueillette subissait d'abord un long flétrissage d'une vingtaine d'heures. Les feuilles et les bourgeons étaient étalés sur d'immenses claies ajourées tendues de toile de jute, dans une pièce dont la chaleur et l'humidité maintenues à niveau constant leur permettaient de sécher en préservant leur souplesse. J'aimais l'odeur de cette pièce. Une senteur de terre, de tourbe et de sève, âcre tout d'abord, puis riche de saveurs poivrées et fleuries, tenace comme un parfum d'écorce chaude, sans cesse brassé par les immenses pales des ventilateurs.

Murugan choisit de m'affecter au criblage, l'opération de tri qui suit le flétrissage. Je travaillais dans la salle noire, *kamar hitam*, en compagnie d'une vingtaine de trieuses assises à même le sol. Le thé n'aime pas la lumière et l'atelier était tenu dans une semi-obscurité, brisée par un simple ruban de lumière blanche qui fusait en son centre à travers deux claustras ajourés, placés en vis-à-vis. Les mains brunes volaient, vives comme des ailes de colibri, séparant les feuilles intactes, les bourgeons et les brisures. Un mouvement continu et rapide qui faisait tinter les bracelets d'argent que les Indiennes portent aux bras et aux chevilles. Toutes les heures, des silhouettes voilées de mousseline orange et rose traversaient l'ombre. Des fillettes au visage sérieux, maquillées comme des femmes, déposaient des plateaux de bois chargés de feuilles de thé devant chaque ouvrière puis repartaient sans bruit, d'un pas léger, effleurant à peine le sol comme si elles dansaient.

Après plusieurs semaines au criblage, je fus envoyée à l'atelier de roulage où une ouvrière âgée m'enseigna l'art de saisir chaque feuille l'une après l'autre avec le pouce et l'index afin de la rouler entre les paumes pour former un minuscule rouleau qui, une fois fermenté et séché, s'épanouit dans la tasse du consommateur en libérant toute sa saveur. Cette étape de la fabrication du thé est, dans la plupart des manufactures, effectuée par une machine. Mais à Boh nous ne possédions qu'une seule rouleuse mécanique, un monstre de cuivre et de bois copié d'après un modèle venant de Ceylan. Moins précise que le travail manuel, elle brisait les feuilles et était réservée aux thés noirs du *breakfast* anglais. La suite du procédé de fabrication, plus technique, était aux mains des hommes. « *Kerja orang laki saja*[1] », ainsi que disaient les Malais. Ces ouvriers spécialisés, capables à l'odeur et à la couleur du thé de décider quand interrompre la fermentation, recevaient un salaire élevé et deux mesures de riz supplémentaires. Jamais nous ne pénétrions dans cette partie de la manufacture. De nature curieuse, j'avais demandé à Murugan de me montrer les étuves et les bacs à fermentation mais, ne comprenant pas qu'une femme s'intéressât à une tâche masculine, il avait refusé, un peu dérouté.

— Si tu souhaites gagner davantage, Sanhāra, avait-il grommelé, fais-toi embaucher à l'emballage.

Murugan travaillait jusqu'à trois heures. Le contremaître de l'après-midi, Luok Feng, un Chinois d'une quarantaine d'années, avait paru surpris de mon visage si pâle parmi les ouvrières. Ses yeux, le premier jour, m'avaient scrutée mais jamais il ne chercha à s'enquérir de mon identité. Le pacte du silence. Du moment que j'effectuais correctement mon travail, peu lui importait de connaître mon vrai nom. Et ce travail, je l'effectuais du mieux que je pouvais. J'aimais autant les après-midi dans

1. Un travail d'homme seulement (malais).

l'obscurité odorante de la manufacture que les matinées dans la brume des jardins de thé.

Maintenant que je maîtrisais ma tâche, les journées qui passaient aidaient à cicatriser mon âme. Je revoyais Oki, Lao Bang, les êtres qui m'avaient aimée et que j'avais aimés. J'essayai d'écrire en pensée à mon père français mais les mots ne venaient pas, embarrassés de trop de plages d'ombre. Lentement, par la thérapie du travail, je pansais mes blessures, réorganisais le passé et le présent dans ma tête, laissant les minutes, les jours et les mois s'écouler sans que rien ne les différenciât, une succession d'heures monotones, toutes semblables, infiniment rassurantes. Une période de silence, de paix. Un temps de prière.

Dans les ateliers des femmes, isolés des bâtiments principaux de la manufacture, nous ne voyions guère les *tuan besar*, les patrons. S'en remettant entièrement aux contremaîtres, ils se contentaient de contrôler la production dans les salles de fermentation et d'emballage. Sur la recommandation conjuguée de Murugan et de Luok Feng, je fus affectée en mars 1943 à l'empaquetage.

J'appris de nouveaux gestes qu'aujourd'hui je sais toujours effectuer les yeux fermés. La main gauche plonge la mesure de cuivre dans la bourriche de thé tandis qu'ayant saisi deux feuilles de papier de soie, je les plie de façon à former un petit cône. Il faut verser le thé en un point légèrement décentré afin de rabattre le premier papier sur le coin opposé. Le plat de ma main empêche alors les feuilles noires de glisser. D'un coup de pouce enfin, je referme les angles, répète l'opération avec le second papier de soie puis enroule l'étiquette blanche à rayures orange des Jardins de Boh.

Je ne mis pas longtemps à acquérir le doigté suffisant à emballer plus de deux cents cubes de thé à l'heure, un rendement si élevé que je reçus les félicitations du chef d'atelier qui jugea que j'étais désormais plus utile à l'empaquetage qu'à la cueillette ou à la taille des théiers. Transférée au bâtiment principal de la manufacture, on me remit le sari aux couleurs de la marque, blanc bordé de galons orange, qui récompensait les ouvrières modèles. Je passais désormais tout mon temps dans les locaux de vente de la manufacture.

Il était quatre heures de l'après-midi un jour de septembre 1943 quand des éclats de voix et des bruits de bottes me firent sursauter. Je n'avais pas encore identifié les bruits que mes mains se couvraient de transpiration. Mes doigts, pris de tremblements, déchirèrent les feuilles de papier de soie et le thé se répandit sur mon sari. Une constellation d'éclats noirs sur l'étoffe blanche. Ma voisine, une femme aux yeux marron ourlés de cils immenses, me lança un regard consterné et inquiet.

Le *tuan besar* apparut dans l'atelier, suivi de trois hommes portant l'uniforme japonais.

Dans un anglais haché, je l'entendis expliquer la fabrication du thé à ses visiteurs. Chaque phrase, traduite aussitôt par un interprète, était ponctuée par un *sōdesuka*[1] sonore de l'officier japonais qui, scrutant chaque coin de la salle, observait les machines, les visages, les doigts, et paraissait sincèrement

1. C'est ainsi, n'est-ce pas ? (jap.)

intéressé par la visite. Les quatre silhouettes s'étaient rapidement éloignées en direction des salles de fermentation. A partir de ce jour, les visites se succédèrent régulièrement, de plus en plus fréquentes, de plus en plus longues. Pendant le mois d'octobre, il ne se passa pas une journée sans que des hommes en uniforme ne vinssent arpenter les salles, avec le *tuan besar*, puis seuls. La rumeur courut que la plantation allait passer sous le contrôle japonais et qu'un ingénieur envoyé de Tōkyō prendrait la succession du *tuan besar*.

Les changements survinrent à la fin de l'automne. Dans le but d'accroître le rendement, la manufacture investit dans une autre machine à rouler les feuilles et dans deux étuveuses automatiques. L'ingénieur agronome, monsieur Aigata, arriva un mois après la livraison des nouveaux outils afin de lancer la production d'une variété de thé vert adaptée au goût nippon. A la première inspection, son regard s'était appesanti sur mes épaules mais il avait poursuivi son chemin. Les longs mois passés en plein air avaient tanné ma peau d'un halo brun, accentué par les couleurs vives du sari que je portais désormais relevé et rabattu sur le visage. Pour mieux me fondre encore parmi mes compagnes, je maquillais mes yeux d'un double trait noir et traçais entre mes sourcils un point rouge, sans en connaître la signification.

La manufacture fut restructurée. Des fenêtres furent percées dans les murs borgnes et les nattes de bambou des ateliers qui nous isolaient des dalles froides brûlées par mesure d'hygiène. La moitié des ouvriers travaillant à la fermentation passa à l'entretien des théiers ou à la manutention et les contremaîtres chinois furent renvoyés, remplacés par des Malais.

Quelques jours avant son départ, Luok Feng, qui travaillait depuis plus de quinze ans aux Jardins de Boh, effectua une dernière ronde parmi les empaqueteuses. Feignant de vérifier l'encollage des bagues de papier, il avait penché son visage mou vers moi.

— Si tu veux, je peux te renvoyer dans les jardins. Pour l'instant, ils n'y vont guère et concentrent tous leurs efforts sur la manufacture, me souffla-t-il.

Qu'avait-il deviné ? Que savait-il ?

Dès le lendemain, je repris le chemin des collines. Dans l'équipe du matin, chargée à cette période de l'année de la coupe des arbustes et de l'entretien des ceps. On me montra comment couper la tige à vingt-cinq centimètres du sol et comment sectionner les feuilles latérales afin de donner une forme évasée aux théiers.

Au *kampung*, l'atmosphère se dégradait. La camaraderie qui autrefois régnait dans la communauté indienne se transforma en suspicion et en jalousie. Le nouveau régisseur japonais avait en effet décidé de ne payer qu'en fonction du rendement journalier. Il fut interdit désormais de rapporter les brisures de thé au village comme c'était jusqu'alors la coutume. Une coopérative fut ouverte pour les employés de la manufacture. Un grand bâtiment blanc dans lequel, en échange de bons prélevés directement sur les salaires, nous fûmes autorisées à effectuer nos menus achats quotidiens. Savon, thé, riz. A prix fixe. Pour achever de rogner sur nos maigres émoluments, une somme forfaitaire fut retirée des payes, correspondant à la location des bungalows de Kampung Merah.

Vers la mi-décembre, deux femmes de l'équipe du soir furent portées disparues. Parties vers cinq heures, elles n'étaient pas redescendues avec leurs camarades à neuf heures. La rumeur courut qu'on avait aperçu l'ingénieur japonais et son adjoint dans les collines. A la grogne s'ajouta la peur.

Je prenais désormais le chemin des collines aux premiers rayons du soleil et revenais le plus tard possible dans le groupe des dernières travailleuses, tentant de me fondre dans la file des femmes. Dans mes rares moments de liberté, je trouvais toujours une tâche ménagère pour m'occuper, afin de ne pas me retrouver seule.

Un soir de décembre pourtant, un bruit de moteur attira mon attention. J'allais regagner Kampung Merah après avoir lavé mon linge dans les eaux d'un ancien bassin de retenue, près des ruines d'un temple hindou construit par la communauté indienne lors de la fondation de la manufacture une trentaine d'années auparavant. On racontait qu'il avait brûlé. Depuis, les femmes n'y allaient plus que pour profiter de la source.

Les véhicules, depuis que les Japonais s'intéressaient à la plantation, étaient devenus fréquents et les routes avaient été élargies afin d'accommoder la circulation accrue. En alerte, j'avais tiré le pan extérieur du sari sur mon visage. Rares étaient les visiteurs qui poussaient aussi loin en direction du *kampung*. Je pensai aux femmes qui avaient disparu et jetai un regard autour de moi. J'étais seule. Seule, au cœur d'une étendue sauvage plantée de cassias et d'acalyphes rouges d'où surgissaient les ombres de pierre des anciens murs du temple. Une partie des bassins avait été dégagée par les Indiennes. Il y glissait une eau vive et claire dans laquelle les enfants se baignaient pendant que leurs mères lavaient le linge. Mais plus bas, au centre d'un chaos de roches, de fragments de bas-reliefs, croupissait l'étendue noire, nauséabonde d'un petit réservoir d'où émergeaient les yeux globuleux de monstres marins oubliés par les dieux et les hommes. Un endroit terrifiant à la tombée du jour où personne au village n'aimait à s'aventurer. Rien que des plantes, des lianes enlacées, des racines géantes couvertes d'épiphytes. Toute cette végétation, griffes lancéolées étouffant les reliefs, s'enroulait comme de formidables serpents autour des cous des statues gardiennes, rongeant la roche, s'infiltrant dans ses pores pour mieux pousser leurs drageons en son cœur, la déchirer de fissures étoilées et libérer enfin, nourries du sang de la pierre, des grappes de fleurs sauvages, rouges, violettes et tachetées.

Un homme était descendu de la voiture et se dirigeait vers moi. Une silhouette haute, massive, qui avançait à grands pas. Cette démarche assurée, les jambes écartées, différait de celle des Japonais. Parvenu à une vingtaine de mètres de moi, l'homme s'arrêta et, comme on le fait pour apprivoiser un chat ou attirer un enfant, s'accroupit au bord du chemin, sans pourtant cesser de me fixer. Malgré le tissu qui me mangeait le visage, je distinguai des cheveux pâles et des traits lourds occidentaux. Un Américain ? J'hésitai. Partagée entre la peur et l'envie d'aller vers cet homme qui prenait un soin presque ridicule pour ne pas m'effrayer. L'homme m'apostropha en anglais.

— *Hey you ! Please, come over here !*[1]

Je reculai. Le vent me porta alors ce nom que je n'avais entendu depuis si longtemps.

— Sangmi-*ssi* !

L'homme s'était levé et s'approchait lentement. Avec une prudence extrême, sa voix poursuivit, chaleureuse, assourdie par le battement de mon sang contre mes tempes.

— Je m'appelle Ralf Däberitz. Je dois vous parler. Je vous en supplie, ne faites pas semblant de ne pas comprendre. Nous n'avons pas beaucoup de temps.

Je me souviens d'avoir posé les yeux sur son visage, incapable de décider quelle attitude adopter.

— Je viens de la part d'Akemi.

Akemi. Comment pouvait-il connaître ce nom ? Oki, cette dernière nuit où nous avions mêlé nos corps, m'avait, avant de décacheter l'enveloppe demeurée sur le rebord de la fenêtre, confié son prénom de naissance, celui du cœur et de la vie, reçu le jour où elle avait poussé son premier cri. Akemi. Les bras serrés autour de ma taille, elle avait murmuré les trois syllabes avec passion et rougi quand je les avais répétées. Personne, hormis sa mère et la patronne de son premier *okiya*, ne connaissait son prénom de naissance. Même Fujiwara l'ignorait.

— Vous êtes anglais ? demandai-je enfin.

Après ces longs mois pendant lesquels j'avais pris l'habitude de m'exprimer en malais, les mots peinaient à me venir à l'esprit.

1. Eh, vous ! Venez ici s'il vous plaît ! (angl.)

— Non, allemand, avait répondu l'étranger, mais avant toute chose, avait-il ajouté en jetant un coup d'œil autour de lui, lisez cela. C'est un message pour vous.

Sur le pli qu'il me tendait, je reconnus l'écriture fine et penchée d'Oki. Rejetant mon voile sur la nuque, je passai le papier sur mes lèvres, essayant de capter son parfum. L'Allemand me jeta alors un regard si irrité qu'amusée, je me sentis tout à coup délivrée, insouciante et légère. Jamais je n'avais éprouvé une telle sensation incongrue de plénitude, de liberté. Ma vie regagnait son cours.

« *Sangmi,* écrivait Oki, *prends garde à toi. Fujiwara t'a retrouvée. Il sait tout et ne tardera pas à apprendre où tu te caches. Fuis au plus vite. Fais confiance à l'homme qui te remettra cette lettre. Il ne te trahira pas. Pardonne-moi mais pour te sauver, j'ai fait appel à cet ancien professeur d'anglais, ton protecteur à Shanghai. Nagata* sensei. *Actuellement à Singapour, il y exerce de très hautes fonctions au* kempeitai. *Lui seul peut te venir en aide. En retournant vers lui, tu échapperas à Fujiwara. Ne fuis pas, mon amour, je t'en supplie. Sans l'appui de Nagata* sensei, *tu es perdue. Jamais Fujiwara ne lâchera prise. En attendant de te revoir, Sangmi, souviens-toi de nous. L'eau et le feu. Un jour peut-être, nos deux pays s'aimeront comme nous nous sommes aimées. Sayōnara, et, si dieu le veut, nous nous retrouverons.* »

Mon Dieu, Oki, je voyais ses lèvres bouger, ses mains tenir la plume et tracer les caractères. Ici, le pinceau qui s'écrase parce que tu trembles, là cette tache pâle, délavée par tes larmes. Oki. Le papier est froissé. Est-ce moi ? Non, ce sont tes doigts qui ont serré la lettre contre ta poitrine. Mais pourquoi ?

Pourquoi as-tu couru le danger de m'écrire, de rencontrer Nagata ? En me sauvant, tu te perds, je le sais.

L'étranger n'avait pas bougé. Pendant toute la lecture de la lettre, il avait détourné les yeux, pudiquement. Une délicatesse à laquelle son apparence ne m'avait pas préparée. Les questions affluaient que je n'osais poser, troublée par son regard bleuté comme celui d'un vieux chien et, je l'avoue, même si c'est un peu ridicule, par son odeur. Une odeur animale de transpiration et de tabac. L'étranger lut probablement les questions dans mes yeux car avant que je ne me fusse décidée à dire quoi que ce fût, il s'était présenté, d'une voix douce et posée.

— Je suis allemand, c'est pourquoi je peux fréquenter les Japonais. L'empereur Hirohito est l'ami du Führer et…

Un regard ironique éclaira son visage tandis que je fronçais les sourcils.

— … et, reprit-il, comme les militaires japonais sont aussi ignorants que les nazis, je les ai bernés… Je suis juif voyez-vous, mais, fit-il en éclatant d'un rire complice, ces petits singes jaunes ne savent même pas ce que c'est qu'un Juif !

Tandis qu'il continuait à rire, je sentis l'irritation monter en moi. Je me sentais ridicule dans mon sari. Et quand il ajouta, à la manière d'une bonne plaisanterie. « Et vous Sangmi, vous savez ce qu'est un Juif ? », je m'énervai tout à fait. La question me prenait de court. Honnêtement je n'en savais rien. Tout au plus avais-je appris que le christianisme et le judaïsme avaient les mêmes fondements. Là s'arrêtaient mes connaissances. J'étais piquée au vif. Ma réponse claqua :

— Et vous, vous savez ce qu'est un Coréen ?

Däberitz ne manquait pas d'humour. Sans doute ma réaction lui plut-elle, car il éclata cette fois-ci d'un rire si franc que j'abandonnai toute résistance. Même si je tressaillis quand avec une familiarité à laquelle l'éducation asiatique n'habitue pas, il fit claquer sa main sur mon épaule.

— *Fair enough, young lady !*[1]

Ainsi naquit une curieuse amitié.

Le soleil avait glissé derrière les montagnes. Le silence frais de la nuit s'était posé sur les théiers avec son cortège de brume et de cris d'animaux étouffés par l'épaisseur de la jungle. L'éclat de la lune avait gommé les volumes et mangé la vie de nos visages devenus masques de cire, blancs, lisses. L'endroit aurait pu être lugubre mais, curieusement, l'extravagante confusion de la nature pacifiait mes appréhensions. Nous entendions distinctement l'eau couler derrière les pierres et la brise portait aux narines des effluves de mousse et d'algues grimpantes. Entre les feuillages brillaient des reflets fugitifs.

Däberitz m'expliqua comment, après avoir fui l'Allemagne nazie, il avait gagné Singapour devenue Syonan-tō, la Lumière du Sud. Se faisant passer pour un journaliste, il avait gagné la confiance des Japonais. A la chute de Singapour, quand les rafles avaient commencé, envoyant les Occidentaux par centaines en déportation à Java et Sumatra, il ne s'était pas caché et avait choisi le camp de la provocation. Avec culot, il s'était présenté au

1. Bien joué, mademoiselle ! (angl.)

général Yamashita comme un sympathisant du Führer. Depuis, invité à tous les cocktails offerts par les Japonais, il avait ses entrées partout. A l'hôtel Raffles, au Goodwood Park, au Cricket Club. C'est ainsi qu'il avait rencontré le colonel Fujiwara et sa compagne. Le charme d'Oki l'avait subjugué. Et sans l'espoir de croiser la délicieuse Japonaise dans les réceptions, il se serait fait horreur.

Un jour de novembre, Oki lui avait téléphoné et, d'une voix méconnaissable, l'avait imploré de l'aider. C'est alors qu'il avait appris mon histoire. Notre histoire. Fujiwara avait fini par avoir vent de ma disparition à la gare de Kuala Lumpur. De fil en aiguille, il était remonté jusqu'au cottage de Mrs Linglater dans les monts Cameron. La suite était simple.

Avec la nuit, un froid glacial s'était abattu. Däberitz, voyant que je grelottais, s'était levé.

— Rentrez au *kampung*. Nous partirons demain matin. Je viendrai vous chercher. Ne vous inquiétez pas, votre ami japonais le professeur Nagata nous a établi des laissez-passer pour rejoindre sans encombre le détroit de Johore. Faites-moi confiance, je vous aiderai.

— Comment m'avez-vous reconnue ?

— J'ai vérifié votre date d'embauche à la manufacture. Je me rendais au *kampung* quand j'ai aperçu votre sari brillant sous les arbres. Vos gestes, votre port vous trahissent, Sangmi. Vous n'appartenez pas à ce monde…

Il allait redescendre en direction de la route quand il se retourna.

— Vous savez, avait-il ajouté d'une voix meurtrie, en Allemagne, ils brûlent les Juifs, les hommes, les femmes, les enfants, les vieillards. Dans des fours énormes.

De nature méfiante, Däberitz ne souhaitait pas, malgré les laissez-passer, emprunter l'étroit goulot qui sépare la péninsule malaise de l'île de Singapour, trop surveillé par les troupes japonaises, et nous embarquâmes non loin du petit port de Muar, au sud de Malacca. Ce retour vers Nagata me faisait l'effet d'un monstrueux compte à rebours. Les mots qui, la veille, dans l'obscurité du temple s'étaient déversés restaient maintenant bloqués dans ma gorge.

Je revois nos deux silhouettes attendant le bateau sur la plage. Une écharpe de sable et de galets, séparée de la route par une rangée de cocotiers et des bosquets d'arbres dont certaines branches, trop lourdes, frôlaient l'eau. A chaque vague, la mer arrachait une poignée de fleurs blanches, l'emportait vers le large avant de revenir déposer les pétales broyés sur le sable. Ma jeunesse était à l'image de ces fleurs. Un gâchis. A l'heure où le soleil boit la brume matinale, j'avais aperçu un groupe de femmes marchant en file au bord des vagues, la nuque parfaitement droite pour ne pas renverser les paniers de fruits qu'elles portaient sur la tête. Le pan libre de leur sarong flottait au ras de l'eau, rebondissant si régulièrement à chaque pas dans une gerbe de gouttelettes qu'on les eût prises pour de charmants automates. Elles s'étaient éloignées en gloussant et, les yeux fixés sur l'horizon, leur rire me poursuivait.

Nous montâmes sur un petit bateau qui faisait la navette le long de la côte entre les îles du détroit, avec une quinzaine de passagers qui nous dévisageaient, roulant des yeux désapprobateurs, croyant sans doute à quelque idylle illicite entre un planteur et une ouvrière.

A proximité de Batu Pahat, la visibilité se fit difficile. Un épais brouillard blanc recouvrait la mer, et le ciel semblait avoir rejoint la terre. Devant le jour qui peu à peu s'éteignait, alors que le soleil était à son zénith, une angoisse extrême m'envahit. Däberitz, sans doute habitué à cet étrange phénomène, m'expliqua que les forêts de Sumatra brûlaient, mais que les nuages de cendres ne nous empêcheraient pas d'atteindre Singapour. Sentant mon inquiétude il avait approché sa main de la mienne et je ne l'avais pas retirée.

Nous mouillâmes devant Singapour le lendemain. Dans la jonque qui nous conduisait à la jetée, je regardai s'approcher Singapour, Syonan-tō, l'angoisse rivée au ventre. De simples lueurs dans le lointain qui brillaient à travers un rideau de brouillard. Däberitz, le visage fermé, observait les sampans et les jonques qui se pressaient autour de nous. Nous ne parlions plus. A mesure que nous approchions du rivage, la foule grossissait. Ce que j'avais pris de loin pour une berge était une gigantesque étendue formée de flottilles. La densité de la circulation était telle que, par endroits, l'eau disparaissait complètement, trahie seulement par les remous qui claquaient le long des coques et les remugles âcres et tenaces se mêlant aux odeurs de nourriture.

Je remarquai une douzaine d'étonnantes barques peintes en jaune d'antimoine, garnies d'yeux féroces, et d'autres, longues comme des pirogues à la proue en forme de dragon, mais je n'avais même plus l'envie de demander à mon compagnon d'où venaient ces étranges vaisseaux. Au loin veillaient les ombres grises des bateaux de guerre japonais, posés sur les vagues comme d'énormes icebergs de métal. Une barrière sombre, en arc de cercle devant la baie.

J'écarquillai les yeux, dévorant ces dernières images de liberté. Malgré l'instabilité du sol qui se dérobait sous les pieds, des centaines de mains, de dos et de mollets s'agitaient, transportant par-dessus chapeaux et auvents de toile, des piles informes de caisses, de ballots, de nasses remplies de poissons et de poulets. Certaines barges à riz servant aussi d'habitation, les habituels ahanements des coolies faisaient place à des cris d'enfants et des voix de femmes qui s'activaient devant des bassines d'eau noire.

Däberitz semblait ému. Il avait reculé sous la bâche. Sans voir son visage, je devinais les larmes derrière ses cils pâles. Avant de quitter Boh, je lui avais raconté ma vie, ce qu'Oki ne lui avait pas dévoilé, et lui avais même montré les chiffres inscrits dans ma chair à l'arrière de ma jambe. J'avais peur. Devant cette foule grouillante, j'avais l'impression qu'il aurait été si simple de me fondre, de disparaître. De partout surgissaient des hommes, des femmes, sans que l'on sût où ils posaient les pieds. Agiles, ils couraient de ponton en ponton, se faufilant sur les bastingages avec une rapidité incroyable malgré leurs charges énormes. Dans cet enchevêtrement mouvant de corps, de bras, de bois et d'eau, certains parvenaient pourtant à dormir, immobiles, le chapeau rabattu sur le visage. Je les enviais.

La barque avançait toujours, se frayant lentement un chemin à travers les bateaux, happée par l'étrange circulation marine, refoulée parfois violemment au pied de grandes jonques aux voiles écarlates au risque de s'y écraser. Aux abords d'une barge plus imposante que les autres, des claquements de gongs m'indiquèrent que nous approchions d'un temple flottant. Depuis combien de temps ne m'étais-je pas prosternée devant Mireuk ou Gwanseum Bosal ? Le brouhaha était infernal : des cris, des hurlements jaillissaient de toutes parts, on s'interpellait, on s'injuriait, on riait aussi. Un groupe de femmes priait, agitant des bâtonnets d'encens devant une divinité noire enfermée dans une cage de verre. La déesse de la mer. Celle que Fuhsien avait tant implorée à Shanghai.

A quelques dizaines de mètres de la jetée, le rameur retira sa chemise trempée. La sueur coulait en rigoles régulières le long de ses omoplates, formant des traînées blanchâtres sur sa peau cuivrée. Dans les monts Cameron, j'avais perdu l'habitude de l'insoutenable chaleur des tropiques et, le souffle court, haletant, j'étouffais, accablée par l'air moite et épais. Däberitz suait à grosses gouttes et des auréoles sombres s'élargissaient sous ses bras. Je me souviens m'être demandé si mon père aussi transpirait de façon si répugnante. La main de Däberitz sur la mienne, à la peau si pâle, tachetée de points beiges, ne me faisait plus horreur.

Quand nous arrivâmes en vue du petit pont qui relie la ville chinoise au quartier occidental, je me pris à respirer avec délices la brise fétide qui s'échappait des pontons. La voix de Däberitz me sortit de ma torpeur.

— Nous sommes arrivés, me dit-il en désignant une échelle accrochée à une sorte de passerelle qui enjambait un bras d'eau.

Sur la rive, une rangée de soldats japonais en armes montait la garde. Au-delà, derrière un rideau d'arbres géants, j'aperçus des colonnades blanches, un fronton néoclassique et, flottant mollement dans l'air immobile, les raies vives du drapeau japonais. Syonan-tō.

Syonan-tō

Nagata n'avait pas changé. Même sourire retenu, même regard, doux et fuyant. Ou plutôt si, il avait changé. Le Nagata de Shanghai, grisé par la vie facile, les femmes et l'argent, avait cédé place au professeur de mon enfance, timide, jouant avec les branches de ses lunettes à la moindre contrariété. En frappant à sa chambre, au deuxième étage de l'hôtel Raffles, j'avais craint de me retrouver face à lui. Quand il ouvrit la porte, je sus que ma peur n'était pas fondée. Il m'accueillit comme on reçoit une amie, avec une effusion non dépourvue de tendresse. Gentiment ironique, il avait souri de mon accoutrement, de mon sari taché, de mon *choli* froissé par le long voyage.

— Comment ont-ils pu te laisser entrer dans une telle tenue ?

Puis jugeant l'entrée en matière maladroite, il avait ajouté, confus :

— Pardon, Sangmi-*ssi*, tu es plus belle aujourd'hui que tu ne l'as jamais été et je suis heureux de te revoir.

J'aperçus sur un guéridon ce cadre que je connaissais si bien, mais la photographie avait changé. Un collégien en uniforme scolaire et une jeune fille sérieuse avaient remplacé les visages souriants d'une mère et de ses deux bambins.

Sous les fenêtres s'étendait un jardin magnifique planté de palmiers du voyageur, un océan de moutonnements verts rompus par les flaques éblouissantes du soleil glissant sur les tuiles vernissées des pavillons chinois. De chaque côté de l'allée centrale, sinuait un ruisseau aux eaux lentes entraînées par une pente insensible vers un bassin dans lequel nageaient des cyprins dorés. Blotti au cœur de la rigoureuse architecture de l'hôtel, le mélange d'essences orientales et occidentales organisé dans ce petit espace me troubla. Des chants d'oiseaux montaient des frondaisons. Des trilles de plus en plus aigus. Suivis de trisses virtuoses.

— Les Chinois organisent régulièrement des concours d'oiseaux chanteurs. Leurs cages sont accrochées sous la véranda, expliqua Nagata.

Me penchant par-dessus la balustrade de bois rouge, je vis une courette bordée de colonnes longée par un potager bien entretenu planté de légumes aux allures de courge, portant chacun une étiquette se balançant le long de la tige. Accrochées aux nervures croisées des voûtes du passage couvert, pendait une rangée de cages à oiseaux dont les occupants pépiaient frénétiquement en ébouriffant leurs jabots violets.

— Nous irons les écouter si tu veux… poursuivit Nagata doucement.

En fermant les yeux, je revis mon amant de Suzhou. Nos corps sous la pluie dans le jardin de l'Humble Administrateur. Tout était si loin, une confusion de sentiments extrêmes et douloureux.

— Le monde a changé, Sangmi. Les fruits de la victoire sont tombés trop facilement, trop vite pour le Japon.

— Tu n'es pas content de ta vie ? Tu as l'air dépité.

— Dépité de quoi ?

— De ta vie, de ton sort…

— L'époque de Shanghai est révolue. J'appartiens toujours au *kempeitai* mais… (il hésita un instant) je crois que je n'étais pas fait pour cette vie.

Posant les deux mains sur le rebord du lit, Nagata baissa la voix.

— Je ne suis qu'un professeur d'anglais, Sangmi. La guerre a fait de moi un homme différent que je ne suis pas sûr de respecter.

— Tu vois le monde s'écrouler et tu as peur. C'est pour cela que tu as accepté de m'aider ?

Nagata acquiesça lentement.

— Peut-être, qu'importe ? Sangmi, maintenant je veux penser à toi. Cet homme, ce Fujiwara te recherche et probablement à l'heure qu'il est, a-t-il appris que ton numéro de matricule avait été réenregistré sous la responsabilité du *kempeitai* et non de l'armée. Il n'est pas dans mon pouvoir de te renvoyer en Corée. Tout ce que je peux faire est, dans un premier temps, de t'affecter au camp de Cereng, à Batavia. Tu partiras pour Java fin mars, sur le *Carolina Maru*.

Me plaçant devant Nagata, je plantai mes yeux dans les siens, une habitude surgie du passé, mais contrairement à mon attente, il ne détourna pas le regard.

— Sangmi, dit-il d'une voix lasse, je ne joue pas ! Je cherche à t'aider. Les camps de Java viennent de changer de direction. Ils ne dépendent plus du ministère de l'Intérieur mais de l'Armée. Tu dois m'écouter sinon cet homme te retrouvera !

Il m'expliqua que le camp de Cereng était dirigé par un officier à la retraite qui avait autrefois travaillé pour le *kempeitai*. Le commandant Suzuki. Ce camarade de promotion m'abriterait dans son club pour officiers aussi longtemps qu'il le faudrait. Je n'aurais pas à travailler comme hôtesse, il s'en portait garant. Bien sûr, ajouta-t-il avec une pointe de raillerie, à condition que je ne profite pas de ma situation privilégiée pour semer la révolte parmi les pensionnaires.

— Tu ne resteras pas longtemps là-bas. A la première occasion, tu seras rapatriée.

Il avait toussé, l'air embarrassé, et ajouté :

— Rapatriée… au Japon. Je te trouverai un poste dans une usine d'armement. Ainsi quitteras-tu définitivement le fichier des femmes de réconfort.

Nagata me faisait pitié. Je remarquai un reflet d'argent sur ses tempes. N'avait-il pas raison ? Jamais il n'aurait dû quitter l'école de son village, sa femme et ses enfants.

Ce soir-là, mon ancien professeur d'anglais m'emmena dîner dans une de ces innombrables petites tentes qui jalonnent les rues, les quais et les parcs de l'île et que les habitants de Singapour appellent *hawkers*.

En rentrant, nous traversâmes le hall d'honneur de l'hôtel, une salle carrée dallée de marbre, d'où partait un escalier flanqué de deux statues penchées en avant comme des figures de proue. A travers les portes-fenêtres de la salle de bal, brillaient des dizaines de lustres de cristal. Les invités allaient et venaient, un brouillard de soie et de mousseline nimbant les uniformes noirs de la marine japonaise, et ceux kaki des officiers de l'armée de terre. Il y avait aussi la jeunesse dorée de Singapour, jeunes gens la main dans la poche, légèrement déhanchés comme sur des gravures de mode, cigare aux lèvres, portant des toasts avec emphase à des jeunes filles aux yeux vides, tout absorbées par l'image que leur renvoyaient les immenses miroirs qui tapissaient les murs.

Des balcons du premier étage, nous pouvions tout à loisir observer la foule sans être remarqués. La coulée des invités, contenue entre les colonnes des salons ondulait, se déployait, bouchonnait comme une étoffe mal ajustée aux portes de la galerie occidentale, traversée de vagues rebelles puis, se scindant en deux ailes immenses, se rejoignait près de la salle du Tiffin pour tracer une multitude de cercles concentriques bientôt happés par les boudoirs, les patios et les alcôves des travées. Les violons de l'orchestre entamèrent les premiers accords d'une valse. La main de Nagata, tout à coup, se referma sur mes doigts et, m'entraînant à l'écart dans les couloirs de l'hôtel, il m'empoigna fermement au-dessus de la taille. J'ignorais que Nagata *sensei* fût un si bon danseur. Bientôt je ne sentis plus le sol sous mes pieds, littéralement soulevée de terre. Il se lança alors dans un rythme endiablé, alternant pas à l'endroit et à l'envers, virevoltant de plus en plus vite. Aux dernières mesures de la valse, il se cabra et, savourant son effet, s'arrêta net, les yeux étourdis de bonheur.

Je restai plusieurs semaines à Syonan-tō.

L'ombre de Fujiwara planait. Jugeant qu'il n'était pas raisonnable que je sorte, Nagata me pria de ne pas quitter ma chambre pendant la journée. Il partait chaque matin à sept heures pour revenir en fin d'après-midi. Il avait refusé de me dire ce qu'il faisait et je n'avais pas insisté. Nagata était un homme brisé.

J'aurais voulu revoir Oki, mais Däberitz m'en avait dissuadée afin de la protéger de la colère de son amant. Pourtant, la sachant quelque part sur cette île, je ne cessais de penser à elle, les yeux perdus dans le ciel. Son image ne me quittait plus, apparaissant partout, mêlée aux traces des pattes des oiseaux sur la terre mouillée, cachée dans le feuillage des arbres, fondue dans les moutonnements blancs du ciel de mousson.

Quand j'étais petite, je restais assise des heures, les yeux plantés dans le ciel. Je cherchais les figures d'animaux fantastiques, cornus, hérissés de plumes, qui se cachaient dans les nuages. Quand je fus en âge de m'exprimer, je les montrai à ma mère. Mais elle ne voyait qu'avec les yeux de la raison. Seule ma *halmeoni* se prêtait au jeu. La nuque douloureuse à force de scruter le ciel, les yeux aveuglés par le soleil, nous guettions les cumulonimbus et les stratus, triomphant à chaque nouvelle figure, attendant avec anxiété et ravissement le moment où le vent se lèverait et donnerait enfin vie à nos personnages, transformant la fée en sorcière ou le dragon en lapin volant.

Le visage d'Oki les avait tous remplacés.

L'hôtel Raffles dans lequel Nagata occupait une suite au premier étage de l'aile centrale grouillait de Japonais. Des visiteurs, des officiers et des fonctionnaires en transit. En veste traditionnelle, en uniforme, en tenue coloniale blanche, les cheveux lustrés de brillantine à la lavande de Yardley.

L'après-midi, les jardins résonnaient des accents plaintifs de l'orchestre chinois dans le kiosque près de la piscine, interrompus par des rires et des bruits d'eau. L'air sentait la vie, l'insouciance et le tabac. Depuis la terrasse de ma chambre, je pouvais voir les baigneurs chahutant et les serveurs, impassibles dans leur livrée noire, circuler entre les parasols au bord de l'eau. Un ballet permanent de silhouettes qui faisaient oublier que ces hommes en maillot rayé qui se poursuivaient en s'éclaboussant comme des enfants étaient les mêmes qui massacraient et pillaient l'Asie.

A l'approche du soir, j'entendais les musiciens de l'hôtel préparer leurs instruments. Un instant merveilleux que je chérissais déjà au collège à Keijō. Quand les artistes accordent leurs instruments, que l'air s'emplit de cette odeur particulière de résine, de bois et de papier qui irrite les narines. Quand les étuis claquent, que le violoniste règle son archet, ajuste sa mentonnière, que le flûtiste toussote du bout des lèvres sur deux notes, et qu'enfin les instruments se jaugent, s'épaulent tandis que se dégourdissent les doigts, formant une cacophonie délicieuse. Mon enfance oubliée surgissait par pans entiers, dévoilant avec ses images d'autrefois une mélancolie que ces années en Mandchourie, en Chine et en Malaisie avaient éteinte. Et avec cette tristesse montait, puissante et coléreuse, la frustration de ne pas connaître mon père. Si, dès mon enfance, j'avais eu un père, un père français, serais-je là aujourd'hui ?

Une petite voix murmurait qu'on ne peut réécrire le passé, mais ce père inconnu me manquait plus que jamais. J'aurais voulu épancher ma rage, l'agonir de reproches, l'accuser, pleurer pour qu'il me console, repousser sa main conciliante, attendre qu'exaspéré il me gifle, ou que je le gifle, lui cracher au visage mon mépris, ma haine, lui dire qu'il a détruit ma vie, que je le déteste, entendre qu'il m'aime malgré tout, le rejeter encore, me moquer de son affection tardive et, les yeux rouges, me fondre dans ses bras et l'aimer…

En plein cœur de la mousson d'hiver, une chaleur monstrueuse étouffait l'île et, malgré les vêtements de toile que Nagata m'avait achetés, rien ne parvenait à atténuer l'intolérable sensation de suffocation, accentuée par la longue attente avant le départ du *Carolina Maru* prévu aux alentours du 20 mars.

Le plus souvent pourtant, pour remercier mon protecteur, je revêtais un kimono de soie ancienne, un *homongi* à ourlet damassé, trouvé le premier soir sur mon lit. Un kimono splendide, peint d'orchidées rouges, qui convenait plus à un membre de la famille impériale qu'à une femme ordinaire. Nagata, touché, m'avait complimentée sur ma façon de marcher, jambes à peine rentrées afin de faire bouillonner le bas du kimono et donner l'illusion de glisser sur le sol. Un exercice difficile que j'avais eu peine à maîtriser car le kimono, adapté à la morphologie des Japonaises, buste long et jambes courtes, enserrait si fort mes hanches trop rondes que je peinais à garder mon équilibre, trébuchant à chaque pas.

Les journées se déroulaient avec une régularité épuisante, comme si la nature tout à coup déréglée ne savait plus produire autre chose que de l'eau. Contrairement à l'Inde où la mousson s'accompagne de pluies continuelles, étanchant d'un seul coup la terre desséchée et l'impatience des hommes, le ciel de Singapour recréait chaque jour l'infernale attente, une sorte de supplice lent qui montait au cours de la journée avec la température et l'humidité pour n'éclater que le soir. Vers cinq heures, l'horizon s'assombrissait de lueurs pourpres, l'air blanchissait, s'épaississait, rendant la respiration pénible et les esprits nerveux. Le ciel se refermait sur la terre, poussant la couche de brume jusqu'aux habitations, enfermant dans ces rets d'air et d'eau les milliers d'oiseaux de l'île. Dans leur tentative d'échapper à ces mâchoires gigantesques, ils volaient alors au ras des toitures en pépiant frénétiquement. Bientôt le bruit devenait insupportable, allant s'amplifiant alors que les nuages de plus en plus noirs s'amoncelaient au-dessus des flamboyants. Les pétales écrasés des fleurs exhalaient en tombant sur le sol un parfum chaud, et traçaient sur la terre des auréoles de pollen odorant, tachant de jaune les vêtements des passants.

Le malaise qui chaque soir me gagnait à cet instant précis me poussait à m'asseoir sur le rebord de la terrasse en quête d'embruns et d'air frais. Le long de la façade courait en effet une large véranda qui desservait les chambres par des doubles portes de bois peint. Derrière les *chicks* de bambou, je regardais le port en contrebas.

Au large régnait le plus grand calme. Sans un souffle de vent, il n'y avait guère que quelques jonques pour fendre silencieusement les reflets violets de l'eau étale. Sur les bateaux à quai, les équipages affalaient les voiles et, ayant cargué la toile récalcitrante sur les vergues, bordaient les écoutes avant la tempête. Les jurons fusaient. Les corps se rebellaient. Les carènes grinçaient. Les venelles montant de la jetée à l'hôtel étaient alors tellement encombrées d'êtres humains, de brouettes, de marchandises que, pour s'ouvrir un passage, les voitures cornaient, ajoutant au vacarme. Puis, à un même signal mystérieux, les rues se vidaient tout à coup, les singes et les oiseaux se taisaient. Les nuées d'oiseaux qui voletaient encore au-dessus de la canopée fondaient sur les arbres et s'y agglutinaient par centaines, faisant ployer les branches sous leur poids. Dans la cour de l'hôtel, les serveurs se hâtaient de plier les derniers parasols, de retirer les draps de bain oubliés sur les dalles. La nature tropicale avait prévu que le supplice se poursuivît encore de longues minutes, laissant la tension monter, le pouls s'accélérer, le corps se couvrir de gouttelettes.

Cachée par les stores, je me dévêtais. Instants délicieux. Caresses chaudes de l'air sur la peau. La tête renversée, j'attendais. Deux, trois coups de tonnerre. Des éclairs griffaient le ciel sans que la pluie ne tombât pourtant. Je n'osais bouger de peur de déclencher le cataclysme céleste, pétrifiée et ravie. Les trombes d'eau s'abattaient enfin. En un instant, les rues se transformaient en torrents boueux, l'eau dévalait les escaliers, s'engouffrant dans les portes, était refoulée par les fenêtres basses, emportant tout sur son passage. La mer se levait avec le vent, des vagues énormes s'écrasaient sur la jetée, fracassant jusque dans le port les jonques les unes contre les autres. A ce moment précis, Nagata revenait, trempé jusqu'aux os, sous les regards ironiques des portiers, surpris de ce curieux Japonais qui, au lieu d'attendre une accalmie, surgissait quotidiennement en plein déluge, avec la régularité d'un métronome.

Nous bavardions en anglais comme autrefois, protégés du monde par la colère des éléments. Nagata ne cherchait plus à dissimuler ses sentiments.

— Sangmi, me confia-t-il un soir tandis que le tonnerre grondait, la guerre est perdue. Les revers se multiplient devant les troupes alliées, aux îles Carolines, Gilbert, à Attu et Guadalcanal... Nous n'avons pas été à la hauteur de notre utopie. Nous ne pouvons plus reculer mais je sais que tout est fini. Je n'ai pas peur pour moi mais pour ceux que nous entraînerons dans la défaite.

Curieux renversement de situation ! Je me souviens lui avoir répondu que la guerre n'était pas finie, avoir tenté de le réconforter.

— Sangmi, ne te fatigue pas à essayer de me convaincre. Je ne suis pas aveugle. J'ai cru en un rêve et moi aussi j'ai glissé. Ma position au *kempeitai* me fait horreur, mais je suis aussi monstrueux que les autres. Nous tuons, nous torturons, nous ne savons plus vivre. Nous ne respectons plus les lois de la guerre de notre pays et faisons offense à la noblesse des samouraïs. Tiens, lis, avait-il dit en sortant un papier froissé de sa sacoche, lis et ose dire que tu ne nous méprises pas !

Il m'avait tendu une feuille imprimée, une circulaire destinée aux Japonais résidant à Java expliquant la nouvelle hiérarchie établie par un petit despote nippon basé à Batavia. Tout en haut figuraient les officiers japonais, suivis des soldats et des civils japonais, venaient ensuite les chevaux japonais, les chiens japonais et les pigeons voyageurs japonais.

La page, après une dizaine d'autres catégories animales, se terminait par cette terrible ligne : « civils indigènes ». Je ne savais que dire. Nagata avait poursuivi d'un ton monocorde, tandis que la pluie crépitait sur les palmes :

— La mort, Sangmi, n'est pas triste. C'est un moment de la vie, comme la naissance ou le mariage. La vie engendre la souffrance, pas la mort. L'âme est éternelle. Quand son enveloppe charnelle disparaît à nos yeux, elle est toujours là. Crois-tu que parce que l'aveugle ne voit pas les choses, celles-ci n'existent pas ?

Nagata avait retiré ses lunettes. Ses sourcils s'abaissaient un peu vers les tempes.

— Sangmi, après la guerre, je t'en supplie, va voir ma femme et mes enfants. Ils habitent maintenant Tōkyō dans le quartier de Itabachi.

— Que devrai-je leur dire ?

La demande me paraissait saugrenue, absurde. Ces rôles soudain inversés me troublaient.

— Tu leur diras ce que tu veux, Sangmi. Tu trouveras les mots.

— Mais toi, Nagata *sensei* ? Tu rentreras aussi, tu les retrouveras !

Ses mains s'étaient posées sur mes lèvres. La tête sur les genoux de mon ancien maître, je savourai, les yeux clos, l'étonnante symphonie de bruits et d'odeurs que portait la nuit jusqu'à nous. Sur fond de limon, de sel et de fumée, un épais bouquet d'ail, de cives, d'huile de cuisson traversé des effluves douceâtres de l'opium, suaves et sucrés, aussitôt chassés par l'amertume des fumerolles d'encens. Entraient alors en scène les bruits. Grincements des bus, klaxons des voitures et sirènes des bateaux s'écoulaient avec une lenteur désespérante, formant les accords de basse sur lesquels se plaçaient les rythmes, claquements et battements de toutes sortes, pièces de mah-jong, ciseaux du barbier et bâtons des oracles dans les cônes. Ondulant enfin en arabesques, surgissaient les vocalises des marchands, les gammes sans cesse reprises des navettes dans les métiers à tisser, des portes de métal des ateliers. Lentement la mélodie se développait sur le rythme de la parole, portée par la foule charriant de nouvelles tonalités, vives, lentes, fatiguées, affairées…

D'un geste lent j'avais dénoué mes cheveux qui, soudain libres, croulèrent sur mes épaules en ondes noires et brillantes. Je ne ressemblais guère à une Coréenne. Avec l'âge, j'avais perdu la grâce un peu mièvre des adolescentes de mon pays. Les arêtes marquées de mes pommettes, la courbure franche de mon nez et la rondeur charnue de mes lèvres insufflaient à mon visage une force masculine. « Un garçon en habit de femme », disait ma *halmeoni*, pour m'encolérer.

Nagata s'était figé. Une immobilité presque palpable pesait sur nos deux silhouettes. J'écoutais nos respirations mêlées, le léger chuintement de la sienne et la mienne, rapide, frémissante. Nagata paraissait avoir enfermé sa joie de vivre à l'intérieur de lui-même. Mais dans ses yeux brillait une flamme lointaine, cette lumière que j'avais sentie dès notre première rencontre, prisonnière d'une cage de chair. Une onde de désir traversa mon corps, rapide et violente. Nagata, avec des gestes d'enfant, maladroits et hésitants, avait écarté les pans de ma chemise. Il avait saisi mes seins entre ses paumes et, avec autant de soin que s'il avait tenu un vase précieux, les avait bercés puis caressés comme un petit animal que l'on veut apprivoiser. J'avais une furieuse envie d'oubli. Je fermai les yeux.

Quand Nagata se fut endormi, je me faufilai hors du lit. Je contemplai un moment son corps nu caressé par la lumière pâle de la lune. Dans l'abandon du sommeil, mon maître avait rejeté ses bras en arrière tandis qu'impudiques ses jambes ouvertes dévoilaient son sexe. J'eus envie de le prendre dans mes bras, l'envie impossible et merveilleuse d'être plus forte que lui, de le bouleverser et le rendre à l'enfant qu'il fut sans doute autrefois. L'amour qui germait en moi était d'une autre nature, un amour qui ne connaissait ni la pitié ni la compassion. Un amour sans racine. Un amour sans avenir, à la merci des bourrasques du temps. Prenant soin de ne pas le réveiller, je tirai le drap sur ses épaules. Il se retourna, inconscient, murmurant mon nom.

Le *Carolina Maru* appareilla le mercredi 22 mars 1944 pour Batavia.

Nagata *sensei*, vêtu de la même veste de soie sauvage qu'il portait ce jour où il m'avait sauvée de la maison Wulien, m'accompagna jusqu'au port où il me confia au caporal Yoshida Tadeo qui veillerait à ce que j'atteigne saine et sauve le club de Cereng, situé à plusieurs heures du port de Sunda Kelapa.

Les instructions d'un officier de la police secrète japonaise sont toujours effectuées à la lettre, sans broncher. Le caporal prit grand soin de moi, même si je lus le mépris sur son visage, même si, afin de rejoindre la cabine que Nagata m'avait réservée, il prit plaisir à longer les ponts inférieurs sur lesquels étaient regroupées une centaine de femmes. Des

Occidentales, grandes et blondes, à la chevelure si pâle que leurs cils semblaient invisibles. Serrant leurs sacs contre elles, elles avaient tourné vers moi des visages curieux. Je remarquai parmi elles des religieuses portant le voile noir de leur ordre. Elles souriaient vaillamment pour redonner courage à leurs compagnes et s'affairaient, portant réconfort à celles qui ne savaient retenir leurs larmes. Une fillette criait. Elle avait les yeux bouffis et refusait, en poussant des hurlements stridents, une poupée que sa mère s'obstinait à glisser dans ses bras. A notre passage la mère, redoutant de se faire remarquer, enfouit violemment la tête bouclée dans ses jupes, étouffant les pleurs exaspérés de la petite. « Aničko ! Aničko ! Ne pleure pas… »

Je n'oublierai jamais l'arrivée du *Carolina Maru* dans Sunda Kelapa, le port qui dessert la ville de Jakarta, alors Batavia. Les immenses proues des *prahus*, les bateaux javanais qui bordaient les quais et bouchonnaient dans le goulot entre les coques monstrueuses des navires de guerre. Puis le chenal avec les bâtisses, les tourelles, les fortifications qui gardaient l'entrée de la rivière du temps de la Compagnie hollandaise des Indes orientales. Et tout à coup, ce contraste monstrueux qui révulse jusqu'à l'écœurement entre la rigoureuse splendeur de l'architecture hollandaise et la pourriture des canaux. Batavia est construite sur un marécage, une ville amphibie, sillonnée de canaux où s'écoule lentement une eau noire et épaisse, dégageant au-dessus de ses mousses verdâtres une vapeur de putréfaction qui prend à la gorge et pique les yeux. Une eau stagnante, envahie de moustiques et de rats repus d'excréments, dans laquelle on se baigne, on urine, on défèque. Un bourgeonnement vénéneux dans une baie splendide bordée de sable fin.

A notre arrivée, je fus transférée avec les autres femmes dans les locaux de l'ancien hôtel de ville, le Staadthuis, qui abritait les services communs du ministère de l'Intérieur et du *kempeitai*. Une dizaine de femmes furent aussitôt séparées du groupe et la fillette à la poupée entraînée à leur suite. Dans les sous-sols du Staadthuis, m'avait dit Nagata, avec ce souci de vérité qui depuis nos retrouvailles le tourmentait, étaient torturés les prisonniers politiques avant qu'ils ne soient enfermés dans des cellules demi-inondées, avec pour seuls compagnons d'infortune les rats, la vermine et les versets du Coran.

Quelques heures plus tard, le caporal Yoshida Tadeo, après avoir minutieusement contrôlé notre identité, nous fit sortir dans la cour, noyée par un soleil de plomb. Deux camions bâchés attendaient. On me fit monter dans le plus petit des deux, marqué du mot « Cereng ». De ma place, dans l'obscurité de la toile, je voyais parfaitement la cour et les captives occidentales, voûtées, figées sur leurs jambes enflées, le buste penché en avant comme si, à tout moment, elles allaient s'effondrer. Les soldats de l'escorte japonaise, assis à l'ombre sous les colonnes du Staadthuis, terminaient de déjeuner.

En début d'après-midi, nous fûmes conduites au club des officiers de Cereng, dans le quartier hollandais de Menteng au sud de la ville. Je m'étais assoupie dans la chaleur et ne me réveillai que lorsque le véhicule s'ébranla, secouée par les cahots. Le trajet dura quatre heures. Quatre heures pendant lesquelles les captives occidentales m'ignorèrent. Quatre heures. Une éternité pour ces femmes peu habituées à la promiscuité. La peur, la chaleur, la transpiration, l'impudeur des fonctions naturelles sont une épreuve douloureuse pour les « novices ». En quatre heures de huis-clos, blottie contre le dossier de la banquette du chauffeur, je vis naître amitiés, haines, jalousies et me sentis vieille. Très vieille.

A Menteng, les riches demeures des colons hollandais avaient été vidées de leurs habitants et réquisitionnées. Une rue entière, Jalan Cereng, construite de part et d'autre d'un petit canal partiellement comblé, avait été transformée en lieu de récréation. Ses bâtisses trapues et massives, cachées derrière ces gros arbres à fleurs rouges ou blanches que les locaux appellent *cambodia*, abritaient déjà à mon arrivée une soixantaine de pensionnaires, des Hollandaises, des Anglaises et des Allemandes réparties dans quatre « résidences ». Au bout de la rue se terminant par un cul-de-sac, des lampions grenat et une banderole annonçaient le cercle de jeu et trois bars.

De toute évidence, Nagata *sensei* avait donné des instructions précises me concernant car, à peine le camion de tête s'était-il arrêté que le petit caporal Yoshida apparaissait pour m'indiquer de le suivre. Je me souviens du regard des femmes s'attardant sur ma silhouette, des questions silencieuses qu'elles se posèrent, de ma honte à ce traitement de faveur.

Je fus ce premier soir conduite au bureau du commandant Suzuki, l'administrateur du camp. Il me reçut froidement. Manifestement, l'arrangement de Nagata l'irritait mais sans doute avait-il contracté quelque dette envers lui, car bien que parfaitement glacé, il me confirma que je ne recevrais pas de clients. Je travaillerais à l'entretien des résidences. Ménage, cuisine, intendance. Je repasserais aussi les chemises et les tenues militaires des officiers. Au moindre faux pas, conclut-il en tambourinant contre la table, s'interromprait cette exception aux règles. Pendant toute la discussion ses yeux, deux fentes minuscules tracées au-dessus des pommettes, m'avaient détaillée. J'allais me retirer quand sa bouche s'était fendue, comme celle d'un reptile sur le point d'avaler sa proie.

— Naomi-*san*, si vous le voulez, vous pouvez même mettre de l'argent de côté. Je vous propose un petit salaire sur un compte d'épargne dont vous seule aurez le contrôle. J'ai besoin d'une gouvernante pour tenir ma maison, ce que les Blancs appellent une « *house-keeper* ». Cela ne vous dirait pas d'être ma *house-keeper* ?

Les Asiatiques détestent les refus qui leur font perdre la face. Je choisis donc de sourire et lui promis d'étudier sa proposition aussitôt que je me serais accoutumée aux nouveaux locaux. Suzuki me laissa partir, mais dès le matin, revint à la charge et me convoqua à son bureau. Je refusai une fois de plus. Le manège se répéta le lendemain, le surlendemain et les jours qui suivirent. Au bout de dix tentatives, convaincu enfin que jamais je ne serais sa maîtresse, il limita ma ration alimentaire à un repas par jour et augmenta ma charge de travail. Il ordonna aussi à Sukarmi et Tukiran, les domestiques javanais, de décrocher tous les rideaux, couvertures et tapis des quatre résidences et des clubs afin de me les donner à laver pour le soir même.

Java est un pays si humide qu'un livre cartonné peut, le temps d'une nuit, se plier en deux comme sous l'effet d'une main invisible. Les tissus n'ayant pas séché à temps, la sanction tomba, portée par le caporal Yoshida : une semaine sans autre nourriture quotidienne qu'un quart d'eau et quelques boulettes de riz, consignée dans un cabanon en plein soleil. Un réduit de jardinier si exigu qu'en étendant les bras je pouvais en toucher les quatre parois. Bas de plafond, ne pouvant ni m'étendre, ni relever la tête, je demeurai prostrée, les genoux repliés sous le menton. La chaleur était insupportable et, dans l'obscurité, malgré les rais de lumière à travers les planches, malgré les bruits extérieurs, je ne tardai pas à perdre la notion du temps.

Le second jour, à moins que ce ne soit le troisième, un bruit sourd provenant de la cellule voisine me réveilla de ma torpeur. Aux grognements gutturaux qui me parvenaient, ma voisine devait être hollandaise. Au bout de quelque temps, elle cessa de gémir. La bouche plaquée contre le bois, j'essayai de lui parler, de fredonner pour la tenir éveillée mais ses râles furieux se firent de plus en plus légers au fur et à mesure que passaient les heures. Je chantai encore, mais quand le souffle long et chuintant s'éteignit, un curieux soulagement m'envahit. Elle était morte et j'étais vivante.

Au lieu de m'abattre, sa mort me donna le courage de tenir jusqu'au bout.

C'est le caporal Yoshida qui me libéra. Sans un mot, il me conduisit, trébuchante, aveuglée par la lumière, jusqu'à ma chambre où il m'ordonna de reprendre sans tarder mon travail interrompu. J'avais beaucoup maigri et il me fallut plus d'un mois pour me réaccoutumer à la lumière. A dater de ce jour, jugeant l'affaire close et l'affront lavé, le commandant Suzuki cessa de m'importuner.

L'atmosphère du camp de Cereng était très différente de ce que j'avais connu à Shanghai. A Cereng, les femmes étaient affectées à une demeure qu'elles étaient censées tenir comme des hôtesses. Pas de cellules, pas d'ardoises, mais une maison comportant plusieurs chambres et des salons aménagés avec goût par les anciens propriétaires, où se déroulaient les rendez-vous les jours où le cercle de jeu et les clubs étaient fermés. La plupart du temps, la résidence demeurait cependant le domaine privé des femmes et les clients n'y venaient pas, préférant l'intimité moelleuse des alcôves aménagées au-dessus des salles de jeu.

Une organisation plus humaine avait été étudiée de façon à s'adapter au goût des Occidentales. Les plus chanceuses étaient même tombées sur des villas impeccablement tenues, à peine quittées par leurs propriétaires, avec des domestiques pour les entretenir et des armoires regorgeant de vêtements et de provisions. Mais cet apparent luxe, contrastant certes avec les conditions de vie des femmes du front, ne changeait rien à l'horrible réalité. Dix, quinze, vingt ou trente clients par jour et de plus en plus au fur et à mesure que s'épuisait la guerre, certains soldats revenant quotidiennement, convaincus de vivre leurs derniers instants.

Les défaites se succédaient, minant le moral des hommes. Le général Tōjō, vénéré stratège de l'armée nippone, avait rencontré un combattant ennemi à sa hauteur, le général MacArthur, qui avait décidé de s'attaquer à cette immense barrière de plus de sept cents kilomètres, de Timor aux Philippines jusqu'aux îles Bonin, censées protéger l'archipel nippon. Un croissant fortifié contre lequel le général américain préférait ne pas lancer d'offensive généralisée pour au contraire gagner du terrain, lentement, en encerclant les îles les unes après les autres. Sur le second front, celui d'Asie du Sud-Est, les combats redoublaient, de plus en plus violents, et l'invasion de l'Inde avait dû être abandonnée. Partout surgissaient des unités kamikazes.

Un désespoir immense avait saisi l'armée japonaise.

Les pays tropicaux ont ceci de particulier que sous la chaleur toujours intense, constante à chaque instant de l'année, les jours s'écoulent sans que rien ne les différencie. Tous semblables, mornes, chauds et moites. En Corée, nous avons quatre saisons distinctes qui rythment la vie et impriment une texture au temps. A Java, le temps n'existe pas. Ou si peu que la langue ne possède ni futur ni passé, se contentant de trois termes, hier, aujourd'hui, demain. *Kemarin*, hier, signifie indifféremment « il y a quelques minutes » ou « il y a vingt ans ». Demain, *besok*, « tout à l'heure », « bientôt » ou « dans six mois ». Peu importe.

Mon séjour à Cereng ne fut qu'une longue période, sans frontières, une succession de jours parfaitement identiques, passés à laver, gratter, balayer, éplucher, repasser. En marge de la douleur des autres. En marge de la guerre.

En fin de matinée, au cours de l'été peut-être, je nettoyais les dalles extérieures de la villa du commandant Suzuki, quand un camion de l'armée se gara devant la quatrième résidence, inoccupée depuis plusieurs mois. Un nouveau chargement de filles. Une vingtaine de femmes étaient descendues du véhicule. Chancelantes, elles avançaient lentement, main dans la main, serrées les unes contre les autres, grelottant sous le soleil ardent de midi, comme si rien ne pouvait plus les réchauffer. Leurs jupes en loques découvraient des jambes couvertes d'escarres, de blessures boursouflées et purulentes, maladroitement bandées de tissus tachés. Certaines portaient le bras en écharpe, d'autres claudiquaient, s'appuyant sur un bâton. Un défilé pitoyable dans lequel je reconnus des visages de mon pays. Des Coréennes. Des Japonaises aussi, plus petites, aux jambes légèrement arquées par le port précoce des *getas*. A Cereng, hormis deux ou trois Chinoises de Java et quatre hôtesses nippones originaires de Sapporo travaillant au club, j'étais la seule Orientale. Les nouvelles recrues avançaient comme des ombres, raides, prêtes à s'effondrer, quand tout à coup, l'une d'elles leva les yeux vers moi et sourit, dévoilant une bouche édentée. Les os saillaient à travers la cotonnade fleurie de sa blouse et ses chevilles paraissaient démesurément grosses au-dessus de chaussures à lanières bien trop larges.

— *Eoma ! Eonni, jeondeyo ! Eomeona, eotteoke ?*[1]

J'ai le souffle court. Le soldat en tête du groupe s'est retourné. Vingt visages médusés et silencieux m'observent. Quelques murmures se font écho. Une Coréenne… Le silence retombe. Le soldat ne prête plus attention.

---

1. Mon dieu, *eonni*, c'est moi ! Comment est-ce possible ? (cor.)

— *Eonni, jeondeyo ! Jeoreul molla ?*[1]

Vingt paires d'yeux me dévisagent. Une fois de plus, je regarde la femme qui m'apostrophe. Je cherche, fouille dans ma mémoire, mais ne parviens à réunir mes souvenirs devant cet épouvantail décharné. Un portrait brisé. Je sais maintenant.

— Kaneko ?

Le pauvre visage rayonne, les yeux rougissent mais les larmes ne coulent pas. Non, je ne peux reconnaître Kaneko, sa fière allure, ses grands yeux et sa démarche de princesse dans ce pantin beige qui agite la main. Les filles attendent en arc de cercle, bouche bée. Kaneko. Nous tombons dans les bras l'une de l'autre. Ou plutôt Kaneko s'affale contre moi. Elle tremble. Et dégage à chaque mot qu'elle prononce une indéfinissable odeur de pourriture.

— *Eonni*, j'ai faim…

Elle m'appelle *eonni* alors qu'elle est plus âgée que moi. Je la reprends mais elle n'écoute pas et répète « j'ai faim… » Je la rassure. « Oui, ils vont te donner à manger, ici nous ne manquons de rien. » Mais ses yeux abêtis ne me voient pas et ses oreilles ne m'écoutent plus. Seule sa main froide et sèche comme du papier caresse mon visage.

Je dois la quitter car le soldat entraîne les autres femmes vers le rez-de-chaussée de la résidence numéro quatre.

Le soir de leur installation, trois filles moururent.

Le commandant Suzuki avait donné dix jours au groupe de nouvelles venues pour se refaire une santé avant de reprendre le travail. Il convoqua

---

1. *Eonni*, c'est moi, tu ne me reconnais pas ? (cor.)

même un médecin du dispensaire qui distribua des médicaments, d'inutiles couvertures de laine et du sel. Le deuxième jour, le médecin se présenta de nouveau avec une liste, cette fois-ci, de filles « à hospitaliser d'urgence ». Il embarqua donc quatre détenues qui me parurent au contraire nettement moins mal en point que les autres. Elles ne revinrent jamais au camp de Cereng.

De l'autre côté de la clôture qui séparait les jardins, les Occidentales ne cachaient pas leur curiosité, se demandant qui étaient ces femmes en loques. L'une d'entre elles se risqua même à demander d'où venait cette horde d'ombres. Je lui répondis qu'il s'agissait de femmes de réconfort rapatriées du front Pacifique. Elle eut alors cette réponse restée depuis gravée dans ma mémoire : « Les pauvres ! Elles sont bien à plaindre. Mais heureusement les indigènes sont depuis leur naissance accoutumés à la maladie et la famine. Elles surmonteront mieux l'épreuve que nous. »

Kaneko qui, les premières semaines, avait semblé recouvrer ses forces, sombrait chaque jour davantage dans la démence. Exemptée provisoirement de travail par le médecin, elle errait dans la résidence et le jardin, les yeux dans le vague, chantonnant, ressassant sans cesse les images de son enfance, répétant d'une voix cassée les commentaires grossiers des soldats après les passes. Chaque jour, je lui portais sa soupe et des restes chapardés aux cuisines. Bien que suffisamment nourrie, rien ne semblait assouvir sa faim.

Je la surpris un soir, hirsute, maquillée outrancièrement, fourrageant dans les poubelles, grattant avec les ongles et les dents des trognons de manioc. Quand je lui reprochai gentiment de fouiller dans les ordures alors que je pouvais lui apporter ce qu'elle désirait, elle me répondit en sanglotant qu'elle devait faire des réserves. Peu à peu, de cette marée de mots, de pleurs et d'insultes, je compris qu'elle revenait de l'île de Truk dans les Carolines où plusieurs stations de réconfort avaient été aménagées. Les bombardements américains avaient démarré en février. L'île était devenue un enfer. Les pilonnages ennemis se succédant, le ravitaillement avait été interrompu et les filles des stations de loisirs avaient été les premières à subir la soudaine pénurie de vivres. Pendant plus de deux mois, terrée dans la jungle, Kaneko n'avait mangé que des racines et des feuilles, contrainte à servir les soldats rendus fous par la proximité de la mort. Sous les raids américains quotidiens, la situation avait empiré. Un matin, les filles avaient été embarquées pour une autre île où le même acharnement meurtrier venu du ciel avait repris. Acculés, les Japonais avaient choisi d'abandonner leurs positions. Une décision dramatique qui ne laissait qu'un piètre choix aux garnisons piégées : afin de suivre la tradition japonaise du *gyokusai*, les soldats condamnés pouvaient soit combattre jusqu'à la mort, soit mettre fin à leur vie dans un acte héroïque. Les pensionnaires de Truk étant à majorité des Coréennes, le suicide était impensable.

Pendant que se déroulaient les combats, m'avait expliqué Kaneko, les filles avaient coutume d'attendre qu'on vienne les chercher dans des tranchées camouflées sous des branchages. Ce matin-là, un soldat de leur division était apparu comme d'ordinaire et les avait appelées. Comme personne ne répondait, il avait siffloté un chant patriotique coréen. Une tête, deux têtes, puis une dizaine de têtes avaient surgi des fourrés. Quand enfin il avait jugé que presque toutes les *ianfu* avaient quitté leur cachette, il avait appuyé sur la gâchette de sa mitraillette. Une longue pression, et un feu continu en arc de cercle avait fauché toutes celles qui avaient répondu à l'appel de leur patrie. Ensuite, méticuleusement, le soldat avait fait la tournée des tranchées et jeté des grenades dégoupillées dans celles d'où montaient encore des gémissements. Kaneko, restée prudemment au fond de son trou, n'avait dû son salut qu'au corps ensanglanté d'une de ses compagnes tombée sur elle. Quand le silence s'était fait, elle s'était hissée hors du terrier et avait erré dans l'île où d'autres filles épargnées par le hasard ou la ruse l'avaient rejointe. Finalement, un bateau japonais les avait prises à son bord.

Le commandant Suzuki, jugeant les nouvelles recrues trop misérables pour le club de jeu et le cercle des officiers, ordonna de transformer la résidence numéro quatre en « maison d'accueil ». Les soldats, mais aussi les civils japonais de Batavia, se présentaient donc maintenant directement au salon du rez-de-chaussée.

Les filles, des Coréennes comme moi, enlevées à la sortie de l'école, au marché ou dans le bus, me respectaient. Les soldats, quant à eux, ayant eu connaissance de mon statut d'intouchable sous la protection du commandant Suzuki, voyaient en moi une mère, ou une grande sœur. Je m'efforçais toujours de discuter avec chaque client avant de l'envoyer vers la fille de son choix. Une façon d'établir des liens privés désamorçant toute agressivité. D'ailleurs, avec la multiplication des raids américains sur le Japon, les soldats soucieux pour leurs familles se confiaient aisément, recherchant les discussions plus que le plaisir physique. C'est ainsi que, de jour en jour, sans que personne ne m'assignât à cette nouvelle fonction, j'en vins à assurer la fonction de patronne de la résidence numéro quatre.

Forte de mon succès et du silence complaisant du commandant Suzuki, j'entrepris de mon propre chef d'améliorer la vie quotidienne des filles. Je m'attachai d'abord à rédiger un nouveau règlement qui, à ma grande surprise, m'attira plus de reproches et de critiques de la part des pensionnaires que de leurs clients. Je changeai en effet le terme utilisé jusqu'alors de *ianfu*, « femme de réconfort », en *shisho*, « prostituée ». Ma décision provoqua un véritable tollé parmi les filles, humiliées de cette nouvelle façon de les désigner. J'eus tout le mal du monde à les convaincre qu'ainsi, les soldats qui se seraient encore leurrés sur leurs droits comprendraient leur méprise et arrêteraient peut-être de faire appel à leurs services.

Les effets de cette simple réforme dépassèrent mes espérances : une semaine plus tard, un bon tiers de la clientèle, parmi les plus jeunes recrues, ne se présenta plus que pour bavarder au salon, refusant obstinément de monter dans les chambres. Ensuite, afin d'éviter le travail à l'abattage et de favoriser une certaine intimité entre les filles et les soldats, je décidai que les rendez-vous seraient espacés d'au moins quarante minutes. Des passes aussi longues ?

Une fois de plus, le mécontentement gronda à la résidence tandis que les soldats, hilares à l'idée de bénéficier de tant de temps pour le même prix se pressèrent à la grille, le sourire aux lèvres, la main sur la boucle du ceinturon. La ruée ne dura guère. Avec elle s'éteignit la grogne. Aucun soldat n'avait pu tenir aussi longtemps. Trop excités, ils éjaculaient comme toujours dans les cinq premières minutes, laissant alors près d'une demi-heure de liberté aux filles pour se laver et se reposer. J'établis enfin un roulement pour permettre aux malades et aux filles indisposées de récupérer. La seule réforme d'emblée accueillie avec enthousiasme.

A la fin l'année 1944, un journaliste venu de Tōkyō visita la résidence orientale du club de Cereng. Il se félicita de sa remarquable organisation et de son hygiène parfaite. De retour au Japon, il accorda au commandant Suzuki l'honneur d'un article élogieux dans une revue militaire. Mon nom y figurait en bonne place et le commandant Suzuki, fier de cette distinction, le fit épingler dans le salon de la résidence.

Le 5 février 1945, je reçus enfin une lettre de Nagata m'annonçant qu'un poste d'ouvrière dans une usine d'armement située en banlieue de Hiroshima m'avait été attribué. Six autres filles pouvaient se joindre à moi.

Tous les jours depuis plusieurs mois, j'avais promis à Kaneko que nous partirions. Avec un peu de chance, nous pourrions rentrer ensemble en Corée. Dans sa chambre d'où elle ne sortait même plus pour manger, je lui avais parlé des feuillages rouges des monts Gaya, des portes de lune du temple de

Haein près de Daegu, des éoliennes tintant dans le vent, de la saveur de la gelée de glands fondant sous la langue, des grues traçant des arabesques au-dessus des rizières…

Quand la lettre de Nagata *sensei* arriva, il était trop tard. Kaneko, malgré les quantités énormes de nourriture qu'elle ingurgitait, n'avait cessé de maigrir. Elle pesait à peine vingt-huit kilos. Décharnée, ma pauvre camarade remuait la tête sans cesse et ne se déplaçait que pour se maquiller, passant et repassant le raisin écrasé d'un bâton de rouge sur ses lèvres gercées. Seule ma voix la tirait de sa folie et l'apaisait. Kaneko mourut quelques jours plus tard, le visage peinturluré de vermillon. Seule. Dans sa chambre. Au milieu d'un indescriptible désordre de vêtements sales, d'épluchures pourries et de ouate souillée de permanganate de potassium.

Rien n'avait été prévu pour les décès au camp de Cereng et, aidée des autres pensionnaires, je dressai un bûcher dans la cour de la résidence. Après avoir enroulé le corps de Kaneko, léger comme une plume, d'un linge blanc, nous le déposâmes sur les fagots. Tokiko, une de ses compagnes rescapée de Truk, insista pour l'asperger elle-même d'essence. Serrées les unes contre les autres, nous regardâmes de longues minutes la silhouette allongée de Kaneko d'où émanaient une force étrange, une grâce infinie. Puis Tokiko, la main tremblante, approcha la torche. En quelques instants, le bûcher s'enflamma avant de s'effondrer en gémissant dans un crépitement d'étincelles. De fines langues rouges s'élevèrent dans l'air, si calmes, si silencieuses qu'on eût cru qu'elles ne pouvaient brûler mais seulement sanctifier. Je fixai longtemps encore le brasier, jusqu'à ce que mes yeux, brûlés par les vapeurs de kérosène, se referment sur l'image de Kaneko, sur le quai de Daegu, plaisantant avec Kinu.

Kaneko avait rejoint le royaume des cieux. Le samedi 10 février 1945. Sept années après notre première rencontre et sept mois avant la fin de la guerre et la libération de notre patrie.

Libérée. Libérée. Non, transférée. Les mots magiques tournaient dans ma tête, porteurs de rêves. Je ne retournais pas en Corée, certes, mais c'en était fini de cette vie lamentable, humiliante. Au moins travaillerais-je dignement.

Nous quittâmes Batavia de nuit. Une de ces nuits lumineuses, éclairées par l'œil d'argent de la pleine lune. Une mesure de sécurité car on redoutait les raids alliés.

Les adieux à Cereng furent déchirants. Nous échangeâmes nos adresses, des promesses, des cadeaux. Le choix des six privilégiées m'accompagnant s'était effectué tout simplement. Sans rancœur. Sans jalousie. Tokiko, la compagne de Kaneko, Masako, de son vrai nom Choi Seran, originaire de la province du Jeolla, Emi et sa sœur Sachiko de Gyeongju, Kumi-*chan*, une gamine de seize ans aux yeux rieurs, et Tetsuko, une Japonaise qui, la veille du départ, avait reçu une lettre de sa famille l'informant que son père se mourait. Sept filles unies par l'espoir oublié d'enfin changer de vie.

Sur le bateau, alors que mes compagnes trompaient l'angoisse et l'impatience en jouant au *hwatu*, je ne parvenais à trouver le calme. Tant que nous n'aurions pas dépassé Singapour, il me semblait que mon destin à tout moment pouvait basculer de nouveau et réduire mes rêves à néant.

L'escale à Singapour fut retardée de vingt-quatre heures en raison des vents contraires et de la faible visibilité. Mais quand nous mouillâmes au large de l'île, bien que les côtes dans l'épais brouillard fussent indiscernables, je devinai, à cette bouffée d'air tiède chargée d'épices et de sève si caractéristique de Singapour, que nous étions arrivées. Dix heures d'escale. Un soldat de Cereng, un habitué, m'avait fait cadeau avant de partir d'un bracelet-montre. Appuyée contre la balustrade, sourde aux appels de mes compagnes qui auraient voulu que je les rejoigne, je ne savais que fixer le cadran, respirant profondément après chaque minute écoulée, ne sachant vraiment ce que j'attendais. Espérais-je voir Oki surgir de la brume ? Ou Nagata ?

Les dix heures s'épuisèrent malgré tout. Le cœur soulagé du poids de l'angoisse, je descendis retrouver mes compagnes inquiètes de ma trop longue absence. Le bateau s'ébranla enfin. Un roulement sourd issu de ses entrailles, suivi du hurlement de la sirène. D'ici quelques dizaines d'heures, nous croiserions au large des côtes de Corée. Direction, Nagasaki, via Kagoshima.

Je respirai profondément et fermai les paupières.

— Kawamoto Naomi ?

La voix me fit sursauter. Instinctivement, je sautai sur mes pieds. Un soldat de la marine japonaise se tenait devant moi.

— Vous êtes Kawamoto Naomi ?

— *Hai, Kawamoto desu.* Oui, je suis Kawamoto Naomi.

— Vous avez un pli et un colis qui nous ont été remis pour vous à Syonan-tō. Bonne lecture ! ajouta-t-il d'un ton léger avant de remonter vers le pont supérieur.

Kumi-*chan* voyant le paquet se précipita, le visage rayonnant d'excitation.

— C'est ton Nagata *sensei* qui t'envoie un petit cadeau d'adieu. Ouvre ! Ouvre-le vite. Qui sait, c'est peut-être un collier ? un bracelet ? ou une robe ?

Emi, la plus âgée d'entre nous, intervint :

— Laisse-la tranquille, Kumi !

Joignant le geste à la parole, elle saisit le bras de Kumi-*chan* et l'entraîna à l'écart sans se préoccuper de la moue vexée qui avait fleuri sur le minois de la fille, soudain perplexe.

La lettre venait bien de Nagata. Une simple lettre dans laquelle il me donnait l'adresse de sa famille à Tōkyō et me souhaitait bonne chance dans la vie. La dernière ligne, calligraphiée avec lenteur ainsi que l'attestait l'épaisseur des traits gorgés d'encre, était rédigée en anglais. « *I killed our son within your womb. Will you ever forgive me* ?[1] » A la lecture de cette phrase, un océan de douleur m'envahit, noyant mes yeux de larmes. Xinghuo. Mon enfant. Cette soirée maudite à l'opiumerie... Li Ruishu... Le visage fatigué de ma bonne Ah Meng... Je restai de longues minutes, immobile devant la feuille qui avait glissé de mes doigts. Dans l'enveloppe, il y avait aussi mille yens, un certificat, une lettre de recommandation et le décompte grotesque de mes émoluments gagnés depuis mon

1. J'ai tué notre fils dans ton ventre. Me le pardonneras-tu jamais ?

embauche forcée dans le corps du service volontaire. « Remboursables à cessation du contrat. »

Mes yeux las s'arrêtèrent alors sur le paquet que j'avais oublié sur le sol. Comment n'avais-je pas plus tôt reconnu l'écriture d'Oki ? Je souris en dénouant la ficelle qui retenait le papier marron, imaginant les doigts d'Oki la tordant et la nouant. Ces doigts que j'aimais tant, qui avaient caressé chaque partie de mon corps et allumé un amour fou en moi. Entre l'emballage extérieur et un papier de soie, était glissée une carte. Choisie avec toute la délicatesse d'Oki. Une illustration à l'ancienne, représentant une aquarelle des quais de la Seine. Où avait-elle pu, à Singapour, dénicher une image de Paris ? Au dos, une phrase tracée à l'encre bleue : « *Watashi tachi futari no omoide ni tsukete kudasai. Sayōnara. Akemi.*[1] »

Je dépliai lentement le papier de soie, l'écoutai crisser entre mes paumes, puis le froissai pour le porter à mes lèvres. Le parfum d'Oki flottait sur ma peau. Merveilleux. Doux et intense. Je reconnus aussitôt la petite poche de soie brodée d'amarantes vermillon qu'Oki ne quittait jamais. Oki. Je caressai le tissu, les yeux fermés. Oki. Une tache humide attira tout à coup mon attention. Une auréole rouge, plus sombre, aux contours irréguliers, qui formait une fleur étrange. Une odeur immonde s'élevait de la poche. Dégrafant précautionneusement le brandebourg tressé qui la fermait, je soulevai le rabat. Un paquet entortillé dans un morceau de chanvre blanc[2], taché lui aussi, tomba à terre

1. Porte-la en souvenir de nous, adieu, Akemi.
2. En Extrême-Orient, tissu de deuil.

et, se déroulant, laissa glisser un objet souillé orné d'une bague d'argent. Le doigt d'Oki. Sur le chaton de la bague avaient été gravés deux caractères : Fujiwara.

Kimiko

La fin de l'hiver 1944-1945 marqua dans l'histoire de la Seconde Guerre mondiale le début du bombardement systématique de l'archipel par les Américains. Quand je foulai pour la première fois le sol du fameux empire, soulagée d'être arrivée à bon port malgré les pilonnages meurtriers sur l'océan Pacifique, le Japon se réveillait du cauchemar des raids incendiaires qui avaient transformé Tōkyō en un enfer de ruines et de flammes.

La peur, la même peur que j'avais lue sur les visages à Shanghai, Nankin ou Singapour, avait pris racine dans les yeux des Japonais, mêlée d'une incrédulité naïve face à l'ampleur de cette catastrophe que les autorités gouvernementales continuaient de nier. Le doute avait insidieusement pénétré les consciences.

Les Japonais combattaient courageusement, creusant des tranchées, étouffant les feux avec des baquets d'eau. Les foules affolées fuyaient, s'entassaient dans les parcs pour être aussitôt transformées en nuées ardentes par la pluie de napalm qui s'abattait des nuages. Pourtant, du matin au soir, dans un vain espoir de rassurer les habitants et d'attiser leur ardeur au travail, la radio diffusait des musiques entraînantes entrecoupées du même et lancinant message :

« Ne craignez rien ! Le ciel de notre pays est protégé par des filets d'acier ! Jeunes ou vieux, levez-vous ! Il faut défendre la patrie ! Telle est notre mission sacrée ! Avions ennemis, venez ! A cent, à mille ! Venez donc ! Le Japon vous attend ! »

Nous débarquâmes à Nagasaki un soir de mars 1945.

La ville disparaissait sous un voile de brume grise, succédané d'huile, de limon et de pluie. Par endroits, le ciel apparaissait et l'air prenait la transparence verte des céladons, peignant de touches humides et étincelantes les tuiles des toits engloutis par une marée végétale, camaïeu splendide de verts profonds, bronze ou crus. Mais aux premières gouttes, le paysage se durcissait, s'étirait avec la même raideur qu'une soie fraîchement peinte. Les couleurs se craquelaient, l'air piquant figeait le frissonnement des branches et, entre les troncs dénudés, apparaissaient miradors et tours de guet.

Une bruine froide nous glaça jusqu'aux os malgré les capotes militaires de la marine dont un soldat, apitoyé par la cotonnade légère de nos robes, nous avait fait don sur le bateau. Transférées en train jusqu'à la ville d'Oita sur la côte nord-est de l'île de Kyūshū, nous changeâmes en gare de Kumamoto, afin de prendre un ferry traversant le golfe de Suo qui sépare Kyūshū de l'île principale de Hondo.

Au fil des heures, notre groupe s'agrandissait. Des femmes de réconfort rapatriées de Saipan et de Manille, puis une centaine de travailleurs coréens débarqués à Shimonoseki nous rejoignirent. Avec tous ses hommes partis au front, le Japon avait besoin de main-d'œuvre. De Corée, inépuisable réservoir humain, arrivaient des travailleurs par bateaux entiers.

Pourtant, ce convoi d'hommes à qui nous fîmes de joyeux signes de main fut sans doute parmi les derniers à parvenir sains et saufs à Shimonoseki. Les Etats-Unis venaient de décréter le blocus économique. L'étroite passe qui sépare notre péninsule de l'archipel nippon était depuis une dizaine de jours truffée de mines flottantes explosant au moindre choc.

En gare de Kasuni d'où partait le train qui longe la côte pour Iwakuni, Hiroshima et Kure, les soldats nous ordonnèrent de nous asseoir par terre. Avec l'interdiction formelle de parler, de communiquer entre Coréens. Comment aurions-nous pu contenir notre joie devant nos compatriotes ? Débuta alors un étrange dialogue silencieux fait de regards échangés, d'attitudes, de mouvements de mains rapides, de paroles articulées sans qu'un souffle d'air ne bougeât. J'appris ainsi que le groupe de travailleurs venait de la région de Gangneung sur la côte est de la Corée.

— Nous arrivons de Batavia, avait lancé gaiement Kumi-*chan*.

Les hommes avaient paru interloqués. Sans doute ne savaient-ils même pas où se trouvait l'île de Java. Kumi-*chan*, déçue de son effet raté, avait énuméré les pays où elle avait travaillé. La Birmanie. Singapour.

Le Guangdong. Rabeul. Les Philippines. Un silence indifférent avait mouché son enthousiasme. Kumi, de plus en plus perplexe, se rongeait les ongles. Elle allait tenter de renouer le dialogue quand le désordre de l'autre côté des quais avait détourné son attention. Une foule dense de réfugiés était descendue du dernier train, cherchant à gagner le Sud dans l'espoir d'échapper aux bombardements. Des vieux, des femmes, des enfants, des baluchons, des valises. Un seul sujet de conversation sur toutes les lèvres : l'attaque américaine. L'approche inexorable des vaisseaux de guerre ennemis. Les raids des *bi nijū ku*, les B-29. Venus de Saipan.

Près de nous s'installa une famille qui, ayant repéré le visage plat et le nez aquilin de Tetsuko, la seule Japonaise de notre groupe, engagea la conversation avec elle. Le père, la mère et leur fils originaires de Nagoya avaient par miracle échappé à la pluie de bombes incendiaires qui avait détruit la ville. Ils allaient se mettre à l'abri à Sendai, au sud de Kyūshū. Leurs yeux portaient des visions d'épouvante, cadavres carbonisés flottant sur les eaux de la rivière, enfants s'enflammant comme des torches dans les rues. La femme avait un besoin inextinguible de raconter ce qu'elle avait vu. Elle ne cessait de parler. Les nuées de bâtons de napalm s'abattant dans les rues. Sa maison en feu. Le riz qui manquait. La petite sur le chemin de l'école. Sa voisine agonisante l'appelant à l'aide.

L'homme, embarrassé par ses interminables confidences, avait demandé à Tetsuko d'où nous venions. Tetsuko avait rougi, baissé la tête puis répondu d'une traite que nous allions travailler dans une usine de munitions dans la banlieue de Hiroshima. L'homme n'avait pas insisté mais ses yeux avaient scruté nos robes légères. La moue gênée de Tetsuko, le regard fuyant du couple, soudain silencieux, me firent l'effet d'un jugement auquel je ne m'étais pas préparée. Quel serait notre sort à la fin de la guerre ? Jusqu'ici, nous avions combattu, essayé de vivre, d'oublier… Le Japon nous avait tout pris, notre enfance, notre dignité. Le verdict, si clair dans la retenue brutale du couple, nous glaça. Jamais plus nous ne serions comme les autres.

Nous traversâmes la ville de Hiroshima à pied. Une interminable colonne d'hommes et de femmes abasourdis qui n'attira même pas la curiosité des habitants. Bien qu'épuisée par le voyage, Tetsuko rayonnait. A chaque rue, son visage s'éclairait, s'attardant avec amour sur les banderoles accrochées aux devantures des boutiques, essayant de deviner derrière chaque façade quelle famille pouvait bien y habiter, comparant les maisonnettes de bois à celles de son village natal. Un vélo d'enfant adossé à une porte de bois fit jaillir les larmes de ses yeux.

Je m'imaginai retrouvant à mon tour les rues de Séoul, l'odeur aigre du *kimchi* aux abords des jarres pansues, symboles de prospérité, l'or des buissons de *gaenari*… Puis l'image lumineuse s'était obscurcie, plongée dans les ténèbres par le regard de l'homme sur le quai de la gare, une ombre noire comme les ailes d'un vautour. Je n'étais qu'une putain. Une *Chōsen bbi.*

L'usine de munitions Hezai-Nippon appartenait au puissant groupe industriel Okazaki. Un immense complexe dans la banlieue nord de Hiroshima, bien aussi grand qu'une petite ville me sembla-t-il, protégé de hauts murs gris hérissés de fil de fer barbelé.

Sur le bateau pour Nagasaki, nous nous étions rêvées vêtues de neuf, déambulant dans les rues de Hiroshima, achetant une glace au salon de thé, hésitant devant des affiches de cinéma. La pénurie alimentaire ? Notre nouveau statut d'ouvrière ? Nous n'avions pas voulu y penser. La liberté ne pouvait être que splendide.

L'arrivée à Okazaki me fit l'effet d'un cauchemar. Les guérites de chaque côté de la grille, les visages rogues des gardes dans leurs capes noires, les barbelés enroulés sur les herses rouillées. Puis une file de travailleurs coréens traversant la cour, la tête basse, couverts de poussière blanchâtre, pieds nus, poussant des brouettes remplies de caillasse. *Kyōsei rōdo.* Travail forcé. Les mots prenaient sens dans ma tête.

L'accueil fut bref. Une femme d'une cinquantaine d'années, au visage plat, se planta devant nous et décréta que nous étions sous sa responsabilité. Bien que japonaise, elle s'exprimait en coréen.

— Afin d'éviter tout malentendu, précisa-t-elle, ici vous travaillez pour notre patrie. Soyez digne de cet honneur. Vous apprendrez que le gaspillage est un crime.

Ce disant, elle avait arrêté son regard sur les lèvres d'Emi.

— Je ne veux ni maquillage, ni cheveux longs, ni robes, mais ce dernier point, ajouta-t-elle en fixant Kumi-*chan* qui tripotait ses boucles noires, ce dernier point ne vous concerne pas puisqu'il vous sera remis un uniforme.

Nous la suivîmes jusqu'au dortoir. Une pièce tout en longueur peinte en gris, percée de hautes fenêtres grillagées, avec une cinquantaine de matelas roulés le long des murs, à intervalles réguliers d'une soixantaine de centimètres marqués sur les plinthes par des croix jaunes. Les sanitaires, à l'arrière, étaient composés de six robinets disposés en vis-à-vis, comme un curieux luxe, séparés des latrines par une cloison de bois rongée d'algues et de moisissures. L'air sentait le détergent, l'urine et l'humidité. Kumi-*chan*, qui ne cessait de se tortiller fébrilement, gloussa.

— Y a pas de permanganate ! C'est plutôt bon signe, non ?

L'écho nasillard de sa voix avait glissé sur les dalles trempées.

Un homme, qui se présenta comme le médecin de l'usine, le docteur Hakone, s'installa derrière une table métallique au-dessus de laquelle pendait une ampoule au fil dénudé. Sa blouse marron bâillait sur un stéthoscope à l'oreillette crasseuse. Ayant reporté nos numéros de matricule en bas de page sur un registre, il nous fit asseoir entièrement nues, l'une après l'autre sur un tabouret, au milieu de la salle de douches, et attendit que Mazumi-*san*, la surveillante, ait achevé de nous couper les cheveux. Sa main maniait les ciseaux rapidement, avare de gestes. Trois coups pour une chevelure massacrée. Les boucles souples de Kumi tombèrent sur le sol, aussitôt balayées par le talon de Mazumi-*san*. Le docteur Hakone ne nous examina pas. Tout juste jeta-t-il un coup d'œil fatigué sur nos chairs blanches exposées quand Mazumi-*san* nous demanda de nous baisser, mains aux talons, de tousser, puis de lever les bras. D'une voix molle, il nous déclara aptes au travail en plein air et sortit de la pièce.

Mazumi-*san* nous ordonna de nous laver et d'enfiler l'uniforme. Un pantalon, une veste rapiécée aux manches et une casquette de couleur brune, taillés dans une toile résistante. Il fallut encore nous débarrasser de nos sacs et de nos anciens vêtements, y compris de nos épais manteaux. Un coffret de la taille d'une boîte à chaussures muni d'un couvercle coulissant nous fut enfin remis. Pour nos affaires personnelles. Un privilège qui ne parvint pas à effacer le sentiment d'humiliation extrême que cette séance avait provoqué en moi. J'étais habituée aux fouilles mais, jusqu'ici, leur brutalité m'avait permis de les supporter. Jamais autant que durant cette visite médicale je n'avais eu l'impression de ne pas exister, car même la haine donne le sentiment de vivre. J'étais devenue ce que nous appelons en coréen un *sangnom*. Un non-être.

Il n'était pas question de perdre du temps. Mazumi-*san* jugea que nous pouvions démarrer avec l'équipe de l'après-midi. En file indienne, nous traversâmes la cour en direction d'un bâtiment au toit plat, d'où montait un ronronnement sourd régulier. Par les fenêtres grandes ouvertes malgré le froid, nous aperçûmes des rangées de femmes et d'enfants engoncés dans la même tenue marron que nous, s'activant devant de monstrueuses machines métalliques.

Kumi-*chan*, qui marchait juste devant moi, avait vu les enfants. Je sentis son pas vaciller mais elle continua d'avancer, serrant les poings dans le dos. Au détour du bloc, ce qui restait de nos illusions sur le travail en usine s'effondra. Devant nous s'étendait un chantier dans lequel s'agitaient des dizaines de silhouettes, exécutant mécaniquement des gestes parfaitement identiques.

La tâche était simple, nous expliqua Mazumi. Ici se trouvait une colline. Elle devait disparaître afin d'agrandir l'usine et de créer une nouvelle unité de production où seraient assemblées des mines et des bombes pour combattre l'ennemi. Elle se mit alors à hurler, d'une voix forte et grandiloquente. Un couplet aux intonations étudiées.

— Travailleuses ! Vous aplanirez le sol, évacuerez les pierres ! Ainsi construirez-vous votre propre usine !

Instinctivement nous avions resserré les rangs. Le froid était mordant. Nous regrettions nos manteaux. Tout à coup, Kumi-*chan* se rua comme une folle vers la surveillante.

— Nous avons signé pour travailler à l'usine, pas sur un chantier !

Sans doute Mazumi avait-elle l'habitude de ce genre d'éclat car avec une vivacité que nous ne supposions pas, sa main agrippa le col de la veste de Kumi-*chan* qui, blanche de colère, commença à se débattre comme une furie, ruant, griffant, crachant. Son adversaire avait de la poigne et Kumi-*chan*, vaincue, tourna vers nous son joli minois défiguré par le dépit. Dans le chantier, les silhouettes brunes continuaient de travailler, imperturbables. Les bras charriaient les pierres, les pelles chargeaient les brouettes. Les dos se baissaient. Avec une obéissance obtuse.

— Menteuse, hurla Kumi-*chan* en me perçant du regard, menteuse ! Tu nous as dupées avec tes grands airs !

Elle hoquetait, échevelée, et pointa un doigt haineux dans ma direction.

— Ouvrières ! Ouvrières ! Tu as su t'y prendre ! Moi j'étais tranquille à Batavia ! Pourquoi t'es venue me tirer de là ? J'aurais pu attendre la paix et qui sait, avec un peu de chance, je me serais mariée !

Mazumi avait tourné son visage vers moi tandis que Kumi poursuivait.

— Evidemment, toi, tu es différente ! Tu as de l'éducation ! Mais ça t'a servi à quoi d'étudier à Keijō ? De parler anglais, français ou chinois ? Au fond, ils t'ont tous baisée, comme nous !

La voix de Kumi retentissait dans la cour glacée. Accusatrice. Violente.

— T'as beau faire la maligne avec tes appuis haut placés, tu ne t'en tireras pas !

Deux gardes accourus de l'usine avaient agrippé Kumi-*chan* par-derrière et, bloquant ses bras, tentaient de l'entraîner vers les bâtiments de l'usine.

Je n'avais pas bougé, pétrifiée par ce débordement de rage.

— Putain ! Tu n'es qu'une putain, comme nous !

Kumi rua dans la poussière, me jetant des regards furibonds. Puis, relevant le menton, elle trouva la force de meugler :

— Comment tu dis *Chōsen bbi* en français ?

Kumi bavait comme un chien enragé. Ses lèvres tremblaient. Emi s'était rapprochée de moi, mais le silence de mes compagnes trahissait des reproches brûlants. Sans la matraque sur la hanche de Mazumi-*san* et la peur qui les tenaillait, je crois qu'elles m'auraient lapidée. Enfin Kumi disparut, engloutie par le vacarme de l'usine. Sur le sol, aux pieds de Mazumi, s'étalait une tache foncée. Les gardes avaient frappé Kumi-*chan* pour la faire taire.

Nous n'étions plus que six.

Pas une seconde pendant toute la durée de l'incident l'activité du chantier ne s'était interrompue. Les pantins maigres répétaient inlassablement les mêmes gestes. Nous le savions, dans moins de dix jours nous serions comme eux. Des automates gris de poussière. Décharnés. Epuisés.

Le chantier était organisé en chaînes. Afin de briser toute complicité, Mazumi, au lieu de créer un nouveau poste, nous affecta à des lignes déjà constituées, prenant soin de nous éloigner suffisamment les unes des autres pour que nous ne puissions pas croiser nos regards. La routine s'établit. En tête un homme, ou une femme, cassait les blocs avec une pioche. Ensuite, il fallait les empiler. Les transporter jusqu'aux brouettes. Puis les convoyer jusqu'à l'arrière de l'usine. Dans le froid. Mains nues. L'estomac vide. Car nos rations ne suffisaient pas. Le Japon connaissait une grave pénurie alimentaire. Bien qu'à chaque repas on nous servît de la soupe, des boulettes de riz et du pâté de soja frit, les quantités n'auraient suffi à alimenter un nourrisson. Et comme les trois repas quotidiens nous étaient distribués en même temps, nous ne savions attendre. Quand sonnait l'heure du déjeuner, les gamelles étaient déjà vides.

Mazumi-*san* ne se révéla pas aussi dure que nous l'avions redouté. Son sort n'était guère meilleur que le nôtre. Nous travaillions en roulement de deux équipes mais elle était seule pour superviser l'ensemble des ouvrières. Elle ne dormait pas. Ou peu. Toujours en alerte. Redoutant les remontrances de ses supérieurs, vivant de leurs compliments. Plusieurs fois elle était apparue à son poste le visage tuméfié. Quand nous eûmes compris qu'elle manquait de sommeil, nous nous arrangeâmes pour lui laisser quelques minutes de calme pendant la journée durant lesquelles elle s'assoupissait. Dès qu'à la porte de l'usine apparaissait la silhouette ronde du contremaître Akeda, nous frappions nos pelles violemment sur le sol pour la réveiller. Elle se levait, chancelante de fatigue, et nous injuriait. Mais ses yeux souriaient.

A la fin du mois d'avril, il se mit à pleuvoir des trombes d'eau mais il n'était pas question d'interrompre le chantier, même si les pelletées de boue étaient plus lourdes que les pierres, même si, transies, nos mains blessées refusaient de tenir le manche de la pioche. Emi, qui, depuis Batavia, se plaignait de douleurs dans la poitrine, fut en proie à d'interminables et brutales quintes de toux qui en quelques jours épuisèrent ses forces. Livide, aussi molle qu'une poupée de chiffon, elle fut emmenée à l'infirmerie. Mais la toux ne capitula pas. A peine eut-elle repris son travail qu'elle cracha du sang. Des crachats noirs et épais qui la faisaient suffoquer. Par jeu, pour la distraire de sa souffrance, je lui avais appris des mots de français sur le chantier, pendant les pauses. Etudier sous les yeux de la surveillante et des gardes était la seule évasion que nous avions pu imaginer. Et quelle évasion ! Insolente. Impensable.

Un matin, Emi ne se réveilla pas. Son visage, figé par la mort pendant son sommeil, brillait comme un masque de gypse. Son corps inerte fut emporté tandis que nous partions au travail. Nous n'avions pas même eu le temps de fermer ses paupières. Quand nous ouvrîmes sa « boîte » à affaires personnelles, nous trouvâmes un carnet sur lequel elle avait consigné tous les mots appris entre deux pelletées. « *Pont. Liberté. Je m'appelle Emi. Nuage. Avion.* » Recopiés d'une main studieuse. Une liste de trésors. Le dernier datait de la veille. « *Ciel.* » Tracé d'une écriture rêveuse et incertaine.

Quand un être cher part, on se demande si on a su jusqu'au dernier moment lui tenir la main et l'aider à surmonter la peur du vide immense que crée la mort à son approche. Pour Emi, nous n'avions rien fait. Pas plus mes compagnes de chambre que moi. Emi avait glissé dans le néant sous nos yeux. Nous n'avions pas bronché.

Plus que les mauvais traitements, la dureté du travail ou la malnutrition, le Corps du Service volontaire puis le Travail forcé avaient développé en nous une fibre inhumaine. Un instinct de survie égoïste et monstrueux. Nous vivions les unes à côté des autres, chacune dans son monde. Seul espoir au bout des interminables journées, quand les lampes s'éteignaient, celui de passer une nuit paisible, même si le corps faisait tellement mal que le sommeil ne venait que poussé par l'épuisement.

Kumi-*chan*, Emi étaient mortes. Notre groupe, si gai en quittant Batavia, s'était désagrégé. Les claques, les coups de pied pleuvaient. Quand une fille tombait, nous ne voyions rien. Quand la surveillante sifflait, nous nous mettions en rang et partions, sans voir celles qui restaient derrière, sans écouter celles qui se plaignaient.

Au mois de mai Mazumi, reconnaissante des plages de repos que nous lui ménagions, nous fit savoir que nous disposerions d'une demi-journée de repos par semaine. Celles qui le souhaitaient pouvaient recevoir des visites.

Cette matinée de liberté, qui tomba le lundi, nous permit de rencontrer les ouvrières de l'usine. L'une d'elles, une brave femme aux yeux tristes, se proposa de laver notre linge. Parfois aussi, prise de pitié, elle nous apportait un peu de riz soigneusement enveloppé dans du papier. Mais, plus précieux que tout, elle se chargea pour quelques yens de poster notre courrier puisque le règlement prévoyait que nous puissions recevoir des lettres sans toutefois nous permettre d'en envoyer. Tetsuko écrivit à sa mère. Mais déchira la lettre. Puis recommença et manqua de papier. Les mots ne venaient pas et le courrier qu'elle envoya finalement était court et léger comme une carte postale de vacances.

J'avais ouvert ma boîte demeurée fermée depuis mon arrivée et, une à une, retiré mes possessions. Un carnet, deux crayons, l'enveloppe de Nagata, mes feuillets arrachés des *Plaisirs et les Jours*, la barrette de Mikiko et la bague d'Oki. J'avais eu tout le mal du monde à l'arracher du doigt putréfié. Oki était chrétienne. Aussi, appuyée au bastingage, avais-je ânonné une prière écorchée, faite de lambeaux d'amour et de tristesse. Puis, quelque part entre Java et le Japon, j'avais jeté dans les eaux bleues de l'océan la pochette contenant l'annulaire sectionné. Il reposait maintenant dans les fonds marins, une sépulture de sable et d'eau, impalpable et merveilleuse.

Ma première lettre, je l'adressai à Nagata, non pour me plaindre car je ne pouvais supposer qu'il m'eût trahie, mais pour l'informer du sort réservé aux travailleurs volontaires. Nagata ne tarda pas à me répondre. Dix lignes calligraphiées avec le soin méthodique des corrections sur mes devoirs d'anglais à Mokpo. Il s'avouait impuissant à me tirer de là mais me promettait de tenter son possible. J'en fus soulagée car devant les regards fourbus et pleins de reproches de mes camarades je n'aurais pas accepté un nouveau traitement de faveur.

D'ailleurs, quelques semaines plus tard, sans que rien ne le laissât prévoir, notre chantier fut décrété assez avancé pour être abandonné. Nous fûmes donc, d'un jour à l'autre, déplacées à l'atelier principal qui produisait des douilles de munitions. Non pour y travailler en tant qu'ouvrières mais pour nettoyer le sol et trier les déchets réutilisables. Un travail tellement facile après ce que nous avions subi qu'avec les premiers rayons chauds du soleil, les sourires refleurirent sur nos lèvres.

Un matin de mai, alors que nous étions déjà alignées dans la cour pour l'appel, Mazumi-*san* m'ordonna de sortir du rang.

— Kawamoto Naomi, visite.

Une visite. Incapable d'imaginer qui pouvait souhaiter me rencontrer, je redoutai tout à coup que Fujiwara n'eût retrouvé ma trace. L'un des gardes du chantier me conduisit au parloir, situé dans l'un des bâtiments que nous avions traversés à notre arrivée, entouré d'un important dispositif de sécurité. De la fenêtre, on voyait la grille, les guérites et une arrière-cour encombrée de poubelles, de seaux et de détritus. Puis, au loin, la ville de Hiroshima. Une marée de toits marron et de saules nichée contre l'horizon. Au milieu de la salle, entièrement nue hormis une table de fer et deux chaises, se tenait un homme. Large d'épaules, légèrement voûté comme tous les hommes de grande taille. Däberitz.

J'allais lui sourire quand la consternation effrayée de son regard me figea dans un geste esquissé. Immobile devant la chaise, j'avais eu l'impression de subir une humiliante inspection. Son regard alla lentement de mon pantalon déchiré à mes mains calleuses, puis s'attarda sur mon visage blanc de poussière de pierre, sur mes cheveux coupés au-dessus des oreilles. J'eus envie de me cacher, de disparaître sous terre. Puis je sentis la colère me piquer à la gorge.

— C'est pour éviter les poux ! Vous savez ce que c'est en Allemagne, n'est-ce pas ?

— Oui, avait-il répondu, à peine désarçonné par cette étrange entrée en matière. Bien sûr que nous avons des poux.

Il avait baissé la voix et d'un air de conspirateur, poursuivi en allemand : *Dafür hat der Führer neue Wörter : bei uns in Deutschland nennt man sie Juden und Zigeuner !*[1]

Une dérision qui devait toujours au long des années nous sauver de malentendus ou de situations embarrassantes. Le rire de Däberitz avait résonné comme dans les jardins de Boh. Irrésistible.

Nous disposions d'une heure en tête-à-tête. Nagata lui avait donné mon adresse avant de partir et l'avait prié de prendre soin de moi. Däberitz m'apprit qu'en Europe, l'Allemagne venait de capituler, Paris avait été libéré et que bientôt, il s'en était excusé, il rentrerait dans son pays. Nous avions

1. Le Führer leur a trouvé de nombreux noms : chez nous en Allemagne on les appelle « juifs » ou « tsiganes » ! (all.)

à peine eu le temps de nous retrouver, la porte s'était ouverte, annonçant la fin de l'entretien.

Toute la semaine, je me sentis fébrile, nerveuse, comptant les jours et les heures jusqu'au prochain parloir. Pensant à toutes les questions que je lui poserais, me reprochant d'avoir été trop distante, craignant même qu'il ne s'en fût offusqué. Däberitz revint, cette semaine et les suivantes. Avec une ponctualité jamais prise en défaut. Chargé de provisions dénichées au marché noir, du riz, des légumes, des fruits séchés, du savon. Et même une branche fleurie arrachée à un arbre au bord de la route. Je protestais. Däberitz insistait. Ma timidité du premier jour s'était évanouie. Chaque fois nous basculions dans un autre monde. L'heure accordée fuyait si vite que lorsque le gardien frappait à la porte, nous nous rebellions, certains que le temps ne pouvait s'évanouir à notre insu.

De quoi parle-t-on pendant une heure ? On voudrait raconter sa vie, ses émois, mais les minutes s'écoulent qui ravissent aux mots leur sens. Alors on épuise les anecdotes quotidiennes, mais que décrire qui ne fût pénible à entendre ? Souvent, sottement, nous bavardions de choses aussi futiles que l'exiguïté du parloir ou l'inconfort des chaises. Pourtant, quand nous devions nous séparer, Däberitz me prenait les mains et les tenait longuement en les pressant entre les siennes. En quelques instants, nous en apprenions plus l'un sur l'autre que pendant toute la durée du rendez-vous. Un jour il m'embrassa sur la tempe. Un baiser furtif, léger, dont le souvenir sur ma peau m'aida à tenir jusqu'au rendez-vous suivant. Je ne vivais désormais plus que pour les visites du lundi.

Däberitz avait peur de rentrer dans son pays, peur de ce qu'il trouverait là-bas. Dans son Allemagne natale. Peur des ruines. Des absents. Déportés dans des camps. Disparus. Morts. Torturés. Il se sentait coupable d'avoir échappé au destin des siens. Alors, pour calmer sa conscience, il parlait des livres qu'il écrirait à son retour, des articles qu'il publierait. Quand le sujet, trop lourd, nous épuisait enfin, il me racontait les films qu'il avait vus autrefois à Berlin, à Munich ou à Shanghai et pour me faire rire émaillait ses commentaires d'exclamations en allemand, prononcées avec une force pleine de vie et de gaieté :

— *Fantastisch ! Wunderschön ! Na ja ? Unglaublich !*[1]

Les mots, en s'échappant de sa bouche, avaient une rondeur généreuse, une saveur vigoureuse et saine qui m'entraînait à l'autre bout du monde. Je me sentais bien en compagnie de Däberitz. Son étrange odeur qui m'avait déplu en Malaisie ne me dérangeait plus, non plus que ses gestes trop familiers. Au contraire. Je lui racontai ma vie. Mon enfance à Keijō, le rapt à Mokpo puis l'infernal engrenage, Mukden, Fujiwara, Kaneko, Nagata et Oki. Däberitz me dit qu'il travaillait comme correspondant pour un hebdomadaire à qui il envoyait des articles. Le gouvernement japonais, soucieux de rectifier l'image de cruauté qui ternissait sa réputation, l'avait invité dans un camp de détention modèle à Hiroshima. Le seul peut-être de tout le Japon, nettoyé spécialement pour sa venue, peuplé

1. Fantastique ! Merveilleux ! Vraiment ? Incroyable ! (all.)

de prisonniers américains et chinois, vêtus de splendides tenues de coton blanc immaculé.

Un jour, Däberitz m'annonça qu'il devait se rendre à Kōbe afin de rencontrer des diplomates étrangers. J'hésitai, puis me résolus à lui parler de ce coin d'enfance où nul hormis moi n'avait jamais pénétré.

— Je suis française. Mon père est français.

J'avais, en prononçant ces quelques mots, ressenti un plaisir immense et confus. Däberitz ne parut pas surpris et m'avoua qu'il m'avait toujours trouvée trop grande, trop charpentée pour une Coréenne. C'est alors qu'il gâcha tout. Il m'affirma suffisamment connaître les milieux diplomatiques français à Tōkyō pour se renseigner. Quand j'aurais dû me montrer reconnaissante, je regrettai de m'être confiée. Je le dévisageai avec hargne. Comment pouvait-il croire que mon père ait participé au régime de ce félon de maréchal Pétain ? Jamais, jamais, je le savais, si son sang coulait vraiment dans mes veines, ce père n'aurait trahi son pays. Je pensai à mon beau-père et ses courbettes mielleuses devant l'occupant. Non, mon père, mon père français n'était pas ainsi ! Je me mis en colère et insultai Däberitz.

Décontenancé, il baissa la tête et quitta le parloir.

Däberitz partit comme convenu pour Kōbe. Ne le voyant pas réapparaître la semaine suivante à l'usine, je me reprochai mon éclat, mon manque de confiance. Trois semaines s'écoulèrent sans que mon nom fût appelé. Même Mazumi-*san* sembla inquiète pour moi. Je redoutais les bombardements qui avaient repris, plus violents, plus systématiques et cruels que jamais, visant les populations civiles, cherchant à terroriser les femmes et les enfants.

Un lundi du mois de juin, Däberitz revint enfin. Amaigri et fatigué. Accompagné d'un homme, Alfred Varat, un Français installé dans la région depuis plus de vingt ans qui prétendait pouvoir retrouver la trace de mon père. Un négociant qui considérait l'Asie comme un gros village. Il en connaissait chaque ville, chaque fleuve, chaque montagne et, pour m'impressionner, se fit fort de me citer de mémoire tous les officiels en poste en Indochine depuis plus de dix ans. L'homme et sa rondeur orgueilleuse m'irritèrent aussitôt.

Par pitié pour la peine que Däberitz s'était donnée afin d'organiser cette rencontre, je lui parlai toutefois des révélations de grand-père à Mokpo, des silences de ma mère quand j'étais enfant, de la famille de mon beau-père. Mais quand au nom de Gresnier Varat afficha un air de collégien pris en flagrant délit de tricherie, mon espoir retomba tout à fait. Avant de prendre congé, il s'embarrassa d'excuses ampoulées mais me promit de poursuivre ses recherches.

L'irruption soudaine de mon passé dans ma vie quotidienne me troubla. Plusieurs nuits durant, je ne trouvai pas le sommeil. Je revis Kyoko pendue au sein de ma mère et en conçus une jalousie brûlante.

Varat revint une seconde fois. Pour me montrer sa bonne volonté, il avait ouvert un cahier d'écolier sur lequel il avait consigné les renseignements que je lui avais fournis. Il voulait que je lui parle de ma mère. Je refusai, certaine malgré l'insistance de Däberitz que ce petit homme mou ne saurait m'être d'une quelconque utilité. Varat repartit donc, bredouille, son dossier inachevé sous le bras. Quand il me salua, il insista pour me serrer la main, « à la française ». Le contact de sa paume moite contre la mienne me révulsa et je remarquai que le dossier qu'il avait glissé sous son bras était humide de transpiration. Un demi-cercle sombre marquait la reliure cartonnée. Mon regard fut sans doute tellement méprisant que Däberitz, pourtant toujours d'humeur égale, s'irrita. Il me traita de capricieuse, de gamine gâtée, mais réapparut le lundi suivant comme si rien ne s'était passé.

L'été avait commencé, chaud et lumineux.

Pendant tout le mois de juillet, il me sembla qu'à chacune de ses visites Däberitz voulait me parler. Plusieurs fois je crus déceler une pointe de tristesse dans sa voix. Une colère sourde avait envahi mon cœur. Non pas dirigée contre Däberitz mais contre moi. Je m'en voulais de ne pouvoir répondre à l'attente de cet homme si patient, si dévoué, mais trop entière au plaisir égoïste de ses visites, je ne pouvais me résoudre à le détourner de ses illusions.

Au cours du mois de juillet, sentant que notre relation s'engageait dans les méandres d'un amour sans espoir, j'essayai à demi-mot de lui faire comprendre que je ne l'aimerais jamais que comme un frère, un merveilleux ami. Jamais je ne saurais plus accepter l'amour d'un homme, le contact brutal de paumes masculines sur ma peau. Il hocha la tête et parut comprendre. Puis m'assura qu'il attendrait le temps nécessaire. La fin de la guerre. L'oubli des blessures. Je n'eus pas le cœur de le rejeter. Finalement, avec un peu de résignation dans la voix, il m'annonça qu'il se rendait à Tōkyō avant de retourner chez lui, en Allemagne. Il me donna donc rendez-vous le premier lundi du mois en me promettant « une petite surprise » pour son retour et partit sans se retourner.

Le lundi 6 août, je fus convoquée au parloir après le repas du matin. De la petite fenêtre, je regardai en direction de la grille, cherchant avec impatience sa silhouette. Au dortoir, mes compagnes avaient raillé mon impatience. Le soleil brillait. Chaud et immobile. A ma grande déception je ne distinguai que le costume blanc avachi de Varat. Le petit Français marchait en se dandinant, planté sur ses mollets trapus et tentant de faire ressortir son torse. Il était accompagné d'un autre homme, aussi grand que Däberitz mais plus maigre, à la peau burinée des hommes qui travaillent au grand air. Les deux hommes semblaient avoir des problèmes pour passer le poste de garde.

L'air était frais. Limpide. Enfin, je vis le gardien ouvrir la petite porte sur le côté de la grille. Varat, qui regardait en direction de la fenêtre du parloir, m'aperçut et me fit un signe fébrile de la main. L'homme à ses côtés regardait autour de lui et avançait, d'un pas légèrement indécis. Il portait un pantalon gris à pinces, une chemisette blanche et une serviette sous le bras. Varat lui expliquait quelque chose en gesticulant. Ils semblaient au cœur d'une discussion houleuse car je vis Varat s'arrêter et faire mine de repartir. L'homme alors se mit à marcher plus rapidement en direction du parloir. Il avait levé les yeux vers la fenêtre où je me trouvais. Je le vis tendre les bras et ouvrir la bouche. Mon cœur bondit. Le nez collé contre le grillage j'essayai de distinguer ses traits. Il me sembla qu'il souriait, un sourire qui me fit fondre. C'est alors que l'air prit une curieuse teinte bleue, puis rose. Et mauve enfin. Comme une aquarelle d'enfant.

Au-dessus de la ville je vis un magnifique arc-en-ciel déchirer le ciel et repousser les nuages. Une écharpe. Non, une colonne mouvante, déclinant une foule de couleurs étincelantes. Eblouissantes. Et puis j'ai senti une curieuse sensation de chaleur dans mes jambes. Une chaleur intense et silencieuse qui venait de nulle part. Il m'a semblé que je ne pouvais plus ouvrir mes paupières ni les fermer. Que ma peau se gonflait comme un ballon. Non, comme une volaille qui rôtit devant des braises invisibles. Puis un souffle puissant me projeta à l'extérieur. Avec le toit. Les murs. Les grilles et une foule d'objets qui s'abattirent en pluie sur le sol. Au-dessus de la ville s'élevait une spirale de flammes et de fumée, surmontée d'une ombrelle de nuages blancs dont le cercle ne cessait de croître.

C'est le silence qui m'a réveillée. Un silence plein de bruits confus, de pleurs, de larmes, de gémissements. J'étais allongée sous un amas de gravats, de planches en équilibre qui formaient au-dessus de mon visage et de ma poitrine une voûte improvisée.

J'essayai de bouger un peu, mais craignant que tout ne s'effondrât sur moi, je fermai les yeux de nouveau. Quand je les ouvris, quelqu'un m'avait dégagée, à moins que je n'aie rampé inconsciemment car j'étais allongée un mètre plus loin, protégée par l'embrasure d'une porte maintenue en équilibre grâce à un curieux empilement d'objets hétéroclites provenant de l'usine. Je me souviens d'avoir reconnu l'une des presses de l'atelier, renversée, écrasée sur le sol, pliée par une main monstrueuse. Ou plutôt fondue comme un savon oublié dans l'eau. Je me sentais bizarre. J'avais froid et étendis le bras pour me couvrir avec ma robe qui pendait le long de mes jambes. Je tressaillis. Ce que j'avais pris pour du tissu était un lambeau de peau sur ma cuisse. Tout à coup je compris qu'il venait de se passer quelque chose de terrifiant. Quelque chose qui me dépassait. Je pensai aux bâtons de napalm que la femme, sur le quai de gare à Kasuni, nous avait décrits avec terreur. Mais une bombe incendiaire pouvait-elle projeter une machine-outil aussi volumineuse qu'une presse à plus de cinquante mètres de son lieu d'origine ? Le feu pouvait-il fondre si parfaitement le métal ?

Du silence s'éleva alors un gargouillis. Le bruit d'une fontaine qui coule. Non, d'un liquide qui bouillonne. Quelque part sous les gravats. Je vois une main. Ou ce qui reste d'une main car les doigts sans peau semblent liés entre eux. L'air sent la mort. La mort a une odeur de métal fondu. Ou de poisson. Et puis un cri perçant, aigu, déchire l'obscurité. Un cri de vie. Un vagissement. Le vagissement d'un nourrisson. Distinct, furieux, rageur.

Je parviens à ramper dans la pénombre et mes mains qui tâtonnent touchent une boule chaude, gluante. Mes doigts fouillent l'obscurité. Sous ma paume, je reconnais un corps minuscule. Un corps de bébé qui gigote, cherche de l'air, ouvre sa bouche embarrassée de mucosités. Alors soudain je comprends. Ou plutôt je ne comprends pas. Je deviens animale. L'air est noir, chaud. Une fournaise. Avec les dents, je coupe le cordon ombilical. Mon pouls s'accélère. J'ai peur de lui faire mal. Je dois sauver cet enfant. Je halète. Le bébé a peine à respirer. Il crie pourtant sa rage de vivre au milieu de cet enfer. Alors j'aspire, je lèche, je masse, malaxe et le serre contre moi, minuscule, fragile. Son cœur contre le mien, sa peau contre la mienne. Il se réchauffe mais tourne la tête vers ma poitrine et crie de plus belle. Ses cris me font vivre. Avec les doigts, je gratte les gravats pour dégager la mère inerte. Elle est encore chaude mais son visage sous mes doigts est méconnaissable. Je fourrage, gratte encore la terre, racle le sol, enlève les débris et découvre la poitrine dans laquelle l'étoffe du kimono s'est incrustée. Un tatouage de tissu. La poitrine est intacte. Gonflée et lisse comme un galet. Je m'allonge, le bébé contre moi, et place sa tête près du sein maternel. Le bébé tourne son visage et tète. Avidement. Goulûment. Le sein mort. Puis je sombre de nouveau. Quelqu'un m'a retirée des décombres. Je suis allongée dehors, près d'un camion couché sur le flanc.

La ville qui, tout à l'heure, s'étalait devant moi, en contrebas dans la vallée, a disparu. Je ne vois plus rien. Rien qu'une étendue à l'infini de ruines fumantes. Un chaos gigantesque. Indescriptible. Silencieux. Malgré les hurlements qui montent spasmodiquement de silhouettes immobiles se traînant en zigzaguant au milieu des décombres. Je regarde mes jambes. Je suis blessée. Ou plutôt écorchée.

Ma peau a disparu jusqu'au-dessus du genou. Quelque chose remue dans ma chair. Des nuées de mouches s'agglutinent sur ma peau insensible. Mais contre moi, je sens ce petit corps chaud. Le bébé. Si parfait, si merveilleux. On dirait un petit singe. Avec des poils qui courent le long de son dos. De ses oreilles minuscules et transparentes.

Il remue les mains, fronce le nez comme un loir qui ne parvient pas à ouvrir les yeux. Sa bouche cherche, se fripe, aspire l'air. Je lui offre mon sein. Il s'agrippe, s'arc-boute pour boire et rejette la tête en arrière, furieux d'être trompé. La mimique est si humaine, si coléreuse que je ris. Je ris et je pleure en même temps. Le monde s'est arrêté et me voilà mère. Cet enfant est le mien. Je le serre contre moi, respire son odeur. Tu es à moi. Ma vie. Mon espoir. Pour toi je vivrai. Même si le monde sombre. Je t'appellerai Kimiko. Fille de l'Espoir. Tu t'endors, mon enfant. Dors ! Je regarde autour de moi. Cette maudite colline que nous avons eu tant de mal à aplanir a resurgi du sol tandis que l'usine a disparu. Aplatie. Envolée. Je ne peux même imaginer où sont passés les bâtiments. Et tous les ouvriers qui y travaillaient ? Tokiko ? Sachiko ? Tetsuko ? Des dortoirs il ne reste qu'un fragment de mur chancelant. Je reconnais une croix jaune. Je vois des corps sur le sol. Des tas carbonisés identifiables grâce aux lambeaux de tissu encore accrochés qui volettent. Et mes yeux se tournent vers la guérite. Mes visiteurs. La guérite a disparu. Les grilles ont été couchées sur le sol. Deux formes noires semblent fondues dans la terre. Je me souviens. Cet homme marchant vers moi. Tendant les bras. Je me souviens des dernières paroles de Däberitz : « Tu verras, je t'ai préparé le plus merveilleux des cadeaux. Une petite surprise. » Je n'y avais pas prêté attention. Un jour il m'avait promis un cadeau et offert une bouteille de parfum français. De chez Caron. L'étiquette m'avait enchantée. Mais nous les Coréennes nous n'aimons pas les parfums, et le bouchon que j'avais ouvert par politesse sentait tellement mauvais que j'avais eu du mal devant les yeux étonnés et vaguement déçus de Däberitz à cacher ma déception. Alors une surprise ?

Cet homme. Je tremble. Est-ce possible ? Mon père ? Mon père ? Däberitz et ce Varat avaient-ils retrouvé mon père ? Cet homme en chemisette blanche passant le poste de garde. Mon père ? Je tremble tellement que toi, mon enfant, tu te réveilles. Tu t'étires. Déplies tes doigts et les refermes sur ma peau. Que tu es forte, ma fille ! Non, je ne fuirai pas. Je ne t'abandonnerai pas. Je pense à ta mère. Cette femme enfouie sous les décombres. Qui était-elle ? Peu importe. Je suis là. Bientôt tu vas comprendre que ce sein que tu suces désespérément est tari. A sa source même. Non, tu te rendors. Chair contre chair. Les doigts crispés sur mon sein. C'est de l'amour que tes lèvres, ta langue puisent dans la chaleur de mon corps. Ton cœur bat avec le mien. Mon enfant. Mon enfant.

Je ne peux pas bouger. Mes jambes pèsent contre le sol. Mais elles sont insensibles. De l'étendue de gravats ont surgi des silhouettes qui avancent en titubant. Des fantômes ivres. Je ne peux dire s'il s'agit d'hommes ou de femmes. Parfois ils sont nus. Leur peau noire exhale une insupportable odeur de putréfaction. D'une bouche invisible, boursouflée, qui occupe presque tout le visage, jaillit parfois le nom d'un frère, d'un mari ou d'une fille. Une femme s'approche de moi.

Dans le contre-jour je ne distingue pas ses traits, mais ses mains grêlées de points noirs tiennent un amas rosâtre qui s'échappe sans cesse de ses doigts et coule sur le sol. A chaque pas elle se baisse, ramasse le curieux écheveau et reprend son chemin. Elle a croisé mon regard et me souffle d'une voix éraillée :

— Dites à ma fille que je suis vivante.

Puis elle s'effondre. A quelques mètres de moi. Ses mains lâchent la masse visqueuse qui se répand avec un bruit de succion. Ses intestins. Je cherche des yeux sa fille. L'a-t-elle vue ? Où est-elle ? Qui est-elle ? Comment le saurais-je ? Je m'assoupis, mon enfant contre moi. Kimiko, mon amour. Une voix me tire de mon sommeil.

— Nom, prénom !

Une femme, calepin à la main, et un homme en tenue militaire se tiennent devant moi.

— S'il vous plaît, répondez ! Nous recensons les blessés. Vous travaillez à l'usine ? Nous allons vous soigner !

Je pense : « Avec quoi ? » La femme s'impatiente.

A quelques mètres, un corps allongé sur le sol lève la main et appelle.

— Votre nom ?

Je m'entends répondre : « Gresnier Sangmi. »

La main de la femme hésite. Ses cils battent. Elle m'observe l'air étonné. J'épelle mon nom. Posément. Avec une jouissance infinie.

— Gresnier. G.R.E.S.N.I.E.R. Non ! je ne suis pas un prisonnier de guerre américain ! J'annonce fièrement : « Française. Nationalité française » et j'ajoute : « Notez aussi le nom de ma fille, Kimiko. Elle est née ce matin à huit heures quinze. J'ai accouché quand la bombe a explosé. »

La bombe.

J'ignore encore que l'engin monstrueux qui a explosé au-dessus de Hiroshima est une bombe atomique. D'ailleurs personne ne sait ce qu'est une bombe atomique.

La femme est troublée. Elle regarde le camion venu chercher les blessés. Classés en deux catégories : convoyables ou non. Elle jette un coup d'œil à son collègue qui hisse un homme à l'intérieur. Et crie :

— Tu as encore de la place ?

Echange de regards. On me jauge, je le sens bien. Est-ce que je « vaux le coup » d'être embarquée ?

L'homme répond de loin :

— Non, il y en a tellement que je dois les entasser !

La femme m'observe. Tourne la tête vers les autres corps alignés sur le sol qui attendent leur tour en gémissant. Elle évite mon regard.

Et alors, toi mon enfant, tu as compris. Tu as compris qu'on va nous abandonner là, dans les gravats de Hiroshima. Nous allons mourir. Mais tu ne veux pas mourir, tu ne connais rien du monde. Tu te retournes et tu pleures, rouge de colère. Tes pieds s'agitent et, dans ta fureur, tu te griffes les joues. Tes hurlements redoublent, emplissent l'air immobile. Mon Dieu, Kimiko, tu cries si fort !

La femme tripote son crayon.

— On les prend. Une femme et son enfant !

Je suis sauvée. Nous sommes sauvées.

Pikadon

Je fus transférée dans un hôpital à une trentaine de kilomètres de Hiroshima. J'y demeurai quatre mois avec ma fille. Aucune de mes camarades de l'usine n'avait survécu. Mazumi-*san* non plus. Seul l'un des gardiens des parloirs avait échappé à la mort. J'étais une miraculée, sauvée de l'enfer par un nouvel enfer.

Le mercredi 15 août 1945, dans l'après-midi, la voix nasillarde de l'empereur Hirohito résonna dans les foyers, annonçant la capitulation du Japon. Des gémissements avaient jailli et les larmes coulé. Mais les femmes avaient soupiré de soulagement, serrant leurs enfants dans leurs bras. Le Japon avait perdu la guerre. Chacun avait deviné le sens du discours. Même si les mots de l'empereur qui, pour la première fois, s'adressait directement à son peuple étaient incompréhensibles, exprimés dans la langue des dieux :

« *L'ennemi a commencé à faire usage d'une arme bombe nouvelle et très cruelle, mutilant et massacrant des populations innocentes. Continuer la guerre conduirait non seulement à l'anéantissement de notre nation, mais encore verrait la destruction de la civilisation humaine. C'est notre vœu d'ouvrir une ère de grande paix pour les générations à venir, en souffrant l'insouffrable, en supportant l'insupportable...* »

J'ignore pourquoi je survécus. Je n'avais que peu de blessures externes, hormis mes jambes, brûlées au troisième degré. Des genoux aux reins, ma peau avait fondu. En quelques instants, le souffle mortel de la bombe avait effacé les cicatrices infamantes de mon numéro d'immatriculation. 2444. A la place, s'étendait une plage boursouflée de chéloïdes carmin qui demeura, malgré les soins, les pommades et les massages, toujours horriblement douloureuse, même des années plus tard, après que des chirurgiens m'eurent greffé une nouvelle peau taillée sur mon ventre. Mes nerfs, semble-t-il, avaient gardé la mémoire d'une souffrance extrême. Chaque mouvement réveillait leur sensibilité, me plongeant dans cet océan de souffrance, d'élancements horribles que les médecins appellent sans grande considération « algies fantômes ».

Kimiko, mon enfant, ne portait aucune marque visible d'irradiation. Protégée par la barrière corporelle de sa mère et du liquide amniotique, elle avait, elle aussi, miraculeusement échappé aux griffes de la mort. Quand je quittai l'hôpital, elle avait six mois, éclatait de rire en regardant les feuilles des arbres bouger et rayonnait de vitalité. Même si parfois ses yeux s'assombrissaient d'une lueur tragique, conférant à son visage rond de nourrisson un sérieux accusateur et dérangeant que toute sa vie elle conserva. Ceux qui ignoraient l'enfer de sa naissance l'attribuèrent à une vanité féroce étrangère à sa nature. Nous étions, Kimiko et moi, ce que par la suite historiens et journalistes appelèrent « *hibakusha* ».

Des survivants de l'apocalypse atomique. Des survivants du *pikadon*. Un curieux mot signifiant un éclair fulgurant et une déflagration assourdissante. Bruit et lumière.

Däberitz, qui se trouvait à Tōkyō quand la forteresse volante *Enola Gay* lâcha Little Boy au-dessus de Hiroshima, eut tout le mal du monde à retrouver ma trace. Il cherchait une Coréenne, Kim Sangmi, ou une Japonaise, Kawamoto Naomi. Comment aurait-il deviné que mon nom figurait sur le registre des blessés de nationalité étrangère ? Il cherchait une femme seule. Comment eût-il soupçonné que j'avais été inscrite sous la mention « mère et sa fille » ?

L'amour, le hasard et la persévérance guidèrent ses pas. Däberitz arriva un mardi à l'hôpital impérial de la préfecture de Hachifuro. Je me rappelle son visage étonné quand il vit Kimiko dans mes bras, blottie contre ma peau. Ses yeux exprimèrent alors une surprise joyeuse qui se mua en larmes quand Kimiko resserra les doigts sur sa main. Nous ne parlâmes guère. Aucun mot n'aurait su décrire le mélange d'émotions qui nous avait saisis. Une seule chose s'imposait à nous. Vivre. Nous voulions vivre. Obtenir ce à quoi tout être humain peut prétendre en ce monde.

Nous quittâmes l'hôpital le lendemain. Däberitz avait apporté un couffin pour Kimiko. Où, dans toute cette désolation, l'avait-il trouvé ? Il avait insisté pour y déposer Kimiko lui-même et c'est avec une tendresse infinie qu'il avait rabattu les coins du lange et placé un hochet de bois dans ses mains. La veille au soir, avant de partir, il m'avait demandé si Kimiko voulait de lui comme père.

— Sangmi, avait-il aussitôt ajouté, ne me laissant pas le temps de répondre, ma question s'adresse à Kimiko. Cet enfant a trouvé une mère. Offre-lui un père. Nous saurons nous accommoder du reste, n'est-ce pas ?

Un amour timide et bourru rayonnait dans ses yeux. Je ne l'aimais pas mais éprouvais une confiance infinie en lui. Un homme discret qui m'avait accompagnée tout au long de ces dernières années sans jamais demander quoi que ce soit en échange de sa gentillesse. D'ailleurs, nous les Coréens, possédons deux mots pour traduire le terme amour : « *sarang* », l'amour passion, l'amour fou, celui qui m'avait unie à ma tendre Oki ou à Lao Bang, mon frère de papier ; et « *jeong* », qui désigne le sentiment affectueux et tendre présidant aux destinées d'un couple.

Je devins madame Ralf Däberitz-Blumberg le 13 décembre 1945. Blumberg était le nom véritable de la famille de Ralf. Avant la guerre et les rafles de Juifs. Aaron Josh Blumberg. Il reprit son identité mais je continuai à l'appeler Ralf.

La cérémonie, célébrée dans un petit bureau du consulat provisoire d'Allemagne à Tōkyō, fut ratifiée par deux témoins inconnus. Une secrétaire et un greffier. Je portais un pantalon large de lin dissimulant les bandages enroulés autour de ma taille, et tenais Kimiko dans mes bras. Quelques minutes après avoir signé le cahier des mariages, nous fîmes enregistrer Kimiko comme notre fille légitime.

Ralf, avant de quitter le Japon, me confirma que l'homme aperçu devant les grilles de Hezai-Nippon était bien mon père, Henri Gresnier, retrouvé par ce Varat dont j'avais tant méprisé les efforts. Mon père, m'apprit Ralf, ignorait qu'il avait une fille. Rejeté par grand-père ce jour où il s'était présenté à la maison de Heonni-dong afin de demander la main de Minja, ma mère, il ne s'était pas tenu pour vaincu et avait tenté tout ce qui était en son pouvoir pour faire céder ma famille. Mais grand-père, inflexible, avait même joué de ses appuis politiques dans les milieux étrangers pour faire muter hors de Corée ce prétendant indigne de sa fille unique. Autour de lui, mon père n'avait trouvé aucun appui, aucune bienveillance. D'un côté comme de l'autre, un diplomate occidental épousant une Coréenne tenait du grotesque.

Il avait désespérément tenté de revoir Minja. Il lui avait écrit. Avait supplié grand-père d'au moins l'autoriser à prendre congé d'elle honorablement avant de partir pour la Chine où il venait d'être nommé. Grand-père était demeuré sourd à ses appels. Il lui avait simplement fait savoir que Minja était mariée. A compter de ce jour où il avait quitté la Corée et son amour, mon père, persuadé que ma mère elle aussi l'avait renié, avait d'abord tenté d'oublier son chagrin en se plongeant dans le travail comme un forcené. Puis l'alcool et les femmes de petite vertu étaient entrés dans sa vie. Il avait quitté le monde de la diplomatie et travaillé comme journaliste, offrant ses articles au plus offrant.

Quand Varat avait retrouvé sa trace, mon père avait renoncé à l'alcool et à sa vie d'aventurier. Il enseignait le français dans un collège privé de Tōkyō, souffrant de l'ostracisme qui régnait depuis le début de la guerre entre les Etats-Unis et le Japon. Incrédule, il avait pleuré en apprenant qu'il avait une fille puis, sans hésiter, avait suivi Varat jusqu'à Hiroshima.

Nous quittâmes le Japon le 28 janvier 1946. Et nous installâmes à Francfort. Une ville grise, immense et triste. Une étendue de ruines que nous arpentâmes en silence. La maison où avait autrefois vécu la famille de mon époux avait disparu. La rue, le quartier de son enfance étaient méconnaissables. Ralf, les poings serrés, me montra ce qui restait de son école. Un fronton lépreux, criblé de points noirs.

Il réussit à localiser une tante qui avait échappé à l'holocauste. Liselotte Blumberg. Une charmante femme, un univers de rondeurs et de douceur, au visage encadré de boucles rousses, qui nous hébergea une année entière dans un petit appartement sous les toits de la Kaiser Straβe, le temps pour Ralf de trouver un emploi de correcteur dans une imprimerie. Le temps aussi de découvrir que ses parents, ses frères et sa petite sœur Sarah avaient péri en déportation à Auschwitz et Buchenwald.

En avril 1946, Ralf insista pour faire ajouter son prénom à celui de Kimiko qui apparut désormais sur le registre d'état civil sous le nom de Kimiko, Sarah Blumberg, née de Kim-Gresnier Sangmi et Blumberg Aaron, Josh.

Je mis plus de quatre ans avant de recouvrer ma santé.

En proie à des crises de fatigue inexpliquées, je m'efforçai au cours de ces années d'oublier mon enfance brisée et d'offrir à Kimiko l'amour qui m'avait été enlevé. J'ignore si je parvins à jamais être la mère que j'aurais souhaité avoir. Je m'y appliquai de toutes mes forces, passant des heures avec cette enfant gaie et timide. Je lui chantais des comptines de mon pays, peignais avec elle les pentes du mont Fuji et lui récitais des fables de La Fontaine. Un monde sans frontières, simple et merveilleux.

Kimiko, de santé fragile, entra à l'école au printemps 1951. Le lapin de Pâques avait déposé des œufs multicolores sur le rebord de la fenêtre. Je regardai mon enfant partir vers la « grande école » le cœur serré. Dans le système éducatif allemand, les cours n'ont lieu que le matin de sept heures et demie à l'heure du déjeuner. L'après-midi est réservé aux activités extrascolaires, sport ou musique. Kimiko manifesta très vite l'envie d'étudier le violon. Ralf insista pour commander un petit violon à Mittenwald et Kimiko passa dès lors l'essentiel de son temps libre à s'exercer à pizzicati et martelés au conservatoire de la ville.

Je profitai de ces journées soudain libres pour reprendre une activité d'interprète. J'avais ajouté l'allemand au nombre des langues étrangères que je maîtrisais et obtins sans mal un poste de traductrice assermentée auprès du tribunal de Francfort.

Aux yeux de tous, nous étions une famille hors de l'ordinaire mais heureuse. Ralf rentrait le soir, fourbu, mais s'arrêtait souvent à la librairie pour m'acheter des livrets de poésie. Puis, avec patience, il surveillait les devoirs de Kimiko et pliait avec elle du papier cartonné sur la table de la cuisine, pour faire des avions. Parfois nous recevions des amis. J'avais coupé mes cheveux et, pour cacher la peau abîmée de mes jambes, portais des pantalons fuseaux alors à la mode. « Ralf a tant de chance d'avoir une aussi jolie famille, *Mein Gott ! So eine süsse Familie !* », répétait inlassablement tante Liselotte.

La guerre de Corée débuta le 25 juin 1950. Trois jours plus tard, les troupes du Nord envahirent Séoul. Quand le conflit s'acheva, en 1953, Kimiko allait avoir huit ans. Tante Liselotte, ayant vu mon regard troublé par les photos en première page des journaux, s'était étonnée :

— Sangmi, je vous croyais chinoise ! La Corée, vous connaissez ?

J'avais souri et Ralf sermonné sa tante. Malgré ses instances, j'avais depuis notre installation en Allemagne refusé de retourner dans ma patrie et même d'en parler.

Le 11 janvier 1956, à quatre heures, un coup de téléphone me surprit à mon bureau au tribunal. Ralf s'était fait renverser par une voiture en sortant de l'imprimerie. Quand je me présentai à l'hôpital, les rideaux de sa chambre avaient été tirés et son lit était vide.

Ralf fut enterré le 15 janvier. A la synagogue, tante Liselotte chanta une mélodie en hébreu. Kimiko l'accompagna au violon.

Ralf, mon Dieu, Ralf... Pourquoi étais-tu parti ? Une honte immense me submergea. Ralf, mon époux... Jamais je ne lui avais dit ces mots qu'il attendait tant. Jamais je ne lui avais dit que je l'aimais. Jamais je n'avais partagé ses nuits, dormant avec ma fille de l'autre côté du couloir. Voletant autour de lui comme un papillon qui jamais ne se laisserait saisir. Parfois, le soir, il soupirait. Mais toujours et encore, il comprenait, se contentant d'un baiser effleuré sur les joues, d'une caresse furtive. Et il retrouvait son allant, sa joie. « *Mach dir doch keine Sorgen, mein Schatz*[1]… » Mille fois Ralf m'avait répété qu'il m'aimait. Timidement. Tendrement. Passionnément. Mille fois j'avais en silence posé ma tête sur son épaule et attiré Kimiko contre nous. Ralf m'avait tout donné et il était parti.

J'étais seule maintenant. Seule face à ma vie brisée et reconstruite comme un puzzle géant, avec ma fille, une adorable écolière, qui pleurait le départ de son père.

« *Mein Papa ist weg, nicht wahr ?*[2] »

A la mort de Ralf quelque chose se brisa en moi. Je me souviens d'un petit déjeuner où toi, ma Kimiko, tu révisais tes leçons avant de prendre le chemin de l'école. J'avais comme à mon habitude saisi le journal, un quotidien japonais auquel je m'étais abonnée depuis que régulièrement j'effectuais des traductions pour la presse. Un entrefilet en quatrième page avait attiré mon attention :

« *Le colonel Ishii, éminent praticien connu pour ses recherches en biologie, s'est éteint à un âge vénérable à Nagoya, dans le calme de sa demeure familiale, entouré de son épouse, de ses enfants et de ses petits-enfants. Nous nous souviendrons de ses travaux qui lui ont valu une reconnaissance internationale. Récemment, il s'était rendu à Fort Detrick, dans le Maryland, afin de donner des*

1. Ne te tracasse pas, mon amour…

2. Mon papa est parti, hein ?

conférences aux spécialistes de la communauté scientifique militaire américaine. Nos condoléances les plus sincères, etc. »

J'avais essayé, au long de ces années, d'oublier que le procès de Tōkyō avait été escamoté, bâclé, et que mes tortionnaires et les criminels de guerre avaient presque tous eu la vie sauve, troquée contre des « informations stratégiques pour la paix mondiale ».

« *[…] s'est éteint à un âge vénérable à Nagoya, dans le calme de sa demeure familiale, entouré de son épouse, de ses enfants et de ses petits-enfants.* »

Les mots tournaient dans ma tête. Mon Dieu, ma Kimiko, pardon de t'avoir tant effrayée que tu ne reconnus plus ta mère. Tu mangeais ton *müsli* sagement assise, les sourcils froncés en révisant ton cahier. Mais la vue du lait avait fait soudain monter la bile à ma gorge. Je te pressai. Tu t'es rebellée. Tu n'as pas terminé ton bol. Je ne voyais que le lait. Blanc. Visqueux. Comme le sperme des soldats. Douceâtre. J'ai alors saisi le bol et renversé son contenu dans l'évier devant ton regard effaré, puis je t'ai hurlé de te hâter. « Va-t'en ma fille ! Fuis ! Ta mère est folle, folle de douleur, folle de rancœur, folle de haine ! » Tu as détalé dans les escaliers et enfilé si vite ton imperméable que je n'ai pu t'expliquer quelle rage m'avait soudain saisie. Le lendemain, mon enfant, tu trouvas une enveloppe sur ta table de nuit, une longue lettre expliquant que ta mère devait retourner pour quelques semaines dans son pays, la Corée, afin de régler d'importantes affaires familiales. Tante Liselote viendrait s'installer à la maison jusqu'à mon retour.

Tout remontait en moi, par vagues d'oubli. Ma mère allaitant Kyoko, le cadre fracassé par grand-père, la femme se noyant dans les eaux de la rivière Han, Mokpo et son mendiant, le train jusqu'à la Mandchourie, Mikiko.

Je quittai Francfort le 20 octobre 1959. Avec un billet pour l'Extrême-Orient.

Séoul, Hoam-dong, octobre 1959.

J'ai atterri en Corée. Je suis de retour chez moi. Le pays est pauvre, si pauvre. Je reconnais les fleurs, les arbres, les regards. Les buissons de cosmos et de roses de Sharon, l'or pâle des feuilles des ginkgos, la flamme de l'orgueil dans les yeux. Mais la ville de mon enfance a disparu. Les rues sont poussiéreuses, les trottoirs et les chaussées défoncées, les maisons lépreuses.

J'ai choisi de rester dans un petit hôtel près de la gare. La patronne a exigé que je la paye d'avance. Les toilettes sont dans la cour et la couette piquetée de moisissures. En sentant le contact lisse et chaud de l'*ondol* sous mon corps, j'ai soudain retrouvé mes repères. Je suis sortie. Il faisait nuit. L'obscurité avait englouti la ville. J'ai fermé les yeux et d'instinct me suis repérée dans les lacis de ruelles. Me guidant aux étoiles dans le ciel, aux odeurs, aux bruits dans les demeures. A l'air. Léger près des bosquets de pins, gai et vivant aux abords des marchés. Puis j'ai vu les toits du palais caressés par l'aube qui se levait, les murs gris et l'horizon ceint de montagnes. Comme autrefois, j'ai mangé dans la rue, accroupie auprès d'une vieille aux cotillons relevés. Ses yeux luisaient du même amour farouche que ceux de ma *halmeoni*. A-t-elle compris ma détresse ? Elle a saisi ma main et laissé ses larmes couler sur ma peau. Tous les Coréens ont une raison de pleurer.

J'ai traversé les rues et gravi les marches. Croisé les femmes et les enfants dans les rayons du matin sortant des bains publics, les cheveux enroulés dans une serviette, cuvette sous le bras. Vu les collégiens en uniforme noir partir pour l'école. Et retrouvé notre maison. La maison japonaise de Kim Ho-il, mon beau-père. Le bulbe de la gare brillait au lointain, mangé par la brume. De rue en rue résonnaient les cris du vendeur de briquettes de charbon. Mon Dieu, comme j'aime ce pays ! Mon pays.

J'ai guetté les allées et venues, assise contre le tronc d'un arbre. Ma silhouette a attiré la curiosité des passants. Alors je me suis fondue dans la foule qui attendait le bus en bas de la colline. Des vieux mâchonnant leur pipe, des femmes allant au marché, portant sur la tête des bassines fermées d'un torchon. Elles ont les cheveux courts et frisés et sont vêtues de larges pantalons de nylon fleuri. Je n'ai pas osé entrer dans la cour de notre maison, incapable de me résoudre à en franchir le porche.

Le lendemain, je me suis décidée à poser des questions.

— Yun Minja ? la fille du résistant ?

— Bien sûr qu'elle habite encore ici ! La folle ! Avec son fils. Mutilé de guerre. Son mari ? Le docteur Kim ?

L'homme a craché par terre…

— Un salaud qui a abandonné sa femme ! Un collabo, un *builbae.* Il paraît qu'il est au nord…

Alors j'ai osé. Je me suis enhardie.

Entre les jarres dans l'arrière-cour, j'ai aperçu une vieille femme vêtue de haillons sales. Elle dodelinait de la tête d'avant en arrière. J'ai passé mon visage à travers la porte. Elle a levé les yeux et m'a aperçue. Sans me laisser le temps d'articuler un mot, elle m'a agoni de sottises. Puis un homme est sorti de la maison. Hargneux, le visage empourpré. J'ai reconnu les oreilles écartées de Yongsik, mon frère cadet.

— Foutez le camp ! Qui êtes-vous ?

La vieille s'est mise à hurler, hystérique.

— Ta gueule, la mère !

J'ai bredouillé des excuses :

— Je me suis trompée d'adresse.

Et je suis partie. Comme une voleuse. Les larmes aux yeux. En répétant : « Maman, maman, *Eomma, eomma !* »

J'ai voulu revoir le portail de Heonni-dong. Mais tout le quartier avait été détruit. Je n'ai pu me recueillir sur la tombe de grand-père. Elle est maintenant de l'autre côté du trente-huitième parallèle, au nord.

Tōkyō. Quartier de Itabachi, novembre 1959.

Je n'ai pas eu de mal à trouver le quartier de Itabachi. Puis l'école. Et une maisonnette semblable à toutes les autres maisonnettes du quartier, un bungalow d'un étage, entouré d'un mur de briques. Propret. Elégant. J'ai sonné. Tout de suite une femme d'âge mûr est apparue, suivie d'une jolie et grande jeune femme. Je les ai aussitôt reconnues. La femme, ronde et douce, a les mêmes grands yeux frangés de brun que sur la photo.

— Madame Nagata ?

Je me présente. Légèrement inquiète. A mon grand étonnement, le visage de la femme se trouble, les larmes jaillissent. Elle paraît émue. Fébrile et attentionnée, elle me prend la main et m'entraîne à l'intérieur de la maison. Oui, bien sûr ! Comme elle a attendu ma visite ! Son mari dans ses lettres lui a tant parlé de cette ancienne élève rencontrée à Mokpo ! Madame Nagata tourne sans cesse, elle sourit, apporte du thé, des gâteaux, sort des albums, de vieux courriers. Sa fille, immobile, hostile, nous observe, appuyée dans l'embrasure de la porte de la cuisine. Je me demande ce que cette femme sait de notre relation. A-t-elle deviné mes pensées ?

— Ne craignez rien ! susurre-t-elle en pressant sa paume dans la mienne, tout cela est si loin !

Elle rayonne de gentillesse et de lassitude. Je l'interroge sur son fils, sa fille. Sait-elle aussi bien qu'autrefois jouer du *shamisen* ? Le professeur Nagata semblait si fier de sa famille ! Elle me demande si j'ai retrouvé les miens en bonne santé après la guerre, et si tous les beaux pays que j'ai visités ne me manquent pas. Je souris. Sait-elle seulement ce qu'est l'esclavage sexuel ? À quoi bon ?

Je lui parle de cette photo qui jamais tout au long de la guerre ne quitta la sacoche de cuir de Nagata *sensei*. Emue, elle me tend une lettre couverte de l'écriture fine de son époux.

— Il a commis le *sepukku*[1], précise-t-elle fièrement. A Syonan-tō, vous connaissez, n'est-ce pas ?

Je hoche la tête gravement puis me lève. Elle m'invite à passer la nuit chez elle. Sa fille, qui n'a pas bronché depuis le début de l'entretien, me toise, de plus en plus belliqueuse. Je prends congé de madame Nagata, non sans lui avoir promis de lui écrire.

---

1. Suicide connu sous le terme de *hara kiri* en Occident.

Shimonoseki, le 27 novembre 1959.

Un chemin, le long d'une pente abrupte, mène au temple de Ashira. L'air est frais. Les pierres mouillées par la rosée sont lumineuses. Du haut de la colline, j'aperçois le port de Shimonoseki et les eaux vertes de la mer. Une succession de petites maisons toutes identiques trace un pointillé rouge dans la végétation en contrebas. Le sentier s'enroule autour de la colline, interrompu de volées de marches de terre détrempées par la pluie. Un groupe de pèlerins progresse, le dos courbé. Les femmes relèvent leurs kimonos et les hommes s'appuient sur des cannes de bois. J'ai du mal, moi aussi, à accomplir de longues distances et suis à bout de souffle. Mes jambes brûlent. Alors je m'assieds parmi la foule et regarde l'horizon avant de pénétrer dans l'enceinte du temple. Une succession de pavillons de bois sombre, presque noir. Rien à voir avec l'univers coloré et plein de vie de nos temples coréens. Ici, tout respire la rigueur, l'autorité. Je n'aime pas le Japon, bien que Kimiko en soit la fille. Même le gong qui retentit claque sèchement dans l'air.

Je me relève et regarde les silhouettes des moines et des pèlerins. Des hommes, des vieilles, des familles. L'air sent l'encens et la pluie. Je me recueille devant une statue de l'ermite Basû-sen, décharné. Puis me dirige vers un sanctuaire annexe, isolé dans un bosquet de pins. Le pavillon est silencieux, dominé par la silhouette massive d'un bouddha. Yakushi-nyorai. De la main gauche, il fait le geste qui apaise.

Un homme mince, vêtu d'un costume gris à l'occidentale et d'une chemisette pâle, prie immobile sur un coussin bistre. Je le regarde se redresser péniblement et secouer des bâtons d'encens avant de s'incliner. Le temple est silencieux. Je n'ai pas bougé. La nuque courbée, je vois ses chaussettes grises passer devant moi. L'homme boite. Il s'appuie au chambranle de la porte du temple afin de se rechausser. En contre-jour, je regarde sa silhouette mince. Frêle.

— *Fujiwara-san desune ?*[1]

Je me suis levée. Je me sens grande et forte devant ce vieillard. Ses yeux gris me scrutent. Je poursuis. Ma voix résonne.

— Numéro 2444, vous vous souvenez, n'est-ce pas ?

Les pupilles s'agitent, les doigts se hâtent maladroitement d'enfiler les souliers. Il a l'air vieux, si vieux. Sa peau est toujours aussi lisse mais ses cheveux sont parsemés de fils d'argent et ses mains tavelées de taches de vieillesse. Je hais cet homme. Je le hais, je ne veux pas que la pitié vienne gâcher ces instants. Je pense à Mikiko, à Kinu. J'entends son rire de dément quand la pointe de son sabre me tailladait la jambe. Je vois Oki, mon amour martyrisé. Fujiwara regarde autour de lui, mais le temple est vide. Désespérément vide. La terreur fait trembler ses lèvres.

— Comment m'as-tu retrouvé ?

Quelle importance ? Je reconnais le timbre métallique de sa voix.

Fujiwara esquisse un sourire. Il a vu la lame entre mes doigts. Un poinçon d'imprimerie trouvé dans les affaires de Ralf. Ses yeux supplient mais

1. Vous êtes bien monsieur Fujiwara ?

son corps de vieillard ne peut bouger. Je sais tuer un homme. J'ai appris la technique à Hainan en assistant à l'entraînement des soldats. Certains m'ont même expliqué l'art de tuer parfaitement, en silence. Lentement. C'est si simple de tuer un homme. Si simple.

Région d'Orideki, ancienne principauté de Satsuma, le 3 décembre 1959.

Impossible de retrouver trace de la famille de Yoshi, ce soldat de Hainan à qui je promis avant sa mort d'aller voir sa mère. J'ai prié au temple pour lui et pour tous ceux que l'Empereur a sacrifiés à sa cruelle démence.

Kimiko a fait des études d'histoire et travaillé comme bibliothécaire. Elle s'est mariée en 1967 avec un Français, rencontré pendant des vacances en Provence. Mais elle a divorcé au bout de quatre ans comme si la vie de couple n'était pas faite pour elle. Quand elle s'est installée à Paris, je l'ai suivie et ai loué un appartement, boulevard Raspail. J'ai souvent feuilleté les annuaires téléphoniques à la lettre G. J'ai même déchiré la page des « Gresnier ». Jamais je n'ai appelé cette famille inconnue. La famille de mon père français.

La santé de Kimiko, fragile depuis toujours, a commencé à se détériorer en 1985. Les médecins de l'hôpital Laennec avaient dépisté une leucémie qui n'avait fait que s'aggraver d'année en année, la laissant nauséeuse et épuisée après d'interminables séances de chimiothérapie.

En 1990, sur ses conseils et malgré ma réticence à parler du passé, je suis retournée à Séoul afin de participer au premier concile des femmes de réconfort. J'avais déjà été contactée en 1988 par une femme professeur à l'Université féminine de Ehwa, Yun Chung-ok, qui recherchait les anciennes esclaves sexuelles de l'armée japonaise, elle-même ayant échappé de justesse au recrutement. J'avais alors refusé. Kimiko, en cachette, avait entretenu une correspondance avec le professeur Yun et lui avait promis de me convaincre de témoigner. J'ai cédé et suis donc allée à Séoul pour la seconde fois depuis la guerre. Je n'ai rien reconnu. La capitale de la Corée du Sud était devenue une splendide et fastueuse vitrine de verre et de marbre. Hérissée de buildings. Envahie d'une marée de voitures et de piétons. Pas une ville pour une vieille femme comme moi. J'ai témoigné en compagnie des autres rescapées de l'enfer du travail et de la prostitution forcée. Nous, les « vagins de l'armée nippone », avons rédigé une lettre ouverte en date du 17 octobre au Premier ministre japonais Toshiki Kaifu demandant, témoignages et documents à l'appui, outre une compensation financière, des excuses officielles du gouvernement japonais, une reconnaissance publique de notre calvaire, un monument en hommage à celles qui ne sont jamais revenues et une transparence totale et objective sur leur histoire, notamment dans les manuels scolaires.

Il était temps de connaître la vérité historique.

Nous fûmes plus de 200 000, essentiellement des Coréennes, mais aussi des Chinoises, des Malaises, des Philippines et même des Hollandaises, souvent encore nubiles, à être enrôlées de force dans les unités de « service pour la patrie » de l'armée japonaise. On suppose qu'il exista des centaines de stations de réconfort réparties sur les fronts de Chine, Mandchourie, Thaïlande, Birmanie, Indochine française, Singapour, Malaisie, Indonésie et Philippines. Sur plus de 200 000 femmes qui y furent institutionnellement et régulièrement violées par les soldats de l'armée impériale japonaise, 116 000 ont probablement survécu à la guerre, toutes nationalités confondues, et 58 000 seraient encore en vie.

Des années plus tard, le Japon ne reconnaîtra toujours pas notre existence.

J'ai retrouvé Noriko, une ancienne de la maison Wulien. Nous avons ri et pleuré. Parlé de Fuhsien et de Kaneko. Elle n'a plus toute sa raison. Couverte de blessures, elle vit comme une gueuse à Daejeon, abandonnée par les siens. Mon destin a finalement été bien doux par rapport à celui de mes compagnes…

Après cinq jours de colloques, de conférences et d'invitations à des débats télévisés, j'ai reçu l'appel téléphonique d'une jeune fille qui se disait ma nièce. La fille cadette de Kyoko. Hyun-jong. Une ravissante étudiante de l'université Hongik qui se destine à l'enseignement des arts plastiques. Elle a avoué avoir souvent songé à moi, cette tante inconnue dont sa mère, morte en 1987, lui avait parlé. Hyun-jong m'a appris que Yun Minja, sa grand-mère, maman, s'était éteinte en 1978 dans un hôpital psychiatrique où son oncle, mon frère, l'avait fait enfermer. Le reste de la famille, me dit Hyun-jong en rougissant, m'avait reconnue à la télévision et sur les journaux mais ne souhaitait pas me rencontrer. Ils avaient ouvert à mon nom un compte dans une banque où ils s'engageaient à me verser une retraite et subvenir à mes besoins jusqu'à ma mort.

— Mais je suppose que vous ne voulez pas de cet argent ? avait timidement soufflé ma nièce.

Ses yeux souriaient, tendres, ironiques. Une merveilleuse jeune fille au visage lisse et parfait, comme ma mère, encadré de cheveux de jais. Je suis allée plusieurs fois la regarder jouer au club de tennis de Namsan. Malgré la différence d'âge, nous nous entendions à merveille. D'un caractère vif et original, elle traversait la vie avec une grâce ineffable.

J'espère, avant de m'éteindre, avoir le bonheur de me recueillir sur la tombe de grand-père, au nord de la ligne de démarcation. Je voudrais aussi retourner à Shanghai afin de revoir le jardin de Cotton Mill Mansion et de m'incliner devant le camphrier. Là où Ah Meng a enseveli mon petit Xinghuo, Etincelle. Mais il paraît que le quartier a été rasé et le site racheté par un grand groupe industriel japonais qui doit y bâtir un centre commercial.

Épilogue

Ce matin, 5 mars 1996 à huit heures, j'ai regardé ce que les yeux d'aucune mère ne veulent voir. Seule. J'étais seule dans la salle vide, devant ce mur de grosses pierres nues, gris comme une mer étale. J'ai regardé le corps de ma fille s'embraser, dévoré par les flammes. Son cercueil a disparu dans la gueule du four ardent. J'ai senti la chaleur du feu dévorer ma propre chair et réduire en cendres le reste de vie qui coulait encore dans mes veines.

J'ai attendu, toujours seule, de longues minutes dans le hall de marbre. Un employé vêtu de blanc m'a tendu un sac de plastique contenant une petite boîte en carton. Il m'a conviée d'un air ferme et solennel à en vérifier le contenu. J'ai lu, à voix haute, le nom sur l'étiquette accrochée par une ficelle, « Blumberg, Kimiko, Sarah, Hiroshima, 6 août 1945 – Paris, 3 mars 1996 », et hoché la tête.

Je suis sortie dans la fraîcheur mauve du matin. Des nuages gris s'effilochaient dans le ciel, au ras des arbres nus. Pour la première fois en plus de cinquante ans, j'ai pleuré. Je me suis assise sur un banc contre le mur du columbarium, et j'ai pleuré. J'ai pleuré les larmes retenues depuis tant d'années, celles qui jamais n'avaient voulu couler. J'ai pleuré mon désespoir, mon impuissance plus que la disparition de ma fille. J'ai maudit les hommes qui avaient fauché ma vie à l'aube de ses premiers bourgeons, ces mêmes hommes qui avaient réduit mon peuple en esclavage, avili des milliers de femmes, massacré autant d'hommes et d'enfants. Ces hommes qui, au nom de l'aveugle vénération d'un petit empereur nommé Hirohito, s'étaient crus investis de la mission sacrée d'anéantir tous ceux qui se dresseraient contre leur joug cruel.

Combien de temps suis-je restée sur ce banc, les yeux perdus dans le ciel ? Ma fille sur les genoux, dérisoire petit paquet de cendres légères comme l'air, aussi légères que ce premier jour où je l'avais tenue dans mes bras, contre mon sein. J'ai revu sa tête brune mouillée de mes larmes, j'ai entendu ses vagissements furieux de vie et d'effroi.

J'ignore le pardon. La religion enseigne le pardon. Mais je ne peux pardonner. La colère m'étouffe encore, vive, tapie au fond de mon ventre comme un insecte géant qui dévorerait mes entrailles. Je hais les Japonais. Je les hais avec une violence qui puise ses racines dans mon corps blessé, humilié, dans mes rêves piétinés. Aujourd'hui encore, plus de cinquante ans après la fin de la guerre, je ne peux croiser un Japonais dans la rue sans que le sang ne me bourdonne aux tempes et que mes pieds ne se dérobent sous moi. Le temps n'efface rien, ni la douleur, ni la rancœur.

Et pourtant toi, Kimiko, toi ma fille que j'ai aimée plus que tout au monde, plus que l'immensité du ciel, plus que la liberté, toi que j'ai serrée contre ma poitrine tandis que l'apocalypse s'abattait sur Hiroshima ce matin ensoleillé du 6 août 1945, toi qui suçais les gouttes de transpiration sur ma peau dans les décombres à trois pieds sous terre, sans un souffle de vie autour de nous si ce n'est le murmure des mourants, je n'ai que toi.

Kimiko, la Merveilleuse, ma fille que jamais je ne portai dans mon ventre et pourtant devenue mon unique raison de vivre, tandis que ta mère gisait morte sous les gravats. Toi, Kimiko, tu es japonaise, fruit pur et irréel de ce peuple que j'exècre de chaque parcelle de mon corps.

Mon enfant de l'espoir, tu es partie aujourd'hui, tuée par la folie des hommes. Marquée au fer rouge dans ta chair par ces cieux maudits sous lesquels tu as vu le jour. La leucémie, le cancer ont depuis ta naissance grignoté tes os et ton sang, fait fleurir des plantes carnivores dans ta poitrine et aujourd'hui, tu as rejoint tous ceux que l'humanité a sacrifiés à son orgueil de puissance et de possession. Je n'ai pas pu te retenir… Que me reste-t-il ? Un misérable sac de plastique marqué de ton nom.

A soixante-treize ans, il est convenu de dire qu'on a la vie derrière soi. Mais je n'ai pas vécu. Ma vie est comme ces anciens livres reliés dont les feuillets non découpés se tournent d'un bloc. Vingt pages. Quarante pages. Jamais ouvertes. Jamais écrites même. Le livre de ma vie n'a pas été lu, hors les quelques chapitres de mon enfance à Keijō et ceux de ma vieillesse avec toi, ma Kimiko, à Paris.

Je regarde derrière moi et me revois il y a soixante ans, comme si rien ne s'était passé. Je revois mes rires, mes inquiétudes, mon insouciance. Les montagnes qui encerclent notre belle ville de Séoul au nord. Un cirque de montagnes immense qui se dresse derrière les toits du palais royal comme un fantastique décor de théâtre naturel. J'entends les cigales chanter dans les pins et les battoirs des femmes dans la nuit au bord du fleuve…

Devant moi, je n'ai que le brasier du columbarium et Kimiko, mon enfant, que ce matin j'ai regardée disparaître, devenir cendre et fumée.

Maintenant je suis une vieille femme. Seule sur mon banc, les yeux perdus dans le ciel blanc, je vais m'unir à toi, ma Kimiko.

Nous referons le monde à l'envers, tu deviendras chair de ma chair, tu me nourriras avant de rejoindre mon ventre rendu stérile par les tortures, ce ventre où germent les enfants de l'amour. Mes doigts fouillent ce pauvre paquet de carton blanc. Le goût de tes cendres sur mes doigts me transporte, me rappelle à toi, à nos frissons, à nos fous rires complices quand je te serrais dans mes bras, quand, pour te faire pardonner tes sottises d'enfant, tu enlaçais mon cou en répétant comme une chanson « Console, *eomma*, console ! ». Quand la nuit tu te creusais une place comme un chaton contre mon ventre, quand devenue grande, tu me caressais la main chaque fois que la tristesse alourdissait mes paupières. Terre et eau. Ton sang, ta chair s'effritent dans ma paume. Une nuée d'étoiles noires et blanches, brillantes, une poussière de mica. Sous ma langue, tu as le goût des feuilles mortes, de la sève des arbres au printemps. Tu as le goût de l'espoir. Toi, Kimiko, mon seul bonheur dans cette vie détruite. Je m'oublie enfin. Je te sens, je sens ta peau si douce, légère comme l'air, et je te bois à la saveur salée de mes larmes, ma fille, avec toute la force de mon amour.

Ton corps calciné a une amertume sableuse qui m'emplit la bouche, mais déjà je sens que tu revis en moi, que mon sang est devenu tien, que nous ne sommes plus qu'une dans cette naissance à rebours. Ta force, ton esprit me pénètrent, m'inondent d'une chaleur nouvelle. Enfin tu rejoins mon giron, mes entrailles, pour leur offrir cette maternité que la cruauté des hommes m'a interdite. Une chaleur douce m'envahit. Aujourd'hui, nous ne sommes plus qu'une et le passé me revient qui se déroule devant mes yeux comme une vague chaude, la maison japonaise de Manwoldong, la mort de grand-père, les brumes bistre de Mokpo…

Ensemble, nous remontons le temps et me reviennent les cauchemars de ces pages oubliées. Ce serment inhumain que, depuis l'âge de quatorze ans, jour après jour, je prononçai chaque matin :

« *Kawamoto Naomi. Matricule 2444. Née en 1923 à Keijō, Chōsen bbi sous le gouvernement du sotoku Saitō Makoto.*

Nous sommes sujets de l'Empire japonais, nous le servirons avec loyauté.

Nous, sujets de l'Empire, nous coopérerons avec amour et dévotion afin de renforcer l'unité de la nation.

Nous, sujets de l'Empire, supporterons la douleur et l'adversité afin d'œuvrer à la gloire éternelle de l'Empire. »

Les années ont passé. Mais aujourd'hui encore, ma mémoire refuse de me laisser en paix, m'imposant de répéter en pensée ces mots détestés qui me brûlent la gorge. « *Nous, sujets de l'Empire japonais...* » J'ai tant de haine et de tristesse en moi que la vie m'est indifférente. La mort me paraît plus rassurante. Un abîme d'oubli dans lequel j'ai envie de me glisser avec la même volupté que sous une couette chaude.

J'attends ce jour où, enfin, je serai libérée de ce cauchemar…

Note de l'autrice

Ce roman est basé sur des faits historiques et de nombreux témoignages. Néanmoins, pour les besoins de l'histoire, l'auteur a parfois simplifié le cours des événements, notamment afin de respecter les souvenirs parfois confus de Mun *halmeoni.*

La romanisation des termes coréens respecte le système révisé officiel, en usage en Corée du Sud depuis 2000. Pour les noms propres, l'usage oriental de placer le nom de famille ou de clan avant le prénom a été respecté (Kim Sangmi, Kawamoto Naomi).

Les villes sont désignées alternativement sous leur nom japonais et sous leur nom d'origine : Keijō/Séoul, Syonan-tō/Singapour.

Glossaire

Abréviations

Chin. : chinois
Cor. : coréen
Hin. : hindi
Jap. : japonais
Mal. : malais et indonésien
Pidg. : pidgin, mélange populaire colonial d'anglais, de chinois, parfois mâtiné de malais ou de portugais
Skrt : sanskrit

Agassi (cor.) : mademoiselle.

Aigu (cor.) : exclamation exprimant la douleur.

Amah (chin., pidg.) : terme d'origine portugaise désignant les servantes ou nourrices chinoises de la province du Guangdong, reconnaissables à leur longue natte et leur tenue noir et blanc.

Apsara (skrt) : divinité céleste du bouddhisme.

Bampei (jap.) : sentinelle.

Bollangu (chin.) : jouet de bois en forme de sablier muni de deux boules frappant alternativement les deux côtés.

Cambodia (mal.) : arbre de la famille des frangipaniers portant des fleurs blanches, roses, ou rouge vif.

Chan (jap.) : suffixe qui, ajouté à la suite d'un prénom, désigne un enfant ou une fille non mariée (Kimiko-*chan*).

Cheone (cor.) : bande de tissu matelassé permettant aux femmes de porter un enfant sur le dos.

Cheongsam (chin.) : longue robe chinoise, fendue sur le côté.

Chicks (pidg.) : store de bambou.

Chinilpa (cor.) : terme méprisant désignant les Coréens ayant collaboré avec le gouvernement japonais pendant la colonisation mais aussi pendant les dernières décennies du royaume de Joseon (1392-1910). Le terme *builbae* est utilisé majoritairement jusqu'en 1966 pour les Coréens qui ont activement œuvré à l'impérialisme japonais, notamment les hommes politiques.

Choli (hin.) : chemise légère et près du corps portée sous le sari indien.

Chōsen bbi (chin., jap.) : c'est ainsi qu'étaient désignées les prostituées coréennes des maisons de réconfort. On ne connaît pas avec certitude l'origine du mot *bbi.* Selon les sources, on pense qu'il s'agit du mot chinois « p'i » signifiant « vagin » à moins que *bbi* ne soit la prononciation anglaise de la lettre « p » de « prostituée » (« prostitute »). *Chōsen* est le nom japonais de la Corée, correspondant à la lecture des caractères chinois composant son nom traditionnel, Joseon. Les Chinoises étaient appelées « chan p'i ».

Congee (chin., pidg.) : gruau de riz évoquant le porridge anglais.

Coolie (pidg.) : travailleur, porteur chinois.

Dangun : fondateur de la Corée en 2333 avant J.-C., sous le nom de Joseon, le pays du Matin clair. Le mythe raconte que Hwanung fut envoyé sur terre par son père le roi du ciel Hwanin, à la demande des humains afin de les aider. Ayant appris qu'au fond d'une grotte des monts Myohyang (actuellement en Corée du Nord) vivaient une ourse et un tigre qui l'imploraient de leur donner forme humaine, Hwanung leur fit porter de l'armoise et vingt gousses d'ail avec pour consigne de rester cachés à l'abri de la lumière pendant cent jours. Le tigre perdit patience mais l'ourse suivit les instructions et au bout de vingt et un jours devint femme. Elle supplia alors le souverain de lui donner un fils. On découvrit au pied d'un bouleau un enfant qui fut nommé Dangun, le « prince du bouleau », le père de la Corée.

Dōka (jap.) : politique d'assimilation de la Corée, impérialisation des Coréens (*teikoku kōminka*) au nom du *naisen ittai* (la Corée et le Japon ne font qu'un), dans un esprit de *isshi dōjin* (bienveillance universelle).

Dokkaebi (cor.) : créature fantastique, souvent effrayante et dotée de pouvoirs magiques, de la mythologie traditionnelle coréenne.

Dongsaeng (cor.) : terme d'adresse désignant son (ou sa) cadet(te).

Eoma, eomeona (cor.) : exclamation féminine marquant la surprise ou l'indignation.

Eomma (cor.) : maman.

Eonni (cor.) : grande sœur, grand frère. Ce terme d'adresse, aujourd'hui strictement féminin, apparaît pour la première fois dans le dictionnaire de Mun Se-yong publié en 1938, sous l'occupation japonaise. Jusque dans les années 1970, il était utilisé indifféremment pour les deux sexes.

Gaenari (cor.) : sorte de forsythia.

Geta (jap.) : chaussures de bois traditionnelles japonaises.

Gopuram (skrt) : entrée monumentale d'un temple hindou.

Gwanseum-bosal (cor.) : déesse de la Merci. A l'origine bodhisattva Avalokiteşvara, plus connu sous son nom chinois, Kwanyin.

Gyokusai (jap.) : tradition guerrière héroïque japonaise permettant à un soldat condamné par les circonstances à mourir soit de mettre fin à sa vie en commettant un acte héroïque, soit de combattre jusqu'à la mort. Le *gyokusai,* suicide collectif, fut parfois proposé aux femmes de réconfort à la fin de la guerre, notamment à Saipan.

Halmeoni (cor.) : grand-mère (de la forme attributive en moyen coréen de *han,* « être grand », et *eomi,* « la mère »), terme d'adresse respectueux, teinté d'affection, pour une vieille femme.

Hanbok (cor.) : vêtement traditionnel coréen composé, pour les femmes, d'une large jupe longue nouée au-dessus des seins et d'un boléro court fermé par un nœud asymétrique.

Hankou (chin.) : ancien nom d'une des trois villes qui forment l'actuelle ville chinoise de Wuhan.

Hibakusha (jap.) : littéralement, « personne affectée par la bombe », soit les survivants de la catastrophe atomique : les survivants de Nagasaki et de Hiroshima, le personnel militaire et médical irradié après l'explosion, les enfants irradiés in utero et leur descendance.

Hiki-iwai (jap.) : fête organisée quand un protecteur rachète la dette d'une *geisha*, symbolisant l'abandon des activités publiques de celle-ci.

Honmachi (jap.) : nom donné pendant la colonisation nippone à un quartier de Séoul, où s'établirent de nombreux colons japonais. Aujourd'hui, il a été renommé Chungmu-ro, du nom posthume de l'amiral Yi Sun-shin, héros national qui s'illustra dans les guerres contre les Japonais au XVIe siècle. De nombreux quartiers ainsi débaptisés par les Japonais ont été renommés en prenant une revanche sur l'histoire comme Benten-cho à Busan devenu Gwangbokdong pour commémorer la libération du pays.

Hwatu (cor.) : jeu de cartes traditionnel orné de fleurs et d'oiseaux, originaire du Japon (*hanafuda*), pouvant mêler divination et paris.

Ianfu (jap.) : femme de réconfort, *wianbu* en coréen, euphémisme désignant les femmes contraintes à l'esclavage sexuel. Le terme apparaît pour la première fois dans les documents administratifs japonais en 1938.

Ianjo (jap.) : maison de réconfort, gérée par l'armée ou des sous-traitants. Le terme apparaît pour la première fois dans les documents administratifs militaires japonais en 1932.

Jemulpo (cor.) : ancien nom de l'actuel port de Incheon.

Jinriksha (jap.) : « pousse-pousse », ou « rickshaw » (pidg.), voiturette à deux roues tirée par un homme à pied ou, ultérieurement, à bicyclette.

Joseon (cor.) : nom du royaume de Corée sous la dynastie des Yi (1392-1910). Après la guerre sino-japonaise et le traité de Shimonoseki en 1895 par lequel la Chine reconnaît l'indépendance de la Corée, celle-ci proclame son indépendance de Pékin, rompant avec des siècles de protection-vassalité. En 1897, le roi Gojong remplace le nom de *Joseon* par *Daehan Jeguk*, Grand Empire Han. Sans protection, l'Empire de Corée est désormais à la merci de la convoitise du Japon qui en 1905 impose un traité de protectorat, prélude à la colonisation du pays le 29 août 1910. La Corée devient la province japonaise de *Joseon* (*Chōsen*).

Kamikaze (jap.) : avion chargé d'une mission suicide, piloté par un volontaire.

Kampung (mal.) : village, quartier.

Karayuki-san (jap.) : prostituée japonaise itinérante.

Karma (skrt) : chaîne de causalité dans le monde du bouddhisme : les conséquences des actes individuels commis dans cette vie ou dans une vie antérieure déterminent la forme de renaissance après la mort.

Keijō (jap.) : exonyme de *Gyeonseong* (cor.), nom donné pendant la colonisation japonaise à Séoul, l'actuelle capitale de la Corée du Sud.

Kempeitai (jap.) : police militaire de l'armée impériale japonaise.

Kimchi (cor.) : plat de choux fermentés, ail, piment et saumure de poisson, à la base de l'alimentation coréenne.

Kōmin (jap.) : citoyen, sujet de l'Empire. La nuance est dans les termes : les Coréens étaient considérés comme des « sujets (colonisés) de l'Empire », *teikoku no shinmin* ou *kōkoku no shinmin,* et non des *teikoku no kōkumin,* citoyens impériaux comme les Japonais.

Kyōsei rōdo (jap.) : travail forcé. Des centaines de milliers de Coréens furent déportés (*kyōsei renkō*) pour le travail obligatoire dans les usines de l'Empire nippon. Ce dossier, comme celui des femmes de réconfort, empoisonne les relations entre la Corée et le Japon qui considère que la question a été résolue par la signature du traité de 1965 qui rétablissait les relations diplomatiques entre les deux pays.

Lontar (mal.) : feuille de palmier borasse, utilisée autrefois comme support à l'écriture mais aussi afin de confectionner divers objets quotidiens.

Mahjong (chin.) : jeu traditionnel chinois permettant des paris, joué à quatre avec de petites pièces de bois ou d'ivoire.

Manse (cor.) : littéralement : dix mille ans. Par extension : vive, hourra !

Maru (cor.) : sorte de véranda de bois, courant autour de la maison traditionnelle coréenne et desservant les diverses pièces. Ces espaces aérés avec un plancher en bois servent de lieu de réunion pour familles et invités, notamment en été.

Maruta (jap.) : bûche de bois, terme employé par les Japonais afin de désigner les prisonniers des camps de concentration ou d'expérimentation biologique.

Masak lemak (mal.) : légumes cuits dans du lait de coco avec du *kunyit*, variété de curcuma qui lui confère une couleur jaune d'or.

Mireuk (cor.) : bodhisattva Maitreya.

Odaeng (cor.) : sorte de quenelle de poisson pochée.

Ogokbap (cor.) : plat traditionnel à base de cinq grains : riz glutineux, sorgho, millet, haricots rouges et noirs, cuits à l'étouffée avec jujubes, pignons de pin et châtaignes, et préparé à l'occasion de la première nouvelle lune de l'année.

Okāsan (jap.) : maman, terme désignant une patronne, en charge d'un établissement de *geishas.*

Okiya (jap.) : établissement où logent les *geishas* et leurs apprenties, sous la supervision d'une patronne, l'*okāsan.*

Ondol (cor.) : système traditionnel de chauffage par hypocauste : des tuyaux conduisant de l'eau ou du gaz chauds courent sous le sol recouvert de papier huilé jaune.

Pikadon (jap.) : éclair fulgurant et déflagration atomique.

Qipao (chin.) : robe chinoise ajustée, parfois portée par-dessus un pantalon.

Rambutan (mal.) : fruit évoquant par sa saveur le litchi et dont le nom vient des poils *(rambut)* couvrant sa peau.

Samil undong (cor.) : le mouvement du 1er Mars 1919 est l'une des premières manifestations populaires coréennes dirigées contre l'occupation japonaise. Une déclaration d'indépendance a été lue dans le parc Pagoda sur Jongno à Séoul et trois gouvernements coréens provisoires furent établis à Vladivostok, à Shanghai et à Séoul. Par calcul politique, le gouvernement japonais, pris de court par l'ampleur du mouvement d'indépendance, appliqua alors une « politique culturelle » (*bunka seiji*) plus libérale qui dura jusqu'à 1937, début d'une période de répression sans précédent.

San (jap.) : suffixe d'adresse japonais se plaçant à la suite d'un nom ou d'un prénom, pouvant être traduit selon le cas par madame, mademoiselle ou monsieur (Naomi-*san*, Kawamoto-*san*).

Saya (jap.) : fourreau du sabre militaire japonais et sexe de la femme.

Sensei (jap.) : suffixe d'adresse japonais se plaçant à la suite d'un nom, désignant un professeur ou une personne en âge d'être professeur et méritant le respect (Nagata *sensei*).

Seppuku (jap.) : suicide rituel par éventration connu en Occident sous le nom de « hara kiri ».

Shabu shabu (jap.) : fondue de bœuf et de légumes.

Shamisen (jap.) : instrument à trois cordes traditionnel.

Shisho (jap.) : prostituée indépendante.

Sōshi-kaimei (jap.) : politique d'assimilation menée par le Japon en Corée imposant en 1939 aux Coréens d'adopter des noms japonais. Avant même la signature du Traité d'annexion de la Corée, dès 1909, de nombreux Coréens avaient déjà adopté des noms japonais. Ce changement de nom avait été critiqué par les Japonais qui craignaient qu'ils ne soient confondus avec de « vrais » Japonais. En 1946, par le décret de restauration des noms, le *Joseon seongmyeong bokguryeong*, les Coréens recouvrèrent leur nom d'origine.

Ssi (cor.) : suffixe d'adresse se plaçant à la suite d'un nom ou d'un prénom, pouvant être traduit selon le cas par madame, mademoiselle ou monsieur (Kim-*ssi*).

Sumōtori (jap.) : combattant de *sumō*, lutte corps à corps traditionnelle.

Swastika (skrt) : croix gammée symbolisant la Roue de la Loi dans le bouddhisme, mouvement cosmique. A la différence de la croix gammée nazie, le swastika du bouddhisme tourne en sens inverse et n'est pas penchée.

Syonan-tō (jap.) : nom donné par les Japonais à Singapour.

Tabi (jap.) : chaussettes de coton blanc avec le gros orteil séparé, portées avec les chaussures traditionnelles (*geta* ou *zori*).

Taekyō (jap.) : nom donné pendant la colonisation japonaise à la ville de Daegu.

Tai tai (chin., pidg.) : madame, maîtresse.

Teishintai (jap.) : corps des volontaires, terme employé pour désigner les filles enrôlées dans les maisons de réconfort, mais aussi dans les usines au Japon.

Tokonoma (jap.) : alcôve basse aménagée dans les pièces traditionnelles ou dans la pièce pour la cérémonie du thé, décorée d'un *kakemono* (peinture ou calligraphie) et d'un arrangement floral (*ikebana*) ou une sculpture.

Towkay (chin., pidg.) : maître.

Tuan (mal.) : maître.

Tuan besar (mal.) : patron.

Udon (jap.) : nouilles de farine de blé, épaisses et blanches.

Yeobo (cor.) : terme d'adresse affectueux à l'intérieur d'un couple (chérie, chéri), utilisé depuis le début du XXe siècle en Corée. Il apparaît pour la première fois dans le dictionnaire de Mun Se-yong en 1938. Ambigu, ce mot signifie littéralement « viens par là, toi ».

Yūzen (jap.) : technique traditionnelle de peinture sur soie.

Chronologie

1895	Le traité de Shimonoseki met fin à la guerre sino-japonaise. Assassinat en Corée de la reine Min par les Japonais (voir *Le Palais de la colline aux nuages*, du même auteur, éd. Plon).
1904-1905	Guerre russo-japonaise.
1907	Abdication de l'empereur Gojong et avènement au trône de Sunjong.
1910	Le Japon annexe la Corée, fin de la dynastie des Yi et de l'indépendance de la Corée.
1917	Proclamation en Mandchourie de la déclaration d'Indépendance de la Corée par un groupe de patriotes. Interdiction par le gouvernement général japonais en Corée de publications de revues et journaux, réunions et associations, y compris à caractère religieux ou sportif.

	Instauration de l'obligation du port du sabre et de l'uniforme pour tous les fonctionnaires, même les instituteurs.
1919	Le 1er mars, mouvement pacifique d'indépendance en Corée réprimé dans un bain de sang par la police japonaise. Le 11 avril, établissement d'un gouvernement coréen en exil à Shanghai.
1926	Mort de l'empereur Sunjong et manifestations pour l'indépendance à Séoul.
1929	Violents mouvements estudiantins antijaponais.
1931-1932	Conquête de la Mandchourie par le Japon.
1934	Puyi, ex-empereur de Chine, est placé à la tête du Mandchoukouo.
1937	Prise de Shanghai par les troupes japonaises et sac de la ville de Nankin.
1938	Le Japon occupe toute la côte de la Chine et contrôle ses cinq villes les plus peuplées.
1940	Promulgation de l'édit contraignant les Coréens à japoniser leurs noms et interdiction de publication des journaux coréens *Dong-A Ilbo* et *Chosun Ilbo*.
1940-1942	Le Japon prend pied en Indochine.
1941	Le 7 décembre, le Japon attaque Pearl Harbor.

1942 Chute de Singapour le 15 février, extension de la guerre à tout le Sud-Est asiatique.

1945 Le 6 août, la forteresse volante *Enola Gay* largue Little Boy, une bombe à l'uranium 235, sur Hiroshima. Le 9 août, une seconde bombe, Fatman, est lâchée au-dessus de Nagasaki.

1945 L'URSS déclare la guerre au Japon, invasion des troupes soviétiques en Corée, fin de la Seconde Guerre mondiale.

1945 Après la défaite du Japon, division de la Corée en deux zones le long du 38e parallèle et occupation de la péninsule de part et d'autre par Soviétiques et Américains.

1948 Syngmann Rhee élu président de la première République, seul Etat reconnu par l'ONU. En septembre, le Nord se déclare République populaire démocratique.

1948-1949 Confusion politique et économique en Corée, retrait des troupes étrangères soviétiques et américaines.

1950-1953 Guerre de Corée.

Remerciements

L'auteur remercie chaleureusement madame Mun, à l'origine de ce livre. Sans son courage et son humour, ce roman librement inspiré des jours les plus sombres de sa vie n'aurait pas vu le jour. *Daedanhi gamsahamnida !*

Mes remerciements sincères vont aussi à Kang Hyun-Jeong qui à tout moment m'a épaulée dans mes recherches et mon travail, à Delphine Gao et Matsuko Miho pour leur aide précieuse. Enfin, que le colonel Vernet et Geneviève Perrin soient assurés de ma gratitude pour leur patience et toutes les heures passées à relire les différentes ébauches de ce roman.

J'exprime toute ma reconnaissance à la Fondation de Corée à Séoul qui m'a permis d'effectuer les recherches nécessaires à la rédaction de cet ouvrage.

PEFC PEFC/14-38-00277

Cet ouvrage est composé de matériaux issus de forêts gérées durablement certifiées PEFC™.
Le Programme de reconnaissance des certifications forestières (PEFC™) est le plus grand organisme mondial indépendant de contrôle pour une gestion durable des forêts. Pour en savoir plus, consultez le site www.pefc-france.org

Achevé d'imprimer en avril 2024
par Novoprint
Dépôt légal : mai 2024
Imprimé en Slovaquie